MIRA®

Umwelthinweis:
Dieses Buch wurde auf chlor- und säurefreiem Papier gedruckt.

Linda Lael Miller

Die Männer der McKettricks:

SILHOUETTE ™
Band 95044
1. Auflage: April 2013

SILHOUETTE ™ BÜCHER
erscheinen in der Harlequin Enterprises GmbH,
Valentinskamp 24, 20354 Hamburg
im Vertrieb von
MIRA® Taschenbuch

Geschäftsführer: Thomas Beckmann

Titel der nordamerikanischen Originalausgaben:

Konzeption/Reihengestaltung: fredebold&partner gmbh, Köln
Umschlaggestaltung: pecher und soiron, Köln
Redaktion: Mareike Müller
Titelabbildung: Harlequin Enterprises S.A., Schweiz
Satz: GGP Media GmbH, Pößneck
Druck und Bindearbeiten: CPI – Ebner & Spiegel, Ulm
Printed in Germany
Dieses Buch wurde auf FSC®-zertifiziertem Papier gedruckt.
ISBN 978-3-86278-709-8

www.mira-taschenbuch.de

Linda Lael Miller

Jesse – So frei wie der Himmel

Roman

Aus dem Amerikanischen von
Tess Martin

MIRA®

Für Pam und Jon Reily, in Liebe

1. KAPITEL

Das Land der McKettricks, dachte Cheyenne Bridges. Sie stand neben ihrem Mietwagen auf dem Seitenstreifen und schirmte ihre Augen mit einer Hand gegen die Sonne ab. Aus weiter Ferne schienen leise Trommelschläge an ihr Ohr zu klingen. Cheyenne dachte an eine Zeit, die sie gar nicht kannte.

Eine Zeit, als nur der Große Geist Anspruch auf diese Täler und Berge erhoben hatte. Ihm allein gehörten damals der gewölbte blaue Himmel, die rote Erde, die weit verstreut stehenden Weißeichen, Joshuabäume und Gelbkiefern.

Erst Angus McKettrick und andere ebenso unerschrockene wie arrogante Pioniere zäunten diese Tausende von Quadratkilometern im neunzehnten Jahrhundert ein. Sie setzten ihre Namen unter Dokumente und trieben Viehherden auf das Land. Sie gruben Brunnen und rangen dem steinigen, mit Disteln überzogenen Boden Leben ab. Der alte Angus hatte seinen Kindern und Kindeskindern diesen kühnen Besitzanspruch weitervererbt, über Generationen hinweg.

Die McKettricks für immer und ewig, amen.

Cheyenne biss sich auf die Unterlippe. Ihr Handy, das im Wagen auf dem Beifahrersitz lag, klingelte – wieder Nigel. Sie ignorierte das beharrliche Klingeln, bis es verstummte, obwohl sie wusste, dass die Ruhepause nicht lange anhalten würde. Die Landschaft, die sie so gut kannte, berührte ihr Herz. Tief in ihr wuchs eine längst verschollen geglaubte Ahnung.

Ein bittersüßes Gefühl stieg in ihr auf, eine Mischung aus Einsamkeit und Heimweh und noch mehr, was sie nicht benennen konnte. Vor Jahren hatte sie sich geschworen, nie mehr zurückzukehren.

Jesse McKettrick nie mehr wiederzusehen.

Und jetzt zwang das Schicksal sie auf unnachahmliche Weise, beides zu tun. Sie seufzte. Ein alter Pick-up fuhr laut hupend an ihr vorbei, sentimentale Countrymusik drang durch die offenen Fenster. Auf dem Aufkleber, der an der Stoßstange flatterte, stand „Rettet die Cowboys“.

Cheyenne winkte, wobei sie sich in ihrem eleganten schwarzen Designerkostüm und den hohen Schuhen ein wenig unbehaglich fühlte. Hier trug man Stiefel und Jeans. Sie würde auffallen wie ein bunter Hund.

Willkommen zu Hause, dachte sie verdrossen.

Das Handy klingelte erneut. Sie griff durch das offene Fenster und drückte es ans Ohr.

„Wird auch Zeit, dass du rangehst", zischte Nigel Meerland, bevor sie sich überhaupt melden konnte. „Ich dachte schon, du wärst in irgendein Schlammloch gestürzt."

„In Indian Rock gibt es nicht viele Schlammlöcher", entgegnete Cheyenne, ging um den Wagen und öffnete die Fahrertür.

„Hast du ihn schon gesprochen?" Nigel hielt sich nie lange mit Höflichkeiten wie „Hallo, wie geht es dir?" auf, weder von Angesicht zu Angesicht noch am Telefon. Er sagte einfach, was er wollte – und meistens bekam er es auch.

„Nigel." Cheyenne versuchte, ruhig zu bleiben. „Ich bin eben erst angekommen. Also, nein, ich habe noch nicht mit ihm gesprochen." Er hieß Jesse McKettrick und war der letzte Mensch auf dieser Welt, den sie sehen wollte. Davon abgesehen würde er sie in der Masse der ihn anhimmelnden Frauen ohnehin nicht wiedererkennen.

„Nun, dann mal ran an den Speck", rief Nigel. Ihr Chef war Ende dreißig und Engländer. Und er liebte Redewendungen. „Leg los. Ich muss dir ja wohl nicht sagen, wie erpicht unsere Investoren darauf sind, dieses Apartmenthaus endlich auf den Weg zu bringen."

Nein, dachte Cheyenne. Wegen des engen Rocks musste sie sich seitlich in den Wagen setzen und dann die Beine nachziehen. *Das brauchst du mir nicht zu sagen. Ich habe in den letzten sechs Monaten nichts anderes von dir gehört.*

„Jesse wird nicht verkaufen", sagte sie.

„Er muss verkaufen", versetzte Nigel. „Du darfst auf keinen Fall versagen. Alles, und ich meine wirklich alles, hängt von diesem Geschäft ab. Wenn die Investoren sich zurückziehen, geht die ganze Firma den Bach runter. Du verlierst deinen Job, und ich muss auf den Knien zu meiner Familie kriechen und um mein karges Erbe als zweitgeborener Sohn betteln."

Cheyenne schloss die Augen. Auch für sie stand eine Menge auf dem Spiel. Nicht nur ihr Job. Sie musste auch an ihren jüngeren Bruder Mitch denken. Und an ihre Mutter. Der Erfolgsbonus, den Nigel ihr schriftlich zugesichert hatte, würde ihnen eine Sicherheit bieten, von der sie bisher nur geträumt hatten.

Ihr Magen verkrampfte sich.

„Ich weiß“, sagte sie düster. „Ich weiß.“

„Dann leg dich ins Zeug, Pocahontas“, befahl Nigel und legte auf.

Cheyenne öffnete die Augen, holte tief Luft und atmete langsam wieder aus. Dann schleuderte sie das Telefon auf den Beifahrersitz, startete den Wagen und fuhr Richtung Indian Rock.

Die Stadt hatte sich nicht sehr verändert, seit sie mit siebzehn weggezogen war, um in Tuscon aufs College zu gehen. Die Reinigung, die Bücherei, die Grundschule – alles stand noch an seinem alten Platz. Auch die kleine weiße Kirche, wo sie sich abgemüht hatte, Geschichten über die Arche Noah und brennende Büsche zu begreifen, und 25-Cent-Stücke aus einem billigen Stofftaschentuch gewickelt und in den Klingelbeutel geworfen hatte.

Als Cheyenne die Hauptstraße entlangfuhr, richtete sie sich ein wenig auf. Am alten Bahnhof, der schon vor langer Zeit in ein kleines Einkaufszentrum umgebaut worden war, bog sie links ab. Der Mietwagen rumpelte über Zuggleise und an heruntergekommenen Wohnwagensiedlungen vorbei durch einen kleinen Pappelwald. Ein uralter Gitterrost ratterte unter den Rädern.

Cheyenne seufzte dankbar, weil er nicht unter ihr weggebrochen war. Kurz darauf bremste sie ab, um auf die schmale unbefestigte Straße einzubiegen, die zum Haus führte. Es war in den letzten Jahren ziemlich heruntergekommen. Überall wucherte Unkraut, rostige Stacheldrahtspulen lagen verstreut auf dem Boden. Die Veranda war ein paar Zentimeter abgesackt, die Seitenwände hielten nur noch dank farblich nicht passender Bretter.

Gram war so stolz auf ihr Haus und den Garten gewesen. Es würde ihr das Herz brechen, es jetzt so zu sehen. Der alte Lieferwagen ihrer Mutter, genauso ein Flickwerk wie das Haus, stand mit offener Tür in der Auffahrt.

Cheyenne hatte eigentlich gehofft, ein paar Tage vor ihrer Mutter und ihrem Bruder in Indian Rock anzukommen, damit sie zumindest eine Rampe für Mitchs Rollstuhl bauen konnte. Sie stellte den Motor ab und musterte das einzige Heim, das sie je gekannt hatte.

„Ich könnte dir mein Erbteil zeigen, Nigel“, murmelte sie. „Du müsstest nur in deinen Bentley hüpfen und nach Indian Rock in Arizona fahren.“

Auf einmal schwang die Eingangstür auf, und Ayanna Bridges trat in einem ausgeblichenen Baumwollkleid, Turnschuhen und zaghaft lächelnd auf die Veranda. Ihr glattes schwarzes Haar reichte ihr bis zu den Hüften, locker zusammengehalten von einer silbernen Spange, die sie vermutlich schon seit den Sechzigerjahren besaß. Als ihre Mutter die wackelige Treppe hinunterlief, sprang Cheyenne aus dem Auto.

„Sieh nur“, rief Ayanna. „Ich habe ein paar alte Bretter hinter dem Schuppen gefunden und eine Rampe gebaut. Mitch saust rauf und runter wie nichts!“

Das Leben hatte Ayanna immer gezwungen, erfinderisch zu sein. Behelfsmäßige Rampen für ihren Sohn zu bauen, gehörte zu ihren leichtesten Übungen. Sie hatte als Bedienung gearbeitet, mit verschiedenen Sozialämtern gerungen, um die medizinische Versorgung von Mitch zu sichern, und Kosmetik und Wundervitamine verkauft. Dabei zeigte sie niemals auch nur einen Anflug von Selbstmitleid. Zumindest nicht ihren Kindern gegenüber.

Cheyenne zwang sich zu einem Lächeln und tat, als bewunderte sie die verwitterten Bretter. Zweifellos benutzte Mitch sie auch, um aus dem Lieferwagen herauszukommen. Wenn – falls – sie den Bonus bekam, wollte Cheyenne einen neuen Lieferwagen kaufen, mit einem speziellen hydraulischen Lift und vielleicht sogar mit einer Handschaltung. Bis dahin mussten sie irgendwie zurechtkommen, wie sie eben immer schon irgendwie zurechtgekommen waren.

„Gute Arbeit“, bemerkte Cheyenne.

Ayanna hatte inzwischen die Mitte des Gartens erreicht und schloss Cheyenne derart liebevoll in die Arme, dass ihr Tränen in die Augen stiegen. Sie musste ein paarmal blinzeln, bevor sie den zärtlichen Blick ihrer Mutter erwidern konnte.

„Wo ist Mitch?“, fragte Cheyenne.

„Drinnen“, antworte Ayanna leise. „Mal wieder am Grübeln. Er vermisst seine Freunde in Phoenix. Aber er wird schon wieder, wenn er erst mal eine Weile hier ist und sich eingewöhnt hat.“

Cheyenne verstand ihren Bruder. Auch sie selbst dachte sehnsüchtig an ihre Einzimmerwohnung im sonnigen San Diego, eine halbe Meile vom Strand entfernt, die sie nun untervermietet hatte. Und auch das bereitete ihr Sorgen. Wenn sie Jesse McKettrick nicht davon überzeugen konnte, fünfhundert Morgen erstklassiges Land zu verkaufen, würde sie weitaus mehr als nur ihren Job verlieren. Dann müsste sie länger in Indian Rock bleiben, sich irgendeine Arbeit suchen und jeden einzelnen Penny sparen, bis sie es sich leisten konnte, woanders wieder ganz von vorn anzufangen.

Wie ein Pfeil bohrte sich Nigels Kommentar von vorhin am Telefon in ihre Gedanken. *Alles, und ich meine wirklich alles, hängt von diesem Geschäft ab.*

„Komm hinein, Liebling", sagte Ayanna und nahm Cheyenne am Arm, die am liebsten umgedreht und mit dem Mietwagen davongebraust wäre. „Deine Sachen können wir später holen."

Cheyenne nickte, beschämt, weil sie nach all den Vorbereitungen und Mühen am liebsten die Flucht ergriffen hätte.

Ayanna stieß ihre Tochter, die etwas größer war als sie, leicht mit einer Schulter an. „Wir alle sind nach Hause gekommen", sagte sie sanft. „Du, Mitch und ich. Und das ist ein wunderbarer Ort, um noch einmal von vorn anzufangen."

Vielleicht ist das so, wenn man McKettrick heißt, dachte Cheyenne grimmig. Wenn man einen Schlüssel besitzt, der in das Schloss eines der vielen eleganten Häuser auf der legendären Triple M Ranch passt.

Wenn man jedoch Bridges hieß und einen charmanten, aber spielsüchtigen Vater gehabt hatte, der zudem noch im Gefängnis gestorben war, konnte man nicht einfach von vorn anfangen.

Gewöhnliche Menschen hatten schon genug damit zu tun, zu überleben.

Nurleen Gentry mischte und teilte aus – zwei Siebener und eine Königin. Sie legte die Karten verdeckt auf den mit grünem Filz bezogenen Tisch, faltete die Hände und wartete. An ihren Fingern blitzten unechte Ringe aus einem Teleshop.

Jesse lehnte sich in seinem angestammten Stuhl im Hinterzimmer von *Lucky's Main Street Bar and Grill* zurück und tat, als überlegte er. Durch den blauen Zigarettenqualm spürte er die

Blicke der anderen Pokerspieler auf sich ruhen, ließ sich aber nichts anmerken. Er war ein Meister im Verbergen der sogenannten *Tells*, womit im Poker alles bezeichnet wird, was die Stärke des Blatts eines Gegenspielers verrät.

„Setzen oder passen, McKettrick", grummelte Wade Parker.

Daraufhin hob Jesse einen Mundwinkel und schenkte ihm sein berühmtes Fahr-zur-Hölle-Grinsen, das er seit seinem elften Lebensjahr perfektioniert hatte. Wade trug eine Windjacke mit dem Logo der Brauerei, für die er arbeitete. Seine dicken Lippen zuckten ungeduldig.

Neben Wade saß Don Rogers, dem der Waschsalon gehörte. Don wand sich auf dem geflickten Kunststoffstuhl. Jesse wusste, dass ihn nicht das Warten nervös machte. Don war ein prima Kerl, aber er wollte so unbedingt den gesamten *Pot* gewinnen, dass unter seinem rechten Auge ein Muskel zuckte. Kann sein, dass Don Damen hat, dachte Jesse, aber das ist unwahrscheinlich. Dons *Tells* waren leichter zu lesen als die fast vier Meter großen, in Stein gehauenen Buchstaben INDIAN ROCK im Osten der Stadt.

Alles an Don schrie Risiko.

Jesse tat so, als würde er unzählige Möglichkeiten überdenken, dann legte er vier Fünfzig-Dollar-Chips in den *Pot*.

„Scheiße", murmelte Don und legte die Karten auf den Tisch, eine genau auf der anderen, ohne sie zu zeigen.

Wade hob die buschigen Augenbrauen und lehnte sich vor. Nurleen, eine alte Füchsin, was das Pokerspiel betraf, sah schweigend und mit angestrengtem Desinteresse vor sich hin.

„Ich glaube, du bluffst, McKettrick", sagte Wade. Er durchwühlte den Berg Chips vor sich, der in der letzten halben Stunde stetig gewachsen war.

„Glaub, was du willst", entgegnete Jesse tonlos. Er hatte bereits einige hervorragende Karten nicht ausgespielt, nur um Wades Wahnvorstellung, dass die Pokergötter ihm wohlgesinnt waren, zu bekräftigen. Jesse hatte Zeit, und er hatte Geld – eine tödliche Kombination, im Pokerspiel wie in allen andern Bereichen des Lebens.

Wade zog eine Sonnenbrille aus der Tasche seiner Windjacke und setzte sie auf. Ein bisschen spät, dachte Jesse, doch diesmal feixte er nur innerlich. Nurleen gab die vierte Karte aus, die im *Hold'em*-Jargon *Turn* heißt.

Jesse überlegte. Selbst wenn Wade zwei Asse zusätzlich zu dem einen Ass auf dem Tisch hatte, reichte das noch nicht für den *Pot*. Das bedeutete, dass der Biervertreter Pech hatte. Es sei denn, die fünfte Karte – der *River* – entpuppte sich ebenfalls als Ass.

So etwas konnte passieren – im Hinterzimmer einer Kleinstadtkneipe genauso wie bei Weltmeisterschaften in Las Vegas. Jesses Bauch sagte, riskier's. Andererseits sagte der nur selten etwas anderes. Aus den Augenwinkeln sah Jesse jemanden durch die Tür kommen und zur Jukebox gehen.

Wade erhöhte um dreihundert.

Jesse ebenfalls.

Nurleen drehte die *River*-Karte um.

Zwei Herzen.

Wieder grinste Jesse.

„Zeigen", sagte Wade. Er schob seinen Wetteinsatz in die Mitte des Tisches und zeigte seine Karten. Herzkönig, Pikdame. Er hatte auf die Dame in seiner Hand und die auf dem Tisch gebaut.

Nurleen seufzte beinahe unmerklich und schüttelte den Kopf. Jesse hatte fast ein schlechtes Gewissen, als er zwei Siebener auf den Tisch warf. Vier Karten mit dem gleichen Wert.

„Du und dein verdammtes Scheißglück", fluchte Wade.

Stumm sammelte Nurleen die Karten ein und mischte für ein weiteres Spiel. „Bist du noch dabei, Wade? Don?", fragte sie dann.

Jesse warf einen Seitenblick auf seinen Cousin Keegan, der mit verschränkten Armen an der Jukebox lehnte. In seiner maßgeschneiderten Hose, der Weste und dem perfekt gebügelten Hemd sah er wie ein Anwalt aus, vielleicht sogar wie ein Banker.

Weil er wusste, dass das, was er jetzt sagte, Keegan total nerven würde, antwortete er betont langsam. „Ich bin dabei."

„Ich muss mit dir sprechen", sagte Keegan, der zugleich distanziert und unerbittlich wirkte. „Vielleicht könntest du eine Runde aussetzen."

Nach diesem Vorschlag sahen Wade und Don so erwartungsvoll aus, dass Jesse mit Nurleen einen Blick wechselte und dann seinen Stuhl nach hinten schob. Er durchquerte den Raum, dessen Boden Erdnussschalen und Sägespäne bedeckten.

„Was ist so wichtig, dass es nicht warten kann?", fragte er. Seine tiefe Stimme mischte sich unter Kenny Rogers' berühmtes Vibrato aus der Jukebox.

Keegan war genauso groß wie Jesse. Aber damit hörte die Ähnlichkeit auch schon auf. Im Gegensatz zu Jesses dunkelblondem Strubbelkopf hatte Keegan ordentlich geschnittenes rotbraunes Haar. Außerdem besaß er die marineblauen Augen der McKettricks, während Jesses himmelblau wie die von Jebs Ahnen waren.

„Wir hatten eine Konferenz, schon vergessen?", zischte Keegan.

Kenny Rogers beendete sein Lied. Die Jukebox surrte, und Patsy Cline begann mit „Crazy".

„Ich dachte nicht, dass es dir wichtig ist, Keeg", erwiderte Jesse schleppend.

Keegans Kiefer verspannte sich, als er die Backenzähne aufeinanderpresste. Jesse vermutete, dass sie inzwischen nur noch Stummel waren. Doch diese Ansicht behielt er lieber für sich.

„Verdammt noch mal", brummte Keegan. „Du hast denselben Anteil an der Firma wie ich. Wie wäre es, wenn du mal etwas Pflichtgefühl an den Tag legen würdest?" Keegan arbeitete zwölf Stunden pro Tag für *McKettrickCo*, studierte Tabellen und strich ein siebenstelliges Gehalt ein.

Jesse hingegen ritt Rodeos, jagte Frauen hinterher, spielte Poker und löste seine Dividendenschecks ein. Er betrachtete sich als Glückspilz, und gelegentlich tat Keegan ihm leid. Jetzt rückte er die geschmackvolle Nadelstreifenkrawatte seines Cousins gerade, die vermutlich mehr als die neue Waschmaschine in Dons Waschsalon gekostet hatte.

„Du findest, Pokern ist keine Arbeit?", fragte er und wartete insgeheim darauf, dass Dampf aus Keegans Ohren quoll. Beide waren zusammen auf Triple M aufgewachsen, hatten im Sommer gezeltet und Fische gefangen und waren im Winter Ski gefahren. Zusammen mit Rance, einem dritten Cousin, der das unheilige Trio vervollständigte. Sie besuchten alle die Northern Arizona University in Flagstaff, wo Keegan Betriebswirtschaft und Rance Hochfinanz studierte, während Jesse nur gelegentlich zwischen Rodeowettbewerben und Kartenspielen zu Vorlesungen erschien. Trotz ihrer Gegensätzlichkeit hatten sie sich gut verstanden – bis

Rance und Keegan heirateten. Danach hatte sich alles verändert.

Beide waren seriös geworden. Momentan reiste Rance durch die Welt, um für *McKettrickCo* kleinere Firmen aufzukaufen.

„Klugscheißer", sagte Keegan und versuchte, nicht zu grinsen.

„Kann ich dich zu einem Bier einladen?", fragte Jesse, der einen Moment hoffte, dass Keegan vielleicht doch noch der Alte wäre.

Sein Cousin sah auf seine Rolex. „An diesem Wochenende ist Devon bei mir", sagte er. „Ich muss sie um halb sieben abholen."

Devon war Keegans neunjährige Tochter. Seit er und Shelley sich vor einem Jahr hatten scheiden lassen, pendelte das Kind zwischen der schicken Eigentumswohnung von Shelleys Freund und dem Farmhaus auf Triple M hin und her.

Jesse zögerte, dann legte er eine Hand auf Keegans Schulter. „Ist schon gut", sagte er sanft. „Ein anderes Mal."

Keegan seufzte. „Ein anderes Mal", stimmte er resigniert zu. Er ging zur Tür, drehte sich aber noch einmal um. „Und Jesse?"

„Was ist?"

Das altbekannte Grinsen breitete sich auf Keegans Gesicht aus. „Werd endlich erwachsen, ja?"

„Das schreibe ich mir in meinen Kalender", versprach Jesse und erwiderte das Grinsen. Er liebte Devon, die er eher als seine Nichte betrachtete als als seine Großcousine, und gönnte ihr die Zeit mit ihrem Vater. Doch zugleich verspürte er auch eine gewisse Traurigkeit.

Alles und jeder auf der Welt veränderte sich – nur er nicht.

Das war die Realität. Und die sollte er besser akzeptieren.

„Kann das nicht bis morgen warten?", fragte Ayanna nach dem Kaffee, als Cheyenne verkündete, sich auf die Suche nach Jesse McKettrick zu machen. Mitch saß mit düsterem Gesicht in seinem Stuhl.

Cheyenne verneinte mit einem Kopfschütteln, strich Rock und Blazer glatt und ging nach draußen zum Wagen. Logischerweise wollte sie bei *McKettrickCo* beginnen. Von früher wusste sie noch, dass das Hauptbüro der Firma in San Antonio lag. Ihren Nachforschungen zufolge war *McKettrickCo* ein riesiges Unternehmen, das weltweit operierte, mit Schwerpunkt auf innovativen Technologien.

Jesses Name stand nicht auf der Tafel in der modernen Empfangshalle. Das überraschte Cheyenne nicht. Als Jugendlicher war er das klassische schwarze Schaf einer reichen Familie, wild und unbelehrbar und nur an seinem Vergnügen interessiert.

Sie ging zur Rezeption, erleichtert, dass sie die Frau nicht kannte, die gerade etwas in einen Supercomputer mit drei großen Flachbildschirmen tippte.

„Kann ich Ihnen helfen?“, fragte die Frau freundlich. Sie war in mittlerem Alter, hatte ein warmes Lächeln, eine mit Haarlack fixierte blonde Frisur und eine elegante Haltung.

Cheyenne hoffte, dass ihr Nachname keine Erinnerungen wachrief, und fragte nach Jesse McKettrick. Mit etwas Glück – und das hatte sie sich langsam mal verdient – musste sie nicht extra den weiten Weg zu seinem Haus auf sich nehmen. Die Rezeptionistin musterte Cheyenne mit mildem Interesse. „Jesse könnte überall sein“, sagte sie nach einer Weile, „aber wenn ich raten sollte, würde ich darauf tippen, dass er im Hinterzimmer vom *Lucky's* sitzt und Poker spielt.“

Unwillkürlich versteifte Cheyenne sich. Natürlich war er bei *Lucky's*. Wie oft war sie als Kind von der kleinen Gasse aus durch die Hintertür der Kneipe geschlüpft, um ihren Vater vom Pokern abzuhalten?

Sie holte eine Visitenkarte aus der Tasche. „Vielen Dank für den Tipp“, sagte sie. „Nur für den Fall, dass Sie Mr McKettrick vor mir sehen, könnten Sie ihm dann diese Karte geben und ihn bitten, mich so schnell wie möglich anzurufen?“

Einen Moment studierte die Frau die Visitenkarte, runzelte die Stirn, dann nickte sie höflich. „Er kommt allerdings nicht allzu oft her“, sagte sie.

Natürlich nicht.

Nach all den Jahren war er immer noch derselbe.

Cheyenne stieg wieder in ihren Wagen und fuhr zu *Lucky's Main Street Bar and Grill.* Da der Schotterparkplatz vor dem alten Backsteingebäude voll war, parkte sie auf der Straße neben einem lehmbespritzten schwarzen Truck mit heruntergekurbelten Fensterscheiben.

Für ein paar Sekunden war sie wieder das Kind, das von seiner Mutter losgeschickt worden war, um seinen Daddy aus der

Kneipe nach Hause zu holen. Sie erinnerte sich daran, wie sie ihr Fahrrad neben der Mülltonne gegen die Wand gelehnt hatte. Anschließend hatte sie noch einmal wiederholt, was sie sagen wollte. Dann stieg sie die zwei Stufen hoch und trat durch die knarzende Fliegengittertür.

Als eben diese Tür plötzlich aufsprang, zuckte Cheyenne erschrocken zusammen und überlegte tatsächlich, sich hinter der Mülltonne zu verstecken, bis wer auch immer verschwunden war.

Jesse trat auf die Straße, reckte sich wie ein träger Kater, der zur Jagd aufbrach, und schob seinen Cowboyhut zurecht. Er trug alte Jeans, ein bis zum Hals geknöpftes Westernhemd und Stiefel. Doch selbst Schmutz und Stallmist konnten nicht verbergen, dass es sich um teure, vermutlich maßgefertigte Stiefel handelte.

Als Cheyennes Blick wieder zurück zu seinem Gesicht wanderte, bemerkte sie, dass Jesse sie ansah. Und ihr sein Killerlächeln schenkte.

Sie errötete.

Drinnen schaltete jemand das Verandalicht ein. Sofort flatterten aus dem Nichts Schwärme von Motten. Sie trat einen halben Schritt zurück. Er registrierte mit einem gelangweilten Blick ihr Kostüm und ihre hohen Absätze. Ganz offensichtlich erkannte er sie nicht, was sie zugleich ärgerte und erleichterte.

Lässig tippte er an die Krempe seines ramponierten Huts. „Haben Sie sich verlaufen?“, fragte er.

Bevor sie antwortete, musste Cheyenne erst einmal Atem holen. „Nein“, entgegnete sie dann und fischte in ihrer Tasche nach einer weiteren Visitenkarte. „Mein Name ist Cheyenne Bridges, und ich würde Ihnen gern ein geschäftliches Angebot machen.“

Das Wort Angebot bereute sie sofort, als Jeff amüsiert den Mund verzog. Aber jetzt gab es kein Zurück mehr. Er kam die Stufen hinunter und streckte seine Hand aus. „Jesse McKettrick“, sagte er.

Darauf gab es nichts anderes zu entgegnen als „Ich weiß“. Womit sie sich natürlich verriet.

„Bridges“, sagte er nachdenklich, betrachtete die Karte und steckte sie dann in seine Hemdtasche.

Cheyenne versuchte, sich innerlich zu wappnen. Sie sah zu der Fliegengittertür, durch die Jesse wenige Sekunden zuvor gekommen war.

„Irgendwie verwandt mit …?" Er brach ab und legte den Kopf schief, um in ihr Gesicht zu schauen. „Moment Mal. Cheyenne Bridges. Ich erinnere mich an dich – Cashs Tochter. Wir sind ein paarmal zusammen ins Kino gegangen."

Sie schluckte, nickte und hob das Kinn. „Das ist richtig", sagte sie vorsichtig. Cashs Tochter, das also war sie für ihn. Ein scheuer Teenager, mit dem er zweimal ausgegangen war, an dem er dann aber das Interesse verloren hatte.

Zum Glück wusste er nicht, dass sie jedes Bild von ihm, das sie ergattern konnte, an die Wand ihres Schlafzimmers gehängt hatte. So, wie es die meisten Mädchen mit Fotos von Rockstars und Schauspielern taten. Er wusste nicht, dass sie ihn mit dieser verzweifelten, hoffnungslosen Bewunderung geliebt hatte, die nur Sechzehnjährige aufbrachten.

Und er wusste auch nicht, dass sie Gott angefleht hatte, Jesse möge sich unsterblich in sie verlieben. Dass sie sich ihre Hochzeit, die Flitterwochen und die Geburt ihrer vier Kinder vorgestellt hatte, und zwar so oft, dass es sich eher wie eine Erinnerung anfühlte und nicht wie reines Wunschdenken.

Gott sei Dank hatte Jesse von alldem keine Ahnung. Sonst könnte sie ihm niemals gegenübertreten. Ganz egal, ob Mitch, ihre Mom und Nigel darauf angewiesen waren, dass sie ihm die fünfhundert Morgen unberührtes Land abschwatzte.

„Ich habe vom Unfall deines Bruders gehört", sagte er. „Tut mir leid."

Aus ihren Träumereien gerissen, nickte Cheyenne erneut. „Danke."

„Das mit deinem Dad auch."

Ihre Augen brannten. Sie versuchte etwas zu sagen, konnte aber nur schlucken.

Jesse lächelte sanft und fasste sie am Ellbogen. „Machst du immer auf der Straße Geschäfte?", zog er sie auf.

Einen Moment kränkte sie das, bis ihr aufging, dass es sich um eine vollkommen angemessene Frage handelte. „Nein", sagte sie.

„Ich wollte gerade ins *Roadhouse*, um eine Kleinigkeit zu essen. Möchtest du nicht mitkommen?" Er deutete auf den schmutzigen Truck.

Das *Roadhouse* war eine Institution in Indian Rock, ein Zufluchtsort für Lastwagenfahrer, Motorradfahrer, Cowboys und Streifenpolizisten.

„Wir treffen uns dort“, sagte Cheyenne. Auf keinen Fall konnte sie mit diesem engen Rock in seinen Lastwagen klettern. Ein Rest Stolz war ihr noch geblieben, auch wenn sie sich wieder wie das dürre zehnjährige Mädchen vorkam, das ihr Fahrrad in der Gasse abgestellt hatte, um ihren Vater zu bitten, zum Abendessen nach Hause zu kommen. Oder zur Schulaufführung. Oder um Gram ins Krankenhaus zu bringen, weil sie keine Luft mehr bekam …

„Okay“, sagte Jesse ungezwungen. Er brachte sie zu ihrem Mietwagen, der neben seinem Truck ziemlich langweilig wirkte. Wie seine Stiefel schien auch sein Fahrzeug bereits eine Menge erlebt zu haben. Und wie bei seinen Stiefeln handelte es sich um eine Luxusausführung. Doppelräder und ein geräumiges Fahrerhaus, Ledersitze, teurer CD-Player und Navigationssystem.

Als sie hinter dem Steuer saß und das Fenster herunterkurbelte, lehnte sich Jesse lässig an die Tür ihres Wagens und sah sie an.

„Es ist schön, dich wiederzusehen, Cheyenne“, sagte er.

„Ebenso“, entgegnete sie. Ein Kloß bildete sich in ihrem Hals. Fang gar nicht erst an, ermahnte sie sich streng. Hier geht es ums Geschäft. Du willst Land kaufen. Du wirst Nigel helfen, sein Projekt auf die Beine zu stellen. Dann streichst du deinen Bonus ein und kümmerst dich um Mitch und deine Mutter. Danach gehst du zurück nach San Diego und vergisst, dass Jesse McKettrick jemals existierte.

„Wer's glaubt“, murmelte sie.

Jesse, der gerade zu seinem Truck gehen wollte, drehte sich noch einmal um. „Hast du was gesagt?“

Sie schenkte ihm ihr schönstes Lächeln. „Bis gleich“, sagte sie.

Wenn sie so klug wäre, wie andere Leute von ihr dachten, würde sie einfach weiterfahren. Raus aus Indian Rock, vorbei am *Roadhouse*, weit weg von Jesse und all den Erinnerungen und unmöglichen Träumen.

2. KAPITEL

Jesse erreichte das *Roadhouse* als Erster und blieb in seinem Truck sitzen, bis Cheyenne auftauchte. In letzter Zeit langweilte er sich in Indian Rock ein wenig, außer Pokerspielen und Pferdefüttern hatte er nicht viel zu tun. Doch jetzt verriet ihm sein Gefühl, dass sein Leben langsam wieder interessanter werden könnte.

Leise lächelnd zog er Cheyennes Visitenkarte aus der Tasche und las sie noch einmal. *Meerland Real Estate Ventures, Ltd.*

Diesmal machte es klick.

Sein Lächeln erstarb.

Sie wollte Land.

„Verdammt", murrte er und beobachtete durch den Seitenspiegel, wie Cheyenne auf den Parkplatz fuhr. Er seufzte. Sie war ein hübsches Mädchen. Merkwürdig ängstlich allerdings – wie ein Reh, das an der Wasserstelle beim Knacken eines Zweigs sofort den Kopf hebt und Gefahr wittert. Jetzt, als Frau, sah Cheyenne Bridges wunderschön aus. Nicht mehr so dürr wie früher, sondern mit perfekten Rundungen. Wenn sie ihr kräftiges schwarzes Haar offen tragen würde, wäre sie ein echter Hingucker.

Jesse stieg aus dem Truck und wartete, bis Cheyenne auf ihren lächerlich hohen Absätzen auf ihn zugestakst kam. Sie lächelte schwach und berührte ihr Haar.

Beim Poker verriet so eine Bewegung eine Menge, und nicht nur da. Cheyenne war nervös.

Sollte sein Verdacht stimmen, hatte sie auch allen Grund dazu. Stumm zählte er die Fakten zusammen. Sie arbeitete für eine Immobilienfirma und hatte gesagt, dass sie ihm ein Geschäft vorschlagen wollte. Während sie sich einen Moment lang schweigend gegenüberstanden, dachte er kurz, dass er am besten all ihre Hoffnungen sofort begrub. Er würde das Land östlich der Grundstücksgrenze von Triple M nicht verkaufen, falls sie darauf spekulierte. Dieses Land war der einzige Flecken Erde, den er jemals selbst gekauft und nicht geerbt hatte.

Andererseits konnte er sie zumindest anhören. Vielleicht täuschte er sich ja und sie wollte nur mal für ein paar Investoren vorfühlen. Als guter Pokerspieler käme er bestimmt schnell dahinter: Außerdem hatte er so die Möglichkeit, etwas Zeit mit Cheyenne zu verbringen.

Eines stand fest. Cheyenne hatte es ganz schön weit gebracht. Das Auto war zwar nichts Besonderes – vermutlich ein Mietwagen –, aber ihre Kleidung wirkte teuer und elegant. Und auch wenn sie noch ihren Mädchennamen trug, bedeutete das nicht, dass sie nicht verheiratet war. Seine älteren Schwestern Sarah und Victoria hießen auch nach ihrer Heirat weiterhin McKettrick.

Auf der Suche nach einem Ring musterte er Cheyennes Hand, doch ein breiter Riemen ihrer Handtasche verdeckte den Ringfinger.

„Sollen wir?“, fragte er und deutete auf den Eingang.

Sie wirkte erleichtert. „Klar“, sagte sie.

Jesse hielt ihr die Tür auf.

Sein ganzes Leben hatte er schon im *Roadhouse* zu Abend gegessen, doch als er jetzt Cheyenne folgte, kam ihm der Raum fremd vor. Die Geräusche, Gerüche und Farben machten ihn ein wenig schwindlig. Er brauchte eine Sekunde, um sich wieder zu fassen.

Mit der Bedienung war er in den Kindergarten und in die Schule gegangen. Doch als er und Cheyenne ihr nun folgten, hätte er beim besten Willen nicht sagen können, wie sie hieß.

Was zum Teufel war los mit ihm?

Cheyenne rutschte auf den roten Plastikstuhl, während Jesse sich ihr gegenübersetzte und seinen Hut auf das breite Fensterbrett hinter der Miniatur-Jukebox legte. Er bestellte Kaffee, sie Mineralwasser mit einem Stück Zitrone. Dann studierten sie die eingeschweißte Speisekarte. Als eine andere Bedienung an ihren Tisch kam – mit der Jesse ebenfalls zur Schule gegangen war und deren Namen ihm ein Blick auf ihr Namensschild verriet –, bestellte Cheyenne eine französische Zwiebelsuppe, und er nahm einen doppelten Cheeseburger mit Pommes frites.

„Danke, Roselle“, sagte er, um sich wieder in die Wirklichkeit zu befördern.

Roselle berührte seine Schulter, lächelte ihm verführerisch zu und tänzelte davon.

Cheyenne hob eine Augenbraue, sagte aber nichts.

Warum lange um den heißen Brei herumreden, überlegte Jesse.

„Also, Cheyenne, was bringt dich nach all den Jahren zurück nach Indian Rock?", fragte er leichthin.

Sie nippte an ihrem Wasser. „Geschäfte", antwortete sie.

Jesse dachte an sein Land. An die Bäume und Weiden, an den Bach, der in der Sonne so hell glitzerte, dass man blinzeln musste.

Er probierte seinen Kaffee und wartete.

Cheyenne seufzte. Sie wirkte wie jemand, der sich bereit machte, in einen eiskalten See zu springen. „Meine Firma möchte dir einen sehr großzügigen Preis für ..."

„Nein", unterbrach Jesse sie.

„Nein?"

„Nein", wiederholte er.

„Du hast mich nicht ausreden lassen", entgegnete sie. „Wir sprechen über mehrere Millionen Dollar. Ohne Hypotheken. Keine Ballonzahlungen. Cash. Wir können das Geschäft innerhalb von zwei Wochen nach Vertragsunterzeichnung abwickeln."

Ganz instinktiv griff Jesse nach seinem Hut, seufzte, dann zog er die Hand wieder zurück. Er hatte es kommen sehen. Warum fühlte er sich jetzt wie ein Kind, das sich zu Weihnachten eine Spielzeugpistole gewünscht und Unterwäsche bekommen hatte?

„Es wird keinen Vertrag geben", sagte er.

Sie wurde blass und lehnte sich zurück. Ihre Hände zitterten, als sie ihr Wasserglas abstellte.

„Über den Preis können wir reden", sagte sie nach einer Weile.

Er wusste, was sie dachte. Es stand deutlich in ihrem Gesicht. *Mit Geld bekommt man alles.* Sie dachte, er wollte den Preis in die Höhe treiben.

„Du solltest niemals Poker spielen", sagte er.

Das Essen kam.

Roselle zwinkerte ihm zu, als sie den Cheeseburger vor ihn stellte.

„Ich kann solche Frauen nicht leiden", sagte Cheyenne, nachdem Roselle mit wackelnden Hüften wieder Richtung Küche verschwunden war.

Jesse, der gerade seine Pommes in Angriff nehmen wollte, hielt bei dieser überraschenden Wendung des Gesprächs mitten in der Bewegung inne. „Was war das?"

„Solche Frauen", erklärte Cheyenne, beugte sich etwas vor und senkte die Stimme. „Für die sind andere Frauen unsichtbar. Wenn es nach ihnen ginge, wäre die ganze Welt sozusagen ein umgekehrter Harem."

Jesse lachte. „Nun, das ist mal ein interessanter Aspekt", räumte er ein. „Die Suppen hier sind trotzdem ziemlich gut."

Sie nahm ihren Löffel, legte ihn aber wieder hin. „Es ist ja nicht so, als ob ich dich bitten würde, einen Teil von Triple M zu verkaufen", sagte sie. Wieder eine Kehrtwende, doch diesmal war Jesse darauf vorbereitet. „Das Land liegt einfach brach. Ungenutzt."

„Unberührt", korrigierte Jesse sie. „Ich schätze, ihr wollt daraus ein Industriegebiet machen. Oder eine Fabrik bauen – die Welt braucht nämlich noch viel mehr Wegwerfplastik."

„Eigentumswohnungen", sagte Cheyenne und reckte die Schultern.

Er zuckte zusammen. „Noch schlimmer", entgegnete er.

„Menschen müssen irgendwo leben."

„Tiere auch." Als er vorschlug, im *Roadhouse* essen zu gehen, war er wirklich hungrig. Doch jetzt glaubte er, keinen Bissen herunterzubekommen. „Wir haben inzwischen so viele Kojoten und Rotluchse in unseren Straßen, dass die Stadtverwaltung schon überlegt, Preisgelder auf sie auszusetzen. Und wissen Sie, wieso, Ms Bridges?", fragte er kühl.

„Warum die Kojoten und Rotluchse in die Stadt kommen?", fragte sie. „Oder warum die Stadtverwaltung Preisgelder auf sie aussetzen will?"

Jesse biss die Zähne zusammen, dann dachte er an seinen Cousin Keegan und entspannte den Kiefer wieder. „Die wilden Tiere werden immer weiter aus ihrer natürlichen Umgebung vertrieben", erklärte er. „Von Leuten wie dir. Sie müssen schließlich irgendwo leben, verdammt noch mal."

„Wer ist Ihnen wichtiger, Mr McKettrick? Menschen oder Tiere?"

„Kommt darauf an", sagte Jesse. „Ich kenne Leute, die noch von einem tollwütigen Dachs etwas lernen könnten. Außerdem ist es ja nicht so, dass eine neue Apartmentanlage ein Akt der Menschlichkeit wäre. Meistens wird dabei einfach nur die Landschaft verschandelt – und alle sehen gleich aus. Wie aufeinandergestapelte Schachteln."

Cheyenne richtete sich auf. „Ich würde dir gern die Entwürfe zeigen“, sagte sie. „Unser Projekt soll sich anmutig in die Landschaft einfügen und die Umgebung so wenig wie möglich verändern.“

Mit Bedauern betrachtete Jesse seinen Cheeseburger. All die Konservierungsstoffe und Geschmacksverstärker vergeudet, ganz zu schweigen von einer Menge Fett. „Daraus wird nichts“, sagte er. Bei jedem anderen hätte er geblufft und vorgegeben, an einem Verkauf interessiert zu sein, nur um zu sehen, wie weit er gehen konnte. Dass er es nicht tat, verwirrte ihn an meisten.

„Sieh dir einfach mal die Pläne an“, bat sie.

„Sieh dir einfach mal das Land an“, erwiderte er scharf.

Sie lächelte. „Das mache ich, wenn du dir die Pläne anschaust.“

Er lachte. „Du bist hartnäckig.“

„Und du bist dickköpfig.“

Jesse nahm seinen Cheeseburger in die Hand. Inzwischen hatte er festgestellt, dass sie keinen Ehering trug.

„Warst du je verheiratet?“, fragte er.

Sie schien froh über den Themenwechsel, obwohl noch immer ruhige Wachsamkeit in ihren Augen und der Art, wie gerade sie ihre Schultern hielt, lag. „Nein“, sagte sie. „Du?“

„Nein.“ Vor Jahren hatten er und Brandi, ein Rodeo-Groupie, sich von einem Elvis in Las Vegas trauen lassen. Sie waren aber zur Vernunft gekommen, bevor irgendjemand davon erfuhr, und hatten sich darauf geeinigt, sich sofort wieder scheiden zu lassen. Später trennten sie sich in aller Freundschaft. Ab und zu haute sie ihn um ein paar Hundert Dollar an, die er immer schickte. Doch seit ein paar Jahren hatte Jesse nichts mehr von ihr gehört.

Seiner Ansicht nach beantwortete er die Frage also aufrichtig. Brandi war aus seinem Leben so schnell wieder verschwunden, wie sie darin aufgetaucht war. Nach ein paar Bissen von seinem Cheeseburger stieg seine Laune. Proteine richteten ihn immer auf, vor allem nach einem ganzen Tag Poker. Ganz bestimmt hing das nur mit dem Cheeseburger zusammen.

Ganz bestimmt, meldete sich eine Stimme in seinem Kopf, ist das vollkommener Blödsinn. Es liegt an dieser Frau.

„Wie ist die Suppe?“, fragte er.

„Kalt“, entgegnete sie. „Und der Burger?“

„Der verstopft meine Arterien sogar, während wir uns unterhalten."

Cheyenne hob eine Augenbraue, lächelte aber. „Und das ist gut?"

„Vermutlich nicht. Aber es schmeckt gut."

Danach verlief das Gespräch ganz ungezwungen. Sie aßen zu Ende, und Jesse bezahlte. Er brachte Cheyenne zu ihrem Wagen. In Indian Rock gab es zwar praktisch keine Verbrechen, doch diese Art von Höflichkeit war ihm von Kindesbeinen an anerzogen worden.

„Wirst du dir die Pläne wirklich ansehen?", fragte sie leise mit glänzenden Augen, als sie hinter dem Steuer saß.

„Wenn du dir das Land ansiehst", sagte Jesse. „Komm morgen hinauf zur Ranch, so gegen neun. Bis dahin bin ich mit dem Füttern der Pferde fertig."

Sie nickte. Er sah ihren Puls am Hals klopfen. „Ich bringe die Entwürfe mit."

„Ja", rief er spöttisch. „Unbedingt."

Lachend schloss sie die Autotür. „Danke für das Essen", sagte sie durchs offene Fenster.

Zum Abschied wollte er an seinen Hut tippen, als ihm auffiel, dass er ihn im *Roadhouse* vergessen hatte. „War mir ein Vergnügen." Zum ersten Mal in seinem Leben fühlte er sich irgendwie unbehaglich.

Lange sah Jesse Cheyenne hinterher. Normalerweise wäre er jetzt zurück ins *Lucky's* gegangen, um noch ein paar Runden Poker zu spielen, aber heute wollte er lieber nach Hause.

Als er seinen Hut holte, lud Roselle ihn zu einer Party in ihre Wohnung ein. Wenn es nach ihren Augen ginge, stünde er dort ziemlich schnell nackt vor ihr. Ganz offensichtlich war er der einzige Gast auf der „Party".

So freundlich es ging, sagte er „Ein anderes Mal gern", und fügte dann noch „vielleicht" hinzu.

In seinem Truck sah er sich im Rückspiegel an. Wer bist du, fragte er stumm. Und was hast du mit Jesse McKettrick angestellt?

„Ich hab's total vermasselt", verkündete Cheyenne ihrer Mutter, als sie das Haus betrat.

Ayanna saß auf dem alten Sofa und häkelte etwas aus vielen Fäden bunten Garns. „Inwiefern?“, fragte sie ruhig.

Aus dem Nebenzimmer drang Kampflärm. Mitch spielte ein Videospiel auf seinem Laptop. Mitch spielte ständig Videospiele auf seinem Laptop. Als ob er seine eigenen Dämonen in Schach halten könnte, indem er Zeichentrickfiguren erschoss.

„Jesse hat rundweg abgelehnt, das Land zu verkaufen“, sagte Cheyenne.

Ayanna lächelte. „Damit hast du doch gerechnet.“

Mit einem Seufzer warf Cheyenne die schwere Handtasche auf einen Stuhl und schleuderte die Schuhe von den Füßen. „Stimmt.“

„Möchtest du etwas essen?“, fragte Ayanna. „Mitch und ich hatten Käsemakkaroni.“

„Ich hatte Suppe“, entgegnete Cheyenne.

Ihr Handy klingelte.

„Geh nicht ran“, riet ihr Ayanna.

„Das geht nicht.“ Cheyenne holte das Telefon aus der Tasche. „Hallo Nigel.“

„Hast du schon was erreicht?“, fragte Nigel.

Cheyenne sah auf ihre Uhr. „Himmel, Nigel. Du hast dich ja erstaunlich zusammengerissen. Es ist mindestens eineinhalb Stunden her, seit du das letzte Mal angerufen hast.“

„Und da hast du gesagt, dass du mit McKettrick zum Essen verabredet bist. Wie ist es gelaufen?“

„Er hat abgelehnt“, berichtete Cheyenne.

„Einfach so?“

„Einfach so.“

„Wir sind erledigt.“

„Zumindest ist er bereit, sich die Baupläne anzusehen. Unter einer Bedingung.“

„Und die wäre?“

„Dass ich einen Blick auf das Land werfe. Morgen früh. Ich treffe ihn um neun auf seiner Ranch.“

„Also sind wir noch im Rennen?“

„Keine Ahnung“, sagte Cheyenne müde und sank auf einen Stuhl. „Jesse ist zumindest sehr direkt. Sobald er wusste, was ich wollte, war nichts mehr zu machen.“

„Vielleicht hättest du ihn nicht so einfach überfallen dürfen“, überlegte Nigel. Cheyenne konnte geradezu sehen, wie sich die buschigen Augenbrauen ihres Chefs grüblerisch zusammenzogen.

„Du hast mir keine Wahl gelassen, schon vergessen?“

„Ach, jetzt ist es also mein Fehler.“

„Du sitzt mir im Nacken, seit ich gestern Nachmittag in Phoenix aus dem Flugzeug gestiegen bin. Wenn ich das Unmögliche erreichen soll, musst du mir etwas Zeit lassen.“

„Aber du bekommst das doch hin, oder, Cheyenne?“

„Ich bin auf das Erreichen von Unmöglichem spezialisiert.“

„Du musst das für mich hinkriegen, Babe“, flehte er.

„Nenn mich nicht Babe.“ Aus den Augenwinkeln sah sie ihre Mutter lächeln. „Und dräng mich nicht. Wenn ich Neuigkeiten habe, melde ich mich.“

„Aber …“

„Gute Nacht, Nigel.“ Cheyenne drückte auf die Taste.

Mit einem weiteren Seufzer warf Cheyenne das Handy auf den Tisch und stand auf. Ihr Gesicht hellte sich auf. „Weißt du was, Mom? Du bist unglaublich. Du bist erst seit ein paar Stunden in diesem Haus, und es fühlt sich schon wie ein Zuhause an.“

Die Augen ihrer Mutter schimmerten verdächtig. „Ich möchte nur meinen Teil beitragen, Cheyenne. Ich weiß, du denkst, dass du ganz allein bist, aber das stimmt nicht. Du hast mich, und du hast Mitch.“

Cheyennes Hals wurde eng, ihre Stimme klang gepresst. „Wo wir gerade von Mitch sprechen …“

Ayanna legte das Häkelzeug weg, stand auf und ging Richtung Küche. „Ich koche dir einen Kräutertee“, sagte sie. „Das hilft dir bestimmt, besser zu schlafen.“

„Danke.“ Cheyenne schob die halb geschlossene Zimmertür ihres Bruders auf.

Mitch hockte über seinen Computer gebeugt, ein einfaches Modell, das Ayanna vermutlich von dem Geld gekauft hatte, das Cheyenne ihr jeden Monat schickte. Er wirkte so schmal und zerbrechlich in seinem Rollstuhl. Früher war er sportlich – und einer der beliebtesten Jungs an seiner Schule.

„Hey“, sagte Cheyenne.

„Hey“, entgegnete Mitch, ohne den Blick vom Bildschirm zu lösen.

Sie wollte ihm durchs Haar fahren, so wie sie es früher immer getan hatte – vor dem Unfall –, entschied sich aber dagegen. Mitch war neunzehn, und außer seinem Stolz besaß er nicht mehr viel.

Wenn das Geschäft zustande kommt, dachte sie, kaufe ich ihm einen richtigen Computer, so einen wie ich bei *McKettrickCo* gesehen habe. Vielleicht schöpft er dann wieder etwas Hoffnung.

„Ich wünschte, wir könnten zurück nach Phoenix", sagte Mitch.

Bevor sie antwortete, setzte Cheyenne sich auf sein Bett. Ayanna hatte eine Tagesdecke mitgebracht und über das Rollbett gebreitet, das schon alt gewesen war, als Cheyenne aufs College ging. Sicher, ihre Mutter tat ihr Bestes, doch der Raum wirkte trotzdem deprimierend. Die Tapete löste sich von der Wand, und die Vorhänge sahen aus, als hätten sie mindestens eine Überschwemmung erlebt. Der Linoleumboden war abgenutzt, das Muster an vielen Stellen ausgeblichen.

„Was gibt es denn?", fragte sie leichthin, obwohl sie die Antwort bereits kannte. In Phoenix hatte er Freunde. Und Kabelfernsehen. Gegenüber der Wohnung hatte eine große Bücherei mit neuen Computern gelegen. Und hier musste er sich mit einem alten Laptop und einem Rollbett zufriedengeben.

Mitch zuckte nur die Schultern, beendete aber das Spiel und schwenkte seinen Stuhl herum, um sie ansehen zu können.

„Es wird wieder besser werden", sagte sie.

„Das behauptet Mom auch." Mitch klang nicht, als ob er auch nur ein Wort glaubte.

Besorgt betrachtete Cheyenne ihren Bruder. Sie und Mitch hatten unterschiedliche Väter. Ihrer war tot, wo seiner steckte, wusste der Herrgott. Vor zehn Jahren, als sie Indian Rock verlassen hatte, war Mitch neun und sie siebzehn. Als Ayanna ihrem zweiten Ehemann Pete nach Phoenix folgte und Mitch mitnahm, studierte Cheyenne gerade im zweiten Jahr an der University of Arizona. Dort versuchte sie, gute Klausuren zu schreiben und gleichzeitig Geld zu verdienen. Mitch hatte ihr damals einen flehenden Brief geschrieben, in dem er sie bat, zurückzukommen und mit ihm zusammen wieder in das heruntergekommene Haus in Indian Rock zu ziehen. Zu der Zeit liebte er Indian Rock noch und die Freiheit, in einer kleinen Stadt aufzuwachsen.

Sie antwortete mit einer Postkarte, die sie hastig in einer Pause bei Hooters schrieb. *Sei vernünftig.* Sie wollte nicht zurück, und selbst wenn, Ayanna hätte niemals erlaubt, dass ihre Kinder allein in dem alten Haus lebten. *Dir wird Phoenix gefallen*, hatte sie geschrieben.

„Es tut mir leid, Mitch", sagte sie jetzt. Natürlich hätte Ayanna die beiden Geschwister nie und nimmer hier wohnen lassen. Zumal sie das bisschen Geld für die Miete bitter nötig hatte. Aber sie hätte freundlicher auf seinen verzweifelten Brief antworten können.

„Was?", fragte er.

„Alles."

„War nicht dein Fehler", sagte Mitch. „Der Unfall, meine ich."

Ich hätte zurückkommen und als Bedienung im Roadhouse *oder* Lucky's *arbeiten können. Ich hätte Ayanna Miete zahlen können und wahrscheinlich sogar etwas finanzielle Unterstützung vom Staat bekommen, um meinen kleinen Bruder großzuziehen. Wenn ich es nur versucht hätte ...*

„Hier wäre der Unfall nicht passiert."

„Wer weiß", murmelte er. „Vielleicht war es Schicksal – vielleicht wäre ich so oder so im Rollstuhl gelandet."

Wegen all der Bilder, die immer irgendwo in ihrem Unterbewusstsein lauerten, schloss Cheyenne die Augen: Mitch, sechzehn und übermütig, wie er in der Wüste mit seinen Freunden auf einem Four-Wheeler ein Rennen fuhr. Der Unfall und die schlimme Verletzung des Rückgrats. Wie sie nach dem panischen Anruf ihrer Mutter ins Krankenhaus gerast war, das lange Warten in der Notaufnahme, als niemand ihnen sagen konnte, ob er überleben würde.

Die Operationen.

Die langsame, qualvolle Genesung.

In der Zeit hatte Cheyenne gerade angefangen, sich bei *Meerland* einen Namen zu machen. Ständig war sie zwischen San Diego und Phoenix hin und her gefahren, bewaffnet mit Laptop und Handy. Sie arbeitete hart, um Nigel zu beweisen, dass sie es schaffen konnte.

Und sie schaffte es. Regelmäßig löste sie ihre erschöpfte Mutter am Krankenbett ab. Pete, Ehemann Nummer zwei und Mitchs Vater, machte sich aus dem Staub, als er kapierte, dass er sich ein einziges Mal wie ein verantwortungsvoller Erwachsener benehmen sollte. Im Krankenhaus freundete sie sich mit einem von Mitchs Chirurgen an und überredete ihn, bei *Meerland* zu investieren. Und als er kurz darauf erhebliche Gewinne einstrich, brachte er eine Menge Kollegen mit an Bord. Mitchs Zustand besserte sich allmählich. Nachdem er das Krankenhaus verlassen hatte, ging Cheyenne zurück nach San Diego und stürzte sich dort mit all ihrer Energie in die Arbeit.

„Meinst du, wir könnten uns einen Hund anschaffen?"

Cheyenne blinzelte. „Einen Hund?"

Mitch lächelte, und das kam so selten vor, dass ihr Herz höher schlug. „In unserer Wohnung ging das nicht", erklärte er.

„Aber ihr werdet zurückgehen …"

„Ich gehe nie mehr zurück", verkündete er voller Überzeugung.

„Warum sagst du so was?"

„Hier müssen wir keine Miete zahlen. Außerdem redet Mom davon, wieder mit dem Malen anzufangen, sich eine Arbeit als Bedienung zu suchen oder Souvenirs zu verkaufen. Wahrscheinlich lernt sie bald irgendeinen Versager kennen und wird dann alles tun, um ihn vor sich selbst zu retten."

Obwohl Ayanna eine kluge Frau war, stolperte sie in ihrem Liebesleben von einer Katastrophe in die nächste. Aber zumindest hatte sie nach Pete nicht noch einmal geheiratet.

In Cheyennes Augen brannten Tränen. Sie war froh, dass der Computer den Raum nur unzureichend erhellte.

„Ich wünschte", begann Mitch, als Cheyenne nichts sagte, nichts sagen konnte, doch dann brach er ab.

„Was, Mitch?", fragte sie nach einer Weile. „Was wünscht du dir?"

„Ich wünschte, ich könnte mir einen Job suchen, eine Freundin haben … ich wünschte, ich könnte ein Pferd reiten."

Cheyenne wusste nicht, was sie antworten sollte. Es gab nicht viele Jobs in Indian Rock, schon gar nicht für einen Behinderten. Und Mädchen ins Mitchs Alter gingen entweder zur Arbeit oder aufs College und verabredeten sich mit Jungs, mit denen sie etwas unternehmen konnten. Und reiten? Das war nur etwas für Menschen mit zwei gesunden Beinen und mehr Mut als Verstand.

„Könntest du dir nicht etwas anderes wünschen?“, fragte sie leise.

Da lächelte Mitch traurig, wandte sich wieder ab und spielte weiter am Computer. Ein paar Minuten blieb Cheyenne noch hilflos auf dem Bett sitzen. Dann stand sie auf, legte kurz die Hand auf seine Schulter und verließ das Zimmer.

Die Scheinwerfer von Jesses Truck glitten über das alte hölzerne Schulgebäude, das Jeb McKettrick für seine Braut Chloe, eine Lehrerin, gebaut hatte. Jesses Schwestern hatten das Häuschen als privaten Spielplatz genutzt, und Jesse, zehn Jahre jünger als sie, verwandelte es zu seiner Zeit in ein Fort. Inzwischen diente es seinen Eltern als Büro, wenn sie die Ranch besuchten, was allerdings selten vorkam.

Er parkte neben dem Stall, ging hinein und schaute nach den Pferden. Sie waren morgens gefüttert und bewegt worden, doch er füllte trotzdem noch etwas getrocknetes Bermudagras in ihre Tröge, als Wiedergutmachung, weil er so lange weg gewesen war.

Für jedes einzelne Tier nahm er sich Zeit und striegelte es. Danach blieb ihm nichts mehr zu tun, als in das leere Haus zu gehen.

Ein großes Haus. Generationen von McKettricks hatten hier und dort angebaut, mal ein Zimmer, mal ein ganzes Stockwerk. Seit seine Eltern die meiste Zeit in Palm Beach lebten, wo sie Golf spielten und Feste feierten, und seine Schwestern Victoria und Sarah mit ihren reichen Männern um die Welt reisten, war Jesse der inoffizielle Eigentümer des Hauses.

Er trat durch die Küchentür ein und knipste das Licht an.

In dem Haus, das seinen Cousinen Meg und Sierra gehörte, spukte es angeblich. Jesse wünschte oft, es wäre hier ebenso, dann würde er sich zumindest nicht so einsam fühlen. Er ging zu dem begehbaren Kühlschrank, nahm eine Flasche Bier heraus und ließ den Verschluss aufschnappen. Eigentlich sollte er sich einen Hund anschaffen, doch dafür war er zu selten zu Hause. Es wäre unfair, einer armen unschuldigen Kreatur ein einsames Leben aufzuzwingen, nur damit ihn jemand freudig begrüßte, wenn er nach Hause kam.

„Du drehst langsam durch, McKettrick“, sagte er laut.

Er dachte an Cheyenne – er dachte die ganze Zeit an sie, seit sie sich auf dem Parkplatz verabschiedet hatten. An ihre langen Beine, die ausdrucksvollen Augen und die vollen Lippen. Sie war wirklich hübsch. Und intelligent.

Das Telefon klingelte. Verärgert stellte er sein Bier ab und griff nach dem Hörer. „Yo", sagte er. „Hier spricht Jesse."

„Selber yo", entgegnete Sierra. Sie wollte in knapp einem Monat Travis Reid, einen seiner besten Freunde, heiraten. Die beiden wünschten sich Jesse als Trauzeugen. Früher hatte er sich öfter gewünscht, nicht mit ihr verwandt zu sein, um sie – zumindest in seiner Fantasie – Travis auszuspannen.

„Was gibt's?", fragte er.

„Wir feiern eine Vorhochzeits-Party", sagte Sierra. „Samstagabend. Livemusik. Barbecue. Fahrt auf dem Heuwagen. Das volle Programm. Du bist eingeladen. Bring jemanden mit."

„Samstag habe ich ein wichtiges Turnier. Im Cliffcastle-Kasino. Kein Limit und jede Menge Touristen, die glauben, das Spiel zu beherrschen, nur weil sie die World Poker Tour im Fernsehen verfolgen."

„Komm schon, Jesse. Du verbringst sowieso zu viel Zeit am Spieltisch. Und zwing mich nicht, dir ein schlechtes Gewissen zu machen. Nach dem Motto: Du bist der Trauzeuge und somit verpflichtet, am Samstag zu kommen."

„Dazu würde ich dich niemals zwingen", entgegnete Jesse trocken und trank einen großen Schluck Bier. „Leider hast du es schon getan."

Sie lachte. „Könnte schlimmer sein. Liam rechnet fest damit, dich zu sehen. Meg fliegt extra aus San Antonio hierher, und Rance und Keegan haben ihre Termine so gelegt, dass sie auch kommen können. Es wäre natürlich reichlich plump von mir zu betonen, dass ihre Termine sicher wichtiger sind als ein Pokerturnier. Deshalb tue ich es nicht."

Jesse seufzte. „Okay", sagte er. „Aber dafür schuldest du mir etwas."

„Was denn?"

„Schick mir eins eurer Gespenster rüber, okay? Es ist viel zu still hier."

3. KAPITEL

Am nächsten Morgen erschien Cheyenne um Punkt neun Uhr auf der Ranch. Jesse hatte alle Pferde bis auf zwei zum Grasen auf die Koppel gebracht und danach seinen schwarz-weißen Wallach Minotaur gesattelt. Jetzt kümmerte er sich gerade um Pardner.

Er zog den Gurt fester um den Bauch des Pferdes und schüttelte den Kopf, als Cheyenne aus dem Auto stieg. Sie trug einen taillierten beigefarbenen Hosenanzug und hohe Schuhe mit geschmackvollen Messingschnallen. Ihr Haar hatte sie wie am Tag zuvor geschäftsmäßig hochgesteckt – schlief sie etwa mit dieser Frisur? Kurz überlegte er, wie sich ihre Haarsträhnen wohl zwischen seinen Fingern anfühlen würden.

Tapfer lächelnd stöckelte sie über den zerfurchten Boden auf ihn zu, beäugte misstrauisch die Pferde und schaute hastig wieder weg. „Was für ein schöner Morgen", sagte sie.

Statt zu antworten, nickte Jesse halb, tippte gegen seinen Hut und ärgerte sich sofort darüber. So viel zum Thema *Tells*. Da hätte er auch gleich ein Plakat aufhängen können mit den Worten: *Cheyenne Bridges fasziniert mich. Mit freundlichen Grüßen, Jesse McKettrick.* „Is' hier immer so. Das ganze Jahr."

Sie sog hörbar den Atem ein, ihr tapferes Lächeln zitterte ein wenig auf den vollen Lippen. Dann atmete sie aus und richtete den Träger ihrer albernen Handtasche. „Lass uns einen Blick auf das Land werfen", sagte sie, während der Autoschlüssel in ihrer rechten Hand klimperte.

Ausführlich musterte Jesse ihre Kluft und sah dann zu Pardner und Minotaur, die fertig gesattelt und aufgezäumt geduldig warteten. „Dein kleines Auto da", sagte er, „wird es niemals bis auf den Bergrücken schaffen. Da oben gibt es nichts als Trampelpfade."

„Du willst doch nicht etwa vorschlagen, dass wir … reiten?" An dieser Stelle machte Cheyenne eine kurze Pause – so kurz, dass man sie hätte überhören können. Doch Jesse war zu geübt darin, auf alles zu achten, was andere Menschen verriet. „Auf Pferden?"

„Das ist üblicherweise der Grund, warum man Pferde sattelt", sagte er. „Zwei Menschen. Zwei Pferde. Man muss kein Genie sein, um diese Aufgabe zu lösen."

Daraufhin trat Cheyenne unbehaglich von einem Bein aufs andere. Ihre Schuhe passten vielleicht in einen Konferenzraum, aber nicht nach Triple M. Hier wirkten sie geradezu lächerlich. „Ich habe nicht mit einem Ausritt gerechnet."

„Das sehe ich", bemerkte Jesse trocken. „Aber dir ist schon klar, dass diese fünfhundert Morgen Land, die du unbedingt mit einem Bulldozer plattmachen willst, um hübsche Apartments darauf zu errichten, ziemlich weit vom Schuss weg liegen?"

„Selbstverständlich", erwiderte sie ein wenig stockend. „Ich habe wochenlang recherchiert. Ich kenne mich in meiner Branche aus, Mr McKettrick."

„Jesse", korrigierte er sie. „Und von was für einer Art ‚Recherche' sprichst du konkret? Hast du vielleicht einen Parzellierungsplan im Internet gefunden? Und den Zugang zu Strom und Wasser überprüft?" Er wartete einen Moment, um seine Worte wirken zu lassen. Dabei betrachtete er noch einmal ihren Hosenanzug. „Zumindest bist du vernünftig genug, um Hosen zu tragen", fügte er wohlwollend hinzu.

„Wie bitte?"

„Besitzt du überhaupt eine Jeans?"

„Ich trage während der Arbeit keine Jeans", erwiderte sie scharf.

„Ich schätze, das gilt dann auch für Stiefel."

„Das schätze ich auch", sagte sie leise und ließ die Schultern sinken. Der Riemen ihrer Handtasche rutschte herunter.

„Komm rein." Er deutete auf sein Haus. „Mom hat ungefähr deine Größe. Du kannst dir was von ihr leihen."

Doch Cheyenne stand so reglos da, als ob sie Wurzeln schlagen wollte. „Ich weiß nicht …"

Vielleicht sollte ich den Einsatz um ein oder zwei Chips erhöhen, dachte Jesse. „Haben Sie Angst, Ms Bridges?"

Ihr Mundwinkel zuckte, und er überlegte, ob sie sich ärgerte oder ein Lächeln unterdrückte.

„Ja", gestand sie dann mit einer Aufrichtigkeit, dass Jesse wünschte, er hätte sie vorher nicht so aufgezogen.

„Pardner ist völlig harmlos", sagte er. „Man könnte sich unter seinen Bauch setzen, in eine Trillerpfeife blasen, seinen Schwanz mit beiden Händen packen, und er würde noch immer keinen Mucks von sich geben."

Stumm biss sie sich auf die Lippe. Jesse sah, wie ihre Augen sich weiteten, als sie Minotaur taxierte und dann hoffnungsvoll zu Pardner sah.

„Du bestehst darauf, oder?“, fragte sie und warf ihm einen Blick zu, der ihm direkt in die Magengrube fuhr. Als ob sich eine Falltür über einer bodenlosen Schlucht öffnete. Das ging so schnell, dass er nach einem Haltegriff suchte, ihn aber nicht zu fassen bekam.

„Nein“, sagte er. Denn wenn sie jetzt ginge, würde sie ihre Selbstachtung verlieren. Das spürte Jesse ganz deutlich. Er konnte es ihr jetzt nur noch so leicht wie möglich machen. „An diesem Land kann man nicht einfach mal so vorbeifahren. Du musst wirklich dort sein, damit es mit dir spricht.“

„Vielleicht könntest du einen Blick auf die Pläne werfen, und ich komme ein andermal …“

„Halt!“, rief er abwehrend. „Klar könnte ich dich jetzt gehen lassen, aber auf lange Sicht würdest du mir das nur vorwerfen.“

„Sieh dir bitte einfach die Entwürfe an, Jesse. Ich bin nicht darauf eingestellt …“

Auf einmal erkannte Jesse, dass dies ein entscheidender Moment für sie beide war, viel wichtiger, als es oberflächlich betrachtet vielleicht aussah. Hier spielte sich etwas Wesentliches ab. Auch wenn er es nicht genau benennen konnte, trotz all der Psychologievorlesungen, die er auf der Uni besucht hatte. „Als ob du tatsächlich morgen oder übermorgen wiederkommen würdest!“ Er kniff die Augen zusammen. „Wenn du denkst, dass ich einfach die Entwürfe auf dem Küchentisch ausbreite und frage, wo ich unterschreiben soll, dann irrst du dich gewaltig.“

Daran hatte sie erst einmal eine Weile zu kauen. Und wenn ihr das Land nicht so wichtig gewesen wäre, hätte sie ihm vermutlich erklärt, wohin er sich seine Pferde und den ganzen Stall stecken konnte.

„In Ordnung“, sagte sie nach einer Weile.

„In Ordnung was?“

Cheyenne seufzte. „In Ordnung, ich leihe mir etwas von deiner Mutter und reite auf dem elenden Gaul. Aber wenn ich mir das Genick breche, wirst du damit leben müssen.“

Ein breites Lächeln erhellte Jesses Gesicht. Er hatte Cheyenne von Anfang an gemocht. Doch jetzt respektierte er sie auch, und das gab dem Ganzen noch eine ganz andere Dimension. Sie war so mutig, ihre Angst einzugestehen, und bereit, sie zu überwinden, um weiter im Spiel zu bleiben.

„Das wird nicht passieren", versicherte er. „Ich weiß, dass du keine Ahnung vom Reiten hast. Schon allein deshalb würde ich dich niemals auf ein gefährliches Pferd setzen."

Mit diesen Worten führte er sie ins Haus. Während sie in der Küche wartete, suchte er eine alte Jeans, ein Paar abgetragene Stiefel und ein Flanellhemd seiner Mutter zusammen. Als er zurückkam, sah sie durch das Fenster über dem Spülbecken auf das alte Schulgebäude.

„Ist das wirklich eine Ein-Zimmer-Schule?", fragte sie, als er ihr den Kleiderhaufen in den Arm drückte.

Er nickte. „Die Tafel ist noch da, und ein paar Tische. Sieht noch ziemlich genauso aus wie 1880, als Jeb sie für seine Braut gebaut hat."

Mit großen und wehmütigen Augen sah sie ihn an. „Dürfte ich mir die mal ansehen?"

„Klar." Er runzelte die Stirn. „Warum siehst du so traurig aus, Cheyenne?"

Ihr Versuch, zu lächeln, misslang. Sie drückte die Kleider fester an sich. „Habe ich traurig ausgesehen? Ich bin nicht traurig, ich habe mir nur überlegt, wie es sein muss, so eine Familiengeschichte wie die der McKettricks zu haben."

„Jeder hat eine Familiengeschichte", erwiderte er und wusste, dass sie gelogen hatte. Denn zweifellos war Cheyenne traurig.

„Wirklich?", fragte sie leise. „Ich habe die Eltern meines Vaters nie kennengelernt. Die Mutter meiner Mutter starb, als ich dreizehn war. Und niemand hat etwas erzählt oder aufgeschrieben. Es gibt ein paar wenige Fotos. Aber auf ihnen erkenne ich nicht mehr als ein oder zwei Leute. Es ist, als ob wir alle einfach aus dem Nichts aufgetaucht wären."

In diesem Moment wollte er Cheyenne küssen. Doch er beschränkte sich darauf, nur kurz mit dem Finger an ihre Nase zu tippen, weil sie noch immer so wachsam wirkte wie das Reh, an das er bei ihrem ersten Treffen hatte denken müssen. Und er wollte nicht, dass sie weglief.

„Bereit für den Ausritt?", fragte er.

„Ich könnte nicht bereiter sein“, antwortete sie.

Also erklärte Jesse ihr den Weg zum nächstgelegenen Badezimmer, woraufhin sie mit erhobenem Kopf losmarschierte wie zur Kleiderkammer eines Gefängnisses.

Die Jeans waren ein wenig zu weit, doch die Stiefel passten. Cheyenne faltete Hose, Blazer und die Seidenbluse sorgfältig zusammen. Ihre Lieblingsschuhe stellte sie ordentlich daneben. Dann sah sie in den Spiegel über dem altmodischen Waschbecken.

„Du kannst das“, sagte sie zu sich selbst. „Du musst es einfach können.“ Sie drehte den Kopf und betrachtete sich erst von der einen und dann von der anderen Seite. „Und übrigens, dein Haar sieht so aufgesteckt total albern aus.“

„Kann man nichts machen“, entgegnete ihr Spiegelbild.

Auf dem Weg zurück in die Küche verlief sie sich zweimal. Jesse betrachtete sie von Kopf bis Fuß, und ihre Haut begann zu prickeln.

Er schien sich so wohlzufühlen, dass Cheyenne der unbändige Wunsch überkam, ihn zu reizen. Aber das ging natürlich nicht. Später konnte sie ihre Wut an Nigel auslassen, wenn sie ihm berichtete, dass sie ihr Leben für seine verdammte Apartmentanlage riskiert hatte, indem sie auf einem Pferd in die bescheuerte Wildnis geritten war. Vorausgesetzt, dass sie nicht in der Notaufnahme landete, bevor sie die Möglichkeit hatte, ihn anzurufen.

„Immer mit der Ruhe“, sagte Jesse behutsam. Gegen Freundlichkeit war Cheyenne gewöhnlich machtlos. Doch schon mit dem nächsten Atemzug entfachte er ihre Wut erneut. „Wie gesagt, Pardner ist ein gutes Pferd, und er ist an Kinder und Angsthasen gewöhnt.“

„Ich bin kein Angsthase“, entgegnete Cheyenne knapp.

Da lachte Jesse und schlenderte zur Hintertür. Dort verharrte er und sah sie noch einmal lange an. „Und ein Kind bist du ganz offensichtlich auch nicht. Mein Fehler.“

„Du genießt das ganz offensichtlich“, sagte Cheyenne und folgte ihm nach draußen in den warmen Frühlingsmorgen. Dort lief sie geradewegs auf Mann und Pferd zu, aus Angst, den Mut zu verlieren, wenn sie nur einmal stehen blieb.

„Hast du noch nie auf einem Pferd gesessen?“, wunderte er

sich, als sie neben ihm stand. „Wie hast du das denn hinbekommen in Indian Rock?"

Vielleicht hatten sie als Kinder dieselbe Postleitzahl und waren auf dieselbe Schule gegangen. Doch davon abgesehen hätten sie auch auf unterschiedlichen Planeten aufwachsen können. Unfähig, ihren Ärger zu verbergen, warf sie Jesse einen bösen Blick zu, während sie einen Fuß in den Steigbügel schob und den Sattelknauf mit beiden Händen umklammerte. „Ich war wohl zu beschäftigt mit Debütantinnen-Bällen und Teetrinken im Country Club", konterte sie. „Da blieb keine Zeit, um auf die Jagd zu gehen oder Polo zu spielen."

Immerhin brachte sie Jesse damit zum Lachen. Gleichzeitig schob er eine Hand unter ihren Hintern und hievte sie mit einer kräftigen Bewegung aufs Pferd. Dort landete sie mit einem Plumps, der ihren Körper vom Kopf bis zu den Zehen durchschüttelte.

„Du kannst den Sattelknauf jetzt loslassen", sagte er. „Pardner wird still wie eine Statue hier stehen, bis ich auf Minotaur sitze und losreite."

Nur sehr zögerlich löste Cheyenne einen Finger nach dem anderen von dem Knauf. „Du lässt ihn aber nicht galoppieren, oder?"

Jesse reichte ihr die Zügel. „Halt die Zügel ganz locker", wies er sie an. „Genau so. Er bleibt schon bei einem ganz leichten Anziehen stehen. Also zerr nicht, sonst tust du ihm weh."

Cheyenne nickte nervös. Vermutlich wog das Tier so viel wie ein Volkswagen, und wenn einer von ihnen verletzt wurde, dann wohl eher sie. Aber wie auch immer, sie wollte ihm gewiss keine Schmerzen zufügen.

Obwohl sie ganz gut in Form war, taten ihr die Innenseiten ihrer Schenkel jetzt schon weh. Sollte sie ein paar Tonnen Wundsalbe auf ihr Spesenkonto setzen?

„Alles klar?", fragte Jesse.

Unfähig zu antworten, biss sie sich fest auf die Unterlippe und nickte einmal lebhaft.

Lächelnd legte er kurz eine Hand auf ihren Schenkel. Dann wandte er sich ab und bestieg sein Pferd mit der Eleganz eines Cowboys. Wenn Nigel hier gewesen wäre, hätte er Gelegenheit gehabt, mal wieder eines seiner Klischees von sich zu geben, nämlich dass Jesse McKettrick aussah, als ob er auf dem Rücken eines Pferdes geboren worden wäre.

Damit Minotaur sich in Bewegung setzte, stieß Jesse dem Wallach leicht in die Seite.

„Keine Sporen?“, fragte Cheyenne, die ihre Kenntnisse über Pferde einzig und allein aus Western bezog. Natürlich wusste sie, wie albern ihr Kommentar klang. Doch nachdem Pardner nun auch loslief, musste sie einfach irgendetwas sagen, um ruhig zu bleiben.

Jesse betrachtete sie so düster, als hätte sie vorgeschlagen, das arme Viech auf eine Heugabel zu spießen. „Keine Sporen auf Triple M“, sagte er. „Niemals.“

Mit schweißnassen Händen umklammerte Cheyenne die Zügel und wartete darauf, dass ihr Herzschlag wieder seine übliche Frequenz annahm. Und tatsächlich war es gar nicht so schlimm – sie schaukelte einfach nur ein wenig hin und her. Solange hier kein spontanes Kentucky Derby ausgerufen wurde, standen die Chancen nicht schlecht, mit dem Leben davonzukommen. Außerdem bot dieses Abenteuer mal eine erfrischende Abwechslung zu all dem Papierkram und den ständigen Besprechungen mit interessierten Investoren.

Am Gatter angekommen, beugte Jesse sich vor und schob den Riegel zurück. Das Holz war verwittert, wie Cheyenne feststellte, nachdem sie nicht länger hyperventilierte, und vermutlich genauso alt wie das Schulhaus. Und doch standen die Pfosten ganz aufrecht und gerade.

Genauso wenig wie Sporen gab es auf Triple M offenbar Stacheldraht. In Anbetracht der Größe des Grundstücks – die Einheimischen scherzten gern, dass man es besser in Staaten als in Morgen messen könne – eine ziemlich beachtliche Leistung.

Cheyenne ritt durch das Gatter und wartete, bis Jesse es wieder geschlossen hatte.

„Ich sehe keinen Stacheldraht“, sagte sie.

„Weil es keinen gibt.“ Jesse schob sich den Hut tiefer über die Augen. „Pferde verletzen sich auch ohne rostige Stacheln leicht genug.“

Obwohl er ihr so viel zumutete, bevor er sich die Entwürfe ansah, stieg ihre Achtung vor Jesse. Sporen waren grausam und Stacheldraht auch. Offensichtlich lehnte er beides ab, und das brachte ihm einige Pluspunkte bei ihr ein.

Andererseits war Jesse auch früher nie gemein, dachte sie. Nur ein bisschen wild.

„Und was machst du so den ganzen Tag?“, fragte sie, als sie durch das hohe duftende Gras auf einen entfernten Berg zuritten. Weiße Wolken sammelten sich am Horizont wie Schaum auf einer Welle, und der Himmel leuchtete so blau wie Jesses Augen.

„Was ich den ganzen Tag mache? Du meinst, außer mit attraktiven Frauen durch das Gelände zu reiten?“

Das Kompliment schmeichelte ihr, doch sie rief sich sofort wieder zur Vernunft. Sie musste vorsichtig sein. Natürlich besaß sie einige Erfahrung aus früheren Beziehungen, aber Jesse McKettrick spielte in einer ganz anderen Liga. Das zu vergessen, würde sie nur in Schwierigkeiten bringen.

Daher lächelte sie nur und nahm beide Zügel in eine Hand, um sich die andere an der Jeans abzutrocknen. „Du musst doch bestimmt die Rinderherden hüten oder so etwas“, präzisierte sie ihre Frage.

„Rance hätte gern ein paar Hundert Rinder“, sagte er und trieb sein Pferd ein klein wenig an. „Aber auf Triple M gibt es eigentlich keine Viehzucht mehr. Wir sind inzwischen eher Hobbyfarmer, könnte man sagen. Ich trainiere ein paar Pferde, reite gelegentlich Rodeo und spiele verdammt oft Poker. Und du, Cheyenne? Was machst du den ganzen Tag?“

„Ich arbeite.“ Verärgert stellte sie fest, dass sie wie eine arrogante Zicke klang. Aber noch mehr ärgerte sie sich darüber, dass sie zu stolz war, den Satz ein wenig zu entschärfen.

Er tat so, als ob er sich einen Pfeil oder einen vergifteten Speer aus der Brust reißen müsste. Doch dabei lächelte er so unverschämt wie immer. Nichts, was sie sagte, würde ihm jemals unter die Haut gehen.

Was sie natürlich auch gar nicht beabsichtigte. Zumindest nicht sehr.

„Wie weit werden wir reiten?“

„Nur diesen Berg hinauf.“ Sein Pferd trabte jetzt, und Pardner machte es Minotaur nach. „Von dort aus hat man eine Sicht, die dir den Atem rauben wird.“

Cheyenne schluckte, sie hopste im Sattel so hart auf und ab, dass sie befürchtete, sich die Zunge abzubeißen. Ihre Großmutter, die von Apachen abstammte, würde beim Anblick ihrer Enkelin auf dem Pferd vor Scham sterben – wenn sie nicht schon tot wäre.

Oh bitte, lass mich dieses Land nicht allzu sehr lieben, betete sie.

Durch ein kaum bemerkbares Ziehen an den Zügeln bremste Jesse sein Pferd etwas. „Wünschst du dir manchmal, etwas anderes zu tun?“, fragte er.

Die Frage verwirrte Cheyenne zunächst, weil sie sich auf zwei ganz andere Dinge konzentrieren musste: erstens nicht vom Pferd zu fallen und zweitens nicht einfach alles wegzuwerfen, wofür sie hart gearbeitet hatte, nur weil ihr die Landschaft hier so gut gefiel.

„Es ist eine Herausforderung“, erklärte sie. „Manchmal macht es Spaß, manchmal frustriert es mich. Unser letztes Projekt richtete sich an die mittlere Einkommensschicht, und ich fand es schön zu wissen, dass junge Familien dort wohnen und ihre Kinder aufziehen werden.“

Dass dieses Projekt Nigel fast in den Ruin getrieben hätte, brauchte Jesse nicht zu wissen. Genau deshalb war ihr Chef jetzt ja so versessen darauf, dieses Land zu erwerben.

Sie hatte angeboten, eine der Wohnungen in dem Gebäude zu kaufen, das Nigel ihr gegenüber nur noch als El Fiasco bezeichnete. Ayanna und Mitch hätten dort leben können. Die Wohnungen wurden für einen Spottpreis abgegeben. Aber Ayanna hatte sie besichtigt, sich bei Cheyenne für das Angebot bedankt und mit den Worten abgelehnt, sie würde lieber in einem Wigwam wohnen als hier.

Diese Zurückweisung schmerzte Cheyenne noch immer. Und das von einer Frau, die in einer Sozialwohnung lebte. Wo die Mülltonnen überquollen und die Hauswände mit Graffiti vollgeschmiert waren.

„Wo war das?“, fragte Jesse.

„Außerhalb von Phoenix.“ Nun ritten sie einen steilen Pfad hinauf. Bevor er fragen konnte, fügte sie hinzu: „Der Name würde dir nichts sagen.“

„Wie hieß denn die Apartmentanlage?“

Sie vermied es, ihn anzusehen. Oben entdeckte Cheyenne ein

weiteres Gatter. Dahinter lagen prächtige Kiefern, deren Nadeln sich scharf gegen den Himmel abhoben. „Casa de Meerland", sagte sie.

„Einprägsamer Name", meinte er trocken. „Ich habe davon in der *Republic* gelesen."

Toll, dachte Cheyenne. Also wusste er von den Verzögerungen, den Gerichtsprozessen, den unverkauften Einheiten und den wütenden Investoren. „Wie ich dir schon gestern Abend sagte", erklärte sie betont fröhlich, „sind wir bereit, in bar zu zahlen. Also brauchst du dir über den Ruf der Firma keine Sorgen zu machen. Wir sind absolut solide."

„Der Ruf deiner Firma ist das Letzte, worüber ich mir Gedanken mache. Diesen wunderbaren Wald abzuholzen und die Wiesen einzuzementieren – darüber mache ich mir allerdings schon ein paar Gedanken."

„Wir hatten eine Vereinbarung", sagte Cheyenne. „Ich schaue mir das Land an, und du gibst den Entwürfen eine Chance. Ich hoffe, dass du Wort hältst."

„Ich halte mein Wort immer", erklärte Jesse.

Wenn er sein Wort immer hielt, dann vermutlich, weil er es von vornherein erst gar nicht gab, dachte sie grimmig.

„Was tust du sonst, wenn du nicht gerade die Umwelt verschandelst?", fragte er.

Dafür erntete er einen bitterbösen Blick, der ihm jedoch nur ein weiteres Lachen entlockte.

„Ich habe keine Zeit für Hobbys", erwiderte sie knapp.

„Ich könnte dir Reitunterricht geben."

„Danke, nein", entgegnete sie etwas zu schnell und zu barsch.

„Nur mal angenommen, ich verliere völlig den Verstand und verkaufe dir das Land. Würdest du dann noch eine Weile in der Stadt bleiben?"

Diese Frage erschütterte sie ein wenig, wobei sie hoffte, das einigermaßen verbergen zu können. Gab es vielleicht doch noch einen Funken Hoffnung auf das Geschäft? Und auf welche Antwort hoffte er? Dass sie verschwand, sobald die Tinte auf dem Vertrag getrocknet war, oder dass sie auf unbestimmte Zeit blieb? Letztlich spielte es keine Rolle, was er wollte.

„Dann würde ich ein halbes Jahr oder ein Jahr bleiben, die Bauarbeiten überwachen und ein kleines Verkaufsbüro einrichten", antwortete sie wahrheitsgemäß.

Nun erreichten sie das zweite Gatter, und wieder beugte Jesse sich über den Hals des Pferdes. Daher konnte sie sein Gesicht nicht sehen. Aber sie spürte etwas in seiner Haltung – als ob er einen schweigenden Kampf mit sich ausfocht. Bisher war er sehr unnachgiebig. Wurde er vielleicht langsam weich?

Sie verspürte eine Mischung aus Hoffnung und Enttäuschung in sich aufsteigen.

„Du könntest vielleicht den leeren Laden neben *Cora's Curl and Twirl* mieten", sagte er. „Als Büro, meine ich."

Bei diesem Satz schienen Cheyennes Herz kleine Flügel zu wachsen, die kurz aufschlugen und sich dann wieder legten. „Ich erinnere mich an *Cora's Curl and Twirl.*" Ein falsch gewähltes Wort konnte alles zerstören. „Schneidet Cora noch immer selbst die Haare und bringt kleinen Mädchen bei, die Tambourstöckchen herumzuwirbeln?"

„In Indian Rock verändert sich nicht viel", erklärte Jesse strahlend. „Hast du auch bei Cora Unterricht gehabt?"

Etwas Spitzes steckte plötzlich in ihrem Hals. Gott, sie hatte sich so sehr nach einem rosa Ballettröckchen und Tambourstöckchen mit glitzernden Quasten an beiden Enden gesehnt, danach, eines der glücklichen Kinder zu sein, die jeden Samstagmorgen zum Tanzunterricht in den Laden stürmten. Aber ihre Eltern hatten nie genug Geld gehabt – weil Cash Bridges jeden übrig gebliebenen Penny beim Spielen und Trinken ausgab oder um Kumpels aus dem Gefängnis zu holen.

„Nein", antwortete sie leise. Sie wollte nicht über ihren Vater oder sonst etwas aus ihrer Vergangenheit sprechen. „Du?"

Jesse lachte. „Nee. Aber meine Schwestern waren ganz versessen darauf."

Ja, klar, dachte Cheyenne. Die McKettrick-Schwestern. Sie waren schon erwachsen, als Cheyenne in die Schule kam. Aber ihr Ruf hing ihnen nach. Sie waren immer die schönsten, beliebtesten und bestgekleideten Mädchen: Cheerleader, Abschlussballköniginnen, Vorzugsschülerinnen und Klassensprecherinnen. Später hatte die eine einen Filmdirektor geheiratet, die andere einen Vorstandschef.

Manche Menschen waren eben unter einem glücklichen Stern geboren.

Sie hingegen lag unter einer dunklen Wolke.

„Da lang." Jesse deutete auf einen schmalen steinigen Weg, der steil nach oben führte. „Reite mir einfach nach. Und wenn es steil wird, lehn dich im Sattel nach vorn."

Wenn es steil wird? Zum Glück übernahm das Pferd die Führung. Sie musste sich nur darauf konzentrieren, im Sattel zu bleiben und sich nicht das Gesicht von herabhängenden Ästen zerkratzen zu lassen.

Als sie schließlich den Gipfel erreichten, war Cheyenne schweißgebadet.

Auf den Ausblick jedoch war sie in keiner Weise vorbereitet. Tausende von Bäumen. Sonnenbeschienene Wiesen, auf denen Wild graste. Ein geschwungener Bach funkelte wie die Quasten an den Tambourstöckchen bei *Cora's Curl and Twirl.*

Tränen stiegen ihr in die Augen. Wieder begann dieser dumpfe Trommelschlag in ihrem Blut zu dröhnen und vibrierte durch ihre Venen. Jesse schwang ein Bein über den Kopf seines Pferdes und landete geschickt auf den Füßen. Dann wickelte er die Zügel locker um den Sattelknauf.

„Ich sagte doch, dass der Blick dir den Atem rauben wird."

Cheyenne war sprachlos. Jesse streckte ihr eine Hand entgegen, um ihr aus dem Sattel zu helfen. Beim Aufprall auf den Boden schmerzten ihre Füße. Doch sie war dankbar für diesen Schmerz, denn er brach den Zauber.

„Es ist wunderschön", wisperte sie.

Ehrfürchtig nahm Jesse den Hut ab, als ob er eine Kirche betreten hätte. Sein Gesicht sah plötzlich ganz anders aus, als ob er das Land nicht nur mit den Augen in sich aufnahm, sondern mit jeder einzelnen Pore seines Körpers.

Und Cheyenne dachte daran, dass dieses Grundstück nicht zu Triple M gehörte. Jesse hatte es vor zwei Jahren dem Staat abgekauft, was ihn einen ganz schönen Batzen seines Treuhandvermögens gekostet haben musste. Aber sicher nur einen Bruchteil dessen, was Nigel zu zahlen bereit war.

Als hätte er ihre Gedanken gelesen, drehte Jesse sich zu ihr um und sah ihr in die Augen. „Als Kinder haben Rance, Keegan und ich hier oft gezeltet. Und auch heute komme ich noch ab und zu mit meinem Schlafsack her, um unter den Sternen zu schlafen. Vor einigen Jahren, ungefähr zu der Zeit, als der Gouverneur von Arizona beschloss, kein Naturschutzgebiet aus diesem Gebiet zu machen, habe ich ein Pokerturnier gewonnen und sofort das Land gekauft."

„Das muss ein großes Turnier gewesen sein", bemerkte Cheyenne so beiläufig wie möglich.

„Weltmeisterschaft", erklärte er schulterzuckend. „In ein paar Monaten fahre ich nach Las Vegas, um meinen Titel zu verteidigen." Wieder glitt sein Blick über die Landschaft. „Im Frühling quillt dieser Bach fast über vor Forellen. Es gibt Rehe, wie du sehen kannst, außerdem Adler, Wölfe, Luchse, Kojoten und Bären – so ziemlich alles, was man in diesem Landstrich erwarten kann."

Er betrachtete Cheyenne, suchte offenbar nach Worten und drehte dabei den Cowboyhut in den Händen – wie es seine Cowboy-Vorfahren vermutlich auch schon getan hatten. „Wo sollen sie deiner Meinung nach hin, wenn du und deine Firma dort das Apartmenthaus und einen Golfplatz bauen?"

4. KAPITEL

Cheyenne blinzelte. Sie wünschte, das Land würde verschwinden, und damit auch Jesses Frage.

Denk an deine Mutter. Denk an Mitch.

Jesse drehte sie sanft zu sich. „Als Angus McKettrick Mitte des neunzehnten Jahrhunderts hierher kam, muss der ganze nördliche Teil des Staats ungefähr so ausgesehen haben. Er hat Bäume gefällt, um sein Haus und einen Stall zu bauen, und er benutzte herabgestürzte Äste als Brennholz. Er baute auch Zäune für sein Vieh. Aber davon abgesehen hat er das Land nicht sehr verändert. Seine Söhne bauten auch Häuser, als sie heirateten – mein Haus, dann das Haupthaus auf der Ranch, wo Keegan inzwischen wohnt, und eines auf der anderen Seite des Baches. Das gehört Rance. Diese Häuser wurden umgebaut und modernisiert, aber mehr nicht. Keine Planierarbeiten. Keine Tennisplätze. Wir McKettricks schätzen dieses Land sehr, Cheyenne, und ich habe nicht vor, diese Familientradition zu brechen."

Voller Enttäuschung und Bewunderung sah sie zu ihm. Das rhythmische Trommeln, das aus ihrem Innersten rührte, dröhnte in ihren Ohren. Die Schönheit des Landes schien auf ihren ureigensten Rhythmus zu antworten wie ein riesiges unsichtbares Herz.

„Du hast versprochen, dir die Pläne anzuschauen", sagte sie ein wenig lahm und gegen ihre eigene innere Überzeugung.

Jesse setzte den Hut wieder auf, half Cheyenne auf ihr Pferd und bestieg Minotaur. Auf dem Ritt zurück zur Ranch sprach keiner von ihnen ein Wort.

„Es ist mir nicht egal, was aus dem Land wird", sagte sie ernst, als sie den Stall erreichten.

„Wirklich nicht?" Doch offenbar erwartete er keine Antwort. „Hol deine Entwürfe", sagte er mit einem Blick auf ihren Wagen. „Ich bringe Pardner und Minotaur in den Stall und treffe dich im alten Schulhaus."

Sie wischte sich die feuchten Hände an Callie McKettricks Jeans ab und nickte ihm zu. Als er mit den beiden Pferden im Stall verschwunden war, legte sie den Kopf in den Nacken und sah in den Himmel.

„Was soll ich nur tun?“, fragte sie leise. So stand sie ein paar Sekunden, dann lief sie zu ihrem Mietauto und nahm die dicke Rolle mit den Bauplänen vom Rücksitz.

Im Schulhaus war es kühl. Staub wirbelte auf und tanzte golden in der Sonne. Cheyenne legte die Rolle auf einen großen Tisch, hinter dem ein alter Stuhl stand. Dann sah sie sich interessiert um. Jemand hatte Aktienkurse auf die Schultafel geschrieben, ein altmodisches Telefon stand neben einem Globus. Doch davon abgesehen hatte sich hier wohl seit der Erbauung nicht viel verändert.

Behutsam fuhr sie mit den Händen über die Reihe kleiner Tische, bewunderte den Kachelofen und wandte sich dann dem Globus zu.

Die Welt hat sich massiv verändert, dachte sie traurig, als sie dem Miniaturplaneten einen kleinen Stoß versetzte. Neue Grenzen. Neue Kriege. Aids und Terrorismus.

Cheyenne hörte, dass Jesse eintrat, drehte sich aber nicht um. Für ein paar Sekunden wollte sie sich so fühlen wie die Lehrerin Chloe McKettrick, und Jesse war ihr Mann Jeb. Solange sie ihn nicht ansah, konnte sie dieses Gefühl ein wenig auskosten.

„Hier saßen nie mehr als ein Dutzend Schüler auf einmal“, sagte Jesse leise. „Nur die Kinder von Chloe und Jeb, ihre Cousins und Cousinen, ein paar Streuner und die Kinder der Rancharbeiter.“

„Das Leben muss wunderbar einfach gewesen sein.“

„Es war auch hart.“ Sie hörte, wie er das Gummi von den Entwürfen streifte und sie ausrollte. „Kein fließendes Wasser, kein Strom. Elektrisches Licht gab es hier erst Ende der Dreißigerjahre. Zwar existierte bereits 1919 eine Stromleitung, aber die versorgte nur eine einzige Glühbirne in der Küche.“

Cheyenne zwang sich, ihn anzusehen. Ganz kurz konnte sie sich tatsächlich einbilden, er wäre Jeb. Schnell schüttelte sie den Kopf. Es war, als beträte sie das Set eines alten Films oder stürzte kopfüber in einen historischen Liebesroman. Höchste Zeit, mit dem Träumen aufzuhören und mit dem Verkaufen zu beginnen – denn wenn sie Jesse nicht überreden konnte, die fünfhundert Morgen zu verkaufen, wären die Auswirkungen vernichtend.

„Wie schön, dass die Ranch all die Zeit so gut erhalten wurde“, sagte sie, während Jesse die Pläne studierte. Er hielt den Kopf so gesenkt, dass sie seinen Gesichtsausdruck nicht erkennen konnte.

„Aber soweit ich weiß, hat das Land, von dem wir sprechen, nie zu Triple M gehört."

Erst jetzt sah er auf, zeigte aber sein Pokerface. Und trotz all der Erfahrungen, die sie bei ihrem Vater hatte sammeln können, ließ sich nicht das Geringste daraus lesen.

„Land", sagte er, „ist Land."

In ihrem Kopf begannen sämtliche Alarmglocken zu schrillen. Doch sie behielt die Ruhe, stellte sich neben Jesse, lächelte und deutete in die Mitte des Bauprojekts. „Das ist die Grünanlage. Es wird jede Menge Rasenflächen geben, einen Brunnen, Bänke, Spielplätze für die Kinder. Wenn wir den Bach eindämmen, könnten wir einen Fischteich ..."

Zu spät bemerkte Cheyenne, dass sie einen schweren Fehler begangen hatte, indem sie erwähnte, dass Nigel den Verlauf des Bachs ändern wollte. Schließlich verlief er auch über das Grundstück von Triple M.

„Bestimmt ist der Bach nicht die einzige Wasserquelle", setzte Cheyenne an, verstummte aber beim Blick in Jesses Augen.

„Daraus wird nichts", sagte er.

„Jesse ..."

Er schob ihr die Entwürfe hin. „Du hast dein Versprechen gehalten, und ich meines. Aber ich will verdammt sein, wenn ich dich und eine Horde von Idioten in dreiteiligen Anzügen an diesem Bach herumpfuschen lasse, damit die Eigentümer Kois züchten können."

„Bitte, hör mir zu ..." Sie war so verzweifelt, dass sie nicht länger versuchte, ihm etwas vorzuspielen.

„Ich habe genug gehört", sagte er.

„Sieh mal, der Fischteich ist bestimmt nicht so wichtig."

Mit wenigen Schritten durchquerte Jesse den Raum und riss die Tür auf. Sonnenlicht überflutete seinen athletischen Körper. „Da hast du verdammt noch mal recht."

Er stürmte auf das Haus zu, und wieder blieb Cheyenne keine andere Wahl als ihm zu folgen, nachdem sie die Entwürfe durch das offene Fenster in ihr Auto geschleudert hatte.

Im Haus stand Jesse vornüber gebeugt am Spülbecken und starrte aus dem Fenster.

„Ich habe nichts Falsches getan", sagte Cheyenne – mehr, um

sich selbst zu überzeugen. „Der Bach kann nicht so wichtig für die Ranch sein, sonst hätte einer deiner Vorfahren die Wasserquelle doch längst genutzt."

Da drehte er sich langsam um, verschränkte die Arme vor der Brust und lehnte sich ans Spülbecken.

Sah er wirklich etwas freundlicher aus, oder bildete sie sich das nur ein? „Es reicht, einfach Nein zu sagen, Jesse", erklärte sie ruhig. „Es gibt keinen Grund, so wütend zu werden."

Ganz plötzlich und unerwartet warf er ihr ein Strahlen zu, sodass sie beinahe einen Schritt zurückgewichen wäre.

„Tut mir leid", sagte er. „Ich bin auf mich wütend, nicht auf dich. Ich hätte gleich an den Bach denken sollen", fuhr er fort, während sie erstarrt vor ihm stand wie das Kaninchen vor der Schlange. „Stattdessen habe ich ganz kurz tatsächlich mit dem Gedanken gespielt zu verkaufen. Ich habe mir kleine Kinder auf Dreirädern vorgestellt, Hunde, die Frisbees hinterherjagen, und erst als du den geplanten Fischteich erwähnt hast, habe ich wieder Vernunft angenommen."

„Und wenn wir versprechen, den Bachverlauf auf keinen Fall zu ändern?"

Jesse seufzte. „Ich würde dir das wahrscheinlich sogar glauben. Aber das kannst du mir nicht versprechen, und das weißt du auch. Sobald die Wohnungen verkauft sind und deine Firma sich um andere Projekte kümmert, kann alles geschehen. Selbst wenn die Eigentümer beschließen, den Bach in die Luft zu sprengen, könnte ich nichts dagegen tun."

Cheyenne zog sich einen Stuhl heran. Der große Küchentisch war nicht antik, wie sie erwartet hatte. Die Tischplatte bestand aus wunderschönem Kiefernholz, mit eingearbeiteten Türkisen und oxidiertem Kupfer. Sie stützte einen Ellbogen darauf und legte das Kinn in die Hand. „Natürlich könntest du etwas tun. *McKettrickCo* beschäftigt garantiert eine ganze Armee von Anwälten. Du könntest eine gerichtliche Verfügung erwirken und so etwas verhindern."

„Die Anwälte von *McKettrickCo*", sagte Jesse, öffnete den Kühlschrank und nahm eine Flasche Mineralwasser und ein Bier heraus, „stehen mir nicht auf Abruf zur Verfügung. Und selbst wenn, haben sie auch so schon genug zu tun."

Er stellte ihr das Wasser hin. Dass er sich daran erinnerte, was sie am Abend zuvor bestellt hatte, erstaunte sie.

Dankbar öffnete sie die Flasche und trank einen großen Schluck. „Das ist der schönste Tisch, den ich je gesehen habe."

Auch Jesse setzte sich. „In Mexiko handgefertigt. Meine Mutter hat einen guten Blick für ‚praktisches Design', wie sie es nennt."

Ganz zu schweigen von einem überquellenden Bankkonto, dachte Cheyenne. „Vielleicht sollten wir Untersetzer nehmen", schlug sie vor.

Jesse lachte. „Das Holz ist lackiert. Der Tisch würde nicht als praktisch durchgehen, wenn Bierdosen Flecken hinterließen."

Cheyenne spürte, wie sie sich entspannte. Das wunderte sie, nachdem gerade so ziemlich alles, was sie sich erträumt hatte, den Bach runterging.

„Warum willst du dieses spezielle Stück Land so unbedingt?", fragte Jesse. „Es geht um mehr als nur um deine Arbeit, oder?"

Vielleicht sollte ich die Mitleidskarte ausspielen, überlegte sie. Seufzend nahm sie noch einen Schluck Wasser. Jesse hatte sich bereits entschieden, also konnte sie auch nichts mehr verlieren.

„Im Falle eines Verkaufs würde ich einen Bonus bekommen", sagte sie. „Und dieses Geld ist für meine Familie sehr wichtig."

„Es gibt eine Menge Leute, die ganz wild darauf sind, ihr Land zu verkaufen. Warum muss es ausgerechnet meines sein?"

„Weil Nigel es will", sagte Cheyenne schlicht.

Er hob eine Augenbraue. „Nigel?"

„Mein Chef. Und jetzt bin ich meinen Job vermutlich los."

„Du kannst dir immer einen anderen suchen."

„Das sagt sich leicht, wenn man selbst keinen braucht."

Jesse spielte mit seiner Bierdose. „Touché. Vielleicht ist bei *McKettrickCo* etwas frei. Ich könnte Keegan fragen."

Cheyenne kannte Keegan aus der Schule. Er war ein ernster, fleißiger Schüler. Rance hingegen hatte sie fast so wild wie Jesse in Erinnerung. „Ich schaffe das schon", sagte sie. Zum Glück musste sie das nicht näher ausführen, denn in Wahrheit hatte sie nicht die geringste Idee. „Stellt das *Roadhouse* noch Bedienungen ein? Ich könnte auch Karten im Hinterzimmer vom *Lucky's* mischen …"

Er griff nach ihrer Hand und drückte sie. „Du bist klug, Cheyenne. Das warst du schon immer. Du hast Erfahrung und einen

Abschluss, wie ich vermute. Es gibt eine Menge Möglichkeiten für dich."

„Nicht in Indian Rock. Und hier stecke ich im Moment fest."

Mit dem Daumen kreiste Jesse über ihre Handfläche. Ein köstlicher Schauer fuhr durch ihren Körper. „Ich kann nicht behaupten, dass ich mich nicht freuen würde, wenn du eine Weile hier bleibst. Und Flagstaff ist nur ein paar Minuten entfernt. Da gibt es für jemanden mit deinen Fähigkeiten bestimmt jede Menge Arbeit."

„Klar, es muss in der Gegend doch mindestens eine Firma geben, die wilde Tiere aus ihrer natürlichen Umgebung verjagt und Bäume fällt. Worüber mache ich mir eigentlich Sorgen?"

Vielleicht darüber, dass ich mein Auto verkauft und meine Wohnung untervermietet habe, dachte sie. Sobald Nigel ihre Geschäftskreditkarte zurückverlangte und sie den Mietwagen zurückgegeben hatte, blieb Cheyenne nur noch ihr altes Fahrrad, das noch immer in der Garage hinter dem Haus stand.

„Du scheinst es doch recht weit gebracht zu haben, Cheyenne. Warum steckst du dann so in der Klemme?"

„Wie kommst du darauf, dass ich in der Klemme stecke?" *Woher zum Teufel weißt du das? Bist du so eine Art Cowboy-Gedankenleser?*

„Das sehe ich in deinen Augen. Komm schon. Was ist los? Vielleicht kann ich dir helfen."

Dagegen sträubte sich alles in ihr. „Wenn du helfen willst, Jesse, dann verkauf mir das Land. Ich bettle hier nicht um Almosen. Ich biete dir mehr Geld, als die meisten Leute sich erträumen."

„Sachte, sachte", sagte Jesse ruhig. „Ich will nicht an deinem Stolz kratzen. Wir sind in dieselbe Schule gegangen und alte Freunde. Ich möchte einfach nur wissen, was los ist."

Ich werde nicht weinen.

„Arztrechnungen", sagte sie mit brüchiger Stimme.

„Der Unfall deines Bruders."

„Ja."

„War er nicht versichert?"

„Nein. Meine Mutter hat damals als Bedienung gearbeitet." *Sie ist keine reiche Dame der Gesellschaft, die Tische mit Einlegearbeiten in Mexiko bestellt.* „Mein Stiefvater war Tagelöhner – wenn er überhaupt gearbeitet hat, was nicht oft vorkam. Ihm reichte die

Sozialhilfe, weil er dann den ganzen Tag Billard spielen konnte."

„Also hast du die Kosten übernommen? Dazu warst du gesetzlich aber nicht verpflichtet, Cheyenne. Warum hast du dir das aufgehalst?"

„Mitch ist mein Bruder", sagte sie. Für sie reichte das als Erklärung. Die Kosten für die Operationen und die Krankenhausaufenthalte hatte die Sozialversicherung übernommen. Aber die Differenz zwischen den Medikamenten, die sie zahlten, und denen, die Mitch tatsächlich brauchte, war riesig. „Dank der Beihilfe kann er überleben. Aber ich will nicht, dass er nur überlebt … ich will, dass er ein gutes Leben hat."

„So sehr, dass du dein eigenes dafür aufgibst?"

Darauf schwieg sie lange. „Ich dachte nicht, dass es so hart werden würde", gestand sie schließlich. „Ich dachte, es hört irgendwann auf. Dass Mitch eines Tages wieder laufen kann und alles wieder gut ist."

„Und der Verkauf des Landes würde das ändern? Dann wäre alles ‚gut'?"

Cheyenne seufzte, trank noch einen Schluck, schob den Stuhl zurück und stand auf. Da Plan A gescheitert war, sollte sie am besten gleich mit Plan B beginnen. Wenn sie denn einen hätte. „Nein. Wäre es nicht."

Ohne ein weiteres Wort ging sie ins Badezimmer, zog sich um und brachte Jesse Jeans, Stiefel und Flanellhemd zurück.

„Tut mir leid", sagte er.

Sie glaubte ihm – so verrückt das klang. „Danke für den Ausritt."

Er hielt ihr die Küchentür auf und begleitete sie zum Auto.

„Freunde?", fragte er.

„Freunde", nickte sie und startete den Wagen.

„Dann könntest du mir vielleicht einen Gefallen tun."

Damit überraschte er Cheyenne. Was für einen Gefallen konnte sie ihm wohl tun?

„Am Samstagabend bin ich zu einer Party eingeladen, eine Art Vorhochzeits-Party meiner Cousine Sierra. Barbecue, eine Fahrt mit dem Heuwagen und so was alles. Ich brauche eine Begleitung."

Wenn es etwas gab, was Jesse McKettrick neben Geld im Überfluss besaß, dann waren es willige Frauen.

„Wieso ich?", fragte Cheyenne.

„Weil ich dich mag. Deine Mom und Mitch können auch kommen. Das wäre doch eine prima Gelegenheit, hier wieder ein paar Kontakte zu knüpfen."

Wenn er nur sie eingeladen hätte, wäre Cheyenne ganz sicher nicht hingegangen. Aber sie wusste, dass Ayanna und Mitch sich in Indian Rock einsam fühlten. „Der Transport von Mitchs Rollstuhl ist immer ein ziemlicher Zirkus ..."

„Das bekomme ich schon hin. Samstagabend. Sechs Uhr." Er verzog amüsiert die Lippen. „Besorg dir eine Jeans."

Als Cheyenne überlegte, wann sie zum letzten Mal irgendetwas aus reinem Spaß unternommen hatte, fiel ihr nichts ein. Natürlich hatte sie viele berufliche Verabredungen, aber das war auch schon alles.

„Gut", sagte sie. „Um sechs."

Jesse winkte ihr nach, und sie war plötzlich bester Laune – bis sie die Hauptstraße nach Indian Rock erreichte. Dort geschahen zwei Dinge: Erstens klingelte ihr Handy, und zweitens fiel ihr plötzlich wieder ein, wo sie wohnte. Wenn Jesse kam, um sie abzuholen, würde er den vernachlässigten Garten, die verrosteten Drahtspulen und die alten Reifen sehen.

„Hallo Nigel", seufzte sie ins Telefon.

„Du klingst nicht gerade glücklich", sagte Nigel, der selbst ziemlich bedrückt wirkte.

„Jesse hat mir das Land gezeigt und ich ihm die Entwürfe. Er weigert sich, über einen Verkauf auch nur nachzudenken."

„Dann bring ihn dazu, seine Meinung zu ändern."

„Man merkt, dass du noch nie einen McKettrick getroffen hast." Auf einmal wurde ihr übel. Sie fuhr auf den Seitenstreifen, weil sie befürchtete, sich übergeben zu müssen.

„Er ist eine alte Flamme von dir, nicht wahr?"

„Wir waren zweimal zusammen im Kino, Nigel. Damals ging ich noch auf die Highschool. Das war nicht mal ein Funken, geschweige denn eine Flamme."

„Und wenn du mit ihm schlafen würdest ..."

Cheyenne erstarrte. „Ich fasse nicht, dass du das gerade wirklich gesagt hast", sagte sie tonlos.

„Nun komm schon, Cheyenne. Geschäfte werden ständig so abgeschlossen."

„Aber nicht in meinem Fall!“

„Du hast erst letztes Jahr eine Woche mit Dr. Wie-hieß-er-noch-mal in Aspen verbracht, und danach hat er dreihunderttausend Dollar investiert.“

Vergiss das indianische Getrommel in deinen Adern, dachte Cheyenne, das hier erfordert echtes Kriegsgeheul. „Seine Frau war auch dabei. Du hast doch nicht im Ernst geglaubt …“

„Selbstverständlich habe ich das. Du hast einen Wahnsinnskörper und ein tolles Gesicht. Wie sonst hättest du so viele kluge Geschäftsleute überzeugen können, dicke Schecks für *Meerland Ventures* auszustellen?“

„Vielleicht mit Hirn?“

Einen Moment herrschte Schweigen. Dann ruderte Nigel zurück. „Cheyenne, sei vernünftig. Es war doch nur normal anzunehmen …“

„Du Mistkerl!“

„Cheyenne …“

Sie kurbelte das Fenster herunter, schleuderte das Telefon hinaus, blickte kurz in den Rückspiegel, bevor sie es mit den Vorderrädern überfuhr.

Als sie zu Hause vorfuhr, kam Ayanna ihr entgegen. Sie sah besorgt aus. „Nigel hat angerufen. Das Telefon war noch keine fünf Minuten angeschlossen …“

„Nigel kann mich mal.“ Stur starrte Cheyenne geradeaus durch die Windschutzscheibe.

„Ich vermute, mit Jesse ist es nicht besonders gut gelaufen?“

Plötzlich öffnete Cheyenne mit Schwung die Tür, Ayanna trat hastig einen Schritt zurück. „Es lief sogar sehr gut mit Jesse – davon abgesehen, dass er wohl lieber sterben würde, als mir oder sonst jemandem das Land zu verkaufen.“

„Ach, Liebes.“

„Ist schon gut, Mom.“

Ayanna musterte sie. „Ich habe heute einen Job gefunden“, sagte sie dann. „Im Supermarkt. Die Einkäufe der Kunden in Tüten packen. Wenn ich das gut mache, stellen sie mich sogar ein. Cheyenne, das würde bedeuten, ich wäre krankenversichert und hätte Urlaubsanspruch.“

Am liebsten hätte Cheyenne geweint. Ihre Mutter war zwar

noch nicht alt, aber trotzdem sollte sie nicht mehr den ganzen Tag auf den Füßen stehen, Tüten packen und zu den Autos der Kunden tragen.

„Dann hat wenigstens eine von uns einen Job", sagte sie jedoch nur.

Nach Cheyennes Aufbruch wollte Jesse nicht zurück ins Haus. Es war einfach viel zu groß und viel zu leer. Also bürstete er die Pferde, brachte ihnen Wasser und Futter und fuhr anschließend in die Stadt.

Eigentlich wollte er ein paar Runden Poker im *Lucky's* spielen. Doch stattdessen bog er auf den Parkplatz von *McKettrickCo* und stellte den staubigen Truck neben Keegans eleganten schimmernden Jaguar.

Myrna Terp, die Empfangsdame, begrüßte ihn mit einem erfreuten Lächeln. „Sie kommen einen Tag zu spät zu der großen Konferenz."

„Ich bin hier, um mit meinem Cousin zu sprechen. Und natürlich, um mit Ihnen zu flirten."

Myrna lachte. Ihr Sohn war ein guter Freund von Jesse. „Ich sage Keegan Bescheid. Aber ich warne Sie, er hat schon den ganzen Tag schlechte Laune."

Ohne abzuwarten ging Jesse den Gang hinunter und wollte gerade Keegans Bürotür öffnen, als sie aufschwang und sein Cousin vor ihm stand.

„Was?", fragte Keegan muffig.

„Ich wünsche dir auch einen guten Tag", entgegnete Jesse.

Keegan seufzte, trat einen Schritt zurück und ließ ihn vorbei.

„Was ist denn los?", fragte Jesse. Dass er und Keegan ein vertrauliches Gespräch geführt hatten, lag lange zurück. Trotzdem wollte er es aus alter Gewohnheit gern versuchen.

„Ich habe gerade zwei Stunden mit Shelleys Anwalt telefoniert. Sie will wieder heiraten und möchte mit Devon nach Europa."

„So eine Reise wird ihr bestimmt Spaß machen. Devon meine ich."

„Für immer", sagte Keegan.

„Mist." Er widerstand dem Impuls, Keegan wie früher die Hand auf die Schulter zu legen. „Das kann sie doch nicht machen, oder?

Mit deinem Kind das Land verlassen, wenn du das nicht willst?"
„Bei der Abfindung, die ich ihr gezahlt habe, kann sie so ziemlich alles machen, was sie will. Es ist nicht besonders schwer abzuhauen, Jesse. Denk dran, was passiert ist, als Sierra klein war."
Als Eve McKettrick, Sierras Mutter, sich von ihrem Mann scheiden ließ, hatte er das Kind nach Mexiko entführt. Obwohl Eve ihre Tochter dort ausfindig machte, gelang es ihr nicht, das Sorgerecht für Sierra zu bekommen. Erst vor wenigen Monaten hatten sie sich nach Jahren wiedergesehen. Und obwohl sie sich gut verstanden, kannten sich die beiden Frauen im Grunde nicht.
„Was willst du tun?", fragte Jesse.
„Ich weiß es nicht."
„Gut, dann fahren wir jetzt nach Flagstaff und holen Devon nach Triple M."
Erschöpft deutete Keegan auf einen Stuhl, in den Jesse sich fallen ließ.
„Wir sind hier in keinem John-Wayne-Film, Jesse." Keegan schloss die Tür. „Shelley ist Devons Mutter. Sie hat Rechte. Davon abgesehen will ich meine Tochter nicht erschrecken, indem ich ein Theater veranstalte. Sie ist erst neun. Das Ganze ist sowieso schon schwer genug für sie."
Jesse fühlte sich hilflos, und das hasste er. „Daraus könnte von ganz allein ein Riesentheater werden, wenn du nichts unternimmst."
Auch Keegan setzte sich.
„Entschuldige, dass ich gestern nicht bei der Konferenz war." Jesse tat es nicht wirklich leid, und das wusste Keegan auch, aber vielleicht wusste er die Geste trotzdem zu schätzen.
„Was bringt dich hierher, Jesse?"
„Ich dachte, wir könnten zusammen ein Bier trinken gehen."
„Netter Versuch."
„Ich kenne jemanden, der einen Job braucht."
„Ich auch. Dich."
„Sehr witzig."
„Übst du noch immer für das große Pokerturnier?"
„Ich warte nur auf den richtigen Augenblick."
„Waren ein goldenes Armband, fünfzehn Minuten Ruhm und fünf Millionen Dollar denn nicht genug?"

„Ich will nur sicherstellen, dass es sich dabei um keinen einmaligen Auftritt gehandelt hat."

„Und wenn? Warum interessiert's dich?"

Jesse zuckte mit den Schultern. „Ist halt so. Was nun den Job betrifft …"

Dieses Mal seufzte Keegan lauter. „Ich brauche einen Computerspezialisten. Hast du gerade einen zur Hand?"

„Ich weiß nicht, ob sie mit Computern umgehen kann."

„Sie?" Keegan zog das Wort in die Länge.

„Vielleicht erinnerst du dich noch aus der Schulzeit an sie. Cheyenne Bridges. Momentan arbeitet sie für eine Immobilienfirma, wird dort aber rausfliegen, weil ich ihr mein Land nicht verkaufe."

Keegan umfasste seine Nase mit Daumen und Zeigefinger. „Cash Bridges' Tochter? Natürlich erinnere ich mich an sie. Ich habe sie ein- oder zweimal gefragt, ob sie mit mir ausgehen will, aber die war so verknallt in dich, dass ich keine Chance hatte."

Bei dieser Information zuckte Jesse innerlich zusammen. Keegan war wieder alleinstehend und zudem ein wirklich guter Fang. Vielleicht sollte er Cheyenne doch lieber keine Stelle bei seinem Cousin besorgen.

„War nur so eine Idee", sagte er deshalb schnell und stand auf.

„Setz dich."

Jesse setzte sich.

„Was genau macht sie? Cheyenne, meine ich."

„Die Firma baut Apartmentanlagen. Und sie sucht die Investoren, glaube ich."

„Also kann sie mit Geld umgehen?"

„Keine Ahnung." Jesse wünschte, er hätte jemand anders gefragt. Mr Mackey bei der *Cattleman's Bank* zum Beispiel. Verdammt, auf keinen Fall wollte er zusehen, wie Keegan und Cheyenne Schulter an Schulter zusammenarbeiteten. Was zum Teufel hatte er sich nur dabei gedacht?

„Nun, das finde ich leicht heraus", sagte Keegan. „Gibst du mir ihre Telefonnummer?"

5. KAPITEL

Zum dritten Mal durchsuchte Cheyenne nun schon ihren Kleiderschrank in ihrem alten Kinderzimmer. Maßgeschneiderte Hosen, Kostüme, Seidenblusen, Strumpfhosen. Nichts Passendes für ein Grillfest und eine Heuwagenfahrt auf Triple M.

„Dieser Nigel-Penner ist wieder am Telefon", rief Mitch.

Das Zimmer war winzig, nicht viel größer als der begehbare Schrank in ihrer Wohnung in San Diego. An den Wänden hingen noch immer Klebestreifen. Genau dort, wo sie damals die Bilder von Jesse befestigt hatte. Wo waren diese Fotos eigentlich? Sie konnte sich nicht daran erinnern, sie weggeworfen zu haben. Aber womöglich hatte sie es während eines besonders schlimmen Anfalls von Liebeskummer tatsächlich getan.

„Du solltest besser mit diesem Typen reden. Ich glaube nicht, dass er aufgibt."

Cheyenne sah ihren Bruder an. Vor allem seinetwegen ging sie zu der McKettrick-Party. Mitch sah etwas fröhlicher aus, seit sie ihm davon erzählt hatte. Auch Ayanna freute sich auf den Samstag. Kein Wunder, besonders viel Ablenkung hatten sie hier nicht gerade.

„Ich komme", sagte sie mit einem unterdrückten Seufzen. „Dann hab ich es wenigstens hinter mir."

Mitch lächelte. „Das hast du mir früher auch immer gesagt. Immer wenn ich zu einer Rückenmarkspunktion oder zur Krankengymnastik musste."

Mit diesem Satz rückte er unwissentlich alles in die richtige Perspektive. Dann verlor sie eben ihren Job, na und? Und sie hatte auch keine Jeans für das Grillfest. Egal, sie besaß zwei gesunde Beine und hatte noch nie in ihrem Leben eine schmerzhafte Untersuchung über sich ergehen lassen müssen. Garantiert würde Mitch liebend gern mit ihr tauschen.

Sie zielte mit einem Finger auf ihn, als wollte sie schießen. „Getroffen, Kumpel", sagte sie lächelnd. „Danke."

Im Wohnzimmer ergriff sie den schweren schwarzen Hörer des Telefons, das ihre Großmutter Mitte der Fünfzigerjahre gekauft hatte und das über die Jahre mal an- und abgeschaltet gewesen war, je nach finanzieller Lage der Familie.

Nach einem tiefen Atemzug sagte Cheyenne: „Hallo Nigel."

„Du bist nicht gefeuert", tobte Nigel sofort los.

„Bin ich nicht? Vielleicht solltest du wissen, dass ich das Geschäftshandy mit dem Auto überfahren habe und …"

„Ich lasse dir einen Geschäftswagen vorbeibringen und ein neues Handy. Die Autovermietung nimmt das Auto mit, das du gerade fährst. Ich will, dass du an diesem Projekt weiterarbeitest, Cheyenne. McKettrick muss irgendwo einen wunden Punkt haben, und den wirst du finden."

So glücklich es sie machte, noch immer zu den Angestellten dieser Welt zu gehören und künftig einen Geschäftswagen zu fahren, so unangebracht fand sie die Aufforderung, Jesses wunden Punkt auszuspionieren.

„Keine hinterhältigen Tricks, Nigel", stellte sie daher klar. „Dabei mache ich nicht mit."

Ob Nigels Schnauben ungläubig oder herablassend klang, konnte sie nicht sagen. Vermutlich würde sie diesen Mann nie richtig kennenlernen. Beispielsweise wäre sie nicht eine Sekunde auf die Idee gekommen, dass er annahm, sie hätte die Geschäfte der letzten Monate vor allem Sex zu verdanken. Bei diesem Gedanken kochte die Wut erneut in ihr hoch.

Ayanna beobachtete sie von der Küchentür aus und Mitch aus dem Wohnzimmer. Egal, welche Vorbehalte sie also gegen ihren Chef und *Meerland Ventures* im Allgemeinen hegte, sie musste im Spiel bleiben, solange es nur ging.

„Stehst du auf diesen Kerl?", fragte Nigel.

„Ich muss nicht gleich auf Jesse stehen, nur weil ich fair bleiben will. Ich habe meine Regeln, Nigel."

„Und ich nicht?"

„Da bin ich mir nicht sicher. Erst rätst du mir, mit ihm zu schlafen, um zu bekommen, was ich will. Jetzt sagst du, ich soll nach seinem wunden Punkt suchen, um ihm ein Messer hineinzustoßen. Aber ich werde weder Jesse McKettrick oder sonst jemanden hintergehen, nur damit das Geschäft zustande kommt. Bevor du also einen Wagen und das Handy schickst, solltest du dir klarmachen, wie ich arbeite."

„Das ist mir klar, keine Bange", entgegnete Nigel. „Hör mal, es tut mir leid, wenn ich dir auf die Füße getreten bin. Ich dachte nur, dass du bereit bist, mit harten Bandagen zu kämpfen, das ist alles. Falls du übrigens glaubst, dass Leute mit so viel Geld wie die McKettricks das nicht tun, bist du schrecklich naiv."

Cheyenne runzelte die Stirn. „Ich bin ein wenig verwirrt, Nigel. Habe ich den Job jetzt noch oder nicht? Und wenn ja, lässt du ihn mich dann bitte schön auf meine Weise erledigen? Weil es mich nicht schert, wie andere Leute Geschäfte abwickeln. Mir geht es ausschließlich um mein eigenes Gewissen."

Mitch und Ayanna klatschten Beifall.

Lächelnd verbeugte Cheyenne sich.

„Du bekommst das Auto", sagte Nigel. „Und das Handy. Außerdem drei Wochen Zeit – einundzwanzig schöne schillernde Tage –, um die Sache durchzuziehen. Wenn du scheiterst, sind Auto, Telefon und der Job futsch." Er schwieg einen Moment, dann fügte er ernst hinzu. „Und meine Firma."

„Unter einer Bedingung", sagte Cheyenne. Im Poker, dachte sie, lägen jetzt all meine Chips in der Mitte des Tisches. Da kann ich ruhig noch einen dazulegen. „Keine Anrufe mehr. Darum habe ich schon einmal gebeten. Da du es aber offenbar nicht verstanden hast, versuche ich es heute noch einmal. Wenn ich etwas zu sagen habe, dann rufe ich dich an."

Es folgte eine zweite Runde Applaus von ihrer Familie, dieses Mal lauter.

„Siehst du fern?", fragte Nigel.

„Ja." Cheyenne zwinkerte Ayanna und Mitch zu. Der Fernseher mit seiner krummen Antenne funktionierte vermutlich gar nicht. „Das Glücksrad."

„Morgen hast du das Auto", versprach Nigel.

Nach dem Telefonat stand Cheyenne einen Moment da – unschlüssig, ob sie einen Siegestanz aufführen oder in Tränen ausbrechen sollte.

Abwartend sahen Ayanna und Mitch sie an.

„Ich brauche Jeans", erklärte Cheyenne. „Und lasst uns zum Abendessen ins *Roadhouse* gehen. Ich lade euch ein."

„Du hast nicht einmal eine Jeans?", fragte Ayanna erstaunt und blickte an ihrer eigenen zerschlissenen Levi's herunter.

„Warum macht nur jeder so ein Riesentheater darum?", entgegnete Cheyenne. „Man könnte meinen, Jeans wären Teil der nationalen Uniform."

„Sind sie", bestätigte Ayanna.

Eine halbe Stunde später packten sie Mitchs Rollstuhl in den Mietwagen und fuhren in die Stadt. Dort stürzte Cheyenne in den örtlichen *Stuff-Mart*, kaufte zwei Jeans, zwei T-Shirts, eine Jeansjacke und ein Paar billige, aber auffällige Stiefel. Als sie zurück zum Wagen kam, beäugte Ayanna die dicke Tüte.

„Alles erledigt?", fragte sie.

„Alles erledigt." Cheyenne hoffte inständig, dass das der Wahrheit entsprach.

Sie besaß nun Jeans.

Und drei Wochen, um Jesse davon zu überzeugen, sein Land zu verkaufen.

Dabei könnte sie gut ein Wunder gebrauchen.

„Niemand da", sagte Keegan, legte auf und lehnte sich wieder in seinem Lederstuhl zurück. Er musterte Jesse mit funkelnden Augen, aber sein Gesicht blieb ernst. „Weißt du, Jesse, du siehst gar nicht so aus, als ob du wirklich scharf auf ein Vorstellungsgespräch von Cheyenne bei *McKettrickCo* wärst. Und das finde ich faszinierend, wenn man bedenkt, dass du aus genau diesem Grund angeblich vorbeigekommen bist."

Mit finsterer Miene starrte Jesse ihn an. Auf einmal lasen andere Menschen in seinem Gesicht wie in einem Buch. Vielleicht sollte er das große Turnier in Las Vegas doch besser ausfallen lassen.

„Sie kommt mit mir zur Feier von Sierra und Travis", erklärte Jesse.

„Verstehe. Du magst Cheyenne nicht nur – du *magst* sie."

Jesse rutschte unbehaglich auf seinem Stuhl herum. Aber wenn er schon mal hier war, konnte er genauso gut sein Territorium abstecken. „Mach sie einfach nicht an, okay?"

Da lachte Keegan endlich einmal. „Das aus deinem Mund zu hören, ist wirklich witzig. Ich bin doch nicht der berühmte Herzensbrecher der Familie."

„Ich meine es ernst, Keeg. Cheyenne ist verletzlich."

„Verletzlich? Guter Gott, hast du in letzter Zeit zu viele Talkshows gesehen? Soweit ich mich erinnere, ist sie ziemlich klug und auch zäh. Das musste sie auch sein mit einem Vater wie Cash Bridges. Aber verletzlich? Das glaube ich nicht, Jesse."

„Du kannst verdammt noch mal glauben, was du willst", sagte Jesse knapp. „Aber spiel nicht mit ihr."

Amüsiert hob Keegan beide Hände. „Verstanden."

Jesse stand auf und griff nach seinem Hut. „Bis dann."

Das Abendessen im *Roadhouse* glich einer kleinen Feier. Ayanna war glücklich über ihren neuen Job im Supermarkt, und Mitch flirtete die ganze Zeit mit der jungen Bedienung namens Bronwyn. Nur Cheyenne musste sich zwingen zu lächeln. Immer wieder dachte sie an das Zusammentreffen mit Jesse am Morgen. Hatte er ihr nicht klipp und klar gesagt, dass er seine wertvollen fünfhundert Morgen Land nicht verkaufen würde? Was also hoffte sie zu erreichen, wenn sie länger in Indian Rock blieb?

Drei Wochen würden niemals reichen, um Jesses Meinung zu ändern. Er war ein McKettrick, also schon rein genetisch ein Dickkopf. Um ihn zu überreden, hätte sie mindestens drei Jahrhunderte gebraucht. Im Grunde schob sie nur das Unvermeidliche vor sich her.

Vielleicht sollte sie sich damit abfinden, künftig neben ihrer Mutter Lebensmittel in Tüten zu packen. Gerade überlegte sie, ob sie den *Roadhouse*-Besitzer nach einem Job fragen sollte, als sie eine merkwürdige Ahnung überkam. Ihre Nerven zuckten plötzlich, und ihr Blick glitt wie von selbst zur Tür.

Jesse McKettrick spazierte herein.

Er sah ihr direkt ins Gesicht. In dem Raum schienen auf einmal Funken zu sprühen.

Lächelnd marschierte er zu ihrem Tisch. „Hallo Cheyenne", sagte er. Dann schüttelte er Ayanna die Hand. „Mrs Bridges." Zuletzt richtete er sein ungezwungenes Lächeln auf Mitch. „Jesse McKettrick", sagte er und streckte die Hand aus.

Mitch ergriff sie strahlend. „Mitch Bridges."

„Warum setzen Sie sich nicht zu uns, Jesse?" Auch Ayanna strahlte. Cheyenne trat ihr unter dem Tisch gegen das Bein. „Wir wollten gerade das Dessert bestellen", fügte Ayanna unbeeindruckt hinzu.

„Warum nicht?", sagte Jesse. Cheyenne musste auf der Bank ein wenig zur Seite rücken, sonst wäre er auf ihrem Schoß gelandet.

„Gibt es auch Pferde auf der Ranch, wo das Grillfest stattfindet?“, fragte Mitch so voller Hoffnung, dass es Cheyenne die Kehle zuschnürte.

„Mitch“, begann sie. „Du kannst nicht …“

Dieses Mal war es Jesse, der sie unter dem Tisch anstieß. Allerdings viel sanfter und so, dass ein Stromstoß durch ihren Körper schoss. „Na klar. Ich kann eines für dich aufsatteln, wenn du magst.“

Da stieß Cheyenne ihn zurück. Doch Jesse würdigte sie keines Blickes, nur der Druck seines Schenkels gegen ihren verstärkte sich.

„Das wäre toll!“, rief Mitch überschwänglich.

Auch Ayanna wirkte begeistert.

Hatten denn alle auf einmal den Verstand verloren? War sie hier die Einzige, die noch klar denken konnte? Mitch war gelähmt. Er konnte nicht reiten.

Mitchs neue Freundin Bronwyn schlenderte zum Tisch, um die Bestellung aufzunehmen. Sie hatte braun schimmerndes Haar, das sie zu einem langen Zopf geflochten trug, grüne Augen und ein engelsgleiches Lächeln. Aus den Augenwinkeln warf sie Mitch einen langen Blick zu, der sie anlachte, als ob sie sich schon seit Jahren kannten.

„Der Pfirsichauflauf ist heute zu empfehlen“, sagte sie. Erst jetzt bemerkte sie den neuen Gast. „Hi Jesse.“

Das entlockte Cheyenne ein spöttisches Grinsen. Es gab also tatsächlich Frauen, die dem McKettrick-Charme nicht erlagen.

„Hi“, sagte Jesse liebenswürdig. Sein Schenkel presste sich noch immer gegen den von Cheyenne, und aus irgendeinem Grund brachte sie es nicht fertig, von ihm wegzurutschen. „Ich nehme den Auflauf.“

Mitch und Ayanna schlossen sich ihm an.

„Für mich bitte Eiswasser“, sagte Cheyenne, als Bronwyn ihr einen fragenden Blick zuwarf.

„Das wird auch nicht helfen“, bemerkte Jesse, als ob sie allein wären.

„Halt die Klappe“, entfuhr es Cheyenne.

„Cheyenne!“, protestierte Ayanna.

Um sich zu beruhigen, rutschte Cheyenne so nah an die Wand wie möglich. Doch selbst hier spürte sie noch die Hitze, die von Jesses Körper ausstrahlte.

Zu allem Überfluss drehte er sich nun auch noch zu ihr um und sah ihr tief in die Augen. „Mein Cousin Keegan hat versucht, dich anzurufen."

„Wieso?"

„Er möchte dich zu einem Vorstellungsgespräch bei *McKettrickCo* einladen."

„Jesse, ich hab dir gesagt ..."

Jetzt spürte sie, wie sich der Absatz ihrer Mutter in ihren Spann grub.

„Du kannst jederzeit ablehnen", erklärte er ruhig. „Aber du hast mir doch gesagt, dass du deinen Job los bist, oder nicht?"

„Von wegen", widersprach Mitch, vermutlich, um bei Bronwyn Eindruck zu schinden, die noch immer am Tisch stand, obwohl sie die Bestellung längst aufgenommen hatte. „Sie bekommt sogar ein Geschäftsauto!"

Cheyennes Wangen brannten. Wie sollte sie das Jesse erklären? *Planänderung. Ich habe drei Wochen Zeit, das Unmögliche möglich zu machen. Oh und bevor ich es vergesse: Mein Chef sucht vermutlich in dieser Sekunde nach deiner Achillesferse. Du hast doch keine, oder?*

„Also glaubst du noch immer, dass du mich überzeugen kannst?" Das war ganz offensichtlich eine rhetorische Frage.

Sie öffnete den Mund, schloss ihn aber umgehend wieder, denn alles, was sie darauf hätte entgegnen können, würde es nur schlimmer machen.

Bronwyn ging in die Küche, wenn auch zögernd, und kam kurz darauf mit den Desserts zurück.

„Dieser Auflauf", verkündete Ayanna hastig, „ist einfach köstlich."

Was Cheyenne für eine interessante Bemerkung hielt, da Ayanna bisher noch gar nichts davon probiert hatte. Jesse saß mit der Gabel auf halber Höhe da, während Cheyenne es nicht einmal wagte, nach ihrem Glas zu greifen. Dann sah er sie mit diesem Lächeln an, doch seine Augen waren todernst.

„Du solltest dir tatsächlich überlegen, für *McKettrickCo* zu arbeiten“, sagte er. „Ich kann dir zwar keinen Geschäftswagen versprechen. Aber eines kann ich dir versichern: Niemand wird dich dort auffordern, eine Landschaft zu ruinieren, die sich seit ihrer Erschaffung so gut wie nicht verändert hat.“

Mit diesen Worten stand er auf, warf genug Geld für seinen unberührten Auflauf auf den Tisch und verließ das *Roadhouse*.

Mitch und Ayanna schwiegen unbehaglich.

Mit einem leisen Fluch sprang Cheyenne auf und stürmte hinter Jesse her, wobei sie Bronwyn beinahe über den Haufen gerannt hätte. Auf dem Parkplatz holte sie ihn ein, als er gerade in seinen Truck steigen wollte.

„Jesse, warte.“

Er drehte sich langsam um, und sie sah, dass er nicht etwa wütend aussah, sondern verletzt.

„Steht die Verabredung für Samstagabend noch?“, fragte sie und kam sich ziemlich idiotisch dabei vor.

Jesse schwieg.

„Meine Mutter und mein Bruder freuen sich schon so darauf.“

„Ich komme gegen sechs“, sagte er tonlos. „Wie ich bereits sagte.“

„Ich habe mir Jeans und alles gekauft.“ Er hatte ihre Frage doch beantwortet, warum plapperte sie dann weiter? Warum betrieb sie nicht einfach Schadensbegrenzung und verschwand?

„Du gibst einfach nicht auf, oder?“, fragte er.

„Ich kann nicht, Jesse.“

„Wegen eines Geschäftswagens?“

„Nein. Wegen meiner Familie.“

„Ich habe auch eine Familie, Cheyenne. Tatsache ist, dass wir auf Triple M in Trockenzeiten sehr wohl auf den Bach angewiesen sind. Selbst wenn ich das Land also verkaufen wollte – und wie wir bereits festgestellt haben, will ich das nicht –, könnte ich die Ranch niemals einer solchen Gefahr aussetzen.“

„Das weiß ich alles, Jesse. Und ob du mir glaubst oder nicht, ich respektiere dich dafür, dass du so klar Stellung beziehst. Sehr sogar. Aber ich muss versuchen, dich zu überzeugen, weil das mein Job ist.“

Er überraschte sie mit einem erneuten Lächeln, das seine Wirkung nicht verfehlte. Sie rang nach Luft.

„Gegen Überzeugungsversuche habe ich nichts einzuwenden. Solange du dir nur darüber im Klaren bist, dass du nicht den Hauch einer Chance hast." Er stieg in den Truck, setzte sich hinter das Steuer und fuhr fort: „Sag deinem Bruder und deiner Mutter, dass ich mich gefreut habe, sie zu sehen."

Cheyenne machte einen Schritt nach vorn. „Das Pferd für Mitch ..."

Doch er unterbrach sie mit einer Handbewegung. „Das", sagte er, „ist etwas zwischen Mitch und mir." Damit knallte er die Tür zu, winkte kurz, und fuhr davon.

Am nächsten Morgen, als Cheyenne gerade den Vorgarten des Hauses auf Vordermann brachte, fuhr Jesses Truck auf die Einfahrt. Auf der Ladefläche lag frisches Holz. Cheyenne trug eine ihrer neuen Jeans und eine alte Baumwollbluse ihrer Mutter. Seit Sonnenaufgang räumte sie Müll weg und zupfte Unkraut, und längst hatte sich ihr Haar aus der Spange gelöst.

„Guten Morgen", rief Jesse. Er nahm seinen Hut ab, warf ihn auf den Beifahrersitz und kam auf sie zu.

„Was machst du denn hier?", fragte Cheyenne, die sich für ihr Aussehen genauso schämte wie für das verwahrloste Grundstück.

„Nur einen Nachbarschaftsbesuch." Er umrundete den Truck und lud das Holz ab. „Ich habe auch ein paar Donuts mitgebracht, in der Hoffnung, dass du den Kaffee beisteuern kannst."

„Jesse, was ...?"

„Gut, ich gestehe. Ich bin gestern Abend nach dem *Roadhouse* schon mal hier vorbeigefahren, und da fiel mir auf, dass ihr eine Rampe für Mitchs Rollstuhl braucht."

„Wir haben bereits ..."

Kopfschüttelnd deutete Jesse auf die halb verrotteten Bretter zwischen der Veranda und dem Boden. „Das schreit nach einem Unfall."

„Ich weiß deine Bemühung zu schätzen, aber wir brauchen wirklich kein ..."

In diesem Moment erschien Ayanna auf der Veranda. „Jesse", rief sie. „Was für eine nette Überraschung!"

„Du solltest freundlich zu mir sein, schon vergessen?", flüsterte Jesse Cheyenne ins Ohr. „Damit ich dir das Land verkaufe."

„Das hast du aber gar nicht vor", flüsterte Cheyenne zurück.

„Nein. Habe ich nicht. Trotzdem werde ich deine Überzeugungsversuche genießen. Du könntest damit anfangen, die Donuts ins Haus zu bringen und Kaffee zu kochen. Ich trinke ihn schwarz."

„Das ist verrückt!"

„Ja." Jesse lachte. „Ich weiß auch nicht, was über mich gekommen ist."

Cheyenne gab nach – zumindest vorübergehend. Sie nahm die Tüte mit den Donuts und stieß mit ihrer Mutter zusammen, die auf Jesse zusteuerte.

„Benimm dich", raunte Ayanna ihr zu.

Trotzig reckte Cheyenne das Kinn und lief weiter.

Als sie ein paar Minuten später mit Jesses Kaffee und drei Donuts auf einem Teller zurückkam, fuhr Ayanna gerade zur Arbeit. Zwei Minuten später tauchte ein Autotransporter auf, um ihren Wagen abzuholen. Cheyenne drückte Jesse den Becher und den Teller in die Hand und übergab den Leuten von der Autovermietung den Schlüssel. Sie fühlte sich merkwürdig beraubt, als die beiden Fahrzeuge vom Grundstück fuhren.

„Ich schätze, in nächster Zeit musst du erst mal zu Fuß gehen", bemerkte Jesse.

„Nicht lange. Was hast du vor, Jesse?"

„Ich helfe nur einer Freundin."

Nun kam auch Mitch auf die Veranda gerollt, was nicht einfach war, da er mit dem Rollstuhl kaum durch die Tür passte. „Hey Jesse", rief er.

„Hey, Kumpel."

„Was sind das für Bretter?", fragte Mitch, doch seine Augen strahlten, als wüsste er genau, was Jesse damit plante.

„Wir bauen eine Rampe für dich." Jesse aß den Donut auf, stellte den Kaffeebecher ab und ging zu seinem Wagen. Danach kam er mit einem Werkzeugkasten zurück.

Mitchs Lächeln wurde breiter. „Kann ich helfen?"

Cheyenne hielt die Luft an.

„Klar", sagte Jesse. „Du willst doch wohl nicht nur da herumsitzen und zusehen, oder?"

6. KAPITEL

Schweißnasses Haar kringelte sich in Jesses Nacken, der über die Rampe gebeugt arbeitete, was ungewollt ein zärtliches Gefühl in Cheyenne weckte. Dass er sein Hemd ausgezogen hatte, machte alles nur noch schlimmer. Beim Anblick der gebräunten Haut und des muskulösen Rückens schlug ihr Herz automatisch schneller.

Mitch wich nicht von Jesses Seite. Eifrig beugte er sich in seinem Rollstuhl vor, um ihm Nägel zu reichen und ein ziemlich einseitiges Gespräch am Laufen zu halten. Währenddessen hämmerte Jesse, hielt ab und zu inne, um sich mit dem Unterarm über die Stirn zu fahren, und lauschte auf eine ganz bemerkenswerte Art und Weise. Ungefähr so, wie er den Anblick der fünfhundert Morgen Land in sich aufgenommen hatte. Obwohl er Mitch nicht ansah, nahm er jedes einzelne Wort und jede Nuance im Tonfall auf.

Noch nie hatte Cheyenne einen Menschen getroffen, der seine Sinne so einsetzte wie Jesse. Diese Erkenntnis schmerzte und faszinierte sie zugleich. So wild er auch war, so sehr besaß er daneben eine angeborene und vollkommen widersprüchliche Ruhe. Als kreiste er um einen inneren Kern, der direkt mit der Unendlichkeit des Seins verbunden war.

Wie es wohl wäre, mit einem Mann wie ihm zu schlafen? Einem Mann, der sich derartig elementar konzentrieren konnte?

Bei dem Gedanken errötete Cheyenne und fächelte sich mit einer Zeitung Luft zu. Dann machte sie sich wieder an ihre eigene Arbeit und jätete weiter Unkraut mit der kleinen Hacke, die sie im Schuppen hinter dem Haus gefunden hatte. Dabei schwitzte sie stark, Blasen brannten in ihren Handflächen, und sie wusste, dass am nächsten Tag jeder Muskel ihres Körpers schmerzen würde. Trotzdem empfand sie diese Arbeit als zutiefst befriedigend.

Um nicht immer wieder Seitenblicke auf Jesse zu werfen, konzentrierte sie sich ganz auf die Hacke. Daher hätte sie die beiden Autos, die vor dem Haus hielten, beinahe nicht bemerkt, wenn einer der Fahrer nicht gehupt hätte.

Cheyenne stützte sich auf die Hacke und blinzelte in die Sonne. Ein schwarzes Auto und ein sportlicher blauer Kleinwagen standen vor dem Haus.

Jesse hörte auf zu hämmern.

Lächelnd stieg Nigel aus dem Auto. Wie immer trug er einen schicken Anzug und glänzende Schuhe. Sein feines braunes Haar wirkte ein wenig schlaff, was Engländer Cheyennes Ansicht nach oft auszeichnete. Er zog die teure Sonnenbrille ab und schlenderte auf sie zu. Im Vorbeigehen nickte er Jesse und Mitch zu.

„Überraschung!", rief er. „Ich habe Geschenke mitgebracht." Voller Stolz deutete er mit einer ausladenden Bewegung auf das blaue Auto. Der versprochene Geschäftswagen, kein Zweifel.

Weil sie befürchtete, dass Nigel irgendeinen taktlosen Kommentar über Jesse und den Landverkauf von sich geben würde, stellte Cheyenne die beiden einander sofort vor. „Nigel, das ist Jesse McKettrick. Jesse, das ist mein Chef, Nigel Meerland. Und Mitch kennst du, glaube ich."

Obwohl Nigel versuchte, cool zu bleiben, reagierte er sichtlich auf Jesses Namen. Er versteifte sich ein wenig und warf ihm einen zweiten Blick zu. Nachdem er sich wieder gefasst hatte, sagte er: „Natürlich kenne ich Mitch." Dann reichte er Jesse und Mitch die Hand.

Jesse warf Cheyenne einen langen Blick zu. Sie fragte sich, ob er wusste, dass sie Nigel mit ihrem Verhalten davor warnte, die Wohnanlage auch nur zu erwähnen. Unmöglich, beruhigte sie sich. Auch wenn Jesse ein beängstigend aufmerksamer Mensch war, konnte er keine Gedanken lesen.

„Ich habe dir deinen Wagen gebracht, ein neues Telefon und einen ganzen Berg Unterlagen", verkündete Nigel. „Natürlich würde ich wahnsinnig gern bleiben und dir bei deinen … verschiedenen … Projekten helfen. Aber ich darf mein Flugzeug nicht verpassen. Heute Abend habe ich einen wichtigen Termin in L. A." Er wackelte mit den Augenbrauen, als wolle er andeuten, dass er ihr gerade eine geheime Botschaft übermittelte.

Allein bei der Vorstellung, wie Nigel mit einem Hammer hantierte oder Unkraut jätete, musste Cheyenne lachen. Und obwohl seine Bemerkung über das Treffen in L. A. sie ein wenig beunruhigte, ging sie nicht darauf ein.

Nigel nahm sie am Arm. „Kann ich dich mal kurz sprechen?"

Noch immer lächelnd ging Cheyenne mit ihm zum Auto.

„Das ist er?" Mit dem Kinn wies er auf Jesse, der sich nun wieder der Rampe widmete.

„Das ist er", bestätigte Cheyenne.

„Sieht aus, als hättest du ihn genau da, wo du ihn haben willst."

Völlig perplex sah sie ihn an. Wo wollte sie Jesse eigentlich haben? Zunächst einmal in ihrem Bett, wie sie mit Erschrecken feststellte. Aber das durfte niemals passieren.

„Wie kommst du darauf?", fragte sie, um Zeit zu gewinnen.

„Er will dich. Nur deshalb ist er hier und hat sein Hemd ausgezogen. Sag jetzt nicht, dass du das nicht weißt, Pocahontas. Ich dachte, deine Leute verfügen über eine besonders gute Intuition."

„Meine Leute?", wiederholte sie indigniert.

„Die Indianer." Wenn es seinen Wünschen diente, konnte Nigel durchaus politisch korrekt sein, was im Augenblick offenbar nicht der Fall war.

„Native Americans", korrigierte sie ihn.

„Was auch immer." Er sah sie unverwandt an. „Du bist nicht vielleicht zufällig an einem dieser Indianer-Kasinos beteiligt? Durch so eine Art Stammesrecht?"

„Nigel", sagte Cheyenne ruhig. „Danke für das Auto. Und danke für das Handy. Und jetzt verzieh dich."

Er grinste.

Der Mitarbeiter der Leasingfirma übergab ihr die Schlüssel und stieg dann in Nigels Wagen. Zum Abschied hupte Nigel noch einmal. Er setzte den Wagen in dem hohen Gras zurück, wendete und rumpelte die Zufahrtsstraße hinunter. Cheyenne sah ihm nach, bis er verschwunden war. Als sie Jesse plötzlich hinter sich bemerkte, erschrak sie ein wenig.

„Das hast du gut hingekriegt."

Glücklicherweise wirkte er nicht wütend.

„Ich weiß nicht, wovon du sprichst", log sie.

„Aber natürlich weißt du das", entgegnete Jesse freundlich. „Du hast befürchtet, dein Chef könnte mich für einen Bauarbeiter halten und dir vor meiner Nase Tipps geben, wie du mich rumkriegen kannst."

„Niemand will dich rumkriegen, Jesse. Es handelt sich um ein faires Angebot."

„Klar", sagte Jesse.

„Die Anlage würde der Stadt jede Menge wirtschaftliche Vorteile bringen. Sie würde überhaupt allen etwas bringen."

„Außer den McKettricks und etwa einem Dutzend Wildtierarten.“

„Wir hatten uns doch gerade so gut verstanden“, sagte Cheyenne enttäuscht.

„Aber nur, weil wir nicht geredet haben. Übrigens, mit dieser Hacke wirst du bald nicht mehr weiterkommen. Warum leihst du dir keinen fahrbaren Rasenmäher aus?“

„Wieso bin ich nur nicht selbst darauf gekommen?“, erwiderte sie. Natürlich war sie darauf gekommen. Aber sie wollte die Haushaltskasse nicht noch mehr strapazieren.

„Ich sollte wohl besser die Rampe fertig bauen.“ Jesse zuckte die Schultern und wandte sich ab. Mitch wartete geduldig mit einer Handvoll Nägel auf ihn.

Cheyenne steckte die Autoschlüssel in ihre neuen Jeans und begutachtete den Wagen. Auf dem Rücksitz lagen ein Laptop, das versprochene Handy und ein Berg Akten. Schnell brachte sie die Kartons ins Haus, stellte sie auf dem Küchentisch ab und lief zur Spüle, um sich Wasser ins Gesicht zu spritzen. Von draußen hörte sie das Hämmern, übertönt von Mitchs eifriger Stimme.

Das Telefon klingelte, und obwohl sie es besser wusste, nahm sie den Hörer ab.

„Hallo?“, meldete sie sich in der Hoffnung, sich zu täuschen.

„Er will dich“, sagte Nigel. „Das musst du ausnutzen.“

Etwas später musterte Jesse die beinahe fertige Rampe und die baufällige Veranda, an der er sie befestigen wollte. Er war sich nicht sicher, ob die Konstruktion halten würde.

„Wie wär’s, wenn ich mal ’ne Spritzfahrt mit deinem Stuhl mache?“, fragte er Mitch.

„Willst du echt?“

„Klar.“

Mitch hievte sich aus dem Stuhl auf die Kante der Veranda und machte eine einladende Geste. Nachdem Jesse sich gesetzt hatte, inspizierte er die Bedienungsleiste. Immerhin handelte es sich um einen elektrischen Rollstuhl, das war aber auch schon alles. Wie das Haus und der Vorgarten hatte er die besten Jahre längst hinter sich.

Bevor er losfuhr, stand er noch einmal auf, schleppte die Rampe zur Veranda und befestigte sie. Wieder im Rollstuhl, legte Jesse den Rückwärtsgang ein und versuchte einen Kavaliersstart. Mitch lachte laut.

Mit gerunzelter Stirn kam Cheyenne durch die Tür.

Jesse fuhr die Rampe hinauf und wieder hinunter. Gut, dachte er, sie hält. Zumindest zunächst einmal. Aber letztlich war es, als klebte man ein Pflaster auf eine Schussverletzung – es handelte sich nur um eine Notlösung.

Cheyenne, die noch immer düster schaute, drehte sich wortlos um und ging zurück ins Haus.

„Was hat sie denn?"

„Sie ist einfach viel zu ernst", sagte Mitch.

Früher war Cheyenne ein schüchternes, aber lustiges Mädchen. Jesse versuchte, von Mitch zu erfahren, was genau passiert war. „Ich schätze, sie hat eine harte Zeit hinter sich", begann er.

Da nickte Mitch traurig. „Sie war mal ganz anders. Vor dem Unfall."

Jesse steuerte den Rollstuhl zur Veranda und stand auf. „Der Unfall muss furchtbar gewesen sein. Tut mir leid, dass dir das passiert ist."

„Das Leben geht weiter. Es gäbe eine Menge Dinge, die ich tun könnte, wenn Mom und Cheyenne nicht ständig Angst hätten, dass ich mich noch einmal verletze."

Geduldig hockte Jesse sich auf die Veranda und wartete ab, während Mitch wieder in seinem Rollstuhl Platz nahm.

„Was denn zum Beispiel?", fragte er dann leichthin.

„Ich kann gut mit Computern umgehen. Ich könnte Computertechniker werden oder sogar Programme schreiben. Aber sie …" Mitch zeigte aufs Haus. „Sie haben Angst, dass mich niemand einstellt. Du weißt schon, wegen des Stuhls."

„Du brauchst doch keine Beine, um Programme zu schreiben."

Augenblicklich hellte Mitchs Gesicht sich auf. „Wirst du morgen wirklich ein Pferd für mich satteln?"

Jesse nickte. „Darauf kannst du wetten."

„Für Mom ist das wahrscheinlich in Ordnung, aber Cheyenne wird einen Anfall bekommen."

Einen Moment glaubte Jesse, durch die Eingangstür hindurchsehen zu können, hinter der Cheyenne darauf wartete, dass er endlich verschwand.

„Sie wird darüber hinwegkommen."

„Da kennst du meine Schwester aber schlecht."

Das stimmte, er kannte Cheyenne nicht gut. Aber er wollte sie besser kennenlernen. Wollte ihre geheimsten Gedanken erforschen, die verletzten Stellen ihrer Seele berühren, sie in einem kühlen schattigen Raum aufs Bett legen und bis zur Erschöpfung lieben.

„Was macht ihr denn Spaß?", fragte er.

„Cheyenne hat keinen Spaß. Das Einzige, was sie tut, ist arbeiten und sich Sorgen machen."

„Vielleicht ist es Zeit, dass jemand daran was ändert", überlegte Jesse laut.

„Viel Glück", spöttelte Mitch. Doch gleichzeitig lag so viel verzweifelte Hoffnung in seinem Gesicht, dass Jesse schwer schlucken musste.

Betont fröhlich stand er auf. „Dann pack ich wohl mal besser mein Werkzeug ein und verschwinde. Willst du die Rampe vorher selbst noch mal ausprobieren?"

Das tat Mitch, und Jesse, der ihm dabei zusah, beschloss, dass die Rampe noch zwei Geländer brauchte.

„Danke, Jesse", rief Mitch ihm von der Veranda aus zu.

„Kein Problem." Er überlegte, ob er ins Haus gehen und sich von Cheyenne verabschieden sollte, entschied sich aber dagegen. Sie sollte nicht den Eindruck bekommen, dass er etwas von ihr wollte. Natürlich entsprach das der Wahrheit, aber er fand es besser, wenn sie das nicht wusste. Mitch probierte noch immer die Rampe aus, als Jesse den Motor startete. Kurz bevor er um die Ecke bog, sah er im Rückspiegel Cheyenne, die ihm hinterherwinkte.

Eigentlich hatte er den Rest des Tages im Hinterzimmer vom *Lucky's* Poker spielen wollen. Doch jetzt brauchte er eine Dusche und etwas Frisches zum Anziehen. Statt sich auf den weiten Weg zur Farm zu machen, hielt er bei *McKettrickCo*. Rance und Keegan hatten sich dort ein teures Fitnessstudio eingerichtet, in dem auch ein gut gefüllter Kleiderschrank stand. Und zufälligerweise hatte er sowieso ein Wörtchen mit seinem Cousin zu reden.

„Schicke Klamotten", bemerkte Keegan, als Jesse frisch geduscht aus dem Fitnessraum von *McKettrickCo* trat. Er trug eine schwarze Hose mit messerscharfer Bügelfalte und dazu ein langärmliges Poloshirt, das der Hersteller vermutlich als Meerschaumgrün bezeichnen würde.

„Besonders die Stiefel sehen interessant dazu aus", fuhr Keegan fort.

Jesse betrachtete sein Lieblingsschuhwerk. „Ich hab nix dagegen, mich mal ein bisschen aufzumotzen. Aber bei Schnürschuhen hört der Spaß auf."

Das entlockte Keegan ein Lachen. „Freut mich, dass du dich dazu herabgelassen hast, meine Klamotten zu klauen. Und ich würde eine Menge dafür bezahlen, dich einmal in Schnürschuhen zu sehen." Er wirkte verdammt müde. Jesse fragte sich, ob sein Cousin über Nacht in der Firma geblieben war. Laut Myrna Terp war das seit seiner Scheidung schon öfter vorgekommen.

„Du hast gestern erwähnt, dass du jemanden brauchst, der sich mit Computern auskennt." Auf keinen Fall wollte Jesse sich mit langem Drumherumgerede aufhalten.

„Jess, was soll das? Willst du eine Arbeitsvermittlung aufmachen? Ich habe ein paarmal versucht, Cheyenne zu erreichen, aber offenbar hat sie keine Mailbox."

„Ich glaube, sie sucht doch keine Arbeit." Jesse stellte sich vor einen Spiegel und betrachtete sich. Er sah wie einer dieser Manager aus, die sich gerade auf den Weg zum Golfplatz machen. Die Vorstellung ließ ihn erschauern. „Sie versucht lieber noch immer, mich zu überreden, das Land zu verkaufen."

Auch Keegan betrachtete Jesses Erscheinung, mit einer Schulter an den Türrahmen gelehnt und vor der Brust verschränkten Armen. „Du machst ihr doch nicht etwa Hoffnungen, oder? Nur um mal zu sehen, wohin es führen könnte?"

„Ich habe Cheyenne klipp und klar gesagt, dass ich auf gar keinen Fall verkaufen werde. Wenn sie weiterhin versuchen will, mich zu überzeugen, dann stehe ich gern zur Verfügung."

„Kann ich mir gut vorstellen."

Diese Worte verletzten Jesse ein wenig. „Mein Ruf scheint noch schlimmer zu sein, als ich immer dachte."

„Dein Ruf ist schlimmer, als du dir auch nur ausmalen kannst. Weißt du wirklich jemanden, der sich mit Computern auskennt?"

„Ja", sagte Jesse. „Mitch Bridges. Zumindest ist er mehr als lernwillig. Du könntest doch eine Stelle als Arbeitsstudium einrichten, oder? Innerbetriebliche Fortbildung?"

Keegan seufzte. „Cheyennes Bruder? Er sitzt im Rollstuhl, richtig?"

„Ja, Cheyennes Bruder. Und was macht es schon, dass er im Rollstuhl sitzt? Mit seinem Kopf stimmt alles. Er ist jung, und ich glaube, er ist sehr fleißig."

„Okay." Beruhigend legte Keegan eine Hand auf Jesses Schulter. „Wenn er sich mit den Grundlagen auskennt, könnte ich ihn für einen Crash-Kurs nach Flagstaff schicken."

„Danke, Keeg", sagte Jesse.

„Der Junge muss es aber können, Jesse. Wir sind keine Wohlfahrtsorganisation." Sein Cousin fuhr sich nervös durchs Haar.

„Warum siehst du so besorgt aus?", fragte Jesse. „Gibt es noch mehr schlechte Nachrichten von Shelley?"

„Allerdings. Als ich Devon gestern Abend abholen wollte, sagte Shelley mir, dass sie bei einer Freundin übernachtet. Außerdem überlegt der Vorstand, mit unserer Firma an die Börse zu gehen."

Inzwischen standen die beiden an der Tür zum Flur, an dessen Ende Keegans Büro lag – direkt neben dem von Rance.

„Und das nimmst du so einfach hin?", fragte Jesse überrascht. „Das ist dein Wochenende mit Devon – das hast du mir gestern erst gesagt."

„Ich hole sie nachher ab. Devon hat heute keine Schule – Lehrerversammlung oder etwas in der Art –, und ich will mit ihr reiten gehen."

In diesem Moment steckte Rance den Kopf aus seinem Büro. Sein dunkles Haar war verstrubbelt. „Na so etwas", lächelte er. „Wenn das nicht unser Pokerspieler ist. Oder interessierst du dich seit Neuestem eher für Golf?"

„Ich dachte, du bist in China und machst uns alle noch reicher", erwiderte Jesse. Dann fiel ihm ein, dass Sierra am Telefon gesagt hatte, dass Rance und Keegan ihre Termine verschoben hätten, um zu der Grillparty kommen zu können.

„Offensichtlich bin ich zurück", brummte Rance und trat zu ihnen in den Gang. „Und das ist auch verdammt gut so. Keeg hat ein Problem damit, dass wir mit der Firma an die Börse wollen. Er hält es für einen großen Fehler und wirft uns Steine in den Weg, wo er nur kann."

„Mann!“ Jesse sah Keegan erstaunt an. „Das bedeutet einen Arsch voll Geld und dass niemand in unserer verdammten Familie bis zum Ende seines Lebens mehr arbeiten muss. Was für eine *schreckliche* Vorstellung.“

„Als ob du jemals gearbeitet hättest“, blaffte Keegan zurück.

Erst heute Morgen, dachte Jesse, erwähnte die Rampe aber nicht. Er wusste, dass ihm sowohl Rance als auch Keegan sonst eine Menge Fragen stellen würden.

„Wozu arbeiten? Ich habe fünf Millionen Dollar beim Pokern gewonnen, und meine Dividendenschecks kommen schneller rein, als ich sie ausgeben kann.“

Keegan warf die Arme in die Höhe. „Ich habe es versucht“, verkündete er der Decke.

„Wie geht es den Kindern?“, wandte Jesse sich an Rance. Einerseits interessierte ihn das wirklich, gleichzeitig wollte er das Thema wechseln und nicht über Cheyenne, Mitch oder sein eigenes Leben diskutieren.

Rance lächelte. Er liebte seine Töchter sehr. Doch seit dem Tod seiner Frau Julie vor ein paar Jahren ließ er sie oft bei ihrer Großmutter, um durch die Welt zu jetten und kleinere Firmen aufzukaufen. „Cora hat das *Curl and Twirl* geschlossen und ist mit ihnen für eine Woche nach Disneyland gefahren. Sie kommen heute Abend zurück.“

Jesse nickte. „Dann bringst du sie morgen mit zum Grillfest?“

„Klar.“

„Bis dahin.“ Jesse machte sich auf den Weg.

„Und bring meine Klamotten mit“, rief Keegan hinter ihm her.

Da drehte Jesse sich um, salutierte und machte sich aus dem Staub.

Cheyenne stellte einen Teller mit Wurstbroten und Eistee in die Mitte des Tisches. Nach dem Duschen hatte sie nur schnell einen Bademantel übergestreift und ihr Haar mit einem Handtuch umwickelt.

Mitch sah lächelnd zu ihr hoch. „Das Auto von Nigel ist echt cool“, sagte er. „Wir sollten eine Spritztour machen. Vielleicht zum Supermarkt, dann können wir es Mom zeigen.“

„Später.“ Sosehr Cheyenne sich auch bemühte, nicht an Jesse zu denken, es gelang ihr nicht. Wie fantastisch er mit nacktem Oberkörper ausgesehen hatte! Und wie seine Augen geglitzert hatten, als er zu ihr sagte: „Das hast du gut hingekriegt."

Mitch betrachtete die Kartons aus dem Wagen, die jetzt auf dem Wäschetrockner in der winzigen Küche standen. „Soll ich dir den Laptop installieren? Und dein Handy einstellen?"

„Gern", sagte sie, sank auf einen Stuhl und nahm sich ein Brot. „Das wäre toll. Danke."

„Ich mag Jesse", verkündete Mitch – so ernst, als ob er damit ein großes Geheimnis verkündete.

„Hm."

„Und magst du ihn, Cheyenne?"

Ohne abzubeißen, legte sie ihr Brot auf einen der angeschlagenen Teller ihrer Großmutter. Schon damals war das Geschirr sehr billig. Aber Gram hatte es gehütet wie ihren Augapfel. Plötzlich stiegen ihr Tränen in die Augen. Gram. Voller Zärtlichkeit dachte sie an die Mutter ihrer Mutter, die sich einerseits an ihr indianisches Erbe geklammert und gleichzeitig versucht hatte, in der Welt der Weißen zurechtzukommen.

„Cheyenne?" Mitch sah sie besorgt an.

„Ich mag Jesse ganz gern."

„Du bist morgen Abend mit ihm verabredet."

„Ja", entgegnete Cheyenne trocken. „Ich kann mich erinnern."

„Also hast du ihn nicht nur ganz gern. Nigel hast du auch ganz gern, aber mit ihm bist du nie ausgegangen." Auf einmal sah er sie entsetzt an. Mitch war neunzehn und wegen seines Schicksals manchmal sehr reif für sein Alter. Doch mitunter – so wie jetzt – wirkte er viel jünger. „Oder etwa doch?"

„Nein! Natürlich nicht." Sie hielt absolut nichts davon, Arbeit und Vergnügen zu vermischen. Wobei Jesse McKettrick für das Vergnügen geradezu geschaffen war.

„Ich glaube, Nigel ist ein Mistkerl." Mitch nahm sich ein zweites Brot.

„Ich glaube, du hast recht."

Das überraschte ihren Bruder. „Warum arbeitest du dann für ihn? Warum suchst du dir nicht was anderes?"

„Weil das nicht so einfach ist. Man kann momentan nicht gerade von einer Hochkonjunktur sprechen."

„Du könntest dich bei *McKettrickCo* bewerben."

„Mitch." Cheyenne rutschte mit ihrem Stuhl ein paar Zentimeter nach hinten. „Übertreib nicht, ja? Schön, Jesse hat dir eine Rampe gebaut, und das war nett von ihm. Er hat uns für morgen auf eine Grillparty eingeladen, und das ist auch nett. Aber die McKettricks bleiben die McKettricks, und wir bleiben wir. Sie leben auf Triple M und wir leben – nun, hier. Meinst du, bei der Straße rauf zur Farm handelt es sich einfach nur um eine Straße? Oh nein, das ist eine Steinmauer, fünf Meter dick und zwanzig Meter hoch."

Ihr Bruder schüttelte mitleidig den Kopf. „Gott, Chey, das klingt deprimierend."

„Vielleicht." Sie hatte keinen Hunger mehr und stellte die restlichen Brote in den Kühlschrank. „Aber es ist die Wahrheit."

„So?" Mitch fuhr mit seinem Stuhl weit genug nach hinten, um sie von Kopf bis Fuß zu betrachten. „Du tust mir leid, Chey. Du hast aufgegeben. Was ist denn aus all deinen Träumen geworden, von denen du mir erzählt hast, als ich im Krankenhaus lag? Du wolltest heiraten und Kinder haben. Wolltest deine eigene Firma gründen, damit du dir von niemandem mehr etwas sagen lassen musst. Und mir hast du auch erzählt, dass ich erreichen könnte, was immer ich wollte. Hast du mir da nur etwas vorgemacht? Versucht, den armen Krüppel aufzumuntern?"

„Mitch ..."

„Wann hast du aufgehört zu glauben, dass das Leben gut sein kann, Cheyenne? Wirklich gut?"

„Ich habe nicht aufgehört ..."

„Und ob!", rief er, wirbelte herum und verließ die Küche.

„Mitch!", schrie Cheyenne hinter ihm her.

Sie hörte, wie seine Zimmertür krachend ins Schloss fiel.

Hatte sie wirklich aufgegeben? Und aufgehört daran zu glauben, dass Träume wahr werden konnten, für sie und für Mitch und auch für ihre Mutter?

„Nein", flüsterte sie. Sie war nach Indian Rock gekommen, um Land zu kaufen und die schönste Wohnanlage der Welt zu bauen. Wenn das klappte, könnte sie mit dem Bonus Mitch und ihrer Mutter zu einem Neuanfang verhelfen. Und sie wäre in der Lage, sich selbstständig zu machen.

Aber Jesse würde sich nicht umstimmen lassen. Ihre Wünsche waren nichts als ein Kartenhaus, dazu verdammt, früher oder später einzustürzen.

Was für ein Spiel spielte sie?

Sah sie wirklich noch eine Chance, ihn zu überzeugen, oder wollte sie einfach nur mehr Zeit mit ihm verbringen?

Ihre Wangen brannten.

Die Waschmaschine beendete piepsend ihr Programm. Cheyenne nahm Jeans und T-Shirt heraus und warf sie in den Trockner. Eine Viertelstunde später saß sie hinter dem Haus, um ihr Haar in der Sonne trocknen zu lassen, als sie den Wagen ihrer Mutter hörte.

Dabei hatte Ayanna noch längst keinen Feierabend. War sie etwa gefeuert worden? Cheyenne brachte nicht die Energie auf, sich zu erheben und nachzufragen. Stattdessen blieb sie, wo wie war, und ließ den Blick über den Garten schweifen, der noch schlimmer aussah als der vor dem Haus. Die alte Reifenschaukel stand noch da, wo ihr Vater sie früher hingebaut hatte. Er hatte ihr so viel versprochen.

Ich passe auf dich auf, Prinzessin.

Du und ich und deine Mutter, wir suchen uns ein eigenes Haus in einer anderen Stadt, wo wir ganz von vorn anfangen können.

Nur einen Royal Flush, Prinzessin. Nur ein einziges Mal.

In derart trübe Gedanken versunken, umschlang Cheyenne ihre Beine mit den Armen und legte den Kopf auf die Knie. Hinter ihr öffnete sich die Fliegengittertür.

„Alles okay?“, fragte Ayanna sanft.

„Das könnte ich dich auch fragen“, erwiderte sie, ohne den Kopf zu heben.

„Ich mache nur Mittagspause.“ Cheyenne spürte, wie Ayanna sich neben sie auf die Treppenstufe setzte. „Toller Geschäftswagen. Und die Rampe sieht auch klasse aus. Also, wo ist Mitch, und wieso herrscht hier insgesamt so eine schlechte Stimmung?“

„Wer behauptet das, insgesamt oder sonst wie?“

„Nun, du sitzt mitten am Tag im Bademantel auf der Treppe hinter dem Haus. Und schaust mich nicht an. Dein Bruder hat sich in seinem Zimmer verschanzt, spielt aber anscheinend kein Computerspiel. Die Atmosphäre hier ist so gespannt wie ein Drahtseil. Ich muss nicht erst die Seelsorge anrufen, um zu wissen, dass hier etwas nicht stimmt." Mit sanften Bewegungen strich Ayanna über Cheyennes Rücken. „Na komm, Kindchen. Was ist los?"

Erst jetzt drehte Cheyenne ihren Kopf, sodass sie ihrer Mutter ins Gesicht sehen konnte. „Du hast so viel durchgemacht, Mom", sagte sie. „Dad. Mitchs Unfall. Pete, der abgehauen ist, als du ihn am meisten gebraucht hast. Wie schaffst du es, den Glauben an das Gute nicht zu verlieren? Wie schaffst du es, so optimistisch zu sein?"

„Natürlich bin ich auch mal niedergeschlagen", entgegnete Ayanna leise. „Aber es gibt so vieles, wofür ich dankbar sein kann. Mitch hätte bei dem Unfall getötet werden können. Und ich bin so stolz auf dich, dass du ganz ohne Hilfe das College geschafft und so eine großartige Stelle an Land gezogen hast."

„Dabei bin ich eine totale Hochstaplerin", stöhnte Cheyenne und presste das Gesicht wieder auf ihre Knie.

Leise lachend fuhr Ayanna fort, ihren Rücken zu streicheln. „Inwiefern, Liebes?"

„Du hast doch das Auto vor der Tür gesehen. Nigel hat es vorbeigebracht, zusammen mit einem Handy und einem neuen Computer. Er glaubt noch immer, dass ich das Land bekomme. Aber das stimmt nicht. Ich habe das alles unter Vorspiegelung falscher Tatsachen akzeptiert – genauso wie mein Gehalt."

„Geschäfte sind immer spekulativ, Cheyenne. Und das gilt in deiner Branche noch mehr als in anderen. Mir kommt es so vor, als würde dich etwas anderes – oder jemand anders – beschäftigen."

Darauf antwortete Cheyenne nicht.

Ayanna stand auf, ging wortlos ins Haus. Wenige Minuten später kam sie wieder zurück und stupste Cheyenne so lange an, bis sie sich aufrecht hinsetzte. Ayanna hielt eine ramponierte Schuhschachtel in Händen.

„Was ist das?"

„Sieh selbst nach." Sie legte die Schachtel in Cheyennes Schoß.

Vorsichtig hob Cheyenne den Deckel ab. In der Schachtel lagen die Fotos von Jesse, die sie während der Highschool gesammelt hatte. Ihr Mund wurde trocken.

„Deswegen bist du nach Indian Rock zurückgekommen", bemerkte Ayanna. Dann verschwand sie wieder und ließ Cheyenne mit einer Schachtel voll Erinnerungen allein zurück.

7. KAPITEL

Brandi Bishop wartete in einem kleinen Straßencafé in der Nähe ihrer Strandwohnung in Santa Monica. Wie üblich zog sie die Seitenblicke der Männer an den Nachbartischen auf sich, ebenfalls wie üblich zum Ärger von deren Begleiterinnen. Nervös sah sie zum dritten Mal auf die Uhr. Sie hatte ihre Arbeit für heute beendet, aber noch lagen drei Stunden Abendstudium vor ihr. Außerdem wartete ihr armer Hund Shimmy zu Hause darauf, endlich Gassi geführt zu werden.

Ein Kellner kam zu ihrem Tisch. „Kann ich Ihnen etwas bringen, Madame?"

Madame? Sie war siebenundzwanzig, keine siebenundfünfzig! „Cappuccino", sagte sie und vergaß absichtlich, ein Bitte hinzuzufügen. „Fettarme Milch und doppelter Espresso."

Ganz offensichtlich war der Mann immun gegen ihre Schönheit. Er verbeugte sich nur leicht mit zusammengepressten Lippen. Garantiert schwul, dachte sie müde. Nicht, dass das eine Rolle gespielt hätte.

Sie schlug die Beine übereinander. Und sah erneut auf die Uhr. Zehn vor sechs. Seufzend kramte sie ihr Handy aus der Tasche und rief ihren Nachbarn und besten Freund Geoffrey an. Vielleicht konnte sie ihn ja mit dem Kellner verkuppeln. Vermutlich würden sie sich blendend verstehen – davon abgesehen, dass Geoffrey nett war und der Ober arrogant.

„Hey, Freundin", begrüßte Geoffrey sie mit Wärme in der Stimme.

„Shimmy muss spazieren geführt werden", sagte Brandi, als ein großer, elegant gekleideter Mann erschien. Er sah sich um, sein Blick blieb an ihr hängen. „Und ich schaffe es nicht mehr, vor dem Unterricht nach Hause zu kommen. Könntest du das übernehmen, bitte?"

„Als ob die Welt noch eine Anwältin brauchen würde", zog Geoffrey sie auf. Brandi sah, wie der Fremde im Schatten von Palmenblättern näher kam. „Klar, Zuckerfee. Ich kümmere mich um Shimmy. Und du konzentrierst dich einfach auf Zivilklagen und eidesstattliche Versicherungen oder was du sonst so lernst."

„Danke, Geoff. Bis später." Sie lachte und legte auf. Dann sah sie den Mann an.

„Mr Meerland?", fragte sie. Er stand jetzt vor ihrem Tisch und roch nach teurem Parfüm und viel Geld.

Der Mann nickte. Lächelte. In seinem Mund entdeckte sie Kronen, und seine Bräune war vermutlich unecht. „Ms Bishop, nehme ich an? Darf ich mich setzen?", fragte er zuckersüß.

Nur mit Mühe unterdrückte Brandi ein Seufzen. Erst seit sie Dan Simmons kannte, hatte sie aufgehört, jeden Mann mit Jesse McKettrick zu vergleichen. So attraktiv und elegant Nigel Meerland auch war, gegen Jesse konnte er es in keiner Hinsicht aufnehmen. „Ich habe nicht viel Zeit, Mr Meerland."

Er setzte sich und winkte dem Kellner, der gerade Brandis Cappuccino brachte.

„Ich werde Sie nicht lange aufhalten", versprach Meerland. Er bestellte einen Scotch. Ohne Wasser.

Über Nigel Meerland wusste Brandi nur, dass er ein Immobilienmakler aus San Diego war und sie über das Internet ausfindig gemacht hatte. „Ein Treffen wird sich für Sie lohnen", hatte er am Telefon versprochen. Als sie trotzdem ablehnte, hatte er Jesses Namen erwähnt.

„Ich muss in einer Dreiviertelstunde zum Unterricht", sagte sie. „Und gleich beginnt die Rushhour."

Meerland lächelte träge. „Tagsüber arbeiten Sie als Schuhverkäuferin, und abends studieren Sie Jura", sagte er. „Beeindruckend. Sie sind offenbar ehrgeizig, und das gefällt mir."

Brandis inneres Warnsystem begann zu schrillen. Sie versteifte sich. „Was wollen Sie, Mr Meerland?"

„Sie waren kurz mit einem Mann namens Jesse McKettrick verheiratet?", fragte Meerland.

Noch hatte sie ihren Cappuccino nicht angerührt, obwohl sie einen Schuss Koffein wirklich brauchen konnte. Denn es war doch ziemlich beunruhigend, wie viel jeder beliebige Mensch mit Zugang zu einem Computer über einen herausfinden konnte.

„Sie sind eine schöne Frau", fuhr Meerland fort, als Brandi nichts sagte. „McKettrick war ein Trottel, Sie gehen zu lassen."

„Wir haben uns in gegenseitigem Einvernehmen getrennt." Dieser Typ verursachte ihr eine Gänsehaut. Vielleicht war er ja ein Serienmörder oder eine Art Stalker?

Der Ober stellte höflich den Scotch vor Meerland hin und warf Brandi einen gereizten Blick zu.

Meerland trank einen Schluck. „Entspannen Sie sich", sagte er. „Ich möchte Ihnen ein einzigartiges finanzielles Angebot machen."

Da reichte es Brandi. Sie schob ihren Stuhl nach hinten und warf eine Dollarnote auf den Tisch. „Sie wollen mir was verkaufen? Gut. Aber ich kaufe nichts."

„Bitte, hören Sie mir zu."

Obwohl Brandi nicht genau wusste, weshalb, blieb sie sitzen. „Machen Sie's kurz."

„Ist Ihnen bekannt, dass Ihr Mann letztes Jahr um die fünf Millionen Dollar bei einem Pokerturnier gewonnen und von dem Geld ein großes Stück Land gekauft hat?"

„Exmann", korrigierte Brandi ihn. „Ich habe das Turnier im Fernsehen gesehen. Was Jesse mit dem Geld anstellt, ist seine Sache."

Meerland rieb sich nachdenklich das Kinn. „Sosehr ich mich auch bemüht habe, ich konnte keinen Beweis für eine Scheidung finden."

Sie und Jesse waren geschieden. Beide hatten die Papiere unterzeichnet. Bis heute verwahrte sie eine Kopie zu Hause auf. „Worauf wollen Sie hinaus?"

„Meine Firma braucht dieses Land, von dem ich gerade gesprochen habe. Unbedingt. Wir bieten Mr McKettrick fast das Doppelte von dem an, was er bezahlt hat. Doch er weigert sich, darüber auch nur nachzudenken. Wenn Sie vor Gericht ziehen – ob Sie nun geschieden sind oder nicht –, können Sie vermutlich die Hälfte seines Pokergewinns einklagen. Oder Sie können ihn zwingen, das Land zu verkaufen und das Geld mit Ihnen zu teilen."

Brandi verdiente ausreichend Geld in einem exklusiven Schuhladen. Und wenn sie mal in der Klemme steckte, brauchte sie nur Jesse anzurufen, und er überwies ihr das nötige Geld direkt auf ihr Konto. Über die Beträge führte sie genau Buch, in der Absicht, ihm alles zurückzuzahlen, wenn sie mit ihrem Studium fertig war.

„Wir sprechen über ungefähr viereinhalb Millionen Dollar. Das wäre Ihr Anteil. Wenn McKettrick uns das Land verkauft."

„Nein“, sagte sie. „Nein. Außerdem sind wir geschieden. Ich kann es beweisen.“ Wobei sie nicht vorhatte, diesem Kerl irgendetwas zu beweisen.

„Ihr Familienstand spielt womöglich gar keine Rolle, wenn Sie den richtigen Anwalt und den richtigen Richter finden.“ Meerland drehte das Glas in den Händen und starrte auf die bernsteinfarbene Flüssigkeit. „Wie ich gehört habe, hatte Ihr Vater einen Arbeitsunfall. Er wird eine Weile kein Geld verdienen. Bestimmt stapeln sich die Rechnungen bereits. Und Sie stecken bis zum Hals in Studentenkrediten, nicht wahr? Genauso wie Ihr Verlobter, der künftige Doktor. Man braucht eine Menge Geld, um eine Praxis zu eröffnen. All die Versicherungen, gegen ärztliche Kunstfehler zum Beispiel …“

Am ganzen Körper zitternd, stand Brandi auf. „Ich habe genug gehört. Ich bin nicht käuflich, und schon gar nicht verkaufe ich Jesse, um ein paar Kröten zu verdienen. Auf Wiedersehen, Mr Meerland. Und danke für nichts.“

Ihr Vater, der als Fahrer für Geldtransporte in Phoenix arbeitete, war vor sechs Wochen bei einem versuchten Raubüberfall angeschossen worden. Anschließend musste er mehrfach operiert werden. Sie wusste, dass das Geld von der Berufsunfähigkeitsversicherung kaum reichte, um ihn über Wasser zu halten – ihn und seine zweite Frau und die vier Kinder. Natürlich wäre es schön, ihm helfen zu können.

Meerland folgte ihr aus dem Café. „Ich hoffe, Sie nicht beleidigt zu haben“, sagte er sanft.

Brandis Augen brannten. Sie hatte Jesse McKettrick nie geliebt, und umgekehrt war es genauso. Wer auf die verrückte Idee gekommen war zu heiraten, wusste sie nicht mehr. Sie hatten sich in einem Club in Las Vegas kennengelernt und gemeinsam eine Nacht durchgesoffen. Obwohl sie beide normalerweise nicht besonders viel tranken. Damals hatte Brandi gerade eine Trennung hinter sich, während Jesse irgendwelche Familienstreitigkeiten quälten. Sie hätten die Hochzeit einfach überspringen und gleich miteinander schlafen sollen, denn der Sex war wirklich unglaublich schön. Nach einer Woche in einer Hotelsuite auf dem Strip entdeckten sie, wie wenig sie verband. Sie beantragten die Scheidung und gingen getrennter Wege.

„Viereinhalb Millionen Dollar“, wiederholte Meerland.

„Nein.“ Ihr alter Pick-up parkte vor dem Café – schrecklich unpassend für einen eleganten Ort wie Santa Monica. Ihr wäre es lieber gewesen, Meerland hätte ihn nicht gesehen. Hoffentlich sprang er wenigstens an, damit sie einfach wegfahren könnte.

„Es wäre so einfach“, drängte Meerland. „Und würde so viele Ihrer Probleme lösen. Denken Sie nur daran, was für einen Start Sie und Dan mit so viel Geld hinlegen könnten. Vielleicht können Sie sich sogar beide selbstständig machen, einfach so. Ohne Probleme.“

Jeder hatte seinen Preis. Und egal, wie sehr sie Jesse schätzte, egal, wie großzügig er sich ihr gegenüber immer gezeigt hatte, egal, wie energisch sie behauptete, nicht käuflich zu sein – Brandi spürte die Verlockung.

Sie dachte daran, um wie vieles leichter ihr Leben und das ihres Vaters wären. Außerdem könnte sie Dan dabei helfen, sich eine eigene Arztpraxis aufzubauen. Und natürlich hätte sie auch nichts dagegen, selbst gleich nach dem Studium eine Kanzlei zu eröffnen, ohne sich erst als Angestellte hocharbeiten zu müssen.

Trotzdem stieg sie ein, knallte die Tür zu und drehte den Zündschlüssel um.

Zum Glück sprang der Motor an.

Zum Glück fielen keine Autoteile herunter.

Brandi raste davon. Nach etwa einer halben Meile fuhr sie auf einen Parkplatz, zog das Handy aus der Tasche und rief Dan an.

Am Samstagmorgen rief Cheyenne bei einem landwirtschaftlichen Verleih an und bestellte einen fahrbaren Rasenmäher. Ayanna war bereits bei der Arbeit. Als die Wundermaschine geliefert wurde, saßen Cheyenne und Mitch gerade beim Frühstück. Sie hatten seit dem Vortag kaum miteinander gesprochen. Cheyenne sah zu, wie der kleine Traktor vor dem Haus abgeladen wurde. Da sie schon am Tag zuvor die Drahtspulen und alten Reifen vom Rasen entfernt hatte, konnte sie gleich loslegen.

„Viel zu tun“, bemerkte der Mann. „Für einen Hunderter kann ich das Mähen übernehmen.“

„Zeigen Sie mir bitte nur, wie es geht“, meinte Cheyenne, nachdem sie kurz über sein Angebot nachgedacht hatte. Hundert Dollar waren hundert Dollar. Da Nigel ihr jederzeit das Gehalt streichen konnte, war es sicher besser, vorsichtig mit ihrem Geld umzugehen.

Der Mann zuckte mit den Schultern. „Okay." Er sah sie zweifelnd an.

Die Eingangstür knallte zu. Cheyenne sah, wie Mitch die Rampe hinunterrollte.

„Stecken Sie einfach den Schlüssel rein", sagte der Mann, zeigte ihr die Bremse, dann drückte er ihr ein Klemmbrett in die Hand. „Unterschreiben Sie bitte hier. Ich hole den Traktor heute Nachmittag wieder ab. Falls Sie nicht da sind, legen Sie den Schlüssel einfach unter den Sitz."

Cheyenne nickte, unterschrieb und wartete, bis der Mann davongefahren war. Dann sah sie nach Mitch. Er fuhr mit dem Rollstuhl auf die andere Seite des Traktors.

„Hat dieses Teil auch eine Handschaltung?", fragte er.

„Weiß ich nicht."

„Ja, hier!", schrie Mitch triumphierend.

Bevor Cheyenne reagieren konnte, drückte er sich aus dem Rollstuhl und rutschte auf den Sitz. Zugegeben, der Traktor war nicht besonders hoch, trotzdem hatte sie nicht gewusst, wie viel Kraft Mitch in seinem Oberkörper besaß.

Ihr Magen flatterte. „Mitch ..."

Mit einem Blick brachte er sie zum Schweigen, drehte den Schlüssel um und sagte: „Ich kann das." Und schon fuhr er los.

Sprachlos beobachtete Cheyenne ihren Bruder, wie er das Jahrzehnte alte Gras mähte. Als hätte er nie etwas anderes getan, begann er am Rand des Gartens und arbeitete sich langsam nach innen vor. Der Duft von dem frisch gemähten Gras weckte ein schon fast vergessenes Glücksgefühl in Cheyenne. Sie dachte daran, wie Gram und Ayanna früher im Gemüsegarten hinter dem Haus Tomaten und Getreide angepflanzt hatten. Die Pflanzen wuchsen so hoch, dass sie – zumindest aus der Perspektive eines Kindes – den Himmel versperrten. Es wäre schön, wieder so einen Garten zu haben, überlegte sie ein wenig sentimental. Auf der Veranda zu sitzen, dem Rauschen des Wassersprinklers zu lauschen, der glitzernde Tropfen auf die Halme warf.

Mitch gab ihr ein Zeichen, und sie räumte den Rollstuhl aus dem Weg. Lächelnd sah sie ihn vorbeifahren.

Und dann geschahen zwei Dinge gleichzeitig.

Jesse McKettrick fuhr vor, und der Traktor stürzte um.

Sofort rannte Cheyenne zu ihrem Bruder. Doch Jesse kam zuerst bei ihm an und stellte den Motor aus.

„Alles klar, Kumpel?“, fragte er lächelnd und setzte sich neben Mitch auf den Boden.

Mitch nickte etwas unsicher. „Da muss ein Loch gewesen sein. Ich hab's nicht gesehen.“

„Hätte jedem passieren können“, sagte Jesse und ließ Cheyenne dabei nicht aus den Augen. Stumm bat er sie inständig, jetzt nicht in Panik zu geraten.

„Hast du dir bestimmt nicht wehgetan?“, fragte sie.

Mitch lachte. Nach dem ersten Schrecken schien er jetzt geradezu stolz auf den Sturz zu sein. „Nein“, sagte er. „Das denke ich zumindest. Allerdings spüre ich ja im unteren Teil nichts. Insofern könnte ich mir auch beide Beine gebrochen haben.“

„Das sollten wir untersuchen lassen“, sagte Jesse ruhig. „Kann ich dich bewegen, oder sollen wir besser einen Krankenwagen rufen?“

„Kein Krankenwagen.“

Jesse schob die Arme unter Mitch, hob ihn hoch und trug ihn zu seinem Truck. Und Cheyenne, noch immer zu Tode erschrocken, lief hinter ihnen her und öffnete die Beifahrertür, damit Jesse ihren Bruder absetzen konnte.

„Ich hole meine Tasche“, sagte sie.

Mitch schnallte sich an, lehnte den Kopf zurück und schloss die Augen. Hatte er doch Schmerzen?

„Ganz ruhig“, sagte Jesse zu Cheyenne. „Wir haben hier keinen Notfall.“

Woher wollte er das wissen? Sie stürzte ins Haus, um ihre Tasche zu holen. Als sie zurückkam, hielt Jesse ihr die Hintertür auf.

„Ich hoffe, dass ich trotzdem reiten kann“, sagte Mitch.

„Vergiss das verdammte Pferd“, zischte sie. „Ich hätte dich niemals auch nur in die Nähe des Traktors lassen dürfen.“

Jesse, der sich gerade hinters Steuer setzen wollte, hielt mitten in der Bewegung inne und warf ihr einen warnenden Blick zu.

„Ich glaube, mir ist nichts passiert." Mitch drehte sich zu ihr um. „Und außerdem, wenn schon jemand einen Hechtsprung vom Traktor machen musste, dann lieber ich als du."

„Soll ich deine Mom anrufen?" Die Frage galt Mitch, nicht Cheyenne. Trotzdem öffnete sie den Mund, um zu antworten, schloss ihn dann wieder.

„Nein", sagte Mitch. „Sie hat gerade ihren neuen Job angefangen. Ich will sie nicht unnötig aufregen."

„Unnötig?", wiederholte Cheyenne. „Du bist von einem Traktor gefallen."

„Reg dich nicht auf", sagte Mitch.

Fünf Minuten später hielten sie vor dem örtlichen Krankenhaus. „Wartet hier", sagte Jesse. Er stieg aus und ging in die Notaufnahme.

Kurz darauf kamen ein grauhaariger Arzt und zwei Krankenschwestern mit einer fahrbaren Krankentrage auf den Vorplatz.

Mit einem freundlichen Lächeln öffnete der Arzt die Beifahrertür. „Ich bin Dr. Krischan", sagte er zu Mitch. „Wie ich höre, sind Sie von einem Traktor gefallen."

„Ich glaube nicht, dass ich verletzt bin", erklärte Mitch.

Cheyennes Herz krampfte sich zusammen. Mitch hatte schon so viel durchgemacht. Wie hatte sie nur zulassen können, dass er sich auf diese Höllenmaschine setzte? Sie hätte doch wissen müssen, dass so etwas geschehen würde …

„Schauen wir uns das mal an", sagte Dr. Krischan.

Er und die Schwestern halfen Mitch aus dem Auto und legten ihn vorsichtig auf die Trage. Auch Cheyenne stieg aus dem Wagen und stellte sich neben Jesse. Als er ihre Hand nahm, wich sie nicht zurück. Mitch wurde in einen Untersuchungsraum gebracht, während Cheyenne die nötigen Formulare ausfüllte. Das hatte sie schon so oft getan, dass sie kaum noch hinsehen musste. Danach allerdings fühlte sie sich vollkommen verloren. Jetzt konnten sie nur noch warten.

„Vielleicht sollten wir doch Mom anrufen", sagte sie.

Aber Jesse schüttelte den Kopf, führte sie zu einem Stuhl und holte eine Flasche Wasser aus dem Getränkeautomaten. „Mitch möchte nicht, dass sie sich Sorgen macht, schon vergessen?"

„Sie ist seine Mutter", zischte sie.

„Und er ist erwachsen."
„Er ist erst neunzehn."
„Erwachsen", wiederholte Jesse.
Cheyenne seufzte. „Danke, Jesse. Dass du da bist. Dass du geholfen hast."
„Lass stecken", erwiderte er lässig.
„Bringt dich eigentlich nichts aus der Fassung?"
„Nicht viel."
„Bei dir läuft einfach immer alles bestens, nicht wahr?"
„McKettrick-Glück. Hat mir bisher noch immer geholfen."
Fast verspürte Cheyenne so etwas wie Neid. „Muss schön sein", sagte sie und wünschte sofort, den Mund gehalten zu haben.
„Glück bekommt man nicht in die Wiege gelegt", sagte er. „Ist eine Frage der Wahl."
„Eine Frage der Wahl?"
„Ja."
„Du spinnst."
„Vielleicht", räumte er ein. „Aber ich schätze, ich habe so oft Glück, weil ich es einfach erwarte. Und da ich genauso gut auch mit dem Schlimmsten rechnen könnte, handelt es sich doch wohl um eine bewusste Wahl."
„Ich könnte wählen, was immer ich will, und wäre noch immer Cash Bridges' Tochter." Sie trank einen großen Schluck Wasser. Auch für diesen Satz hätte sie sich am liebsten die Zunge abgebissen.
„Wer du bist, hat nichts mit deinem Dad zu tun", sagte Jesse. „Sondern nur mit dir. Wenn du beschlossen hast, dass es schlimm ist, Cash Bridges' Tochter zu sein, dann ist es das auch."
„Und was bist du, so eine Art Philosoph?"
„Nein." Jesse schmunzelte. „Ich denke nur viel nach."
Cheyenne stand auf, um sich die Beine zu vertreten. Und um etwas Distanz zwischen sich und Jesse zu schaffen, der sie immer wieder in seine Umlaufbahn zog wie ein Sonnensystem, um das eine ganze Galaxie kreiste.
Als sich ihre Nervosität etwas gelegt hatte, blieb sie stehen und sah ihn an. „Warum bist du vorhin überhaupt vorbeigekommen?"
„Ich hab ein Händchen dafür, zur richtigen Zeit am richtigen Ort zu sein. Ist Teil meines Charmes."

„Es muss doch einen Grund gegeben haben."

„Ich finde, dass Mitchs Rampe ein Geländer braucht. Darum wollte ich noch ein paar Bretter vorbeibringen."

„Warum?"

„Das habe ich doch gerade gesagt."

„Ich meine, warum bist du so wild entschlossen, uns zu helfen?"

„So sind wir nun mal auf dem Land. Hast du das vergessen, seit du in der Großstadt wohnst?"

„Mach hier nicht auf harmloser Junge vom Land, okay?", rief Cheyenne, entspannte sich aber ein wenig. Was sie merkwürdig fand, da sie doch niemand auf der Welt nervöser machte als Jesse McKettrick. „Du hast ein aufregendes Leben geführt und bist durch die ganze Welt gereist."

„Das stimmt. Aber Indian Rock ist mein Zuhause. Das war immer so."

Wieder begann Cheyenne, auf und ab zu laufen.

Nach einer Ewigkeit kam Dr. Krischan zurück. „Nichts gebrochen", sagte er. „Mitch kann nach Hause gehen."

Jesse stand auf. „Sehen wir uns heute Abend auf der Party, Doc?"

„Ich werde kommen."

„Gut zu wissen. Zumal Mitch ganz versessen darauf ist, Rodeo zu reiten."

Sofort versteifte Cheyenne sich wieder.

„War nur ein Scherz, Cheyenne."

Eine Krankenschwester brachte Mitch in einem Krankenhausrollstuhl aus dem Untersuchungsraum bis zum Auto. Dort übernahm Jesse. Sosehr er sie auch verstörte, die selbstverständliche Art wie er Mitch auf den Sitz hob, rührte ihr Herz. Man könnte meinen, dass er sich Tag für Tag um Behinderte kümmerte.

Seit seinem Unfall kannte Mitch Scham. Doch mit Jesse fühlte er sich wohl. Jesse behandelte ihn mit stillem Respekt und mit Selbstverständlichkeit.

Wieder zu Hause, richtete Jesse den Traktor auf, setzte sich darauf und mähte den Rasen zu Ende. In der Mittagspause kam Ayanna nach Hause. Und während Mitch ihr erzählte, was geschehen war, saß Cheyenne auf der Verandatreppe und sah Jesse beim Arbeiten zu.

„Wie machst du das?", fragte sie, als er den Traktor schließlich abstellte und sich neben sie setzte.

„Was? Traktor fahren?"

„Du weißt, was ich meine. Du gibst Mitch das Gefühl … nun, normal zu sein. Wie machst du das?"

„Das ist leicht, Cheyenne", entgegnete Jesse sanft. „Er ist normal."

„Er …" Sie hatte darauf hinweisen wollen, dass Mitch an seinen Rollstuhl gefesselt war, hatte eine Liste all der Dinge aufzählen wollen, die er nicht tun konnte. Aber Jesse hatte recht. Ihr Bruder war kein Krankenfall. Kein Teil irgendeiner Statistik, sondern einfach nur ein Mensch, und das hatte sie in den Jahren der Sorgen offenbar vergessen.

„Dann lade ich mal besser die Bretter ab." Jesse erhob sich. „Das Geländer werde ich allerdings ein anderes Mal bauen müssen. Ich habe Travis versprochen, ihm bei den Vorbereitungen für die Party zu helfen. Wahrscheinlich wartet er schon auf mich. Wir sehen uns um sechs."

„Bis dann." In Cheyennes Hals kratzte es verdächtig, sie musste sich räuspern.

Nachdem Jesse die Latten abgeladen hatte und losgefahren war, ging Cheyenne ins Haus. Ayanna saß allein in der Küche. Sie sah ungewöhnlich müde und mürrisch aus.

„Mitch durchwühlt seine Koffer", sagte sie. „Er weiß nicht, was er heute Abend anziehen soll."

Lächelnd legte Cheyenne einen Arm um ihre Schulter. „Bist du in Ordnung? Ich weiß, das muss ein Schock für dich gewesen sein, aber Mitch geht es wirklich gut."

Stumm kaute Ayanna auf der Unterlippe. „Ganz bestimmt", murmelte sie dann. „Darum geht es auch nicht. Es ist nur … ich weiß nicht, ob ich diese Arbeit aushalten kann, Cheyenne."

„Dann kündige halt. Es gibt bestimmt etwas anderes für dich."

In Ayannas Wimpern hingen Tränen. Sie nickte tapfer, worauf Cheyenne sich noch schlechter fühlte. „Mama hat mich angefleht, die Sekretärinnenschule zu besuchen. Ich wünschte, ich hätte auf sie gehört. Aber, nein, nein, ich war jung, ich war in Cash Bridges verliebt, ausgerechnet in ihn. Und ich glaubte, alles besser zu wissen …"

Da nahm Cheyenne ihre Mutter in die Arme. „Du könntest in Flagstaff deinen Schulabschluss nachholen. Es ist nie zu spät."

„Natürlich ist es zu spät", entgegnete Ayanna halb lachend, halb schluchzend. „Oder?"

„Nur wenn du entscheidest, dass es so ist." In ihren Worten hörte sie das Echo von Jesses Stimme.

„Du hast recht." Ayannas Gesicht hellte sich etwas auf. „Nach der Arbeit werde ich in die Bibliothek gehen und nach entsprechenden Unterlagen suchen."

Auf einmal wollte Cheyenne die fünfhundert Morgen Land, die Jesse sich zu verkaufen weigerte, mehr denn je. Gut, sie fand die Idee, uralte Bäume zu fällen oder den Bach zu dämmen, auch nicht berauschend. Aber sie konnte dafür sorgen, dass die McKettricks dauerhaft die Wasserrechte behielten. Und sie würde einen Weg finden, um Indian Rock für diese Wohnanlage zu entschädigen. Sie könnte zum Beispiel Investoren suchen und eine wunderschöne Seniorenresidenz bauen.

„Ich fahre mal besser wieder zurück zum Supermarkt", sagte Ayanna. Sie nahm sich die Schlüssel ihres verbeulten Autos und trat, immer noch niedergeschlagen, aus der Tür.

Das Telefon klingelte.

„Hallo?", meldete Cheyenne sich in der Annahme, dass das Gespräch für Mitch oder ihre Mutter war. Außer Nigel rief niemand sie an, und Nigel benutzte eher ihre Handynummer.

„Cheyenne?", hörte sie eine Männerstimme fragen. Die Stimme erinnerte Cheyenne an die von Jesse. Wenige Sekunden später wusste sie auch, wieso. „Hier spricht Keegan McKettrick."

„Keegan." Cheyenne lächelte. „Suchst du Jesse? Er war vorhin hier, ist aber schon wieder weg. Sagte was von Partyvorbereitungen ..."

„Eigentlich wollte ich mit dir sprechen."

Das verwirrte Cheyenne so, dass sie erst einmal gar nichts sagte.

„Jesse meinte, du hättest Interesse daran, für *McKettrickCo* zu arbeiten."

Beinahe wäre sie vor Wut explodiert. Schließlich hatte sie Jesse deutlich zu verstehen gegeben, dass sie keine Almosen annehmen würde. Doch nachdem sich gerade erst ihr Entschluss gefestigt hatte, den Bonus von Nigel einzustreichen, damit ihre Mutter keine Einkäufe mehr in Tüten packen musste und Mitch ein anständiges Leben führen konnte, kam ihr plötzlich eine Idee.

„Um was für eine Stelle handelt es sich denn?“

„Personalentwicklung. Jesse sagte gestern etwas, worüber ich seitdem nachdenke. Ich würde gern eine Art Arbeitsstudium-Programm aufstellen. Vielleicht in Zusammenarbeit mit der Highschool. Wir könnten junge Leute aus der Gegend an Computern ausbilden. Und ich bräuchte jemanden, der das auf die Beine stellt.“

Cheyenne setzte sich auf einen Stuhl. „Wie kommst du darauf, dass ich dafür die Richtige wäre?“

Als er antwortete, konnte sie ein Lächeln in seiner Stimme hören. „Ich habe mir deinen Werdegang im Internet angesehen. Du hast einen Abschluss, und dein momentaner Job verlangt eine Menge Initiative und Kreativität. Genau das suche ich. Vielleicht könnten wir heute Abend darüber sprechen? Auf der Party?“

Die Hand, mit der sie den altmodischen Hörer umklammerte, wurde feucht. „Ich freue mich darauf“, sagte sie.

„Bis heute Abend dann.“

8. KAPITEL

Cheyennes Haar schimmerte ebenholzfarben im Licht der Haustür und fiel in sanften Wellen über ihre Schultern. Sie trug große goldene Ohrreifen, neue Jeans und ein enges weißes Oberteil. Bei ihrem Anblick stockte Jesse der Atem, ungefähr so wie bei einem *Royal Flush*.

Mit weichen Knien stieg er aus seinem Truck. Verdammt. Warum hatte er nicht am Blumenladen gehalten und ihr einen Strauß mitgebracht?

Sie lächelte. „Mom und Mitch sind gleich fertig", sagte sie.

„Keine Eile." Jesse hatte sich noch immer nicht richtig gefasst. „Du siehst großartig aus."

Eingehend betrachtete sie ihn von Kopf bis Fuß – seine besten Stiefel, einigermaßen neue Jeans und ein weißes, am Hals geöffnetes Hemd – und schenkte ihm ein weiteres Lächeln. „Danke", sagte sie. „Du siehst aber auch nicht schlecht aus."

Von drinnen hörte man Gemurmel und Geraschel, Mitch und Ayanna machten sich hinter der Fliegengittertür fertig. Doch für Jesse hätten sie auch in einem anderen Universum sein können. Nur Cheyenne kam ihm wirklich vor. Das Haus, die langsam einsetzende Dämmerung, der Boden unter seinen Füßen – all das erschien ihm wie eine Illusion.

„Danke", antwortete er schließlich, seine Stimme klang heiser.

„Magst du reinkommen?", fragte Cheyenne.

Nein, das wollte er nicht. Er wollte nicht, dass sich irgendetwas änderte. Dieser Augenblick war golden, er hätte ewig so dastehen können.

Benommen schüttelte er den Kopf.

Cheyenne öffnete die Tür, damit Mitch mit seinem Rollstuhl durchfahren konnte, gefolgt von Ayanna. Beide sahen ihn mit solcher Vorfreude an, dass Jesse jederzeit auf die Schnelle eine Grillparty organisiert hätte, wenn es nicht schon eine geben würde.

„Hey, Jesse", rief Mitch und sauste die Rampe hinunter.

Jesse hielt den Atem an. Als Mitch am Morgen vom Traktor gestürzt war, hatte er sich betont ruhig gegeben. Tatsächlich aber hatte ihn der Unfall mindestens so erschrocken wie Cheyenne. Jetzt wünschte er, er hätte bereits das Geländer an der Rampe befestigt.

„Hey, Kumpel“, entgegnete er mit einiger Verzögerung.

Ayanna strahlte ihn an. „Danke, dass Sie Mitch heute geholfen haben“, sagte sie. „Das war sehr nett von Ihnen.“

Drauf konnte Jesse nur schüchtern nicken. Da er noch nie im Leben so etwas wie Schüchternheit gekannt hatte, verwirrte ihn dieses Gefühl, das er erst benennen konnte, nachdem er einen Moment darüber nachgedacht hatte. „Kein Problem.“

Es dauerte eine Weile, bis er Mitch neben Ayanna auf den Rücksitz verfrachtet hatte. Als er einstieg, saß Cheyenne bereits im Wagen. Schon vorher war er ihr so nah gewesen, aber aus irgendeinem Grund waren seine Nerven auf einmal zum Zerreißen gespannt. Tief atmete er ihren Duft ein. Was war das? Parfüm, Shampoo? Oder duftete sie selbst einfach so zart und blumig und rein?

Die Fahrt zur Ranch kam ihm kürzer vor als sonst. Jesse konzentrierte sich auf die Straße, die er auch im Schlaf hätte fahren können. Aber er befürchtete, wenn er Cheyenne ansähe, würde er sich nicht mehr von ihr losreißen können und in einen Graben fahren.

Die chinesischen Laternen, die er und Travis am Nachmittag in die Bäume gehängt hatten, schimmerten feierlich in Rot, Grün, Gelb und Blau. Vor dem Haus parkten bereits jede Menge Autos, und laute Musik dröhnte in seine Ohren.

„Was für ein Anblick“, rief Ayanna.

Niemand sonst sprach ein Wort.

Jesse fuhr direkt vors Haus, sprang aus dem Wagen, öffnete Cheyenne und Ayanna die Tür, lud den Rollstuhl aus und setzte Mitch hinein.

Noch war es nicht ganz dunkel, doch das Licht der Laternen funkelte in Cheyennes Augen, als sie sich aufmerksam umsah. Jesse beschlich das merkwürdige Gefühl, dass sie die Umgebung tief in sich aufnahm und bewahrte – wie ein Andenken.

Ohne Scheu rollte Mitch mitten ins Getümmel, Ayanna folgte ihm. Nur Cheyenne blieb an Jesses Seite stehen und sah den beiden mit einem traurigen Lächeln nach.

„Sie sind so glücklich“, sagte sie nachdenklich.

„Ich suche schnell einen Parkplatz“, sagte Jesse. „Geh du doch schon mal vor.“

Fast ängstlich betrachtete sie die lange Reihe parkender Autos, die sich fast bis zur Hauptstraße erstreckte. Dann schüttelte sie den Kopf. „Ich komme mit dir“, sagte sie und kletterte bereits in den Truck, bevor Jesse es ihr ausreden konnte.

Mit aller Macht bekämpfte er den dringenden Wunsch, einfach so weit zu fahren, bis es niemanden mehr gab außer ihm und Cheyenne.

„Wollen wir bloß hier sitzen?“, zog Cheyenne ihn auf, als er nicht losfuhr.

Er legte den Gang ein. Hitze kroch seinen Nacken hinauf, und er war sich noch immer nicht sicher, dass er nicht einfach weiterfahren würde, sobald er den Wagen gestartet hatte. Er wollte Cheyenne so viel sagen, er hatte so viele Fragen. Aber er fand verdammt noch mal nicht die richtigen Worte.

Sie lachte leise. „Stimmt was nicht?“

Stumm schüttelte er den Kopf, wagte aber nicht, in ihre Richtung zu sehen.

Sie parkten mindestens eine halbe Meile vom Haus entfernt auf einem Feld. Als sie sich zu Fuß auf den Rückweg machten, erschien es ihm nur richtig, ihre Hand zu ergreifen. Dass sie sie nicht zurückzog, erleichterte ihn sehr.

Beinahe andächtig legte Cheyenne den Kopf in den Nacken und betrachtete den dunkler werdenden Himmel. „Ich hatte ganz vergessen, wie hell die Sterne hier scheinen.“

Jesse beobachtete sie aus den Augenwinkeln. Die letzte Nacht hatte er im Schlafsack auf dem Berg verbracht, mit Blick auf seine fünfhundert Morgen Land. Während sein Pferd neben ihm graste, hatten sich die Sternbilder wie ein Feuerrad bewegt. Aber darüber wollte er jetzt nicht sprechen. Erstens, weil es zu privat war, ein Gefühl, das er mit niemandem teilen konnte. Außerdem wollte er das Thema Landverkauf nicht zur Sprache bringen, zumindest nicht heute Abend.

„Lebst du gern in der Stadt?“, fragte er. Das hielt er für eine unverfängliche Frage.

„Es hat seine Vorteile“, antwortete sie. „Restaurants. Buchläden. Theater. Nur habe ich meistens gar nicht genug Zeit dafür.“

Darauf hätte er entgegnen können, dass sie offensichtlich zu viel arbeitete. Aber auch in diese Richtung wollte er das Gespräch nicht lenken.

„Ich habe eine Wohnung in New York", sagte er. „Da fahre ich hin, wenn ich mich nach etwas Stadtgefühl sehne."

Vor Überraschung blieb Cheyenne stehen, und da er ihre Hand hielt, musste er ebenfalls anhalten.

„New York City?"

Jesse lachte. „Die lassen auch Cowboys rein, falls du dich darüber wunderst."

Sie zog an seiner Hand, bis er sie ansah und glaubte, in ihren Augen zu ertrinken. „Was machst du da? In New York, meine ich?"

„Freunde treffen." Ihre Neugier verblüffte ihn. Gleichzeitig ärgerte er sich ein wenig über ihre anhaltende Überraschung. „Theaterstücke ansehen, in meine Lieblingsrestaurants gehen, mich in Buchhandlungen umsehen." Er schwieg einen Moment. „Doch wirklich, ich lese. Sogar ohne dabei die Lippen zu bewegen."

Zum ersten Mal an diesem Abend schien sie nervös. „Das habe ich nicht gemeint …"

„Schon gut, Cheyenne." Er ging wieder los und zog sie mit sich. Vorhin noch hatte er überlegt, sie zu entführen, mit ihr irgendwo einen Kaffee trinken zu gehen, zu reden. Doch jetzt dachte er daran, dass Keegan und Rance und vermutlich auch Travis ihre Abwesenheit bemerken und ihn entweder bis ans Ende seiner Tage aufziehen oder zu viele Fragen stellen würden.

„Bist du oft in New York?", fragte er.

„Gelegentlich zu einer Besprechung. Die dauert dann meist den ganzen Tag, und danach gibt es das unvermeidliche Geschäftsessen. Anschließend fahre ich nur noch ins Hotel und falle ins Bett."

„Vielleicht solltest du irgendwann einfach mal zum Spaß nach New York fahren", schlug Jesse vor.

Sie sah ihn verblüfft an, als ob ihr der Gedanke, irgendetwas nur zum Spaß zu tun, noch nie in den Sinn gekommen wäre. „Einfach so, ohne Grund?"

Er lachte. „Spaß ist doch ein Grund."

„Da hast du vermutlich recht."

Inzwischen hatten sie den Garten erreicht. Liam, Sierras siebenjähriger Sohn, stürzte auf sie zu, die Lichter der Laternen spiegelten sich in seinen Brillengläsern.

„Yo, Jesse!", brüllte er.

Liebevoll zerzauste Jesse ihm das Haar. „Yo, Liam. Hast du in letzter Zeit irgendwelche Gespenster gesehen?"

Liam sah von Jesse zu Cheyenne und wieder zurück. „Tobias", erklärte er mit freundlicher Geduld, „ist kein Gespenst. Er ist ein echter Junge."

„Das ist meine Freundin Cheyenne", erklärte Jesse. „Cheyenne, das ist Liam McKettrick. Er kann tote Menschen sehen."

„Kann ich nicht", protestierte Liam, wirkte aber nicht besonders verärgert. Er ergriff Cheyennes freie Hand. „Komm mit. Mom sagt, sie will unbedingt die Frau kennenlernen, die Jesse so beeindruckt."

Cheyenne warf Jesse einen kurzen Blick zu. „Deine Mom", erwiderte sie dann fröhlich, „muss mich mit jemandem verwechseln. Aber ich würde sie trotzdem gern kennenlernen."

Jesse folgte den beiden in einigem Abstand, um seiner Haut genug Zeit zu geben, wieder etwas Farbe anzunehmen. Travis begrüßte ihn mit einer Flasche Bier, die er dankbar entgegennahm.

Sein Freund beobachtete, wie Liam Cheyenne zu seiner Mutter zerrte, die die Gäste am Eingang des Gartens begrüßte. „Ist sie diejenige?"

„Diejenige was?"

Travis lachte. „Entspann dich. Ich meine, ist sie diejenige, die dir das Land abkaufen will?"

„Ja. Das ist sie."

Travis schlug ihm auf den Rücken. „Ich fass es nicht!"

„Was?", fauchte Jesse.

„Hier geht's um deutlich mehr als nur um Land."

„Überhaupt nicht. Die Gerüchteküche scheint ja ganz schön am Brodeln zu sein, wenn du das glaubst."

„Dafür brauche ich keine Gerüchte, mein Lieber. Es hat gereicht zu sehen, wie ihr gemeinsam hergelaufen seid."

„Na gut, ich mag sie eben." Jesse senkte die Stimme, für den Fall, dass einer der Gäste ihr Gespräch belauschte. „Ich mag eine Menge Frauen. Mehr ist es nicht."

Aber Travis sah nicht überzeugt aus. Wieder schlug er Jesse auf den Rücken. „Na, dann sag Sierra jetzt besser mal Hallo. Bevor sie dich ausfindig macht und dir eine Menge Fragen stellt."

Jesse ließ den Blick über die Gäste schweifen und sah, wie Sierra mit Cheyenne an der Seite auf ihn zukam. Von Liam keine Spur.

Um ihren Cousin auf die Wange zu küssen, musste Sierra sich auf die Zehenspitzen stellen. Ihre dunkelblauen Augen glitzerten belustigt, ihr kurzes braunes Haar glänzte. „Wie ich höre, ist Liam in ein Fettnäpfchen getreten." Sie lächelte verschmitzt.

Da musste auch Jesse lächeln. Von Anfang an hatte er eine Schwäche für seine lange verschollene Cousine und Liam gehabt. Im letzten Januar waren sie in einem zerbeulten Wagen auf der Ranch erschienen, zwei Fremde, auf der Suche nach ihrem Zuhause.

„Nette Party", sagte er. „Gibt es auch was zu essen?"

„Da drüben", sagte Sierra, hakte Travis unter und sah Cheyenne an. „Lass uns nach dem Essen noch etwas plaudern. Ich würde dir gern von dem Pokerturnier erzählen."

Das machte Cheyenne ein wenig stutzig, doch noch bevor sie nachfragen konnte, hatten Sierra und Travis sich bereits wieder auf den Weg zu ihren Gästen gemacht.

„Was für ein Turnier?", fragte sie besorgt.

„Keine Ahnung", sagte Jesse. „Lass uns was essen."

Das Büfett bot alles, was man sich nur wünschen konnte, von frischem Brot und Bohnen bis hin zu Filet Mignon. Die Gäste verteilten sich auf etwa ein Dutzend Tische. Erfreut bemerkte Jesse, dass Ayanna und Mitch bereits aßen. Ayanna unterhielt sich mit Cora Tellington, Rance' Schwiegermutter, während Mitch sich ein wenig abseits hielt. Vor ihm im Gras saß Bronwyn und redete wie ein Wasserfall auf ihn ein.

Liam, Keegans Tochter Devon und Rance' Töchter Rianne und Maeve jagten einander kreischend um die Tische. Als er sich mit Cheyenne am Büfett anstellte, fühlte Jesse sich merkwürdig unbehaglich. Er wusste, dass viele Augenpaare sie beobachteten.

Nachdem sie ihre Teller gefüllt hatten, setzten sie sich unter einem Ahornbaum ins Gras. Die ersten Gäste begannen zu tanzen.

„Was für ein beeindruckendes Haus", sagte Cheyenne.

Damit tat sie Jesse einen großen Gefallen, denn er wusste schon wieder nicht, was er sagen sollte.

„Sehr alt", sagte er. „Als Holt – Sierras Ururgroßvater – das Haus kaufte, gehörte es zu einer anderen Ranch. Später tat er sich mit dem alten Angus, unserem gemeinsamen Vorfahren, zusammen. Da wurde es dann Teil von Triple M."

Cheyenne schwieg einen Moment. Dann fragte sie: „Wie hast du das gemeint, als du Liam nach Gespenstern gefragt hast? Er hat jemanden erwähnt, Tobias oder so?"

„Liam behauptet, dass er manchmal einen anderen Jungen sieht. Einen Vorfahren aus Sierras Familie. Sierra betreibt viel Ahnenforschung, und sie sagt, dass sie selbst gelegentlich merkwürdige Erscheinungen sieht."

Mit einem Hühnerspieß in der Hand betrachtete Cheyenne das große, massive Holzgebäude. Alle Häuser auf der Ranch waren gebaut worden, um zu überdauern, mit dicken, robusten Wänden.

„Die McKettrick-Familiengeschichte mal wieder", murmelte sie.

Jesse nickte. „Tobias hat es tatsächlich gegeben. Er starb vor ein paar Jahren als sehr alter Mann in Santa Fe, New Mexico."

„In Santa Fe? Warum nicht auf Triple M, oder zumindest in Arizona?"

„Viele McKettricks verlassen das Land." Diese Tatsache hatte er selbst nie begriffen. „Ich schätze, wenn alle blieben, würden wir uns inzwischen stapeln. Es gibt eine ziemlich große Sippschaft in Texas, in der Nähe von San Antonio. Aber die meisten anderen sind in der ganzen Welt verstreut."

„Dort ist der Hauptsitz von *McKettrickCo*", sagte sie. „Ich meine, in San Antonio." Einen Moment zögerte sie, dann sah sie ihn an. „Du scheinst dich für die Firma nicht besonders zu interessieren."

„Das Interesse von Rance und Keegan reicht für drei."

„Ist irgendwas geschehen? Gab es eine Auseinandersetzung?"

Er schüttelte den Kopf. „Ich war einfach nie ein Geschäftsmann."

„Also willst du für den Rest deines Lebens nichts anderes tun als reiten und Poker spielen?"

„Irgendwann hätte ich gern eine Familie." Gedankenverloren sah Jesse zu den Kindern, die gerade geräuschvoll an ihnen vorbeitollten. „Aber kein Mensch hat alles."

Auch Cheyenne beobachtete die Kinder, die nun Mitch und Bronwyn umkreisten. „Vielleicht vergisst er ja, dass er unbedingt reiten wollte", sagte sie dann.

„Unwahrscheinlich", meinte Jesse.

Nach dem Essen nahm er Cheyennes Teller, stand auf und

streckte ihr die freie Hand hin. Wieder sah sie sich um, und er fragte sich, wonach – oder nach wem – sie suchte. Bereits einige Sekunden später bekam er die Antwort, als Keegan zu ihnen hinüberschlenderte. In Jeans, einem blauen Hemd und Stiefeln wirkte er viel lockerer als üblich.

Cheyenne begrüßte ihn mit einem warmen Lächeln, bei dem sich Jesses Magen zusammenzog.

„Hallo Cheyenne", sagte Keegan. Jesse beschlich das Gefühl, dass sein Cousin sich auf dieses Treffen gefreut hatte, vielleicht schon seit langer Zeit.

„Hallo Keegan."

Täuschte er sich, oder hatte sie gerade mit den Wimpern geklimpert? Jesse räusperte sich.

„Wäre jetzt ein guter Moment, um zu reden?", fragte Keegan.

Cheyenne nickte.

Erst jetzt schien Keegan ihn wahrzunehmen. „Würdest du uns kurz entschuldigen?"

Auch Jesse nickte knapp.

Nachdem Keegan und Cheyenne sich bereits ein paar Schritte entfernt hatten, kam Keegan noch einmal zu ihm zurück. „Keine Sorge, ich bringe sie dir zurück", flüsterte er.

Darauf konnte Jesse nicht antworten. Zumindest nicht mit Worten. Er starrte ihn nur düster an. Dann blickte er den beiden hinterher, wie sie sich an einen Tisch im hinteren Teil des Gartens setzten. Keegan war so aufmerksam, Cheyenne den Stuhl zurückzuziehen.

„Jesse?", rief Mitch in diesem Moment. „Wie wäre es, wenn du das Pferd für mich sattelst?"

Mit einem leisen Seufzen zwang Jesse sich, Keegan und Cheyenne nicht länger zu beobachten. Natürlich wusste er, dass es bei dem Gespräch vermutlich um einen Job bei *McKettrickCo* ging. Und dafür konnte er niemand anders verantwortlich machen als sich selbst. Schließlich hatte er diese brillante Idee. Und doch: Wenn er Cheyenne jetzt einfach an der Hand nehmen und sie vom Tisch wegziehen könnte, ohne eine Szene zu riskieren, hätte er genau das getan.

„Bist du sicher, dass du das hinbekommst?", fragte er Mitch. „Nach dem Traktorunfall meine ich?"

„Ja, ich bin sicher. Wenn der Traktor nicht schon abgeholt worden wäre, hätte ich mich wieder draufgesetzt, nur um zu beweisen, dass ich es kann."

„Wer sagt, dass du irgendjemandem was beweisen musst?"

„Ich muss mir selbst eine Menge beweisen", entgegnete Mitch leise.

„Okay." Nach einem letzten langen Blick in Cheyennes Richtung, machte Jesse sich auf den Weg zum Stall. Mitch rollte neben ihm her. Travis hatte Sierra und Liam das Reiten beigebracht und für sie ein paar besonders zahme Pferde gekauft. Eines davon wäre in jedem Fall passend für Mitch.

Die Stalltür stand offen, das Licht war eingeschaltet. Aus einer kleinen Kammer holte Jesse Sattel- und Zaumzeug und warf es vor Pony-boys Box auf den Boden. „Was hältst du von etwas Training?", fragte er das Pferd.

Pony-boy wieherte. Er war über zwanzig Jahre alt. Travis hatte ihn auf einer Auktion ersteigert, hauptsächlich, weil ihn sonst niemand wollte und er sonst auf dem Schlachthof gelandet wäre. Während Jesse eine Satteldecke über Pony-boy legte, streichelte er seinen Hals und sprach leise auf ihn ein. Dann warf er einen Blick auf Mitch, der im Gang wartete. Die Mischung aus Entschlossenheit, Angst und Stolz, die er in Mitchs Augen sah, ließ ihn innehalten.

„Vielleicht sollten wir auf Cheyenne warten", sagte Jesse, um Mitch noch einmal die Chance zu geben, seine Meinung zu ändern.

Doch der Junge schüttelte den Kopf. „Hier geht es nicht um Cheyenne", entgegnete er. „Sondern um mich."

Das verstand Jesse. „Vielleicht geht es aber auch ein kleines bisschen um Bronwyn? Sie mag dich bereits, Mitch, das ist nicht zu übersehen. Du musst sie nicht beeindrucken."

„Nein?", fragte Mitch, als Jesse Pony-boy fertig gesattelt aus der Box führte. „Hast du sie dir mal angesehen? Sie könnte jeden Jungen haben, den sie will. Vermutlich tue ich ihr einfach nur leid, weil ich im Rollstuhl sitze."

Da sah Jesse ihm direkt ins Gesicht. „Nun mach mal halblang", erklärte er ruhig. „Ich kenne Bronwyn und ihre Familie schon eine Ewigkeit. Das sind wirklich anständige Leute. Sie interessiert sich für dich, und das hat mit Mitleid nicht das Geringste zu tun."

Mitch kaute auf der Unterlippe, so wie es Cheyenne auch immer tat.

„Ich brauche etwas Hilfe, um auf das Pferd zu kommen", sagte er nach kurzem Schweigen. „Danach komme ich allein zurecht."

„Dann lass uns zum Gehege gehen." Noch immer konnte Jesse nicht vergessen, wie der Traktor umgekippt war und Mitch hilflos auf dem Boden gelegen hatte. Hoffentlich machen wir nicht gerade einen Fehler, dachte er.

Bis er Mitch in den Sattel geholfen hatte, standen bereits einige Zuschauer am Zaun des Geheges, und weitere machten sich auf den Weg.

Jesse steckte Mitchs Füße in die Steigbügel.

„Wie bringe ich ihn zum Laufen?"

„Überhaupt nicht. Jedenfalls nicht, bevor ich deinen Rollstuhl aus dem Weg geräumt habe."

„Ja, klar." Mitch lachte nervös. „Stimmt."

Am Zaun entdeckte Jesse Ayanna, doch von Cheyenne war nichts zu sehen. Ayanna winkte. Nachdem er den Stuhl außerhalb des Geheges abgestellt hatte, ging er zurück zu Pony-boy.

„Hast du irgendein Gefühl in deinen Beinen?", fragte Jesse.

Mitch schüttelte den Kopf. Er schwitzte ein wenig.

„Dann musst du dich sozusagen mit deinem Willen festhalten. Pony-boy wird das spüren und darauf reagieren."

„Gut."

Nach einem letzten Blick auf Mitch, gab Jesse Pony-boy einen leichten Klaps auf die Flanke, woraufhin das Tier lostrottete. Mit beiden Händen umklammerte Mitch den Sattelknauf, doch sein Gesicht strahlte heller als die Lichter am Stall.

„Nimm die Zügel." Jesse stand in der Mitte des Geheges. „Aber zieh nur ganz leicht. Gerade genug, damit er weiß, in welche Richtung er gehen soll."

„Ist es okay, wenn ich schreie?", fragte Mitch.

Besorgt machte Jesse einen Schritt auf Pferd und Reiter. „Warum? Hast du Angst?"

„Nein. Ich bin glücklich."

Da strahlte Jesse. „Dann schieß los."

Und Mitch Bridges gab ein *Yippie* von sich, auf das jeder Cowboy stolz gewesen wäre.

Irgendjemand schrie, aber Cheyenne achtete nicht weiter darauf. Die Stelle, die Keegan ihr beschrieb, klang besser als gut. Es gab nur ein Problem – die Möglichkeit, dass *McKettrickCo* in einem Jahr vielleicht an die Börse ging. Wenn das geschehen sollte, konnte Keegan nicht garantieren, dass sie ihren Arbeitsplatz behielt. Doch bis dahin bot er ihr ein anständiges Gehalt und eine Arbeit, die ihr Spaß machen würde.

Ihr Vertrag mit Nigel lief jedoch erst in ein paar Monaten aus, und vermutlich wäre er nicht bereit, sie vorher gehen zu lassen. Es sei denn, seine Firma ging in der Zwischenzeit pleite.

„Denk in Ruhe darüber nach", sagte Keegan. „Du musst dich nicht heute Abend entscheiden."

Cheyenne nickte. Dann sah sie sich um. Sie waren praktisch allein. Selbst die Band hatte zu spielen aufgehört und war verschwunden, die Instrumente lagen unbeaufsichtigt auf der Bühne. Auch Keegan wirkte verwirrt, als er es bemerkte. Dann sah Cheyenne, dass das Licht vom Stall das Gehege hell erleuchtete. Und dort entdeckte sie Mitch auf einem Pferd.

Auf einem Pferd.

Mit rasendem Herzen rannte sie los, quetschte sich durch die Zuschauer zum Zaun und stellte sich neben ihre Mutter.

„Ganz ruhig", flüsterte Ayanna. „Er macht das richtig gut."

Eigentlich hatte Cheyenne über den Zaun klettern wollen. Doch nun schluckte sie und zwang sich, Mitch anzusehen. Seine armen nutzlosen Beine baumelten an den Seiten des Pferdes herab, aber er saß aufrecht, mit erhobenem Kopf, und er strahlte. Irgendwie war es ihm gelungen, das Pferd zum Traben zu bringen.

„Sachte", warnte Jesse ihn, lächelte aber zufrieden.

„Ich bringe ihn um", wisperte Cheyenne. Mochte Jesse McKettrick auch grenzenloses Vertrauen in seine eigenen körperlichen Kräfte haben – und das vermutlich aus gutem Grund –, gab ihm das noch lange nicht das Recht, Mitchs Gesundheit so unbesonnen aufs Spiel zu setzen.

„Er weiß, was er tut", versicherte Ayanna ihr.

„Ich spreche von Jesse, nicht von Mitch", sagte Cheyenne.

„Ich auch. Sieh ihn dir an. Er wirkt sehr ruhig, aber wenn irgendetwas schieflaufen sollte, hätte er das Pferd in einer Millisekunde unter Kontrolle."

Eine Millisekunde, dachte Cheyenne bitter, hatte gereicht, um Mitchs Rückgrat zu brechen. Heute Morgen hatte ihr Bruder noch einmal Glück gehabt, doch ein Unfall, bei dem ein gesunder Mensch vielleicht mit ein paar Kratzern davonkam, konnte Mitch umbringen.

„Ist eigentlich jeder hier verrückt geworden?"

Darauf lächelte Ayanna nur. Voller Stolz sah sie zu, wie Mitch das Pferd vorsichtig zügelte.

„Ich glaube, das reicht", sagte Mitch. Dann tat er so, als würde er den Hut ziehen und den Zuschauern damit winken, wie ein Cowboy nach dem Rodeo. Die Leute lachten und applaudierten.

Jesse schob den Rollstuhl ins Gehege, half Mitch herunter und brachte Pony-boy zurück zum Stall. Während Mitch sich noch in der Bewunderung der Gäste sonnte, stürmte Cheyenne zum Stall.

„Das war absolut bescheuert und überheblich", schrie sie Jesse an, die Hände in die Hüften gestemmt.

„Vielleicht", räumte Jesse ein, sah sie an und führte dann das Pferd in die Box.

„Du hast doch gesehen, wie Mitch vom Traktor gefallen ist!"

Ganz ruhig schloss Jesse die Tür der Box, dann streichelte er anerkennend Pony-boys langes Gesicht. „Das stimmt. Und wenn Mitch heute nicht auf den alten Pony-boy gestiegen wäre, hätte er vielleicht bis zum Ende seines Lebens Angst gehabt."

Seit sie nach Indian Rock zurückgekommen war, hatte Cheyenne ihre Gefühle erfolgreich unter Kontrolle gehalten. Jetzt strömten plötzlich Tränen über ihre Wangen, und alle Schleusen schienen sich zu öffnen.

„Es war genauso wie bei seinem ersten Unfall", schluchzte sie. „Da lag er unter einem Four-Wheeler und …"

Nur für den Bruchteil einer Sekunde zögerte Jesse, dann ging er zu ihr, nahm sie in die Arme und drückte sie fest an sich. „Ich weiß", murmelte er. „Ich weiß."

Und obwohl Cheyenne es besser wusste, riss sie sich nicht von ihm los.

9. KAPITEL

Es gab wohl einiges, wovor du dich fürchten musstest", murmelte Jesse an Cheyennes Haar. „Das verstehe ich. Aber hier kann dir nichts passieren. Das ist dein Zuhause."

Sprach er von seinen Armen, Triple M oder von Indian Rock? Schniefend legte sie den Kopf in den Nacken und sah ihn an.

„Was geschieht da gerade?", fragte sie, als würde sie laut denken. Sie war verwirrt und ein wenig benommen.

„Keine Ahnung. Aber es gefällt mir. Es gefällt mir sogar sehr."

Nur indem sie ihren ganzen Willen aufbrachte, schaffte sie es, sich aus seiner Umarmung zu lösen. Noch nie zuvor hatte sie sich an jemandem angelehnt, zumindest nicht, seit sie erwachsen war. Und Cheyenne wagte es nicht, ausgerechnet jetzt damit anzufangen. Schon gar nicht mit Jesse McKettrick.

„Danke, dass du uns eingeladen hast." Sie wischte mit dem Handrücken über ihre Wangen, beschämt über den Gefühlsausbruch. „Aber ich denke, wir sollten jetzt gehen."

„Ich bringe euch nach Hause, wenn du magst", sagte Jesse. „Aber ich glaube, Mitch möchte noch nicht gehen. Er fühlt sich ziemlich wohl bei all der Aufmerksamkeit."

Trotz allem musste Cheyenne lachen. „Man könnte meinen, er wäre Roy Rogers", sagte sie.

Sehr sanft strich Jesse über ihre Wange. Kurz genug, dass sie es kaum bemerkt hätte, wenn seine Finger nicht all ihre Nerven in Flammen gesetzt hätten.

„Nur für ein paar Minuten war Mitch nicht der Junge im Rollstuhl, sondern ein Cowboy. Er hatte wieder Beine. Das bedeutet ihm sehr viel, Cheyenne. Und das solltest du ihm nicht kaputtmachen, indem du ihn drängst, jetzt zu gehen."

Er hatte wieder Beine.

Diesen Satz würde sie nie mehr vergessen, auch nicht, wenn sie Indian Rock für immer hinter sich gelassen hatte.

„Warum musste ausgerechnet ihm so etwas passieren?", rief sie. Die Frage richtete sich weniger an Jesse, sondern eher an das Universum.

„Warum passiert Menschen überhaupt jemals etwas?", entgegnete Jesse. „Wir alle haben unsere Aufgaben zu übernehmen, wenn wir auf die Welt kommen. Und keiner kann das Drehbuch ändern."

Cheyenne dachte an Triple M, an die große McKettrick-Familie und deren bunte Vergangenheit. „Was wäre, wenn du morgen all das hier verlieren würdest, Jesse?", fragte sie. „Hättest du dann noch immer diese unbeschwerte Einstellung?"

„Vermutlich wäre ich eine Zeit lang wirklich traurig. Und dann würde ich das Beste daraus machen: mir wieder ein Pferd suchen, das ich reiten kann – so wie Mitch heute Abend – und eine Runde Poker spielen."

Bevor Cheyenne antworten konnte, kam Mitch in den Stall gerollt, mit einem breiten Grinsen auf dem staubigen Gesicht.

„Hast du das gesehen, Cheyenne?", fragte er aufgeregt. „Hast du gesehen, wie ich geritten bin?"

Da schmolz ihr Herz und wurde ganz weich und warm.

„Das habe ich", sagte sie leise.

Mitch wendete den Stuhl so, dass er Jesse direkt ansehen konnte. „Darf ich das irgendwann noch mal machen? Vielleicht könnten wir beide ja zusammen ausreiten?"

Wie ein warmer Abendhauch ruhte Jesses Blick auf Cheyennes Gesicht, dann sah er Mitch an. „Klar", sagte er. „Klar."

Das Pferd wieherte, und Mitch fuhr zur Box. Pony-boy senkte den Kopf so tief, dass Mitch ihn streicheln konnte.

„Danke, Pony-boy", murmelte der Junge.

Da brannten Cheyennes Augen, und sie musste ein paarmal schlucken.

„Es ist schwer, einen besseren Freund als ein Pferd zu finden", bemerkte Jesse.

In diesem Moment stürmte Bronwyn herein, ihr hübsches Gesicht glühte vor Begeisterung.

„Du warst toll!", rief sie.

Mitch errötete. „Danke", entgegnete er schüchtern.

„Die Band spielt wieder." Bronwyn nahm Mitchs Hand. „Lass uns noch ein wenig tanzen!"

Tanzen, dachte Cheyenne perplex.

Die beiden verschwanden.

„Ich finde, das ist eine großartige Idee", sagte Jesse.

„Was?"

„Zu tanzen."

Er machte einen Schritt auf sie zu und nahm ihre Hand. Dann zog er sie an sich und küsste sie.

Jahrelang hatte Cheyenne Begehren und Leidenschaft unterdrückt – es war ihr nichts anderes übrig geblieben. Sie hatte all ihre Kraft für ihre Arbeit, ihren Bruder und ihre Mutter gebraucht. Doch als Jesses Lippen ihre berührten, zart, aber hungrig, geriet ihre Seele in Aufruhr. Sie schlang die Arme um ihn und erwiderte seinen Kuss voller Hingabe.

Als sie sich voneinander lösten, sah Cheyenne ihn atemlos und ein wenig verzaubert an. Wie konnte ein einfacher Kuss sich so herrlich anfühlen? Jesse lächelte über ihren fragenden Blick.

„Wir sollten besser zurückgehen und tanzen. Indian Rock ist eine typische Kleinstadt. Wenn wir zu lange hier bleiben, werden sich alle fragen, was wir hier treiben."

Cheyenne berührte ihre Lippen, auf denen noch immer Jesses Kuss prickelte. Einen Moment glaubte sie, er würde sie noch einmal küssen. Bei der Vorstellung ergriff sie eine Mischung aus freudiger Erwartung und Panik.

„Das können wir nicht brauchen", sagte sie. „Dass die Leute über uns reden, meine ich. Nicht wenn …"

„Lass uns gehen", unterbrach er sie. „Bevor die Band zu spielen aufhört."

Den Rest des Abends verbrachten die beiden in einem fernen Zauberland, einem goldenen, fremden und magischen Ort, an dem sie aus ihrem eigenen Leben heraustreten und sich – wenn auch nur kurz – in der Mitte treffen konnten. Cheyenne wusste, dass es nicht andauern würde, und Jesse vermutlich auch.

Irgendwann wurden die schlafenden Kinder ins Haus getragen und auf die Berge von Mänteln und Jacken gelegt, wo sie in süße, aufregende Träume versanken. Die Erwachsenen senkten ihre Stimmen, die Band spielte leiser, die Tänze wurden langsamer. Um Mitternacht traten Travis und Sierra auf die Bühne.

Wieder spürte Cheyenne diese Enge in ihrem Hals, die sie vor Jahren hinter sich gelassen hatte und die ihr erst bei ihrer Rückkehr nach Indian Rock wieder begegnet war.

Travis drückte Sierra an sich, die glücklich und ein wenig verlegen lächelte. „Ich schätze, ihr alle wisst, dass wir uns lieben", begann er. „Und dass wir in drei Wochen heiraten – ihr alle habt die Einladungen bekommen, und falls nicht, kommt bitte trotzdem."

Die Gäste lachten und applaudierten.

„Vielleicht haben einige von euch bemerkt, dass Sierra keinen Verlobungsring trägt", fuhr Travis fort. „Der Grund ist, dass es nicht einfach irgendein Ring tun würde." Ein Trommelwirbel erklang. Sierra sah Travis mit glänzenden Augen an. Rance lief auf die Bühne und drückte Travis etwas in die Hand.

„Ich liebe dich", sagte Travis zu seiner Braut. Und dann funkelte ein Diamant im Scheinwerferlicht auf wie ein Stern. Nachdem Travis Sierra den Ring über den Finger geschoben hatte, warf sie sich ihm in die Arme. Die Gäste jubelten. Die Band spielte ein feierliches Lied. Und Cheyennes Augen schmerzten.

Nach einem langen und innigen Kuss wandte Sierra sich an die Gäste. „Mom und Meg bedauern es sehr, dass sie heute Abend nicht hier sein können. Aber zur Hochzeit kommen sie, genau wie hoffentlich jeder Einzelne von euch." Danach tanzten die beiden zu einem alten Patsy-Cline-Lied. Kurz darauf löste sich die Feier langsam auf.

Jesse holte den Truck, während Cheyenne sich auf die Suche nach Ayanna und Mitch machte. Danach steuerte sie auf die Gastgeberin zu.

„Vielen Dank", sagte sie. „Das war ein wunderbares Fest."

Sierra lächelte. „Ja. Das war es. Ich wollte dich doch noch wegen des Pokerturniers für Frauen fragen ..."

„Ich spiele eigentlich kein ...", begann Cheyenne.

Jesses Cousine ergriff ihre Hände. „Nur so zum Spaß. Niemand erwartet, dass du gut bist."

Früher hatte Cheyenne unendlich viele Pokerspiele beobachtet, während sie auf ihren Vater wartete. „Verstehe."

„Wir spielen um einen Platz bei dem großen Turnier in Las Vegas", erklärte Sierra. „Und wir haben folgende Abmachung: Wenn eine von uns gewinnt, geht das Geld an das örtliche Krankenhaus, das dringend einen Anbau benötigt."

Im Grunde wollte Cheyenne nicht Poker spielen. Aber schließlich würde sie auf jeden Fall eine Weile in Indian Rock bleiben – egal, ob sie weiter für Nigel oder für *McKettrickCo* arbeitete. Sie wollte Freundschaften schließen, und das Pokerturnier schien eine gute Gelegenheit zu sein.

Natürlich hatten Sierra und ihre Freundinnen nicht die geringste Chance, bis nach Las Vegas zu kommen. Sie würden gegen Spieler aus dem ganzen Land antreten, gegen Spieler wie Jesse.

„Ich bin nicht sicher, ob ich euch eine Hilfe wäre", sagte sie.

„Bitte, mach mit." Sierra hielt ihre Hand noch immer fest. „Morgen Nachmittag trainieren wir, im Pokerzimmer bei *Lucky's*. Mittagessen um halb zwölf, anschließend wird gepokert. Bitte komm doch auch."

Cheyenne gab sich geschlagen. Es würde sowieso niemand von ihnen die ersten Runden des lokalen Turniers überstehen. Und auch wenn das *Lucky's* viele traurige Erinnerungen aus ihrer Kindheit barg, war sie nicht länger das kleine Mädchen, das erfolglos auf seinen Daddy wartete.

„Nur wenn du versprichst, mir mehr über die Gespenster zu erzählen."

„Abgemacht."

In der Zwischenzeit war auch Jesse zurückgekommen. Mitch und Ayanna saßen bereits im Truck. Cheyenne beobachtete, wie er den Rollstuhl zusammenklappte. Als sie sich wieder zu Sierra umdrehte, entdeckte sie ein wissendes Lächeln in deren Augen.

„Bis morgen", sagte Sierra.

Jesse stand neben der geöffneten Beifahrertür und wartete. Cheyenne bedankte sich noch einmal bei Sierra, dann lief sie auf ihn zu.

Kurz darauf standen Jesse und Cheyenne an der Verandatreppe des Hauses. Grillen zirpten in den Büschen, und es duftete noch immer nach frisch gemähtem Gras. Mitch und Ayanna hatten sich bereits verabschiedet und waren ins Haus gegangen.

„Das war ein schöner Abend", sagte Cheyenne.

„Fand ich auch." Jesse zögerte, dann berührte er ihre Schulter. „Ich möchte dich noch einmal küssen", sagte er und fragte sich, ob sie sich wohl abwenden würde.

Doch stattdessen seufzte sie, schloss die Augen und bog den Kopf zurück. Glücklich berührte er ihre Lippen. Und sie schlang wie schon zuvor die Arme um ihn, und ein heftiger Schauer jagte durch seinen Körper.

Als sie einen Schritt zurücktrat, blinzelte sie wie jemand, der aus einem tiefen Schlaf erwachte. „Ich sollte besser reingehen“, murmelte sie, ohne sich zu rühren.

„Ich ruf dich morgen an.“

„Ich habe morgen keine Zeit.“

Jesse wartete. Falls Keegan das Vorstellungsgespräch dazu genutzt hatte, sich an sie ranzumachen …

„Poker“, erklärte sie.

Er glaubte, sich verhört zu haben.

Sie lachte. „Anscheinend haben einige Frauen aus Indian Rock vor, sich einen Platz bei dem großen Turnier in Las Vegas zu verdienen. Da bekommst du wohl Konkurrenz.“

Jetzt lachte er auch, aber eher aus Erleichterung darüber, dass er nicht bei Keegan vorbeifahren und ihn zur Rede stellen musste. „Tatsächlich?“

Überall im Land fanden Dutzende, wenn nicht Hunderte solcher Mini-Turniere statt, in örtlichen Kasinos und sogar online. Die Profis spielten gegen ein saftiges Entgelt mit, und vom Sieger des Vorjahrs, also ihm, erwartete man sowieso, dass er seinen Titel verteidigte.

„Und du willst spielen?“, fragte er.

„Warum nicht? Ist doch nur ein Freundschaftsspiel.“

Wollte sie ihn oder sich selbst überzeugen? Es schien noch mehr dahinter zu stecken, auch wenn Jesse überzeugt war, dass keine Frau in Indian Rock auch nur den Hauch einer Chance hatte.

Wieder küsste er sie, diesmal jedoch nur kurz. Er wollte sein Glück nicht zu sehr herausfordern. Cheyenne war noch immer unberechenbar wie ein Fohlen, davon abgesehen, dass die fünfhundert Morgen Land weiterhin zwischen ihnen standen. Normalerweise hielt er sich für einen guten Menschenkenner, doch Cheyenne verwirrte ihn. Vielleicht mochte sie ihn wirklich – vielleicht interessierte sie sich aber nur für das Land.

„Ich könnte einen Kaffee kochen“, sagte sie unsicher.

Liebend gern wäre Jesse mit ihr ins Haus gegangen, um wenigstens noch einen Moment mit ihr zusammen zu sein. Aber er hatte das Gefühl, dass es an der Zeit war, einen Schritt zurückzutreten und Atem zu schöpfen. „Ein anderes Mal“, sagte er.

Nachdem sie im Haus verschwunden war, setzte er sich in seinen Truck und fuhr nach Hause.

In der Küche stellte Ayanna gerade den Wasserkessel auf den Herd. Mitch war offenbar direkt ins Bett gegangen.

„Du hast Jesse und mich vom Wohnzimmer aus belauscht“, warf Cheyenne ihrer Mutter lächelnd vor.

Ihre Mutter errötete schuldbewusst.

Mein Gott, dachte Cheyenne. Sie ist noch jung. Sie ist noch hübsch. Und sie hat sich auf der Party bestens amüsiert.

„Ich habe nicht gelauscht“, behauptete Ayanna, doch ihre Augen blitzten übermütig.

Immer noch lächelnd deutete Cheyenne auf die beiden Kaffeetassen, die Ayanna aus dem Schrank geholt hatte. „Ich bezweifle, dass du Jesse einen Tee anbieten wolltest. Du wusstest, dass er nicht mit hineinkommt. Und außerdem bereitest du dich gerade auf ein ernsthaftes Gespräch mit mir unter vier Augen vor.“

„Na gut, ich bin vielleicht in einem günstigen Moment an der Tür vorbeigelaufen und habe zufällig einen winzigen Teil eures Gesprächs gehört.“

Cheyenne durchquerte die Küche und nahm ihre Mutter in den Arm. „Zufällig? Hast du dich heute Abend gut amüsiert?“

„Ja. Und Mitch auch. Genau wie du, so wie es aussieht. Du und Jesse habt ein schönes Paar auf der Tanzfläche abgegeben.“

„Leg da nicht zu viel hinein, Mom“, warnte Cheyenne sie freundlich. „Ich spiele nicht in Jesse McKettricks Liga und vermute, dass er nur herausfinden will, wie weit ich gehe, um das Land von ihm zu bekommen.“

„Ist dir mal in den Sinn gekommen, dass er dich vielleicht tatsächlich mag?“, fragte Ayanna ein wenig gereizt. „Du bist nicht mehr das junge Mädchen, das ihn aus der Ferne anhimmelt und Bilder von ihm an die Wand hängt. Jetzt bist du eine schöne, erfolgreiche Frau, und er könnte sich glücklich schätzen, so jemanden wie dich zu bekommen.“

„Mom“, murmelte Cheyenne.

„Das stimmt doch.“

„Vielleicht bist du ein wenig voreingenommen.“ Und ich will

nicht, dass du mir Hoffnungen machst, fügte sie im Stillen hinzu. Ein Happy End gibt es nur in Liebesromanen. Aber das hier ist das wahre Leben.

„Und du scheinst ein wenig erschöpft." Das Wasser kochte, Ayanna füllte es in Grams geliebte Tassen. „Und was war das mit dem Pokerturnier?"

„Du hast also nur einen winzigen Teil des Gesprächs gehört, hm?", zog Cheyenne sie auf, während sie die Tassen zum Tisch trug. Das Wasser nahm eine hübsche dunkelrosa Farbe an, und der Duft von Himbeeren stieg ihr in die Nase.

Die beiden Frauen setzten sich einander gegenüber an den Tisch. Plötzlich fiel Cheyenne ein, wie sie früher an diesem Tisch Stud-Poker gespielt hatte – kaum groß genug, um über den Tischrand zu blicken. Sie und ihr Dad hatten Streichhölzer und Pennys anstellte von Chips genommen.

„Ich dachte, du hasst Poker." Ayanna pustete in ihre Tasse.

„Sierra hat mich gebeten, mit ihr und ein paar Freundinnen zu spielen, das ist alles."

Auf einmal rutschte Ayanna unbehaglich auf ihrem Stuhl herum. „Cheyenne, du weißt, dass ich dir nie sage, was du tun sollst, aber ich muss dich doch nicht daran erinnern, dass dein Vater ..."

Da richtete Cheyenne sich ein wenig auf. „Ich bin nicht mein Vater." Doch der Gedanke, dass die Tage und Nächte, die Cash am Spieltisch verbracht hatte, für Ayanna noch schlimmer gewesen sein mussten als für sie, ließ sie weich werden. Sie griff über den Tisch nach der Hand ihrer Mutter. „Ich werde mit Sicherheit nicht spielsüchtig, Mom", versprach sie.

„Natürlich möchte ich, dass du hier Freundschaften schließt", sagte sie ernst. „Aber ausgerechnet bei einem großen Pokerturnier?"

Cheyenne seufzte. „Falls ein Wunder geschieht und eine von uns es bis nach Vegas schafft und dort auch noch gewinnt, geht das Geld an das örtliche Krankenhaus in Indian Rock."

Offenbar erleichterte diese Information Ayanna. „Nicht sehr wahrscheinlich."

„Allerdings nicht." Cheyenne lachte. „Keegan hat mir heute Abend einen Job angeboten", gestand sie nach ein paar Minuten Schweigen. „Bei *McKettrickCo*."

Daraufhin erhellte sich Ayannas Gesicht noch mehr. „Wirklich? Was für einen?"

„Ich soll ein neues Projekt der Personalabteilung betreuen." Cheyenne wünschte, sie hätte erst von dem Angebot erzählt, nachdem sie sich genug Zeit genommen hatte, um darüber nachzudenken.

„Das bedeutet?"

„Keegan möchte ein Arbeitsstudium-Programm einrichten und Jugendliche aus der Gegend ausbilden."

„Das ist ja wunderbar!" Ayanna musterte Cheyennes Gesicht. „Oder nicht?"

„Vielleicht. Laut Keegan will ein Teil der Familie die Firma an die Börse bringen. Das könnte bedeuten, dass jemand anders die Unternehmensführung übernimmt und das ganze Projekt gestrichen wird."

„Oh." Ayanna wirkte kurz niedergeschlagen, doch dann lächelte sie wieder mit einer Kraft, um die Cheyenne sie beneidete. „Mitch könnte sich bewerben."

Cheyenne griff wieder nach der Hand ihrer Mutter, die leicht zitterte. Sie fürchtet sich, dachte Cheyenne traurig. Weil ich immer pessimistisch bin. „Mom", sagte sie vorsichtig. „Dafür ist es zu früh. Mein Vertrag mit Nigel läuft noch ein paar Monate, und vermutlich wird er mich nicht früher gehen lassen."

„Könntest du es nicht versuchen?"

„Das könnte ich."

„Ruf ihn an", drängte Ayanna, sprang auf und holte Cheyennes Tasche. „Hol dein Handy und ruf Nigel sofort an!"

„Jetzt? Es ist schon spät."

„Keine Ausreden. Du wirst erst wissen, was er sagt, wenn du ihn gefragt hast."

Mit einem Stöhnen kramte Cheyenne nach dem Handy.

„Gute Neuigkeiten, wie ich hoffe?", meldete Nigel sich sofort.

Am besten sie kam ebenfalls gleich zum Punkt. „Mir ist eine Stelle bei *McKettrickCo* angeboten worden."

„Wunderbar!", rief Nigel begeistert.

„Wie bitte?"

„Dann können wir von innen heraus angreifen. Du findest ihre Schwachstelle und …"

„Warte", rief Cheyenne. „Ich schlage hier nicht vor, für dich zu spionieren. Ich müsste bei *Meerland* kündigen. Dir das Handy, den Computer und den Geschäftswagen zurückgeben."

„Natürlich, sonst wäre es zu auffällig."

„Nigel", sagte Cheyenne geduldig. „Du hörst mir nicht richtig zu – wie immer. Ich würde nicht mehr länger für dich arbeiten. In keinerlei Hinsicht."

Fassungsloses Schweigen folgte.

„Nigel?"

„In diesem Fall", erklärte Nigel nachdenklich, „muss ich auf unseren Vertrag bestehen."

Cheyenne sank gegen die Stuhllehne und verdrehte die Augen. „Nigel, davon mal abgesehen, gehört das Land, das du kaufen willst, Jesse und nicht *McKettrickCo*."

„Auf dem Papier vielleicht. Aber ich weiß doch, wie solche Familien funktionieren. Da geht es immer nur ums Geld. Wenn du für die Familie arbeitest, erhältst du Zugang zu wertvollen Informationen." Er zögerte einen Moment. „Ich weiß, dir scheint die Situation aussichtslos, Cheyenne, aber noch ist längst nicht alles verloren, glaub mir."

In Cheyenne regte sich ein furchtbarer Verdacht. Nigel klang gerade so, als wüsste er mehr als sie und als hätte er bereits einen Weg gefunden, um seine Wünsche doch noch durchzusetzen.

„Was …", begann sie.

Doch er unterbrach sie. „Du denkst doch nicht etwa daran, die Seiten zu wechseln, oder?"

„Die Seiten?"

„Du weißt schon, was ich meine. Jesse ist attraktiv. Und reich. Man muss nur eins und eins zusammenzählen. Willst du ihn dir angeln und von da an ein sorgenfreies Leben führen. Ist das dein Plan, Cheyenne? Vergiss aber nicht, dass wir einen Vertrag haben. Ich werde dich vor Gericht bringen, wenn du in nicht einhältst."

„Ich versuche mir überhaupt niemanden zu angeln – das ist doch eher dein Stil nicht meiner. Und Vertrag hin oder her, du kannst mich nicht zwingen, für dich zu spionieren!"

„Ich verlange nicht von dir, dass du spionierst", log Nigel. „Ich möchte nur, dass du Augen und Ohren offen hältst, das ist alles. Warte, ich sehe gerade mal in meinem Computer nach. Dein Vertrag mit *Meerland* läuft bis zum 1. September. Und heute ist der 15. Juni. Das gibt dir noch zweieinhalb Monate. Gar nicht schlecht, würde ich sagen. Du müsstest zwar den Geschäftswagen abgeben, würdest aber ein doppeltes Gehalt bekommen." Nun klang seine Stimme plötzlich schmeichlerisch. „Sag mir, Cheyenne, was soll daran denn so schlimm sein?"

„Es wäre unehrlich und hinterhältig!" Aber sie hätte genauso gut gar nichts sagen können.

„Im Moment scheinst du keine sonderlichen Fortschritte zu machen, oder? Es ist an der Zeit, endlich was zu unternehmen. Wenn nicht, werde ich dich nicht nur wegen Vertragsbruch vor Gericht zerren, sondern mich auch gezwungen sehen, drastischere Maßnahmen zu ergreifen."

„Was denn für drastische Maßnahmen?"

„Das wirst du noch früh genug erfahren", verkündete Nigel fröhlich.

„Verdammt, Nigel ..."

„Als ich dich einstellte, wollte ich zuerst gar keinen Vertrag mit dir abschließen. Aber meine Großmutter hat mich eines Besseren belehrt. Immerhin geht es bei *Meerland* um sehr viel Geld. Du hättest mich hintergehen können, hättest auf eigene Rechnung arbeiten können. Überflüssig zu sagen, wie froh ich in diesem Moment bin, dass wir einen Vertrag haben."

Besagter Vertrag lag in ihrer Wohnung in San Diego, eingeschlossen in einen Schrank. Aber sie musste ihn nicht lesen, um zu wissen, dass Nigel recht hatte. Der Vertrag war hieb- und stichfest. Wenn sie Nigels Geschäfte in irgendeiner Art unterlief, konnte er sie verklagen. Und wenn sie auch noch Geld für Anwälte aufbringen müsste, wäre sie für den Rest ihres Lebens bankrott.

„Ich hasse dich, Nigel", sagte sie.

„Momentan bin ich auch nicht gerade verrückt nach dir", entgegnete Nigel. „Jetzt geht's um die Wurst, Sweetheart. Zeig mir, aus welchem Holz du geschnitzt bist."

Und damit legte er auf.

10. KAPITEL

Jesse schaute noch einmal nach den Pferden, dann ging er ins Haus. In der Küche nahm er sich ein Bier aus dem Kühlschrank und lauschte der Stille.

„Scheiße“, sagte er, nur um eine Stimme zu hören.

Ganz von selbst schweifte sein Blick zum Telefon, das an der Küchenwand hing. Er hatte gesagt, dass er Cheyenne morgen anrufen würde, wollte aber am liebsten sofort mit ihr sprechen.

Vielleicht schlief sie schon.

Im Bett.

In einem Nachthemd oder vielleicht sogar nackt.

Fang gar nicht erst damit an, befahl er sich.

Und was zum Teufel sollte er überhaupt sagen, wenn er sie anrief?

Entschuldige, dass ich dich störe?

Ich hoffe, ich habe dich nicht geweckt?

Bist du zufällig nackt?

Was immer er auch sagen würde, sie wüsste sofort, dass er sie einfach nicht aus dem Kopf bekam. Dass er nicht einmal bis zum nächsten Tag warten konnte wie jeder normale Mensch.

So viel zum Thema „die Karten auf den Tisch legen“.

Nein, er musste sich bedeckt halten. Trotzdem schnappte er sich den Hörer und sah sich auf dem Display die eingegangenen Anrufe an. Vielleicht hatte sie es ja bei ihm versucht.

Fehlanzeige – die Anrufe kamen von seiner Mutter, einem Kumpel, der vermutlich eine Pokerrunde auf die Beine stellen wollte, und Brandi.

Er seufzte. Sosehr er sich nach etwas Ablenkung sehnte, mit keinem dieser Anrufer wollte er sprechen. Aber seine Eltern wurden langsam alt – sie waren Mitte sechzig. Vielleicht waren sie krank oder hatten einen Unfall gehabt.

Sicherheitshalber hörte er die Nachricht seiner Mutter ab. Sie wollte wissen, wie es ihm ging. Und was er davon hielt, mit der Firma an die Börse zu gehen.

Er löschte die Nachricht und nahm sich vor, seine Eltern am Morgen zurückzurufen. Was den nächsten Anruf betraf, hatte er richtig gelegen. Utah Slim Jackson war in der Stadt und wollte pokern. Falls Jesse dabei sein wollte, sollte er seinen Hintern möglichst schnell zu *Lucky's* schaffen. Pronto.

Jesse grinste. Eine elektronische Stimme sagte: „Wenn Sie jetzt zurückrufen wollen, drücken Sie bitte zweimal die Acht." Das tat er.

„Jede Menge Geld wechselt hier gerade den Besitzer", sagte Utah Slim. Im normalen Leben war er Versicherungsvertreter und hieß Milton. „Soll ich dir einen Platz freihalten?"

„Mach das", bat Jesse.

Jetzt noch Brandis Nachricht. Wahrscheinlich wollte sie ihm wieder von ihrem armen, aber ehrlichen Freund vorschwärmen, dem zukünftigen Herrn Doktor. Vermutlich brauchte sie Geld, das er ihr morgen übers Internet überweisen konnte. Sein schlechtes Gewissen hielt sich in Grenzen, als er den Hörer einhängte, ohne ihre Nachricht abgehört zu haben.

In seinem Zimmer schlüpfte er in alte Jeans, T-Shirt und Stiefel und setzte eine Baseballkappe auf. Dann lief er schnell in den Stall, füllte die Tröge für den Morgen und überprüfte, ob die automatische Wasserversorgung funktionierte. Ein paar Pferde wieherten, doch die meisten nahmen ihn gar nicht zur Kenntnis. Kurz darauf saß er in seinem Truck auf dem Weg nach Indian Rock.

Die schlaflose Nacht wäre sinnvoller gewesen, wenn ich mir Sorgen über Nigel und seine Drohungen gemacht hätte, dachte Cheyenne, als sie ihr Gesicht im Badezimmerspiegel musterte. Doch die peinliche Wahrheit war, dass sie immer wieder Jesses Küsse nacherlebt und ungeduldig darauf gewartet hatte, dass das fiebrige Gefühl endlich ihren Körper verließ.

Was nicht geschah.

Bei Tagesanbruch gab sie auf, quälte sich aus dem Bett und ging unter die Dusche. Danach bereitete sie im Bademantel Frühstück für Ayanna und Mitch vor. Beim Essen redete ihr Bruder die ganze Zeit über den gestrigen Abend und überlegte laut, ob er Bronwyn anrufen sollte, um zu fragen, „wie es ihr so geht".

Cheyenne war zu abgelenkt, um zu antworten.

„Wag es bloß nicht, das Mädchen vor neun Uhr anzurufen", befahl Ayanna ihrem Sohn und küsste ihn zum Abschied auf die Stirn. In der Küchentür blieb sie noch einmal stehen und warf

Cheyenne einen besorgten Blick zu, bevor sie zu ihrem Wagen eilte.

„Du solltest dich besser anziehen, bevor Jesse vorbeikommt und das Geländer an der Rampe anbringt oder sonst was“, riet Mitch ihr, wobei er ihren Bademantel missbilligend musterte.

„Besten Dank“, erwiderte Cheyenne. Um halb zehn hatte sie eine Verabredung mit Keegan, und das bedeutete die volle Kampfausrüstung: Kostüm, Strumpfhose, Make-up, hohe Absätze. Sie musste sich zwingen, in der Küche zu bleiben und das Geschirr abzuwaschen. Denn Jesse kam tatsächlich öfter mal unangemeldet vorbeigeschneit, und allein die Vorstellung, dass er sie in diesem schäbigen alten Bademantel sah, war schrecklich. Noch schrecklicher allerdings wäre ihr Geschäfts-Outfit. Sie wollte gerade in ihr Zimmer rennen, als das Telefon klingelte.

Nigel?

Zögernd nahm sie den Hörer ab. „Hallo?“

„Cheyenne? Hier ist Sierra. Ich rufe nur an, um dich an den Pokerunterricht zu erinnern. Im *Lucky's*. Mittagessen um zwölf.“

„Schön“, sagte Cheyenne. Dann musste sie sich nach dem Gespräch mit Keegan noch umziehen. „Es war ein tolles Fest, Sierra. Danke noch mal für die Einladung.“

„Gern geschehen“, sagte Sierra herzlich. „Bis nachher.“

„Bis nachher.“

Um neun Uhr fünfundzwanzig fuhr sie auf den Parkplatz von *McKettrickCo*. Dort blieb sie eine Weile in ihrem Geschäftswagen sitzen, die feuchten Hände am Lenkrad und mit einem mulmigen Gefühl im Magen.

Vielleicht sollte sie Keegan einfach direkt sagen, dass sie vertraglich noch an Nigel gebunden war und der von ihr verlangte, für ihn zu spionieren.

Tolle Idee.

Keegan würde sie sofort aus der Firma jagen.

Sie saß in der Falle. Dann musste sie eben die nächsten zweieinhalb Monate aussitzen und Nigel keinen Ton über die internen Details der McKettrick-Familie verraten – für den unwahrscheinlichen Fall, dass sie zufällig über so ein Detail stolpern sollte. Parallel dazu konnte sie die Stelle annehmen, das Arbeitsstudium-Programm aufstellen und sich jeden Penny verdienen, den sie bezahlt bekam. Falls das Unternehmen an die Börse ging, würde sie entweder übernommen oder von der neuen Führung auf die Straße gesetzt werden.

Alles reine Glückssache. Ihr blieb nichts anderes übrig, als mit den Karten, die ihr ausgeteilt worden waren, zu spielen und dabei zu bluffen, was das Zeug hielt. Cheyenne atmete tief durch, setzte ein Siegerlächeln auf und stieg aus. An der Eingangstür betrachtete sie sich in dem spiegelnden Glas. Wie üblich trug sie ihr Haar als festen Knoten am Hinterkopf, weil sie immer der Meinung gewesen war, auf diese Weise professionell und tüchtig zu wirken. Doch heute fand sie sich einfach nur streng. Und obwohl sie sich sorgfältig geschminkt hatte, lagen dunkle Schatten unter ihren Augen. Sogar ihr Lächeln sah ein wenig bemüht aus.

Sie schluckte, senkte den Kopf, konzentrierte sich auf ihren Gesichtsausdruck – und wäre beinahe direkt in einen großen, dunkelhaarigen Mann gerannt, als sie die Tür aufzog.

„Immer schön langsam", rief dieser und hielt sie am Oberarm fest, bevor sie stolpern konnte.

„Tut mir leid, ich habe über die Schulter geschaut und Sie übersehen … Rance?" Sie blinzelte in sein lächelndes Gesicht.

Ihr Gegenüber nickte, hielt ihr die Tür auf und schob sie hinein. „Hallo Cheyenne." Auch er beherrschte dieses patentierte McKettrick-Grinsen. „Keegan sagte, du würdest nicht vor vierzehn Uhr kommen. Der alte Hund."

Prompt errötete Cheyenne. „Vielleicht habe ich etwas falsch verstanden. Ich dachte, wir wären um halb zehn verabredet."

„Bestimmt seid ihr das. Er will mich wohl einfach nicht dabeihaben. Wie geht es dir, Cheyenne? Ich habe dich gestern auf der Feier ganz kurz gesehen, hatte aber keine Gelegenheit, Hallo zu sagen."

„Mir geht es gut", entgegnete sie ziemlich scheu.

Rance lachte. „Das sieht man!"

„Ich dachte, du wolltest Donuts holen gehen", ertönte auf einmal Keegans Stimme aus dem Hintergrund.

„Ich wette, dass du das gedacht hast", entgegnete Rance trocken.

„Wir lassen doch liefern", meldete sich nun auch noch die Empfangsdame zu Wort.

„Tun Sie das, Myrna", sagte Rance, umfasste Cheyennes Ellbogen und dirigierte sie in Keegans Richtung.

Myrna zwinkerte Cheyenne zu. „Mit Extra-Zuckerguss? Schokolade? Oder mit Sahne gefüllt?"

„Wie bitte?"

Die ältere Frau lachte. „Donuts. Was für einen hätten Sie gerne?"

„Oh." Schon wieder errötete Cheyenne. Was war nur an Indian Rock, dass ihre Wangen ständig heiß wurden? „Für mich nichts, danke."

„Kein Wunder, dass Sie so schlank sind", bemerkte Myrna seufzend und griff nach dem Telefon.

„Und Kaffee, bitte", bat Rance.

„Holen Sie sich Ihren Kaffee selbst", sagte Myrna. „Oder sehe ich vielleicht wie eine Bedienung aus?"

Lachend führte Keegan Cheyenne in ein Konferenzzimmer am Ende des Gangs, Rance folgte ihnen. Als sie sich an den großen Tisch gesetzt hatte, überlegte Cheyenne erneut, den beiden einfach die Wahrheit zu sagen.

Kurz darauf brachte Myrna die Donuts und stellte mit einem schiefen Lächeln drei Tassen Kaffee auf den Tisch. Keegan skizzierte seine Ideen für das Arbeitsstudium-Programm und stellte Cheyenne einige Fragen. Er schien von ihren Antworten beeindruckt zu sein, genau wie Rance. Ihr schlechtes Gewissen wuchs von Minute zu Minute.

„Die Stelle gehört dir, wenn du willst", verkündete Keegan nach einer Dreiviertelstunde.

Rance nickte zustimmend. „Wann kannst du anfangen?"

Tu das nicht, protestierte Cheyennes Gewissen. „Morgen?", fragte sie.

Keegan lächelte. „Wunderbar. Du bekommst natürlich einen Geschäftswagen. Wir werden heute noch einen in Flagstaff bestellen."

Daraufhin fühlte Cheyenne sich noch schlechter. „Danke", sagte sie.

Zum Abschied schüttelte sie den beiden Cousins die Hand.

„Ich zeige dir noch schnell dein Büro", sagte Rance. Woraufhin Keegan ihn böse anstarrte.

Trotz der guten Bezahlung und des Geschäftswagens hatte Cheyenne mit einem winzigen Büro gerechnet. Stattdessen erwartete sie ein Zimmer so groß wie ihr Vorgarten. Sie widerstand dem Wunsch, sich in den teuren Lederstuhl sinken zu lassen und sich ein paarmal im Kreis zu drehen.

„Das ist großartig", sagte sie.

Rance begleitete sie zu ihrem Wagen. „Ich würde dich gern zum Mittagessen einladen", erklärte er mit bestechender Offenheit, „wenn ich dich gestern nicht mit Jesse hätte tanzen sehen. Willkommen an Bord, Cheyenne."

„Vielen Dank, Rance."

Dann raste sie zu dem Supermarkt, in dem Ayanna arbeitete, schnappte sich ihre Klamotten vom Rücksitz und stürmte hinein, auf der Suche nach den Toiletten. Gerade riss sie sich in einer Kabine die Strumpfhose herunter, als sie die Stimme ihrer Mutter hörte.

„Cheyenne, ist dir schlecht?"

„Nein, ich ziehe nur meine Strumpfhose aus."

Ayanna lachte, klang allerdings ein wenig nervös. „Wie ist das Vorstellungsgespräch gelaufen? Hast du Keegan gesagt, dass du für Nigel spionieren sollst?"

Blitzschnell ging Cheyenne in die Hocke und überprüfte, ob die anderen Kabinen leer waren. Falls nicht jemand auf der Klobrille stand, war das der Fall.

„Himmel, Mom", zischte sie durch die Tür, während sie die Jeans hochzog. „Warum gehst du nicht gleich raus zum Kundenservice und fragst, ob du dir ein Mikrofon leihen kannst?"

„Entschuldige", flüsterte Ayanna. „Hast du es ihm gesagt, Cheyenne?"

„Nein."

Laut und hörbar schnappte Ayanna nach Luft. Cheyenne brauchte keine Röntgenaugen, um zu wissen, dass ihre Mutter gerade vor Entsetzen und Scham eine Hand vor den Mund schlug. Sie schloss den Reißverschluss, zog das T-Shirt über und trat mit dem Kostüm über dem Arm aus der Kabine. Dort zog sie die Pumps von den Füßen und schlüpfte in die Stiefel.

Ayanna sah aus, als würde sie jeden Moment in Ohnmacht fallen. „Du wirst doch nicht etwa ..."

„Spionieren?“ Cheyenne zog sich die Nadeln aus dem Haar. „Selbstverständlich nicht, Mutter.“

„Du nennst mich nur dann Mutter, wenn du sauer bist.“

„Ich bin nicht sauer. Und ich bin auch keine Spionin!“

„Cheyenne.“ Ayanna flüsterte noch immer. „Du bewegst dich auf äußerst gefährlichem Grund. Wenn die McKettricks herausfinden, dass du noch immer für Nigel Meerland arbeitest …“

„Ich hab das alles unter Kontrolle, Mom. Vertrau mir einfach. Und – bitte – kein Wort davon zu egal wem. Nicht mal zu Mitch.“

Ayannas Augen waren riesig vor Bestürzung. „Du machst einen Fehler.“

„Nein, das nennt man Schadensbegrenzung.“

Die Tür schwang auf, eine Kundin mittleren Alters erschien, betrachtete Ayanna von Kopf bis Fuß und rief: „Kein Wunder, dass einen hier niemand bedient. Die Angestellten verstecken sich auf der Toilette.“

Cheyenne lachte und küsste Ayanna im Vorbeigehen auf die Wange. „Und vergiss nicht, Mom. Kein Sterbenswörtchen, zu niemandem.“

Fünf Minuten später hielt sie vor dem *Lucky's*. Ihre Hände zitterten entsetzlich, als sie Nigels Nummer wählte.

„Schick jemanden, der das Auto abholt“, sagte sie knapp. „Ich habe den Job.“

„Fantastisch“, rief Nigel. „Nur zur Sicherheit, das Laptop will ich auch zurück. Das Telefon kannst du behalten.“

„Nigel …“

„Gute Arbeit, Pocahontas“, sagte er und legte auf, bevor sie etwas sagen konnte.

Ein Klopfen ans Autofenster schreckte Cheyenne aus ihren dunklen Gedanken auf. Sierra McKettrick lächelte sie durch die Scheibe an.

„Oh hallo“, sagte Cheyenne, nachdem sie die Tür geöffnet hatte.

„Ich wollte dich nicht erschrecken“, meinte Sierra und sah sich auf dem Parkplatz um. „Sieht aus, als ob die anderen schon da wären. Lass uns hineingehen und etwas essen. Als Stärkung vor dem Spiel.“

Die anderen waren Janice White, eine zierliche Blondine, die auf einer Ranch in der Nähe von Triple M lebte, und Elaine Perkins, Mitinhaberin von *Perkins Real Estate*. Nachdem Sierra alle vorgestellt hatte, setzten sie sich an einen Tisch und studierten die Speisekarte.

„Das Spiel läuft jetzt seit Mitternacht." Die Bedienung zeigte mit dem Daumen über die Schulter zum Hinterzimmer. „Das bedeutet eine Doppelschicht für mich. Ich kann kaum noch stehen, aber was soll's, das Trinkgeld ist gut."

„Was für ein Spiel?", fragte Sierra zerstreut, die noch immer auf die Speisekarte sah.

„Stud-Poker", entgegnete die Bedienung. „Und ich kann euch sagen, es ist mörderisch."

„Na toll", rief Janice. „Dann müssen wir uns das Zimmer mit einer Horde verschwitzter Pokerbesessener teilen. Ich nehme Fisch und Chips. Mit extra Remouladensoße."

„Den Chefsalat für mich, bitte", bat Elaine. „Und Thousand-Island-Dressing auf einem Extrateller."

„Schön." Aus müden Augen sah die Bedienung Cheyenne an. „Was darf's für Sie sein, Honey? Ich muss diese Bestellung so schnell wie möglich abgeben und mich dann hinsetzen, bevor ich umfalle. Ich kann Ihnen sagen, meine Füße bringen mich noch um."

„So genau wollen wir es gar nicht wissen, Delores", bemerkte Janice.

„Ich nehme das Clubsandwich", sagte Cheyenne. „Nicht so viel Mayonnaise, bitte."

Die Frau kritzelte die Bestellung auf ihren Block, dann wandte sie sich an Sierra, die fragte: „Können wir hier im Restaurant Poker spielen?"

„Das ist gegen das Gesetz." Delores klopfte mit ihrem Stift auf den Block. „Womit willst du dich vergiften?"

Sierra lachte. „Ich muss noch in mein Brautkleid passen. Also nehme ich eine Tomatensuppe. Kein Brot."

Auf einmal nahmen Delores Augen einen ganz verklärten Ausdruck an. Vielleicht liegt es an der Erwähnung der Hochzeit, dachte Cheyenne. Vermutlich träumt Delores gerade von einem Cowboy-Prinzen, der bei *Lucky's* einen Burger und Pommes bestellt, sich wahnsinnig in Delores verliebt und sie aus all dem rausholt.

„Travis Reid ist ein echter Hingucker“, schwärmte die Bedienung.

„Auf jeden Fall“, stimmte Sierra ihr zu.

Damit humpelte Delores davon.

„Ich wette, dass sie in der Küche die Schuhe auszieht und ihre Füße massiert. Ich hoffe nur, dass sie sich danach die Hände wäscht“, mutmaßte Janice.

„Auch in diesem Fall gilt, dass wir das gar nicht so genau wissen wollen“, bemerkte Elaine trocken.

„Ich glaube, ich habe keinen Hunger mehr“, verkündete Cheyenne.

„Delores ist die schlechteste Hausfrau in ganz Indian Rock“, behauptete Janice.

Elaine rempelte sie mit dem Ellbogen an. „Halt die Klappe, oder ich gehe wieder nach Hause und nehme all mein Pokerwissen mit.“

„Was für ein Wissen soll das sein, bitte schön?“

„Vielleicht solltet ihr wissen, dass ich *Texas Hold'em* mindestens zweimal die Woche auf dem Computer spiele“, antwortete Elaine hoheitsvoll.

„Ja, dann wird die Weltmeisterschaft natürlich ein Kinderspiel für dich sein.“ Janice warf Sierra einen Blick zu. „Könntest du mir bitte noch einmal erklären, weshalb wir das eigentlich tun? Für uns wäre es sogar deutlich einfacher, einen Triathlon zu gewinnen.“

„Es geht darum, mal etwas anderes zu machen“, sagte Sierra. „Unseren Horizont zu erweitern. Unsere Grenzen auszutesten.“

„Ihr McKettricks“, seufzte Janice. „Ihr ertragt es einfach nicht, ganz normal zu leben. Wir könnten stattdessen auch mit Kegeln anfangen, finde ich. Einmal geliehene Kegelschuhe zu tragen, würde deinen Horizont ganz gewiss erweitern!“

Sierra lachte und sah auf den funkelnden Diamantring an ihrem linken Finger.

Elaine wandte sich an Janice, die neben ihr saß. „Man kann diese arme Frau natürlich nicht auffordern zu kegeln, solange dieser Klunker an ihrem Finger hängt. Der wiegt vermutlich mehr als eine Kegelkugel.“

Delores kam mit dem Essen angeschlurft. Sie warf einen leidenden Blick auf die Uhr hinter der Theke und ging wieder.

Sierra blickte ihr nach. „Armes Ding. Bedienen ist Schwerstarbeit. Glaubt mir, ich muss es wissen."

Das überraschte Cheyenne. „Wirklich?", fragte sie und schämte sich sofort dafür. Mehr brauchte sie nicht zu sagen, die Frage hing in der Luft, als hätte sie sie laut ausgesprochen. *Aber du bist doch eine McKettrick?* „Entschuldige", murmelte sie peinlich berührt. Sie war einfach nicht besonders gut, was Freundschaften anging, ihr fehlte die Praxis. Zwar schmerzten ihre Füße nicht, und sie war auch nicht gerade die schlechteste Hausfrau, aber ansonsten teilte sie vermutlich mehr mit Delores als mit Elaine, Janice und Sierra.

„Schon gut", entgegnete Sierra. „Ich war lange Jahre das verlorene Schaf der Familie. Meine Mutter, meine Schwester und ich haben uns erst letzten Winter wiedergefunden. Ich muss mich immer noch daran gewöhnen, plötzlich eine McKettrick zu sein."

„Aber auch sie behält nach der Hochzeit ihren Namen", sagte Janice. „Die McKettrick-Frauen machen das immer so, weißt du? Für die kommt nicht einmal ein Doppelname in Betracht. Und wenn sie Mädchen bekommen, heißen die auch McKettrick."

„Was hält Travis davon?", fragte Elaine.

Erst jetzt bemerkte Cheyenne, dass sie hungrig war, und schlang ihr Sandwich hinunter. Das erleichterte sie gleich zweifach. Erstens füllte sie auf diese Weise endlich ihren Magen und gleichzeitig hielt das Essen sie davon ab, noch einmal ins Fettnäpfchen zu treten.

„Für ihn ist das in Ordnung", antwortete Sierra. „Solange die Jungs alle Reid heißen."

„Ich schätze, das ist nur fair", räumte Janice ein.

Nach dem Essen machten sie sich auf den Weg ins Hinterzimmer. Cheyenne trat zuletzt ein und blieb auf der Türschwelle wie angewurzelt stehen. Da saß Jesse, vertieft in jenes Höllenspiel, das Delores erwähnt hatte, unrasiert, die Baseballkappe tief in die Stirn gezogen und mit genügend Chips vor sich, um damit einen ganzen Eimer zu füllen.

Als würde er ihre Anwesenheit spüren, sah er auf. Sein Blick blieb an ihr hängen. Etwas in ihr fing Feuer, und sie kam sich wie eine Vollidiotin vor, weil sie sich nicht rühren konnte. Indian Rock war schließlich Jesses Heimatstadt und das *Lucky's* seine Stammkneipe. Warum erstaunte es sie so, ihn hier zu sehen?

Delores Worte hallten in ihrem Kopf. *Das Spiel läuft jetzt seit Mitternacht.*

Sierra, die den Raum schon halb durchquert hatte, kam zurück und flüsterte in Cheyennes Ohr: „Er beißt nicht."

Alles an Jesse wirkte so, als ob er das allerdings täte – an Stellen, die eine Frau aufstöhnen ließen. Mit letztem Willen riss Cheyenne sich zusammen, lächelte ein wenig hölzern und befahl sich, vernünftig zu sein. Nicht die Tatsache, Jesse zu sehen, hat mich so verwirrt, dachte sie, als sie sich zu den anderen an den Pokertisch setzte. *Ihn hier zu sehen, wo ich früher immer nach meinem Dad gesucht habe, der mit zerknitterten Klamotten und Dreitagebart an genau diesem Tisch saß, das ist es, was mich so gelähmt hat.*

„Alles in Ordnung?", fragte Sierra leise.

„Mir geht es gut." Cheyenne saß mit dem Rücken zu Jesse, aber sie spürte es, wenn er sie betrachtete. Es fühlte sich wie ein Streicheln in ihrem Nacken an. Wie ein Kuss.

„Braucht ihr Mädchen einen Kartengeber?", fragte Nurleen Gentry. Natürlich war sie älter geworden, seitdem Cheyenne sie zuletzt gesehen hatte. Aber sie roch noch immer nach kaltem Zigarettenrauch, billigem Parfüm und modrigen, halbvergessenen Träumen.

„Wir sollten unter so echten Bedingungen wie möglich spielen", sagte Elaine.

Nurleen zog sich einen Stuhl zurück und griff mit der anderen Hand nach dem neuen Kartenspiel in der Mitte des Tisches.

„Wie geht es dir, Kindchen?", fragte sie. „Ist lange her."

Cheyennes Hals schmerzte. Sie schluckte, lächelte und erwiderte Nurleens wissenden Blick. „Mir geht es gut. Und Ihnen?"

„Muss ja", sagte Nurleen, riss das Kartenspiel auf, sortierte die Joker aus und begann zu mischen. „Dein Daddy war ein guter Mann. Wir vermissen ihn."

Sierra, Elaine und Janice taten so, als hörten sie nicht hin. Umständlich durchwühlten sie ihre Handtaschen, stellten Handys aus, zupften sich das Haar zurecht. Und verpassten auch nicht ein einziges Wort. Mit einem Mal war Cheyenne wieder zwölf und wusste nicht, ob sie sprechen konnte, ohne in Tränen auszubrechen.

„Die Mindesteinsätze bitte", rief Elaine fröhlich.

„Du klingst, als ob du wüsstest, wovon du sprichst", wunderte Janice sich.

„Ich hab euch doch gesagt, dass ich auf dem Computer ständig *Hold'em* spiele."

„Dann solltest du wissen, dass es hier keine Mindesteinsätze gibt, sondern *Blinds*", sagte Nurleen.

Cheyenne erinnerte sich, dass es sich bei *Blinds* um allmählich steigende Geldbeträge handelte, die die Spieler der Reihe nach zahlen mussten, wenn die Karten neu verteilt waren. Im Spielverlauf stiegen die Beträge immer steiler an. Sie war froh, dass sie jetzt über etwas anderes nachdenken konnte als über Jesse und ihren Dad.

Nurleen zog ein Tablett mit bunten Chips unter dem Tisch hervor und verteilte sie.

„Über die *Blinds* machen wir uns später Gedanken", sagte Sierra. „Wenn wir herausgefunden haben, was das überhaupt sein soll."

Vom Nebentisch erscholl Männergelächter.

„Ich werde euch alles beibringen, was ihr wissen müsst", sagte Nurleen. Dann drehte sie sich um. „Und ihr seid gefälligst still. Wir versuchen, hier Poker zu spielen."

Noch mehr Gelächter.

Seufzend betrachtete Nurleen ihre Schülerinnen. Sie teilte jeder Spielerin zwei Karten verdeckt aus. Sierra, Elaine und Janice sahen nach, Cheyenne berührte ihre Karten nicht einmal. Elaine hob fragend eine Augenbraue.

„Ich warte auf den *Flop*", erklärte Cheyenne.

Das brachte ihr ein erfreutes Lächeln von Nurleen ein. Dann legte die ältere Frau eine Karte zur Seite und platzierte drei weitere Karten mit dem Bild nach oben in der Mitte des Tisches.

Kreuzkönig. Karoass. Pikass.

„Die Einsätze?", fragte Nurleen, als sich niemand rührte.

Ohne zu zögern nahm Cheyenne drei rote Chips von ihrem Stapel und warf sie in die Mitte.

„Du setzt, ohne deine Karten auch nur angesehen zu haben?", fragte Janice perplex.

„Sie will den *Turn* sehen", erläuterte Nurleen.

„Die vierte Karte", klärte Elaine die anderen auf.

„Dann setze ich nichts“, sagte Janice.

„Das nennt man passen“, meinte Sierra. Sie sah Cheyenne an und warf selbst drei Chips in die Mitte.

Elaine schaute noch einmal in ihre Karten. „Ich passe.“

Damit waren nur noch Sierra und Cheyenne im Spiel. Sie boten und erhöhten. Die vierte Karte war ein Kreuzass. Cheyenne spürte eine Bewegung hinter sich. Aber sie musste sich nicht umdrehen, um zu wissen, dass Jesse seinen Tisch verlassen hatte, um den Frauen beim Spielen zuzusehen. Sie tat, als ob er nicht existierte. Sierra und Cheyenne blieben im Spiel. Die fünfte Karte, der *River*, war der Karokönig. Mit vor Aufregung ganz rotem Gesicht schob Sierra all ihre Chips in die Mitte.

„Zeigen“, sagte Cheyenne.

„Drilling“, jauchzte Sierra und legte ihren Pikkönig neben die beiden Könige auf dem Tisch und eine Herzsechs.

Cheyenne drehte ein Herzass und den vierten König um. „Full House“, sagte sie.

„Ist das mehr als ich habe?“, fragte Sierra.

Jesse stöhnte, zog sich einen Stuhl heran und setzte sich zwischen Sierra und Cheyenne. „Ladys“, sagte er, „ihr braucht Hilfe.“

11. KAPITEL

Ladys, ihr braucht Hilfe. Das hatte er gesagt, ohne vorher darüber nachzudenken, und er bereute es jetzt schon. Vier weibliche Augenpaare sahen ihn verärgert an. *Das war auf jeden Fall nicht gerade das Klügste, was du je von dir gegeben hast, McKettrick.*

Er hätte nicht nur einfach den Mund halten, sondern auch von ihrem Tisch wegbleiben sollen. Cheyennes Haar fiel ihr in weichen Wellen über die Schultern, sie trug ein enges pinkfarbenes T-Shirt und Jeans. Allein neben ihr zu sitzen, weckte ein größeres Begehren in ihm, als er je zuvor gespürt hatte.

Mit der linken Hand rieb er sich über das stoppelige Kinn. Er hätte zu einer vernünftigen Zeit nach Hause gehen, schlafen und sich am nächsten Morgen rasieren sollen. Danach hätte er ganz zufällig im *Lucky's* erscheinen und angesichts der Damenrunde Überraschung heucheln können.

Dafür war es jetzt zu spät.

Tatsächlich hatte er gar nicht mehr an Sierras Damenrunde gedacht, noch viel weniger an ihren idiotischen Plan – dass eine aus der Gruppe sich einen Platz in Las Vegas erspielen und dort auch noch das Preisgeld einheimsen sollte. Das alles fiel ihm erst wieder ein, als Sierra mit Elaine, Janice und Cheyenne den Raum betreten hatte. Zum Glück rettete Sierra ihn.

„Tja, Jesse“, sagte sie lächelnd. „Was für eine Überraschung, dich hier zu treffen.“

Cheyenne sah ihn nicht an. Doch sie bewegte sich auf ihrem Stuhl, als wollte sie ein wenig von ihm abrücken. Was sie zu Jesses Erleichterung aber nicht tat.

„Ausgerechnet dich“, fügte Elaine hinzu. Ihr Blick wanderte von ihm zu Cheyenne und wieder zurück, und sie zählte eins und eins zusammen. Jesse war mit Elaine und Janice zur Schule gegangen. Er kannte die beiden so gut wie seine eigenen Schwestern, und unglücklicherweise kannten sie ihn ebenso gut.

„Nicht zu glauben“, fügte Janice hinzu. „Jesse McKettrick bei einem Pokerspiel, das die ganze Nacht dauert.“

Endlich sah auch Cheyenne ihn an. Wir brauchen deine Hilfe nicht, schien sie zu sagen. Immerhin besser als: Hau ab, du Versager.

„Andrerseits", sagte er betont locker, „kann Cheyenne euch vermutlich alles zeigen."

Sie runzelte die Stirn.

„Über Poker", stellte er klar.

„Sieht aus, als hättest du gewonnen", bemerkte Sierra mit einem Seitenblick auf den Berg Chips, der auf dem anderen Tisch lag. Jesse wusste, dass Utah Slim und die anderen ihn verärgert beobachteten. Er hielt das Spiel auf, und sie wollten so schnell wie möglich ihr Geld zurückgewinnen.

„Ich gewinne immer", hätte er beinahe geantwortet, riss sich aber rechtzeitig zusammen. Stattdessen schob er seinen Stuhl zurück. „Ich sollte wohl besser zu Ende bringen, was ich angefangen habe."

„Schätze ich auch", stimmte Sierra ihm zu.

Bevor er sich umdrehte, sah Jesse auf Cheyenne hinunter und wagte es, kurz die Hand auf ihre Schulter zu legen.

Vom vielen Spielen waren Utah Slims Hundeaugen rot und trübe. „Ich dachte schon, dass du uns hängen lässt, McKettrick. Um ein anderes Spiel zu spielen. Und ich rede nicht von Poker."

Jesse gelang es, sich seine Verärgerung nicht anmerken zu lassen – fast. „Bist du ein schlechter Verlierer, Utah?" Beinahe hätte er Milton statt Utah gesagt, woraufhin der alte Mann vermutlich vor Wut den Tisch umgeworfen hätte. Am Ende hätten sie sich geprügelt, was er vor Cheyenne und Sierra partout vermeiden wollte.

Utah sah auf die Uhr – eine schmale Rolex, die nicht zu seinen verbeulten Hosen, dem fleckigen Hemd und der uralten Lederjacke passte. „Ich muss bald los. Wer teilt aus?" Dabei warf er einen bösen Blick in Nurleens Richtung. Sie saß noch immer bei den Frauen, fing seinen Blick auf und gab ihn genauso wütend zurück.

„Ich", seufzte Fred Gibbons, der einzige Ortsansässige neben Jesse. Die anderen beiden Spieler waren Utahs Kumpel. Jesse kannte sie flüchtig von anderen Spielen, ging aber nicht davon aus, dass es sich bei ihnen wie bei Milton „Utah Slim" Jackson ebenfalls um Versicherungsvertreter handelte. Eher um abgebrühte erfahrene Spieler mit kalten wachsamen Augen, die niemals ihren Namen nannten.

Während Fred die Karten verteilte, stapelte Jesse seine Chips. Er sah sich seine Karten erst an, nachdem der *Flop* auf dem Tisch lag. Und wie immer waren die Poker-Götter auf seiner Seite.

„Ich passe“, sagte er, als er an die Reihe kam.

„Was soll das denn?“, fragte Utah.

„Ich will deine Karten sehen“, fügte einer seiner Freunde hinzu.

„Ich muss sie nicht zeigen“, sagte Jesse, „und das wisst ihr ganz genau.“

Ein unbehagliches Schweigen breitete sich aus. Jesse wartete.

„Er hat recht, Utah“, sagte Fred und schluckte ein paarmal so heftig, dass sein Adamsapfel in seinem Hals auf und ab hüpfte.

Lange starrte Utah Jesse an.

Jesse starrte zurück.

Vom Nebentisch erklang fröhliches Geplauder.

„Nächstes Mal“, brummte Utah dann resigniert und warf seine Karten auf den Tisch. Zögernd folgten seine Freunde dem Beispiel, wobei sie allerdings stinksauer aussahen. Nurleen, die eine feine Nase für aufkommende Schwierigkeiten hatte, stand auf und ging zum Männertisch.

„Willst du deine Chips einlösen, Jesse, oder soll ich sie in den Safe legen?“, fragte sie.

„Leg sie in den Safe“, entgegnete Jesse wie üblich.

Utah und seine Kumpel stießen ihre Stühle zurück und standen auf. Hinter der Ausbuchtung in der Jeansjacke des einen Kerls vermutete Jesse eine Waffe. Doch das war in Arizona nichts Besonderes, schon gar nicht in Spielzimmern.

Wären die Frauen nicht da gewesen, hätte er jetzt angefangen, sich Sorgen zu machen. Trotzdem überlegte er, ob er schnell genug an die 45er-Snub-Nosed-Pistole herankäme, die Nurleen in einem alten Halfter unter die Tischplatte genagelt hatte.

Nurleen schob Fred zur Seite und nahm auf ihrem angestammten Stuhl Platz. Zweifellos befürchtete sie dasselbe wie Jesse.

„Sollte es Ärger geben“, wandte sie sich an Utah und seine Freunde, „werde ich dafür sorgen, dass er aufhört.“

„Wir gehen“, erwiderte Utah, der sicher eine hohe Lebensversicherung besaß und nicht wollte, dass seine Frau davon profitierte. „Ich möchte eure Gastfreundschaft nicht überstrapazieren.“

„Das ist eine gute Idee“, meinte Nurleen.

Jesse sah zu den Frauen. Er wünschte, sie würden aufstehen und gehen. Auch wenn Utah einlenkte – sicher auch, weil er eine Menge gute Kunden in Indian Rock hatte, die er nicht verlieren wollte –, interessierte es seine Begleiter nicht die Bohne, ob sie einen guten Eindruck hinterließen oder nicht. Sie wussten, dass Jesse oft zum Schluss passte, wenn er weit vorn lag. Und das ärgerte sie entsetzlich.

„Wir haben die ganze Nacht lang verloren", knurrte der Typ mit der Ausbuchtung, während Utah und die anderen die Chips einsammelten.

„Deswegen nennt man es ein Spiel", bemerkte Jesse. Wieder sah er zu Cheyenne, und dieses Mal erwiderte sie seinen Blick. Ihre Augen waren weit geöffnet, und er entdeckte darin ein Wissen, das nur von zahllosen Abenden herrühren konnte, an denen sie ihrem Dad dabei zugesehen hatte, wie er das Geld für die Miete verspielte.

Cheyenne war schnell, das musste er ihr lassen. In der nächsten Sekunde sprang sie auf die Füße, zögerte einen Moment und stieß hervor: „Ich glaube, mir wird schlecht!" Mit einer Hand vor dem Mund stürmte sie aus dem Raum.

Sierra, Elaine und Janice folgten ihr, wie es alle Frauen dieser Welt getan hätten. Jesse seufzte leise. Nur einen Moment später glitt die Hand des Manns mit der Waffe unter seine Jacke. Doch er war nicht schnell genug. Nurleen richtete die Snub-Nosed bereits auf ihn.

„Raus hier", sagte sie und hielt die Pistole mit einer Ungezwungenheit, die selbst Doc Holliday überrascht hätte. „Und kommt nie wieder her."

„Leg das Ding weg, Nurleen", brummte Utah. „Wir gehen. Wir können unsere Chips auch ein andermal einlösen."

„Du solltest dich mit anständigeren Leuten umgeben, Milton. Diese Typen bringen dich sonst noch eines Tages in Schwierigkeiten."

Einer der Kerle warf ihr einen beleidigten Blick zu. Doch er konnte nichts unternehmen, wenn er nicht erschossen werden wollte. Deshalb machte er auf dem Absatz kehrt, stürmte durch die Hintertür und knallte sie hinter sich zu. Utah und Kumpel Nummer zwei folgten ihm.

Nurleen ließ die 45er sinken. „Ich werde langsam zu alt für diese Scheiße", stöhnte sie.

Jesse stand auf, beugte sich vor und küsste sie auf die Stirn. „Danke, Deadeye."

„Du solltest besser nicht die Hintertür benutzen. Milton ist bestimmt bereits jenseits der Stadtgrenze, aber ich könnte wetten, dass diese miesen Kerle vor der Tür auf dich warten."

„Ich komm schon zurecht."

„Ihr McKettricks denkt immer, ihr wärt unbesiegbar", sagte Nurleen. „Dein ganzes Auftreten ist ziemlich großspurig, wenn du mich fragst." Sie lächelte, doch in ihren Augen schimmerten Tränen. Zum Abschied drückte sie seine Hand. „Pass auf dich auf, Jesse."

„Das werde ich."

„Du bist ein verdammter Lügner", konterte Nurleen.

„Erzähl's nur nicht weiter."

Als Nurleen aufstand, um die Hintertür zu verriegeln, wankte sie ein wenig. „Cheyenne hat ein kluges Köpfchen. Steckt 'ne Menge Cash Bridges in ihr. Hast du gesehen, wie sie die erste Runde gespielt hat?"

„Allerdings." Dann ging er ins Restaurant, in dem keine Sterbensseele mehr zu sehen war. Selbst der Koch glänzte durch Abwesenheit. Durch das Fenster entdeckte Jesse Cheyenne, Sierra und die anderen Mitglieder des Frauen-Pokerclubs auf dem Parkplatz. Delores und einige Gäste standen bei ihnen. Sie alle starrten auf das *Lucky's*, als würde es jeden Moment explodieren. Zu guter Letzt fuhr auch noch Deputy Terp mit Blaulicht auf den Parkplatz. Grinsend trat Jesse durch die Tür.

„Wyatt", sagte er mit einem Nicken, als Myrnas ältester Sohn aus dem Wagen stieg und auf ihn zuging.

„Du weißt, dass du mich John nennen sollst."

Jesse zog kurz an seiner Baseballkappe. „Jawohl, Sir, Wyatt. Das weiß ich."

„Was ist hier überhaupt los? Warum stehen alle auf dem Parkplatz herum?"

„Ach, es gab eine kleine Meinungsverschiedenheit im Spielzimmer. Aber jetzt ist es da drinnen wieder sicher."

In diesem Moment schoss ein roter Pick-up mit quietschenden Reifen aus der Gasse hinter dem *Lucky's*. Nurleen hatte also recht gehabt. Utahs Kumpel hatten gehofft, Jesse noch abfangen zu können.

„Himmel und Hölle", rief Wyatt und stürzte zu seinem Wagen, um die Verfolgung aufzunehmen. „Das ist doch hier kein Autorennen!"

Schnell lief Jesse ihm hinterher. „Einer von denen ist bewaffnet", rief er.

Der Deputy nickte, griff nach seinem Funksprechgerät, bat um Verstärkung, knallte die Tür zu und schoss mit heulender Sirene vom Parkplatz.

Cheyenne löste sich aus der Gruppe und kam auf ihn zu. „Geht es dir gut?", fragte sie.

Am liebsten wollte Jesse sie küssen, bis sie keine Luft mehr bekam. Stattdessen tippte er nur an seine Baseballkappe. „Und dir? Das Essen bei *Lucky's* ist nicht gerade das beste der Welt, aber bisher habe ich noch nicht erlebt, dass jemandem davon schlecht geworden ist."

Lachend boxte sie ihm leicht in die Seite. Er legte einen Finger unter ihr Kinn. Wer sie gerade beobachtete und welche Schlüsse gezogen wurden, kümmerte ihn nicht im Geringsten. „Du hast einen guten Instinkt, Cheyenne", sagte er leise. „Dir ist etwas aufgefallen, was die meisten anderen gar nicht bemerkt hätten."

„Ich habe eine Menge Spiele gesehen, die schlecht gelaufen sind. Du solltest besser auf dich aufpassen. Über den größeren Typen musst du dir keine Gedanken machen, aber diese anderen beiden …"

Jesse rührte ihre Besorgnis mehr als die von Nurleen, und er brauchte keinen Psychologen, um zu wissen, weshalb. „Vorsicht. Du gibst mir gerade das Gefühl, dass ich dir verdammt wichtig bin und es dir nicht nur um diese fünfhundert Morgen Land geht."

Sie sah weg. Die Gäste gingen wieder zurück ins Restaurant.

„Ich habe den Job bei *McKettrickCo* angenommen", erklärte Cheyenne. „Ich fange morgen an."

Bei dieser Nachricht verspürte Jesse eine eigenartige Mischung aus Erleichterung und Furcht. Wenn sie für Keegan und Rance arbeitete, musste sie vorher bei dem Grundstücksmakler kündigen. Das bedeutete, dass das Land künftig kein Thema mehr zwischen ihnen war. Auf der anderen Seite waren seine beiden Cousins alleinstehend und einer charmanten, attraktiven Mitarbeiterin gegenüber bestimmt nicht immun.

Und Cheyenne war verdammt charmant und attraktiv.

„Das ist gut, schätze ich", sagte er.

„Jesse, ich ...", begann Cheyenne, hielt dann jedoch inne und kaute auf der Unterlippe.

„Was?"

Eine Weile interessierte sie sich auffällig für die Schottersteine zu ihren Füßen, dann sah sie wieder zu ihm und lächelte dünn. „Falls du deine Meinung über das Land änderst, kann ich noch immer das Geschäft abschließen."

Das fühlte sich an wie ein Schlag in die Magengrube. „Ich schätze, ich sollte besser nach Hause gehen. Nach den Pferden sehen und ein paar Stunden schlafen."

Als er sich abwandte, packte sie seinen Arm. „Jesse?"

Er blieb stehen. Wartete.

Ganz offensichtlich kämpfte Cheyenne mit sich. „Ich ... wir müssen reden. Könntest du vielleicht heute Abend zum Essen vorbeikommen? Mitch und Mom werden zwar auch da sein, aber ..."

Auf einmal fühlte er sich wie vor seinem ersten Rodeo. „Das klingt ernst", sagte er. „Ich sag dir was. Ich werde bei mir ein paar Steaks auf den Grill werfen. Um sieben?"

Wenn er nicht selbst so damit beschäftigt gewesen wäre, den Atem anzuhalten, hätte er über ihre offensichtliche Bestürzung gelächelt. Sie wusste genauso gut wie er, dass sie im Bett landen würden, sobald die Gelegenheit günstig war. Vielleicht sogar schon heute Abend. Diese Möglichkeit elektrisierte Jesse.

„Okay", sagte sie unsicher.

Vor Glück hätte Jesse am liebsten laut geschrien und seine Kappe in die Luft geworfen, doch damit hätte er Cheyenne sicher in Angst und Schrecken versetzt.

Sierra, Elaine und Janice kamen plappernd aus dem Restaurant.

„Ich schätze, unser Pokertraining ist vorbei", sagte Cheyenne.

„Das schätze ich auch", stimmte Jesse ihr zu.

„Sollen wir dich zu deinem Truck bringen?", fragte Sierra besorgt. „Die Kerle könnten zurückgekommen sein, oder sie haben Freunde, die ..."

„Das hier ist nicht Tombstone, Sierra. Ich komme schon zurecht."

Sierra sah nicht überzeugt aus. „Ich könnte Travis anrufen. Er ist in der Stadt und trifft sich mit dem Bauunternehmer wegen unseres neuen Hauses. Ich würde mich wohler fühlen, wenn er dir bis zur Ranch hinterherfährt, nur für den Fall …"

„Sierra", unterbrach Jesse sie. „Beruhige dich."

„Ich rufe ihn an", beschloss Sierra.

„Sierra!"

„Na gut. Aber es gefällt mir überhaupt nicht, dich allein nach Hause fahren zu lassen."

Zum Abschied küsste Jesse sie auf die Wange, tippte kurz gegen seine Kappe und ging.

„Ich glaube, es wäre sicherer, wenn wir die nächste Trainingsstunde privat bei einer von uns abhalten", sagte Elaine.

„Gute Idee", meinte Sierra nachdenklich. Aus den Augenwinkeln bemerkte Cheyenne, dass sie Jesse ebenfalls hinterhersah. „Wir haben noch jede Menge Essen von der Feier übrig. Wie wäre es, wenn wir uns morgen Abend auf Triple M treffen?"

Elaine und Janice nickten. Nach kurzem Zögern nickte Cheyenne ebenfalls. Sie einigten sich auf neunzehn Uhr. Anschließend saß Cheyenne eine Weile mit pochendem Herzen in ihrem Wagen. Sierra und die anderen waren sich trotz all der Aufregung vermutlich gar nicht im Klaren darüber, wie knapp Jesse einer Katastrophe entgangen war. Doch Cheyenne hatte oft gesehen, wie ein Pokerspieler plötzlich ein Messer zog. Sie hatte sich oft während Schlägereien hinter der Theke versteckt, wo Scherben von zerbrochenen Flaschen und Spiegeln auf sie herabregneten. Nicht nur einmal hatten wütende Spieler zu Hause mitten in der Nacht an die Tür gehämmert und wilde Drohungen ausgestoßen. Eines Samstagnachmittags, als die ganze Familie einen der äußerst seltenen Ausflüge machte, drängte sie ein Auto voll erboster Pokerspieler von der Fahrbahn ab. Ihr Vater begrüßte sie mit einem Gewehr, das er unter dem Sitz hervorzog, und Cheyenne hatte sich vor Angst fast in die Hosen gemacht. Ayanna hatte zwar „runter!" geschrien, aber Cheyenne gehorchte nicht. Sie sah alles mit an.

Genau diese Energie hatte sie im Hinterzimmer von *Lucky's* verspürt, eine Energie, bei der sich die winzigen Härchen auf den Armen aufrichteten. Sie umklammerte mit geschlossenen Augen das Lenkrad und versuchte, den Kloß im Hals herunterzuschlucken. Sie hatte die Übelkeit gar nicht vortäuschen müssen. Sierra und Elaine und Janice waren ihr alle auf die Toilette gefolgt, wo sie ihr Mittagessen herauswürgte. Und nachdem sie sich den Mund ausgespült hatte, bat sie alle Gäste und Mitarbeiter, ihr nach draußen zu folgen. Dann hatte sie mit dem Handy die Polizei gerufen.

Jetzt war ihr schwindlig, sie lehnte den Kopf an die Nackenstütze und versuchte, tief und ruhig zu atmen. Bestimmt war Jesse nicht naiv genug zu glauben, dass diese Typen sich für immer aus dem Staub gemacht hatten. Offensichtlich glaubten sie, betrogen worden zu sein. Sie hatten noch ein Wörtchen mit ihm zu reden, und der Deputy einer Kleinstadt würde sie davon mit Sicherheit nicht abhalten. Jesse hätte Sierras Angebot, Travis anzurufen, nicht ablehnen dürfen.

Jesse und sein verdammter Stolz.

Sein dummer McKettrick-Stolz.

Noch immer zitternd fuhr Cheyenne vom Parkplatz. Auf der Hauptstraße hielt sie das Tempolimit ein. Doch kaum lag die Stadtgrenze hinter ihr, gab sie Vollgas und raste an der Ausfahrt vorbei, die sie nach Hause geführt hätte. Zehn Minuten später entdeckte sie Jesses Truck vor sich. Sie bremste ein wenig ab. Es war natürlich dumm zu hoffen, dass er ihren Wagen nicht erkennen würde.

Und was sie hier tat, war mindestens genauso dumm. Bei einer Schlägerei hätte sie nicht viel ausrichten können. Jesse fuhr um eine Kurve und verschwand aus ihrer Sicht. Sie gab Gas. Wenige Meter später entdeckte sie den Truck auf dem Seitenstreifen, Jesse lehnte mit verschränkten Armen an der Tür.

Kurz dachte Cheyenne daran, einfach weiterzufahren und so zu tun, als wäre sie ihm nicht gefolgt und würde nur aus reinem Zufall hier entlangfahren. Doch das konnte nicht funktionieren. Also hielt sie hinter dem Truck und stieg aus.

„Was machst du?", fragte Jesse.

„Ich will nur sichergehen, dass du gut nach Hause kommst", erwiderte sie mit erhobenem Kinn.

Lachend schüttelte er den Kopf. „Du willst mich beschützen?"

Sie kam näher. Seine Augen funkelten so blau wie der hohe Sommerhimmel. Cheyenne konnte nicht erkennen, ob er beleidigt oder geschmeichelt war.

„Diese Typen sind gefährlich, Jesse", sagte sie leise. „Und keine guten Verlierer."

„Niemand ist ein guter Verlierer“, erwiderte er. „Die werden sich schon wieder einkriegen und zum nächsten Spiel übergehen.“

„Vielleicht.“ Sie dachte daran, wie ihr Vater die fluchenden Männer gezwungen hatte, sich mit dem Gesicht nach unten auf den Boden zu legen. Und als er in die Luft feuerte, hatte sie laut aufgeschrien. Noch heute roch sie das Schießpulver und sah die Flammen, die aus dem Doppellauf des Gewehrs schossen.

„Angenommen, sie würden in diesem Moment aufkreuzen“, überlegte Jesse. „Was würdest du dann tun?“

„Das weiß ich nicht.“ Am liebsten hätte Cheyenne geweint. „Irgendwas.“

Plötzlich legte Jesse ihr einen Arm um die Schulter, zog sie an sich und stützte das Kinn auf ihren Kopf. „Du weißt, was passiert, wenn du mir jetzt bis zur Ranch folgst, oder?“

Ganz fest drückte sie ihr Gesicht an sein T-Shirt. Selbst nachdem er die ganze Nacht lang in einem verqualmten Zimmer Poker gespielt hatte, roch er noch gefährlich gut. Sie nickte.

Er drückte sie noch fester an sich. „Möchtest du mit in meinem Wagen fahren?“

„Ich kann mein Auto nicht hier stehen lassen.“ Immerhin gehörte es ihr gar nicht. Sie musste es zurückgeben. Weiter wollte sie nicht denken, denn dann wäre ihr unweigerlich Nigel in den Sinn gekommen. Jetzt wollte sie einfach so tun, als ob ihr Chef überhaupt nicht existierte.

Jesse brachte sie zurück zu ihrem Wagen und wartete, bis sie eingestiegen war.

„Das ist deine Chance, Cheyenne“, sagte er ernst. „Du kannst umdrehen und nach Indian Rock zurückfahren, und ich würde es verstehen. Ich wäre nicht böse.“

Er bot ihr einen Ausweg, und sie hätte das Angebot annehmen sollen, das wusste sie. Aber sie wusste auch, dass sie einfach nicht nach Indian Rock zurückfahren konnte – nicht, bevor sie den Nachmittag und vielleicht auch die Nacht mit Jesse verbracht hatte.

Nach allem, was sie durchgemacht hatte, nach all der Angst, dem hoffnungslosen Warten in Spielzimmern, all dem Kummer wegen Mitchs Unfall, erschien ihr das nur fair und richtig zu sein.

Cheyenne antwortete nicht, sondern wartete, bis er den Truck startete. Dann folgte sie ihm die kurvige Straße hinauf zu dem Haus, in dem die McKettricks seit fast eineinhalb Jahrhunderten lebten und liebten.

Natürlich machte sie sich keine Illusionen. Wie im Märchen würde diese Geschichte nicht enden. Am nächsten Morgen würde sie sich hassen, vielleicht sogar schon früher. Aber für einen kurzen Moment wollte sie nicht länger Cash Bridges' Tochter sein. Nicht die verlässliche Stütze ihrer Mutter. Nicht Mitchs Beschützerin. Sie wollte nur eines sein. Nur eines.

Eine Frau.

Eine Frau aus Fleisch und Blut, die sich einem Mann aus Fleisch und Blut hingab. Wen scherten schon die Konsequenzen.

12. KAPITEL

Die ganze Fahrt über spürte Jesse Cheyennes Nähe, als ob sie neben ihm säße und nicht hinter ihm herfuhr. Er hatte sie zum Abendessen eingeladen und natürlich gehofft, dass sie zusagen würde. Jetzt waren die Würfel gefallen. Was ihn betraf, freute er sich riesig darüber. Was sie betraf – nun, für sie wäre es vielleicht besser gewesen, alles noch einmal zu überdenken.

Denn trotz des kurzen Intermezzos mit Brandi war er nicht der Typ Mann, der heiratete. Gut, die meiste Zeit litt er darunter, allein in dem Haus zu leben – deshalb war er ja auch ständig auf der Suche nach einer guten Pokerrunde. Aber zum Eheleben war er nicht geboren – im Gegensatz zu Rance und Keegan.

Er hatte ja nicht einmal einen verdammten Job.

Und er wollte auch gar keinen.

Er war verrückt nach Cheyenne, keine Frage, aber er kannte sich selbst recht gut. Sein einziges Talent war das Pokern, er konnte Cheyenne nicht so lieben, wie sie es verdient hatte. Bestimmt hätten sie fantastischen Sex, eine atomare Verschmelzung, aber selbst solche Verschmelzungen kühlten mit der Zeit ab. Irgendwann würde ihm langweilig und die ganze Geschichte zu einer traurigen Erinnerung werden, die ihn verfolgte, sobald er einmal innehielt. Als er in den Rückspiegel sah, hoffte er fast, dass sie nicht mehr hinter ihm her fuhr.

Doch da war sie.

„Verdammt“, murmelte er, fuhr sich durchs Haar und fluchte noch einmal.

Cheyenne war kurz davor, die Nerven zu verlieren. Verzweifelt drehte sie am Radio, um sich abzulenken. Die Girl-Band-Version von Rick Springfields „Jessie's Girl“ dröhnte aus den Lautsprechern. Hastig stellte sie das Radio wieder ab. Ihr wurde heiß, sie kurbelte das Fenster herunter. Der Wind wehte ihr das Haar ins Gesicht, und beinahe wäre sie von der Fahrbahn abgekommen. Das gesamte Universum um sie schien zu pochen wie ein einziges gigantisches Herz.

Das Haus, das Jeb McKettrick für seine Braut Chloe gebaut

hatte, zeichnete sich vor dem Himmel ab und wirkte wie die Kulisse eines alten Westerns.

Das ist alles nicht richtig, dachte Cheyenne, während sie an ihrer Unterlippe nagte. Es hätte stürmisch und dunkel sein müssen und kalt. Statt der glänzenden Pappelblätter, die sich im Wind bogen, hätte es donnern und blitzen müssen.

Jesse parkte am Stall. Cheyenne hielt neben ihm und blieb zitternd sitzen, während er ausstieg und auf sie zuging. Er klopfte an die Scheibe und lächelte, als sie nicht öffnete. Etwas zu spät öffnete sie die Tür. Nun gab es keine Barriere mehr zwischen ihnen.

„Ich schau mal nach den Pferden", erklärte Jesse. Dabei forschten seine Augen in ihrem Gesicht. „Du kannst schon reingehen, wenn du magst. Mach es dir gemütlich."

Mach es dir gemütlich.

Ja klar.

„Soll ich dir helfen?", hörte Cheyenne sich fragen, als ob es sich hier um ein ganz normales Zusammentreffen handelte. Als ob sie nicht kurz davorstünde, den spektakulärsten Fehler ihres Lebens zu begehen. „Mit den Pferden, meine ich."

Er schüttelte den Kopf. „Dauert nicht lang."

Cheyenne nickte und sah ihn davongehen. Noch hatte sie den Motor nicht abgestellt. Noch konnte sie umdrehen, zurück in die Stadt fahren und vergessen, dass sie dumm genug gewesen war, überhaupt hierher zu kommen. Stattdessen stieg sie aus.

Durch die unverschlossene Hintertür trat sie ins Haus. Die Küche war größer, als sie in Erinnerung hatte. Möglicherweise sogar größer als das Haus, in dem sie mit Mitch und Ayanna lebte. Bisher war sie nicht weiter als bis zum Badezimmer am Ende des Korridors gekommen, wo sie sich erst vor ein paar Tagen zum Reiten umgezogen hatte. Nun würde sie also mehr von diesem Haus zu sehen bekommen. Sie schluckte.

Zum Beispiel Jesses Schlafzimmer.

Wie es wohl aussah? Er stieß sie beinahe um, als er hinter ihr durch die Tür trat.

„Sieh dich um, wenn du magst", sagte er, offenbar amüsiert von der Tatsache, dass sie direkt hinter der Tür gewartet hatte. „Ich gehe schnell unter die Dusche."

Das alles klang so normal.

Sieh dich um, wenn du magst. Ich gehe schnell unter die Dusche.

Was sollte sie nur tun? Zurück in die Stadt fahren? Doch ganz offensichtlich wollte sie das nicht. Das Schlafzimmer suchen? Sich ausziehen, hinlegen und darauf warten, dass er sich auf sie stürzte? Sie schüttelte den Kopf, entsetzt von der Vorstellung.

Jesse sah sie neugierig an.

„Mir geht's gut", sagte sie.

Lügnerin.

Sanft strich er ihr mit dem Handrücken über die Wange. „Du könntest natürlich auch mit mir zusammen duschen", schlug er vor.

Merkwürdigerweise löste diese Bemerkung Cheyennes Anspannung. Sie lachte. „Ich glaube, ich werde stattdessen lieber das Haus erkunden."

Einladend breitete er die Arme aus. „*Mi casa es tu casa*", sagte er. Und damit ließ er sie stehen.

Cheyenne rührte sich noch ein paar Sekunden nicht vom Fleck, dann war sie bereit für die große Tour. Zuerst ging sie in die Richtung, die Jesse genommen hatte, und entdeckte ein rustikales Esszimmer mit deckenhohen Fenstern und einem herrlichen Blick auf den sich schlängelnden Bach und den Bergrücken in der Ferne, auf den sie mit Jesse geritten war. Der Tisch war aus schwerem dunklen Holz und mindestens vier Meter lang. An der Wand stand eine passende Vitrine mit altem Geschirr, ein steinerner Kamin nahm die ganze gegenüberliegende Wand ein.

Darüber hing das riesige Ölporträt eines gut aussehenden blonden Mannes Mitte dreißig. Neben ihm stand eine umwerfende schöne rothaarige Frau in einem blauen, spitzenbesetzten Kleid. In ihren Augen funkelte Übermut.

Jeb und Chloe McKettrick, die ursprünglichen Besitzer des Hauses. Die Ähnlichkeit zwischen Jeb und Jesse verblüffte Cheyenne. Man müsste Jesse nur in ein Hemd mit steifem Kragen und in eine Weste stecken, dann hätte man die beiden miteinander verwechseln können.

Chloe hingegen, dachte Cheyenne seltsam wehmütig, sieht mir überhaupt nicht ähnlich. Die erste Mrs McKettrick – beziehungsweise die erste Herrin dieses Schlosses aus Stein und Holz – hatte blasse Haut, große intelligente Augen und feuerrotes Haar, das auf ein keltisches Erbe schließen ließ. Cheyenne hingegen war zu einer Hälfte Apache, was nur schwer zu übersehen war.

Pocahontas, nannte Nigel sie.

Da dies ganz entschieden nicht der beste Zeitpunkt war, um an Nigel zu denken, wandte sich von dem Bild ab und trat ins nächste Zimmer, das Wohnzimmer. Es war in etwa so groß wie eine Turnhalle, aber nicht deswegen stockte ihr der Atem, sondern wegen der Aussicht. Durch eine Fensterfront, mindestens dreimal so lang wie die im Esszimmer, hatte man einen atemberaubenden meilenweiten Blick über die Ranch. Nachts erkannte man sicher die Lichter von Indian Rock als glitzernde Punkte im Tal am fernen Horizont.

Lange stand Cheyenne wie verzaubert da. Das große Haus war so still, dass sie beinahe ihren eigenen Herzschlag hörte. Endlich drehte sie sich um und betrachtete den Rest des Raums. Noch ein Kamin, über dem ein Porträt hing, diesmal ein Foto und kein Gemälde.

Cheyenne erkannte Jesses Eltern und seine atemberaubend schönen Schwestern. Und auch Jesse, einen kleinen verschmitzten Jungen von ungefähr acht oder neun Jahren – ein kurzer Augenblick seines wunderbaren Lebens, festgehalten für die Ewigkeit. Damals war sein Haar heller und länger. Es fiel ihm über ein Auge, doch das berühmte Grinsen war schon deutlich zu erkennen.

„Ich war ein gut aussehender Teufel, was?“, bemerkte der erwachsene Jesse hinter ihr. Erschrocken fuhr Cheyenne herum.

Frisch geduscht und rasiert trug er nun eine saubere Jeans und ein weißes T-Shirt.

„Kann ich dir etwas bringen? Vielleicht etwas von dem Sprudelwasser, das du so gern trinkst?“

„Äh … nein … danke. Das ist ein wunderschönes Haus.“

„Ziemlich groß.“

„Fühlst du dich hier nie einsam?“ Cheyenne zuckte zusammen. Wie konnte sie nur eine so dumme Frage stellen? Höchstwahrscheinlich gab es Unmengen von Frauen, die hier ein und aus gingen. Ganz abgesehen natürlich von seiner Familie.

„Doch“, antwortete Jesse zu ihrer Überraschung. „Manchmal schon.“

Auf einmal bekam Cheyenne panische Angst. Was sollte sie jetzt tun? Was sollte sie sagen?

„Ich würde mir gern die Zähne putzen", sagte sie völlig unvermittelt und wünschte umgehend, auf Nimmerwiedersehen in dem schönen Holzboden zu versinken.

„Hier entlang." Jesse führte sie an der Hand durch einen kurzen, breiten Flur mit museumsreifen Bildern an den Wänden.

Russell. Remington. Alles Originale.

Dahinter lag ein riesiges Schlafzimmer. Das Bett war rund, die hohe Decke zierten Malereien von Rinderherden unter einem düsteren, nur durch Blitze erhellten Himmel. Cowboys ritten zwischen den panischen Rindern und schwenkten ihre Hüte. „Das Badezimmer ist da drüben. Alles Nötige findest du in der linken Schublade."

„Mhm." Cheyenne lief in die angezeigte Richtung, den Blick noch immer auf die Rinderherden gerichtet. „Für dieses Zimmer könntest du Eintritt verlangen."

Jesse lachte.

Das Bad hingegen erinnerte an einen Sultanspalast – wenn der Sultan ein halber Cowboy gewesen wäre. Genau wie das Bett war der Raum rund mit einer großen Wanne in der Mitte. Die Messingarmaturen glänzten unter einer gläsernen Kuppel. Cheyenne fand mehrere verpackte Zahnbürsten. Schließlich hatte sie sich bei *Lucky's* übergeben – was sie Jesse nicht auf die Nase binden wollte. Schon gar nicht, kurz bevor sie miteinander schlafen würden.

Als sie ins Schlafzimmer zurückkam, saß Jesse im Schneidersitz auf dem runden Bett. Der Kamin brannte, er hatte die Vorhänge zugezogen. Über das Fresko an der Decke tanzten Schatten.

Cheyenne blieb stehen.

„Das ist das Zimmer deiner Eltern."

„Das war es mal." Er klopfte neben sich auf die Matratze. „Komm, setz dich, Cheyenne. Ich werde dich nicht überfallen. Hier passiert nichts, was du nicht willst."

Sie zog die Schuhe aus. Der kühle Boden unter ihren Füßen fühlte sich gut an.

„Wird dir nicht schwindlig, wenn du dir diese wild durcheinander rennenden Rinder ansiehst?"

Jesse lachte, dann streckte er sich auf dem Bett aus und verschränkte die Hände hinter dem Kopf. „Darüber habe ich noch nie nachgedacht“, sagte er träge.

Langsam näherte sie sich dem Bett, legte sich neben Jesse und blickte in den gespenstischen Himmel über sich. Es fühlte sich merkwürdig selbstverständlich an, neben ihm zu liegen. Überhaupt nicht beängstigend.

Jesse rollte sich auf die Seite, und sie erwartete, dass er eine Hand auf ihre Wange, Hüfte oder sogar eine Brust legen würde. Doch er berührte sie nicht.

„Wo schlafen deine Eltern, wenn sie hier sind?“

„Sie haben eine Suite im oberen Stock. Was ist los, Cheyenne? Hast du Angst, von ihnen erwischt zu werden?“

„Natürlich nicht. Vermutlich sind sie meilenweit entfernt.“

„In Palm Springs“, sagte Jesse und wickelte sich eine ihrer dunklen Locken um den Finger. „Ich mag es, wenn du dein Haar offen trägst.“

Jetzt drehte auch sie sich ihm zu. „Sind wir verrückt?“

Er strich über ihren Oberarm und legte die Hand dann auf ihre Taille. „Wahrscheinlich.“ Das letzte Wort hatte er dicht an ihren Lippen gesprochen. Wie von selbst glitt sein Daumen unter den Bund ihrer Jeans.

Sie stöhnte leise und schlang ihm die Arme um den Hals. Und Jesse küsste sie, zuerst ganz zart, dann mit wachsender Leidenschaft. Dabei öffnete er den Knopf ihrer Jeans und streichelte ihren Bauch. In seinen Armen sank Cheyenne auf den Rücken. Während er sie weiter küsste, wanderte seine Hand nach oben zum Verschluss ihres BHs. Nun stöhnte auch Jesse und öffnete den Verschluss. Mit heißen Händen umfasste er eine Brust und strich dann mit dem Daumen über die Spitze, bis sie hart wurde.

Cheyenne keuchte, als er von ihren Lippen abließ. Und noch einmal, als er ihr T-Shirt hochschob, den Kopf senkte und vorsichtig ihre Brustwarze in den Mund nahm. Wimmernd vergrub sie die Finger in seinem feuchten Haar. Die Rinderherden über ihr verschwammen, wurden scharf, verschwammen wieder. Vorsichtig zog Jesse ihren Reißverschluss auf. Sie hob die Hüften, um ihm zu helfen, und mit einer einzigen Bewegung zog er ihr Jeans und Höschen aus.

Jesse kniete sich neben sie, öffnete mit einer Hand seine Jeans und streichelte sie mit der anderen. Leise seufzend bog sie sich seiner Berührung entgegen. Außer den köstlichen Empfindungen, die seine Finger hervorriefen, die in kreisenden Bewegungen auf ihrem Körper tanzten und ihn mehr und mehr erregten, nahm Cheyenne nichts mehr wahr. Er fand ihren empfindlichsten Punkt, den Ort, wo sie sich am meisten nach seinen Berührungen verzehrte. Bis zu diesem Moment hatte sie gar nicht gewusst, dass sich das so herrlich anfühlen konnte.

„Jesse“, flüsterte sie flehend.

„Noch nicht“, murmelte er.

„Aber ich möchte … oh Gott.“

Er beugte sich über ihr Gesicht und küsste sie. Sie konnte nicht länger ruhig liegen, warf den Kopf von einer Seite zur anderen, stöhnte wieder, keuchte. „Jesse, ich …“

„Ich weiß“, sagte er. Dann hob er ihre Beine über seine Schultern, umfasste sanft ihre Hüfte und hob sie an seine Lippen. Als seine Zunge das Zentrum ihrer Lust berührte, erlebte sie einen unglaublichen Höhepunkt. Ihr ganzer Körper zuckte und schien nicht mehr aufhören zu können. Als sie dachte, es keine Sekunde länger aushalten zu können, begann Jesse zu saugen.

Der Höhepunkt wurde intensiver. Und noch intensiver.

Cheyenne krallte die Finger in das Laken. Sie schrie seinen Namen, dann schien etwas in ihr zu explodieren. Als sie langsam wieder zu sich kam, saß sie auf Jesses Schoß, und er drang langsam in sie ein. Sofort erwachte ihre Lust aufs Neue. Sie versuchte, sich schneller zu bewegen, gierig nach mehr. Doch er umfasste ihre Hüften und hielt sie zurück. Mit langsamen Bewegungen glitt er tiefer und tiefer in sie und liebkoste dabei ihre Brüste.

Gemeinsam erreichten sie den Gipfel der Lust, die Körper miteinander verschmolzen. Dann sank Cheyenne gegen seine Brust. Er streichelte ihren Rücken und ihre Schenkel. Sie spürte, wie sein Herz an ihrem schlug. Spürte seinen Atem heiß in ihrem Haar. Noch immer war er tief in ihr. Sie wollte sich von ihm lösen, doch das ließ er nicht zu. Stattdessen wuchs seine Lust erneut in ihr.

„Jesse“, murmelte sie, „wir können doch nicht …“

Er nahm ihr Gesicht in beide Hände. „Natürlich können wir“, sagte er nach einem langen innigen Kuss. Wieder bewegte er sich in ihr, dirigierte sie mit seinen Händen und flüsterte ihr mit heiserer Stimme ins Ohr, was er alles noch mit ihr tun wollte.

Und in den nächsten Stunden auch tat.

Alles.

Irgendwann schliefen sie erschöpft und eng aneinandergeschmiegt ein.

Stunden später erwachte Cheyenne und hörte rauschendes Wasser. Beunruhigt setzte sie sich auf. „Jesse?", rief sie leise.

„Ich bin hier."

Sie stieg aus dem Bett und stolperte mit weichen Knien ins Bad. Dort dampfte Wasser in der Wanne. Überall brannten Kerzen, und zwei Gläser Rotwein schimmerten im Kerzenlicht.

Jesse lag in der Wanne und winkte sie lächelnd zu sich. Das warme Wasser entspannte ihre Muskeln.

„Jesse", seufzte sie. „Ich kann keinen weiteren Orgasmus mehr aushalten."

Er lachte. „Diese Theorie würde ich gern überprüfen."

Auch sie lachte und spritzte ihn nass.

Dann tauchte er einen Finger in ihr Weinglas, verteilte tiefrote Tropfen auf ihrer Brustwarze und küsste sie lustvoll weg. Danach kümmerte er sich um die andere Brust, während er sie unter Wasser streichelte, bis sie sich vor Lust krümmte. Und verloren war.

Die Morgensonne umgrenzte die östlichen Berge mit rosagoldenem Licht, als Cheyenne zu Hause ankam. Ayanna stand im Bademantel auf der Veranda, eine Tasse Kaffee in der Hand und ein nachdenkliches Lächeln auf den Lippen.

„Ich will kein Wort hören, Mom", rief Cheyenne warnend. „Ich muss mich für die Arbeit fertigmachen."

Stumm trank ihre Mutter noch einen Schluck Kaffee, während sie zur Seite trat, um Cheyenne vorbeizulassen. „Jesse?", fragte sie dann.

„Das war nicht geplant", sagte Cheyenne. „Es ist einfach so … passiert."

„Diese Dinge passieren meistens einfach so. Aber du hättest zumindest anrufen können. Ich dachte mir zwar schon, dass du bei Jesse bist, habe mir aber trotzdem ganz schöne Sorgen gemacht."

„Tut mir leid. Ich wusste nicht, was ich sagen soll. Ich meine, du bist meine Mutter."

„Und somit eine völlig sexfreie Person, die als Jungfrau zwei Kinder zur Welt gebracht hat?"

Da lachte Cheyenne leise. „Der Punkt geht an dich."

„Gut. Ich mache dir schnell Frühstück. Und Cheyenne?"

Ihre Tochter wartete.

„Du glühst geradezu. Wenn nicht gleich jeder bei *McKettrickCo* wissen soll, dass du die Nacht mit Jesse verbracht hast, dann solltest du den Dimmer betätigen."

Wieder musste Cheyenne lachen. Sie winkte ihrer Mutter zu und lief in ihr Zimmer. Als sie eine Dreiviertelstunde später wieder herauskam, trug sie einen leichten Tweed-Hosenanzug, elegante Schuhe und hatte ihr Haar wie üblich zu einem Knoten festgesteckt. Ayanna hingegen war für einen weiteren Arbeitstag im Supermarkt gerüstet, in Jeans, einem langärmligen T-Shirt und einer blauen Weste, auf die ihr Name gestickt war.

Sie reichte Cheyenne eine dampfende Tasse Kaffee. „Die Leasingfirma hat gerade deinen Wagen abgeholt."

„Na toll." Natürlich wusste sie, dass Nigel den Leasingvertrag kündigen würde, aber dass er so schnell sein würde, damit hatte sie nicht gerechnet. Theoretisch betrachtet arbeitete sie schließlich noch für ihn.

„Keine Sorge. Ich bringe dich zur Arbeit."

Plötzlich kam Mitch auffällig herausgeputzt in die Küche gefahren. „Bronwyn holt mich in einer Stunde ab", verkündete er. „Wir gehen nach Sedona, um mit den roten Felsen zu sprechen."

Ayanna und Cheyenne sahen einander an.

„Wann habt ihr das denn beschlossen?", fragte Ayanna sanft.

„Gestern Abend. Sie kam vorbei, als du noch im Supermarkt warst." Sein Blick wanderte zu Cheyenne. „Tut es eigentlich nicht weh, wenn du dein Haar so nach hinten ziehst?"

Sie ignorierte ihn und ging in die Küche. Normalerweise frühstückte sie nie viel, aber heute war sie geradezu ausgehungert. Sie und Jesse waren nicht dazu gekommen, zu Abend zu essen. Auch ihr ernsthaftes Gespräch hatte nicht stattgefunden. Eigentlich hatte sie ihm sagen wollen, dass sie noch immer für Nigel arbeitete.

Mitch rollte neben ihr her. „Was hältst du eigentlich von Vetternwirtschaft?", fragte er mit einem hoffnungsvollen Ton in der Stimme.

Cheyenne sah ihn überrascht an, füllte ihre Kaffeetasse wieder auf und setzte sich an den Tisch. Ayanna hatte Pfannkuchen, Eier und Wurstpastetchen gemacht. Wenn sie künftig öfter so frühstückte, müsste sie ihre Garderobe erneuern.

„Ich meine das ernst, Cheyenne", fuhr Mitch fort. „Du arbeitest jetzt in der Personalabteilung bei *McKettrickCo*. Und ich will einen Job."

„Mal sehen, was ich tun kann", versprach Cheyenne.

„Vielleicht könnte ich ein Auto kaufen. Ich meine, wenn ich den Job bekomme. Und einen richtig guten Computer. Dieses Scheißding, das ich jetzt habe, gehört auf den Müll."

„Mitch!", tadelte Cheyenne ihn.

„Falls ich einen Job bekomme und ein Auto finde, bürgst du dann für meinen Kredit?"

„Mitch!", rief Ayanna.

„Wir werden sehen", entgegnete Cheyenne.

„Ich brauche Geld", sagte Mitch. „Bronwyn fährt uns nach Sedona. Da kann ich nicht erwarten, dass sie auch noch das Mittagessen bezahlt."

Cheyenne gab ihm vierzig Dollar.

„So, und du räumst den Tisch ab und spülst das Geschirr", ordnete Ayanna an. „Ich will keinen Protest hören. Du kommst wunderbar an das Waschbecken heran."

„Kein Problem", sagte Mitch.

Ayanna sah auf die Uhr. „Wir müssen los, Cheyenne. Ich fahre immer lieber etwas früher, da mein Auto gelegentlich etwas launisch ist."

Hoffentlich fiel niemandem auf, dass sie an ihrem ersten Tag bei *McKettrickCo* in einem psychedelisch anmutenden Gefährt ankam, dem nur noch ein Peace-Zeichen fehlte, um wie ein Original aus den 60er-Jahren zu wirken.

Mit Bedauern ließ sie ihren noch halb vollen Teller stehen und folgte Ayanna nach draußen. Eine Feder bohrte sich durch den Beifahrersitz. Die Zündung machte ein beunruhigendes schleifendes Geräusch, als Ayanna den Schlüssel herumdrehte, und aus dem Auspuff schoss so viel Qualm, dass Cheyenne befürchtete, er hätte Feuer gefangen. Ayanna lachte über das besorgte Gesicht ihrer Tochter.

„Mitch hat übrigens recht mit dem, was er über dein Haar gesagt hat. Irgendwie siehst du mit diesem Knoten wie jemand aus, der sich das Gesicht zu oft hat liften lassen.“

„Besten Dank, Mom. Genau so was will ich jetzt hören.“

Da warf Ayanna den Kopf zurück und lachte laut. Das klingt gut, dachte Cheyenne lächelnd, auch wenn sie auf meine Kosten lacht.

13. KAPITEL

Jesse lächelte, als die Pferde durch das Gatter auf die Koppel galoppierten, einige schlugen vor Begeisterung aus, andere tänzelten und schüttelten ihre Köpfe. Am liebsten hätte er es ihnen nachgemacht.

Heute Morgen war er vor Cheyenne aufgewacht und hatte lange dagelegen und sie beim Schlafen beobachtet. Und sich vorgestellt, wie es wohl wäre, jeden Morgen neben ihr aufzuwachen. Er hatte sich sogar ausgemalt, wie ihre gemeinsamen Kinder aussehen würden – was schwer vorauszusagen war. Er war blond, sie dunkel. Ein genetisches Lotteriespiel. Pfeifend schloss er das Gatter wieder.

Sehr gern hätte er noch mit Cheyenne gefrühstückt. Aber sie wollte an ihrem ersten Tag bei *McKettrickCo* auf keinen Fall zu spät kommen. Zumindest hatten sie noch miteinander geduscht und sich geliebt, bevor sie aufbrach. Der Abschied war ein wenig merkwürdig – sie hatte ausgesehen, als wollte sie ihm etwas sagen. Etwas, das ihr Gesicht ernst und ihre Augen dunkel werden ließ. Wahrscheinlich lag ihr auf der Zunge, dass es nicht zu viel bedeutete, dass der Sex so fantastisch gewesen war. Dass sie beide schließlich erwachsen wären. Ähnliche Gedanken hatte er auch gehabt – bis zu dem Moment, in dem Cheyenne ihn an Orte führte, von denen er niemals zu träumen gewagt hätte. Sie hatte ihm die Landschaft seiner eigenen Seele gezeigt, mit der Sonne und dem Schatten, den Schluchten, Bergen und verschlungenen Flüssen.

Noch mochte er nicht von Liebe sprechen. Aber es ging verdammt noch mal auch nicht nur um Sex. Davon hatte er in seinem Leben ausreichend gehabt, und meistens guten. Gelegentlich hatte er ihn sogar ein wenig erschüttert, zumindest so weit, dass er kurzfristig überlegte, sein Leben zu ändern. Doch das hielt nie lange an. Aber Sex war sowieso nicht das passende Wort in diesem Zusammenhang, es beschrieb nichts von der geradezu sakralen Vereinigung, die sie erlebt hatten. Kein Wörterbuch dieser Welt konnte ihm den richtigen Ausdruck liefern, für das, was gestern geschehen war.

Er lehnte sich ans Gatter, betrachtete eine Weile die Pferde beim Herumtollen, dann ging er zurück zum Haus, um sich ein Omelette zu braten und dann in die Stadt zu fahren. Momentan hatte er keine Lust auf Poker, aber er könnte bei *McKettrickCo* vorbeischauen und ein wenig Interesse für das Familienunternehmen zeigen – nun, da Cheyenne dazugehörte. Danach wollte er zu den Bridges fahren und das Geländer an der Rampe anbringen.

Das klang doch nach einem produktiven Tag.

Pfeifend holte er Zwiebeln, Pilze, etwas Käse und Eier aus dem Kühlschrank. Dann fiel ihm wieder die Nachricht seiner Mutter auf dem Anrufbeantworter ein. Höchste Zeit, sie zurückzurufen. Als er den Telefonhörer abnahm, erinnerte ihn ein Piepen daran, dass er Brandis Anruf noch nicht abgehört hatte. Jetzt drückte er die entsprechende Taste.

„Jesse, hier ist Brandi. Es ist … hör mal, ich muss unbedingt mit dir sprechen, da kam so ein Typ vorbei und hat mir eine Menge Geld angeboten – verdammt, ich habe vergessen, mein Handy aufzuladen – ruf mich zurück, ja?"

Mit gerunzelter Stirn tippte er ihre Nummer. Ebenfalls der Anrufbeantworter. „Hi, hier spricht Brandi. Ich kann gerade nicht ans Telefon kommen. Wenn Sie eine Nummer hinterlassen, rufe ich Sie zurück, so schnell ich kann."

Ein wenig verdrossen sagte er nur: „Ich bin's, ruf mich zurück. Bye."

Was für ein „Typ" war bei ihr vorbeigekommen und hatte Brandi „eine Menge Geld" geboten, überlegte er. Und was zum Teufel hatte das alles mit ihm zu tun?

Das Telefon klingelte, noch bevor er den Hörer auflegen konnte.

„Brandi?"

Ein vertrautes Lachen klang an seinem Ohr. „Tut mir leid, Jess. Ich bin's nur, deine Mom. Du erinnerst dich, Callie McKettrick? Groß. Braunes Haar. Und ein gutes Gespür für Mode. Die Frau, die dich zur Welt gebracht hat."

Mit dem Telefon in der Hand ging Jesse zum Herd und gab die Zwiebeln und die Pilze in die Pfanne. „Ich erinnere mich vage." Mit seiner Mutter hatte er wirklich Glück gehabt. „Was gibt's?"

„Nichts." Seine Mutter seufzte zufrieden. Sie war eine glückliche Frau und bezeichnete sich selbst als „ausgefüllt", was immer das heißen sollte. Nicht einen Tag ihres Lebens hatte sie sich um die Familiengeschäfte gekümmert, sondern einen Großteil ihres Lebens damit verbracht, Freunde zu treffen und Geld für verschiedenste Wohltätigkeitsorganisationen zu sammeln. Doch sie war eine kluge Frau, und Jesse liebte sie sehr. „Dein Dad und ich wollen nur wissen, wie es dir geht, das ist alles."

„Könnte nicht besser gehen", sagte Jesse beim Gedanken an die letzte Nacht. Wobei er nicht vorhatte, Details zu verraten.

„Ich wünschte, wir hätten bei Sierras und Travis' Feier dabei sein können. Aber dein Vater hat hier zu tun, und bei der Hochzeit werden wir in Europa sein. Eve ist überglücklich, Sierra endlich wiederzuhaben. Und wie findest du sie, Jesse?"

„Sierra?"

„Natürlich Sierra, Eve kenne ich schließlich selbst."

Jesse lachte. „Sie ist eine echte McKettrick. Stolz und störrisch."

„Natürlich habe ich schon Fotos von ihr gesehen. Sie ist sehr hübsch."

„Allerdings, Mom", entgegnete Jesse, der sich langsam fragte, welche Richtung dieses Gespräch wohl annehmen würde. „Sie sieht toll aus."

„Ich wünschte, du würdest auch mal eine hübsche junge Frau kennenlernen, Jesse."

„Ich lerne viele hübsche junge Frauen kennen, Mom." *Mit einer habe ich letzte Nacht sogar geschlafen.*

„Wie findest du die Idee, dass *McKettrickCo* an die Börse geht?"

„Das ist mir ziemlich egal." Er verrührte Eier, Milch und Käse und schüttete alles über die zischenden Zwiebeln und Pilze.

„Das sollte dir aber nicht egal sein, Jesse. Uns ist es auch nicht egal."

„Gut. Verrat mir deine Meinung, dann schlage ich mich einfach auf deine Seite."

„Wirklich, ich wünschte, du würdest dich mehr für die Firma interessieren."

„Also, seid ihr dafür oder dagegen?"

„Dafür", sagte Callie. „Dein Vater arbeitet viel zu viel. Eve auch. Wir würden alle reich werden."

„Mom, wir sind bereits reich."

Jesse legte das Omelette auf einen Teller, nahm sich Besteck und trug alles zum Tisch. „Du weißt, dass ich kein Freund von Zwölf-Stunden-Arbeitstagen, Diagrammen, Grafiken und dem ganzen Kram bin. Aber Keegan wird sich querstellen. Er wird spätestens mit fünfzig einen dreifachen Bypass bekommen."

„Er ist einfach noch nicht über diese schreckliche Scheidung hinweg“, sagte Callie traurig.

„Nein. Gerade macht Shelley ihm eine Menge Ärger wegen Devon. Sie will mit Devon und ihrem neuen Mann nach Europa gehen.“

„Was für eine Ziege.“ Weil seine Mutter selten solche Ausdrücke benutzte, war Jesse einen Moment sprachlos. „Und dumm obendrein.“

Einen Moment verharrte er mit der Gabel in der Luft. Ganz kurz überlegte er, ob seine Familie vielleicht etwas über Brandi herausgefunden hatte und seine Mutter ihn nun zu einem Geständnis bewegen wollte.

„Stimmt. Shelley ist nicht gerade der hellste Stern am Himmel“, sagte er vorsichtig. „Aber sie ist nicht dumm.“ Genauso wenig wie Brandi.

„Nein“, seufzte Callie. „Vermutlich nicht. Ich mache mir einfach nur Sorgen um Keegan. Nun hat er nicht nur seine Eltern, sondern auch noch seine Frau verloren und ist ganz allein auf der Welt.“

Keegans Eltern, Libby und John Henry McKettrick, waren bei einem Hotelbrand in Singapur gestorben, als ihr Sohn vierzehn war. Danach war er von einem Teil der Familie zum nächsten geschoben worden, bis er aufs College kam.

„Er ist nicht allein, Mom. Er hat doch uns.“

„Trotzdem“, behauptete Callie. „Keegan ist einsam. Er braucht ein Zuhause und eine Familie. Eine eigene.“

„Er hat ein Zuhause – das Haupthaus auf der Ranch. Und er hat Devon.“

„Ein Haus und ein Zuhause sind nicht dasselbe. Und Devon sieht er nicht besonders oft. Und jetzt will Shelley sie auch noch mit nach Europa nehmen.“

Jesse nahm einen Bissen von seinem Omelette, das wie Pappe schmeckte. Kein Wunder bei diesem Gespräch, dachte er. „Worauf willst du hinaus, Mom?“ Wenn er es zuließ, würde seine Mutter den ganzen Tag um den heißen Brei herumreden.

„Es ist höchste Zeit, dass jeder von euch dreien eine Familie gründet. Rance fliegt um die ganze Welt, um irgendwelche Firmen aufzukaufen und lässt seine kleinen Mädchen bei ihrer Großmutter. Cora ist ein wunderbarer Mensch, aber nicht mehr jung genug, um Kinder aufzuziehen. Keegan arbeitet wie ein Verrückter und du – du tust genau das Gegenteil. Dein Vater und ich haben dir an deinem fünfundzwanzigsten Geburtstag das Haus nicht überschrieben, damit du dich herumtreibst."

„Wollt ihr es zurück?"

„Jesse McKettrick, red nicht so neunmalklug mit mir."

„Okay. Dann werde ich die nächstbeste Frau heiraten, die mir über den Weg läuft und sie bis Dienstag schwängern. Oder wäre Montag besser?"

„Jesse." Callies Stimme nahm einen warnenden Ton an.

Er lachte. „Keine Bange, Mom. Ich bin der ewige Junggeselle in der Familie, vergiss das nicht."

„Das würde ich aber nur allzu gern. Ich will Enkelkinder."

„Du hast Enkelkinder, Mom. Zwei von Sarah und drei von Victoria."

Im Hintergrund hörte er die Stimme seines Vaters. „Lass ihn in Ruhe, Callie."

„Dein Vater sagt, ich soll dich in Ruhe lassen", wiederholte seine Mutter.

„Ja, hab ich gehört. Ist dieses Gespräch dann damit beendet, Mom? Ich muss nämlich in die Stadt fahren und nachschauen, wie unsere Familiengeschäfte so laufen."

„Heißt das, du willst nach einem Job fragen?"

Da legte Jesse die Gabel hin, schob den Teller von sich und schloss die Augen. Er war mehrfacher Millionär – unter anderem durchs Pokern. Um ihn herum tobte das Leben – Bäume und Berge und Tiere wo man hinsah, es war, als lebte er mitten in Gottes Garten. Wozu brauchte er – oder irgendjemand in dieser Familie – einen Job? „Ja, Mom. Ich könnte den Kopierer überwachen. Oder die Post wegbringen."

„Jesse, du hast studiert."

„Das weiß ich, Mom. Ich habe einen Abschluss im Rodeoreiten und Frauenverführen."

„Du hast Jura studiert und einen hervorragenden Abschluss gemacht."

Bevor er darauf etwas erwidern konnte, hörte er ein Rascheln am anderen Ende, dann kam sein Vater an den Apparat. „Hör gar nicht hin", sagte er. „Was den Job betrifft, meine ich. Aber du solltest wirklich heiraten, mein Junge."

„Ich sehe, was ich tun kann, Dad", versprach Jesse.

„Auf Wiederhören, Jesse", sagte sein Vater lachend.

„Bis dann." Jesse legte auf, bevor seine Mutter den Telefonhörer wieder an sich reißen konnte.

Fast den ganzen Morgen verbrachte Cheyenne in Konferenzen mit Rance, Keegan und Travis Reid, der als Anwalt bei *McKettrickCo* arbeitete. Gemeinsam skizzierten sie einen ersten Plan für das Arbeitsstudium-Programm.

Um halb zwölf kam Keegan in ihr Büro und lud sie ein, zusammen mit ihnen im *Roadhouse* Mittag zu essen. Sie lehnte höflich ab. Sie hatte bereits versprochen, sich mit Myrna ein bei *Lucky's* bestelltes doppeltes Thunfischsandwich zu teilen. Einerseits, weil Myrna ihr als Willkommensgruß einen Bambusstrauch geschenkt hatte, andererseits, weil sie am Ende ihres ersten Tags bereits ein paar Ideen ausgearbeitet haben wollte.

Keegan zögerte, als ob er noch etwas sagen wollte, dann nickte er und ging.

Eine Viertelstunde später tauchte Jesse auf – mit Essen vom Chinesen. Bei seinem Anblick errötete Cheyenne. Sie dachte daran, was sie letzte Nacht alles miteinander angestellt hatten, und – schlimmer noch – was sie noch mit ihm anstellen wollte.

„Hey", begrüßte sie ihn.

„Hey. Was ist mit deinem Haar passiert?"

Warum mäkelte heute eigentlich jeder an ihrer Frisur herum? „Das hier ist ein Büro, Jesse, kein Schlafzimmer."

Er trat ein, schloss die Tür hinter sich und sah sich um. Es gab kaum Möbel, nur ein Bücherregal, ihren Schreibtisch und einen Stuhl. Keine Bilder an den Wänden. Kein Kaffeebecher mit einem albernen Spruch darauf. Bisher hatte sie noch keine Zeit gehabt, dem Raum eine persönliche Note zu verleihen. Davon mal abgesehen hatte sie in einem der Millionen Ratgeber gelesen, dass Frauen keine gemütlichen Büros haben sollten, wenn sie im Geschäftsleben ernst genommen werden wollten.

„Wettest du gern?", fragte Jesse.

„Das ist eine rhetorische Frage", entgegnete Cheyenne, die sich langsam von dem Schrecken erholte, gleich am Morgen danach mit Jesse umgehen zu müssen. „Das weißt du doch. Zumindest, wenn es um Poker geht."

Er stellte die Tüten auf ihrem Schreibtisch ab, kam auf ihre Seite, legte die Hände auf ihre Stuhllehnen und sah ihr direkt in die Augen. „Ich wette, wir werden uns innerhalb eines Monats hier in diesem Büro lieben."

Das machte Cheyenne furchtbar wütend. Gleichzeitig wünschte sie inständig, die Wette zu verlieren und möglichst nicht erst in einem Monat, als sie antwortete: „Die Wette gilt."

„Wenn ich gewinne, musst du dein Haar offen tragen wie gestern Abend, und zwar ein Jahr lang jeden Tag."

„Und wenn ich gewinne? Was bekomme ich dann?"

„Alles, was du willst."

„Alles?"

„Alles." Er griff nach ihrem Tischkalender, blätterte dreißig Tage weiter und malte mit einem Kugelschreiber ein großes X auf die Seite.

Sie schluckte. „Wie wäre es mit dem Land, das du mir auf keinen Fall verkaufen willst?"

In seinen kühlen blauen Augen entzündete sich plötzlich ein Feuer, sein Atem lag warm auf ihren Lippen, und Cheyenne dachte, dass sie von Glück sagen konnte, wenn sie die Wette nicht schon innerhalb der nächsten fünf Minuten verlor.

„Einverstanden", erklärte Jesse.

Da Myrna jeden Moment mit dem Thunfischsandwich hereinkommen konnte, fühlte Cheyenne sich ziemlich unbehaglich.

„Dann sollten wir besser die Bedingungen festlegen, meinst du nicht?", fuhr Jesse fort.

„Was für Bedingungen?"

„Zunächst einmal sollten wir klären, was ‚uns lieben' genau bedeutet." Er berührte kurz ihre Lippen. „Du bist eine sehr sinnliche Frau, Cheyenne. Und mir fallen mindestens ein halbes Dutzend Möglichkeiten ein, dich zum Höhepunkt zu bringen."

Das wusste sie bereits. Letzte Nacht hatte Jesse sie in den verschiedensten Stellungen geliebt, und ihr Körper summte noch immer vor Glück bei diesen Erinnerungen.

„Sagen wir, ich knie mich hin und lege deine Beine über die Armlehnen des Stuhls ..."

Cheyenne unterdrückte ein Stöhnen. „Jesse, hör auf."

„Stell dir vor, ich liebe dich mit meiner Zunge ..."

„Jesse." Allein bei dem Gedanken daran erschauerte Cheyenne. Doch sie riss sich zusammen. „Nein", sagte sie. „Das würde nicht zählen."

„Was dann?" Er küsste sie noch einmal. „Was dann, Cheyenne?"

„Ach, verdammt, Jesse. Verzieh dich. Im Gegensatz zu dir muss ich arbeiten."

Er knabberte an ihrem Hals und küsste ihr Ohrläppchen. „Was, Cheyenne?", flüsterte er. „Vollständiges Eindringen?"

„Ja", keuchte sie atemlos. „Vollständiges Eindringen."

„In diesem Büro."

„In diesem Büro", stimmte sie zu.

„Die Wette gilt."

Mit einem Mal fiel ihr auf, wie köstlich die Tüten auf ihrem Tisch dufteten. „Rieche ich da zufällig Hühnchen süß-sauer?", fragte sie, verzweifelt darum bemüht, wieder auf den Boden der Tatsachen zurückzukommen. Und Jesse von seinen Verführungskünsten abzubringen.

„Ja." Er richtete sich auf, öffnete die Tüten, nahm einen Pappkarton heraus und fütterte sie mit einem Stück Huhn nach dem anderen. Als Cheyenne am Ende den Glückskeks öffnete, konnte sie ihr Begehren kaum noch zügeln.

Am liebsten wäre Jesse im Fitnessraum noch schnell unter die kalte Dusche gesprungen, bevor er ging. Aber er wusste, dass das jede Menge Fragen von Keegan und Rance nach sich gezogen hätte. Er war so unglaublich erregt. Aber eine Linderung war nicht in Sicht. Heute Abend übte Cheyenne mit Sierra und deren Freundinnen eine weitere Runde Poker.

Wie geplant fuhr er zu Cheyenne nach Hause und marschierte mit seinem Werkzeugkasten zu dem Stapel Bretter, den er vor ein paar Tagen abgeladen hatte. Wie genau baute man eigentlich ein Geländer für eine Rollstuhlrampe? Er wünschte, er hätte vorhin seinen Dad gefragt. Schreinern gehörte zu Martins Hobbys – er hatte alle Bücherregale im Haus selbst gebaut.

Er hatte noch nicht einmal einen Hammer in die Hand genommen und war schon vollkommen durchgeschwitzt. Vielleicht gab es ja irgendwo in der Nähe ein Gartenhäuschen samt Wasseranschluss. Dann könnte er den Hahn voll aufdrehen und sich mit dem Schlauch abspritzen.

Cheyenne und Ayanna waren natürlich bei der Arbeit. Aber vielleicht steckte Mitch in der Nähe. Er könnte ihm Hallo sagen und ihn fragen, ob er helfen wollte. Jesse klopfte an die Tür. Keine Antwort. Schlief Mitch vielleicht noch, oder spielte er an seinem Computer und wollte einfach seine Ruhe haben? Er klopfte noch einmal, diesmal lauter. Plötzlich sah er wieder den umgestürzten Minitraktor vor sich. Wenn Mitch nun wieder etwas geschehen war?

Jesse drehte am Türknauf. Die Tür war offen – wie bei vielen Häusern in Indian Rock und anderen Kleinstädten in dieser Gegend.

„Mitch?“

Keine Antwort. Aber wo sollte Mitch denn mit seinem Rollstuhl sonst sein, wenn nicht hier im Garten oder im Haus? Jesse lief ins Wohnzimmer. Linoleumboden. Alte Möbel, kein Staub. Ein alter Fernseher mit Drehknöpfen. Er ging zurück in den Flur. „Mitch?“

Verschwinde, dachte er, das ist Hausfriedensbruch. Dann hörte er das Stöhnen, so leise, dass er es fast nicht bemerkt hätte. Er hob die Stimme. „Mitch!“

Die Antwort spürte er mehr, als dass er sie hörte. Eine Verschiebung in der Atmosphäre wie bei einem Pokerspiel, das anfing, aus dem Ruder zu laufen. Jesse öffnete die Tür des ersten Schlafzimmers. Nichts. Der Flur war dunkel, weil es hier keine Fenster gab. Schnell knipste er das Licht an. Mitch lag lang ausgestreckt auf dem Boden, der Rollstuhl außer Reichweite.

„Ich habe zu schreien versucht, als Bronwyn an der Tür war“, keuchte Mitch. „Aber sie hat mich wohl nicht gehört …“

„Schon gut, Kumpel.“ Jesse kauerte sich neben ihn. „Was ist passiert? Hast du Schmerzen?“

„Ich dachte auf einmal, dass ja vielleicht alles nur ein Missverständnis ist. Dass ich behindert bin, meine ich. Ich dachte, wenn ich es nur genug versuche, dann …“

Jesse konnte die Verzweiflung in Mitchs Gesicht kaum ertragen, doch wegzusehen hätte alles nur noch schlimmer gemacht. „Das war ziemlich dumm von dir."

„Bitte, hilf mir auf."

„Ich weiß nicht, ob ich dich bewegen sollte."

„Mir geht es gut, Jesse", sagte Mitch. „Bitte … ruf niemanden an. Mom und Cheyenne flippen aus, wenn wir jetzt schon wieder ins Krankenhaus fahren."

In Jesse kämpften zwei widerstreitende Gefühle. Sein Instinkt sagte ihm, dass Mitch die Wahrheit sagte – aber wenn er sich nun täuschte? Vielleicht hatte Mitch sich bei dem Sturz innere Verletzungen zugezogen?

„Hilf mir einfach wieder in meinen Stuhl, bitte."

„Wir gehen da ein ziemliches Risiko ein, Buddy."

„Bitte, Jesse!"

„Gut." Jesse stand auf und zog den Rollstuhl heran. Dann hob er Mitch auf seine Arme und setzte ihn hinein. Einen Moment lang saß Mitch einfach nur so da. Er trug Bundfaltenhosen und ein Poloshirt.

„Du warst mit Bronwyn verabredet?", fragte Jesse.

„Wir wollten nach Sedona", murmelte Mitch traurig. „Ich hätte gleich wissen müssen, dass das nicht funktioniert."

Tröstend legte Jesse eine Hand auf die Schulter des Jungen. „Du hättest nicht versuchen dürfen aufzustehen, Mitch. Aber das war's auch schon. Bronwyn ist ein hübsches Mädchen. Ist doch klar, dass du mit ihr nach Sedona fahren wolltest."

Die Trauer in Mitchs Augen zerbrach etwas in Jesse. „Ich muss die Realität einfach akzeptieren. Ich werde niemals ein richtiges Leben haben."

„Unsinn", rief Jesse voller Überzeugung. Er schob Mitch durch den Flur ins Wohnzimmer. „Komm schon, Cowboy. Du bist zwar nicht gerade für einen Tag auf der Ranch angezogen, aber den Tieren ist es egal, dass du wie ein feiner Pinkel ausschaust."

„Ein Tag auf der Ranch?", fragte Mitch ungläubig.

„Wir satteln die Pferde und reiten."

„Cheyenne wird durchdrehen."

„Mit Cheyenne werde ich schon fertig."

„Wirklich, Jesse? Es ist vielleicht nicht alles so, wie es aussieht."

Inzwischen hatten sie die Haustür erreicht. Jesse hielt sie Mitch auf. „Was meinst du damit?"

Mitch sah ihn nicht an. „Nur dass nicht alles so ist, mehr nicht."

Das erinnerte Jesse daran, dass er am Morgen den Eindruck gehabt hatte, Cheyenne wollte ihm etwas sagen. Zwar überkam ihn bei dem Gedanken ein merkwürdiges Gefühl, aber er war nicht der Typ, der lange über Dinge nachgrübelte. Schon gar nicht, wenn er sowieso nichts tun konnte.

Mitch rollte die Rampe hinunter auf den Truck zu.

„Hast du Hunger?", fragte Jesse, nachdem er Mitch auf den Beifahrersitz verfrachtet hatte.

„Ein Burger wäre nicht schlecht", gestand Mitch.

Sie fuhren bei McDonald's vorbei und aßen während der Fahrt.

„Bronwyn denkt wahrscheinlich, ich habe sie versetzt", überlegte Mitch laut, als sie an der Ranch ankamen. Dabei ließ er den Blick über den Stall, das Haus und die ganze Landschaft schweifen.

Diese Landschaft ist einfach unübertrefflich, dachte Jesse. Sie hat die Macht, das Herz eines Mannes zu heilen, wenn nicht sogar seinen Körper.

„Du kannst sie doch anrufen."

Mitch nickte zögerlich. „Aber was soll ich ihr sagen? Ich will nicht lügen, ihr aber auch nicht verraten, dass ich versucht habe zu laufen."

„Sag ihr die Wahrheit. Das ist immer das Beste." Toller Rat, McKettrick, dachte Jesse anschließend. Vielleicht solltest du ihn selbst mal befolgen. Und Cheyenne das eine oder andere sagen. Der Gedanke überraschte ihn. Schließlich hatte er Cheyenne nicht belogen.

Und was ist mit Brandi, meldete sich sein Gewissen.

Verdammt. Er hasste diese kleine Stimme in seinem Kopf.

„Los, du rufst jetzt an", sagte er zu Mitch. „Und danach sattle ich uns die Pferde."

„Okay, Jesse."

Okay, Jesse. In Mitchs Stimme lag so viel Vertrauen.

Warum bereitete ihm diese Tatsache solche Schuldgefühle?

14. KAPITEL

Keegan stand in ihrer Bürotür und klimperte mit einem Schlüsselbund. Aus irgendeinem Grund erinnerte er Cheyenne an Jesse, obwohl die beiden sich gar nicht ähnlich sahen.

„Dein Auto ist gekommen", sagte Keegan. „Und es ist fast sechs. Meinst du nicht, du solltest langsam Feierabend machen?"

Cheyenne hätte ihn dasselbe fragen können, doch dafür kannte sie ihn nicht gut genug. Stattdessen lächelte sie nur. „Jetzt kennst du also mein dunkles Geheimnis. Ich bin ein Workaholic. Für mich ist achtzehn Uhr noch mitten am Tag."

„Für mich auch", gestand Keegan und legte ihr die Schlüssel auf den Tisch. „Aber manchmal frage ich mich, ob Jesse es nicht richtig macht. Pokerspielen, reiten und einfach abwarten, was so kommt."

Einfach abwarten, was so kommt. So jemand wie sie zum Beispiel. Über Jesse wollte sie jetzt ganz bestimmt nicht sprechen, allein schon, um nicht an diese alberne Wette denken zu müssen. Das X, das er in ihren Kalender gemalt hatte, hätte er ihr genauso gut auf die Haut tätowieren können.

„Zumindest ist Arbeitssucht ziemlich ungefährlich", sagte sie.

„Aber es handelt sich noch immer um eine Sucht", erwiderte Keegan nachdenklich. „Geh nach Hause, Cheyenne. Dein Projekt gibt es auch noch morgen früh."

Cheyenne nickte, dann dachte sie an Mitchs Frage und stellte sie laut: „Was hältst du eigentlich von Vetternwirtschaft?"

„Ich bin ein McKettrick", antwortete er lachend. „Ich lebe von Vetternwirtschaft. Wieso?"

An seinem Blick erkannte sie, dass er bereits ahnte, worauf sie hinauswollte. „Ich habe gehofft, dass mein Bruder Mitch vielleicht hier arbeiten könnte. In dem Arbeitsstudium-Programm."

Das hoffte sie?

Seit wann denn das?

Eigentlich hatte sie doch nichts anderes im Sinn, als Mitch ständig zu beschützen. Ihn vor der grausamen Welt abzuschirmen. Vor wenigen Tagen noch war sie davon überzeugt, dass er noch lange nicht bereit war für das Arbeitsleben. Doch ihre Ansichten hatten sich in letzter Zeit fast unmerklich verändert. Seit es Jesse gab.

Hartnäckig versuchte Cheyenne, diesen Gedanken abzuschütteln. Ihr Verhältnis zu Mitch hatte überhaupt nichts mit Jesse zu tun.

Ach nein?

Sie erinnerte sich an die Freude in Mitchs Gesicht und ihr Entsetzen, als er auf diesem Pferd geritten war. Und dann gab es da noch Bronwyn. Mitch mochte dieses Mädchen. Offenbar wusste er nicht, wie gefährlich es war, sich nach jemandem zu sehnen, den man wahrscheinlich nicht haben konnte.

„Ich habe mich bei Sierras Feier ein wenig mit Mitch unterhalten“, sagte Keegan. „Er scheint mir ein kluger Bursche zu sein, und Jesse hält große Stücke auf ihn.“

„Ist das gut?“, fragte sie leise, ohne vorher darüber nachzudenken. „Wenn Jesse so denkt, meine ich?“

Mit derselben Handbewegung wie Jesse fuhr Keegan sich durchs Haar. „Jesse ist eben Jesse. Manchmal nervt er mich – dann würde ich ihn am liebsten vom Pokertisch wegzerren und ihm eine Tracht Prügel verpassen. Er gibt gern den lässigen Cowboy, dabei ist er einer der klügsten Menschen, die ich kenne. Also, ja, wenn er sagt, dass dein Bruder in Ordnung ist, nehme ich das ernst.“

„Danke.“ Cheyenne warf einen Blick auf die Schlüssel, wobei sie unweigerlich an Nigel denken musste. „Keegan, ich …“

Genau in diesem Moment streckte Myrna den Kopf herein. „Ich gehe“, verkündete sie. „Soll ich abschließen?“

„Das mache ich schon“, sagte Keegan.

„Das heißt, Sie bleiben mal nicht hier? Keine Nachtschicht?“

„Heute nicht.“

Myrna nickte anerkennend. „Vielleicht besteht dann ja noch Hoffnung für Sie, Mr McKettrick.“

„Bleiben wir doch bei Keegan“, entgegnete er leichthin. Cheyenne fragte sich, wie es wohl wäre, ein Teil dieses Kreises zu sein, dieser engen Gemeinschaft aus Freunden und Mitarbeitern und Familienmitgliedern, die alle dieselbe Geschichte teilten.

Sie war in Indian Rock aufgewachsen.

Warum fühlte sie sich dann so entwurzelt? Als ob es keinen Ort auf der Welt gäbe, an den sie wirklich gehörte? Und warum machte sie sich ständig so bescheuerte Gedanken?

„Danke, dass Sie Ihr Sandwich mit mir geteilt haben, Myrna", sagte sie. Trotz des süß-sauren Hühnchens hatte sie es nicht übers Herz gebracht, das Angebot von Myrna abzulehnen. Die Geste hatte ihr viel bedeutet. Genauso wie der Bambusstrauch.

„Gern geschehen. Bis morgen." Damit verschwand sie.

Cheyenne nahm ihre Handtasche aus der Schublade, hängte sie über die Schulter und stand auf. „Gut. Dann gehe ich auch. Ich muss in etwa einer Stunde bei Sierra sein."

Keegan begleitete sie zur Eingangstür.

„Das ist nun deiner." Neben seinem schwarzen Jaguar stand ein moosgrüner Cadillac Escalade. In der Annahme, dass es sich um einen Irrtum handelte, sah Cheyenne sich um. Keegan lachte. „Ich weiß, er ist ein bisschen protzig. Aber etwas anderes hatten sie gerade nicht."

„Ich werde mich schon daran gewöhnen."

Auf einmal wurde Keegan ernst. „Ist das etwas Ernstes zwischen dir und Jesse?"

„Es ist … ich habe keine Ahnung."

„Dann kann ich dich also nicht irgendwann einmal zum Abendessen einladen. Mist."

Er brachte Cheyenne zum Wagen und öffnete ihr die Tür. Nachdem sie saß, starrte sie einen Moment durch die Windschutzscheibe, kämpfte mit ihrem schlechten Gewissen und fühlte sich, als wäre sie dabei, ein Auto zu stehlen.

Sie beschloss, die Wahrheit zu sagen. „Keegan, ich …"

Doch er war bereits auf dem Weg zu seinem Jaguar. Natürlich hätte sie ihm hinterherrufen können, doch der passende Zeitpunkt schien vorüber.

Außerdem klingelte es in ihrer Handtasche. Genervt wühlte sie nach ihrem Handy – nach Nigels Handy – und meldete sich mit einem knappen: „Was willst du?"

„Noch immer so charmant", flötete Nigel.

„Fahr zur Hölle, Nigel."

„Hast du in den heiligen Hallen von *McKettrickCo* schon was herausgefunden?"

„Ja." Cheyenne steckte den Schlüssel ins Zündschloss und betrachtete die Kontrolllämpchen, die aufblinkten. Wenn ihre Mutter und Mitch den Wagen erst mal sahen! „Ich habe herausgefunden, wie es ist, einen richtigen Job zu haben. Mit Büro und Schreibtisch. Damit kannst du es nicht aufnehmen, Nigel."

Nigel lachte. „Das kann ich meistens nicht."

„Ich werde nicht für dich spionieren." Cheyenne fuhr vom Parkplatz. „Sondern deine Gehaltsschecks sammeln und sie zurückschicken, sobald mein Vertrag mit dir ausläuft. Und wenn du einen Rest Anstand besitzt, wirst du mir jetzt kündigen und es dabei belassen."

„Zum Glück gehört Anstand nicht zu meinen Tugenden. Ich brauche dieses Land, Cheyenne. Meine Großmutter fordert ihre Kredite zurück. Wenn ich – wenn wir – dieses Geschäft nicht an Land ziehen, dann war's das für mich mit dem amerikanischen Traum. Daher werde ich alles tun, was ich tun muss, damit das nicht geschieht. Und ich zähle auf deine Unterstützung."

„Vielleicht solltest du mit deiner Großmutter sprechen. Und nicht mit mir."

„Meine Großmutter lebt in Knightsbridge in England und überlegt, wie sie mir am besten die Eier abschneiden kann."

„Wie oft muss ich es dir noch sagen? Ich werde keinen Schmutz ausgraben, damit du Jesse McKettrick erpressen kannst. Weil es nämlich keinen Schmutz gibt, Nigel. Geht das endlich in deinen Dickschädel hinein?"

„Nun sei mal nicht so überheblich", erwiderte Nigel scharf. „Wenn du irgendetwas unternimmst, was der Firma schadet, werde ich dich bis an dein Lebensende verklagen. Ich hoffe, das geht in deinen Dickschädel hinein."

„Keine Chance", sagte Cheyenne.

„Hör zu. Ich bekomme jede Menge Anrufe von Investoren. Sie haben die Entwürfe gesehen und sind begeistert. Sie wollen wissen, wann wir endlich loslegen können. Mit jedem Tag, der vergeht, glauben sie etwas weniger daran, was für ein Wunderknabe ich bin."

„Bau deine Apartmentanlage woanders", sagte Cheyenne. Doch da sie ihm diesen Vorschlag schon öfter gemacht hatte, wusste sie, dass Nigel nicht auf sie hören würde.

„Die Investoren wollen dieses Stück Land. Und ich will es auch."

Sie blinkte und bog rechts ab. „Weißt du, was dein Problem

ist, Nigel? Du hast den Sinn für die Realität verloren. Das Land gehört Jesse. Er liebt es und wird es nicht verkaufen, okay? Lass es einfach."

„Ihm gehört ein Drittel von Triple M", wandte Nigel ein. „Er braucht diese fünfhundert Morgen überhaupt nicht."

„Dort oben liegt eine Quelle", erklärte Cheyenne müde. „Sie speist einen Bach, der durch das Ranchgebiet läuft. Und auf dieses Wasser sind sie angewiesen, zumindest zu manchen Jahreszeiten."

„Dann sichere ihm die Wasserrechte zu."

„Das habe ich bereits versucht. Aber Jesse ist nicht doof. Er weiß, dass so eine Abmachung überhaupt nichts wert ist."

Wieder klingelte es in ihrer Tasche. Ihr fiel das zweite Handy ein, das Keegan ihr heute Morgen überreicht hatte. Außer ihm kannte vermutlich noch keiner die Nummer.

„Ich muss auflegen", sagte sie. „Mein Chef ruft gerade an."

„Ich bin dein Chef!", bellte Nigel.

Cheyenne parkte vor dem Haus, schickte Nigel per Daumendruck ins Satelliten-Nirwana und angelte nach dem anderen Telefon. „Hallo?"

„Ich wollte nur ausprobieren, ob das Handy funktioniert", rief Keegan fröhlich. „Ich hoffe, ich störe nicht."

Im Rückspiegel sah sie, wie Ayanna in ihrem ramponierten Wagen angeruckelt kam. „Nein, gar nicht. Ich bin froh, dass du anrufst, Keegan. Ich muss mit dir sprechen."

„Dann sprich."

„Nicht am Telefon."

„Schön. Wir können uns irgendwo treffen. Im Büro. Bei dir? Bei mir?"

„Ich bin bei Sierra zum Pokern verabredet."

„Gut, dann komme ich dorthin."

„Aber ich möchte nicht, dass jemand davon erfährt. Es betrifft nur dich und Rance."

„Ich komme morgen früher ins Büro", sagte Keegan. „Wie wäre es denn so gegen acht? Ich bring uns Frühstück mit."

Inzwischen war Ayanna ausgestiegen und reagierte auf den Cadillac mit übertriebener Begeisterung wie eine Pantomimin.

„Prima, um acht dann", stimmte Cheyenne zu.

Ayanna klopfte gegen die Fensterscheibe.

„Ich muss los“, sagte Cheyenne.

„Bis morgen.“

„Ich habe ein großes Problem“, erklärte Cheyenne ihrer Mutter, nachdem sie ausgestiegen war.

„Das sehe ich“, zog Ayanna ihre Tochter auf. „Du fährst auf Kosten von *McKettrickCo* einen Cadillac. Schlimmer kann es nicht kommen.“

Cheyenne seufzte. „Du weißt, was ich meine.“ Sie ging aufs Haus zu. In weniger als einer Stunde musste sie bei Sierra sein. Bis dahin wollte sie sich umziehen, ihr Haar lösen und Mitch fragen, wie sein Tag gewesen war.

„Ich vermute, du hast Keegan heute nicht die Wahrheit gesagt“, mutmaßte ihre Mutter, die neben ihr herging.

„Dann hätte ich wohl kaum diesen Cadillac“, erwiderte Cheyenne mit einer Stimme die so streng war wie ihre Frisur.

„Es ist wichtig, die Wahrheit zu sagen, Cheyenne.“

„So wie du immer die Wahrheit gesagt hast, Mom? Immer dann, wenn du für Dad gelogen hast? Wenn du die Gläubiger angelogen hast oder seine Chefs, falls er mal zufällig einen Job hatte? Oder wenn du der Polizei gesagt hast, du wüsstest nicht, wo er ist? Wenn du vor Gericht behauptet hast, dass er in der Nacht, als er einen Lebensmittelladen in Phoenix überfallen hat, mit dir zusammen war? Nennst du das Wahrheit, Mom?“

Ayanna erbleichte, ihre Augen füllten sich mit Tränen. „Cash war in dieser Nacht mit mir zusammen.“

„Mutter, der Überfall ist aufgezeichnet worden. Überwachungskameras lügen nicht.“

„Das muss ein Fehler gewesen sein. Irgendwas stimmte mit der Kamera oder dem Film nicht oder sonst was …“

„Hör auf, mich anzulügen, Mutter. Und hör endlich auf, dich selbst zu belügen. Falls du in dieser Nacht mit Dad zusammen warst, hast du den Fluchtwagen gefahren!“

Noch nie zuvor hatte Ayanna Cheyenne geschlagen, doch nun verlor sie zum ersten Mal die Nerven. Mit flacher Hand schlug sie ihrer Tochter ins Gesicht. Einen Moment starrten die beiden Frauen einander an, dann stürzte Cheyenne die Verandatreppe hinauf. Doch das Geräusch eines ankommenden Wagens ließ sie innehalten.

Jesse.

Oh nein, dachte Cheyenne.

Ayanna, die noch immer im Vorgarten stand, sah mit Tränen in den Augen zu ihr hinauf. Jesse bremste ab, und Mitch lachte ihnen durch die Fensterscheibe zu.

„Ich dachte, Mitch wollte mit Bronwyn nach Sedona fahren", überlegte Cheyenne laut.

„Das dachte ich auch", sagte Ayanna. „Offenbar haben wir uns geirrt."

Stumm sahen die beiden Frauen zu, wie Jesse aus dem Truck stieg, den Rollstuhl auslud und Mitch hineinsetzte. Cheyennes Bruder war ganz zerzaust, als ob er den ganzen Tag in einem Cabriolet durch die Gegend gebraust wäre. Und er strahlte über das ganze Gesicht.

„Fragt mich, was ich heute gemacht habe", rief er glücklich.

„Was hast du heute gemacht?", fragte Ayanna sehr leise.

Mitch stieß die Faust in die Luft. „Ich bin geritten. Nicht einfach nur in einem Gehege, sondern im freien Gelände. Jesse und ich sind die Berge hinaufgeritten."

Cheyenne sah erst Jesse und dann Mitch an. „Das ist ein Scherz, oder? Sag mir, dass du nicht wirklich …"

„Er war gut", sagte Jesse ruhig.

„Cheyenne, lass es", fügte Ayanna hinzu.

Verstand denn keiner, um was es hier ging? Noch eine Rückenverletzung könnte Mitch umbringen oder ihn von Kopf bis Fuß lähmen, was vielleicht noch schlimmer war als sterben. Ohne ein weiteres Wort wirbelte Cheyenne herum, riss die Tür auf und stürmte hindurch. Mit einem Quietschen fiel die Tür hinter ihr ins Schloss.

Jesse fuhr zusammen, als die Tür zuknallte. Schwer zu glauben, dass das dieselbe Frau sein sollte, mit der er in der Nacht zuvor geschlafen hatte.

„Danke, Jesse", sagte Ayanna sanft, während Mitch die Rampe hinauffuhr. „Dass Sie meinen Jungen mit zum Reiten genommen haben, meine ich."

Ayanna war dankbar. Mitch war dankbar. Nur Cheyenne führte sich auf wie eine Wilde.

Jesse seufzte. „Gern geschehen", sagte er bedrückt.

Die ältere Frau lächelte. „Cheyenne hat viel durchgemacht. Sie ist es einfach nicht gewöhnt, dass mal etwas gut gehen kann. Immer wartet sie darauf, dass etwas Schlimmes passiert – geben Sie Ihr Zeit, Jesse. Und dann fragen Sie sie nach Nigel."

Den ganzen Tag über war es ihm gelungen, nicht an dieses ungute Gefühl zu denken, das Mitchs Worte ausgelöst hatten. Auf dem Rücken eines Pferdes vergaß er so ziemlich alles. Aber nun kehrte sein Unbehagen mit einem Schlag zurück.

„Nigel?", wiederholte er. „Ihr ehemaliger Chef?"

„Fragen Sie Cheyenne", wiederholte Ayanna. Dann sah sie sehr lange auf das Haus. Als sie sich wieder Jesse zuwandte, erkannte er in ihren Augen uralte Sorgen. „Ich würde Sie ja hereinbitten. Aber im Moment ist hier alles ein wenig kompliziert."

„Kompliziert ist gar kein Ausdruck", sagte er. „Aber egal, ich muss sowieso zu einem Pokerspiel nach Flagstaff."

Es gab kein Spiel in Flagstaff, aber er würde schon eines finden, wenn er danach suchte. Auf dem Highway fuhr er Richtung Indian Rock, durchquerte die Stadt und entdeckte Keegans Jaguar und den SUV von Rance auf dem Parkplatz vom *Roadhouse*. Einem Impuls folgend und weil er aus unerfindlichen Gründen keine Lust auf Poker hatte, hielt er an. Seine Cousins saßen in ein ernstes Gespräch vertieft an einem Ecktisch.

Als Roselle ihn zum Tisch begleiten wollte, winkte Jesse ab.

„Ist das ein privates Gespräch?", fragte Jesse und zog sich einen Stuhl heran. „Oder kann ich mich euch anschließen?"

Rance lehnte sich abrupt zurück.

Daraufhin sah Keegan ihn amüsiert an. „Aber bitte, setz dich doch", sagte er dann zu Jesse, obwohl dieser längst Platz genommen hatte.

„Was ist hier los?", fragte Jesse und griff nach der Speisekarte.

„Nichts", erwiderte Rance knapp.

„Scheint aber nicht so. Ihr beide habt euch gerade die Köpfe heißgeredet."

Die beiden tauschten einen Blick.

„Es geht dich verdammt noch mal nichts an, wie ich meine Kinder aufziehe", zischte Rance dann Keegan zu. „Du bist doch selbst ein geschiedener Vater."

„Und ich dachte schon, ihr streitet über den Börsengang", sagte Jesse freundlich. „Das zeigt nur, dass ich von euch nicht mehr viel mitbekomme."

„Du bekommst seit der Highschool nicht mehr viel mit", konterte Keegan.

„Herzlich willkommen im Schoß der Familie", entgegnete Jesse. „Es ist schön zu wissen, dass ihr beide mich immer mit offenen Armen empfangt."

Dafür erntete er zwei bitterböse Blicke.

„Was?", fragte er und hob die Hände.

„Musst du nicht irgendwo pokern oder so was?", fragte Rance.

„Wollt ihr mich etwa loswerden?"

Keegan stöhnte leise, dann wandte er sich an Rance. „Gut, vielleicht hätte ich nichts sagen sollen. Aber es kann einfach nicht gut sein, Rianna und Maeve so oft bei Cora zu lassen."

„Cora ist ihre Großmutter", entgegnete Rance, allerdings mit wenig Nachdruck. „Sie liebt die beiden."

„Und du bist ihr Vater. Sie brauchen dich."

Nach diesem Satz sah Rance demonstrativ weg.

Jesse schob seinen Stuhl zurück. „Vielleicht sollte ich mir doch lieber eine Pokerrunde suchen."

„Bleib", sagte Keegan heiser.

„War's das mit dem schwierigen Kram?", fragte Jesse.

„Es handelt sich immerhin um Familienkram", sagte Rance.

„Wo wir gerade von der Familie sprechen." Keegan beäugte Jesses Jeans und Baumwollhemd. „Travis und Sierra heiraten übernächsten Samstag. Hast du deinen Smoking abgeholt?"

„Nein", antwortete Jesse. Er hatte den Smoking nach seinem letzten Besuch in New York in die Reinigung gegeben – vor sechs Monaten.

„Du bist ihr Trauzeuge", rief ihm Keegan in Erinnerung.

„Neidisch?"

Keegan lachte. „Zum Teufel, nein. Aber wenn du bei der Hochzeit auftauchst und mal wieder aussiehst wie ein Viehzüchter, bekommst du mächtig Ärger."

Als die Bedienung kam, bestellte Rance drei Bier vom Fass und zweimal Nachos mit allem.

„Wie lief Cheyennes erster Tag?", fragte Jesse. Die Frage hatte er ihr eigentlich selbst stellen wollen, aber sie sprach ja nicht mehr mit ihm.

„Sie lebt sich ein", meinte Keegan.

„Irgendwas stimmt da nicht", sagte Rance nachdenklich, nachdem er sein Bier zur Hälfte geleert hatte.

„Was meinst du?", fragte Jesse.

„Ja, was meinst du?", wiederholte Keegan.

Ihr Cousin zuckte mit den breiten Schultern. „Sie ist eine Schönheit und fachlich ein Gewinn für die Firma. Aber sie hat etwas vor."

Da Rance nicht gerade berühmt für seine Menschenkenntnis war, kam Jesse eine solche Bemerkung von ihm merkwürdig vor.

„Cheyenne hat einen hervorragenden Abschluss und jede Menge Erfahrung", verteidigte Keegan Cheyenne.

„Sachte. Ich habe nur eine Beobachtung gemacht."

„Weißt du, was du bist?", rief Keegan. „Ein Chauvinist."

Da lachte Rance zum ersten Mal an diesem Abend. „Das fällt dir jetzt erst auf?"

Die Nachos kamen. Jesse bediente sich und bestellte gleich eine weitere Runde Bier. „Ihr solltet ein paar Möbelstücke für Cheyennes Büro besorgen. Da sieht es ja aus wie in einer Mönchszelle."

„Wann hast du ihr Büro gesehen?", fragte Keegan. „Oder diese Mönchszelle, um genau zu sein?"

„Heute. Ich wollte Hallo sagen, aber ihr wart beide nicht da."

„Sie hat einen Schreibtisch, Regale und all so was. Was braucht sie denn noch?"

„Vielleicht eine Couch." Jesse streute Chilischeiben auf seine Nachos.

Wieder lachte Rance.

Keegan hingegen bekam einen roten Hals. „Eine Couch?"

„Du hast eine in deinem Büro. Rance auch. Wieso regst du dich so auf?"

Jetzt lachte Rance richtig laut.

„Jesse", rief Keegan warnend. „Was zum Teufel geht es dich an, ob Cheyenne eine Couch in ihrem Büro hat oder nicht?"

„Und du bist der Ansicht, dass ich schon viel zu lange allein bin", zog Rance Keegan auf.

Doch der ignorierte die Bemerkung und wiederholte: „Jesse?"

„Ach, nun komm mal wieder auf den Teppich", mischte Rance sich ein. „Er schläft doch schon längst mit dieser Frau."

„Wie kommst du denn darauf?", fragte Jesse so unschuldig wie möglich.

„Ich habe sie heute Morgen auf Triple M gesehen", entgegnete Rance. „Die Sonne war noch nicht ganz aufgegangen. Da ich Keegans Haus von mir aus sehen kann, wäre mir ein Wagen davor wohl aufgefallen. Und mit mir hat sie die Nacht ganz sicher nicht verbracht. Mittels Ausschlussverfahren dürfte sie also bei dir gewesen sein. Und wenn ich dann noch daran denke, wie ihr beide auf Sierras und Travis' Feier miteinander getanzt habt ..."

„Verdammt", sagte Keegan.

„Tut mir leid. Keeg. Ich weiß, dass du sie magst." Auf einmal klang Rance sanft und weise wie ein Therapeut. „Aber sie steht offenbar auf diesen Cowboy hier. Tu dir selbst einen Gefallen und wünsch dir nicht, dass das Blatt sich zu deinen Gunsten wendet."

Keegan und Jesse sahen sich lange über den Teller hinweg an.

„Und wenn ich schon mal dabei bin, kluge Ratschläge zu erteilen", fuhr Rance fort, „Jesse, du solltest vorsichtig sein. Irgendwas stimmt da nicht, wie gesagt. Und du steckst schon bis zum Hals drin."

„Ist das so?", fragte Jesse mit trügerischer Gelassenheit. Ein Bier mehr, und sie würden sich auf dem Parkplatz einen schönen altmodischen Faustkampf liefern. Er liebte seine Cousins wie Brüder. Trotzdem würde es sicher Spaß machen, ein paar Kinnhaken zu verteilen – so wie früher hinter dem alten Schuppen der Ranch.

„Ich sag ja nicht, dass sie schlecht für dich ist, Jesse", erklärte Rance und klang nun grässlich ernst, wenn nicht sogar besorgt. „Manch einer hier würde dir wahrscheinlich sagen, dass sie Cash Bridges Tochter ist und der Apfel nicht weit vom Stamm fällt. Aber zu denen gehöre ich nicht. Ich sage nur, dass ich bei ihr dasselbe Gefühl habe wie damals als Kind, als ich unten am Bach auf diese Klapperschlange getreten bin."

Daran konnte Jesse sich noch gut erinnern. Rance war damals neun oder zehn und wäre auf der Fahrt ins Krankenhaus beinahe gestorben.

„Nun, du Hellseher", spöttelte Keegan. „An dem Tag hat das mit der Vorahnung wohl nicht so gut geklappt. Du wolltest einfach mit dem Eimer Forellen abhauen, die ich gefangen hatte. Dabei bist du gestolpert und auf die Schlange getreten."

Die Bedienung kam an den Tisch. Sie bestellten eine weitere Runde Bier und T-Bone-Steaks.

„Wenn wir weiter so trinken", sagte Keegan, der immer der Vernünftige von ihnen war, „brauchen wir einen Fahrer."

„Und wer könnte das sein, du Genie?", fragte Rance.

„Ich könnte Cora anrufen. Sie wohnt doch gleich um die Ecke."

„Klar", rief Rance. „Ruf meine Schwiegermutter an und sag ihr, dass ich zu betrunken zum Fahren bin."

„Besser, als sie aus dem Gefängnis anzurufen", meinte Keegan.

„Oder wir bleiben einfach nüchtern", schlug Jesse vor.

Einen Moment dachten Keegan und Rance darüber nach.

„Neeeeee", verkündeten sie dann gleichzeitig.

Von da an ging es bergab.

15. KAPITEL

„Ich habe unsere Antrittsgebühren für das Turnier bezahlt", erklärte Elaine, als die Damenpokerrunde sich auf Sierras Sonnenterrasse traf. Die Essensreste der Party konnten sich sehen lassen: gegrillte Spareribs, Kohlsalat, kaltes Hühnchen und ungefähr neun verschiedene Desserts. „Wir sind dabei!"

Cheyenne, die gerade darüber nachgedacht hatte, ob es in diesem Haus nun spukte oder nicht, fuhr zusammen. „Wann ist dieses Turnier überhaupt?"

„Die Vorrunde beginnt nächsten Samstagnachmittag", antwortete Elaine. „Im Kasino am Ende der Straße." Sie streckte fordernd die Hände aus. „Fünfzig Dollar von jeder von euch. Her damit."

Sierra, Janice und Cheyenne bezahlten.

„Das war eine bescheuerte Idee", sagte Sierra. Vermutlich dachte sie an ihre Hochzeit, die am Samstag nach dem Turnier stattfinden sollte. „Wir alle können kein bisschen pokern, von Cheyenne einmal abgesehen."

„Das stimmt doch nicht", log Cheyenne.

„Doch, das stimmt", sagte Janice resigniert.

„Glaubt ihr vielleicht, dass jeder beim World Poker Turnier ein Profispieler ist?" Elaine trennte die Zwanzigdollarscheine von den Zehndollarscheinen und verstaute dann alles in ihrem Portemonnaie. „Jedes Jahr machen totale Nichtskönner mit und gewinnen einen Haufen Geld."

„Nichtskönner ist in unserem Fall wirklich das passende Wort", seufzte Janice.

„Wir haben die Antrittsgebühr bezahlt und der halben Stadt verkündet, dass wir das gewonnene Geld dem Krankenhaus spenden wollen", sagte Elaine. „Wollt ihr jetzt wirklich einen Rückzieher machen?"

Bitte ja, lieber Gott, betete Cheyenne stumm.

„Nein!", beantwortete Elaine sich die Frage selbst und hob mit der Begeisterung eines Predigers die Arme. „Wir machen weiter. Und eine von uns schafft es bis nach Vegas!"

„Achte nicht auf sie", flüsterte Janice so laut, dass es jede hören könnte. „Elaine ist Immobilienmaklerin, sie hört sich jede Menge Motivations-CDs in ihrem Auto an."

„Das könnte dir auch nicht schaden", beschwerte sich Elaine. „Wäre mal was anderes, als sich Seifenopern im Fernsehen anzuschauen und Kühe zu füttern."

„Schluss jetzt!", rief Sierra. „Wir haben damit angefangen, also werden wir es auch zu Ende bringen. Von uns wird ja sowieso keine in Las Vegas landen."

Das stimmt, dachte Cheyenne. Was konnte es schon schaden, bei einem örtlichen Turnier mitzuspielen? Nach den ersten Runden würden sie sowieso rausfliegen, und dann konnten sie alle wieder in ihr gewohntes Leben zurückkehren: Sierra durfte wieder die Braut sein, Elaine Häuser verkaufen, Janice ihre Kühe füttern und Seifenopern anschauen.

Und sie?

Sie hatte einen neuen Job – und leider Gottes auch noch ihren alten. Außerdem hatte sie ihre Familie.

Und unglaubliche Orgasmen mit Jesse.

Vorausgesetzt, er hatte sie nicht schon längst abgeschrieben.

Der Abend ging schnell vorüber, vermutlich, weil Cheyenne sich bestens amüsierte, da die nächsten Stunden nicht einer gewissen Komik entbehrten.

Janice setzte mit einer Sieben und einer Drei von ungleicher Farbe. Elaine war die ganze Zeit über todernst und studierte ihre Karten, als handelte es sich um die Heilige Schrift. Sierra setzte auf König und Königin, weil sie ein Ehepaar ergaben.

Nachdem Elaine und Janice gegangen waren, half Cheyenne Sierra noch beim Aufräumen. Liam lag bereits im Bett, Travis hatten sie den ganzen Abend nicht gesehen. Das Haus erschien ihr auf erwartungsvolle Weise still zu sein.

„Du hast versprochen, mir von den Geistern zu erzählen", sagte Cheyenne, während sie nebeneinander am Spülbecken standen.

„Es gibt hier keine Geister", sagte Sierra lächelnd. „Eigentlich nicht."

„Sondern?" Natürlich sollte Cheyenne ihre Nase nicht in Angelegenheiten stecken, die sie nichts angingen. Aber sie konnte nicht anders. Alles, was mit Übersinnlichem zu tun hatte, jagte ihr immer einen wohligen Schauer durch den Körper.

„Das ist schwer zu erklären", meinte Sierra. „Aber hast du schon mal darüber nachgedacht, dass die Zeit möglicherweise nicht linear verläuft – du weißt schon, Vergangenheit, Gegenwart, Zukunft –, sondern stattdessen alles gleichzeitig geschieht?“

„Ja, habe ich“, sagt Cheyenne. „Du sprichst von unterschiedlichen Zeitdimensionen, die nebeneinander existieren?“

Sierra nickte. „Und sich manchmal überschneiden. Liam sieht Tobias ganz regelmäßig. Und ich habe einmal Hannah gesehen – Hannah McKettrick –, sie ist eine meiner Ahninnen und lebte – lebt – in diesem Haus.“

„Aber du glaubst nicht, dass sie ein Geist ist?“

„Ich glaube, sie ist real. Sie lebt – so wie wir.“

„Wow“, staunte Cheyenne.

Eine Weile kaute Sierra auf der Unterlippe, dann sah sie Cheyenne direkt an. „Ich spreche nicht oft darüber“, erklärte sie unsicher. „Ich meine, es gibt schon seit Jahren Gerüchte über dieses Haus, und die will ich nicht noch weiter schüren. Das könnte für Liam in der Schule schwierig werden.“

„Verstehe. Ich werde niemandem etwas verraten.“

Zwanzig Minuten später, als sie Richtung Stadt fuhr, dachte Cheyenne kurz daran, einen Umweg zu nehmen. Sie stellte sich vor, wie sie abbog und an Jesses Tür klopfte. Wenn er öffnete – falls er öffnete –, würde sie sich für ihr Benehmen entschuldigen. Vielleicht könnte sie ihm erklären, wie tief die Furcht in ihr saß, dass ihr Bruder noch einmal schwer verletzt werden könnte.

Auf der anderen Seite hatte Jesse sich wirklich gedankenlos verhalten. Natürlich war es richtig, dass er Mitch wie einen normalen Jungen behandelte. Trotzdem durfte er nicht so tun, als hätte Mitch keine Behinderung. Ein weiteres Unglück würde womöglich nicht nur seinen Körper zerstören, sondern auch seine Seele.

Nach dem Unfall hatte Mitch bereits aufgeben wollen. Aber Cheyenne und Ayanna hatten sich geweigert, ihn gehen zu lassen. Sie wachten an seinem Bett, als er im Koma lag, hielten seine Hand, wisperten ihm ins Ohr. Immer wieder sagten sie ihm, dass er kämpfen müsse, mit all seiner Kraft kämpfen und zurückkehren. Wochen nachdem er das Bewusstsein wiedererlangt hatte sagte Mitch, dass er sie gehört hätte. Ihren Stimmen war er zurück in seinen Körper gefolgt. Zurück zu den Schmerzen. Und manchmal glaubte Cheyenne, in seinen Augen einen Vorwurf zu lesen.

Warum habt ihr mich nicht gehen lassen?

Cheyenne fuhr an der Abfahrt zu Jesses Haus vorbei. Er würde sie nicht verstehen.

Etwa während der zehnten Runde Bier kam Wyatt Terp ins *Roadhouse*. Mit dem unfehlbaren Instinkt seines Namensvetters sah er sofort zum McKettrick-Tisch.

„Ich bin sicher, ihr Jungs habt nicht vor, noch zu fahren", sagte er liebenswürdig.

Aus verschwommenen Augen betrachtete Rance ihn von Kopf bis Fuß. „Hat dich jemand gerufen?", fragte er und spähte misstrauisch durch das Restaurant.

„Niemand hat mich gerufen", entgegnete Wyatt, beugte sich vor und stützte die Hände auf der Tischplatte ab. „Ich halte bei jeder Schicht drei- oder viermal am *Roadhouse*. Das wisst ihr doch. Also, ist das eine Party oder eine Trauerfeier?"

„Irgendetwas dazwischen", sagte Keegan. Vermutlich ist er seit dem College nicht mehr so betrunken gewesen, dachte Jesse.

Wyatts Blick wanderte zu Jesse. „Ich wette, du kannst deine Nase nicht mehr mit dem Finger berühren", bemerkte er. „Ach übrigens, diese merkwürdigen Typen sind nicht mehr in die Stadt zurückgekommen, nachdem ich ihnen einen Strafzettel für zu schnelles Fahren verpasst und ihnen gesagt habe, sie sollen sich hier nicht mehr blicken lassen."

„Gut gemacht, Wyatt." Jesse salutierte.

„John", korrigierte Wyatt ihn.

„Wyatt ist ein stolzer Name", wandte Keegan ein. „Ich verstehe nicht, dass du ihn nicht magst."

„John ist auch ein guter Name. Und er passt besser zu Terp."

„Darüber kann man unterschiedlicher Meinung sein", brummte Rance.

„Nun, meine Meinung ist, dass ihr drei voll wie die Strandhaubitzen seid. Ich gebe euch den Rat zu zahlen. Danach fahre ich euch zu Cora. Für den Weg nach Triple M habe ich nicht genug Zeit."

„Meine Kinder dürfen mich so auf keinen Fall sehen", erklärte Rance.

„Wie?", fragte Jesse.

„Betrunken", erläuterte Keegan.

„Ah“, meinte Jesse.

Der Deputy seufzte. „Kommt Jungs, lasst uns gehen. Wenn ihr nicht zu Cora wollt, setze ich euch an einem Motel ab.“

An der frischen Luft wurde Jesse wieder halbwegs nüchtern. Doch leider reichte halbwegs in Wyatts Augen nicht aus. „Ich würde lieber in meinem Truck schlafen“, sagte er.

„Na gut. Dann schließ auf und gib mir anschließend deinen Schlüssel.“

„Die Leute werden denken, du hast uns festgenommen“, sagte Rance und sah sich besorgt um, als erwartete er eine Menschenansammlung auf dem Parkplatz. Diese Sorge fand Jesse in einem verschlafenen Nest wie Indian Rock höchst amüsant.

„Wir sollten uns lieber ein Taxi rufen, anstatt mit dem Streifenwagen zu fahren“, fuhr Rance fort.

„Es gibt keine Taxis“, erwiderte Keegan.

„Steigt ein“, rief Wyatt.

In diesem Moment fuhr ein Reisebus, der auf dem Weg nach Cliffcastle kurz Halt machte, auf den Parkplatz und spuckte müde Fahrgäste aus.

„Diese Leute sind nicht verhaftet worden“, erklärte Wyatt ihnen belustigt.

„Das war toll, Wyatt“, murmelte Rance verärgert.

„John“, korrigierte Wyatt ihn erneut.

„Was auch immer“, murrte Rance.

Jesse gab dem Deputy seine Schlüssel und übernachtete im Truck. Und Gott allein wusste, wo Keegan und Rance landeten.

„Du siehst furchtbar aus“, sagte Cheyenne um acht Uhr am nächsten Morgen, als sie Keegans Büro betrat. Eigentlich hatte sie ihm von ihrem Problem mit Nigel erzählen wollen, aber inzwischen fehlte ihr der Mut dazu. Als sie gestern Abend von Sierra nach Hause gekommen war, hatten Mitch und Bronwyn auf der Veranda gesessen und sich ihre Träume erzählt. Mitch hoffte, einen Job bei *McKettrickCo* zu bekommen. Wenn sie jetzt gefeuert wurde, verspielte sie vermutlich jede Chance darauf.

Keegan trank schwarzen Kaffee, und Cheyenne hätte schwören können, dass er denselben Anzug trug wie am Tag zuvor. Ganz eindeutig war er nicht in der Stimmung, sich ein Geständnis anzuhören – und noch weniger, ihr Absolution zu erteilen.

„Ich hatte eine schlimme Nacht“, sagte er düster.

„Das ist nicht zu übersehen. Vielleicht solltest du nach Hause gehen. Eine Hühnersuppe essen oder so was.“

„Bitte“, seufzte er, stellte die Tasse ab und rieb sich die Schläfen. „Erwähne heute in meiner Gegenwart bloß kein Essen.“

„Gut“, versprach Cheyenne.

„Mag jemand Donuts?“ Myrna trat strahlend ins Büro. „Ich hab die besonders klebrigen bestellt, mit ganz viel Zuckerguss und Streusel …“

„Entschuldigt mich bitte“, murmelte Keegan und stürzte an ihnen vorbei.

„Was ist denn mit ihm los?“, fragte Cheyenne.

„Ich glaube, er bricht unter all dem Druck zusammen“, sagte Myrna erstaunlich fröhlich.

„Was für ein Druck?“

„Er arbeitet zu viel. Gerade erst hat er eine unschöne Scheidung hinter sich gebracht. Wenn ihm noch ein Rest Verstand geblieben wäre – was bei einem durch und durch dickköpfigen McKettrick wie ihm leider nicht der Fall ist –, würde er mal Urlaub machen.“ Myrna sprach mit großer Zuneigung und Wärme, was überhaupt nicht zu ihren Worten passte.

„Wir waren eigentlich verabredet“, sagte Cheyenne.

„Daraus wird wohl nichts.“ Myrna hielt ihr eine rosafarbene Schachtel hin. „Einen Donut?“

Jesses Kopf schien zerspringen zu wollen. Stöhnend setzte er sich auf. Leider war das *Roadhouse* ein beliebter Frühstückstreffpunkt. Als der Pfarrer an seinem Truck vorbeilief und ihm freundlich zuwinkte, brachte Jesse nur ein gequältes Lächeln zustande.

Hatte es eine Schlägerei gegeben? Jedenfalls fühlte er sich so.

Nein, erkannte er, als sein Gehirn sich etwas lichtete. Vermutlich hatte sich der Schalthebel beim Schlafen in seine Seite gebohrt.

Ganz toll, McKettrick.

Er wühlte in seinen Hosentaschen nach dem Schlüssel, bis er sich daran erinnerte, dass Wyatt ihn ihm abgenommen hatte. Niemals wäre Jesse betrunken gefahren, aber Wyatt hatte es wohl nicht drauf ankommen lassen wollen. Jetzt saß er in seinem Truck fest wie ein verdammter Idiot, während die halbe Stadt an ihm vorbeimarschierte.

Das kam davon, dass er der einzige Mensch in Nordamerika ohne Handy war.

Zu allem Überfluss musste er auch noch dringend pinkeln. Doch er konnte auf keinen Fall durch das ganze Restaurant, vorbei an voll besetzten Tischen, zur Toilette laufen. Nachdenklich sah er hinüber in die Gasse. Aber heute war kein guter Tag, um es darauf ankommen zu lassen.

„Verdammt", schniefte er und schloss die Augen in der Hoffnung, dass wenigstens die Kopfschmerzen ein wenig nachlassen würden.

Als es ans Fenster klopfte, drehte er sich um. Travis stand auf dem Trittbrett, grinste ihn an und hielt seine Schlüssel in die Höhe.

Jesse öffnete die Tür, was Travis zwang, auf den Parkplatz zu springen.

„Wyatt schickt mich", erklärte Travis mit gespieltem Ernst. „Als Vertreter der Staatsgewalt kann ich dir diese Schlüssel erst übergeben, wenn ich mich versichert habe, dass du nüchtern bist."

Jesse war nüchtern, keine Frage. Und das bewies er, indem er ihn wie ein Rohrspatz beschimpfte.

Daraufhin überreichte Travis ihm die Schlüssel. „Rance hat in einem Motel übernachtet, Keegan im Büro. Was ist hier eigentlich los gewesen?"

„Ich habe jetzt keine Zeit, darüber zu sprechen", sagte Jesse. Seine Blase plagte ihn inzwischen fürchterlich. Wenn er nicht wegen Erregung öffentlichen Ärgernisses festgenommen werden wollte, weil er sich hinter den Mülltonnen Erleichterung verschafft hatte, blieb ihm keine andere Wahl. Er rannte zur nächstbesten Tankstelle.

Travis wartete, bis er zurückkam.

„Vielleicht sollte ich dich nach Hause fahren", sagte sein Freund. „Sierra und ich könnten dann später deinen Truck holen und zu dir bringen."

„Mir geht es gut", sagte Jesse.

„Du klingst aber nicht gut. Und du siehst auch nicht gut aus."

Aber Jesse ignorierte ihn, kletterte in den Truck und fuhr direkt nach Triple M. Als er dort ankam, standen die Pferde noch immer auf der Weide. Jesse schwor sich, keinen Tropfen Alkohol mehr anzurühren, kletterte über den Zaun und pfiff. Das Pfeifen zerteilte seinen Kopf wie eine scharfe Axt. Aber daraufhin galoppierten die Pferde auf ihn zu. Er trat zur Seite und sah ihnen nach, wie sie in den Stall stürmten.

Es sind Pferde, rief er sich in Erinnerung. Eine Nacht auf der Weide mit ausreichend Wasser schadete ihnen nicht. Trotzdem fühlte er sich schuldig. Er gab ihnen Getreide, ein seltenes Vergnügen für sie, dann bürstete er ein Pferd nach dem anderen gründlich, als müsste er Buße tun.

Als er anschließend ins Haus ging, wollte er nur noch unter die Dusche, ein paar Aspirin schlucken und ungefähr zwanzig Stunden schlafen. Vermutlich bemerkte er deshalb erst zu spät, dass er nicht allein war.

Keegan tat etwas noch nie Dagewesenes, so zumindest bezeichnete Myrna es. Er nahm sich einen Tag frei. Rance war erst gar nicht ins Büro gekommen. Cheyenne telefonierte mit verschiedenen Junior Colleges in der Gegend. In der Mittagspause kaufte sie ein Sandwich, fuhr zum Supermarkt und hielt Ayanna als Friedensangebot die Hälfte hin.

„Es tut mir leid", sagte sie.

Ihre Mutter sah klein und verlassen aus, wie sie in dem blauen Kittel im Mitarbeiterraum an dem Tisch saß.

„Mir auch", antwortete sie. „Ich hätte dich nicht ohrfeigen dürfen." Sie brach ab, schlug eine Hand vor den Mund, und ihre Augen füllten sich mit Tränen. „Ach, Cheyenne, ich habe dich tatsächlich geschlagen."

„Ist schon gut, Mom."

„Es ist nicht gut."

„Stimmt. Es ist nicht gut. Aber es ist vorbei." Sie nahm die Hand ihrer Mutter und drückte sie sanft. „Es tut mir leid", wiederholte sie.

„Ich bin keine Lügnerin", flüsterte Ayanna. Zum Glück waren momentan keine anderen Mitarbeiter in dem Raum.

„Ich weiß", sagte Cheyenne.

„Nein, das weißt du nicht. Du denkst, ich habe für deinen Vater gelogen. Vor Gericht. Unter Eid! Gut, ich habe seine Chefs angelogen und einige Leute, denen er Geld schuldete, weil wir sie nicht bezahlen konnten. Aber er war in dieser Nacht, als der Laden überfallen wurde, mit mir zusammen. Wir waren gegenüber bei Denny's."

Im Fernsehen hätte es eine lange Verhandlung mit jeder Menge Zeugen gegeben. Im wahren Leben war Cash Bridges nur ein Fall von vielen. Man hatte ihn verhaftet und verurteilt. Ayanna hatte zu seinen Gunsten ausgesagt, Geschworene gab es nicht. Der Bezirksstaatsanwalt ließ den Film aus der Überwachungskamera laufen, woraufhin das Gericht Cash zu fünf Jahren Gefängnis verurteilte. Er starb achtzehn Monate später bei einer Schlägerei unter den Insassen.

„Er ist allerdings kurz rausgegangen, um sich Zigaretten zu holen", murmelte Ayanna unglücklich.

Cheyenne starrte sie an. „Wie lange war er weg?"

„Lange genug."

„Hast du das der Polizei erzählt?"

„Natürlich nicht. Ich war jung, und ich war dumm. Ich musste eine Tochter großziehen. So nutzlos Cash auch war, ich wollte nicht, dass er ins Gefängnis geht."

„Du wusstest, dass er schuldig war."

„Nein", protestiere Ayanna. „Ich wusste nur, dass er für fünf Minuten den Tisch verlassen hat."

„Mom, was ist mit dem Film?"

„Es war jemand, der ihm ähnlich sah."

„Gut, mach dir ruhig weiter was vor."

„Wenn du die Aufnahme gesehen hättest, wüsstest du auch, dass er es nicht gewesen ist."

„Das alles ist lange vorbei, Mom." Cheyenne fühlte sich unendlich müde. „Vielleicht hast du recht. Vielleicht war er es nicht." *Und wenn ich meine Arme ausstrecke, flattern vielleicht ein paar Zeichentrickvögel herab und landen auf meinen zarten Schneewittchenhandgelenken.* „Der springende Punkt ist, dass wir so einfach nicht weiterkommen."

„Das stimmt."

„Iss dein Sandwich."

„Ich habe versucht, eine gute Mutter zu sein."

„Du bist eine gute Mutter."

Ayanna schniefte. „Du solltest dieses Sandwich essen. Du bist viel zu dünn."

„Schön wär's." Cheyenne umarmte sie. „Ich muss los, Mom. Auf mich wartet noch viel Arbeit im Büro."

Aber Ayanna hielt sie zurück. „Sag Jesse die Wahrheit. Sag ihm die Wahrheit, Cheyenne, bevor es zu spät ist."

Ihre Tochter nickte.

„Versprochen?"

„Versprochen."

„Heute?"

„Heute."

Um Punkt siebzehn Uhr verließ Cheyenne das Büro. Vom Auto aus rief sie zu Hause an. Mitch nahm beim zweiten Klingeln ab.

„Hey", sagte Cheyenne.

„Hey", entgegnete Mitch.

„Geht's dir gut?"

„Ich bin nicht völlig hilflos, weißt du", antwortete er.

„Ich weiß." Sie musste nicht fragen, ob Ayanna zu Hause war, weil sie deren Wagen vor dem Supermarkt gesehen hatte. „Soll ich dir etwas mitbringen?"

„Bronwyn kommt nachher mit Pizza vorbei. Du kannst dir also gern noch etwas Zeit lassen. Mom geht nach ihrer Schicht noch zu einem Gewerkschaftstreffen oder so."

„Dann hast du ja freie Bahn. Ich bin nämlich auf dem Weg zu Jesse, und ich weiß nicht, wann ich zurückkomme. Sag Mom Bescheid, ja?"

„Mach ich", versprach Mitch. „Chey?"

„Ja?"

„Hast du deinen Chef mal gefragt wegen …?"

„Ja", entgegnete Cheyenne vorsichtig. Eigentlich wollte sie erst darüber sprechen, wenn sie wusste, wie Jesse und die anderen McKettricks auf ihr Geständnis reagieren würden. Denn falls man sie in hohem Bogen rauswarf, brauchte auch Mitch sich keine Hoffnungen mehr zu machen. „Ich habe erwähnt, dass du bei dem Programm gern mitmachen würdest. Bisher hat Keegan mir noch keine konkrete Antwort gegeben, Mitch."

„Wirst du Jesse von Nigel erzählen?"

Sie schluckte schwer. „Ja."

Eigentlich hätte Mitchs Antwort sie nicht überraschen dürfen. „Jesse ist ein guter Typ, Chey. Am Anfang wird er vielleicht sauer sein, aber er wird dich verstehen."

„Ich hoffe, du hast recht." Aber sie glaubte nicht daran und wusste, dass Mitch das spürte.

„Habe ich", erklärte er.

„Bis später."

„Ich wette, bis morgen", rief Mitch.

Cheyenne legte auf und fuhr zur Ranch.

Jesses Haus war in feuriges Gold und Rot getaucht, die Sonne ging gerade unter. Bald würde der Himmel lila und rosa leuchten und schließlich dunkel werden. Seit die Erde existierte, hatte der Himmel nicht ein einziges Mal exakt gleich ausgesehen, und das würde auch niemals geschehen.

Das Abendlicht blendete sie. Sie parkte vor dem Haus und blieb so lange sitzen, bis sie genug Mut gesammelt hatte.

Niemand öffnete, als sie an die Küchentür klopfte. Doch von drinnen erklang leise Jazzmusik. Einen Moment überlegte Cheyenne, ob sie an der Vordertür klingeln oder durch den Garten gehen sollte. Stattdessen drückte sie die Küchentür auf.

„Jesse?", rief sie.

Nichts.

„Jesse?" Sie machte ein paar Schritte. Die Musik wurde abgestellt. Eine düstere Vorahnung ergriff sie.

„Jesse!", rief sie noch einmal mit zitternder Stimme. Plötzlich musste sie an die beiden Männer im *Lucky's* denken. Ein eisiger Schauer lief ihr über den Rücken. Mit rasendem Herzen fischte sie ihr Handy aus der Tasche, hielt es mit einer Hand fest umklammert und lauschte angestrengt. Sie hätte nicht rufen sollen – falls außer Jesse noch jemand im Haus war.

Ob sie den Notruf wählen sollte? Und was sagen? *Hallo, mein Name ist Cheyenne Bridges. Ich breche gerade in ein Haus ein und glaube, jemand anders hat das auch getan.*

So leise wie möglich zog sie die Schuhe aus und schlich durchs Wohnzimmer. Da die Fenster nach Osten gingen, gab es hier kaum Licht. Voller Angst, was sie in seinem Schlafzimmer entdecken würde, schlich sie weiter. Die Doppeltür war nur halb angelehnt. Cheyenne spähte durch den Spalt.

Eine andere Frau spähte zurück.

Beide begannen zu kreischen.

Im schillernden Licht des Sonnenuntergangs, den sie Minuten zuvor noch bewundert hatte, sah sie, wie Jesse sich auf seinem Bett aufrichtete. Die Frau auf der anderen Seite der Tür presste sich eine Hand aufs Herz. Sie war eine atemberaubend schöne Blondine, etwa so groß wie Jesse, und sie trug nur ein weißes T-Shirt – vermutlich eines von ihm – und sonst nichts.

„Scheiße“, hörte Cheyenne Jesse sagen.

Sie drehte sich um und rannte los. Jesse erwischte sie im Wohnzimmer. Er packte sie am Arm. „Cheyenne“, rief er. „Hör zu …“

„Nein.“ Sie konnte nur beten, nicht in Tränen auszubrechen. „Du hörst mir zu, Jesse McKettrick. Ich bin gekommen, um dir zu sagen, dass ich noch immer für Nigel Meerland arbeite. Er wollte, dass ich euch ausspioniere und irgendetwas über dich herausfinde, womit man dich zwingen kann, das Land zu verkaufen …“

Das Blau von Jesses Augen, das sonst an einen Sommerhimmel erinnerte, nahm die Farbe eines Gletschers an. Er ließ sie so plötzlich los, dass sie taumelte.

Die Blondine tauchte hinter ihm auf. „Hi“, sagte sie und streckte eine Hand aus. „Mein Name ist Brandi, ich bin …“

„Sie ist meine Frau“, sagte Jesse.

Offenbar schien diese Brandi eine gute Schauspielerin zu sein, denn sie sah verwirrt aus. „Ich bin deine Exfrau …“

Jesse durchbohrte Cheyenne mit seinem Blick. „Du hast mich angelogen“, sagte er.

„Du hast mich angelogen“, schoss Cheyenne zurück.

„Würde mir mal jemand zuhören?“, fragte Brandi.

„Nein“, sagte Cheyenne.

„Nein“, sagte Jesse exakt im selben Moment.

„Ach, was für ein Mist“, rief Brandi. „Das ist doch alles …“

Doch da stürmte Cheyenne bereits davon.

16. KAPITEL

Wie ein Mann, der aus einem Albtraum erwacht, drehte Jesse sich um und sah Brandi an, die in seinem Wohnzimmer stand – in einem seiner T-Shirts und sonst nichts, so weit er das beurteilen konnte.

„Was zum Teufel hast du hier zu suchen?“, fragte er.

Brandis volle Unterlippe zitterte, doch ihre riesigen Augen sahen ihn trotzig an. „Wenn du ein Handy hättest, wie jeder andere Mensch auf diesem Planeten, oder zumindest gelegentlich deinen Anrufbeantworter abhören würdest, wüsstest du, warum ich hier bin.“

Jesse stöhnte, aber seine Wut begann zu verrauchen. Eigentlich sollte er Cheyenne hinterherlaufen. Sie war wie ein Hurrikan aus dem Haus gefegt, und die Vorstellung, dass sie in diesem Zustand nach Indian Rock fuhr, gefiel ihm gar nicht. Aber seine nackten Füße schienen am Boden festgeklebt zu sein. Außerdem wusste er nicht, was er ihr hätte sagen sollen.

„Ich habe deine Nachricht durchaus gehört, Brandi“, erklärte er mit einer Gelassenheit, die ihn viel Anstrengung kostete. „Es ging um irgendeinen Typen und viel Geld. Ich habe dich zurückgerufen, aber nur deinen Anrufbeantworter erreicht.“

Ganz eindeutig war Brandi sauer. Sie sah sich um, entdeckte das Telefon auf dem Tisch, schnappte es und hielt es ihm hin. „Dann hör dir das an, wenn du mir nicht glaubst.“

Jesse sank auf das riesige Ledersofa, das seine Mutter auf einer ihrer Einkaufstouren für ihn bestellt hatte. „Erzähl es mir einfach“, bat er müde.

„Das kann ich nicht. Du bist fast nackt.“

„Mist“, sagte Jesse. Nach der Dusche hatte er nur Boxershorts übergezogen und war aufs Bett gefallen, mit dem Gesicht nach unten. Und plötzlich standen sich zwei Frauen auf seiner Türschwelle gegenüber und kreischten.

Er stand auf, ging in sein Zimmer und schlüpfte in Jeans und T-Shirt. Als er zurückkam, saß Brandi in dem großen Ledersessel seines Vaters und hatte eine Decke über sich gezogen. Ihr blondes Haar war zerzaust, sie schmollte mit Augen und Lippen.

„Was hattest du in meinem Zimmer zu suchen?“, fragte Jesse.

„Das ist ein ziemlich großes Haus“, sagte Brandi. „Ich hatte Angst. Ich bin den ganzen Weg von Kalifornien hierher gefahren, und du warst nicht zu Hause. Also habe ich mich auf das kleine Sofa in deinem Schlafzimmer gelegt und bin wohl eingeschlafen.“

Besagte Couch stand mit dem Rücken zu seinem Bett, dem Kamin zugewandt. Jesse benutzte sie äußerst selten, höchstens als Ablageplatz für Wäsche.

„Ich bin nach Hause gekommen“, erklärte er behutsam, „und habe geduscht. Erzähl mir nicht, dass du einfach weitergeschlafen hast.“

Wieder zitterte Brandis Lippe. „Habe ich auch nicht. Aber ich dachte, ich würde dich zu Tode erschrecken, wenn ich mich einfach aufsetze und ‚Hallo‘ rufe. Oder du würdest mich erschießen oder so was. Deshalb dachte ich, ich warte, bis du aufwachst. Und dann bin ich auch wieder eingeschlafen. Irgendwann hatte ich Hunger. Ich habe mir was aus dem Kühlschrank genommen und Musik angemacht, weil ich dachte, das würde dich vielleicht wecken. Du weißt schon, auf sanfte Art und Weise sozusagen. Dann hörte ich jemanden durchs Haus schleichen. Zuerst dachte ich sogar, es könnte ein Geist sein. Also bin ich wieder in dein Zimmer, um dich zu wecken. Aber du lagst ja praktisch im Koma …“

Das zumindest stimmte, dachte Jesse reumütig.

„Okay, okay“, rief er. „Das reicht. Und könntest du mir jetzt erklären, wie ich in den Genuss deines Besuches komme?“

„Der Typ, von dem ich dir erzählen wollte – am Telefon, damit ich keinen Tag bei der Arbeit und meinem Studium verpasse –, heißt Nigel Meerland. Er wollte, dass ich dich unter Druck setze, damit du ihm Land für eine Apartmentanlage verkaufst. Er sagte, für mich wären bis zu viereinhalb Millionen Dollar drin. Viereinhalb Millionen Dollar, Jesse. Also musste ich ihm zumindest zuhören.“

„Verstehe“, sagte Jesse. Nigel Meerland. Cheyennes Boss. Was für ein verdammter Idiot er gewesen war. Alle Beweise hingen doch direkt vor seiner Nase, und er hatte einfach nicht darauf geachtet.

Warum?

Weil er Cheyenne Bridges haben wollte.

Ihren Körper.

Ihr Herz.
Sogar ihre Seele.
Er hatte ihr glauben wollen.
Und in dieser ganzen Zeit hatte sie sich nur über ihn lustig gemacht. Das war allerdings nicht das Schlimmste. Nein. Das Schlimmste war, dass er ihr alles, wirklich alles abgekauft hatte.
Ich bin gekommen, um dir zu sagen, dass ich noch immer für Nigel Meerland arbeite. Er wollte, dass ich euch ausspioniere und irgendetwas über dich herausfinde, womit man dich zwingen kann, das Land zu verkaufen …
In diesem Moment war seine Welt zusammengebrochen. Er schloss die Augen. „Trottel", murmelte er.
„Was machen wir jetzt?", fragte Brandi.
„Auch du kannst mich nicht zwingen, das Land zu verkaufen, Brandi. Du bist doch schon fast Anwältin, also weißt du das. Alles, was du tun kannst, ist, mich in einen langen Prozess zu verwickeln. Und glaub mir, meine finanziellen Mittel werden länger reichen als seine."
„Ich bin nicht dumm, Jesse. Und auch nicht gemein. Ich wollte dich warnen, schon vergessen? Klingt das nach jemandem, der dir Schwierigkeiten machen will?"
„Nein", gab Jesse zu. „Aber die Aussicht auf viereinhalb Millionen Dollar hat dich offenbar sehr beeindruckt."
„Diese Aussicht würde jeden Menschen beeindrucken, Jesse." Brandi lächelte zum ersten Mal, seit diese Katastrophe aus dem Nichts über ihn hereingebrochen war. „Dich ausgenommen vielleicht. Aber für alle anderen auf der Welt ist das ein ganz schöner Batzen Geld."
Obwohl er sich innerlich wie tot fühlte, rang Jesse sich ein Lächeln ab. Letztlich ging es doch immer nur um Geld. Bei Brandi. Und auch bei Cheyenne.
Die Vorstellung deprimierte ihn dermaßen, dass er sie fast nicht ertrug.
„Was willst du?", fragte er nach langem Schweigen.
„Eine Abfindung?"
„Brandi, wir waren eine Woche lang verheiratet."
Sie errötete. „Aber immerhin waren wir verheiratet."
Jesse dachte über ihre Worte nach. Dabei starrte er auf seine

nackten Füße. „Okay", sagte er schließlich. „Du wirst von meinem Anwalt hören. Sein Name ist Travis Reid. Ich werde dir keine viereinhalb Millionen Dollar geben, falls du das hoffst – aber zumindest genug, damit du dir eine Zukunft aufbauen kannst. Als Gegenleistung wirst du alle Forderungen fallen lassen. Keine Anrufe mehr. Keine Bitten mehr, dass ich dir Geld ‚leihe'. Und vor allem wirst du nicht mehr einfach in meinem Haus auftauchen, halb nackt, und dir eines meiner T-Shirts nehmen. Verstanden?"

„Verstanden", sagte sie.

„Gut. Und jetzt zieh dich an und verzieh dich."

Sie nickte, rührte sich aber nicht. In ihren Augen glitzerten Tränen.

„Wieso habe ich dein Auto nicht gesehen, als ich kam?", fragte er.

In seinem Kopf überschlugen sich die Gedanken noch immer. Er versuchte, einen Sinn hinter all den Ereignissen zu erkennen, was ihm einfach nicht gelang. Noch vor wenigen Wochen war sein Leben so einfach. Und dann war Cheyenne nach Indian Rock gekommen und hatte alles auf den Kopf gestellt.

Nichts an seiner Beziehung mit Cheyenne war einfach oder klar. Sie hatte ihn schrecklich an der Nase herumgeführt, und das machte ihn stinksauer. Doch unter dieser Wut lag noch etwas, da brodelten Gefühle, die er nicht so recht definieren konnte.

„Ich habe hinter dem Haus geparkt", sagte Brandi.

„Weshalb?"

„Weil alles an diesem Meerland-Typen mir einfach gruselig vorkommt. Ich hatte das Gefühl, dass er mich verfolgt. Er hat mich übers Internet gefunden, Jesse. Und er wusste alles über Dan und auch, dass mein Dad bei einem Überfall angeschossen worden war. Er wusste, dass wir verheiratet waren. Dabei bin ich nicht gerade ein Promi, ich verkaufe Schuhe und gehe zur Abendschule. Aber Meerland wusste so viel."

Fassungslos schüttelte Jesse den Kopf. „Niemand wird dir etwas tun, Brandi. Ich kümmere mich um Meerland. Und du gehst zurück nach Kalifornien und lebst dein Leben."

„Du bist doch nicht böse auf mich?"

„Nein, bin ich nicht", sagte Jesse.

„Darf ich hier übernachten? In einem der Zimmer deiner

Schwestern? Jetzt, wo du wach bist, habe ich keine Angst mehr."

Jetzt, wo du wach bist.

War er das wirklich? Wenn ja, warum hatte er noch immer das Gefühl, mitten in einem Albtraum zu stecken?

„Nein. Ich fahre mit dir in den Ort. Wir suchen dir ein Hotelzimmer. Und morgen verschwindest du, Brandi. Lass dich hier nicht mehr blicken. Das ist Teil unserer Abmachung."

„Gut." Sie schlug ihre langen Beine auseinander und stand auf, noch immer in die Wolldecke gehüllt wie ein kleines Mädchen. „Nichts für ungut?"

„Nichts für ungut."

Zumindest, was Brandi betraf.

„Ich wusste es", sagte Rance am nächsten Morgen im Konferenzzimmer, als Cheyenne ihm und Keegan die Wahrheit gestand. An seinen Cousin gewandt, der düster vor sich hinblickte, fuhr er fort: „Habe ich dir nicht gleich gesagt, dass da was nicht stimmt?"

Cheyenne saß sehr aufrecht und kämpfte gegen die Tränen an. Nur ihr Stolz war ihr geblieben, und auch davon nicht mehr allzu viel. Mit Jesse war es vorbei – falls es überhaupt jemals begonnen hatte –, und jetzt war sie auch beide Jobs los. Auch auf Nigels Anrufbeantworter hatte sie bereits eine Nachricht hinterlassen.

„Verklag mich ruhig", hatte sie gesagt. „Ich werde jetzt alles beichten." Als nur wenige Minuten später der unvermeidliche Rückruf erfolgte, hatte sie ihr Handy abgestellt.

„Und jetzt?" Keegan sah Cheyenne mit beunruhigender Intensität an.

„Ich schätze, das liegt an euch. Vermutlich wollt ihr mich nicht mehr sehen, darum ..."

Aber Keegan runzelte die Stirn. „Warte mal. Ich brauche erst etwas Zeit, um darüber nachzudenken."

„Was gibt's denn da groß nachzudenken?", fragte Rance.

Natürlich hatte er recht. Was gab es da noch nachzudenken? Sie hatte einen unverzeihlichen Fehler begangen und Menschen hintergangen, die ihr vertrauten.

Wieder stiegen ihr Tränen in die Augen. Sie verlor so viel mehr als nur ihre Arbeit. Wenn dieser Vorfall in Indian Rock erst einmal die Runde machte, würde niemand mehr etwas mit ihr zu tun haben wollen.

Vor allem Jesse nicht.

Aber auch Rance und Keegan nicht.

„Sie ist schließlich zu uns gekommen und hat die Wahrheit gesagt", sagte Rance. „Das ist doch immerhin etwas."

Diese Worte überraschten Cheyenne derart, dass sie zunächst glaubte, sich verhört zu haben.

„Das finde ich auch", stimmte Keegan zu. „Dafür braucht man eine Menge Mut."

Wollten sie ... durfte sie wirklich zu hoffen wagen? Nein, das konnte nicht sein. Cheyenne durchwühlte ihre Tasche, nahm den Wagenschlüssel und das Geschäftshandy heraus und legte alles auf den Konferenztisch.

„Ich werde jetzt gehen", sagte sie.

„Gehen?" Keegan sah sie verständnislos an.

„Ich bin schließlich gefeuert, oder nicht?"

Rance und Keegan wechselten einen Blick.

„Ist sie?", fragte Rance.

„Ich denke nicht", entgegnete Keegan.

Cheyenne schluckte. „Aber ..."

„Jeder macht mal einen Fehler", meinte Keegan. „Vor allem die McKettricks. Und warum sollte ausgerechnet dir so etwas nicht passieren, Cheyenne."

„Wenn du allerdings nicht von dir aus gestanden hättest ...", warf Rance ein.

„Ihr sollt aber schon wissen, dass Nigel mich wegen Vertragsbruchs verklagen will. Es wird also auf jeden Fall Theater geben. Und Jesse – nun – Jesse wird mir niemals vergeben."

„Niemals ist eine ziemlich lange Zeit", sagte Keegan freundlich. „Jesse ist ein Hitzkopf. Wenn er sich erst mal beruhigt hat ..."

Aber Cheyenne wusste es besser. Jesse war leichenblass geworden, als sie ihm die Wahrheit gesagt hatte. Und sein Blick so eiskalt, dass sie zu erfrieren glaubte.

Außerdem gab es da noch diese andere Frau.

Die langbeinige Blonde.

Seine Frau.

Ob Ex oder nicht – das spielte gar keine Rolle. Als Jesse sie gefragt hatte, ob sie jemals verheiratet gewesen wäre, hatte sie darauf ehrlich mit Nein geantwortet. Er hingegen hatte ihr ins Gesicht gelogen. Dabei war es eine absolut unnötige Lüge. Er hätte ihr doch von dieser Frau erzählen können – wie hieß sie noch einmal? Brandi.

Doch das hatte er nicht. Vermutlich, weil ihn noch immer viel mit dieser Frau verband. Immerhin war sie in seinem Schlafzimmer, in einem seiner T-Shirts – der Uniform von Frauen auf der ganzen Welt, die gerade mit einem Mann geschlafen hatten.

Mit Jesse war es also auf jeden Fall vorbei.

Niemals würde er ihr wieder vertrauen, und ihr ging es genauso.

„Ich habe seine Frau kennengelernt“, sagte sie dumpf.

„Jesse hat eine Frau?“, fragte Keegan.

„Auf gar keinen Fall“, rief Rance.

„Ich habe sie schließlich getroffen“, sagte sie. Jetzt hatte sie also unbeabsichtigt schon wieder in ein Wespennest gestochen. Warum wussten ausgerechnet Rance und Keegan nicht, dass Jesse verheiratet gewesen war? Das zeigte doch nur, wie umfassend sein Betrug gewesen war. „Sie heißt Brandi und ist eine umwerfende Schönheit.“

Rance ballte eine Hand zur Faust. „Verdammt.“

„Ich bringe ihn um, wenn das stimmt“, schwor Keegan. „Die juristischen Auswirkungen wären …“

„Es stimmt.“ Zwar wusste Cheyenne nicht viel, aber sie wusste, dass Jesse verheiratet gewesen war. Und die Vorstellung, dass Jesse und Brandi miteinander geschlafen hatten, brachte sie beinahe um den Verstand. Ich habe keinen Anspruch auf ihn, rief sie sich zur Ordnung. Habe ich nie gehabt.

Und er nicht auf mich.

Rance’ Sekretärin klopfte an die Tür, weil ein wichtiger Anruf aus Hongkong in seinem Büro auf ihn wartete. Nach einem kurzen Fausthieb auf den Tisch folgte Rance ihr.

„Hast du Lust, heute Abend mit mir essen zu gehen“, fragte Keegan.

Seufzend schüttelte sie den Kopf. Gerade erst hatte sie ein McKettrick überrannt. Davon abgesehen war Keegan ihr Chef. „Ich gehe nie mit Männern aus, für die ich arbeite“, sagte sie.

Keegan lächelte sie an. „Dann hätte ich dich vielleicht doch rauswerfen sollen.“

„Ich bin mehr als froh, dass du das nicht getan hast“, gestand Cheyenne.

Er griff über den Tisch und berührte ihre Hand. Keegan McKettrick war der attraktivste Mann, den Cheyenne kannte, Jesse eingeschlossen. Aber zwischen ihnen gab es keine Spannung, zumindest nicht von ihrer Seite aus. „Gut. Dann lass uns Freunde sein. Einverstanden?“, fragte er.

„Das wäre schön.“

„Wunderbar.“ Keegan stand auf und betrachtete sie einen Moment gedankenverloren. „Also zurück an die Arbeit, Ms Bridges. Ich würde gern mit deinem Bruder über eine Zusammenarbeit sprechen, eine befristete zunächst, versteht sich. Meinst du, er kann heute noch vorbeikommen. Oder soll ich ihn abholen?“

Vor Dankbarkeit zog sich Cheyennes Herz zusammen, und sie musste ein paarmal schlucken, bevor sie antworten konnte.

„Ich bringe ihn her“, sagte sie.

„Du bekommst das mit dem Rollstuhl hin?“

Inzwischen war es schon fast zur Gewohnheit geworden, dass Jesse Mitchs Rollstuhl ein- und auslud. Höchste Zeit, das zu ändern.

„Ja“, sagte sie.

Skeptisch musterte Keegan ihr weißes Leinenkostüm. „Ich helfe dir“, sagte er.

Zuerst wollte Cheyenne protestieren, doch dann nickte sie. „Würdest du mich bitte einen Moment entschuldigen, Keegan?“ Sie stand mit wackligen Beinen auf.

„Klar“, sagte Keegan.

So schnell wie möglich lief Cheyenne zur Toilette. Dort fing sie an zu weinen.

Sie weinte, bis ihre Wimperntusche zerlief.

Weinte, bis ihr Hals schmerzte.

Weinte, bis sie ganz leer war.

Dann wischte sie sich das Gesicht mit einem Papiertuch ab, atmete einige Male tief durch und betrat wieder das wirkliche Leben.

Zwei Stunden später rollte Mitch in das Bürogebäude von *McKettrickCo*, als hätte er vor, es eines Tages höchstpersönlich zu besitzen. Er und Keegan hatten sich eine Dreiviertelstunde auf der

Veranda unterhalten, während Cheyenne ins Haus gegangen war, um ihr Make-up aufzufrischen, Wäsche in die Maschine zu stecken und das Geschirr vom Frühstück abzuspülen.

Wie durch ein Wunder hatte Nigel bisher nicht versucht, sie auf dem Festnetz zu erreichen. Jesse auch nicht, was sie jedoch auch nicht erwartet hatte und worauf sie besser nicht hoffen sollte.

Nach dem Gespräch auf der Veranda war Mitch strahlend ins Haus gerollt, um sich seine besten Klamotten anzuziehen. Als er nun seinen Schreibtisch umrundete, auf dem bereits ein Computer auf ihn wartete, zog Cheyenne sich schnell in ihr Büro zurück. Allerdings war sie nicht in der Lage, sich auf die Arbeit zu konzentrieren.

Mittags streckte Myrna den Kopf zur Tür herein. „Jesse-Alarm", sagte sie und wackelte mit den Augenbrauen. „Er ist gerade mit Travis hereingekommen."

Alles an Cheyenne versteifte sich. „Und warum sollte mich das interessieren?"

Myrna schmunzelte. „Ich weiß über das Hühnchen süß-sauer Bescheid", sagte sie einfach nur. „Soll ich ihm sagen, dass Sie nicht da sind?"

„Ich glaube nicht, dass er nach mir fragt." Inzwischen hatte sie sich ein wenig von ihrem Schreck erholt. „Wie haben Sie von dem … chinesischen Essen erfahren?"

„Ich weiß alles."

Cheyennes Blick fiel auf den Tischkalender, in den Jesse das große X als Frist für vollständiges Eindringen gemalt hatte. „Alles?"

Myrna lachte. „Alles."

„Oh Gott", murmelte Cheyenne beschämt.

„Ich war auch mal jung, wissen Sie. Also, wenn ich Sie wäre … diese eine Wette würde ich an Ihrer Stelle unbedingt verlieren wollen."

„Ich kann nicht glauben, dass Sie das gerade wirklich gesagt haben."

„Glauben Sie es ruhig."

„Wenn Sie alles wissen, dann müssen Sie auch …"

„Von Brandi?" Myrna winkte ab. „Das war nur Sex."

„Wie kommen Sie darauf?"

„Mir entgeht nichts“, verkündete Myrna. „Null. Nada. In der Myrna-Welt gibt es keine Geheimnisse.“

„Dann …“

„Ja“, unterbrach Myrna sie und sah kurz in den Gang. „Sie kommen“, flüsterte sie. Und dann, als bräuchte es noch einen letzten Beweis, fügte sie hinzu: „Also arbeiten Sie nicht mehr länger für *Meerland*?“

In dem Moment hätte Cheyenne beinahe ihre Zunge verschluckt.

Myrna kicherte. „Sie sind da“, rief sie warnend, trat auf den Flur und schloss die Tür. Und Cheyenne legte den Kopf auf die Tischplatte und übte Tiefenatmung.

„Verdammt, Jesse“, rief Travis, als sie sich in seinem Büro eingeschlossen hatten. „Ich verstehe ja, dass du die Sache mit Brandi ein für alle Mal klären willst, aber eine Million Dollar? Ist das nicht etwas übertrieben?“

„Zweimal so viel wäre noch zu wenig“, scherzte Jesse. Doch in Wahrheit fühlte er sich leer und ausgelaugt. Ihm kam es so vor, als ob seine Seele sich für immer aus dem Staub gemacht und ihn einfach zurückgelassen hätte.

„Guter Gott“, rief Travis aus. „Eine Woche affenartiger Sex in einem Hotelzimmer in Vegas, Jesse! Das war keine richtige Ehe.“

„Tu es einfach“, wies Jesse ihn an. „Für mich macht es sowieso keinen großen Unterschied.“

„Darum geht es doch gar nicht.“ Travis ist Anwalt, da muss er wohl so argumentieren, dachte Jesse. Er schlug die Beine übereinander.

„Worum geht es dann?“, fragte er.

„Es war keine echte Ehe“, wiederholte Travis.

„Für Brandi war sie echt genug“, meinte Jesse nachdenklich. „Sie ist kein schlechter Mensch, Trav. Sie arbeitet hart als Schuhverkäuferin und besucht die Abendschule. Nach ihrem Abschluss will sie heiraten. Ganz echt.“

„Und was hat das alles damit zu tun, dass du ihr derartig viel Geld geben willst?“

„Sie hätte mehr aus mir herausholen können, wenn sie sich mit Meerland und Cheyenne zusammengetan hätte. Aber sie ist den ganzen Weg von Los Angeles nach Indian Rock gefahren, um mich zu warnen. So wie ich das sehe, hat sie mir mehr Ärger erspart, als sie mir bereitet."

Travis seufzte. „Dir ist schon klar, dass du dich gegen den Rat deines Anwalts entscheidest, der zufällig auch noch dein bester Freund ist?"

„Das ist mir klar, Trav. Setz einfach den Vertrag auf, ja? Damit ich hier abhauen kann."

„Um wohin zu gehen?"

„Ich werde von keiner Brücke springen, falls du das denkst." Jesse wollte auf unbestimmte Zeit in die Berge reiten, sobald er seine Unterschrift unter den Vertrag gesetzt hatte. Das Land hatte seine Seele schon zuvor geheilt. Es würde ihm auch jetzt wieder helfen.

Doch Travis fixierte ihn mit einem Blick, der sagte, dass er auf eine Antwort wartete und vorher keinen Finger rühren würde.

„Ich reite in die Berge", sagte Jesse.

Da nickte Travis zum ersten Mal verständnisvoll. Dann zog er einen Stift aus der Innentasche seines eleganten Anzugs. „Bis zur Hochzeit bist du aber zurück."

Auch Jesse nickte. „Ich werde da sein."

„Gut. Dann sind wir uns also über die Abfindung einig. Was muss Brandi dafür tun?"

Cheyenne fuhr gerade ihren Computer herunter, als Mitch hereinkam. Er pfiff leise durch die Zähne. „Ganz schön geräumig."

Sie lächelte. „Mir gefällt's."

Nachdem er die Tür geschlossen hatte, sah Mitch sich genauer um. Sein Blick blieb an der Bambuspflanze hängen.

„Was ist das?", fragte er stirnrunzelnd.

„Hat mir Myrna geschenkt. Als Willkommensgruß."

„Versteckte Kamera", sagte Mitch.

„Aber klar", lachte Cheyenne.

„Im Ernst", sagte Mitch. „Sieh selbst." Er bog die Pflanze etwas auseinander und holte eine winzige Kamera heraus.

„Darum weiß sie alles."

„Wer?", fragte Mitch. „Wer weiß was?"

Statt zu antworten, riss Cheyenne ihm die Kamera aus der

Hand, hielt sie vor ihr Gesicht und starrte in das kleine Glasauge. „Das Spiel ist aus, Myrna", sagte sie. „Und wenn Sie noch woanders welche angebracht haben, sagen Sie es mir besser gleich. Denn sonst bringe ich dieses Ding sofort zu Keegan."

„Wow", rief Mitch voller Bewunderung. „Diese Myrna ist ja eine Nummer."

Es klopfte leise an der Tür.

„Kommen Sie rein, Myrna", rief Cheyenne.

Mit rotem Gesicht öffnete Myrna die Tür. „Ich brauche vierundzwanzig Stunden", sagte sie. „Um alle Überwachungskameras einzusammeln, meine ich."

„Vierundzwanzig Stunden", stimmte Cheyenne zu. „Keine Minute länger."

Myrna nickte und zog sich leise zurück.

Kopfschüttelnd warf Cheyenne die Minikamera in ihre Schublade. „Wo bekommt man so etwas nur her?", flüsterte sie.

„Aus dem Internet natürlich. 19 Dollar 95 plus Versandkosten. Willst du Keegan wirklich davon erzählen?"

„Ich weiß nicht."

„Du brauchst nicht zu flüstern", erklärte Mitch. „Das Mikrofon war an der Kamera befestigt."

„Warum sollte jemand mich ausspionieren wollen?"

„Einfach so aus Neugier?", schlug Mitch vor.

Voller Scham dachte Cheyenne daran, wie Jesse sie mit dem süß-sauren Hühnchen gefüttert hatte und an die Wette über das „vollkommene Eindringen".

„Ach Gott", murmelte sie.

Mitch wechselte das Thema. „Keegan lässt den Cadillac so umbauen, dass der Rollstuhl hineinpasst. Dann können wir zusammen zur Arbeit fahren."

„Das klingt gut." Trotz der Kamera, trotz Jesse und allem anderen fühlte Cheyenne sich schon ein bisschen besser. „Wollen wir nach Hause?"

Ihr Bruder nickte. „Rance hat vorgeschlagen, dass du den Cadillac rückwärts an die Laderampe hinter dem Gebäude fährst. Dann können wir das Ding hier einfach reinrollen."

„Sehr gute Idee. Ich schätze, das ist der Grund, warum er so viel Geld verdient." Zwar war damit das Problem noch nicht gelöst, wie sie Mitch auf den Beifahrersitz bugsieren sollte, aber auch das würde sie schon irgendwie hinbekommen.

„Das und die Tatsache, dass er Miteigentümer ist“, sagte Mitch. „Dann lass uns losziehen, Schwesterlein. Ich habe heute Abend eine Verabredung mit Bronwyn. Wir sehen uns einen Film im Autokino an.“

Cheyenne lachte. „Nun, ich will natürlich auf gar keinen Fall dein gesellschaftliches Leben gefährden.“

Als sie ein paar Minuten später ihr Büro verließ, bemerkte sie, dass die Tür von Travis noch immer geschlossen war. Leise Stimmen drangen heraus. Also war Jesse noch bei ihm. Einen Augenblick wünschte Cheyenne, sie hätte auch ein paar Kameras angebracht, um zu erfahren, worum es bei dem Gespräch ging.

Myrna warf ihr einen schuldbewussten Blick zu, als sie mit Mitch an der Rezeption vorbei zum Aufzug ging. Mitch drückte auf den Knopf. Während sie warteten, wandte sich Cheyenne an Myrna, um ihr die Frage zu stellen, die ihr so auf dem Herzen brannte.

Doch das brauchte sie gar nicht, Myrna kam ihr zuvor. „Jesse zahlt dieser Frau eine Million Dollar“, sagte sie. „Und er geht für wer weiß wie lange in die Berge zum Campen.“

17. KAPITEL

Bevor Cheyenne etwas zu der Millionenabfindung und dem Campingausflug sagen konnte, hörte sie Jesses und Travis' Stimmen auf dem Flur. Nicht in der Lage, Jesse von Angesicht zu Angesicht gegenüberzutreten, flitzte sie in den Fahrstuhl, wo Mitch schon auf sie wartete. Sie drückte mit dem Daumen heftig auf den Knopf, und gerade, als die Türen sich schlossen, tauchte Jesse auf. Ihre Blicke trafen sich wie zwei Cruise Missiles über einem Kampfgebiet.

„Früher oder später werdet ihr das klären müssen", sagte Mitch.

„Werden wir nicht", behauptete Cheyenne. „Warum fährt dieses Ding so langsam?"

Endlich erreichten sie das Ladedeck. Die Türen gingen auf. Jesse stand direkt vor ihnen, seine Augen waren eiskalt – bis er den Blick auf Mitch richtete. „Hey, Kumpel", sagte er.

„Hey", entgegnete Mitch.

„Ich dachte, du könntest vielleicht ein bisschen Hilfe brauchen", sagte er zu Mitch. Cheyenne hätte genauso gut unsichtbar sein können.

„Er braucht keine …", begann Cheyenne.

Mitch stupste sie an. „Das wäre nett, Jesse."

Sie unterdrückte ein Stöhnen, zog den Schlüssel aus der Tasche und marschierte los, um den Wagen zu holen. Ein paar Minuten später fuhr sie rückwärts an die Rampe, an der normalerweise Lastwagen Bürogeräte und Ähnliches abluden. Jetzt fuhr Mitch diese Rampe hinunter und öffnete die Beifahrertür.

„Sieh mal, Jesse", rief er.

Jesse verschränkte die Arme. „Das tue ich!"

Mitch richtete sich auf, packte den Griff an der Innenseite der Tür und hievte sich auf den Sitz. Er schwitzte und war ganz blass, aber er schien so zufrieden mit seiner Leistung, dass Cheyennes Herz sich zusammenzog. Sie stieg aus dem Wagen und öffnete den Kofferraum.

„Sehr gut", sagte Jesse. Wieder sprach er nur mit Mitch. „Wie ich gehört habe, wirst du künftig hier arbeiten."

„Stimmt. Danke, dass du bei Keegan und Rance ein gutes Wort für mich eingelegt hast."

Er dankte Jesse? Sie war doch diejenige, die ihm die Stelle besorgt hatte.

„Kein Problem", antwortete Jesse.

Er heimste also gern die Lorbeeren ein.

Cheyenne kochte vor Wut und begann, ungeduldig mit einem Fuß auf den Boden zu klopfen.

„Wir sollten wohl besser los", meinte Mitch, der sich mit einem Mal etwas unbehaglich zu fühlen schien.

Jesse nickte, stieß Cheyenne mit dem Ellbogen zur Seite und packte den Rollstuhl in den Kofferraum.

Auch Cheyenne war sehr wohl bereit, nie mehr ein Wort mit ihm zu wechseln. Was er konnte, konnte sie schon längst.

Doch dann sagte sie: „Jesse."

Er sah sie nicht an.

Sie wiederholte seinen Namen.

Ohne sie eines Blickes zu würdigen, schlug er den Kofferraum zu, wandte sich ab und ging davon.

Aber sie würde ihm nicht nachlaufen.

Auf keinen Fall.

Auch wenn es genau das war, was sie wollte. Sie wollte mit den Fäusten auf seinen Rücken einschlagen. Ihn anschreien und ihn zwingen, sich umzudrehen und sie anzusehen.

Stattdessen riss sie sich zusammen, atmete tief durch, straffte die Schultern und stieg ein.

„Was hast du ihm eigentlich getan?", fragte Mitch.

Mit quietschenden Reifen fuhr sie los. „Was ich ihm getan habe?"

„Es muss doch um mehr als nur um Nigel gehen. Er ist wirklich richtig sauer."

Cheyenne trat heftig auf die Bremse. „Jetzt hör mir mal gut zu, Mitch Bridges! Ich möchte kein Wort mehr über Jesse oder Nigel hören! Kein einziges Wort."

„Ganz ruhig", murmelte Mitch eingeschüchtert.

Völlig verzweifelt legte Cheyenne die Stirn aufs Lenkrad und kämpfte gegen die Tränen an. „Entschuldige, Mitch. Es tut mir leid."

Er tätschelte ihr brüderlich den Rücken. „Weißt du, warum er so sauer ist, Chey? Ich glaube, ich weiß es. Weil du ihm sehr wichtig bist."

Sie schniefte. Hob den Kopf. Fuhr weiter.

„Chey?", fragte Mitch.

„Ich habe gehört, was du gesagt hast, Mitch. Aber ich werde nicht darauf eingehen."

„Wieso nicht?"

„Weil es einfach nicht stimmt."

„Das denkst du", sagte Mitch sehr leise. „Als Jesse und ich reiten waren, haben wir nur über dich gesprochen. Er wollte wissen, was deine Lieblingsfarbe ist und ob du gern Horrorfilme siehst. So was alles."

„Er hat einfach nur Konversation betrieben. Und davon abgesehen, ich dachte, wir wollten nicht mehr über Jesse ... über ihn sprechen."

Da seufzte Mitch, und das klang so traurig, dass Cheyenne ihn ansah. „Von Mom einmal abgesehen, ist Jesse seit Langem der Einzige, der glaubt, dass ich mehr kann, als nur Computerspiele spielen."

„Mitch, ich habe nie ..."

„Doch hast du. Und jetzt will ich einfach nur nach Hause, okay? Ich habe Bronwyn schon einmal versetzt. Das kann ich mir kein zweites Mal erlauben."

Als sie einen Blick in den Rückspiegel warf, entdeckte sie Jesses Truck hinter sich. Ein überwältigendes Gefühl der Einsamkeit stieg in ihr hoch, füllte ihre Brust und schwoll immer weiter an, als wollte es sie zerreißen.

„Ich will deinem Liebesleben auf keinen Fall im Weg stehen", sagte sie steif.

„Zumindest habe ich eines", versetzte Mitch.

Auf diese Bemerkung antwortete sie nicht. Schweigend fuhr sie über die Hauptstraße von Indian Rock und war sich die ganze Zeit schmerzlich bewusst, dass Jesse ihnen in einigem Abstand folgte. Vielleicht hatte er es sich noch einmal überlegt. Vielleicht war er doch bereit, über alles zu sprechen wie ein normaler vernünftiger Mensch. Danach konnten sie getrennte Wege gehen, das ließ sich sowieso nicht vermeiden. Aber zumindest wäre damit ihre Geschichte abgeschlossen.

Cheyenne sehnte sich verzweifelt nach einem Abschluss. In ihrem Leben gab es schon zu viel Unerledigtes.

Als sie abbog, fuhr Jesse schnurstracks an ihnen vorbei.

18. KAPITEL

Cheyenne hasste Kasinos.

Sie hasste den Lärm, die Anspannung, die Verzweiflung und die Gier, die in der Luft lag. Und vor allem hasste sie Poker. Und ausgerechnet sie nahm an einem Samstagnachmittag im Juni an einem Pokerturnier teil. Ihre Freundinnen bauten auf ihren Sieg.

Für einen Moment schloss sie die Augen.

Elaine flüsterte ihr zu: „Du kannst das Cheyenne. Tu es fürs Krankenhaus!"

„Und für uns", fügte Janice hinzu.

Nur Sierra schien etwas unsicher. Kein Wunder, wenn man bedachte, dass sie in einer Woche heiratete. Vermutlich fragte sie sich, warum sie sich überhaupt in so eine hoffnungslose Situation gebracht hatte.

Cheyenne fragte sich dasselbe – in vielerlei Hinsicht. Zaghaft trat sie auf die etwa dreißig Tische zu. Ob Jesse auch hier war?

Mein Gott, bitte nicht, dachte sie. Sie konnte nur hoffen, dass er noch immer beim Campen war. Andererseits regnete es seit Tagen. Da konnte sich selbst ein noch so gesunder Mann leicht eine Lungenentzündung holen.

„Gib einfach dein Bestes", wisperte Sierra.

Cheyenne nickte. Nur würde ihr Bestes nicht reichen. Natürlich kannte sie sich ein wenig mit Pokern aus, jedoch vor allem als stille Beobachterin. Sie wünschte, dass dieses Spiel nie erfunden worden wäre. Umso bescheuerter von ihr, sich ausgerechnet auf so einen begeisterten Pokerspieler wie Jesse McKettrick einzulassen.

Aber sie liebte Jesse seit ihrer Kindheit. Und heute genauso hoffnungslos wie damals.

Ende der Geschichte.

Sie ließ sich registrieren, steckte ihr Namensschild an und suchte ihren Tisch. Zwischen lauter Fremden, die sich alle zu kennen schienen, nahm Cheyenne ihren Platz ein. Mit gesenktem Blick wünschte sie sich nur, es schnell hinter sich zu bringen.

Plötzlich glaubte sie die Stimme ihres Vaters zu hören. *Es ist nie so schlimm, dass es nicht noch schlimmer kommen könnte, Kleines.*

Erschrocken sah Cheyenne auf. Jesse saß ihr direkt gegenüber und starrte sie durchdringend an. Am liebsten wäre sie weggerannt. Doch das ließ ihr Stolz nicht zu. Was hatte sie denn zu verlieren? Also hob sie das Kinn und wartete auf die ersten Karten.

Jesse bekam zwei Asse, was ihm allerdings nicht zu sehr gefiel. Insgesamt wirkte er wie eine etwas ungepflegtere Version seiner selbst. Sein Gesicht war mager und unrasiert. Mit aller Kraft schüttelte Cheyenne diese Eindrücke ab, genauso wie die Zärtlichkeit, die in ihr aufstieg.

Er war der Feind.

Um nach Las Vegas zu kommen, müsste er als Titelverteidiger gar nicht mitspielen. Es konnte nur einen Grund geben, warum er hier an einem regnerischen Samstagnachmittag saß: Er wollte sie demütigen und aus dem Rennen werfen, einfach nur so, um zu zeigen, dass er es konnte.

Du wirst dich noch wundern, dachte Cheyenne. Ich werde mich nicht einfach kampflos geschlagen geben. Und mit einem Mal stieg alles, was sie über das Pokern wusste, mit atemberaubender Klarheit an die Oberfläche.

Sie sah auf und hielt seinem Blick stand. Schweigend forderte sie ihn auf anzufangen. Und als ob er ihre Gedanken gelesen hätte, nickte er. Cheyenne überstand die erste Runde. Jesse auch.

Genau wie die nächste und übernächste. So zog sich der Nachmittag dahin. Ein Spieler nach dem anderen schied aus, unter ihnen auch Elaine, Janice und Sierra, die inzwischen auf der anderen Seite des Absperrseils standen und zusahen. In der Nähe von Mitch und Ayanna, die gekommen waren, um Cheyenne moralisch zu unterstützen.

Um neunzehn Uhr war nur noch ein Tisch übrig. An ihm saßen Cheyenne, ein Mann, der wie ein Lastwagenfahrer aussah, eine alte Frau mit lila gefärbtem Haar, ein Motorradfahrer mit geschorenem Kopf und tätowierten Armen. Und Jesse.

Den Lastwagenfahrer glaubte Cheyenne besiegen zu können. Er war nervös, sein rechtes Auge zuckte, und er trommelte mit den Fingern auf die Tischplatte. Die alte Frau hingegen konnte sie weniger gut einschätzen. Sie trug eine randlose Brille, ein Baumwollkleid mit Blumenmuster und wirkte, als würde sie Tag für Tag Marmelade einkochen. Der Motorradfahrer war zu angespannt.

Leicht nach vorn gebeugt saß er in seinem Stuhl und verspielte ununterbrochen seine Chips.

Und natürlich Jesse. Besonnen. Ruhig. Vollkommen kontrolliert. Guter Gott, sie wollte ihn so gern besiegen.

Zuerst stieg der Motorradfahrer aus, ihm folgte der Lastwagenfahrer. Die alte Frau hielt sich gut, bis sie bei einem einzigen Spiel alles setzte und verlor. Cheyenne wartete auf ihre Karten. Innerlich war sie ein zitterndes Wrack, was Jesse womöglich bemerkte. Andererseits hatte sie viel von ihrem Vater gelernt. Unter anderem, sich niemals Gefühle anmerken zu lassen, zumindest nicht am Pokertisch.

Sie bekam eine Zwei und eine Vier, ungleiche Farbe.

Der *Flop* bestand aus drei Damen. Falls sie noch eine Zwei und eine Vier bekam, hätte sie ein *Full House*. Falls nicht, hätte sie verloren. Natürlich könnte sie aussteigen, doch dann bekäme Jesse als einziger Spieler den *Pot*. Er besaß bereits dreimal so viele Chips wie sie. Wenn er jetzt gewann, würde sie ihn nicht mehr einholen.

Cheyenne schob einen kleinen Stapel Chips in die Mitte. Aus den Augenwinkeln sah sie, wie Mitch und Ayanna sie beobachteten. Ayanna hielt eine Hand vor den Mund.

Der *Turn*, die vierte Gemeinschaftskarte, wurde gelegt: Kreuz Vier.

Cheyenne rührte sich nicht, doch ihr Herz begann zu hämmern. Jesse erhöhte den Einsatz, ruhig und unerbittlich. Cheyenne ging mit. Der *River*, die fünfte Karte, war ein Pikbube und für Cheyenne vollkommen wertlos.

Jesse setzte sich zurück. Lächelte. Verdammt. Er setzte alles. Cheyenne folgte ihm, obwohl sie wusste, dass sie nicht die geringste Chance hatte. Es sei denn, Jesse bluffte. Aber das tat er nicht. Er hatte die vierte Königin.

Verdeckt legte Cheyenne ihre Karten auf den Tisch und schob den Stuhl zurück. Auch Jesse erhob sich, schien den aufbrandenden Applaus aber nicht zu bemerken. Genauso wenig registrierte er den begeisterten Mann mit Mikrofon, der neben ihm auftauchte.

Nun, Jesse McKettrick war schließlich daran gewöhnt zu gewinnen.

Cheyenne nahm all ihren Stolz zusammen, wandte sich ab und

ging. Als sie an Sierra, Elaine und Janice vorbeikam, die sie ehrfürchtig anstarrten, als ob sie gerade das Rote Meer geteilt hätte, als ob sie gewonnen hätte, schüttelte sie den Kopf.

Sie wollte nicht, dass sie ihr nachkamen. Niemand sollte ihr nachkommen. Sie wollte einfach ein paar Minuten allein sein. Also eilte sie auf den Ausgang zu und trat in den kühlen Nieselregen. Inzwischen war es dunkel, die Lichter des Kasinos schimmerten auf der nassen Straße. Hinter ihr öffnete sich die Tür.

„Cheyenne?"

Auch ohne sich umzudrehen, wusste sie, dass Jesse hinter ihr stand.

„Geh weg", sagte sie. „Du hast gewonnen. Du bist der bessere Spieler."

Er trat vor sie, hob ihr Kinn und zwang sie, ihn anzusehen. „Glaubst du, ich bin deswegen gekommen? Um dich verlieren zu sehen?"

Sie schluckte. „Warum sonst?"

„Weil ich das Pokern liebe. Und vielleicht, weil ich dich ..."

„Nicht", flüsterte sie.

„Cheyenne, würdest du mich ausreden lassen?"

„Nein."

Also küsste er sie stattdessen sanft.

„Eines ist mir klar geworden, als ich in den Bergen war und mir selbst leidgetan habe. Ich liebe dich. Und ich glaube, du liebst mich auch. Warum können wir nicht einfach noch mal von vorn anfangen und die Karten neu verteilen?"

„Du hast mich belogen."

„Damit sind wir quitt."

„Du hättest mir von Brandi erzählen müssen."

„Ich weiß", sagte er. „Und es tut mir leid."

Überrascht sah sie ihn an. „Wirklich?"

„Ja." Er wartete.

„Ich habe versucht, dir von Nigel zu erzählen."

Jesse nickte. „Ich weiß", sagte er noch einmal. „Ich schätze, ich wollte es einfach nicht hören."

Schützend verschränkte sie die Arme vor der Brust. Zum einen fror sie, zum anderen wollte sie verhindern, sich ihm in die Arme zu werfen wie ein Groupie bei einem Rockkonzert. „Ich verstehe aber trotzdem nicht, warum du mir das unwichtige Detail, verheiratet zu sein, verschwiegen hast."

„Weil es für mich nie eine Ehe war. Brandi und ich waren genau eine Woche zusammen. Es war nicht mehr als eine Affäre."

„Wie schön. Und du meinst, jetzt fühle ich mich besser?"

Er grinste. „Nein. Aber ich wüsste schon ein paar Dinge, die wir tun könnten, damit es dir besser geht."

Bevor sie noch antworten konnte, bemerkte sie eine Bewegung hinter Jesse und hörte auch einen dumpfen Schlag. Der Blick von Jesse wurde ausdruckslos, dann brach er zusammen.

Sekundenlang starrte Cheyenne die beiden Männer einfach nur an, die hinter Jesse standen.

„Mieser Betrüger", rief der eine. Er hielt eine Brechstange in der Hand, der andere Mann hatte ein Messer gezückt. Ganz instinktiv stellte sie sich zwischen die beiden und Jesse, der stöhnend auf dem Boden lag. Blut sickerte aus seinem Kopf. Sie hatte keine Waffe, sie besaß nichts außer ihrer namenlosen Wut.

„Zur Seite", knurrte der Mann mit der Brechstange. „Wir sind noch längst nicht mit ihm fertig."

„Hilfe", kreischte eine Frau im Hintergrund. „Ruft den Sicherheitsdienst!" Cheyenne erkannte die Stimme ihrer Mutter.

„Als ob wir Angst vor ein paar Kasinoangestellten hätten", höhnte der Mann. Dann schob er Cheyenne so heftig zur Seite, dass sie gegen einen Müllcontainer prallte. Mit beiden Händen hob er die Brechstange in die Höhe. Cheyenne stolperte auf Jesse zu, um sich auf ihn zu werfen und ihn mit ihrem Körper zu schützen. Dabei wurde sie beinahe überfahren.

Von Mitchs Rollstuhl.

Während Mitch auf den Mann zuraste, brüllte er wie ein Krieger mitten im Gefecht. Der Mann schrie vor Schmerz und Überraschung auf und stürzte. Sein Kumpel ließ das Messer fallen, wirbelte herum und rannte davon. Schon wollte Mitch erneut auf den Mann zuschießen, doch Ayanna hielt ihn auf.

Inzwischen schwärmten Wachleute des Kasinos durch die Gegend und Funkgeräte knisterten. Cheyenne krabbelte auf Jesse zu und riss ihn in die Arme. Sie schluchzte vor Erleichterung.

„Gut, wenn dein Bruder bei einer Schlägerei in der Nähe ist", flüsterte Jesse ihr ins Ohr. Mit einer Hand zog er die Nadeln aus ihrem Haar, bis es ihr über die Schultern fiel. Sie lehnte sich an seine Schulter, der Regen fiel immer heftiger. Ein Notarztwagen schoss um die Ecke. Irgendjemand zog Cheyenne auf die Beine, dann nahm Ayanna sie in ihre Arme.

„Ach Liebes, bist du verletzt?"

Sie schüttelte heftig den Kopf.

Trotz heftigen Protests schnallten die Sanitäter Jesse auf einer Trage fest und schoben ihn in den Rettungswagen. Dann fuhr der Wagen mit heulenden Sirenen davon.

Ein Polizist führte Cheyenne ins Kasino zum Verhör. Ayanna und Mitch blieben bei ihr, bis sie endlich die Erlaubnis bekam zu gehen. Später saß sie mit Mitch auf der Veranda und blickte in den strömenden Regen, während Ayanna drinnen Tee kochte.

„Du warst fantastisch, Mitch", sagte sie schließlich zu ihrem Bruder.

„Glaubst du, Jesse geht es gut?", fragte Mitch beunruhigt.

„Ganz bestimmt." Cheyenne drückte Mitchs Hand. „Eine Brechstange reicht nicht, um so einem Dickschädel etwas anzuhaben."

„Du hast beinahe gewonnen – das Pokerturnier, meine ich."

Sie lächelte.

„Weißt du eigentlich, dass du dir damit einen Platz in Las Vegas erspielt hast? Jesse ist ja sowieso dabei. Und ich habe gehört, wie er der Turnierleitung in der letzten Pause gesagt hat, dass er auf das Preisgeld verzichtet. Das heißt, es geht an dich."

Noch bevor Cheyenne diese Information verarbeiten konnte, klingelte im Haus das Telefon. Sie lief hinein. Dort stand Ayanna mit einem Teebeutel in der einen und einer leeren Tasse in der anderen Hand in der Küche und starrte das Telefon an.

Cheyenne betete, dass es Jesse war. Es musste einfach Jesse sein.

„Hallo?", rief sie atemlos.

„Ich bin's."

„Jesse!", stieß sie erleichtert hervor. „Bist du … geht es dir gut?"

„Ich weiß nicht", sagte Jesse. „Habe ich nur geträumt, dass ich dir eine Liebeserklärung gemacht habe?"

Sie lachte und weinte gleichzeitig. „Nein. Das hast du nicht geträumt."

„Ich kann mich aber an keine Antwort erinnern."

Einmal holte sie tief Luft. „Ich liebe dich, Jesse", sagte sie dann.

„Gut. Sehr gut."

„Bist du in Ordnung, Jesse? Was haben die Ärzte gesagt?"

„Sie haben die Wunde am Kopf genäht. Jetzt müssen wir noch eine Computertomografie machen, und wenn die in Ordnung ist, kann ich nach Hause. Zumindest könnte ich das, wenn mich jemand abholt."

„Ich komme", sagte Cheyenne.

„Ich bin der Typ mit dem verbundenen Kopf."

Sie lachte.

„Fahr vorsichtig, Cheyenne. Die Straßen sind nass und die Autofahrer in Arizona nicht an Regen gewöhnt."

„Das mache ich", versprach sie.

Mit einem zaghaften Lächeln betrachtete Ayanna ihre Tochter. „Das könnte etwas sehr Schönes mit dir und Jesse werden. Wenn du es zulässt. Lass es einfach geschehen."

„Das werde ich, Mom", sagte Cheyenne leise und nahm ihre Mutter fest in die Arme.

Eine Dreiviertelstunde später stürmte sie ins Wartezimmer des Krankenhauses von Flagstaff. Jesse wartete bereits in einem Rollstuhl auf sie.

„Wie war die Computertomografie?", fragte sie ängstlich.

„Alles steinhart wie immer." Er klopfte sich gegen den Schädel.

„Dann lass uns hier verschwinden."

„Ich dachte, wir könnten eine Runde Poker spielen", sagte Jesse auf dem Weg zum Auto.

„Poker?"

„Strip-Poker", erläuterte er.

„Ich bin dabei, Kumpel", lachte sie.

Sie spielten im Schneidersitz auf Jesses Bett. Cheyenne hatte eine Pechsträhne. Jedes Mal, wenn Jesse gewann, musste sie ein Kleidungsstück ablegen. Und jedes Mal feierte er seinen Sieg, indem er die entkleidete Stelle küsste und streichelte. Als ihr nichts mehr blieb als ihr Höschen, protestierte sie. Da stand er lachend auf, zog sich sein Sweatshirt über den Kopf, knöpfte die Jeans auf und schleuderte sie samt Boxershorts von sich. Abgesehen von dem Verband, war er vollkommen nackt. Cheyenne musste schlucken, als sie seine Erregung in ihrem ganzen Ausmaß erblickte.

Stunden später fiel sie erschöpft neben ihm aufs Bett. Er nahm sie in die Arme und küsste ihre Schläfen.

„Du solltest dich ausruhen“, sagte sie. „Immerhin bist du gerade erst aus dem Krankenhaus entlassen worden.“

„Auf gar keinen Fall“, antwortete er. „Und du wirst dich genauso wenig ausruhen.“

Langsam wanderte Cheyennes Hand über seine Brust, den Bauch und die Schenkel. Er stöhnte.

Eine Woche später …

Bis auf den Kopfverband sah Jesse aus wie alle anderen Hochzeitsgäste. Stolz stand er in einem eleganten Smoking neben Travis, der jedoch nur Augen für seine Braut hatte.

Sierra sah wunderschön aus in ihrem prächtigen weißen Kleid und dem mit Perlen besetzen Schleier. Liam, der auch einen kleinen Smoking trug, hielt das Kissen mit den Eheringen.

Von der dritten Kirchenbank aus sah Cheyenne der Zeremonie zu. Unendliche Liebe für Jesse durchströmte sie.

„Siehst du?“, flüsterte Ayanna ihr zu und drückte ihre Hand. „Manchmal gibt es ein Happy End.“

Ohne den Blick von Jesse zu wenden, nickte sie selig.

„Liebe Gemeinde“, begann der Pfarrer, woraufhin sich unweigerlich leises weibliches Schluchzen einstellte, „wir haben uns hier versammelt …“

Wir haben uns hier versammelt, wiederholte Cheyenne im Geiste.

Familie.

Freunde.

Die ganze Gemeinde.

Alle hatten sich versammelt, um gemeinsam zu feiern.

Und irgendwie hatte Cheyennes Herz zurück zu diesem Ort und zu diesen Menschen gefunden. Sie war endlich nach Hause gekommen. Nach Indian Rock. Zu sich selbst und zu Jesse.

Nach der Hochzeit gab es einen Empfang im angrenzenden Kirchensaal. Jesse hob ein Glas Champagner und sprach einen Toast auf das Brautpaar aus. Kurz darauf schnitten Sierra und Travis die

Hochzeitstorte an, und die Band begann, den Hochzeitswalzer zu spielen. Umfangen vom goldenen Glühen ihrer Liebe tanzte das Brautpaar, während die anderen zusahen. Cheyenne versuchte, ihre Tränen wegzublinzeln.

Jesse nahm sie in die Arme. „Ich liebe dich, Cheyenne", sagte er sehr leise.

„Ich liebe dich auch."

„Gut", erklärte er. „Denn da draußen ist dieser Typ und fragt nach dir. Nigel."

„Nigel ist hier?"

Auf dem Gehsteig wartete tatsächlich Nigel auf sie. Er trug Jeans und ein sportliches Hemd, aus dessen Tasche ein Reisepass hervorlugte.

„Falls du gekommen bist, um mir die Klage zuzustellen", fauchte sie ihn verärgert an, „hast du dir den denkbar schlechtesten Zeitpunkt ausgesucht."

Nigel sah zu Jesse, dann richtete er seine Aufmerksamkeit wieder auf Cheyenne. „Ich werde dich nicht verklagen."

Erstaunt machte sie einen Schritt zurück. „Wirst du nicht?"

„Natürlich nicht", sagte Nigel. „Damit habe ich nur versucht, dich unter Druck zu setzen."

„Und aus welchem Grund kommst du ausgerechnet jetzt während der Hochzeitsfeier unserer Freunde her?"

„Von der Hochzeitsfeier wusste ich gar nichts. Ich bin gekommen, um mich zu entschuldigen."

„Ist die Firma pleite?"

Ihr ehemaliger Chef nickte seufzend. „Meine Großmutter erwartet mich in England mit weit geöffneten Armen." Er schwieg einen Moment, dann lächelte er traurig. „Und einem Nudelholz. Verzeihst du mir, Cheyenne?", bat Nigel.

„Ja. Was allerdings nicht bedeutet, dass ich dich jemals in meinem Leben wiedersehen will."

Da grinste er. „Bis dann, Pocahontas." Zum Abschied küsste er Cheyenne leicht auf die Wange und ging davon.

Von den Kirchenstufen aus sahen Cheyenne und Jesse ihm nach.

„Sollte ich auf den Kerl eifersüchtig sein?", fragte Jesse nachdenklich.

„Auf keinen Fall." In diesem Moment drehte sie ihrer Vergangenheit für immer den Rücken zu und blickte in ihre Zukunft.

„Bist du sicher?"

„Absolut sicher."

„Wieso?"

„Weil Nigel schwul ist. Das ist allerdings nur ein Grund von vielen."

Jesse lachte. Dann zog er Cheyenne an sich und küsste sie leidenschaftlich. So leidenschaftlich, als würden sie in seinem Schlafzimmer Strip-Poker spielen und nicht vor einer Kirche stehen.

„Wofür war das?", fragte sie, als er sie losließ und sie allmählich wieder zu Atem kam.

„Zum Üben", antwortete Jesse.

„Üben?"

„Küssen. Kirche. So langsam finde ich Gefallen an der Vorstellung." Er sah ihr ernst in die Augen. „Cheyenne, willst du mich heiraten?"

„Dich h…heiraten?"

Er nickte.

„Wann?"

„Sobald du so weit bist. Es ist mir egal, wie lange es dauert. Ich warte."

Überglücklich fiel sie ihm in die Arme. Gestern Abend erst war sie bei ihm eingezogen. Natürlich hatte sie sich einen Heiratsantrag gewünscht, aber nicht so schnell damit gerechnet.

„Meine Mutter hatte recht", strahlte sie.

„Inwiefern?"

„Es gibt tatsächlich gelegentlich ein Happy End. Das hat sie gesagt. Vor ein paar Minuten, als Travis und Sierra sich das Eheversprechen gaben."

Jesse verzog einen Mundwinkel – genau so, wie sie es liebte. „Das ist also eines? Ein Happy End, meine ich?"

„Eher ein Happy Beginning", lachte Cheyenne. „Und alles fängt immer mit einem Ja an."

„Ja?", wiederholte Jesse.

Sie küsste ihn. „Ja!"

– ENDE –

Linda Lael Miller

Rance – Echo der Liebe

Roman

Aus dem Amerikanischen von
Tess Martin

MIRA®

Für Sally und Jim Lang, mit Liebe

1. KAPITEL

Der Hund hockte mit nassem, verfilztem Fell auf dem rutschigen Gehsteig neben Echo Wells' rosa lackiertem VW Käfer. In der Hoffnung, nicht allzu nass zu werden, stürzte Echo aus dem Truckstop-Restaurant. Als sie den Hund sah, blieb sie wie angewurzelt stehen.

„Ich kann keinen Hund brauchen", erklärte sie dem Universum und legte den Kopf in den Nacken. Der Regen wusch die letzten Spuren ihres Make-ups weg.

Der Hund winselte. Das große Tier war von unbestimmter Farbe und Rasse. Eine leichte Vertiefung am Hals deutete darauf hin, dass er früher einmal ein Halsband getragen hatte. Seine Rippen zeichneten sich deutlich unter dem Fell ab. Auf einer Vorderpfote entdeckte sie einen bräunlichen Blutfleck.

„Ach, zur Hölle!", rief Echo. Sie sah sich auf dem Parkplatz um. Abgesehen von ein paar kleinen Lastern und einem uralten Wohnwagen war er leer. Sie sah keine Menschenseele, und vor allem niemanden, der nach einem weggelaufenen Tier Ausschau hielt.

Der Hund schien schon seit Tagen allein zu sein, wenn nicht seit Wochen oder sogar Monaten. Bei der Vorstellung, wie einsam und verängstigt er sein musste, bekam Echo Mitleid. Entweder war er ausgesetzt worden – nach Echos Ansicht gab es in der Hölle einen speziellen Platz für Leute, die hilflose Tiere aussetzen – oder weggelaufen, während seine Besitzer getankt oder in dem Restaurant gegessen hatten.

„Ich habe den Wagen gerade putzen lassen", erklärte sie dem Hund. Der Käfer war die einzige Eitelkeit, die sie sich leistete, ein unbesonnener Luxus, über dessen psychologische Bedeutung sie nicht allzu sehr nachdenken wollte.

Das Tier winselte erneut. Dann sah es so hoffnungsvoll mit seinen schwermütigen Augen zu ihr auf, dass Echos Herz dahinschmolz.

Resigniert lief sie um den Wagen und öffnete die Beifahrertür mit einer Hand, während sie auf der anderen die Schachtel mit dem Abendessen balancierte. Der Hund schlich geduckt neben ihr her. Er hinkte ein wenig.

„Komm schon", lockte sie sanft. „Spring rein."

Einen Moment zögerte der Hund, dann hüpfte er auf den Sitz – schmutzig und nass, wie er war. Echo seufzte, öffnete die Schachtel und fütterte, im Regen stehend, den Hund mit den Resten des Hackbratens. Das war's dann wohl mit ihrem Plan, aus jeder Mahlzeit mindestens zwei weitere zu machen, um ihr Reisebudget nicht zu sehr zu strapazieren.

Der ausgehungerte Hund schlang sein Abendessen hinunter. Anschließend sah er Echo so herzergreifend an, dass ihr Tränen in die Augen schossen.

„Mach dir keine Sorgen", sagte sie zu ihm und zu sich selbst. „Alles wird gut."

Sie schloss die Tür, ließ sich vom Regen die Hände waschen, rieb sie an ihrem alten braunen Burberrymantel halbwegs trocken und setzte sich hinters Steuer. Sofort beschlugen die Fenster.

„Das ist Arizona", beschwerte sie sich bei ihrem neuen Reisegefährten. „Hier sollte es eigentlich *trocken* sein."

Der Hund seufzte.

„Du bist wirklich ganz schön nass", bemerkte Echo sachlich. Sie zog an einem Hebel, um den Kofferraum zu öffnen, bot den Elementen erneut die Stirn und stieg aus, um den Quilt zu holen, den sie seit ihrer Kindheit mit sich herumschleppte. Nachdem sie den Hund darin eingewickelt hatte, zog sie ihren Mantel aus, warf ihn auf den Rücksitz und setzte sich wieder.

In den Stoff geschmiegt seufzte der Hund noch einmal, bevor er sich, so gut es angesichts seiner Größe ging, hinlegte. Als Echo auf den Highway 10 einbog, schnarchte er bereits.

Zweieinhalb Stunden später, am Stadtrand von Phoenix, fuhr sie auf den Parkplatz einer günstigen Hotelkette. Es hatte aufgehört zu regnen, die Luft war warm und schwül. Als der Hund sich gähnend aufsetzte, rutschte der Quilt zu Boden.

Echo musterte das Tier. „Ich hatte eigentlich gehofft, heute noch nach Indian Rock zu kommen", erklärte sie ihrem schmutzigen Beifahrer. „Aber ich bin müde, und um ehrlich zu sein, stinkst du. Also werde ich uns jetzt ein Zimmer besorgen. Morgen früh fahren wir weiter. Warte hier."

Mit einem leisen Jaulen sah der Hund sie an.

Sie tätschelte seinen verfilzten Kopf. „Keine Angst, Muttzo", sagte sie. „Wir bleiben zusammen, bis wir deine Besitzer gefunden haben.“

Bevor sie ging, schnappte sie sich die Schultertasche und öffnete das Fenster einen Spalt. Sie hoffte nur, dass sie nicht nach Hund roch.

„Gute Neuigkeiten“, sagte sie, als sie nach einer Viertelstunde mit einem Schlüssel in der Hand zurückkam. „Wir haben ein Zimmer.“ Vor Freude, sie zu sehen, fuhr der Hund ihr mit seiner rauen, nach Hackbraten riechenden Zunge über das Gesicht. „Ich habe natürlich behauptet, dass du ein kleiner Pudel bist.“

Echo fuhr um das Gebäude und parkte unter einer Laterne. Während sie einen ihrer Koffer aus dem Auto wuchtete, erledigte das Tier diskret hinter einem Busch sein Geschäft. Dann gingen sie gemeinsam durch den langen Flur zum Zimmer Nummer 117.

„Jetzt wirst du erst mal gebadet.“ Echo lotste den Hund ins Badezimmer. Kaum drehte sie den Wasserhahn auf, stürzte er in die Wanne und begann, durstig zu trinken. Sie nahm den Duschkopf in die Hand und kniete sich auf den Boden.

„Na so was“, rief sie, nachdem sie ihn gründlich abgeduscht hatte und mindestens zehn Pfund Schmutz in den Abfluss geflossen waren. „Du weißt das vielleicht nicht, aber du bist ein weißer Labrador. Und noch dazu ein weiblicher.“

Echo riss eine kleine Packung Seife auf und schäumte damit das Fell ein. Doch da die Seife blitzschnell aufgebraucht war, kramte sie eine Flasche Shampoo aus ihrer Kosmetiktasche. Wieder seifte sie das Tier ein und wusch es anschließend gründlich ab.

„Du brauchst einen Namen“, beschloss sie, als sie ihn mit einem Handtuch trocken rieb. „Und irgendwie hast du etwas Geheimnisvolles und Mystisches an dir – ich glaube, das liegt an deinen Augen.“ Sie überlegte. „Deshalb taufe ich dich auf den Namen Avalon.“

Avalon, die offenbar verstand, dass das Bad zu Ende war, sprang aus der Wanne und blieb einen Moment unschlüssig auf der Badematte stehen, als erwarte sie einen Befehl. Doch als Echo nichts sagte, schüttelte sie sich heftig und tappte zurück ins Hotelzimmer.

Echo folgte ihr lachend, stöpselte den Föhn in die Steckdose und beobachtete entzückt, wie sich Avalons schneeweißes Fell unter der Wärme wunderhübsch kringelte. Als die Hündin trocken war, füllte Echo einen Eiskübel mit Wasser und stellte ihn auf den Boden. Erst dann ging sie zurück ins Badezimmer, um sich endlich selbst die dringend benötigte Dusche zu gönnen.

Als sie kurz darauf in einen Bademantel gehüllt und mit nach allen Himmelsrichtungen abstehendem Haar wieder ins Zimmer trat, lag Avalon zusammengerollt vor dem Bett. Sie öffnete ein braunes Auge und hob den Kopf ein wenig. In dieser Bewegung lag große Vorsicht, als rechnete sie damit, verscheucht zu werden.

Dieses Gefühl kannte Echo nur allzu gut. Sie wusste, wie es war, wenn man versuchte, nicht gesehen zu werden, und sich gleichzeitig danach sehnte, zu jemandem zu gehören.

Ihr altes Leben in Chicago war genauso verlaufen. Immer hatte sie das Gefühl gehabt, an der Seitenlinie zu stehen und zu warten, ohne genau zu wissen, auf was.

„Hey", sagte sie, bückte sich und streichelte Avalons weiches, glänzendes Fell. „Ich halte mein Wort. Wir bleiben zusammen, solange es nötig ist. Und teilen alles schwesterlich." Sie streckte eine Hand aus. Zu ihrer Überraschung legte Avalon ihre Pfote hinein, als wollte sie ein Geschäft besiegeln.

Nachdem Echo ihr blondes Haar trocken geföhnt hatte, flocht sie es zu einem französischen Zopf, damit es sich nicht zu sehr kräuselte. In einem Baumwollnachthemd und mit geputzten Zähnen stieg sie kurz darauf ins Bett. Als sie das Licht ausknipsen wollte, winselte Avalon leise. Schon wieder brannten Echos Augen. „Na, dann komm", sagte sie. „Hier oben ist genug Platz für uns beide."

Avalon sprang aufs Bett, schmiegte sich an Echos Beine und schlief ein.

Und Echo, völlig zerschlagen nach all den Tagen im Auto, tat dasselbe.

Cora Tellington nahm ihre Enkelinnen Rianna und Maeve auf dem Gehweg vor *Cora's Curl and Twirl* überschwänglich in die Arme. Der neue Tag funkelte und strahlte wie ein frisch polierter Penny. Nur das Gesicht ihres Schwiegersohns, der gerade aus seinem riesigen Geländewagen stieg, trübte die Stimmung ein wenig.

Rance McKettrick betrachtete das Schaufenster neben Coras Laden, einer Mischung aus einem Schönheitssalon und einer Baton-Twirling-School. Offenbar bemerkte er, dass das Verkaufsschild aus dem staubigen Fenster verschwunden war.

„Hast du endlich den Laden verkauft?“, fragte er. „An was für einen Trottel?“

Seufzend musterte Cora den gut aussehenden Ehemann ihrer verstorbenen Tochter. Er war über einen Meter fünfundachtzig groß. Und trotz des teuren Anzugs gelang es ihm, wie ein wilder Cowboy auszusehen, der gerade von seiner Ranch geritten war. Sein Haar war dunkel – ständig juckte es Cora in den Fingern, es ihm anständig zu schneiden. In den markanten blauen Augen lag tiefer Kummer. Seit Julies Tod vor fast fünf Jahren schien Rance nicht mehr ganz am Leben zu sein. Wie eine Marionette erfüllte er seine Pflichten und Aufgaben, mehr aber auch nicht.

Auch Cora vermisste Julie, vielleicht sogar noch mehr als er, denn nichts auf der Welt war schmerzlicher, als das eigene Kind zu begraben. Aber ihren Enkelinnen zuliebe hatte sie sich mit ihrer Trauer abgefunden. Die Mädchen waren erst sechs und zehn Jahre alt. Sie brauchten ihre Großmutter. Natürlich brauchten sie auch Rance, der die beiden auf seine eigene, zerstreute Art liebte. Doch offenbar schaffte er es, die Gefühle für seine beiden Töchter auf Eis zu legen, sobald er auf Geschäftsreisen ging – was sehr häufig der Fall war.

„Es wird eine Buchhandlung“, erklärte Cora, während die Mädchen in ihren Laden flitzten, um sich auf das Glas mit Süßigkeiten zu stürzen, das auf der Theke stand. Drinnen begrüßten Coras drei Mitarbeiterinnen die beiden Kleinen erfreut. „Die unsere kleine Stadt sehr gut gebrauchen kann.“

Äußerst misstrauisch betrachtete Rance den Laden. „Das wird eine Menge Arbeit“, stellte er fest. „Außerdem haben unabhängige Buchhandlungen es heutzutage nicht leicht. Die Leute kaufen doch am liebsten in diesen riesigen Buchhandelsketten oder im Internet.“

Seine Schwiegermutter ignorierte den Einwand. „Ich habe einen angemessenen Preis bekommen“, sagte sie und stemmte die Hände in die Hüften. Dank der vielen Jahre Baton-Twirling war Cora auch mit über sechzig noch sehr schlank. Sie kleidete sich gern auffallend. Heute trug sie schicke Jeans, eine Seidenbluse und eine mit Strass bestickte Weste. Die Haarfarbe wechselte Cora so oft wie ihre Unterwäsche. Im Moment glänzte es kastanienbraun.

„Was ist los, Rance? Du siehst aus wie eine Gewitterwolke, die über den Himmel zieht und kurz davor ist, verdammt viel Regen abzulassen."

Rance seufzte, und einen Moment tat er Cora fast leid.

„Ich wollte fragen, ob Rianna und Maeve für ein paar Tage bei dir bleiben können", sagte er, ohne sie anzusehen. „Ich habe einen wichtigen Termin in San Antonio, im Hauptbüro. Sogar Jesse kommt, woran du erkennst, wie wichtig der Termin ist."

McKettrickCo, der Konzern, der Rances Familie unendlich reich gemacht hatte, stand kurz vor seinem Börsengang. Das führte jedoch zu großen Unstimmigkeiten zwischen den Familienmitgliedern. Wenn sich nun alle in San Antonio trafen, musste es sich wirklich um einen wichtigen Termin handeln. Rances Cousin Jesse interessierte sich bekanntermaßen überhaupt nicht für die Firmengeschäfte. Aber vielleicht wollte er künftig ja doch mehr Verantwortung übernehmen, seit er plante, Cheyenne Bridges zu heiraten, überlegte Cora.

Nach ihrer Meinung wären Rance und sein Cousin Keegan besser beraten, sich Jesses altem Lebensstil anzuschließen – nämlich die monatlichen Schecks aus den Gewinnen einzustreichen und sich einfach des Lebens zu erfreuen.

„Rance", begann Cora vorsichtig, „Rianna hat Samstag Geburtstag. Sie will eine Party feiern. Und Maeve bekommt Montagmorgen ihre Zahnspange, für den Fall, dass du das vergessen hast."

„Dieses Treffen ist wichtig", entgegnete Rance ernst und ein wenig schuldbewusst.

„Rianna und Maeve sind wichtiger", warf Cora ein.

„Aber wir sprechen schließlich auch über *ihre* Zukunft", wandte Rance mit ruhiger Stimme ein. Weil noch andere Passanten auf der Straße waren, rang er sich ein steifes Lächeln ab.

„Ach komm, das ist doch eine faule Ausrede. Du hast für sie schon mehr als genug Treuhandfonds eingerichtet." Sie beugte sich ein wenig vor, um ihren Standpunkt klarzumachen. „Sie brauchen einen *Vater*."

Wie Cora es vorausgesehen hatte, machte das Rance noch zorniger. „Sie haben einen“, brummte er.

„Tatsächlich? Jesse kümmert sich mehr um die beiden als du. Er war es, der letzte Woche zu ihrem Twirling-Auftritt gekommen ist, während du in Hongkong oder Paris oder weiß der Teufel wo warst.“

„Müssen wir dieses Gespräch unbedingt auf dem verdammten Gehsteig führen?“

„Jedenfalls werden wir es nicht drinnen führen, wo deine Töchter alles mit anhören können.“

Rance warf genervt die Arme in die Luft. „Rianna und Maeve haben kein Problem damit“, behauptete er. „Wir können die Geschichte mit der Zahnspange verschieben, und Sierra wird an Riannas Geburtstag eine kleine Party auf der Ranch schmeißen.“

Im Gegenzug verschränkte Cora die Arme vor der Brust. Zwar spielte sie ihre Trumpfkarte nicht gern aus, aber genau das war es, was Rance McKettrick brauchte, um verflixt noch mal endlich zu kapieren, dass seine Töchter ihn brauchten. Er konnte sie nicht behandeln wie irgendwelche Termine, die er verschob, um seine verrückten und komplett überflüssigen Geschäfte zu machen. „Was würde Julie deiner Ansicht nach zu dem sagen, was mit ihren Kindern geschieht, Rance? Und mit dir?“

Einen Moment sah er aus, als hätte sie ihn geschlagen. Dann stieß er verärgert die Luft aus. „Verdammt, Cora, das war unter der Gürtellinie.“

„Nenn es, wie du magst“, entgegnete Cora und zwang sich dabei, kein Mitleid zu zeigen. „Du und diese beiden kleinen Mädchen haben Julie mehr bedeutet als alles andere auf der Welt. Sie hat ihre Karriere aufgegeben, um euch allen ein Heim zu schaffen, dort draußen auf Triple M. Und jetzt behandelst du dieses Heim wie ein Hotel, in dem man ein- und auscheckt, wie es einem passt.“

Nach diesem Vorwurf schwieg Rance lange. Cora wartete mit angehaltenem Atem ab.

„Kümmerst du dich nun um Rianna und Maeve oder nicht?“, fragte er schließlich.

Obwohl sie damit gerechnet hatte, dass das Gespräch auf diese Weise enden würde, verspürte Cora bittere Enttäuschung.

„Das weißt du doch genau“, sagte sie nur.

Rance machte einen versöhnlichen Schritt auf sie zu. Er hob die Hände, als wollte er sie auf ihre Schultern legen, entschied sich dann jedoch dagegen. „Ich habe ihre Sachen nicht gepackt", sagte er. „Ich dachte, du würdest vielleicht lieber mit ihnen auf der Ranch wohnen, statt hier in der Stadt."

„Du hättest gar nicht gewusst, wo du ihre Sachen überhaupt findest", entgegnete Cora resigniert. Julie, Julie, dachte sie traurig, ich tue wirklich mein Bestes, aber dieser Mann ist ein McKettrick. Was bedeutete, dass er einen schrecklichen Dickschädel besaß. Es wäre um einiges leichter, einen Berg zu verschieben, als Rance von etwas zu überzeugen. „Dann tu, was du tun musst. Ich kümmere mich natürlich um Rianna und Maeve."

„Ich weiß das zu schätzen", sagte Rance. Cora wusste, dass er es ernst meinte. Aber leider Gottes nicht ernst genug.

Rance sah seiner Schwiegermutter hinterher, wie sie ins *Curl and Twirl* stolzierte und die Tür hinter sich zuknallte. Dabei hatte er das Gefühl, vor den Augen aller übers Knie gelegt worden zu sein. In der Hoffnung, eine weitere Kopfschmerzattacke zu verhindern, drückte er Daumen und Zeigefinger an die Nasenwurzel. Zu allem Überfluss schoss in diesem Moment auch noch ein bonbonrosa Käfer in den freien Parkplatz, auf dem er stand, und fuhr ihm dabei beinahe alle Zehen ab.

Es war gut, seinen Ärger auf etwas anderes zu richten. „Was zur Hölle …", stieß er hervor und stürmte zur Fahrerseite des Wagens.

Das Fenster wurde geöffnet, und eine Blondine mit großen haselnussbraunen Augen und Zopf blinzelte ihn an, mit leicht geröteten Wangen.

„Tut mir leid", sagte sie.

Rance beugte sich vor. Ein weißer Hund, der auf dem Beifahrersitz angeschnallt war, knurrte ihn warnend an. „Ich habe keine Ahnung, wo Sie herkommen, Lady", sagte Rance, „aber in dieser Gegend muss man normalerweise nicht um sein Leben fürchten, nur weil man in sein Auto steigen will."

Sie klimperte mit den Wimpern, ihr kleiner, hübscher Mund verzog sich nach oben. Auf ihrer schmalen Nase entdeckte Rance ein paar blasse Sommersprossen. „Gehört dieser Geländewagen Ihnen?", fragte sie nach einem Blick in den Rückspiegel.

„Ja“, antwortete er und begriff nicht, was sein Wagen damit zu tun haben sollte.

„Wenn Sie ein vernünftiges Auto fahren würden und nicht so eine gigantische Benzinschleuder, dann hätten Sie mich gesehen und dieser ganze *Nicht-Unfall* wäre nicht passiert.“

Diese Dreistigkeit verblüffte Rance so, dass er auflachte, allerdings nur kurz und unwirsch, woraufhin der Hund sofort wieder zu knurren begann.

Wieder blinzelte sie. Doch dann streckte sie eine schlanke Hand durch das Fenster, was ihn fast genauso erschreckte wie ihr rasanter Einparkstil. „Echo Wells“, sagte sie.

„Wie bitte?“

„Das ist mein Name“, erklärte sie.

Er ergriff ihre Hand. Sie fühlte sich kühl und weich an. Der Hund bellte und drückte sich gegen den Gurt.

„Ruhig, Avalon“, sagte Echo. „Wir sind nicht in Gefahr. Oder etwa doch, Mr ...?“

„McKettrick“, sagte er etwas verspätet, wobei er ihre Hand länger festhielt als nötig. „Rance McKettrick.“

Plötzlich lächelte sie, und Rance fühlte sich irgendwie wie aus dem Hinterhalt überfallen.

„Ist ja nichts passiert“, sagte sie.

Dessen war er sich nicht so sicher. Denn er fühlte sich merkwürdig erschüttert. Vielleicht hatte sie ihn doch überfahren, mit allen vier Rädern, und er hatte es irgendwie überlebt und stand in einer wirren Verfassung wieder auf seinen Beinen? „Was für ein Name soll Echo Wells denn sein?“, hörte er sich fragen.

Das Lächeln erlosch, was Rance mit Erleichterung bemerkte. Seine Knie fühlten sich jetzt nicht mehr so weich an.

„Was soll Rance McKettrick denn für ein Name sein?“, schoss sie zurück.

Avalon fletschte die Zähne.

„Was hat der Hund?“, fragte Rance fast ein wenig beleidigt. „Normalerweise komme ich mit Tieren gut zurecht.“

„Sie kommen gerade ein wenig aggressiv rüber“, sagte die Respekt einflößende Miss Wells. „Hunde können Energiefelder spüren, wissen Sie. Und seien Sie mir nicht böse, aber Ihr Energiefeld ist eine Katastrophe.“

„Das könnte daran liegen, dass Sie mich beinahe um die Ecke gebracht hätten", entgegnete Rance, nachdem er sich von seiner Verblüffung erholt hatte. „Das mit dem katastrophalen Energiefeld, meine ich."

Der Rotton auf Echos Wangen vertiefte sich, was auf Rance eine ähnliche Auswirkung hatte wie zuvor ihr Lächeln. Doch er wehrte den Impuls ab, ein paar Schritte zurückzuweichen.

„Machen Sie sich über mich lustig, Mr McKettrick?"

„Nein." Er betrachtete den Bergkristall, der an ihrem Rückspiegel an einer Schnur baumelte. „Aber wenn Sie sich für Energiefelder interessieren, dann wollen Sie bestimmt nach Sedona und nicht nach Indian Rock."

Ohne Rance aus den Augen zu lassen, beugte sie sich zur Seite, um dem Hund ein paarmal beruhigend übers Fell zu streichen. Instinktiv wünschte Rance, er könnte mit dem Tier tauschen. Doch da er ein äußerst praktischer Mann war, schob er den albernen Gedanken umgehend weit von sich.

„Wären Sie so nett, zur Seite zu gehen?", fragte Echo in süßsaurem Ton. „Es war eine lange Fahrt, und ich würde jetzt sehr gern aussteigen."

Und Rance, der sich wunderte, dass er überhaupt ein Gespräch mit ihr führte, trat zurück. Echo Wells öffnete die Tür, schnallte sich ab und schwang zwei wohlgeformte Beine auf die Straße. Sie reichte ihm gerade bis ans Kinn, und das knappe rosaweiße Sommerkleidchen musste die kleinste Größe haben. Anstelle der High Heels, die er wegen des Kleides erwartet hatte, trug sie knöchelhohe, rosa Turnschuhe mit goldenen Schnürsenkeln. Sie lächelte verträumt, als ob Rance durchsichtig geworden wäre und sie durch ihn hindurch das Land auf der anderen Straßenseite betrachten könnte. Dann holte sie tief Luft und atmete hörbar aus.

Bei seiner Größe war Rance nun wirklich nicht daran gewöhnt, unsichtbar zu sein – schon gar nicht für Frauen.

„Willkommen in Indian Rock." Das sagte er eigentlich nur, um ihre Aufmerksamkeit wieder auf sich zu ziehen. Durchaus möglich, dass sein Tonfall dabei ein klein wenig angespannt klang.

Statt zu antworten, ging sie um ihn herum auf den Gehsteig, öffnete die Tür und ließ den Hund heraus. Avalon – was für ein alberner Name für einen Hund. So einen versponnenen Namen konnte man nur von jemandem erwarten, der einen Bergkristall am Rückspiegel hängen hatte und rosa Turnschuhe passend zum rosa Auto trug. Avalon jedenfalls tapste direkt zu seinem Geländewagen und ging in die Hocke.

Rance blickte die Hündin finster an.

Doch Avalon war es vollkommen schnuppe, was er dachte. Wenn sie ein Rüde gewesen wäre, schien ihr Blick zu sagen, würde sie ein Bein heben und direkt gegen den schimmernden schwarzen Lack pinkeln oder vielleicht das Trittbrett taufen.

Immer noch stumm, nahm Echo Wells ihre Handtasche aus dem Auto und kramte darin nach einem Schlüssel. Mit ihm marschierte sie direkt zu dem Laden neben dem *Cora's Curl and Twirl* und steckte ihn ins Schloss.

Das war die neue Besitzerin? Er hatte jemand ganz anderes erwartet. Jemanden, der Cora mehr ähnelte. Aber auf jeden Fall nicht so eine Frau.

„Die meisten Leute fahren in eine der großen Buchhandelsketten in Flagstaff, um Bücher zu kaufen", rief Rance und hätte sich gleich darauf am liebsten dafür die Zunge abgebissen. Weil er sie aber gelegentlich noch brauchte, drückte er sie stattdessen nur gegen den Gaumen.

„Ist das so?", flötete Echo offensichtlich unbeeindruckt. Damit ging sie mit dem Hund im Schlepptau in den Laden und warf die Tür hinter sich zu. Laut.

Bevor Rance sich abwenden konnte, wurde die Tür von Coras Laden aufgerissen und seine Töchter stürmten heraus. Beide hatten sein dunkles Haar, doch die grünen Augen von Julie. Es hatte ein ganzes Jahr gedauert, bis er nach Julies Unfall in der Lage gewesen war, in diese Augen zu schauen, ohne zusammenzuzucken. Auch heute passierte ihm das noch manchmal.

„Wir hätten beinahe vergessen, uns zu verabschieden!", sagte Rianna, die jüngere, und umklammerte mit beiden Armen sein rechtes Bein. Am Samstag feierte sie ihren siebten Geburtstag.

Maeve, die für ihre zehn Jahre ziemlich groß war, hielt sich an seiner Taille fest. Rance schmolz das Herz, und seine Augen brannten ein wenig. Er umarmte die beiden Mädchen, dann beugte er sich zu ihnen herab, um sie auf die Stirn zu küssen.

„In ein paar Tagen bin ich zurück", sagte er.

Sie reckten die Hälse und sahen skeptisch zu ihm hoch.

„Es sei denn, du fährst danach noch woanders hin, wie so oft", sagte Maeve mit verschränkten Armen.

Doch Riannas Aufmerksamkeit richtete sich auf den rosa Volkswagen. Ehrfürchtig berührte sie den Kotflügel, als handelte es sich um eine verzauberte Kutsche, die sechs weiße Pferde zogen.

„Sieht aus wie das Auto von Barbie", sagte sie verwundert. „Nur größer."

Maeve, ganz Frau von Welt, verdrehte die Augen.

Die Tür des künftigen Buchladens öffnete sich. Rance hörte eine Türglocke bimmeln. Mit einer nackten, wunderhübschen Schulter lehnte Echo am Türrahmen und lächelte den Mädchen zu.

„Hi", sagte sie und sah die beiden Mädchen freundlich und aufmerksam an, ohne Rance zu beachten. „Ich heiße Echo. Und ihr?"

„Echo", seufzte Rianna verzaubert.

„Das hast du bestimmt erfunden", warf Maeve ein, ganz die Tochter ihres Vaters. Doch sie klang trotzdem fasziniert.

„Da hast du recht, den Namen habe ich erfunden – gewissermaßen", sagte Echo. „Aber er passt zu mir, findet ihr nicht?"

„Und wie heißt du in echt?"

Rance hätte sich längst auf den Weg zum Flughafen machen müssen, wo der Privatjet von *McKettrickCo* mit Keegan und Jesse an Bord bereits auf ihn wartete. Doch er war auf die Antwort mindestens so gespannt wie Maeve.

„Das ist ein Geheimnis." Echo legte einen Finger an die Lippen. „Vielleicht verrate ich ihn euch, wenn ich euch etwas besser kenne."

„Ich heiße Maeve", erklärte Rances älteste Tochter.

„Und ich Rianna", sagte die jüngere.

„Tja, wenn mein echter Name so schön wäre wie eure, dann hätte ich ihn behalten", gestand Echo.

In Gedanken hörte Rance schon die gestarteten Motoren des Jets. „Ich muss jetzt gehen", sagte er zu seinen Töchtern, die seine Existenz offenbar vergessen hatten.

Der weiße Hund schlüpfte an Echo vorbei. Er trottete zu Rianna und leckte ihr übers Gesicht. Rance, der sich schon beschützend vor seine Tochter werfen wollte, irritierte das zutiefst. Aber Rianna kicherte, streichelte den Hund mit beiden Händen und warf Rance einen Blick über ihre Schulter zu. „Bekommen wir auch einen Hund, Daddy?"

„Nein", sagte er. „Ich verreise zu oft."

„Das kannst du laut sagen", sagte Maeve. Manchmal kam sie ihm wie eine kleine Erwachsene vor.

Bei dieser Bemerkung hob Echo eine ihrer wunderschönen Augenbrauen.

„Wiedersehen", sagte Rance zu seinen Töchtern.

Rianna war viel zu sehr damit beschäftigt, mit dem Hund zu kuscheln, um zu antworten. Und Maeve warf ihm nur einen Blick zu. Er stieg in seine *gigantische Benzinschleuder* und fuhr davon.

„Ich mag dein rosa Auto", sagte Maeve, allerdings erst, nachdem der Wagen ihres Vaters außer Sicht war. Bei ihrem Gesichtsausdruck musste Echo an Avalon denken, wie sie am Abend zuvor neben ihrem Käfer gesessen und gehofft hatte, mitgenommen zu werden.

„Ich mag deinen Hund", ergänzte Rianna.

„Dad erlaubt nicht, dass wir einen haben", verkündete Maeve.

„Das habe ich mir schon gedacht", entgegnete Echo vorsichtig. Man sah den Kindern an, dass sie gut behütet aufwuchsen. Ihr langes dunkles Haar war ordentlich zu einem Zopf gebunden, die Jeans und bunten Sonnentops sahen teuer aus. Warum also hätte sie sich am liebsten auf den Boden gekniet und beide in die Arme genommen? Schließlich hatten sie eine Familie.

„Er ist oft weg", sagte Rianna.

„Wir sind die meiste Zeit bei Granny", fügte Maeve hinzu.

„Reist eure Mutter auch so viel?", fragte Echo.

„Sie ist tot."

Vor Schreck zuckte Echo zusammen. „Oh." Etwas anderes fiel ihr nicht ein.

In diesem Moment öffnete sich die Tür von *Cora's Curl and Twirl* und eine Frau steckte ihren kunstvoll frisierten Kopf heraus. „Maeve, Rianna …" Sie hielt inne, als sie zuerst den Hund entdeckte, dann das Auto und schließlich Echo. Ein strahlendes Lächeln erhellte ihr Gesicht. „Sie müssen Miss Wells sein", sagte sie.

„Nennen Sie mich doch bitte Echo."

„Echo also", entgegnete die Frau freundlich. „Ich bin Cora

Tellington, und wie ich sehe, haben Sie meine Enkelkinder bereits kennengelernt."

„Allerdings", sagte Echo sanft.

Cora trat begeistert auf sie zu und schüttelte ihre Hand. „Ich habe Sie erst in ein paar Tagen erwartet. Ich hätte im Laden noch etwas Staub gewischt und die Wohnung darüber gelüftet, wenn ich gewusst hätte, dass Sie so bald kommen."

„Das ist sehr nett von Ihnen." Echo mochte die Frau bereits. Sie hatte den Laden ungesehen gekauft. Das komplette Geschäft war per Telefon, Fax und Post abgeschlossen worden. Insgeheim hatte sie sich schon gefragt, was für ein Mensch Cora Tellington wohl war, da sie einen Laden zu einem Spottpreis übers Internet verkaufte. Und Cora hatte sich bestimmt auch so ihre Gedanken über die Käuferin gemacht. „Ich freue mich darauf, die Wohnung schön herzurichten", sagte Echo.

„Hast du denn gar keine Möbel?", fragte Maeve, die durch das schmutzige Schaufenster spähte.

Rianna und Avalon stellten sich neben Maeve, um selbst einen Blick hineinzuwerfen.

„Wieso hast du einen Buchladen ohne Bücher?", wollte Rianna wissen.

„Das kommt alles mit einem Umzugswagen", erklärte Echo. „Bevor ich die Regale einräumen kann, habe ich noch eine ganze Menge zu tun."

Da pfiff Maeve auf eine Weise durch die Zähne, die sie garantiert von ihrem Vater gelernt hatte. „Das kann man wohl sagen."

Rianna sah Echo besorgt an. „Wo schläfst du?"

„Hier", antwortete Echo. „Avalon und ich haben heute Morgen an einem Supermarkt gehalten und Luftmatratzen und Decken gekauft."

„Das ist wie Camping", bemerkte Rianna.

„Nein, ist es nicht, du Doofi", rief Maeve mit der Verachtung der älteren Schwester. „Camping macht man im Freien."

„Genug", unterbrach Cora sie freundlich. Doch sie sah genauso besorgt aus wie Rianna. „In meiner Wohnung ist jede Menge Platz", sagte sie. „Und Hunde sind natürlich auch willkommen."

Nach dieser aufrichtigen Einladung wurde Echo ganz warm ums Herz. „Wir kommen schon zurecht, nicht wahr, Avalon?"

Doch dann dachte sie an Rance McKettrick und fragte sich, ob sie ihr neues Leben nicht doch besser in Sedona hätte beginnen sollen.

Nein, beschloss sie ebenso schnell.

Wenn es um einen Neuanfang ging, war Indian Rock genauso gut wie jeder andere Ort auf der Welt.

2. *KAPITEL*

Als Echo den Laden genauer unter die Lupe nahm, kamen ihr allerdings Zweifel. Sie würde jede Menge Arbeit und Geld in die Renovierung stecken müssen. Und das, wo ihre Geldreserven seit ihrem Entschluss stetig schrumpften.

Für den Laden hatte sie eine gut bezahlte Stelle in der Windy City aufgegeben, wo sie Benefizveranstaltungen für eine Kunstgalerie organisiert hatte. Auch ihr winziges Apartment mit Seeblick hatte sie verkauft. Dort hatte sie an ihren einsamen Abenden ein kleines Onlinegeschäft aufgebaut, das allerdings keinen Profit abwarf.

Nachdenklich fuhr Echo mit dem Finger über ein staubiges Regal an der hintersten Wand des sehr kleinen Ladens. Auf einmal schien ihr der Entschluss, Chicago zu verlassen, verdammt waghalsig. Ob sie einen Fehler gemacht hatte? Andererseits war ihr Leben nach einer unschönen Trennung so leer und steril geworden.

Avalon sah mit der einzigartigen Ergebenheit, die nur ein Hund aufbringen konnte, zu ihr auf. In ihrer alten Wohnung waren Hunde nicht erlaubt gewesen. Niemand war dort erpicht auf Flecken im Teppich oder Kratzer in der Tür. Noch weniger auf Gebell, obwohl die Flugbegleiter in Apartment 4 B regelmäßig mehr Lärm veranstalteten als eine Horde Tiere bei der Fütterung.

„Steril", überlegte sie laut. „Dabei sollte das wahre Leben chaotisch sein."

Avalon gab einen Ton von sich, den Echo als volles Einverständnis interpretierte.

Zusammen mit Avalon stieg Echo die Treppe hinauf, um sich ihr neues Zuhause anzusehen: ein Zimmer und ein winziges Bad. Doch die Wohnung besaß einen gewissen Charme mit ihren unebenen Holzböden und den großen Fenstern. Eines davon ging auf die Straße, das andere nach hinten hinaus auf eine Gasse.

Avalons Krallen klickten auf dem Boden, während sie den Raum erforschte, am Herd schnüffelte und die gusseiserne Badewanne auf Füßen einer Prüfung unterzog. Am Ende stellte sie die Vorderpfoten auf das Fensterbrett und schaute hinaus.

„Ein bisschen Wasser und Seife“, sagte Echo, die ein Fenster zum Lüften öffnete, „und es ist perfekt.“

Wieder schien Avalon ihrer Meinung zu sein.

Die nächsten zehn Minuten verbrachte sie damit, Koffer, Luftmatratze und Decken aus dem Auto zu holen. Darauf folgten Echos Laptop und die Näpfe und Futterdosen, die sie morgens im Supermarkt gekauft hatte.

„Wir brauchen Putzmittel“, erklärte Echo Avalon. Diese neue Gewohnheit, Gespräche mit einem Hund zu führen, beunruhigte sie ein wenig. Die Wahrheit war, dass sie schon zu lange allein lebte und viel zu viele Worte aufgespart hatte. „Und etwas zu essen.“

Echo füllte Avalons neue Wasserschüssel am Spülbecken und stellte sie auf den Boden. Während der Hund trank, schüttete sie Trockenfutter in einen Napf. Dann nahm sie die Luftmatratze aus der Tüte, stöpselte die mitgelieferte Pumpe ein und machte sich ans Werk. „Das ist wirklich wie Camping“, sagte sie lächelnd, als sie an Riannas Worte dachte.

Doch der Gedanke an Rianna führte unvermeidlich zu ihrem Vater, und Echos Lächeln erstarb. Irgendetwas beunruhigte sie an diesem Mann – einmal abgesehen von seinem mürrischen Auftreten. Er war geradezu überwältigend attraktiv, und alles an ihm, auch sein Auto, deutete darauf hin, dass er viel Geld hatte.

Gegen Geld gab es nicht unbedingt etwas einzuwenden, doch nach Echos Erfahrung waren reiche Menschen daran gewöhnt, alles zu bekommen, was sie wollten – egal wie. Sie seufzte. Das war bestimmt unfair. Sie wusste nichts über Rance McKettrick, außer dass er Witwer war und zwei wunderhübsche Töchter hatte, um die er sich nicht genug kümmerte. Außerdem war er reich, sah viel zu gut aus und strahlte eine kompromisslose Männlichkeit aus, die sie anzog und zugleich den Wunsch in ihr weckte, wegzulaufen.

Rance McKettrick war *nicht* Justin St. John.

Er war nicht der Mann, der sie betrogen und ihr Herz gebrochen hatte. Das durfte sie nicht vergessen.

Außerdem besaß sie jetzt ihren eigenen Laden, einen Plan für die Zukunft, und ihre Internetseite lief seit einiger Zeit auch besser. Und nicht zuletzt gab es noch Avalon, wenn auch vermutlich nur vorübergehend.

Für heute jedenfalls musste das reichen.

„Weißt du eigentlich, wie viel es kostet, einen Learjet auf der Startbahn warten zu lassen?“, zischte Keegan, als Rance das Flugzeug bestieg.

Jesse, der wie immer Jeans, Stiefel und ein Westernhemd trug, grinste nur und nahm einen Schluck von was auch immer er trank. Jesse war schon immer sehr entspannt gewesen, aber das hatte sich noch gesteigert, seit er in die süße Cheyenne Bridges verliebt war und ihr einen dicken, funkelnden Diamantring an den Finger gesteckt hatte.

Rance verspürte einen Anflug von Neid. Nachdem er die schlimmste Trauer über Julies Tod überwunden hatte, war er mit vielen Frauen zusammen gewesen. Doch im Moment erinnerte er sich an kein einziges Gesicht, geschweige denn an einen Namen.

Dafür kam ihm Echo Wells in den Sinn. Er dachte an die gekräuselten Strähnen, die sich aus ihrem Zopf gelöst hatten, vor allem an den Schläfen, und an ihren leichten blumigen Duft.

Energisch schüttelte er die Erinnerung ab.

Es hatte gar keinen Sinn, in *diese* Richtung auch nur zu denken.

Wenn eine Frau auf der Welt nicht zu ihm passte, dann diese Echo Wells mit ihrer Leidenschaft für Rosa, ihrem grimmigen Hund und diesem bescheuerten Bergkristall am Rückspiegel.

Vermutlich legte sie Tarotkarten und tanzte nackt im Mondlicht.

Bei dieser ganz und gar nicht unangenehmen Vorstellung – zumindest, wenn man die Tarotkarten wegließ – lächelte er ein wenig.

„Es kümmert mich einen Dreck, was das kostet“, erklärte er Keegan, sank in einen Sitz und schnallte sich an. „Ich bin reich, schon vergessen?“

„Gibt’s sonst was Neues?“, kommentierte Jesse und sah ein wenig wehmütig aus dem Fenster. Wahrscheinlich vermisst er seine Freundin bereits, überlegte Rance ohne jegliches Mitleid.

„Tja“, sagte Rance, als der Pilot aus dem Cockpit kam und auf ein Zeichen zum Start wartete, das ihm Keegan prompt lieferte. „Ich sage dir, was es Neues gibt, Jess. Eine Hippiefrau hat den Laden neben Cora gekauft. Sie fährt ein rosa Auto und trägt dazu passende Turnschuhe.“

Sowohl Jesse als auch Keegan sahen ihn mit Interesse an, Keegan mit gerunzelter Stirn, Jesse leise lächelnd.

„Ich mag es, wenn meine Frau ein bisschen auffällt“, sagte Jesse.

„Ja, klar“, versetzte Keegan verärgert. Ganz offensichtlich hatte ihn heute jemand mächtig geärgert. „Cheyenne hat eben einen umwerfenden Körper.“

Die Motoren heulten auf, der Jet fuhr über die Startbahn.

Jesse grinste. „Nur nicht neidisch werden.“

„Du brauchst eine Frau“, sagte Rance zu Keegan. „Etwas Geschlechtsverkehr ab und zu würde dich bestimmt aufheitern.“

Keegan sah ihn böse an. „Das sagt mir gerade der Richtige“, erwiderte er scharf.

„Jungs, Jungs“, warf Jesse mit diesem Grinsen ein, das Rance regelmäßig auf die Palme brachte. „Ihr beide habt einen Dauerständer. Das ist euer Problem.“

Jetzt starrten ihn sowohl Keegan wie Rance wütend an.

Aber Jesse lachte.

„Ich habe keinen Ständer“, sagte Keegan.

„Nun, vielleicht keinen sichtbaren“, entgegnete Jesse.

Rances Gedanken schweiften zurück zu Echo. Er versuchte sich vorzustellen, was sie wohl unter dem engen Kleid trug.

Schnell verlagerte er sein Gewicht und schlug die Beine übereinander.

„Dieses Treffen sollte unbedingt erfolgreich verlaufen“, sagte er, um das Thema zu wechseln. „Ich verpasse dafür Riannas Geburtstag.“

„Bitte sag, dass du nicht vergessen hast, ihr ein Geschenk zu kaufen“, rief Jesse. Er sah mit einem Mal sehr ernst aus. Das erinnerte Rance an Coras Worte, wonach Jesse sich mehr um seine Töchter kümmerte als er selbst. Das wurmte ihn.

„Selbstverständlich nicht“, log er. Er würde bei der nächsten Gelegenheit Myrna Terp im Büro anrufen und sie bitten, etwas zu besorgen, das rechtzeitig zur Geburtstagsparty auf der Ranch sein konnte. Vielleicht ein Pony. Oder eines dieser Kinderautos, die mit Batterien betrieben wurden.

Am besten in Rosa.

Er fühlte sich schon besser. Andererseits hatte er noch nie im Leben etwas in Rosa gekauft.

„Wie geht es Devon?“, fragte Jesse gleich darauf Keegan. Devon war Keegans inzwischen zehnjährige Tochter, die er seit der

Scheidung nicht mehr oft sah. Sie lebte in Flagstaff mit Keegans Exfrau, die angedroht hatte, mit ihrem neuen Freund und Devon nach Europa zu ziehen.

Als Rance sich vorstellte, was das für Keegan bedeuten würde, erblasste er.

Keegan seufzte laut, seine breiten Schultern sackten ein wenig herab. Mit einer Hand fuhr er sich durch das braune Haar und sah auf den mit einem geschmackvollen Teppich ausgelegten Boden des Jets.

„Travis holt sie Samstagnachmittag ab, damit sie zu Riannas Party kann", antwortete Keegan. Als er wieder aufsah, wirkte sein Gesicht verdrossen. Travis, der seit einiger Zeit mit ihrer Cousine Sierra verheiratet war, arbeitete als Anwalt für *McKettrickCo.* „Fragt ihr euch je, ob es sich lohnt, all diese Dinge zu verpassen?"

„Nö", sagte Jesse, der noch nie in seinem Leben richtig gearbeitet hatte. Genau wie seine Cousins war er bereits reich zur Welt gekommen. Bevor er sich in Cheyenne verliebte, hatte Jesse nur Poker gespielt, Frauen vernascht und Pferde geritten. Keegan und Rance hingegen arbeiteten seit ihrem Studium, weil es das war, was man ihrer Ansicht nach eben tat. Und doch fragte Rance sich gelegentlich, ob Jesse es nicht richtig machte. Und vermutlich stellte Keegan sich in mancher einsamen, dunklen Nacht dieselbe Frage.

„Cora hat mir die Hölle heißgemacht, weil ich die Kinder wieder allein lasse", gestand Rance. „Erstens wegen Riannas Geburtstag, und dann soll Maeve am Montag eine Zahnspange bekommen." Er schüttelte den Kopf. „Natürlich ist es nicht schön, die Geburtstagsparty zu verpassen. Aber ich kapiere verdammt noch mal nicht, warum ich mit zum Kieferorthopäden soll."

„Weil Kinder nun einmal Angst vorm Zahnarzt haben", erklärte Jesse.

„Maeve hat vor gar nichts Angst", entgegnete Rance mit Stolz in der Stimme.

„Das denkst du", sagte Jesse.

Rance musterte ihn alarmiert. „Gibt es etwas, das ich über meine Tochter wissen müsste?" *Meine Tochter* betonte er besonders.

„Warum fragst du sie nicht selbst?", murmelte Jesse.

„Hör zu, wenn Sie dir etwas erzählt hat, dann sollte ich das erfahren."

„Ach ja?“

„Himmel, ja. Natürlich!“

Jesse gab nach. „Du hast ihren Auftritt verpasst. Alle Väter waren da – nur du nicht.“

„Ich habe diesem Kind schon stundenlang dabei zugesehen, wie es mit den Tambourstöcken herumwirbelt“, protestierte Rance. „Sie tut doch fast nichts anderes.“

„Das ist nicht das Gleiche“, bemerkte Jesse kühl. „Beim Auftritt hatte sie ein besonderes Kleid an. Außerdem hat sie gewonnen. Sie wollte *dich* dabeihaben, Rance.“

„Nun, du warst ja offenbar da“, brummte Rance.

Jesse nickte. „Cheyenne und ich waren dort. Und danach sind wir mit ihr und Rianna ins *Roadhouse* zum Eisessen gefahren. Und weißt du, was das Schlimmste war, Rance? Zu sehen, wie deine Tochter angestrengt so tat, als ob es ihr überhaupt nichts ausmacht, dass du nicht da bist.“

Die Luft in der Kabine schien plötzlich zu knistern.

„Hört auf, alle beide“, rief Keegan.

„Ich brauche mir von einem pokerspielenden, rodeoreitenden Frauenhelden nicht sagen zu lassen, wie ich meine Töchter erziehen soll“, brauste Rance auf.

„Zum Teufel, und ob“, entgegnete Jesse. „Weil du es von allein ja nicht kapierst.“

„Es reicht“, sagte Keegan. „Wir befinden uns in einem Flugzeug, nicht in einem Stall.“

Rance seufzte verärgert und warf sich in seinen Sitz zurück.

Jesse drehte sich weg und sah stumm aus dem Fenster.

Bis sie in San Antonio landeten, sprach keiner von ihnen ein Wort.

Am Samstagmorgen, drei Tage nachdem ihr Vater mit Onkel Keegan und Jesse die Stadt verlassen hatte, öffnete Rianna McKettrick die Augen und blieb ganz still liegen. Im Bett gegenüber hörte sie Maeve leise und regelmäßig atmen.

„Ich bin sieben“, hätte Rianna am liebsten laut gesagt. „Gestern Abend, als ich ins Bett ging, war ich noch sechs. Aber heute Morgen bin ich *sieben*.“

Das schien ihr eine wunderbare Sache zu sein, etwas, was man den Leuten erzählen sollte.

Aber sie wusste, dass Maeve nur die Augen verdrehen und sie anschauen würde, als wäre sie nicht ganz richtig im Kopf. Das machte Rianna traurig. Je älter Maeve wurde, desto weniger schien sie ihre kleinere Schwester zu mögen. Egal, wie sehr sie sich auch anstrengte, mit Maeve konnte sie es einfach nicht aufnehmen.

Deshalb war es nicht ganz so lustig, sieben zu werden.

Seufzend setzte sie sich auf, warf die Bettdecke zurück und glitt aus dem Bett. Dann tapste sie ins Badezimmer, das sie sich mit Maeve teilte, wenn sie bei Granny in der Zane Gray Road übernachteten – was meistens der Fall war. Sie hatte gehört, wie ihr Vater vorschlug, dass sie alle zusammen im Haus auf der Ranch wohnen könnten. Aber Granny wollte nicht so weit entfernt vom *Curl and Twirl* sein.

Granny war eine Geschäftsfrau. Sie hatte viel zu tun.

Wie alle Erwachsenen, und zwar immerzu – zumindest glaubte Rianna das.

Sie wusch sich die Hände und lief zur Treppe. Bestimmt war Granny schon in der Küche und hörte Radio. Rianna konnte den Duft von frisch gebrühtem Kaffee schon riechen, und auch das machte sie traurig. Denn es erinnerte sie an ihren Vater. Wenn sie mit ihm zu Hause auf der Ranch waren, kochte er auch immer als Erstes morgens Kaffee.

Gestern Abend, nachdem Granny sie und Maeve ins Bett gebracht und mit ihnen gebetet hatte, hatte Rianna ihrer Schwester zugeflüstert, dass sie glaubte, ihr Vater würde doch noch zu der Geburtstagsparty kommen. Schließlich hatte er einen eigenen Jet, mit dem er hin- und herfliegen konnte, oder vielleicht nicht?

„Vergiss es“, sagte Maeve. „Er kommt nicht. Er ist *beschäftigt*.“

Als sie daran dachte, blieb sie mitten auf der Treppe stehen und bemühte sich auf McKettrick-Art, nicht zu weinen. Sie wünschte, sie hätte eine Mutter wie all die anderen Kinder in der Schule.

Sie dachte an Echo – Granny hatte gesagt, sie müsse sie Miss Wells nennen – mit ihrem fröhlichen Lächeln und dem schönen Haar. Es wäre toll, eine Mutter wie Miss Wells zu haben, die mit dem rosa Barbiepuppenauto vor der Schule auf sie wartete, um sie nach Hause zu fahren. Und die ihre Bilder an den Kühlschrank klebte.

Riannas Hals begann zu schmerzen. Ihre Augen brannten jetzt so sehr, dass sie einen Moment lang nichts sehen konnte.

„Rianna, Liebling?“ Granny stand unten an der Treppe mit ihrer Zeitung in der Hand. „Alles Gute zum Geburtstag, meine Süße.“

Das Mädchen schluckte schwer, setzte ein Lächeln auf und lief die Treppe hinunter. „Ich bin sieben“, verkündete sie.

Als Rianna unten ankam, beugte Granny sich nach vorn, um sie auf den Kopf zu küssen. „Das bist du allerdings. Ein richtig großes Mädchen.“

Danach nahm Granny sie fest in die Arme. Sie roch nach Flieder wie immer. „Achte gar nicht auf das, was Maeve sagt“, sagte Cora. „Sie wird größer, genauso wie du, und manchmal ist das gar nicht so leicht. Da ist man schon mal schlecht gelaunt.“

„War meine Mommy auch manchmal schlecht gelaunt als Kind?“ Im Gegensatz zu Maeve konnte Rianna sich überhaupt nicht mehr an ihre Mutter erinnern. Leider, denn sonst wäre da nicht immer so ein großes, tiefes Loch in ihrer Brust, wenn sie sah, wie Mütter ihre kleinen Mädchen umarmten, sie einsammelten und in ihre Autos luden.

Die Erinnerung machte Grannys Gesicht ganz weich. „Oh ja.“ Ihre Stimme klang irgendwie komisch, als hätte sie etwas im Hals und könnte es nicht richtig hinunterschlucken. „Manchmal. Aber meistens war sie sehr fröhlich. Und sehr klug und hübsch, so wie du und Maeve.“

Obwohl Rianna das alles schon oft gehört hatte, konnte sie gar nicht genug davon bekommen. „Wie kommt es, dass Daddy nicht fröhlich ist?“

Wieder veränderte sich Grannys Gesichtsausdruck, und mit einem Mal wünschte Rianna, sie hätte die Frage nicht gestellt. Aber wie sonst sollte sie etwas erfahren? Die Erwachsenen erzählten einem freiwillig nie etwas – sie sagten höchstens: „Putz dir die Zähne“ und „Mach deine Hausaufgaben“.

„Er arbeitet zu viel“, sagte Granny. „Und er vermisst eure Mama ganz schrecklich.“

„Ich vermisse sie auch.“ Maeve hätte sich jetzt über sie lustig gemacht, weil sie niemanden vermissen konnte, an den sie sich nicht erinnerte. Aber Granny schien sie zu verstehen.

„Sie hätte sich gewünscht, dass du eine wirklich tolle Geburtstagsparty feierst."

Maeve erschien in ihrem Schlafanzug auf der Treppe. Sie rieb sich die Augen und gähnte. „Ist das Frühstück fertig?"

„Ich bin sieben", platzte Rianna heraus, nicht in der Lage, diese erstaunliche Tatsache für sich zu behalten.

„Toll", sagte Maeve.

„Maeve McKettrick", schimpfte Granny. „Wenn du frech sein willst, geh besser gleich wieder zurück ins Bett." Sie wandte sich lächelnd an Rianna. „Und auf dich warten ein paar Geschenke in der Küche."

Das verbesserte Riannas Laune schlagartig. Sie mochte Geschenke.

Maeve kam widerwillig die Treppe hinunter.

„Du glaubst wohl, du bist schon ein Teenager", flüsterte Rianna ihr ins Ohr, als Granny in der Küche verschwand. Sie wollte es Maeve heimzahlen, dass sie ihren siebten Geburtstag für nicht sonderlich wichtig hielt. „Nur weil du eine Zahnspange bekommst."

„Zumindest bin ich kein Baby mehr", zischte Maeve. „Wie *du*."

Rianna ballte ihre Hände zu Fäusten. „Ich bin kein Baby!"

Im selben Moment kam Granny zurück. Sie behauptete immer, sie hätte Augen im Hinterkopf. Manchmal glaubte ihr Rianna sogar und stellte sich vor, wie sie unter dem toupierten Haar hervorguckten.

„Das reicht", sagte Granny. „Heute ist so ein schöner Tag, und deswegen werden wir alle nett zueinander sein."

Neben Riannas Teller lag ein großer Berg Geschenke. Jedes einzelne war mit einer Schleife versehen, und sie vergaß sofort, dass Maeve sie Baby genannt hatte. Laut überlegte sie, welches davon wohl von ihrem Vater war.

Ganz kurz wurden Coras Lippen schmal. „Er hat etwas zur Ranch schicken lassen", sagte sie. „Myrna Terp hat vorhin angerufen und es mir gesagt."

Mrs Terp arbeitete bei *McKettrickCo* und steckte Maeve und Rianna immer Kekse oder Bonbons in bunten Papierchen in die Tasche, wenn sie ins Büro kamen. Ihr Vater tat dann so, als würde er es nicht bemerken.

„Ich hoffe, es ist ein Hund", sagte Rianna.

„So ein Quatsch“, rief Maeve.

„Maeve“, mahnte Granny.

Maeve verdrehte die Augen. Das tat sie sehr oft. Rianna vermutete, dass ihre Augen eines Tages einfach aus ihrem Kopf fallen und auf dem Boden herumkullern würden.

„Vielleicht ist es auch eine Mommy“, überlegte Rianna.

„Man kann keine Mutter kaufen, Doofi“, entgegnete Maeve. Doch ein weiterer Blick von Cora ließ sie verstummen.

„Du liebe Zeit, Maeve“, brummte ihre Großmutter. „Ich kann es kaum erwarten, dass du sechzehn wirst.“ Allerdings klang ihre Stimme nicht so, als würde sie es ernst meinen. Das war noch etwas, was sie an Erwachsenen störte. Immerzu sagten sie etwas und meinten etwas ganz anderes.

Derweil inspizierte Rianna das oberste Geschenk. „Kann ich es aufmachen?“

„Iss erst“, bestimmte Cora und stellte Riannas Lieblingsfrühstück auf den Tisch: French Toast mit Blaubeeren und Schlagsahne. Außerdem gab es Milch und Orangensaft. Fast befürchtete Rianna, sie würde acht werden, bevor sie die Geschenke öffnen durfte.

Nach dem Frühstück stürzte sie sich auf den Berg.

Ein Malbuch.

Ein kleines Plastikpony mit lavendelfarbener Mähne und Schwanz.

„Das ist für mich“, sagte Maeve.

Außerdem bekam sie von Granny ein paar Kleider für die Barbiepuppen und ein goldenes Medaillon in einer roten Samtschachtel.

Als sie das Medaillon auspackte, hielt Rianna die Luft an. Maeve hatte genau so eins bekommen, als sie zehn wurde. Deshalb hatte Rianna geglaubt, dass sie noch weitere drei Jahre warten musste, bis sie etwas anderes tragen durfte als Plastikperlen.

Mit zitternden Fingern öffnete sie das kleine herzförmige Medaillon. Darin entdeckte sie ein Foto von ihrer Mutter und eines von ihrem Vater. Beide lächelten.

Rianna runzelte angestrengt die Stirn, als sie versuchte, sich an diese hübsche Frau zu erinnern. Sie wünschte, das Foto könnte lebendig werden, so wie in den Harry-Potter-Filmen und sagen: „Alles Gute zum Geburtstag, Rianna.“

Oder vielleicht: „Ich hab dich lieb."

„Das solltest du besser nicht verlieren", sagte Maeve.

Wieder warf Cora Maeve einen warnenden Blick zu, dann legte sie Rianna die Kette um den Hals, obwohl sie noch immer ihren Schlafanzug trug.

Das dünne Goldkettchen glitzerte märchenhaft, als Rianna an sich herabsah. Mit einem leisen Schniefen wandte Cora den Kopf ab, drehte sich um und blieb sehr lange am Spülbecken stehen.

„Sie vermisst Mom", flüsterte Maeve ihr zu.

Ich auch, wollte Rianna sagen, verkniff es sich aber.

Maeve tätschelte ihre Hand und lächelte wie die alte Maeve – die Maeve, die ihre Schwester lieb hatte. „Alles Gute, Kleine", sagte sie.

Der Laden machte sich so langsam.

Echo und Avalon standen auf dem Trottoir und bewunderten die goldene Beschriftung auf dem Schaufenster – *Echo's Books and Gifts* –, als Cora in ihrem alten Pick-up angefahren kam. Rianna und Maeve purzelten heraus, bevor ihre Großmutter noch ganz angehalten hatte.

„Sieh mal!", rief Rianna, die vor Begeisterung fast tanzte. „Ich habe ein Medaillon bekommen mit dem Foto meiner Mutter!"

Echo lächelte. Den kleinen Stich, den sie verspürte, schob sie der Tatsache zu, dass sie ihre eigene Mutter vermisste. Als Echo vier Jahre alt gewesen war, hatten ihre Eltern einen Unfall, bei dem sie beide starben. Danach wuchs sie bei einer Tante und ihrem Mann auf, die selbst drei Kinder hatten und eigentlich kein viertes brauchen konnten, wie sie ihr regelmäßig erklärten.

„Zeig mal", sagte sie sanft zu Rianna.

Stolz öffnete das Mädchen das Medaillon. Echo blickte auf ein Foto von Rance, ein paar Jahre jünger als heute, atemberaubend gut und glücklich aussehend. Die Frau hatte kinnlanges braunes Haar, ein freches Lächeln und große, ausdrucksvolle Augen.

„Das ist meine Mommy", erklärte Rianna ehrfürchtig.

Echo nickte. „Sie ist sehr hübsch. Und ihr seht ihr sehr ähnlich." Sie sah auf, um Rianna und Maeve eindringlich zu mustern.

„Ich glaube, wir sehen eher Dad ähnlich", sagte Maeve.

„Ihm auch“, stimmte Echo zu, während sie mit Cora einen Blick tauschte.

„Sind deine Möbel gekommen?“, fragte Rianna.

„Ja, gestern. Avalon gefällt die Luftmatratze. Deshalb schläft sie jetzt darauf.“

„Du hast noch immer keine Bücher“, bemerkte Maeve, die näher ans Schaufenster trat. Avalon folgte ihr und leckte zögernd ihre Hand.

„Die kommen nächste Woche. Vorher baut ein Handwerker die neuen Regale auf.“

„Und ihr Mädchen kommt jetzt mit mir rein und stört Miss Wells nicht länger“, sagte Cora ein wenig abgelenkt. Obwohl es erst halb neun war, drängelten sich bereits die Kunden im *Curl and Twirl.* Gehorsam marschierten die Kinder in den Laden.

Nur Cora blieb noch einen Moment draußen. „Das sollte nicht unhöflich klingen“, sagte sie. „Nur, an solchen Tagen wie heute ... na ja, da vermisse ich Julie – meine Tochter – ganz besonders.“

Echo nickte. „Geburtstage und Feiertage sind immer am schlimmsten“, sagte sie leise.

„Es hilft, wenn man beschäftigt ist.“ Die ältere Frau lachte nervös auf. „Bitte sagen Sie, dass ich nicht vergessen habe, Sie heute Abend auf die Geburtstagsparty einzuladen“, flehte sie. „Auf der Ranch, im Haus von Sierra und Travis.“

Bei einem der letzten kurzen Besuche hatte Cora Echo bereits erklärt, dass Sierra Rances Cousine war und Travis ihr Mann. Travis war mit Rance, Jesse und Keegan aufgewachsen, während Sierra erst vor Kurzem wieder zu ihrer Familie gestoßen war.

„Das haben Sie nicht“, beruhigte Echo ihre Geschäftsnachbarin. „Und ich sagte Ihnen, dass ich das Gefühl hätte zu stören.“

„Unfug“, rief Cora. „Wie wollen Sie Leute kennenlernen, wenn Sie keine Partys besuchen? Avalon kann auch mit, wenn es ihr nichts ausmacht, in meinem Kofferraum zu sitzen. Und sie könnten sich zwischen die Mädchen quetschen.“

„Ich kann auch in meinem eigenen Wagen hinterherfahren“, sagte Echo.

Cora hatte recht. Sie wollte einen Laden in Indian Rock eröffnen. Also musste sie wohl oder übel ihre Schüchternheit überwinden, wenn dieses neue Kapitel in ihrem Leben ein erfolgreiches sein sollte.

„Wunderbar. Wir fahren gegen sechs los“, sagte Cora. Dann verschwand sie in ihrem Laden.

Echo wischte sich die feuchten Hände an ihren Jeans ab. Rance würde nicht zur Party kommen. Und es gab keinen Grund zu der Annahme, dass der restliche McKettrick-Clan nicht nett war. Rianna und Maeve jedenfalls fand sie süß, und Cora war schon fast so etwas wie eine Freundin geworden.

„Das bekommen wir schon hin“, sagte sie.

Avalon hob den Kopf, stellte die Ohren auf und ließ ihre Zunge heraushängen. Sie sah genauso aus wie auf dem Foto, das Echo am Tag zuvor gemacht und auf mehrere Internetseiten für vermisste Haustiere gestellt hatte. Ganz plötzlich hatte Echo das Bedürfnis, sich auf den Boden zu werfen und in Tränen auszubrechen. Direkt hier auf dem Gehweg. Weil kleine Mädchen ihre Mütter verloren. Weil ihre Väter zu beschäftigt waren, um zu Geburtstagspartys zu kommen. Weil dieser Hund vielleicht niemandem wichtig genug war, um im Internet nach ihm zu suchen und ihn nach Hause zu holen. Und weil irgendjemand vielleicht genau das tun würde.

3. KAPITEL

Als Avalon sich um Punkt sechs Uhr abends standhaft weigerte, ins Auto zu springen, führte Echo sie durch den Laden die Treppe hinauf in ihre Wohnung im ersten Stock. Cora und die Mädchen kamen hinterher.

Mit einem Seufzen legte die Hündin sich auf die Luftmatratze, die ihr gehörte, seit Echos Möbel geliefert worden waren.

„Ob sie vielleicht krank ist?", fragte Echo Cora besorgt.

Doch Cora lächelte, näherte sich dem Hund und tätschelte seinen Bauch. „Nein. Ich glaube, sie ist schwanger."

„Heißt das, sie bekommt Babys?", schrie Rianna begeistert auf, bevor Echo dieselbe Frage stellen konnte – allerdings weniger begeistert.

„Was denn sonst, Dumpfbacke?", fragte Maeve.

„Babys?", wiederholte Echo.

In ihren roten Jeans, passenden Stiefeln und einer Seidenbluse sah Cora sehr elegant aus. Und Echo fragte sich nicht zum ersten Mal, ob sie sich für eine Party auf der Ranch passend angezogen hatte. Sie trug einen weiten Stufenrock, ein T-Shirt und offene Sandalen.

„Ich bin keine Tierärztin", entgegnete Cora. „Aber trotzdem stehe ich zu meiner Diagnose."

„Krass", sagte Echo.

Cora streichelte Avalon liebevoll. „Ruh dich aus, Mädchen. Ich verspreche, dass wir dein Frauchen bald zurückbringen."

„Sollte ich sie nicht in die Notaufnahme einer Tierklinik bringen oder so was?"

Da kicherte die ältere Frau. „Nein. Sie ist momentan ja nicht in Not, sondern einfach nur erschöpft, schätze ich." Sie lächelte Avalon zu. „Stimmt's, Mädchen?"

Seufzend legte Avalon den Kopf auf die Vorderpfoten und schloss die Augen.

Mit einem zufriedenen Lächeln stand Cora auf und hakte Echo unter. „Kommen Sie jetzt", drängte sie. „Sie haben sich so schön angezogen."

„Babys", wiederholte Echo noch einmal, ließ sich aber von Cora die Treppe hinunterziehen, wobei sie auf jeder Stufe einen ängstlichen Blick über die Schulter zurückwarf.

„So ist das Leben", sagte Cora draußen auf der Straße. „Möchten Sie jetzt doch mit uns fahren?"

„Nein, ich nehme mein eigenes Auto", beschloss Echo, weil sie damit rechnete, die Party früher zu verlassen als die anderen. „Ich fahre Ihnen hinterher."

Also scheuchte Cora die Mädchen in den Pick-up und stieg ein, während Echo ein stilles Gebet gen Himmel schickte, dass Avalon ohne sie zurechtkäme. Kurz darauf folgte sie Cora über mehrere Landstraßen, bis sie nach etwa einer Viertelstunde an einem riesigen, alten Schild vorbeifuhren, das die Einfahrt zur Triple-M-Ranch kennzeichnete. Echo hatte den Eindruck, durch eine Zeitschleuse zu fahren.

Triple M war die viertgrößte Ranch der Vereinigten Staaten. Angus McKettrick hatte sie im neunzehnten Jahrhundert gegründet. Aus der Zeit des Wilden Westens waren tatsächlich noch vier Häuser erhalten: das Haupthaus der Ranch, das Angus mit seinen eigenen Händen erbaut hatte, und die Originalställe.

Als Echo in einer Staubwolke hinter Coras Pick-up herfuhr, fragte sie sich, wie es wohl wäre, Teil einer so großen Familie zu sein. Im Internet hatte sie herausgefunden, dass die McKettricks seit über einem Jahrhundert hier lebten. Echo, die nie länger als ein paar Jahre in ein und derselben Stadt gewohnt hatte, konnte sich kaum vorstellen, wie es sich anfühlen musste, so tief mit einem Land verwurzelt zu sein.

Nach mehreren Kurven tauchte schließlich das Haupthaus auf, ein großes, robustes Holzhaus, das genauso hierher zu gehören schien wie die alten Gelbkiefern. Kinder und Hunde jagten lärmend durch den großen Garten. Bunte Laternen hingen in den Bäumen und leuchteten rot, gelb und blau, obwohl es noch immer hell war. Überall waren Autos in alle möglichen Richtungen geparkt.

Mit ihrem rosa Käfer fühlte Echo sich nicht ganz wohl unter all diesen praktischen Fahrzeugen. Sie griff hinter sich, nahm ein großes Stoffpony vom Rücksitz, das sie für Rianna in der Stadt gekauft hatte. Während die Mädchen davonflitzten, schlenderten Cora und Echo langsam auf den Garten zu. Offenbar befürchtete Cora, dass Echo sich wieder davonmachen könnte, ohne auch nur irgendeinen Gast begrüßt zu haben. Und da Echo genau darüber nachdachte, biss sie sich verlegen auf die Unterlippe.

„Das sind alles nette Leute“, versicherte Cora ihr. Diese Frau konnte anscheinend nicht nur Haare schneiden und kleinen Mädchen das Twirling-Tanzen beibringen, sondern auch Gedanken lesen. „Falls dieses Pony für Rianna ist, haben Sie genau das Richtige ausgesucht. Es wird ihr gefallen.“

Echo zupfte die große, rote Schleife am Hals des Ponys in Form. „Ich werde mir niemals all die Namen merken können“, gestand sie. Obwohl sie beruflich immer viel mit Menschen zu tun gehabt hatte, war sie doch eher eine Einzelgängerin.

„Keine Sorge“, sagte Cora. „Es dauert einfach seine Zeit, bis man all die Leute kennenlernt. Es ist einfach nur wichtig, sich mal sehen zu lassen.“

„Die halbe Stadt muss hier sein“, bemerkte Echo.

„Alle außer Rance McKettrick“, entgegnete Cora leise.

Darauf sagte Echo nichts, weil es ihr nicht zustand, ihre Meinung zu äußern, auch wenn sie eine hatte.

„Meine Julie würde diesem Mann gehörig den Kopf waschen, wenn sie könnte“, fügte Cora noch hinzu, dann legte sie ein Partylächeln auf und marschierte mitten hinein in das fröhliche Fest.

Weil Cora sie wieder fest untergehakt hatte, blieb Echo keine Wahl; sie musste mitgehen. Eine große Frau mit kurzem braunen Haar und nachdenklichen blauen Augen kam lächelnd auf sie zu. Cora stellte sie als Sierra McKettrick vor, die Cousine von Rance. „Sie ist eine Nachfahrin von Holt und Lorelei“, erklärte Cora.

Sierra, die bemerkte, dass Echo kein Wort verstand, lächelte warm. „Wir McKettricks haben einen riesigen Stammbaum. Holt war der erstgeborene Sohn von Angus, dem Patriarchen. Und Lorelei war Holts Frau. Das Haus hat ihnen gehört.“

Erneut erschlagen von den geschichtsträchtigen Verhältnissen nickte Echo nur.

„Echo gehört die neue Buchhandlung neben meinem Laden“, sagte Cora.

„Die ganze Stadt wartet bereits darauf, dass Ihre Buchhandlung aufmacht“, rief Sierra mit blitzenden Augen. „Ich jedenfalls werde Stammkundin bei Ihnen werden.“

Wenige Minuten später verschwand Sierra, um andere Gäste zu begrüßen. Nachdem sie das Pony zu einem Berg fröhlich verpackter Geschenke gestellt hatte, mischte Echo sich unter die Gäste. Cora kam und ging, stellte ihr gelegentlich jemanden vor, brachte ihr ein Glas Punsch und ermunterte sie, Bekanntschaften zu schließen.

Echo lächelte viel, versuchte angestrengt, Namen und Gesichter miteinander in Verbindung zu bringen, verlor aber schnell den Überblick. Schließlich setzte sie sich auf die Verandatreppe, atmete tief durch und beobachtete, wie Sierras Mann Travis Reid ein Seil über einen Ast warf. An dem Seil hing eine riesige *Pinata*, ein mit Süßigkeiten gefüllter Vogel aus Pappmaschee. Rianna und Maeve und ihre Freunde warteten aufgeregt darauf, dass es losging, während die Erwachsenen fröhlich zusahen.

Cora ließ sich mit einem kleinen Seufzer neben Echo sinken.

„Gütiger", sagte sie. „Ich werde alt."

„Niemals", behauptete Echo.

Das Geburtstagskind durfte zuerst nach der *Pinata* schlagen. Travis hatte das andere Ende des Seils einem gut aussehenden jungen Mann im Rollstuhl zugeworfen. Gemeinsam hielten die beiden Männer die *Pinata* in der Luft. Nach einer Weile durften auch die anderen Kinder Rianna mit ihren Stöcken helfen. Laut johlend hieben sie auf den Vogel ein. Federn aus Krepppapier flogen in die Luft, bis der Pappkörper schließlich auseinanderbrach und es Süßigkeiten und Spielzeug herabregnete, auf die die Kinder sich kreischend stürzten.

Es war ein goldener und ganz besonderer Moment, den Echo sorgfältig in einer Ecke ihres Herzens bewahren wollte. Doch dann lenkte sie ein merkwürdig flatterndes Geräusch ab, wie alle anderen Gäste auch. Es kam näher, und alle blickten in den Himmel.

„Ich will verdammt sein", rief Cora atemlos und strahlte übers ganze Gesicht, als ein Hubschrauber über den Ställen schwebte und schließlich auf einem großen Rasenstück landete und dabei kleine Wellen durch das Gras jagte.

„Wurde der Präsident eingeladen?", fragte Echo nur halb im Scherz.

„Viel besser." Cora stand auf und klopfte sich die Jeans ab. „Das ist Rance, wenn ich mich nicht irre, der seinem kleinen Mädchen gratulieren will."

Echo schnappte nach Luft.

Die Erwachsenen hielten ihre Kinder fest, die am liebsten zu dem Hubschrauber gerannt wären. Die Propeller rotierten und wurden dann langsamer. Schließlich schwang die Tür auf, und Rance sprang heraus wie ein siegreicher Eroberer. Strahlend breitete er die Arme aus, als er Rianna, die über den Zaun geklettert war, direkt auf sich zurennen sah.

Er trug Jeans, ein weißes Hemd und eine braune Lederjacke, die schon bessere Zeiten gesehen hatte. Das Bild, wie er seine kleine Tochter hochhob und wieder und wieder herumwirbelte, brannte sich in Echos Gedächtnis ein wie eine lebendige Fotografie.

„Gerade, als ich so weit war, dem Blödmann den Hals umzudrehen", staunte Cora mit Tränen in der Stimme, „scheint er es endlich kapiert zu haben."

Zwei weitere Männer stiegen aus dem Hubschrauber, woraufhin sich ein anderes Kind aus der Menge löste und auf sie zustürmte.

„Der Blonde ist Jesse", erklärte Cora. „Der andere Keegan. Und die Kleine, die an seinem Hals hängt, ist seine Tochter Devon." Lächelnd schüttelte sie den Kopf. „Diese McKettricks wissen, wie man einen Auftritt hinlegt."

Während Echo sich für Rianna freute, dass ihr Vater doch noch zur Geburtstagsparty gekommen war, fühlte sie sich selbst durch seine Anwesenheit merkwürdig gestört. Das lag nicht etwa daran, dass sie vor ein paar Tagen einige ziemlich unfreundliche Worte miteinander gewechselt hatten. Nein, das war nur ein dummes Missverständnis gewesen, das vernünftige Menschen schnell vergessen konnten. Es waren die Gefühle, die er in ihr weckte – so plötzlich und heftig, als ob er ihre innersten Grenzen übertreten hätte, ohne es auch nur zu ahnen.

„Ich glaube, ich fahre zurück und schaue nach Avalon", sagte sie, starrte dabei jedoch Rance an, der Rianna über den Zaun half und ihr dann hinterherkletterte.

Aber Cora packte ihre Hand. „Sie bleiben hier."

Weil sie sich sowieso nicht rühren konnte, blieb Echo, wo sie war.

Rance schwang Rianna auf seine Schultern, Maeve dicht an seiner Seite, die ihren Vater anstrahlte. Er legte einen Arm um sie.

Jesse und Keegan folgten ihnen, mit einer hüpfenden Devon neben sich.

Nur Sekunden später lief eine wunderschöne dunkelhaarige Frau in Jesses Arme.

„Das ist Cheyenne Bridges", erklärte Cora, hilfsbereit wie immer. „Sie und Jesse werden nächsten Monat heiraten, oben auf dem Berg."

Gebannt sah Echo zu, wie Jesse und Cheyenne sich küssten. Sie fühlte sich sonderbar einsam, als säße sie als einzige Überlebende eines Schiffbruchs in einem Rettungsboot. Gefangen in ihrer Betrachtung der romantischen Szene, bemerkte Echo gar nicht, wie Rance auf sie zukam, bis er direkt vor ihr stand. Grinsend hob er Rianna von seinen Schultern.

Von allen Gästen hatte er sich ausgerechnet *sie* ausgesucht?

„Hallo, Echo Wells", sagte er.

Sie schluckte. „Da haben Sie einen ganz schönen Auftritt hingelegt." Weil ihr nichts anderes einfiel, lieh sie sich Coras Worte.

Das Grinsen wurde breiter.

Hilflos fragte Echo sich, ob dieses Lächeln irgendwo patentiert war – als tödliche Waffe und ungerechter Vorteil kosmischen Ausmaßes.

„Mit dem Jet konnten wir nur bis nach Flagstaff fliegen", erklärte er. „Dort haben wir dann den Hubschrauber gechartert."

Noch immer musste Echo sich von seinem Grinsen erholen, deshalb stammelte sie nur: „Wie beeindruckend." Was immerhin zutraf – und zwar gleichermaßen auf die spektakuläre Landung und das Grinsen.

Rances Gesichtsausdruck veränderte sich fast unmerklich.

Ungeduldig zerrte Rianna an seiner Hand. „Zeit für die Geburtstagstorte, Daddy", rief sie. „Ich darf jetzt die Kerzen ausblasen und die Geschenke aufmachen!"

Rance nickte, doch seine Augen blickten ernst und ein wenig verblüfft. „Geh schon mal vor", sagte er. „Ich komme gleich."

Rianna hüpfte davon.

„Es war mir eine Ehre, Sie zu beeindrucken, Miss Wells", sagte er eisig.

„Ich wollte nicht …", antwortete Echo.

Doch er ließ sie stehen.

„Taube Nuss", meldete Cora sich zu Wort.

Echo, die Cora ganz vergessen hatte, sah sie fragend an.

„Er, nicht Sie", sagte Cora, legte eine Hand auf ihre Schulter und drückte sie leicht. „Kommen Sie, holen wir uns ein Stück von dem Kuchen."

Eigentlich wollte Echo nur noch zurück in die kleine Wohnung und zu ihrem Hund. Dort hätte sie sich eine Tasse Tee kochen und Rance McKettrick einfach vergessen können. Doch leider wollte Cora davon nichts wissen. Außerdem gönnte sie Rance nicht die Genugtuung, sie in die Flucht geschlagen zu haben. Vorausgesetzt, er hätte ihre Abwesenheit überhaupt bemerkt, was sie nicht sehr wahrscheinlich fand.

„Ist sie das?", fragte Keegan mit einem Teller in der einen und einem Glas Punsch in der anderen Hand. „Die Frau, die den Laden neben Cora gekauft hat?"

Rance folgte dem Blick seines Cousins. Echo stand plaudernd neben Cora. Er wollte aufseufzen, tat es aber nicht, weil Keegan daraus wahrscheinlich nur falsche Schlüsse gezogen hätte.

„Das ist sie."

Keegan lachte. „Sie sieht sehr nett aus", sagte er.

„Vergiss es", sagte Rance ein wenig zu schnell. „Sie ist so ein New-Age-Typ. Fährt ein rosa Auto."

Sein Cousin musterte ihn scharf. „Ach, wirklich? Ein rosa Auto? Das ändert natürlich alles."

Rance rieb sich übers Kinn. Er hatte keine Zeit mehr gehabt, sich zu rasieren. „Nicht dein Typ", sagte er, ohne Echo aus den Augen zu lassen. Mit ihren aufgesteckten Haaren sah sie aus wie eine Märchenprinzessin direkt aus dem Bilderbuch. Es hätte ihn nicht gewundert, wenn sie einen Zauberstab mit einem glitzernden Stern an der Spitze aus dem Kleid gezogen hätte. „Mehr wollte ich damit nicht sagen."

„Nicht mein Typ – oder nicht dein Typ?"

„Hör mal, wenn du dich an die Lady ranmachen willst, bitte schön. Sag aber hinterher nicht, ich hätte dich nicht gewarnt."

„Wieso habe ich nur das Gefühl, dass du dir und mir etwas vormachen willst?"

„Was zum Teufel soll das nun wieder heißen?"

Keegan lachte. „Heiliger Bimbam, Rance. Du bist verliebt."

„*Verliebt?*", höhnte Rance. „Keeg, alter Knabe, wenn du dieses Wort benutzt, dann verbringst du definitiv zu viel Zeit mit dem Lesen von Kontaktanzeigen."

„Ich werde sie wohl mal fragen, ob sie mit mir ausgehen möchte", überlegte Keegan.

Augenblicklich versteifte Rance sich. „Wenn du meinst." Er ging zu Rianna, um ihr beim Auspacken der Geschenke zuzusehen. Aufgeregt riss sie das Papier des größten Geschenks auf und kämpfte dann mit einer riesigen Pappschachtel.

Selbst als er seiner Tochter dabei half, war er sich bewusst, dass Echo ihm aus einiger Entfernung zusah. Er fragte sich, ob Keegan wirklich mit ihr ausgehen wollte, und wie ihre Antwort darauf wohl lauten würde.

Als ein Miniaturauto zum Vorschein kam, kreischte Rianna begeistert auf. Ein rosa Käfer mit einem richtigen Motor, echten Lichtern und einer Hupe.

„Das sieht genauso aus wie das von Echo!", rief Rianna, kletterte auf das kleine Gefährt und hupte mehrmals. „Genau wie das von Echo!"

„Ich dachte, das gehört jemandem namens Barbie", sagte Rance.

Seine Tochter sah zu ihm. „Danke, Daddy", hauchte sie mit glänzenden Augen.

„Ich schätze, du solltest gleich mal eine Runde drehen", sagte er und musste sich räuspern.

Rianna fand sofort den Startknopf, drückte ihn und fuhr direkt aus dem Karton. Sie beschrieb mehrmals eine Acht, wie ein Clown während einer Zirkusparade, und ließ die Scheinwerfer aufleuchten.

Die Gäste sprangen lachend aus dem Weg. Auch Rance lachte, nachdem er das Gefühl überwunden hatte, in Tränen ausbrechen zu müssen. Er wollte sich gar nicht ausmalen, dass er das alles beinahe verpasst hätte.

Als Echo gegen zehn Uhr nach Hause kam, war Avalon schon wieder munterer. Die beiden machten einen Spaziergang.

Alle Bewohner der kleinen Stadt schienen noch immer auf Riannas Party zu sein, jedenfalls waren die Straßen menschenleer.

Über ihr funkelten die Sterne am klaren Himmel. Ein leichter Wind wehte den Duft von frisch gemähtem Gras und Flieder und Rosen in ihre Nase. Irgendwo in der Nähe hörte sie das Zischen eines Rasensprengers.

„Deswegen wollte ich in einer kleinen Stadt leben", erklärte sie Avalon, die gerade vor einem Baum in die Hocke ging. Echo entsorgte ihre Hinterlassenschaften mit einer Plastiktüte. „Wegen der Ruhe."

Sie gelangten an einen Park mit einem Pavillon in der Mitte. Weil niemand zu sehen war, ließ Echo Avalon von der Leine. Als der Hund plötzlich auf einen Wohnwagen zuraste, der am Straßenrand parkte, erschrak sie beinah zu Tode. Atemlos holte sie Avalon ein, die auf den Hinterbeinen stand und die Tür des Wohnwagens ankläffte. Drinnen ging ein Licht an, eine Frau streckte den Kopf heraus. „Was ist denn los?"

„Tut mir leid", sagte Echo schnell. „Ich hoffe, sie hat keine Kratzer im Lack hinterlassen."

Urplötzlich ließ Avalon von dem Wohnwagen ab und lief mit gesenktem Kopf zu Echo.

„Bestimmt nicht", sagte die Frau. „Was für ein hübscher Hund."

Echo befestigte die Leine und kniete sich hin, um Avalon tröstend hinter den Ohren zu kraulen. Die Hündin drückte sich an sie, legte den Kopf auf ihre Schulter und ließ ein langes, zitterndes Seufzen vernehmen.

„Haben deine Besitzer so einen Wohnwagen gehabt?", flüsterte Echo traurig und rechnete beinahe mit einer Antwort. Doch Avalon winselte nur leise. „Wir werden sie finden." Bei der Vorstellung stiegen Tränen in ihre Augen. „Ich verspreche dir, wir finden sie."

In dieser Nacht verzichtete Avalon auf ihre Luftmatratze und schlief im Bett, wo sie sich fest an Echos Seite drückte und jemanden oder etwas in ihren Träumen jagte. Echo lag hellwach daneben und dachte über Rance McKettrick nach.

Was war er für ein Mensch?

Und warum interessierte sie das überhaupt?

„Das ist so ziemlich das dümmste Geschenk, das man einer Siebenjährigen machen kann", schimpfte Cora am nächsten Morgen liebevoll, als sie in der sonnigen Küche in Rances Haus das

Frühstück zubereitete. Weil die Mädchen nach der Party viel zu erschöpft gewesen waren, um noch mit ihr zurück in die Stadt zu fahren, hatte sie im Gästezimmer übernachtet. „Sie ist schon mindestens zehn Mal über meine Füße gefahren."

An die Küchentheke gelehnt trank Rance einen Schluck frisch gebrühten Kaffee und betrachtete durch das Fenster den kleinen Bach, der in der Sonne glitzerte. Keegans Haus lag auf der anderen Seite des Bachs. „Ich habe Myrna gesagt, sie soll ein Barbie-Auto kaufen", sagte er. Um genau zu sein, hatte er gar nicht mehr gewusst, was er Myrna gesagt hatte, bis er sie auf der Party gefragt hatte. Aber das brauchte Cora ja nicht zu wissen. Er ging zum Fenster und kniff die Augen ein wenig zusammen, um zu erkennen, ob Keegans Jaguar vor dem Haus parkte. Das alte Holzhaus hatte keine Garage.

„Hast du Keegan heute Morgen zufällig wegfahren sehen?", fragte er und hätte sich dafür eine Sekunde später am liebsten selbst in den Hintern getreten. Cora besaß eine geradezu unheimliche Wahrnehmungskraft – sie nannte es weibliche Intuition. Es hätte ihn kein bisschen gewundert, wenn sie wüsste, worüber er sich in Wahrheit Gedanken machte.

„Es ist nicht meine Aufgabe, Keegan McKettrick zu beobachten", sagte Cora. „Aber da Devon da ist, vermute ich mal, dass er zu Hause ist. Wenn er auch nur einen Tropfen Verstand besitzt, nimmt er sich ein paar Tage frei, anstatt wie üblich zwölf Stunden pro Tag bei *McKettrickCo* zu schuften."

Rance wagte es nicht, sich umzudrehen und seiner Schwiegermutter ins Gesicht zu sehen, weil er befürchtete, sie könnte darin etwas entdecken. Nicht dass es überhaupt etwas zu entdecken gab. Aber er wollte nicht, dass sie ihn missverstand, nur weil er sich Sorgen darüber machte, wo Keegan die Nacht verbracht hatte.

Als Cora ihm die Hand auf die Schulter legte, erschrak er, weil er sie gar nicht gehört hatte. „Das war wirklich toll von dir, Rance. Dass du doch noch zu Riannas Geburtstagsparty gekommen bist."

Weil er es nicht gewöhnt war, von ihr gelobt zu werden, sah er sie überrascht an. Früher hatten sie sich sehr nahe gestanden, er und Cora. Damals war Julie ihre Verbindung gewesen, und nach ihrem Tod hatte sich alles verändert. Die Mädchen hätten die Kluft zwischen ihnen eigentlich überbrücken sollen. Doch stattdessen waren sie Anlass zu ständigen Streitereien.

„Ich hätte gar nicht erst wegfliegen sollen“, sagte er. „Ich weiß nicht, was ich mir dabei verdammt noch mal gedacht habe.“

Cora ließ ihre Hand auf seiner Schulter liegen. „Maeve und Rianna erinnern dich an Julie. Es ist jetzt fünf Jahre her, Rance. Du musst sie gehen lassen und dich auf die Erziehung deiner Töchter konzentrieren. Und sie als eigenständige Wesen betrachten.“

Sein Hals wurde auf einmal eng. Er stellte die Kaffeetasse auf dem breiten Fensterbrett ab, das Rafe McKettrick, sein Vorfahr und Angus' zweiter Sohn, selbst gezimmert hatte. Auch Rafe und seine Frau Emmeline hatten zwei Töchter gehabt. Rance fragte sich, ob er sich manchmal mit zwei Mädchen genauso überfordert gefühlt hatte wie er.

Zum Glück kamen genau in diesem Moment Rianna und Maeve in die Küche gestürzt.

„Darf ich mit meinem Auto in die Stadt fahren, Daddy?“, fragte Rianna.

Rance sah seine Tochter an. Er versuchte, so gut er konnte, das Kind zu sehen und nicht Julie, wie sonst immer.

„Nein“, sagte er.

„Es sind dreißig Meilen bis in die Stadt, Doofi“, bemerkte Maeve.

„Nenn sie nicht so“, tadelte Rance seine älteste Tochter. Tatsächlich sah er mit einem Mal zwei Individuen vor sich stehen, in Babydoll-Schlafanzügen und barfuß. Nur um ihre Augen herum entdeckte er eine Ähnlichkeit mit Julie.

„Ich fahre vorsichtig“, sagte Rianna. „Nicht zu schnell. Ich schwöre.“

„Dein Auto fährt allerhöchstens zwei Meilen pro Stunde, Kleines. Da bräuchtest du schon mehrere Tage, um nach Indian Rock zu kommen. Außerdem wäre die Batterie leer, bevor du auf die Hauptstraße kommst“, sagte er.

Daraufhin sah Rianna zutiefst enttäuscht aus. „Aber was soll ich mit einem Auto, wenn ich damit nirgendwo hinfahren kann?“

„Bis zum Ende der Auffahrt und wieder zurück“, verordnete Rance. „Nicht weiter.“

„Über die Brücke zu Onkel Keegans Haus?“, versuchte es

Rianna. Dieses Kind hätte eine blühende Zukunft als Verhandlungsführerin bei *McKettrickCo*, falls die Firma vorher nicht an die Börse ging. Noch immer hatten sie sich darüber nicht einigen können. Das Treffen in San Antonio hatte fast drei Tage gedauert und war ohne Ergebnis abgebrochen worden.

„Auf keinen Fall", sagte Rance.

„Ich will Devon in meinem Wagen mitnehmen", lamentierte Rianna.

„Devon passt da nicht rein", sagte Maeve. „Weil es ein *Baby*auto ist."

„Lass deine Schwester in Ruhe, Maeve", sagte Rance.

Maeve verstummte, doch in ihren Augen funkelte das McKettrick-Feuer.

„Babys fahren gar kein Auto", erklärte Rianna ihrer Schwester.

„Genug", unterbrach Rance sie.

Aber Rianna ließ nicht locker. „Wie soll ich Echo denn zeigen, dass mein Auto genauso aussieht wie ihres?"

Als er daran dachte, wie er am Abend zuvor reagiert hatte, als Echo seine Ankunft als „beeindruckend" bezeichnet hatte, schloss Rance die Augen. Er war überempfindlich gewesen, vollkommen gestresst von dem Treffen in San Antonio, das zu noch mehr Problemen als vorher geführt hatte. Und als sie schließlich in Flagstaff landeten, hatte es noch eine lange Verzögerung gegeben, bevor der Hubschrauber starten konnte. Wie blödsinnig, seinen Ärger an Echo auszulassen!

„Echo hat dein doofes Auto doch gestern gesehen", sagte Maeve.

Rance seufzte.

„Esst euer Frühstück, beide", meldete Cora sich zu Wort. Rance warf ihr einen dankbaren Blick zu. „Und du auch", fügte sie hinzu.

Er nahm am Kopfende Platz. Cora stellte eine Platte mit Bratkartoffeln, Eiern und Würstchen auf den Tisch. Seit Julies Tod hatte er mehrere Haushälterinnen und Kindermädchen beschäftigt, aber keine war lange geblieben. Deswegen lastete viel zu viel Verantwortung auf Cora.

„Sieht ganz nach einem drohenden Herzinfarkt aus", sagte er anerkennend und stürzte sich aufs Essen.

Cora lachte. „Das ist aber nett von dir. Ich mache dir ein vorzügliches Frühstück, und du unterstellst mir, dass ich versuche, dich umzubringen."

Auf einmal wurden Maeves Augen groß. Ihre Unterlippe begann zu beben, sie sah plötzlich viel jünger aus als zehn. „Du bekommst doch nicht *wirklich* einen Herzinfarkt, oder, Dad?"

Liebevoll verwuschelte Rance ihr Haar. „Nein", sagte er ruhig. „Ich habe vor, mindestens hundert Jahre alt zu werden und euch Kindern noch eine Menge Ärger zu machen."

Das entspannte Maeve sichtlich, ihre Augen begannen zu glitzern. Einen Moment lang sah er wieder Julie vor sich. „Vergiss nicht, dass ich später einmal das Pflegeheim aussuchen werde, in das du kommst", sagte sie.

Rance warf den Kopf in den Nacken und brach in lautes Gelächter aus.

„Was ist ein Pflegeheim?", fragte Rianna.

„Egal", sagte Cora und küsste ihre beiden Enkelinnen auf den Kopf. „Niemand kommt hier in ein Pflegeheim. Zumindest nicht in nächster Zukunft."

Alle in der Küche verstummten. Zum ersten Mal realisierte Rance, dass seine Schwiegermutter alt wurde. Seit Julies Tod hatte sie an Gewicht verloren, und um ihre Augen und Mundwinkel zeichneten sich tiefe Falten ab. Ihr Mann war schon vor Jahren gestorben. Cora hatte niemanden, außer Maeve, Rianna – und ihm.

„Was ist ein Pflegeheim?", wiederholte Rianna ihre Frage.

„So etwas Ähnliches wie ein Krankenhaus", erklärte Maeve. „Für alte Leute."

Cora sah zur Seite.

Schnell schob Rance den Stuhl zurück, stand auf und ging zu seiner Schwiegermutter, die mit dem Rücken zum Raum am Spülbecken stand. Er legte ihr eine Hand auf die Schulter, so, wie sie es vorher bei ihm getan hatte.

„Geht es dir nicht gut, Cora?", fragte er leise. „Du bist doch nicht etwa krank, oder?"

Sie schüttelte den Kopf. „Nein, Rance, mir geht es gut."

Doch als sie sich von ihm abwandte, war ihm klar, dass sie sich Gedanken machte. Vielleicht sollte er ihr sagen, dass er genau wusste, worüber.

4. KAPITEL

Echo saß im Schneidersitz auf ihrem Bett, den Laptop auf dem Schoß, während Avalon friedlich neben ihr döste. Vier Leute aus vier verschiedenen Teilen des Landes hatten ihr eine E-Mail geschrieben und angeboten, Avalon zu adoptieren. Doch der Besitzer hatte sich nicht gemeldet. Zugleich erleichtert und ein wenig entmutigt rief sie ihre eigene Website auf.

Wie immer musste sie dabei lächeln. Diese Seite war ihr kleines Geheimnis. Es waren etliche Bestellungen eingegangen – über einhundert, seit sie vor ihrer Abreise aus Chicago das letzte Mal nachgesehen hatte.

„Dann sollte ich mal besser loslegen", sagte sie zu Avalon, die kurz die Augen öffnete, gähnte und dann weiterschlief.

Mit Stift und Notizblock ausgestattet, schrieb Echo eine Einkaufsliste: Samtsäckchen. Kordeln. Verschiedene Kräuter und Steine. Einiges davon war zwar mit den Möbeln gekommen, aber trotzdem musste sie ihren Großhändler kontaktieren. Auf der Unterlippe kauend überflog sie noch einmal die Bestellungen. Irgendetwas war ihr an ihnen vorhin aufgefallen. Und dann entdeckte sie den Namen.

Cora Tellington.

„Cora?", rief sie laut. Als sie die Adresse überprüfte, strahlte sie. Tatsächlich handelte es sich um Cora Tellington in Indian Rock, Arizona.

Natürlich könnte sie die Bestellung persönlich ausliefern. Aber das wäre Cora vielleicht peinlich. Außerdem war Echo noch nicht so weit, über ihren Nebenjob zu sprechen. Ihr Name tauchte auf der Website nicht auf, auch keine Telefonnummer oder Postadresse. Die Verkäufe wurden über einen Online-Zahlungsservice abgewickelt, und die Päckchen verschickte sie ohne Absender.

Ihr fiel noch etwas auf. Cora hatte nicht für sich selbst bestellt.

„Hm", murmelte Echo verwirrt.

Gepackt von dem dringenden Bedürfnis, sofort etwas zu unternehmen, sprang sie vom Bett und begann, ihre Kisten zu durchwühlen, um das nötige Material zusammenzusammeln.

Eine Feder.

Ein rosa Achat.

Ein auf einen Papierstreifen gedrucktes Gebet.

Das alles packte sie in ein kleines Samtsäckchen, band es mit einer goldenen Kordel zu und legte es in einen kleinen gepolsterten Umschlag, den sie am Montag zur Post bringen wollte. Was in aller Welt hatte Cora veranlasst, einen Liebeszauber nicht für sich, sondern für einen Mann zu bestellen?

Das Päckchen kam mit der Nachmittagspost am Montag. Cora lächelte, als sie es sah. Ein kleiner Schauer durchfuhr sie, dann steckte sie das Päckchen in ihre Tasche, bevor Maggie oder eine andere ihrer Mitarbeiterinnen es bemerkte.

Natürlich war es albern, Hoffnungen in diese Art von Magie zu setzen. Doch besondere Umstände verlangten besondere Maßnahmen. Sie hatte schon alles versucht, und so langsam fiel ihr nichts mehr ein.

Natürlich hätte sie nach Sedona fahren und mit einem Medium sprechen können. Doch dort war sie viel zu bekannt. Und falls Rance davon erfahren sollte, würde er einen Anfall bekommen.

Ich tue das für dich, Julie, dachte sie. Und für deine Mädchen. Natürlich hätte Julie darüber gelacht, das wusste sie. Ihre Tochter war ein praktischer, pragmatischer Mensch gewesen – genau wie Rance, der nur an das glaubte, was er sehen, hören und berühren konnte.

Das fand Cora traurig.

Gehammer in Echos Laden riss sie aus ihren Gedanken. Eddie Walters' Lastwagen parkte noch immer vor der Tür. Nach drei Dauerwellen und einmal Strähnchen konnte sie eine Pause vertragen. Sie beschloss, nach nebenan zu gehen und zu sehen, wie die Arbeiten vorangingen.

Echo stand barfuß auf einer Leiter und strich die Decke. Lange Beine ragten aus ihrer kurzen Shorts. Sie trug ein enges T-Shirt und sah aus wie eine Nymphe. Der Hund war nirgends zu sehen.

„Wow", rief Cora voller Bewunderung. „Der Laden sieht toll aus."

Lächelnd kletterte Echo die Leiter hinunter, legte die Farbrolle auf ein Tablett und stemmte die Hände in die Hüften. „Donnerstag soll die erste Bücherlieferung kommen. Also kann ich vielleicht schon am Samstag eröffnen."

Cora sah mit Freude, wie der alte Laden zu neuem Leben erwachte. Sie hatte ihn vor Jahren gekauft, in der Absicht, sich zu vergrößern. Doch dann stellte sich heraus, dass sie auch so alle Hände voll zu tun hatte. Inzwischen dachte sie immer öfter darüber nach, sich aus dem Arbeitsleben zurückzuziehen. Vielleicht könnte sie ein paar Reisen unternehmen.

Aber natürlich konnte sie das nicht, solange Rance wie ein Verrückter durch die Weltgeschichte flog und alles daransetzte, vor der Vergangenheit davonzulaufen, die er immer mehr idealisierte. Cora hatte ihre Tochter geliebt. Doch Julie war eine Frau aus Fleisch und Blut gewesen, mit allen dazugehörigen Fehlern und Schwächen, und keine Heilige. In gewisser Hinsicht fand sie es unfair, auf welche Weise Rance sie verehrte. Er hatte vergessen, wie oft sie sich fast die Köpfe eingeschlagen hatten, weil sie sich einfach zu sehr ähnelten.

Sie bemerkte, dass Echo sie mit einem nachdenklichen Gesichtsausdruck betrachtete wie die leeren Felder eines Kreuzworträtsels.

„Ich habe die Mädchen schon ein paar Tage nicht mehr gesehen“, sagte Echo.

„Rance zeltet mit ihnen auf Jesses Land“, erklärte Cora. „Und wo ist Avalon?“

„Sie versteckt sich vermutlich unter meinem Bett. Dieses ganze Gehämmer und Gebohre geht ihr ganz schön auf die Nerven.“

Wie aufs Stichwort grinste Eddie Walters schuldbewusst. „Ich bin fast fertig“, meinte er.

Cora kannte Eddie schon seit seiner Geburt. Sie kannte auch seine Mutter und die Großmutter, Gott hab sie selig. Mochte er auch nicht besonders klug sein, handwerklich war er sehr geschickt. Sobald irgendjemand in Indian Rock Zimmer streichen, Regale aufbauen oder Lampen aufhängen wollte, wurde Eddie gerufen. Deshalb hatte Cora ihn Echo empfohlen.

„Gute Arbeit“, lobte Cora ihn. „Wie immer.“

Eddie strahlte, dann packte er sein Werkzeug ein. Auf dem Boden lagen Sägespäne. Kurz entschlossen schnappte Cora sich einen Besen und fegte den Raum aus.

„Das brauchen Sie nicht zu tun“, protestierte Echo.

Das erinnerte Cora daran, dass Echo aus Chicago kam. Leute

aus der Großstadt fegten nicht einfach die Böden der Nachbarn. Aber sie waren schließlich in Indian Rock, nicht in Chicago, daher machte sie unbeirrt weiter.

Die ganze Zeit über sah Echo ihr ernst zu, und Cora hatte den Eindruck, als ob sie etwas sagen wollte. Als Eddie seine Sachen gepackt hatte, gab Echo ihm einen Scheck. Kaum fiel die Tür hinter ihm ins Schloss, trottete Avalon die Treppe hinunter.

„Wie geht's dir, kleine Mama?", fragte Cora. Schon immer hatte sie Hunde gemocht, aber für diesen hatte sie eine besondere Schwäche. Vielleicht weil sie von Echo wusste, dass sie Avalon auf einer Raststätte gefunden hatte, durchweicht bis auf die Knochen.

„Ich war mit ihr am Samstag nach der Geburtstagsparty spazieren", erzählte Echo. „Im Park habe ich sie von der Leine gelassen. Sie ist direkt auf einen Wohnwagen zugerannt, hat an der Tür gekratzt und versucht, hineinzukommen."

Cora verstand sofort, was das hieß.

„Ich will ihre Besitzer finden", murmelte Echo traurig. „Wirklich. Aber es wird mich umbringen, wenn ich sie gehen lassen muss."

Wenn jemals ein Mensch ausgesehen hatte, als ob er umarmt werden müsste, dann war es Echo Wells in diesem Augenblick.

„Aber Sie tun, was richtig ist." Cora leerte eine Schaufel voller Sägespäne in den Müll. „Sie sind so ein Mensch."

In Echos Augen glitzerte es mit einem Mal verdächtig. Blinzelnd sah sie zur Seite.

„Es geht mich vielleicht nichts an", hakte Cora vorsichtig nach. „Aber haben Sie keine Familie?"

„Eine Tante und einen Onkel und ein paar Cousins. Aber wir stehen uns nicht sehr nah."

„Verstehe." Insgeheim machte Cora es sich zum Vorwurf, dass sie ständig ihre Nase in anderer Leute Angelegenheiten stecken musste. Aber sie konnte nicht anders. „Kein Mann oder Freund?"

Echo schüttelte den Kopf. Sah weg. Sah Cora wieder an. „Ich hätte fast geheiratet. Justin und ich hatten schon einen Termin in einer dieser bunten kleinen Kapellen in Las Vegas gebucht. Ich flog hin, zog mein Kleid an und fuhr mit dem Taxi zur Kapelle. Und Justin war – verhindert."

„Sie meinen, er hat Sie sitzen lassen?"

„Er behauptete, er hätte in letzter Sekunde zu einem Meeting gemusst." Echo versuchte zu lächeln.

Oje, dachte Cora bei dem Wort *Meeting*. Schon ein paarmal hatte sie heimlich mit dem Gedanken gespielt, ob Echo und Rance nicht vielleicht ein Paar werden könnten. Die Mädchen mochten Echo, außerdem sahen Rance und sie zusammen einfach bezaubernd aus. Auch wenn die beiden sich miteinander noch etwas schwertaten. Aber Rance war ein Workaholic, und dieser Idiot von Justin offenbar auch.

„Also sind Sie ganz allein in Vegas geblieben? Er ist überhaupt nicht mehr gekommen?", hakte sie nach.

„Ich sagte ihm, er solle sich nicht bemühen." Echo Stimme klang ganz weit entfernt.

„Aber als Sie wieder zu Hause waren …"

„Justin lebt in New York, und ich lebte in Chicago. Zu dieser Zeit wollte keiner von uns umziehen. Insofern hätte es sowieso nicht funktioniert."

„Trotzdem." Am liebsten hätte Cora geweint.

„Bei Justin drehte sich alles nur um die Arbeit", fuhr Echo fort, als wollte sie Cora trösten. „Seine Firma war ihm wichtiger als alles andere auf der Welt. Ich hingegen wollte …"

„Was wollten Sie, Echo?", fragte Cora.

„Einen Hund", antwortete Echo. „Einen Mann und Kinder."

Sofort erwachte neue Hoffnung in Cora. „Sie sind jung – neunundzwanzig? Dreißig? Sie dürfen nicht aufgeben."

Echo beugte sich vor, um Avalon nachdenklich zu streicheln. „Neunundzwanzig", sagte sie. „Und was ist mit Ihnen, Cora? Sie haben einmal Ihren Mann erwähnt. Möchten Sie sich eines Tages wieder verlieben?"

Das war eine merkwürdige Frage. Cora musste an das kleine Päckchen in ihrer Tasche denken. „Julies Vater starb schon vor Jahren. Mein Mike war der beste Mann, den eine Frau sich nur wünschen kann. Nein, ich suche keinen Mann. Immerhin bin ich dreiundsechzig. Ich habe etwas Geld gespart und würde gern mal eine Kreuzfahrt machen."

„Was hält Sie davon ab?", erkundigte sich Echo.

„Rance", gestand Cora nach einem Moment. „Ich habe Angst, dass er wieder irgendein unfähiges Kindermädchen engagiert, während er um die Welt fliegt, und Rianna und Maeve allein lässt."

Den Blick aufs Schaufenster gerichtet, errötete Echo. „Wenn man vom Teufel spricht."

Cora drehte sich um und sah, wie Rance aus seinem Geländewagen stieg. Sein Haar war zerzaust. Er benötigte dringend eine Rasur. Die Jeans und das weiße T-Shirt sahen so aus, als hätte er darin geschlafen. Unbeirrt steuerte er aufs *Curl and Twirl* zu, dann entdeckte er Cora und Echo hinter dem Schaufenster und wechselte die Richtung.

„Wo sind die Mädchen?", fragte Cora, kaum dass er den Laden betreten hatte.

Nach einem kurzen Seufzen grinste er dieses schiefe McKettrick-Grinsen. „Ich dachte doch die ganze Zeit, dass ich etwas vergessen habe, als ich vorhin das Zelt in den Wagen gepackt habe."

„Sehr witzig." Doch Cora lächelte.

„Sie sind mit Devon bei Keegan", erklärte Rance. Obwohl er mit Cora sprach, sah er Echo an, betrachtete die Farbkleckse, die langen, nackten Beine und das eng anliegende T-Shirt.

„Gerade fällt mir ein, dass ich drüben noch dringend etwas erledigen muss, bevor das *Curl and Twirl* für heute schließt", verkündete Cora und steuerte direkt auf die Tür zu. Draußen angekommen, blieb sie einen Moment stehen und gestattete sich ein kleines Lächeln. Wenn Rance lange genug mit dem Rücken zu ihr stehen blieb, konnte sie schnell das kleine Säckchen unter dem Fahrersitz deponieren.

Sie dachte an die Website und all die Empfehlungsschreiben von Kunden und an die 30-Tage-Geld-zurück-Garantie.

Höchste Zeit, es mal mit Magie zu versuchen.

„Wegen Samstagabend", begann Rance unbehaglich, während er dem Hund einen Seitenblick zuwarf. Zumindest war er ihm bisher nicht an die Kehle gesprungen.

Echo, die köstlich wie Erdbeereis in ihrem rosa T-Shirt und den kurzen Shorts aussah, blieb stumm in der anderen Ecke des Raumes stehen. Sie wartete einfach ab. Vielleicht wollte sie auch nur sehen, wie er sich wand.

Rance fuhr sich durchs Haar. Mit einem Mal wünschte er, er hätte geduscht und sich umgezogen, bevor er in die Stadt gefahren war. Doch schließlich war er nur gekommen, um Cora über seine Rückkehr zu unterrichten. Zumindest hatte er sich das eingeredet. Aber als er jetzt Echo Wells gegenüberstand, wusste er, dass es nur ein Vorwand gewesen war.

„Ich war auf der Geburtstagsparty ein wenig gereizt", fuhr er unbeholfen fort. „Dafür möchte ich mich gern entschuldigen."

Ihre Augen weiteten sich. Offenbar hatte sie mit allem gerechnet, nur nicht mit einer Entschuldigung. „Das ist nicht nötig", sagte sie, noch immer vorsichtig.

„Ich habe haufenweise Fische gefangen", hörte er sich selbst sagen. „Ich dachte, ich werfe heute Abend ein paar auf den Grill." Er hielt inne, räusperte sich und überlegte, wann er sich zum letzten Mal wie ein Sechzehnjähriger gefühlt hatte, der im Begriff war, das beliebteste Mädchen der Schule einzuladen. „Hätten Sie Lust, zu kommen?"

Prompt errötete sie. Zappelte ein wenig herum. „Ich weiß nicht, ob das so eine gute Idee ist …"

„Die Mädchen werden dabei sein", stellte er schnell klar. Dann lächelte er, eher verlegen als belustigt. „Sie können auch den Hund mitbringen."

Ohne dass sie es merkte, fuhr Echo sich mit der Zunge über die Lippen. „Hören Sie, Sie müssen nicht …"

„Sprechen Sie eigentlich jemals in ganzen Sätzen?" Es erleichterte Rance, dass sie daraufhin leise lachte.

Sie sah an ihrer Kleidung herab, die Rance ihr liebend gern genüsslich ausgezogen hätte.

„Ich sehe schrecklich aus", bemerkte sie.

Und wie schrecklich, dachte er, und wurde noch unruhiger, als er sich vorstellte, wie er vor ihr kniete und sich ihre wunderschönen Beine über die Schultern legte. „Meiner Ansicht nach sehen Sie gut aus." Das war die Untertreibung des Jahrhunderts.

„Okay", nickte sie.

„Okay", sagte er ebenfalls.

„Ich gehe nur schnell duschen. Wir treffen uns dann später bei Ihnen."

Ein anderes Bild explodierte in seinem Kopf. Echo, nackt unter der Dusche, wie sie in seine Umarmung sank. Wenn er nicht auf der Stelle von hier verschwand, musste er schnell hinter den

Ladentresen flüchten, damit sie seine Erregung nicht bemerkte.
„Um sechs?", fragte er.
„Um sechs", bestätigte sie.
Auf dem Weg zur Tür sah er noch einmal zurück. „Brauchen Sie eine Wegbeschreibung?"
Ihr Lächeln brachte etwas in ihm zum Schmelzen. „Das wäre nicht schlecht."
In Windeseile erklärte er ihr den Weg und flüchtete dann, so schnell er konnte. Auf der Straße bemerkte er, dass die Tür seines Wagens einen Spalt offen stand. Merkwürdig, dachte Rance. Vorhin hatte er sie doch fest zugeworfen.
Schulterzuckend stieg er ein. Auf der Fahrt nach Hause dachte er ununterbrochen an Echo.
Er interessierte sich nicht für Esoterik.
Er rief keine Wahrsager an, hängte keine Steine auf und befragte keine Tarotkarten.
Und das alles brauchte er auch nicht, um zu wissen, was die Zukunft ihm bringen würde. Er würde mit Echo Wells schlafen – und zwar bald.

„Das hat nichts zu sagen", erklärte Echo Avalon, als sie nach der Dusche Jeans und die weiße Spitzenbluse überstreifte, die sie immer dann anzog, wenn sie etwas Dekolleté zeigen wollte. „Er will nur sein unhöfliches Verhalten von der Party wiedergutmachen."
Avalon legte hechelnd den Kopf zur Seite.
„Wir sollten da nicht zu viel hineininterpretieren", fuhr Echo fort und schüttelte ihr Haar. Sollte sie sich einen Zopf machen, es aufstecken oder offen tragen? Sie entschied sich für den Zopf. Es aufzustecken sah nach zu viel Mühe aus, es offen zu tragen, wäre zu sexy. Zumal es noch feucht war und sich so heftig kräuseln würde, als hätte sie einen Finger in die Steckdose gesteckt.
Make-up?
Das würde auch zu gewollt wirken. Daher beschränkte sie sich auf Lipgloss und etwas Wimperntusche.
Parfum?
Auf gar keinen Fall.
„Na komm." Sie nahm Avalon an die Leine und schnappte sich

ihre Tasche. „Wir werden langsam fahren, damit wir nicht zu eifrig wirken."

Im Laden blieb Echo einen Moment stehen, um voller Vorfreude die neuen Regale zu betrachten. Dann ging sie zu ihrem Wagen, den sie letztes Jahr, ohne groß zu überlegen, gekauft hatte. Zum ersten Mal fragte sie sich, ob sie nicht vielleicht eine etwas unauffälligere Farbe hätte wählen sollen.

Sie öffnete die Beifahrertür, ließ Avalon hineinspringen und befestigte dann den Sicherheitsgurt. „Man kann nie vorsichtig genug sein", sagte sie. „Immerhin bist du wahrscheinlich schwanger."

Kurz darauf fuhren sie aus der Stadt. Erst nach einigen Meilen fiel Echo wieder ein, dass sie ja nicht zu eifrig wirken wollte. Sofort bremste sie auf das Tempo eines Mähwagens ab. Avalon betrachtete interessiert die Landschaft. Echo schaltete das Radio ein und gleich wieder aus. Sie stellte den CD-Player an. Mozart. Genau das brauchte sie jetzt.

Das Holzhaus stand an einem Bach, auf dem die letzten Sonnenstrahlen des Sommerabends tanzten und glitzerten. Ordentlich parkte sie ihr Auto neben Rances Geländewagen und musste lachen, als Rianna und Maeve aus dem Haus gestürmt kamen.

„Ich habe auch ein rosa Auto!", schrie Rianna zur Begrüßung.

Avalon bellte freudig und zerrte am Sicherheitsgurt. Echo stieg aus und ließ Avalon heraus. Sofort begann die Hündin, die beiden Mädchen aufgeregt zu umkreisen. Dann rannten die drei davon, offenbar zu aufgeregt, um auch nur eine Sekunde still zu stehen. Einen Moment sah Echo ihnen hinterher, und plötzlich, ohne dass sie sich vorbereiten konnte, stand Rance neben ihr.

„Willkommen auf Triple M", sagte er leise. Seine dunkle Stimme ließ Echo kurz zusammenzucken. Erschrocken sah sie zu ihm und unterdrückte ein erneutes Zittern, als sie sah, wie das Sonnenlicht in seinem dunklen Haar glitzerte. Er trug Jeans und ein blaues Sporthemd, das das klare Saphirblau seiner Augen betonte.

Ungewollt trat Echo einen Schritt zurück.

„Ich hätte etwas mitbringen sollen", sagte sie. „Wein oder … oder irgendwas."

„Sie haben sich selbst mitgebracht", entgegnete er leichthin. „Das reicht vollkommen."

Stumm starrten sie sich eine Weile an. Rance gewann. Echo

schaute zuerst weg, suchte nach den Mädchen und Avalon. Sie entdeckte sie am Bach. Maeve schleuderte einen Stock, und Avalon jagte ihm hinterher.

Rance ergriff ihre Hand, nur kurz, aber lang genug, um sie Richtung Haus zu ziehen. Und ebenfalls lang genug, um ihr einen Schauer durch den ganzen Körper zu jagen. Auf der Terrasse, zu der er sie führte, wartete bereits eine Flasche Weißwein in einem Kühler auf sie. Vor sich konnte Echo den Bach glitzern und die Mädchen mit dem Hund spielen sehen. Auf der anderen Wasserseite entdeckte sie ein weiteres Haus, noch größer als dieses. Eine überdachte Veranda zog sich um das gesamte Gebäude. Rosen und Flieder blühten im Garten, ein riesiger Pfingstrosenbusch war über und über mit weißen Blüten bedeckt.

„Das ist Keegans Haus“, erklärte Rance, während er die Flasche öffnete und Echo ein Glas einschenkte. „Im Laufe der Jahre wurde eine Menge angebaut, aber ursprünglich handelte es sich nur um eine Grenzhütte.“

Der Wein war trocken und so kalt, dass das Glas beschlug. „Angus McKettrick hat sie gebaut“, entfuhr es Echo. Gleich darauf wünschte sie, sie hätte den Mund gehalten. Jetzt dachte Rance bestimmt, dass sie sich mit seiner Familiengeschichte beschäftigt hatte.

Er schob zwei Stühle zurecht. „Ja“, erwiderte er ein wenig amüsiert. „Wir alle stammen von diesem alten Mann und einer seiner drei Ehefrauen ab.“

„Sierras Haus hat einmal Holt und Lorelei gehört“, platze Echo schon wieder hervor.

„Das stimmt.“

„Und von welchem Teil der McKettricks stammen Sie ab?“

„Von Rafe und seiner Frau Emmeline.“ Lächelnd beobachtete Rance seine beiden Töchter. „Sie hatten zwei Mädchen – so wie ich.“

„Keine Söhne?“

„Keine Söhne“, bestätigte Rance.

„Wie kommen Sie dann zu dem Namen?“

Er lachte. „Die McKettrick-Frauen behalten ihren Namen, egal, wen sie heiraten. Diese Tradition hat mit Katie begonnen, Angus’ einziger Tochter, und sie wurde nie gebrochen, soweit ich weiß.“

Echo seufzte. „Ich beneide Sie. Meine Familie ist oft umgezogen, und niemand hat sich besonders für Ahnenforschung interessiert.“

„Es gab Zeiten“, gestand er und trank einen Schluck Wein, „zu denen ich mir fast gewünscht hätte, ein Waisenkind zu sein. Jesse, Keegan, Meg und ich sind alle zusammen aufgewachsen, und dann gab es da noch eine ganze Horde von Cousins und Cousinen, die uns im Sommer besuchten.“

„Sie haben Glück gehabt.“

„Ich weiß.“

„Ich kann mich nicht erinnern, Meg auf der Party kennengelernt zu haben.“

„Sie ist Sierras Schwester und überfällt uns gelegentlich wie ein Wirbelsturm. Sobald Sierra und Travis ihr Haus in der Stadt fertig gebaut haben, wird Meg vermutlich zurückkommen. Das behauptet sie jedenfalls, aber sie ist ziemlich verwurzelt in San Antonio.“

„Ganz schön viele Leute, mit denen man Kontakt halten muss.“

„Das können Sie laut sagen“, entgegnete Rance lachend. „Bereit fürs Essen?“

Der köstliche Duft von gegrilltem Fisch lag in der Luft. Echos Magen knurrte hörbar, und sie lachten beide.

„Ich schätze schon“, gab sie zu.

Rance rief die Mädchen, schickte sie zum Händewaschen ins Haus und deckte den Tisch mit verschiedenfarbigen Tellern und nicht zusammenpassendem Besteck.

„Das ist für draußen“, erklärte er.

Sie grinste. „Gefällt mir. Sieht so ... feierlich aus.“

In höflicher Entfernung vom Tisch setzte Avalon sich in den Schatten. Maeve und Rianna kamen mit jeweils einer Schüssel in der Hand aus dem Haus, eine voll Wasser, die andere voll kleiner Fleischstücke. Offenbar sollte Avalon auch bewirtet werden.

Nachdem die beiden Mädchen sich gesetzt hatten, schenkte Rance ihnen Saft ein. Danach stellte er eine riesige Platte mit Fisch auf den Tisch, außerdem Salat und einen Korb mit Brötchen.

„Die Fische haben wir selbst gefangen“, erklärte Maeve gewichtig. Sie lispelte ein wenig beim Sprechen, und da erst fiel Echo auf, dass sie eine fast durchsichtige Zahnspange trug. „Dad war mit uns zelten. Auf Jesses Berg.“

„Das ist jetzt auch Cheyennes Berg", korrigierte Rianna. „Sie wird Jesse nämlich heiraten. Die knutschen die *ganze Zeit.*"

Rance lachte.

Avalon, die bereits die Hälfte des Wassers getrunken und das geschnittene Fleisch verspeist hatte, ließ sich zufrieden auf den warmen Terrassenfliesen nieder.

Und Echo ertappte sich bei dem Wunsch, dass alles für immer so bleiben möge – zu viert auf der Terrasse essen, wie eine richtige Familie mit Hund. Solche Augenblicke waren selten in ihrem Leben und viel zu flüchtig. Die Kinder, die Häuser und die Hunde gehörten immer anderen Menschen. Doch heute Abend konnte sie sich fast vormachen, dass sie dazugehörte.

„Glaubst du, Avalon würde gern in meinem Auto fahren?", erkundigte sich Rianna ernsthaft.

„Ich habe es dir schon gesagt", rief Maeve. „Sie passt da nicht rein."

Rance und Echo wechselten einen Blick, in dem so viel Vertrautheit lag, dass sie fast keine Luft mehr bekam. Wie gern würde sie hierbleiben, mit Rance nach dem Essen den Tisch abräumen, mit ihm plaudern, während sie abwuschen, die Kinder nach einem Bad ins Bett bringen …

Halt, dachte sie, aber es half nichts.

Wenn die Mädchen im Bett lägen, würden Rance und sie auf die Terrasse zurückkehren, die Sterne betrachten, die wie Diamanten am klaren Himmel funkelten. Vielleicht würden sie zu leiser Musik tanzen, und dann würden sie zusammen nach oben gehen und sich bei geöffnetem Fenster lange und zärtlich lieben …

Echo errötete.

Ihr Blick begegnete dem von Rance.

„Wenn ich Wein trinke, wird mir immer ganz warm", erklärte sie hastig und wedelte sich mit einer Hand frischen Wind zu.

Ein Grinsen huschte über sein ganzes Gesicht. „Wie Sie meinen", antwortete er.

5. KAPITEL

Nach dem Essen entschuldigte sich Rianna, rannte ins Haus und bog kurz darauf mit ihrem rosa Auto begeistert hupend um die Ecke. Echo war von dem Anblick seltsam berührt und zugleich amüsiert. Sie lachte und spürte Rances Blick auf sich ruhen.

„Sieht genauso aus wie dein Auto!“, juchzte Rianna.

„Das stimmt.“

„Nur dass Echo mit ihrem auch wirklich fahren kann“, hob Maeve unerbittlich hervor.

„Ich kann auch fahren“, protestierte Rianna. „Ich wette, ich könnte bis nach Indian Rock fahren, wenn Daddy mich lassen würde!“

„Das hatten wir doch bereits“, sagte Rance.

„Ich darf nicht mal über die Brücke zu Onkel Keegan fahren“, schmollte Rianna.

„Geht spielen“, forderte Rance seine Töchter auf. „Beide.“

Hupend fegte Rianna die Auffahrt hinunter, Maeve rannte neben ihr her. Avalon erhob sich, gähnte und trottete halbherzig davon.

„Ich weiß nicht, was ich mir dabei gedacht habe“, gestand Rance. „Das Mädchen wird schnell genug sechzehn sein und ein richtiges Auto fahren.“

Ganz instinktiv tätschelte Echo seine Hand. Ihre Haut prickelte bei der Berührung, und auch er zuckte zusammen, als hätte er dasselbe gefühlt. Beide atmeten hörbar tief durch.

Mit geröteten Wangen murmelte Echo: „Sie liebt dieses Auto. Und ganz eindeutig liebt sie Sie.“

„Ich bin nicht sicher, ob ich das verdient habe.“ Er ergriff ihre Hand und strich sanft über die Fingerknöchel. „Und was ist mit Ihnen, Echo Wells? Wer liebt Sie?“

Zuerst versteifte sie sich, dann versuchte sie es mit einem Lächeln. Die offensichtliche Antwort lautete *niemand*. Aber sie brachte es nicht über sich, dieses Wort laut auszusprechen. Erstens hätte das pathetisch geklungen, und zweitens hätte es zu sehr geschmerzt.

„Ich bin eher eine Einzelgängerin“, erwiderte sie.

Rance ließ ihre Hand nicht los, was sich, nachdem der erste Schreck verflogen war, gut anfühlte. „Sie kommen mir gar nicht wie eine Einzelgängerin vor. Sie sagten, Ihre Familie wäre oft umgezogen. Bedeutet das, dass Sie niemandem richtig nahestehen?"

„Ja." Weil mit einem Mal Tränen in ihren Augen brannten, sah sie weg. „Das bedeutet es."

Rance schwieg. Und hielt weiter ihre Hand fest. Langsam setzte die Dämmerung ein, und der Mond stieg direkt über dem Schornstein von Keegan McKettricks Haus auf.

„Es ist so wunderschön hier", sagte Echo leise. Am liebsten hätte sie ihre Hand zurückgezogen. Sie wusste, dass sie es tun sollte. Aber dieses Wissen blieb irgendwo auf dem Weg zwischen ihrem Gehirn und ihren Muskeln stecken.

„Heute Abend ist es schöner als sonst", murmelte er.

Wieder trafen sich ihre Blicke. Natürlich hatte er das nur so dahingesagt. Sanft löste sie ihre Hand aus seinem Griff. Es wäre ein Leichtes, heute oder an irgendeinem anderen Abend mit ihm ins Bett zu gehen. Vielleicht würde sogar noch eine zweite Nacht folgen. Aber dann würde Rance sich von ihr abwenden und sie mit einem gebrochenen Herzen allein lassen.

Das hatte sie bereits einmal erlebt, und sie wusste, dass sie diesen Schmerz nicht noch einmal ertragen könnte. Ohne ein Wort stand sie auf und begann, die Teller zu stapeln.

„Echo", sagte Rance leise, ohne aufzustehen. „Hören Sie auf."

Maeve, Rianna und Avalon kamen in einer kleinen Staubwolke wieder die Auffahrt hinauf.

„Ich sollte zurück in die Stadt fahren", meinte sie.

„In Ordnung." In seiner Stimme lag ein Zögern, als ob er lieber etwas anderes vorgeschlagen hätte.

Echo zwang sich, ihn anzusehen. „Es … es war ein sehr schöner Abend …"

Obwohl er lächelte, entdeckte sie eine Spur Traurigkeit in seinen Augen.

„Irgendetwas hat Sie erschreckt, Echo", bemerkte er sanft. „Was?"

Wie sollte sie ihm erklären, dass *er* sie erschreckte? Er und all die Gefühle, die er in ihr auslöste. An einem einzigen Abend hatte er Träume in ihr geweckt, die sie längst begraben hatte. Träume, die nie wahr werden konnten, weil sie nicht zueinanderpassten.

Er war reich, sie kam mit ihrem Geld gerade so aus.

Er hatte eine riesige Familie, sie war ganz allein auf der Welt.

Er war praktisch veranlagt, sie hatte einen Hang zur Esoterik.

Es würde niemals funktionieren.

„Ich weiß nicht", log sie.

Da legte er eine Hand unter ihr Kinn und strich mit dem Daumen so zart über ihre Lippen, dass sie erbebte. „Ich denke doch. Aber wenn Sie noch nicht so weit sind, es mir zu sagen, ist das in Ordnung."

Rianna surrte in ihrem Miniauto auf die Terrasse und fuhr einen Stuhl um.

„Jetzt wird geparkt", forderte Rance sie auf. „Das reicht für heute."

Mit einem lauten Seufzen über die unverständlichen Wünsche der Erwachsenen kletterte Rianna aus dem Auto.

Echo griff nach ihrer Handtasche.

„Gehst du schon?", wunderte sich Rianna.

„Ich habe morgen viel zu tun." Sie wollte nach Flagstaff fahren, eine Registrierkasse kaufen und eine Kreditkartenmaschine.

Die schmalen Schultern des kleinen Mädchens fielen herab. „Oh", murmelte sie.

„Sag Miss Wells Gute Nacht und mach dich fertig fürs Bett", forderte Rance seine Tochter auf. „Maeve, du auch."

„Aber es ist noch nicht mal *dunkel*", protestierte Maeve.

„Tu, was ich sage."

„Gute Nacht, Miss Wells", sagten Maeve und Rianna verdrossen. Nachdem sie Avalon zum Abschied gestreichelt hatten, verschwanden sie im Haus.

Rance brachte Echo zum Auto. Dort ließ sie Avalon auf den Beifahrersitz springen und schnallte sie an. Als sie sich umdrehte, stieß sie direkt mit Rance zusammen. Er fühlte sich wie eine Steinmauer an. Ihr wurde ein wenig schwindlig. Locker schlang er einen Arm um ihre Taille, senkte den Kopf und küsste sie auf die Lippen, kaum länger als einen Herzschlag. Und doch blieb Echo aufgewühlt und verwirrt zurück. Jetzt wusste sie ganz sicher, dass sie sich früher oder später gegen alle Vernunft von Rance McKettrick verführen lassen würde.

In dieser Nacht schlief Rance kaum. Am nächsten Morgen fuhr er mit den Mädchen ins *Roadhouse* zum Frühstücken, bevor er sie in Coras Laden absetzte. Enttäuscht stellte er fest, dass Echos albernes rosa Auto nicht da war. Doch er sagte sich, dass es besser war, sie nach gestern Abend nicht sofort wiederzusehen. Denn auch er hatte den Abend ein wenig zu sehr genossen.

Seine Schwiegermutter war allein im Laden, abgesehen von einer älteren Dame, die mit Plastikumhang unter einem Haartrockner saß. Cora musterte seinen Anzug, das weiße Hemd und die Krawatte.

„Hast du vor, wieder an Bord dieses Jets zu gehen?“, fragte sie misstrauisch, nachdem Rianna und Maeve im angrenzenden Studio verschwunden waren, um Twirling-Tanzen zu üben. Warum sie das taten, blieb Rance nach wie vor ein Rätsel. Schließlich gab es in der wirklichen Welt wenig Gebrauch für eine solche Kunstfertigkeit. Aber darum ging es wohl nicht.

Er schüttelte den Kopf. „Ich gehe ins Büro“, sagte er. „Da warten einige Konferenzen auf mich. Wenn die Mädchen dir zu viel werden, kann ich sie nach der Arbeit abholen und mit nach Hause nehmen.“

„Sie werden mir nie zu viel“, sagte Cora. Dann lächelte sie ihn plötzlich mit funkelnden Augen an. „Wie war das Essen gestern Abend?“

„Es war außerordentlich köstlich. Es gab Forellen und ich habe sie selbst gegrillt.“

„Du weißt genau, dass ich das nicht meine.“ Gestern hatte er sie angerufen und ebenfalls eingeladen. Doch als er Echos Namen erwähnte, hielt Cora es für angebrachter, abzusagen.

Grinsend beugte Rance sich vor, für den Fall, dass die alte Dame unter der Trockenhaube etwas hören konnte. „Zuerst habe ich die Mädchen ins Bett geschickt. Und als sie schliefen, habe ich Echo die Klamotten vom Leib gerissen, sie ins Gras geworfen und bin über sie hergefallen.“

Für den Bruchteil einer Sekunde riss Cora die Augen auf, dann boxte sie ihn in die Seite. „Blödmann. Eine Sekunde lang habe ich dir sogar geglaubt.“

Rance lachte, weil er sich wünschte, tatsächlich über Echo hergefallen zu sein. Dann hätte er vermutlich besser geschlafen und sich nicht bis in die frühen Morgenstunden im Bett hin und her geworfen.

„Warum esst ihr heute nicht bei mir zu Abend? Du und die Mädchen?", schlug Cora vor.

Er hob eine Augenbraue. „Rieche ich da eine Falle?"

„Vielleicht lade ich auch Echo ein, falls du das meinst", entgegnete Cora. „Sie ist einsam, Rance, und ich glaube, sie isst nicht genug. Sie ist viel zu dünn."

Er hielt Echos Figur für perfekt. Doch darüber wollte er mit Cora nun wirklich nicht streiten. Er runzelte die Stirn. „Gestern Abend schien mir ihr Appetit ganz gesund zu sein." Darüber hinaus hatte sie ihn mindestens genauso begehrt wie er sie. Aber auch diese Erkenntnis wollte er nicht mit Cora teilen.

Ganz eindeutig hatte sie Angst, vielleicht vor ihm, vielleicht vor allen Männern.

„Vermutlich hat sie sich einmal die Finger verbrannt", überlegte er gegen seinen Willen laut.

Ernst sah Cora ihn an und warf einen Blick auf die Frau unter der Wärmehaube, die sich inzwischen in eine Ausgabe vom *People Magazine* vertieft hatte. „Er hieß Justin. Sie ist den weiten Weg nach Las Vegas geflogen, um ihn in einer dieser albernen Kapellen zu heiraten, aber er kam nicht."

Wie sehr ihn diese Neuigkeit traf, überraschte Rance. Einerseits war er unendlich froh, dass diese Ehe nicht zustande gekommen war, andererseits hätte er sich diesen Justin am liebsten einmal gründlich zur Brust genommen.

„Hat sie dir das erzählt?", fragte er.

„Frauen erzählen einander Sachen, die sie einem Mann nicht in einer Million Jahre verraten würden", erklärte Cora weise. „Jedenfalls nicht direkt."

Obwohl er wusste, dass sie recht hatte, ärgerte es ihn. Frauen besaßen tatsächlich ihre Geheimnisse, und sie sprachen eine andere Sprache. So war es auch mit Julie gewesen. Nie hatte sie einen Ton verlauten lassen, wenn sie unzufrieden war – jedenfalls nicht früh genug, als noch alles zu ändern gewesen wäre. Stattdessen hatte sie mit Cora gesprochen. Mehrmals hatte er seine Frau weinend zu Hause vorgefunden, gefragt, was los sei, und immer dieselbe Antwort bekommen: *nichts*. Aus diesem *Nichts* war dann ganz schnell ganz schön *viel* geworden.

Die Frage, ob Julie all das ihrer Mutter erzählt hatte, hatte Rance manche Nacht nicht richtig schlafen lassen. Aber er brachte es nicht über sich zu fragen. Der Stolz der McKettricks – er war eine seiner größten Stärken und gleichzeitig eine seiner schlimmsten Schwächen.

„Ich überlege mir das mit dem Abendessen", versprach er Cora. Und das stimmte. Aber erst, nachdem er über eine ganze Reihe anderer Dinge nachgedacht hatte.

Als Echo am Nachmittag mit einer Registrierkasse und der Kreditkartenmaschine ihren Laden betrat, fühlte sie sich merkwürdig gelöst. Sie ging zu ihrem Laptop und loggte sich ein. Die E-Mail fand sie unter sechs anderen: „Sieht wie mein Hund aus", schrieb ein Fremder. „Sie ist vor drei Wochen aus unserem Hinterhof in Day Creek, Arizona, weggelaufen. Sie ist trächtig und somit echtes Geld wert, deswegen will ich sie zurück. Zahle keinen Finderlohn." Der Mann hatte mit Bud Willand unterschrieben.

Echo blickte zu Avalon, die still auf einem sonnigen Flecken vor dem Schaufenster lag. Auf ihrem Weg von Tuscon war sie tatsächlich an der Ausfahrt Day Creek vorbeigefahren.

„Kennst du jemandem namens Bud Willand?", fragte sie.

Avalon streckte sich seufzend.

Nachdem sie eine Weile mit ihrem Gewissen gekämpft hatte, wählte Echo die Telefonnummer, obwohl sie ein ungutes Gefühl hatte.

„Yo", meldete sich eine barsche Stimme.

„Spreche ich mit Mr Willand?", fragte Echo.

„Bud", bestätigte die Stimme.

„Sie haben mir eine E-Mail wegen einer entlaufenen Hündin geschrieben. Können Sie mir sagen, wie sie heißt?" Falls Avalon tatsächlich Bud Willand gehörte, würde sie auf den Namen reagieren.

Aus dem Hörer ertönte ein ruppiges, leicht verächtliches Lachen. „Die Kinder haben sie Whitey genannt, auch wenn das keine Rolle spielt. Das verdammte Vieh hört sowieso nicht."

„Whitey", wiederholte Echo und wartete auf eine Reaktion.

Avalon zuckte nicht einmal.

„Ich glaube nicht, dass es sich um Whitey handelt", sagte sie.

„Trotzdem würde ich sie mir gern ansehen", entgegnete Willand. „Die Kinder vermissen sie schrecklich. Und, wie gesagt, sie reagiert, wenn überhaupt, nur auf Fleischabfälle."

„Ich glaube wirklich nicht ..."

„Allerdings ist sie eine gute Jagdhündin. Ich nehme sie jeden Herbst in meinem Wohnwagen mit."

Als sie daran dachte, wie Avalon nach Riannas Geburtstagsparty verzweifelt an der Tür des Wohnwagens gekratzt hatte, schloss Echo die Augen. Sie konnte sich zwar nicht vorstellen, dass Avalon als Jagdhündin taugte, und die Vorstellung, dass sie in einem Hinterhof angekettet mit Fleischabfällen gefüttert worden war, erschien ihr fast unerträglich. Aber den Hinweis auf den Wohnwagen konnte sie nicht ignorieren. In ihrer Beschreibung hatte sie nichts dergleichen erwähnt.

Echo gab Bud Williams die Wegbeschreibung nach Indian Rock und zu ihrem Laden, wobei sie inbrünstig hoffte, dass er nie auftauchen würde. Innerhalb einer halben Stunde hatte sie Mr Willand vollkommen vergessen. Die erste Bücherlieferung kam, und sie hatte alle Hände voll damit zu tun, sie in die Datenbank ihres Computers einzugeben.

Um kurz nach fünf spazierte Cora herein.

„So langsam sieht's hier wirklich wie in einer Buchhandlung aus", bemerkte sie zufrieden.

Echo strahlte, glücklich und erschöpft. „Ja, es wird." Natürlich lag noch eine Menge Arbeit vor ihr, wenn sie die Buchhandlung wirklich am Samstag eröffnen wollte. Doch sie war fest entschlossen, an dem Termin festzuhalten.

„Ich helfe Ihnen gern", sagte Cora. „Aber zunächst finde ich, sollten Sie heute Abend zum Essen zu mir kommen." Sie warf Avalon, die sich noch immer sonnte, einen liebevollen Blick zu. „Das Hündchen können Sie selbstverständlich mitbringen."

„Das ist sehr nett von Ihnen." Echo strich sich eine verschwitzte Haarsträhne aus dem Gesicht. „Aber ich hatte vor, nur schnell einen Joghurt zu essen und dann weiterzuarbeiten."

„Joghurt", rügte Cora sie gutmütig, „damit kann es mein Speck-und-Bohnen-Auflauf natürlich nicht aufnehmen."

„Vermutlich nicht", lachte Echo.

„Ich bestehe darauf, dass Sie bei mir essen. Danach kommen wir gemeinsam zurück und arbeiten weiter."

In diesem Moment stand Avalon auf, streckte sich, lief zu Cora und leckte ihre Hand.

Echo lachte. „Ich schätze, damit ist es entschieden. Ich mache mich nur noch schnell frisch."

„Ach, Sie sehen doch gut aus. Ich muss nur vorher bei *McKettrickCo* vorbeifahren und die Mädchen abholen. Rance hat sie vorhin zum Mittagessen mitgenommen und ist dann mit ihnen ins Büro gefahren. So langsam beginne ich zu glauben, dass für diesen Mann doch noch Hoffnung besteht."

„Kommt er denn auch mit zu Ihnen?", erkundigte sich Echo vorsichtig.

„Das ist noch nicht sicher. Momentan geschehen wichtige Dinge in der Firma. Sie wollen vielleicht an die Börse gehen, und nachdem der McKettrick-Clan sich darüber nicht einig ist, könnte es sein, dass Rance in genau diesem Augenblick mächtige Probleme hat."

„Oh", erwiderte Echo hilflos. Sie wusste nichts über *McKettrickCo*, außer, dass es sich um ein internationales Unternehmen handelte, das vermutlich für die Abholzung des Regenwalds und die Ausnutzung von ungelernten Arbeitskräften verantwortlich war.

„Nun kommen Sie schon", drängte Cora. „Wir werden uns amüsieren, mit oder ohne Rance."

Fünf Minuten später fuhr Echo hinter Cora her. Das Firmengebäude wirkte sehr eindrucksvoll. Eine Menge Autos standen auf dem Parkplatz, obwohl es schon so spät war.

Während Cora die Kinder holte, wartete Echo im Wagen. Sie hoffte inständig, dass Rance mit zum Essen kommen würde, und ebenso inständig hoffte sie, er würde es nicht tun.

Rianna und Maeve winkten Echo zu, dann scheuchte Cora sie in ihren Wagen und fuhr voran zu ihrem Haus.

Cora lebte in einem zweistöckigen viktorianischen Gebäude, weiß und grün gestrichen, mit einem Lattenzaun davor und blühenden Fliederbüschen. Auf der großen Veranda wehte eine Flagge, ein hoher Ahornbaum spendete Schatten, eine Holzschaukel stand im Garten. Der Schotterweg führte zu einer altmodischen Garage, in der Cora ihren Wagen abstellte. Maeve und Rianna rannten nach draußen, begrüßten Avalon mit ohrenbetäubendem Geschrei und vielen Streicheleinheiten, und Echo hätte schwören können, dass die Hündin lächelte.

Kurz musste sie wieder an Bud Willand und seine Kinder denken. War Avalon wirklich Whitey? Würden die Kinder von Bud Willand sie genauso begeistert und glücklich begrüßen wie Maeve und Rianna?

Ihr Magen zog sich schmerzhaft zusammen. Wenn es sich wirklich um Whitey handelte, musste Echo sie gehen lassen.

„Wieso siehst du so traurig aus?“, forschte Rianna, die Echo interessiert musterte.

„Ich bin nur ein bisschen müde“, erklärte Echo hastig.

Cora, die offenbar durch einen Seiteneingang das Haus betreten hatte, erschien auf der Veranda.

„Im Kühlschrank ist Limonade für euch!“, rief sie.

Bei dem Anblick des wunderbar schlichten Hauses mit seinen geputzten Fenstern und dem gepflegten Garten verspürte Echo einen weiteren Stich in der Brust.

Wie es sich wohl anfühlte, in so einer Umgebung aufzuwachsen?

Sie stellte sich Schnee zu Weihnachten vor, einen festlichen Kranz an der Tür und bunte Lichterketten im Wohnzimmerfenster. Und im Herbst Kürbislaternen, während blutrotes und goldenes Laub den Stamm des Ahornbaumes einschloss. Im Frühling Stiefmütterchen, Kapuzinerkresse und Geranien in den Terrakottatöpfen. Unendliche Sehnsucht schnürte ihr den Hals zu.

Offenbar verstand Rianna sie trotz ihres jungen Alters. Denn sie nahm Echos Hand und drückte sie leicht. „Ich vermisse meine Mom“, wisperte sie.

Tränen brannten in Echos Augen.

Maeve versteifte sich. „Du kannst dich gar nicht an Mom erinnern“, zischte sie.

„Ich vermisse sie trotzdem.“

„Lasst uns die Limonade holen“, schlug Echo vor.

„Wir alle können etwas zu trinken vertragen“, stimmte Cora zu. Sie lächelte, doch ihre Augen blickten ernst, während sie ihre Enkelinnen an sich drückte und Echo über deren Köpfe hinweg einen Blick zuwarf.

Nach einem Glas eisgekühlte Limonade im Garten hinter dem Haus spielten die Kinder mit Avalon.

„Ihre Mutter ist hier in diesem Haus aufgewachsen", bemerkte Cora leise. „Sie hat im Garten gespielt, mit ihrem Hund Farky, genauso wie Rianna und Maeve jetzt. Ich hätte niemals geglaubt, dass ich meine Julie überleben würde."

Echo wusste nicht, was sie sagen sollte.

Die ältere Frau zwang sich zu einem tapferen Lächeln. „Ich bin eine alte Närrin, Ihnen von jemandem zu erzählen, den Sie gar nicht kennen. Tut mir leid."

„Ich höre Ihnen gern zu, Cora. Und Sie sind alles andere als eine alte Närrin."

„Möchten Sie sich vielleicht ein paar Fotos ansehen?", fragte Cora mit rührender Schüchternheit. „Von Julie, meine ich?"

„Das würde ich sehr gern."

Da lief Cora ins Haus und kam kurz darauf mit einem abgegriffenen Fotoalbum zurück. Sie zog ihren Stuhl näher zu Echo, legte das schwere Album auf den Tisch und schlug die erste Seite auf.

Eine viel jüngere Cora posierte mit einem rosa Strampelanzug in der Hand vor einem Weihnachtsbaum. „Das hat mein Mann Mike gemacht."

Als hätten sie etwas gespürt, tauchten Maeve und Rianna wieder auf und stellten sich links und rechts neben ihre Großmutter. Zweifellos kannten sie die Fotos schon, und doch betrachteten sie sie so fasziniert wie beim ersten Mal.

„Zeig Echo das Bild, wo Mommy als Cowgirl verkleidet ist", rief Rianna atemlos, sah Echo an und fügte stolz hinzu: „Mommy war mit fünf Little Miss Rodeo."

„Wow", rief Echo ehrlich beeindruckt. Julie Tellington sah in ihrem Fransenrock, der Weste und den Stiefeln so niedlich aus wie die kleine Shirley Temple. Selbstbewusst strahlte sie in die Kamera.

„Und sie war natürlich kein bisschen verwöhnt", sagte Cora zärtlich, während sie das Foto mit den Augen verschlang. „Wir hätten gern noch mehr Kinder gehabt, Mike und ich. Aber wir waren dankbar für unsere Julie."

Wie gern hätte Echo auch ein eigenes Kind, das sie so bedingungslos lieben konnte wie Cora ihre Tochter. „Sie war sehr hübsch."

Cora nickte, schniefte leise und berührte so sanft das alte Foto, dass Echo glaubte, ihr Herz müsse brechen. So sehr zu lieben, war ein großes Risiko, es legte das Herz bloß mit all seinen empfindlichen Nervenenden.

Wie hatte Cora diesen Verlust nur überleben können?

Auch Rianna streckte einen schmutzigen Finger nach dem Foto aus. Echo war froh, dass Cora das kleine Mädchen nicht rügte, sondern einfach nur wartete, bis es von selbst die Hand wieder zurückzog.

Danach folgte eine ganze Reihe von Fotos: Julie an ihrem ersten Schultag, Julie beim Twirling-Tanzen, beim Öffnen von Geburtstagsgeschenken und am Weihnachtstag, Julie in den verschiedensten Verkleidungen, in einem Jahr als Hummel, im nächsten Jahr als gigantischer Hotdog, dann als Sonnenblume mit großen Blüten und grünen Filzblättern.

Cora erzählte, dass sie früher für Julie ununterbrochen genäht hatte und auch heute noch für ihre Enkelinnen Kostüme schneiderte. Ungefähr auf der Hälfte des Albums war Rance zum ersten Mal zu sehen – ein herumkaspernder Teenager, der mit Julie ein altes Auto wusch. Oder als gut aussehender junger Mann, der stolz beim Abschlussball neben Julie stand. Dann kam die Hochzeit. Später gab es Fotos mit Julie und den Kindern. Ihr Strahlen schien die Fotos zu erleuchten. Fotos von Picknicks, von Urlaubsreisen. Echo fragte sich, ob irgendjemandem aufgefallen war, dass Julies Lächeln im Laufe der Jahre beinahe unmerklich schmaler geworden war.

Als sie das Album zuklappten, kläffte Avalon leise, und alle sahen auf. Rance beobachtete sie vom Rasen aus. Sein Gesicht lag im Schatten, doch als er auf sie zukam, lächelte er.

Echo Herz schien stillzustehen.

„Ich hoffe, ich habe das Essen nicht verpasst", sagte er.

Avalon lief auf ihn zu, und Echo beobachtete stumm, wie er sich vorbeugte, um ihren Kopf zu tätscheln.

„Wir haben noch nicht gegessen", informierte Rianna ihren Vater.

„Gut." Er sah Echo an, während er näher kam. Und dann fiel sein Blick kurz auf das Fotoalbum.

„Ich hole dir eine Limonade", bemerkte Cora und drückte das Album an die Brust, als fürchtete sie, er könnte es ihr entreißen.

„Danke", erwiderte er leise.

Cora verschwand im Haus. Rianna und Maeve folgten ihr. Avalon wartete, bis Rance saß, dann legte sie sich zu seinen Füßen.

„Langer Tag?", fragte Echo, als sie seine müden Augen sah. Am liebsten hätte sie ihm über das leicht zerzauste Haar gestrichen.

„Wie immer. Wie ich sehe, hat Cora Ihnen eines ihrer Fotoalben gezeigt."

Sie nickte. „Julie war sehr schön."

Das quittierte Rance mit einem kurzen Nicken. Dann entspannte er sich ein wenig.

Rianna kam mit einem Glas Limonade zurück. „Gehen wir an die Börse?", wandte sie sich wie eine Erwachsene an ihren Vater.

Ihre Worte hingen einen Moment in der Luft, dann lachte Rance. „Das ist noch nicht beschlossen. Im Augenblick ist *McKettrickCo* noch immer ein Familienunternehmen."

Am liebsten hätte Echo gefragt, auf welcher Seite Rance stand, beschloss dann aber, dass sie das nichts anging.

„Sind wir dafür oder dagegen?", kam Rianna ihr zu Hilfe.

„Wir sind uns nicht sicher", antwortete Rance.

„Und Onkel Jesse?"

„Nicht sicher."

„Onkel Keegan ist auf jeden Fall *dagegen*", verkündete Rianna.

„Das kann man wohl sagen", bestätigte Rance. „Für ihn wäre es eine schreckliche Vorstellung, künftig das Leben einfach nur zu genießen."

„Was würdest du tun, Daddy? Wenn du nicht mehr arbeiten müsstest, meine ich?" Rianna sah ihn so hoffnungsvoll an, dass Echo wegschauen musste.

„Ich würde mehr Zeit mit dir und deiner Schwester verbringen."

In diesem Moment sah Rianna ihrer Mutter trotz des dunklen Haars so ähnlich, als wäre sie wieder lebendig geworden. Sie strahlte. „Das wäre schön."

Rance trank einen Schluck Limonade. „Das wäre allerdings schön", bestätigte er.

Maeve kam mit einem Stapel Teller und Besteck aus der Hintertür. Cora folgte ihr und stellte eine blau-weiße Auflaufform auf den Tisch. Avalon schnüffelte anerkennend, woraufhin Cora ihr einen gefüllten Teller auf den Boden stellte.

„Ich hoffe, das stört Sie nicht", sicherte sie sich vorher bei Echo ab.

„Nein, das stört mich nicht", flüsterte Echo, die wie schon am Abend zuvor wünschte, die Zeit würde einfach stillstehen, anstatt zu vergehen und davonzufließen wie der kleine Bach vor dem Haus auf der Ranch. Da die Zeit aber nun einmal nicht stillstehen konnte, verstaute sie das anheimelnde Bild in ihrem geistigen Fotoalbum, in dem sie nur die wertvollsten Erinnerungen aufbewahrte.

6. KAPITEL

In Coras Garten wurde es langsam dunkel. Die Mädchen spielten mit Avalon, und nachdem alle beschlossen hatten, sich zu duzen, goss Cora ihre Blumenbeete, während Echo und Rance still am abgeräumten Tisch saßen. Echos Gesicht drückte deutlich ihre Gefühle aus – eine Ahnung von einem neuen Anfang, gemischt mit der unangenehmen Überzeugung, dass sie sich auf gefährlichem Grund bewegte. Rance betrachtete das Gesicht wachsam und fasziniert. Es war ruhig und nachdenklich, als sie mit einem kleinen Lächeln die Kinder und den Hund beobachtete. Doch schon eine Sekunde später verdunkelte ein besorgter Schatten die gerade noch entspannten Züge. Sie lehnte sich in ihrem Stuhl zurück, entspannte sich wieder, rutschte aber in der nächsten Sekunde vor und sah unruhig auf die Uhr.

Schließlich stand sie seufzend auf.

Rance musterte ihre nackten Beine. Dann erhob er sich ebenfalls – wie es die McKettrick-Männer seit ewigen Zeiten taten, wenn eine Lady aufstand. Man hielt ihr die Tür auf und nahm ihr schwere Taschen ab.

„Du willst doch nicht etwa schon gehen, oder?" Cora warf Echo einen überraschten Blick über die Schulter zu.

Mit Mühe riss Echo sich von Rances Anblick los. „Es ist schon fast acht", sagte sie.

Ganz eindeutig war sie eine Prinzessin. Und vielleicht würde sie sich irgendwann in einen Frosch verwandeln. Rance runzelte die Stirn. Oder galt das vielleicht ausschließlich für Prinzen? Mit Märchen kannte er sich nicht allzu gut aus.

Sofort drehte Cora den Wasserhahn ab und wickelte den Schlauch zu einer glänzend grünen Rolle auf. „Ich habe versprochen, dir heute Abend beim Auspacken der Bücher zu helfen. Und ich halte mein Wort immer."

„Du musst doch müde sein", protestierte Echo, die Rances Existenz scheinbar ganz und gar vergessen hatte. Doch sie konnte ihm nichts vormachen. Jede Zelle ihres Körpers war sich seiner Anwesenheit bewusst. Sie ignorierte ihn in voller Absicht und gab vor, ihn nicht wahrzunehmen.

Viel Glück, dachte Rance. Es gab Frauen, die ihn nicht mochten oder sogar hassten. Sie warfen mit Dingen um sich und schrien. Viel öfter aber umgarnten und umschmeichelten sie ihn, um ihm dann, wenn er mit ihnen schlief, den Rücken zu zerkratzen.

Aber sie ignorierten ihn niemals.

„Unsinn", rief Cora. „Ich bin topfit."

„Wir können auch helfen", bot Rianna hoffnungsvoll an. „Oder nicht?" Doch sie gähnte bereits beim Sprechen.

„Ich sag euch was", mischte Rance sich ein, wohl wissend, dass er mit den nächsten Sätzen Echos Bemühungen zunichtemachte, wogegen er ganz und gar nichts einzuwenden hatte. Das erhöhte die Spannung nur noch. „Das klingt, als ob da eine Menge schwerer Sachen getragen werden müssten. Ihr Mädchen bleibt bei Granny, und *ich* helfe mit den Büchern."

„Das ist wirklich nicht nötig." Echo wirkte verführerisch nervös. „Das kann alles auch bis morgen warten."

„Nicht, wenn du am Samstag den Laden eröffnen willst", behauptete Cora. Selbst in der Dunkelheit sah Rance das Funkeln in den Augen seiner Schwiegermutter. Dann gähnte sie etwas übertrieben. „Und wo du es schon erwähnt hast, ich würde wirklich gern die Füße hochlegen und vielleicht ein bisschen fernsehen."

Sichtlich beunruhigt knabberte Echo an der Unterlippe und warf einen scheuen Blick in Rances Richtung. Sie schien hin und her gerissen, und er genoss es, ihr beim Überlegen zuzusehen.

Rance lächelte in sich hinein. Ich bin einer Lady immer gern zu Diensten, dachte er.

„Wie mir scheint, haben wir keine andere Wahl", erklärte Echo schließlich.

„Scheint mir auch so", lächelte er.

„Dann geht mal, ihr beiden." Cora hob die Hände. „Die Mädchen und ich genehmigen uns noch ein Eis, und dann schauen wir, was im Fernsehen kommt."

Eine zarte Röte bedeckte Echos Wangen, was in Rance ein urtümliches Gefühl erweckte – nicht etwa den Wunsch, sie zu erobern, sondern sie zu beschützen.

So souverän wie möglich bedankte Echo sich für das Abendessen, sagte den Mädchen Gute Nacht und rief Avalon zu sich. Rance versprach, seine Töchter in etwa zwei Stunden wieder abzuholen. Dann brachte er Echo zu ihrem Auto und folgte ihr in seinem Wagen durch ruhige Wohnviertel mit einfachen, gepflegten Häusern bis zur Hauptstraße. Vor ihrem Buchladen parkte ein Lastwagen. Ein Mann stieg aus.

Dabei überkam Rance ein unangenehmes Gefühl, das er sich selbst nicht recht erklären konnte. Wenn er sich nicht sehr täuschte, war dieser Mann nicht Echos Typ. Er sah viel zu heruntergekommen aus. Ganz eindeutig brauchte er dringend eine Dusche, einen Haarschnitt und eine Rasur – und wahrscheinlich auch einen Job.

Zögernd stieg Echo aus und ging entschlossen auf den Mann zu. Rance stellte sich neben sie.

„Ich bin Bud Willand", sagte der Fremde.

Rance fiel auf, dass Echo den Hund im Wagen gelassen hatte.

„Echo Wells", entgegnete sie mit leiser und zittriger Stimme. Offenbar behagte ihr dieses Gespräch ganz und gar nicht.

Willand betrachtete Rance von Kopf bis Fuß, wie Männer es seit Urzeiten taten, und hielt klugerweise Distanz. Er blickte durch das Beifahrerfenster in Echos Wagen, wo Avalon mit heraushängender Zunge saß.

„Sieht eindeutig nach Whitey aus", brummte er.

Am liebsten hätte Rance einen Arm um Echos Schulter gelegt, so verloren sah sie aus.

„Hallo, mein Mädchen", begrüßte Willand den Hund. „Scheint so, als hättest du in Saus und Braus gelebt, seit du von zu Hause weggelaufen bist."

Doch Avalon duckte sich in den Sitz und versuchte, an dem massigen Körper vorbei zu Echo zu sehen. Diese trat einen Schritt nach vorn. „Ist schon gut, Avalon", sagte sie sanft.

Ohne einen weiteren Ton trat Willand auf das Auto zu.

„Warten Sie", rief Echo, aber zu spät.

Er hatte bereits die Tür geöffnet. Avalon knurrte, dann stürzte sie nach vorn. Dabei kämpfte sie so wild mit dem Sicherheitsgurt, dass sie sich darin verfing. Ohne den Gurt hätte sie Willand vermutlich in den Kopf gebissen.

Fluchend sprang Willand nach hinten, stolperte über den Rinnstein und wäre fast auf dem Hintern gelandet.

Echo trat zwischen ihn und den weißen Wirbelwind. Mit wütend funkelnden Augen betrachtete sie Willand. Langsam beruhigte Avalon sich ein wenig.

„Das ist nicht Ihr Hund“, erklärte Echo.

„Verdammt, und ob er das ist!“, widersprach Willand. „Sie ist nur so bösartig wie eh und je.“

„Avalon ist nicht bösartig“, betonte Echo.

„Avalon“, spuckte Willand aus. „Was für ein bescheuerter New-Age-Name ist das eigentlich für einen Hund?“ Er starrte Avalon wütend an.

Vorsichtig öffnete Echo den Sicherheitsgurt. Avalon blieb ruhig sitzen, drückte sich ein wenig an sie, den Blick auf Willand geheftet. Sie wirkte gleichzeitig wie ein Raubtier und ein Opfer.

„Dann rufen Sie sie“, sagte Echo. „Wenn Sie Ihnen gehört, wird Sie zu Ihnen kommen.“

Wieder fluchte Willand, diesmal noch gehässiger. Rance wartete ab, jeder Muskel in seinem Körper war angespannt.

Willand lief hinter seinen Pick-up und ließ die Heckklappe mit einem lauten Krachen herunter. „Whitey“, rief er. „Rein mit dir!“

Avalon knurrte tief im Hals, dann sah sie Echo kläglich an.

„Sie nehmen diesen Hund nicht mit“, sagte Echo.

„Zum Teufel, das werde ich allerdings. Das Vieh ist reinrassig und eine Menge Geld wert.“

Da trat Rance vor Willand. „Wie mir scheint, ist der Fall erledigt“, sagte er. „Der Hund bleibt hier.“

„Wenn Sie wissen, was gut für Sie ist, Mister, dann mischen Sie sich besser nicht ein“, zischte Willand und sah ihn hasserfüllt an.

„Der Hund bleibt“, wiederholte Rance tonlos. „Echo, geh mit Avalon ins Haus.“

„Nein“, protestierte sie.

„Sie lassen den Hund, wo er ist“, befahl Willand, ohne den Blick von Rances Gesicht zu nehmen. „Sie kommt mit mir.“

„Echo“, sagte Rance noch einmal. „Geh *rein*.“

Sie seufzte kurz, nahm Avalon am Halsband, zog sie zur Ladentür, durchwühlte ihre Handtasche nach dem Schlüssel, und dann standen die beiden Männer allein auf dem Gehweg.

„Das ist *mein* Hund.“ Willand fuhr sich mit dem Handrücken über den Mund. „Meine Frau wartet zu Hause, sie sucht die Straße nach mir und Whitey ab. Ich werde nicht ohne sie zurückkommen.“

Aus den Augenwinkeln bemerkte Rance, wie Echo durch das Schaufenster spähte, das Handy in der Hand.

Gott sei Dank, sie war im Begriff, die Polizei zu rufen.

Schließlich knickte Willand ein. Er knallte die Heckklappe wieder zu und stürmte um den Pick-up herum. „Ich komme zurück, um meinen Hund zu holen", rief er warnend.

Rance folgte ihm. Da der Wagen die Sicht versperrte, müsste Echo sich jetzt auf die Zehenspitzen stellen, um zu sehen, was passierte.

„Wie viel?", fragte Rance. Bei Typen wie Bud Willand ging es letztlich immer ums Geld.

Mit zusammengekniffenen Augen sah der andere ihn an. „Was sagten Sie?"

„Wie viel?"

„Sie geben also zu, dass der Hund mir gehört?"

„Ich gebe überhaupt nichts zu. Ich will nur, dass Sie für immer verschwinden. Zum letzten Mal – *wie viel*?"

Während er Rances Geländewagen und seinen Anzug musterte, fuhr Willand sich mit einer Hand durch das fettige Haar. „Für so einen Hund könnte ich locker fünfhundert Mäuse bekommen", überlegte er laut. „Und noch mehr, wenn sie bald Babys bekommt, was vermutlich der Fall ist."

Ohne ein Wort zog Rance seine Geldklammer aus der Tasche und zählte eintausend Dollar ab. Dabei ließ er Willand nicht aus den Augen. Gierig griff Willand danach.

Aber Rance zog die Hand zurück und faltete die Scheine zwischen Daumen und Zeigefinger. „Sie sind ein Junge vom Land", sagte er eisig. „Darum gehe ich davon aus, dass Sie verstehen, was ich Ihnen jetzt sage. Sollten Sie jemals wieder einen Fuß in diese Stadt setzen, egal aus welchem Grund, bringen Sie lieber eine ganze Armee mit. Denn die werden Sie brauchen, wenn Sie nicht wollen, dass ich Sie kurz und klein schlage. Ist das klar?"

„Klar", murrte Willand, den Blick fest auf die Scheine gerichtet.

Rance war beinahe enttäuscht. Er steckte das Geld unter eine Zigarettenschachtel, die Willand unter den Ärmel seines dreckigen T-Shirts geschoben hatte. „Verschwinden Sie."

„Ist eh ein Scheißhund", sagte Willand zum Abschied. Dann kletterte er in den Wagen, knallte die Tür zu und fuhr mit quietschenden Reifen davon.

Rance sah ihm nach, bis die Rücklichter in der Dunkelheit verschwunden waren.

Ein paar Sekunden später öffnete Echo vorsichtig die Ladentür. „Ist er weg?"

Unter anderen Umständen hätte Rance über eine so überflüssige Frage gelacht. Aber er wusste, was Echo eigentlich meinte. Sie wollte wissen, ob Willand zurückkommen würde.

„Er ist weg", versicherte Rance ihr und ging zu ihr in den Laden.

„Für immer?"

„Vermutlich."

„Sie ist wirklich nicht sein Hund." Echo schloss die Tür hinter ihm. „Und wenn doch, dann hat er sie misshandelt. Sie hasst ihn ganz offensichtlich und …"

An dieser Stelle brach sie ab, ihre Augen füllten sich mit Tränen.

Tröstend legte Rance eine Hand auf ihre Schulter. „Ist schon okay, Echo." Er wollte sie wieder küssen, um einiges leidenschaftlicher als am Abend zuvor. Doch das war nicht der passende Zeitpunkt. Stattdessen zog er sie an sich und hielt sie fest.

„Wie hast du ihn dazu gebracht zu verschwinden?", fragte sie mit gedämpfter Stimme.

Er strich ihr übers Haar und umfasste dann ihren bezaubernden Pferdeschwanz, der schwer und weich in seiner Hand lag. „Mach dir keine Gedanken darüber. Falls du jemals wieder etwas von Willand siehst oder hörst, sag mir sofort Bescheid. Dann kümmere ich mich um ihn."

Sie legte den Kopf zurück, sah zu ihm auf und schniefte leise. „Tut mir leid, Rance."

„Was denn?", fragte er ehrlich verblüfft.

„Dass du da mit reingezogen wurdest. Er hätte ein Messer haben können oder ein Gewehr."

„Ich kann ganz gut auf mich selbst aufpassen." Und ich kann auch auf *dich* aufpassen, wollte er hinzufügen, schwieg aber, weil es dafür noch zu früh war. Und vielleicht für immer zu früh bleiben würde.

Nach einem kurzen Erzittern löste Echo sich von ihm. „Danke", sagte sie.

„Jederzeit. Wir sollten besser loslegen", wechselte er das Thema. „Wenn du am Samstag wirklich eröffnen willst."

„Du warst den ganzen Tag im Büro und hast gearbeitet, Rance. Ich bekomme das schon allein hin."

„Da bin ich sicher. Wo ist die Kaffeemaschine?"

„Die Kaffeemaschine?"

Er grinste. „Ich könnte einen kleinen Koffeinschub gebrauchen." Vielleicht würde sich das Koffein mit dem Adrenalin mischen, das durch seinen Körper zirkulierte, und vielleicht hoben sich beide Stoffe gegenseitig auf – wie bei einer merkwürdigen chemischen Reaktion. „Und weil es politisch unkorrekt wäre, dich zu bitten, Kaffee zu kochen, mache ich das besser selbst."

Sie blinzelte. „Du willst nicht gehen?"

„Nicht, solange du nicht die Polizei rufst und mich rauswerfen lässt."

Zu seiner Überraschung lachte sie. „Du bist wirklich ein Dickkopf. Und ich bezweifle ernsthaft, dass politische Korrektheit ganz vorne auf deiner Prioritätenliste steht."

„Schuldig in jeder Hinsicht", bekannte er. „Ich kann nichts dafür. Ich bin ein McKettrick."

Als sie auf die Treppe im hinteren Teil des Ladens zuging, folgte er ihr unaufgefordert. Oben angekommen, drehte sie sich um, sah zu ihm und sah ihn mit großen Augen an.

„Es ist noch zu früh", erklärte sie sehr leise.

„Ich weiß", antwortete er.

Das zumindest hatten sie gemeinsam.

Echo mochte ihre winzige Wohnung mit den großen Fenstern und den Regalen voll innig geliebter, oft gelesener Bücher. Jetzt aber fragte sie sich, wie die Wohnung wohl auf Rance wirkte. Dieser Mann reiste in einem Privatjet durch die Weltgeschichte, er charterte Hubschrauber und lebte in einem Haus, das vermutlich mehr Geld wert war, als sie in drei Leben verdienen würde.

Angestrengt versuchte sie, ihn nicht zu beobachten, als er sich umsah. Avalon streckte sich auf ihrer Luftmatratze aus und schlief sofort ein.

Sie dagegen kämpfte mit der Kaffeemaschine. Vor lauter Aufregung drehte sie das Wasser so weit auf, dass es spritzte und ihr T-Shirt nass wurde. Gerade wollte sie den uralten Wasserhahn wieder zudrehen, als Rance eine Hand auf ihre legte.

„Echo“, sagte er.

Sie zwang sich, ihn anzusehen.

„Entspann dich“, fuhr er fort. „Nichts wird geschehen, bevor du nicht bereit dafür bist.“

Sie biss sich auf die Lippe, um nicht zu antworten, aber vergebens. „Aber es wird geschehen.“

Lächelnd nahm er ihr die Kaffeekanne aus der Hand. „Das denke ich auch. Erzähl mir von dem Mann, der dich so vorsichtig hat werden lassen.“

Sie zupfte an ihrem T-Shirt, um es einigermaßen zu trocknen. Obwohl ihr Herz raste, hoffte sie, einigermaßen gefasst zu wirken. „Wer sagt, dass ich vorsichtig bin?“

Rance nahm Filter und Kaffee vom Regal.

„Ich“, antwortete er. „Jedes Mal, wenn ich in deine Nähe komme, erschrickst du fast zu Tode.“

„Das stimmt nicht“, protestierte sie.

Er sah sie nur an.

„Na gut, du machst mich ein wenig nervös.“

„Das tut mir leid“, behauptete er, klang aber eher erfreut. Er stellte die Kaffeemaschine an, drehte sich um und lehnte mit verschränkten Armen an der Küchentheke. Abwartend.

„Wir wollten heiraten“, gestand sie gegen ihren Willen. „Justin und ich, meine ich.“

„Justin“, wiederholte er. „Und was ist schiefgelaufen?“

„Er hat es sich in der letzten Sekunde anders überlegt.“ Sie sah kurz weg, suchte dann aber wieder seinen Blick. Es war eine Frage des Stolzes, so nah vor Rance McKettrick zu stehen und ihn ansehen zu können, auch wenn ihr nicht ganz klar war, weshalb. Immerhin war dieser Mann fast ein Fremder. „Es war vermutlich besser so“, fuhr sie fort.

„Vermutlich.“

Er schien den ganzen Raum auszufüllen mit seinen breiten Schultern und seiner männlichen Ausstrahlung. Sie bekam auf einmal kaum Luft und wollte die Fenster aufreißen. Wollte andere Dinge tun. Dinge, die sie bereits bei dem Gedanken an sie erröten ließen.

„Vielleicht sollten wir wieder nach unten gehen“, meinte sie.

Ganz kurz wanderte Rances Blick zum Bett und dann wieder zu ihr. „Das sollten wir vielleicht“, stimmte er zögernd zu.

In der nächsten Stunde packten sie Kisten aus, tranken Kaffee und sprachen über alles Mögliche – nur nicht darüber, dass die Welt zu schwanken schien, wann immer sie sich aus Versehen berührten oder ansahen. Als sie beschlossen, für heute aufzuhören, waren sie trotz aller Aufregung ein ganzes Stück vorangekommen. Auf dem Weg nach draußen inspizierte Rance mit gerunzelter Stirn das Schloss. Als Echo das sah, wurde ihr warm ums Herz. Wann hatte sich zum letzten Mal jemand Gedanken um ihre Sicherheit gemacht?

„Avalon beschützt mich", verkündete sie, zuckte dann aber verlegen die Schultern. Vielleicht hatte er in eine ganz andere Richtung gedacht. Vielleicht interessierten ihn handwerkliche Dinge – Bolzen und Schlösser und Schrauben.

„Lass das Schloss auswechseln", sagte er. „Du brauchst ein Sicherheitsschloss und eine Kette."

Draußen wartete er, bis sie hinter ihm abgeschlossen hatte. Dann warf er ihr zum Abschied ein Grinsen durch das Schaufenster zu. Beinahe hätte sie die Tür wieder aufgerissen und ihn gebeten zu bleiben. Nicht aus Angst – was sie allerdings akzeptabler gefunden hätte als den wahren Grund.

Sie begehrte Rance McKettrick.

So einfach war das – und so kompliziert.

Zögernd wandte er sich ab und ging zu seinem Geländewagen. Eine Sekunde später war er zurück und klopfte leise ans Schaufenster. Atemlos schloss sie die Tür wieder auf.

„Ich habe mich gerade gefragt, ob du schon mal auf einem Pferd geritten bist", bestürmte er sie.

„Auf einem Pferd?"

Er lachte. „Du weißt schon. Diese großen Viecher. Vier Beine. Eine Mähne und ein Schwanz."

Ihr Kichern klang eher nervös als belustigt. „Ich bin noch nie auf einem Pferd geritten."

„Sonntag?"

„Wie bitte?"

„Würdest du gern ausreiten? Am Sonntag?"

Indian Rock war eine kleine Stadt mit fünf verschiedenen Kirchen. Echo hatte bereits festgestellt, dass alle Läden, abgesehen vom Supermarkt, sonntags geschlossen hatten.

„Ich wollte eigentlich arbeiten", erklärte sie lahm. „Inventur machen. Titel in den Computer eingeben."

„Hast du Angst vor Pferden?"

Obwohl sie wusste, dass er sie nur aufzog, richtete sie sich kerzengerade auf. „Selbstverständlich nicht."

„Dann hole ich dich gegen ein Uhr ab." Er betrachtete ihre Shorts und das T-Shirt. „Und zieh Jeans an. Wir haben hier recht unebenes Gelände."

Bevor sie protestieren konnte, war er bereits verschwunden. Also schloss sie zum zweiten Mal ab, knipste das Licht aus und ging nach oben.

Der Kaffee hatte sie hellwach gemacht.

Zumindest versuchte sie sich einzureden, dass es am Kaffee lag.

Als Rance zu Cora zurückkam, steckten Rianna und Maeve bereits in ihren Schlafanzügen und schliefen tief und fest auf der Couch. Cora hatte einen alten Quilt über sie gebreitet, der früher Julie gehört hatte. Sie legte einen Finger an die Lippen, dann bedeutete sie ihm, dass er ihr in die Küche folgen sollte. Das Fotoalbum, das sie sich vorher mit Echo angesehen hatte, lag auf dem Tisch.

„Ich könnte Kaffee kochen", sagte Cora.

Doch Rance schüttelte den Kopf.

„Du kannst die Mädchen heute Nacht hier lassen." Sie lächelte.

Nickend zog er sich einen Stuhl zurück und setzte sich. Das Haus auf der Ranch war groß und ohne seine Töchter auch sehr leer. Insofern zog ihn nichts dorthin.

„Alles in Ordnung, Rance?"

Er seufzte, dann legte er eine Hand auf das Fotoalbum. Eine alte, abgrundtiefe Trauer erfüllte ihn. „Mir geht es gut."

„Lass sie gehen", bat Cora leise. „Julie, meine ich."

Verdammt, sie mussten über so vieles sprechen. Aber jedes Mal, wenn Rance kurz davor war, das Thema anzuschneiden, verspürte er einen so schneidenden Schmerz, dass er kaum noch Luft bekam. Er hatte Angst zusammenzubrechen, und das konnte er sich nicht erlauben – nicht vor Cora.

Dabei hatte er schon viele Verluste erlebt. Seine Eltern hatten sich scheiden lassen, als er aufs College ging, nachdem seine jüngere Schwester Cassidy an Leukämie gestorben war. Sie war erst siebzehn gewesen.

Siebzehn.

Wo blieb da die Gerechtigkeit?

Und wenn nun noch einmal so etwas Grauenvolles geschah? Mit Maeve oder Rianna? Wenn eine von ihnen diese Krankheit von Cassidy geerbt hatte?

„Das habe ich", erwiderte er schließlich. „Ich habe Julie gehen lassen."

„Hast du?" Cora setzte sich zu ihm an den Tisch.

Rance rieb sich das Kinn, spürte die Stoppeln und eine tiefe Müdigkeit. Auf einmal hatte er *McKettrickCo* satt, das berufliche Gezerre, hinter dem er sich so lange versteckt hatte. Plötzlich wollte er einfach nur Rancher sein wie Generationen von McKettricks vor ihm. Er wollte Rinder züchten, Heu einbringen und reiten. Alle Anzüge aus seinem Kleiderschrank werfen und Jeans, Hemd und Stiefel tragen wie Jesse. Den Geländewagen verkaufen und einen Pick-up fahren.

Bei der Vorstellung lachte er leise.

„Was ist los?", fragte Cora sanft.

Er konnte sie nicht ansehen. „Hast du dir jemals gewünscht, etwas anderes aus deinem Leben gemacht zu haben?"

„Nicht eine einzige Sekunde. Ich würde Mike Tellington noch einmal heiraten. Und meine Tochter genau so aufziehen, wie ich es getan habe. Und ich würde auch das *Curl and Twirl* wieder eröffnen."

Jetzt sah er sie doch an. „Es war nicht immer leicht für dich." Er kam sich wie ein Idiot vor.

„Es war nicht so schlimm, Rance. Natürlich war es schwer, erst Mike zu verlieren und dann Julie. Aber ich habe Rianna und Maeve. Ich versuche immer, an das zu denken, was ich habe, nicht an das, was mir fehlt."

„Du bist eine sehr kluge Frau, Cora."

Sie schnaubte leise. „Ich weiß nicht, ob ich klug bin. Aber zumindest bin ich sehr dankbar."

Darüber dachte Rance schweigend nach. Er besaß eine Menge, wofür er dankbar sein konnte, Rianna und Maeve natürlich, aber auch seine Herkunft, seine Familie. Und doch fühlte er sich oft so leer. Als ob ein kalter, bitterer Wind durch seinen Körper führe, der sich nie legte.

„Und du, Rance? Was würdest du ändern, wenn du die Zeit zurückdrehen könntest?“

„Ich wäre da gewesen, als Julie sich auf dieses Pferd gesetzt hat.“ Julie hatte sich beim Hindernisreiten das Genick gebrochen. Damals war Rance in Hongkong gewesen, hatte Geschäfte abgeschlossen und harte Verhandlungen geführt, für die er so bekannt war. Damals war ihm das alles so verdammt wichtig vorgekommen.

Vorsichtig berührte Cora seine Hand. „Nicht, Rance. Julie war sofort tot, du hättest nichts mehr für sie tun können.“

Seine Augen brannten. „Du musstest dich um alles kümmern. Um die Mädchen. Um die Beerdigung. Und das bei all deiner Trauer.“

Nun hatte auch Cora Schwierigkeiten, ihm in die Augen zu sehen, und ihre Stimme klang erstickt. „In solchen Situationen tut man eben, was getan werden muss. Natürlich wünschte ich, du wärst da gewesen, Rance, aber ich mache dir keine Vorwürfe.“

Sie schwiegen lange.

„Es war nicht perfekt“, sagte er plötzlich. Näher wagte er sich nicht an die Wahrheit heran, die hinter der so respektablen Fassade seiner Erinnerungen lag. „Aber ich habe Julie geliebt.“

„Natürlich hast du das. Und sie hat dich geliebt. Du warst ihr ein guter Mann, Rance, und ein guter Vater. Niemand hätte mehr von dir verlangen können.“

Julie hatte mehr von ihm verlangt. Viel mehr. Und er hatte sie immer mit irgendwelchen Ausreden abgespeist, in der Annahme, dass er alle Zeit der Welt hätte. Wenn er seinen verdammten Stolz überwunden hätte, wenn er ihr nur einen Schritt entgegengekommen wäre, würde Julie heute vielleicht noch leben.

„Das Leben geht weiter, Rance.“ Cora drückte seine Hand. „Und es nimmt uns mit, egal, wie sehr wir uns manchmal auch dagegen wehren. Als sie den Sarg meiner Julie in die Erde senkten, wollte ich auch sterben. Direkt dort am Grab. Aber ich musste auch an Rianna und Maeve denken. Ich musste weiterleben.“

Rance nickte, dann blickte er zur Seite und blinzelte heftig.

„Du bist schon zu lange in diesem Stillstand gefangen“, fuhr

Cora fort. „Aber du bist noch jung. Du hast zwei Töchter. Rance, du musst nach vorn sehen."

Genau wie Cora hatte er auch gar keine andere Wahl, und es war höchste Zeit, das endlich zu akzeptieren und nicht länger vor einer Vergangenheit davonzulaufen, die er sowieso nicht ändern konnte.

„Darf ich heute Nacht hierbleiben, in der kleinen Kammer neben dem Wohnzimmer?", brachte er mühsam heraus.

In Cora Augen glänzten Tränen der Trauer und des Glücks zugleich. „Fühl dich wie zu Hause, mein Junge", lud sie ihn ein.

7. KAPITEL

„Du willst *was* tun?“, fragte Keegan an nächsten Morgen. Er beugte sich über seinen blank polierten Schreibtisch nach vorn, beide Hände auf die Tischplatte gestützt.

„Du hast ihn schon verstanden“, bemerkte Jesse vom Fenster aus. „Unser guter alter Rance kommt langsam wieder zur Vernunft.“

„Zur Vernunft?“, wiederholte Keegan aufgebracht. Er sah aus, als würde jeden Moment irgendwo in seinem Körper eine Ader platzen. „Er hat seinen verdammten Verstand verloren!“

Rance seufzte. „Hol erst mal Luft, Keeg.“

Immer noch rasend warf Keegan sich in seinem Stuhl zurück und riss die Hände in die Höhe. „Verdammt noch mal, Rance!“, schrie er. „Du kannst nicht alles, wofür diese Familie in den letzen fünfzig Jahre gearbeitet hat, einfach so über Bord werfen.“

„Klar kann er“, widersprach Jesse.

„Du hältst dich da raus!“, brüllte Keegan.

Jesse zuckte nicht einmal zusammen, er grinste nur verächtlich.

Die Bürotür öffnete sich einen Spalt, Myrna Terp steckte den Kopf herein. „Ist hier alles in Ordnung?“, fragte sie. Da sie selbst drei Söhne großgezogen hatte – Morgan, Virgil und Wyatt –, kannte Myrna sich mit derlei Auseinandersetzungen aus.

„Ja“, polterte Keegan.

„Alles in Ordnung“, bestätigte Jesse gefasst. „Rance will aus der Firma aussteigen und sich um seine Farm kümmern, das ist alles.“

Myrna öffnete den Mund, schloss ihn wieder und schloss dann leise die Tür hinter sich.

Völlig ermattet sank Keegan zurück und bedeckte das Gesicht mit beiden Händen.

„Du nimmst das viel zu schwer“, beruhigte Rance ihn. „Ich verkaufe ja nicht etwa meine Anteile und ziehe nach China.“

Daraufhin ließ Keegan die Hände sinken und starrte Rance an, als hätte er ihn noch nie zuvor im Leben gesehen. „Es ist diese Frau, nicht wahr?“ Seine Stimme war gefährlich leise. „Die mit dem rosa Auto.“

„Echo hat damit nichts zu tun. Ich habe zwei Töchter, um die ich mich kümmern muss, Keegan. Und ich habe mehr Geld, als *deren* Enkelkinder jemals ausgeben könnten. Wozu brauche ich also diesen Job?", wehrte Rance ab.

Jesse klatschte leise und langsam. Dafür erntete er einen mörderischen Blick von Keegan.

„Vielleicht willst *du* dich ja gern zu Tode arbeiten", fuhr Rance fort. „Aber ich nicht."

„Es ist diese Frau", insistierte Keegan grimmig. An seiner Schläfe begann eine Vene zu pochen, er biss die Zähne fest zusammen.

„Nein, es ist *nicht* diese Frau."

Nun verdrehte Jesse die Augen. „Natürlich ist es diese Frau, Rance. Bevor sie in die Stadt kam, hättest du am liebsten Filialen auf anderen Planeten eröffnet."

„Auf wessen Seite stehst du eigentlich?", fragte Rance.

Jesse ignorierte die Frage.

„Das wirst du bereuen." Keegan sah Rance böse an. „Rinder kaufen. Heu einbringen, um Himmels willen. Du bist Geschäftsmann, Rance, kein Bauer."

„Ich bin ein McKettrick", betonte Rance. „Die Ranch, Triple M, liegt mir im Blut."

„Na schön", schimpfte Keegan. „Reite über die Farm. Sitz am Lagerfeuer herum und sing mit den Kojoten, wenn du magst. Innerhalb von sechs Monaten wirst du dich zu Tode langweilen und zurückkommen wollen. Das Problem ist nur, dass es *McKettrickCo* dann nicht mehr geben wird."

„Du brauchst Urlaub", sagte Jesse zu Keegan. „Fahr irgendwo hin und lass dich flachlegen."

„Halt die Klappe. Im Gegensatz zu dir bin ich nicht der Meinung, dass Sex die Lösung für alle Probleme bis hin zur globalen Erwärmung ist, okay?"

Jesse lachte. „Das ist dein Problem." Damit drückte er sich vom Fenster ab, schlenderte zu Rance und legte ihm eine Hand auf die Schulter. „Wenn du wirklich nach Flagstaff zu dieser Rinderauktion willst, komme ich mit. Ruf mich einfach im *Lucky's* an."

Im *Lucky's* verbrachte Jesse viel von seiner freien Zeit, um zu pokern.

„Zumindest Cheyenne arbeitet", seufzte Keegan, nachdem Jesse gegangen war.

Cheyenne, die Jesse in wenigen Wochen heiraten wollte, war *McKettrickCos* neueste Mitarbeiterin. In Zusammenarbeit mit einer Highschool und einem Juniorcollege in Flagstaff hatte sie ein Arbeitsstudium-Programm aufgestellt, an dem sozial benachteiligte Kinder oder auch ältere Bürger teilnehmen konnten. Bisher war dieses Programm ein voller Erfolg.

Vielleicht brauchte Rance den dicken Gehaltsscheck nicht, aber er wollte auf keinen Fall, dass ein neuer Vorstand all diese Leute auf die Straße setzte.

„Ich stimme mit dir gegen den Börsengang, Keeg", erklärte er.

Wieder seufzte Keegan. „Ich bin nicht sicher, ob das reicht."

„Du weißt, dass ich in jeder Hinsicht helfen werde."

Keegan musterte ihn lange, dann nickte er. „Ja, ich weiß. Aber wer soll jetzt deinen Job übernehmen, Rance?"

„Ich habe mich jahrelang um die Expansion der Firma gekümmert", entgegnete Rance. „Was mich betrifft, finde ich die Firma groß genug. Vielleicht sogar zu groß."

„Vielleicht hast du recht. Zum Teufel, vielleicht hat sogar Jesse recht. Vielleicht sollte ich mich mal flachlegen lassen."

„Könnte nicht schaden."

Als Keegan grinste, sah er einen Moment wie der alte Keegan aus, der im Bach von Triple M Fische gefangen hatte und mit Jesse und Rance in die Berge geritten war. Der sich ein Leben als Farmer gut hatte vorstellen können. „Ist das was Ernstes, Rance? Mit Echo, meine ich?"

Rance fuhr sich durchs Haar. „Verdammt, wenn ich das nur wüsste. Jedenfalls *ist* da irgendwas. Wir haben noch nicht miteinander geschlafen, aber das wird auf jeden Fall passieren."

„Sei vorsichtig", riet Keegan seinem Cousin. „Ich habe die hübsche Miss Wells nur einmal getroffen, aber sie wirkt sehr zerbrechlich. Tu ihr nicht weh."

Und trotzdem hat sie sich Bud Willand in den Weg gestellt, als er ihr den Hund wegnehmen wollte, dachte Rance. Aber es stimmte: Sie war zerbrechlich. So klein und schmal, als könnte ein einziger Windhauch sie wegwehen. Echo war in eine neue Stadt gekommen, in der sie keine Menschenseele kannte, und sie stand kurz davor, einen eigenen Laden zu eröffnen.

Für so etwas brauchte man eine Menge Mumm in den Knochen.

„Ich will ihr nicht wehtun."

Keegan betrachtete ihn nachdenklich. „Das weiß ich. Aber sie ist die erste Frau nach Julie, zu der du dich wirklich hingezogen fühlst. Benutz sie nicht, Rance. Mehr will ich gar nicht sagen. Irgendjemand hat Echo Wells ganz schön wehgetan."

Misstrauisch kniff Rance die Augen zusammen. „Das hast du alles bei einem kurzen Zusammentreffen auf Riannas Geburtstagsparty erkannt?"

„Ja. Sie ist verletzt worden."

Geht es uns nicht allen so? überlegte Rance. Das galt schließlich auch für Keegan. Er hatte seine Eltern durch einen Flugzeugabsturz verloren, als er noch in die Highschool ging. Und später scheiterte seine Ehe. Seit der Scheidung bekam er seine eigene Tochter kaum zu sehen.

Selbst Jesse, so locker er sich auch geben mochte, war einsam gewesen, bis er Cheyenne traf. Und er selbst – die Trauer über den Tod seiner Schwester Cassidy hatte er nie verwunden, und gegen Ende hatten er und Julie sich die schlimmsten Verletzungen zugefügt. Irgendwann gaben sie einfach auf, jeder lebte sein eigenes Leben, obwohl sie noch unter einem Dach wohnten.

„Ich werde alles Nötige bis Ende der nächsten Woche in die Wege geleitet haben", sagte Rance, eine Hand schon auf der Türklinke.

Keegan nickte nur und sah weg.

Am Samstagmorgen stand Echo noch früher auf als üblich. Sie stellte die Kaffeemaschine an, schlüpfte in eine alte Jeans und ein ausgeleiertes T-Shirt und machte einen kleinen Spaziergang mit Avalon.

Als sie zurückkamen, blieb Echo einen Moment auf dem Gehweg stehen. Hinter dem blank geputzten Schaufenster standen die aktuellen Bestseller. Gestern Abend noch hatte Echo ein großes Transparent über die Tür gehängt: Neueröffnung am Samstag, 9 Uhr. Die Kasse und die Kreditkartenmaschine warteten auf dem frisch lackierten Tresen auf ihren Einsatz. Jetzt brauchte sie nur noch Kunden.

Ob sie kommen würden?

Aufgeregt knabberte Echo an der Unterlippe. Bestimmt, dachte sie dann voller Optimismus. Ganz bestimmt würden einige Leute kommen, wenn auch nur aus reiner Neugier. Doch wenn sie sich gut aufgehoben fühlten, würden sie wiederkommen.

Zwar dachte sie kurz daran, was Rance über die Buchhandelsketten gesagt hatte, schob den Gedanken aber dann schnell zur Seite. Sie war viel zu aufgeregt, um sich entmutigen zu lassen.

Sie ging mit Avalon ins Haus und schloss hinter sich ab. Noch besaß sie weder ein Sicherheitsschloss noch eine Kette, aber sie hatte Eddie Walters deshalb bereits angerufen.

Sie duschte schnell, schlang im Bademantel eine Portion Rührei und Toast hinunter und betrachtete die Garderobe, die sie sich für ihren ersten Arbeitstag ausgesucht hatte. Der leichte dunkelblaue Nadelstreifenanzug war ihr gestern Abend noch passend erschienen, doch jetzt kam er ihr ein wenig steif vor. So würde sich ein Banker anziehen, bevor er eine Kreditanfrage ablehnte.

Nicht gut, dachte Echo. Die Hälfte ihrer Garderobe lag noch immer in Umzugskisten, in ihrem kleinen Kleiderschrank hingen überwiegend Sommerkleidchen, Tops und Jeans.

Aber Jeans waren auch nicht das Richtige. Sie wollte nicht zu zwanglos auftreten. Fließende Stoffe gingen auch nicht. Auch wenn sie Tarotkarten besaß und den einen oder anderen Kristall, so wollte sie doch nicht aussehen wie Glenda, die gute Hexe. Wie Rance angedeutet hatte, waren sie in Indian Rock, nicht in Sedona.

Schließlich entschied sie sich für ein blaues Kleid mit winzigen weißen Punkten. In Chicago hatte sie es bei zwanglosen Mittagessen und Benefizveranstaltungen getragen – meist mit der schlichten Perlenkette, die Justin ihr kurz vor der geplatzten Hochzeit geschenkt hatte.

Diese Perlenkette hatte sie zusammen mit ihrem Brautstrauß aus Plastik einer Casinoangestellten in Las Vegas geschenkt, einer traurig aussehenden Frau, die die Aschenbecher ausleerte. Als sie jetzt an diesen beschämenden Tag zurückdachte, an dem sie festlich gekleidet vergeblich auf ihren Bräutigam gewartet hatte, musste sie lächeln. Danke, Justin, dachte sie zum ersten Mal. Danke.

Nachdem sie sich angezogen und wie immer etwas Lipgloss und Wimperntusche aufgetragen hatte, drehte sie sich um. Zwar war nur Avalon da, um sie anzusehen, aber das reichte.

„Showtime", verkündete sie dem Hund.

Avalon hechelte und schenkte ihr ein Hundelächeln.

Draußen warteten bereits Cora, Rianna, Maeve und noch einige andere Leute vor der Tür und lächelten ihr durchs Schaufenster zu. Cora winkte mit einer riesigen Tortenschachtel. Strahlend öffnete Echo die Tür, um sie hereinzulassen, und es störte sie nicht im Geringsten, dass Rance nicht gekommen war.

„Daddy hat eine ganze Rinderherde gekauft!", verkündete Rianna in der Sekunde, in der sie den Laden betrat. „Ganz viele Lastwagen voll mit Rindern."

„Er wird Rancher", fügte Maeve feierlich hinzu. „Und er trägt jetzt Stiefel, genau wie Onkel Jesse, die heißen hier Scheißetreter."

„Maeve McKettrick", schimpfte Cora, die umständlich die Tortenschachtel auf dem Tresen abstellte. „Nicht solche Ausdrücke!"

„Granny hat dir einen Kuchen gekauft", erklärte Rianna. „Der ist in der Schachtel."

„Ich habe auch Pappteller, Plastikgabeln und Servietten", sagte Cora. „Ich hole sie nur schnell aus dem Auto."

Cheyenne Bridges, die Echo kurz auf Riannas Geburtstagsparty getroffen hatte, stellte ihre Mutter Ayanna vor und erklärte, dass ihr Bruder Mitch später mit Jesse kommen würde. Dann tauchte Sierra auf, begleitet von einer schlanken Frau mit riesigen blauen Augen und einem fantastischen Haarschnitt. Sie trug Jeans, Stiefel und einen schwarzen Rollkragenpullover aus Kaschmir. „Echo Wells", stellte Sierra vor. „Und das ist meine Schwester Meg McKettrick."

Lächelnd reichte Meg Echo die Hand. „Hallo. Es wird höchste Zeit, dass hier eine Buchhandlung eröffnet."

Sierra musterte den Laden bereits prüfend. „Amen", stimmte sie zu.

Eine Sekunde später kam Cora mit einer prallen Einkaufstasche zurück. Sie winkte Echo zu sich und enthüllte stolz die Buttercremetorte, auf die mit blauem Zuckerguss „Willkommen in Indian Rock, Echo Wells" geschrieben war.

Nie zuvor hatte Echo ihren eigenen Namen auf einer Torte gesehen. Ihre Augen brannten, und einen Moment lang konnte sie nicht sprechen.

Aufmerksam wie immer drückte Cora ihren Arm. „Stell du

dich jetzt mal hinter den Tresen, dann mache ich ein Foto." Sie förderte eine kleine Digitalkamera zutage.

Avalon folgte Echo, stellte sich auf die Hinterbeine und setzte die Vorderpfoten auf den Tresen, als würde sie posieren. Alle im Laden brachen in Lachen aus, woraufhin sich Echos Spannung löste. Sie schnitt die Torte auf, dann postierte sie sich hinter der Kasse. Cheyenne, die für sich selbst bereits einige Kochbücher ausgesucht hatte, stellte sich neben sie, um die gekauften Bücher in Tüten zu packen.

Kunden kamen und gingen. Die meisten kauften etwas, und alle aßen ein Stück von der Willkommenstorte. Als Rance den Laden betrat, waren nur noch wenige Krümel von der Torte übrig. Er trug Jeans, einen schwarzen Cowboyhut, Stiefel und ein blaues Baumwollhemd.

Bei seinem Anblick schien die Zeit stillzustehen. Alles um Echo herum verschwand wie hinter einem leise rauschenden Wasserfall – noch sichtbar, aber undeutlich.

Lächelnd nahm Rance den Hut ab, legte ihn auf einen Tisch mit Bestsellern, der inzwischen fast leer war, und trat auf den Tresen zu.

„Hallo Ma'am", sagte er ernst.

Einen Moment starrte Echo ihn an, dann lachte sie laut. Der Wasserfall löste sich auf, die Leute waren wieder klar zu sehen, und jede Uhr auf der Welt tickte wieder.

„Selber hallo."

Rance schielte enttäuscht in die fast leere Tortenschachtel.

„Das hat man davon, wenn man zu spät kommt", rief Cheyenne und schob Echo von der Kasse weg. „Machen Sie mal eine Pause."

Mit einem dankbaren Lächeln ging Echo auf die Treppe im hinteren Bereich des Ladens zu, in der Gewissheit, dass Rance ihr folgen würde. Sie setzte sich auf die dritte Stufe. Er wählte die zweite und lächelte zu ihr hinauf.

„Sieht aus, als ob der Laden ein voller Erfolg wäre."

„Du hättest die Torte sehen sollen. Oben drauf stand: Willkommen in Indian Rock, Echo Wells", erzählte sie glücklich.

„Ich wünschte, ich hätte etwas davon gesehen. Dann hätte ich vielleicht ein Stück abbekommen."

Mit einem Mal fühlte sie sich wieder traurig, Tränen schossen ihr in die Augen. Sie drehte den Kopf weg, aber nicht schnell genug.

Rance nahm ihre Hand. „Was ist los?"

Sie blinzelte und hoffte insgeheim, dass ihre Wimperntusche nicht verschmieren würde. „Nichts. Alles ist toll. Es ist nur …"

„Was?"

„Es ist albern."

Schweigend drückte er ihre Hand.

„Ich habe noch nie eine Torte bekommen", murmelte sie.

„Nicht mal zum Geburtstag?"

Sie dachte an all die Kindergeburtstage, die verstrichen waren, ohne dass sie gefeiert wurden. Aber das war längst Vergangenheit, genau wie ihre kindliche Enttäuschung. Das alles spielte jetzt keine Rolle mehr.

„Ich sagte doch, es ist albern."

Rance hob ihre Hand an die Lippen. „Steht unsere Verabredung für den Ritt noch?"

Einen Moment verstand sie ihn falsch. Ihr Gesicht wurde heiß, geheime Stellen ihres Körpers erwärmten sich. Doch dann fiel ihr wieder ein, dass er sie zu einem Ausritt eingeladen hatte. Alle Hoffnung, dass er ihre erste Reaktion nicht bemerkt hatte, erlosch, als sie das Grinsen auf seinem Gesicht sah.

„Ich hatte vor, zwei Pferde zu satteln", sagte er. „Aber ich bin auch offen für jede andere Art von Ritt, die du im Sinn hast, Echo Wells."

Wieder jagte eine Hitzewelle durch ihren Körper, als sie sich vorstellte, wie es wäre, auf Rance McKettricks Schoß zu sitzen und ihn tief, tief in sich aufzunehmen. Er lachte ein tiefes, wissendes Lachen, als ob sie allein im Schlafzimmer wären, allein in diesem Haus, allein im *Universum*. Dann beugte er sich zu ihr und raunte: „Wenn es so weit ist, werde ich dich ganz langsam ausziehen. Und ich werde alles schmecken, was ich entblöße. Dabei werde ich mir viel Zeit lassen."

Echo spürte, wie bereit sie in dieser Sekunde für ihn war, und offenbar hatte Rance sich genau diese Reaktion erhofft, denn er grinste schon wieder. „Ich bin nur vorbeigekommen, um Hallo zu sagen", fuhr er ganz beiläufig fort. „Auf der Ranch kommt jeden Moment ein weiterer Lastwagen mit Rindern an, darum muss ich jetzt los."

Er erzählte ihr von *Rindern*?

Und das, nachdem er sie nur durch das Versprechen, mit ihr zu schlafen, beinahe zum Höhepunkt gebracht hatte? Echo kam sich gedemütigt vor.

Zugleich war sie so erregt, dass sie sich nicht vorstellen konnte, wie sie die nächsten vierundzwanzig Stunden ohne die Befriedigung überleben sollte, die nur dieser unmögliche Mann ihr geben konnte.

Genau dieser Mann lehnte sich jetzt vor und küsste sie leicht auf die Lippen. „Ein Uhr. Und zieh Jeans an, wenn du … *ein Pferd* … reiten willst."

Sprachlos sah sie ihm nach, wie er durch den Laden lief, hier und da einem Bekannten zuwinkte, sich kurz mit Cora und dann mit seinen Töchtern unterhielt. Zum Glück ging der Rest des Tages schnell vorüber. Sie hatte jede Menge zu tun und kaum Zeit, über den rätselhaften Rance McKettrick nachzudenken, zumindest nicht bewusst; aber jede Zelle ihres Körpers schien vor Erwartung zu summen.

Um siebzehn Uhr schloss sie den Laden, lief hinauf, um sich umzuziehen, und machte einen langen Spaziergang mit Avalon. Wieder zu Hause teilten sie sich ein überbackenes Käsesandwich, dann rollte Avalon sich erschöpft auf der Luftmatratze zusammen. Auch Echo war müde. Doch da sie wusste, dass sie im Bett sowieso nur über Rance nachdenken würde, verbrachte sie die kommenden drei Stunden damit, die Bestellungen ihrer Onlinekunden zu bearbeiten. Sie musste sorgfältig darauf achten, dass Cora sie am Montag, wenn sie die kleinen Päckchen zur Post brachte, nicht sah. Sonst würde sie noch zwei und zwei zusammenzählen.

„Nun mal langsam", murmelte sie. „Kein Mensch ist so scharfsinnig."

Nachdem sie unten das Schloss überprüft hatte, duschte sie kalt und stieg ins Bett.

In Gedanken ging sie noch einmal die Bestellungen durch.

Erstellte eine Einkaufsliste.

Drehte sich nach links und dann nach rechts.

Es war viel zu heiß in der Wohnung.

Sie warf die Bettdecke zurück.

Schwitzte.

Stand auf und öffnete ein Fenster.

Aber das half auch nicht, weil die Hitze in ihr nichts mit dem Sommerwetter von Arizona zu tun hatte.

Vermutlich hat Keegan recht, dachte Rance. An den Zaun gelehnt, ließ er seinen Blick über das lange ungenutzte Weideland hinter seinem Haus schweifen. Er musste den Verstand verloren haben, sich einfach eine Rinderherde zuzulegen. Wer glaubte er eigentlich zu sein? Angus McKettrick, der legendäre alte Mann, der Triple M im neunzehnten Jahrhundert gegründet hatte?

Und doch genoss er die Nachtluft und die Geräusche der Rinder, die in dem tiefen Gras ruhten. Eine Million Sterne blinkten über ihm. Im Haus schliefen Rianna und Maeve tief und fest, nachdem sie in den Büchern gelesen hatten, die Cora mit ihnen zusammen in Echos Laden ausgesucht hatte.

Echo.

Was für ein passender Name für sie. Immer, wenn er glaubte, sie aus seinen Gedanken verbannt zu haben, tauchte sie plötzlich wieder auf und ließ all seine Nerven vibrieren. Dabei hieß sie in Wahrheit ganz anders. Offenbar musste man sie schon sehr gut kennen, bis sie einem verriet, wie.

Aber Rance war entschlossen, Echo Wells wirklich *gut* kennenzulernen.

Zum ersten Mal seit vielen Jahren hatte er körperlich hart gearbeitet und brauchte nun dringend eine Dusche. Morgen würde jeder Muskel in seinem Körper schmerzen. Wie peinlich, wenn er nicht einmal mehr in der Lage wäre, auf ein Pferd zu steigen. Er lächelte.

Vielleicht würde es ihm schwerfallen, auf ein Pferd zu steigen, aber garantiert nicht, Echo in das duftende Gras zu legen und sie zu lieben.

Irgendjemand hat Echo Wells ganz schön wehgetan, hörte er Keegan sagen. *Sie ist zerbrechlich.*

Mit so einem Cousin brauchte man wirklich kein Gewissen.

„Scheiße", fluchte er leise vor sich hin.

„Probleme?"

Rance erschrak. „Wenn man an den Teufel denkt."

Lachend trat Keegan neben ihn. „Du solltest besser ein paar

Arbeiter anheuern, wenn du ernsthaft den alten McKettrick-Weg beschreiten willst."

„Das mag merkwürdig klingen, aber manchmal fühlt es sich so an, als wären sie noch hier – Angus und die Jungs. Ein- oder zweimal hätte ich schwören können, in der Dämmerung ein Pferd mit Reiter gesehen zu haben. Obwohl ich natürlich weiß, dass es eigentlich nicht sein kann." Er erwartete, dass Keegan ihn einen sentimentalen Idioten oder Schlimmeres nennen würde.

„Ich weiß, was du meinst. Ich habe selbst ab und zu so etwas erlebt. Vielleicht hat Sierra recht. Könnte sein, dass die Zeit nicht so verläuft, wie wir uns das vorstellen. Vergangenheit, Gegenwart, Zukunft – das alles könnte auch gleichzeitig ablaufen."

„Hast du dir wieder diese Gespenstergeschichten angehört?", fragte Rance. Sierra war überzeugt, dass sie und Travis ihr Haus mit einigen ihrer Ahnen teilten. Sie erklärte zum Beispiel, Doss und Hannah McKettrick wären genauso lebendig wie sie selbst – dabei hatten die beiden 1919 geheiratet.

Sierra war nicht die Erste in der Familie, die so etwas behauptete. Eve, die Mutter von Sierra und Meg, hatte immer Stein und Bein geschworen, dass in diesem Haus merkwürdige Dinge vor sich gingen.

Keegan beantwortete seine Frage nicht, sondern stellte stattdessen selbst eine. „Meinst du, ich sollte versuchen, das Sorgerecht für Devon zu bekommen?"

Rance antwortete nicht sofort. Das war eine äußerst schwierige Frage, über die er erst eine Weile nachdenken musste.

„Willst du das denn, Keegan?", hakte er schließlich nach.

„Ich weiß nur, dass ich sie schrecklich vermisse. Das alte Haus da drüben ist ziemlich groß. Und leer. Ich schätze, darum arbeite ich so viel. Damit ich nicht darüber nachdenken muss, wie einsam ich mich fühle."

Nach einem kurzen Zögern schlug Rance seinem Cousin auf die Schulter. „Ich kenne mich mit leeren Häusern selbst sehr gut aus."

„Du hast Rianna und Maeve", stellte Keegan klar.

„Stimmt. Sie sind meine eigenen Töchter. Aber viel mehr könnte ich dir über sie nicht verraten. Zu meiner Schande kenne ich sie kaum, Keeg."

Die beiden schwiegen sehr lange und lauschten den Geräuschen der Rinder und dem Flüstern des Baches.

„Es sind eben Mädchen“, setzte Rance zu einer Erklärung an.

„Das sind die meisten Töchter“, entgegnete Keegan.

„Cora muss praktisch jedes Wort übersetzen, das sie von sich geben. Wer ist dieses Barbie-Weibsstück überhaupt?“

Da lachte Keegan laut. „Barbie ist ’ne Puppe, Rance.“

Rance runzelte verwirrt die Stirn. „Gehst du mit ihr aus oder so was?“

„Eine Spielzeugpuppe“, erklärte Keegan und prustete erneut los. „Devon hat ungefähr vierzehn davon.“

„Oh“, murmelte Rance verwirrt.

„Danke“, sagte Keegan nach einer Weile.

„Wofür?“

„Dass ich mir jetzt nicht mehr wie ein totaler Idiot vorkomme. Verglichen mit dir, meine ich, bin ich ja geradezu Experte, was Kinder betrifft.“ Keegan strahlte ihn an. „Also, danke.“

Nun lachte auch Rance. „Du erwartest doch wohl nicht, dass ich ‚gern geschehen‘ sage.“

8. KAPITEL

Am nächsten Morgen holte Cora die beiden Mädchen ab, um sie wie immer in die Sonntagsschule zu bringen. Nach dem Frühstück, das Rance zubereitet hatte – verbrannten Toast und viel zu flüssige Rühreier –, waren sie mehr als bereit, schnell zu verschwinden. Was Riannas Aufzug betraf, war er etwas unsicher, sie trug eine Hose mit Blumenmuster und ein gestreiftes T-Shirt. Aber zumindest sah Maeve ganz passabel aus in ihrem gelben Kleid.

„Der Herr sei uns gnädig", rief Cora, als sie Rianna sah.

Rance warf seiner Schwiegermutter einen Seitenblick zu. Er musste die Küche aufräumen und dann zu den Weidezäunen reiten, um zu überprüfen, ob sie noch hielten. Es war mindestens zwanzig Jahre her, dass hier die letzten Rinderherden gegrast hatten.

Cora lächelte. „Ich könnte bleiben und mich um das Geschirr kümmern", bot sie an.

Aber Rance schüttelte den Kopf. „Geh du nur in die Kirche. Und vergiss nicht, den Herrn daran zu erinnern, gnädig zu sein, wie du gerade sagtest. Das könnte ich brauchen."

Sie lachte.

„Ich will so mit dir nicht in der Öffentlichkeit gesehen werden", verkündete Maeve ihrer Schwester. „Du siehst wie ein Clown aus."

Rianna streckte ihr die Zunge raus, und Maeve machte einen Schritt auf sie zu.

„Mädchen!", rief Cora streng, woraufhin die beiden sofort Ruhe gaben.

„Wie machst du das nur?", fragte Rance ehrlich perplex. „Sie haben sich den ganzen Morgen über gegenseitig die Haare ausgerissen. Ich musste sogar mit Internat drohen, damit sie sich einigermaßen benehmen."

„Das lernst du schon noch", versicherte ihm Cora. Leider teilte Rance ihre Zuversicht nicht. Nachdem Cora die Mädchen aus der Küche gescheucht hatte, betrachtete sie Rance mit einem prüfenden Blick. Draußen hörte man, wie die Tür von Coras Wagen zugeknallt wurde. Die Vögel verstummten. Vielleicht warteten auch sie auf einen Schmerzensschrei von Rianna oder Maeve, der einem das Blut in den Adern gefrieren ließ.

„Du machst das gut, Rance“, sagte Cora sanft. Sie kicherte. „Wobei ich allerdings das Internat nicht noch einmal erwähnen würde.“

„Damit zu drohen, schien mir die bessere Lösung als beispielsweise mit Gefängnis“, erwiderte er.

„Heute wird nach der Kirche ein Picknick veranstaltet“, erzählte Cora. „Das geht bestimmt bis in die Abendstunden. Vielleicht sollten Rianna und Maeve dann bei mir schlafen.“

„Gute Idee.“ Er versuchte, beiläufig zu klingen.

„Dann genieß die Zeit mit Echo und mach dir keine Gedanken.“

Er war gerade dabei, die Reste von den Frühstückstellern zu kratzen. Doch nun hielt er inne und starrte Cora überrascht an. „Hast du in ganz Indian Rock Wanzen installiert, oder was?“

Sie schmunzelte. „Ich weiß alles und ich sehe alles. Außerdem hat Echo mir erzählt, dass ihr heute Nachmittag zusammen ausreiten wollt.“

Mit diesen Worten schloss sie die Tür hinter sich und ließ Rance allein mit seinen Gedanken, mit seinen Schwächen als Vater und mit einem Stapel Geschirr, das er vermutlich nur mit einem Sandstrahler sauber bekommen würde.

Zieh Jeans an, wenn du ein Pferd reiten willst.

Rances zweideutiger Kommentar war Echo die halbe Nacht durch den Kopf gegeistert. Am nächsten Morgen zog sie ein Kleid an, ohne Unterwäsche. Dann wechselte sie zu Jeans und T-Shirt *mit* Unterwäsche.

Avalon beobachtete den ganzen Vorgang gelangweilt von ihrer Luftmatratze aus. Sie waren bereits lange spazieren gegangen, und sie schien nun nichts anderes im Sinn zu haben als ein ausführliches Schläfchen.

Echo war hin und her gerissen. Es gefiel ihr gar nicht, Avalon allein zu Hause zu lassen. Aber schließlich war sie trächtig – ihr Bauch wölbte sich bereits. Daher erschien es ihr nicht richtig, sie nach Triple M zu schleifen, zumal Rianna und Maeve gar nicht da sein würden.

Die beste Lösung wäre, Rance anzurufen und abzusagen, sich

irgendeine Entschuldigung auszudenken und den Rest des Tages damit zu verbringen, die Bücherregale wieder aufzufüllen und weitere Bestellungen ihrer Website zu bearbeiten. Außerdem hätte das den Vorteil, nicht zu riskieren, in Rance McKettricks Bett zu landen.

Falls das ein Vorteil war.

„Ich habe seit zwei Jahren keinen Sex mehr gehabt", gestand sie Avalon.

Die Hündin gähnte.

„War mir klar, dass ich von dir kein Mitgefühl erwarten kann. *Du* bekommst schließlich bald Babys. Ganz zu schweigen davon, dass ich mich derart nach Gesellschaft verzehre, dass ich mich schon mit einem Hund unterhalte."

Avalon schloss die Augen. Seufzend wandte Echo sich wieder ihrem Kleiderschrank zu.

Rance hatte seinen Kommentar, dass Echo Jeans tragen sollte, falls sie vorhätte, auf einem Pferd zu reiten, ganz vergessen. Doch als er um zehn vor eins in ihren Buchladen trat und sah, was sie trug, fiel ihm alles wieder ein.

Eine Seidenhose mit weiten Beinen – rosa natürlich – und ein Spitzenoberteil, das es irgendwie schaffte, unschuldig auszusehen, obwohl es sich wie eine zweite Haut an ihren Körper schmiegte. Über ihrem Arm lag eine frisch gebügelte Jeans.

Wie zum Teufel sollte er das interpretieren?

„Ich lasse Avalon nicht gern allein", sagte sie anstelle einer Begrüßung.

„Dann bring sie mit", entgegnete Rance, noch immer verblüfft über ihre feminine Kleidung und die zarte Haut, die er sich darunter vorstellte.

„Sie ist nicht unbedingt in dem Zustand, um hinter Pferden herzurennen."

„Brauchen wir denn Pferde?" Das war nicht ironisch gemeint, er wusste es wirklich nicht.

Echos Gesicht nahm den dunkelrosa Ton ihrer Bluse an. „Ich habe keine Ahnung. Müssen wir das jetzt entscheiden?"

Rance schüttelte den Kopf und rang sich ein Lächeln ab. Wir haben die ganze Nacht, hätte er am liebsten gesagt, aber er wollte nicht zu hoch pokern. Eine falsche Bemerkung von seiner Seite, und sie würde vermutlich beschließen, zu Hause zu bleiben und auf ihren Hund aufzupassen.

Avalon klärte die Frage, indem sie mit der Leine im Maul die Treppe herunterkam.

„Ich schätze, sie möchte mitkommen“, meinte Echo.

„Ist mir recht.“

Fünf Minuten später saßen alle drei in seinem Geländewagen. Echo öffnete ihr Fenster zur Hälfte, der Wind spielte mit ihren Haarsträhnen, die sich wie immer aus ihrem Zopf gelöst hatten.

In einem Drive-in holten sie sich Hamburger und Pommes frites, machten unterwegs ein Picknick und fuhren dann zur Ranch. Avalon, die einen Quarter-Pounder verspeist hatte, legte sich für ein Schläfchen hin. Rance, der unglaublich aufgeregt war, beschloss, mit Echo erst eine Tour über Triple M zu machen. Travis' und Sierras Haus kannte sie schon. Darum fuhr er mit ihr zu Jesse, dessen Haus hoch auf einem Hügel neben dem alten Schulgebäude lag, das Jeb McKettrick vor vielen, vielen Jahren für seine Braut gebaut hatte.

Falls Jesse und Cheyenne da waren, so war von ihnen nichts zu sehen. Aber er hatte auch gar keine Lust auf einen Besuch. Stattdessen erzählte er Echo, was er über Jeb und Chloe wusste. Sie lauschte mit einem wehmütigen Lächeln.

„Was für eine wunderbare Geschichte“, seufzte sie am Ende.

Dann zeigte er ihr den kleinen Badesee, an dem er mit Jesse und Keegan so viele sorgenfreie Tage verlebt hatte, und überhaupt jeden besonderen Ort, der ihm einfiel, außer dem Friedhof. Schließlich blieb nichts anderes mehr zu tun, als zurück zu seinem Haus zu fahren. Dort stellte Rance den Motor ab und saß einfach da, weil er nicht wusste, was er als Nächstes tun sollte.

Wenn Jesse und Keegan ihn jetzt sehen könnten, würden sie ihn so lange auseinandernehmen, bis er sich neben Rafe und Emmeline auf den Friedhof hätte legen können. Vielleicht wären sie ewig so sitzen geblieben, wenn Avalon nicht gejault hätte, weil sie aus dem Auto wollte. Nachdem sie ausgestiegen waren, blieben Rance und Echo einfach auf der Auffahrt stehen und sahen sich an. Endlich löste Echo den Blick und betrachtete die Koppel hinter dem Haus, auf der ungefähr vierzig Rinder grasten. Rance wollte noch mindestens hundert weitere dazukaufen und außerdem ein paar Arbeiter einstellen. Als Echo auf den Zaun zuging, folgten Rance und der Hund ihr.

„Hier werden keine Rinder gejagt", rief Echo, und Avalon setzte sich gehorsam hin.

Während Rance Echo aus den Augenwinkeln beobachtete, stellte er sich vor, wie es wäre, wenn sie hier auf Triple M leben würde. Rinder füttern und Ställe ausmisten. Es gelang ihm nicht. Sie war ein Stadtmensch, auch wenn sie jetzt in Indian Rock lebte. Sie würde hier nicht glücklich sein, genauso wenig wie Julie.

Doch dann überraschte sie ihn. „Es ist so wunderschön hier. Ich frage mich, wie du es fertigbringst, immer wieder wegzugehen."

Er starrte sie so lange an, bis sie den Kopf hob. Dann sah er weg und täuschte tief greifendes Interesse für die Rinder vor. „Es gab Zeiten, als ich es nicht aushalten konnte zu bleiben", gestand er.

„Weshalb?"

Die Frage hatte er sich selbst schon so oft gestellt. „Dieses Land ist ein Teil von mir, es liegt mir im Blut. Also schätze ich, dass ich einfach vor mir selbst weglaufen wollte."

Sie nahm alles in sich auf, die Berge, die Bäume und die ausgedehnten Weiden. Dann sah sie ihn wieder mit ihren rätselhaften Augen an. Er fühlte sich entblößt unter diesem Blick, als ob seine Seele ausgebreitet vor ihr läge. So etwas hatte er noch nie zuvor erlebt, nicht einmal mit Julie, und es machte ihm Angst. Doch zugleich verspürte er eine gewisse Heiterkeit.

„Weißt du eigentlich, was für ein Glück du hast? Du lebst auf heiligem Grund, Rance. Du *gehörst* hierher und zu diesen Menschen. Du bist Teil einer Geschichte, die über Generationen zurückreicht."

Schon immer hatte er sein Glück zu schätzen gewusst, aber diese Worte jetzt von ihr zu hören, versetzte ihm einen Stich.

„Warum nennst du dich Echo?", fragte er. Zum einen hatte er den Eindruck, dass er nun an der Reihe war, eine Frage zu stellen. Außerdem brauchte er Zeit, um sich wieder zu fangen.

Sie zögerte. „Als ich nach dem Tod meiner Eltern zu meinem Onkel und meiner Tante kam, habe ich offenbar alles wiederholt, was sie mir gesagt haben. Daraufhin hat mein Onkel mich Echo genannt, und der Name ist mir geblieben."

Rance wollte sie berühren, sie in die Arme nehmen, sie vor allem und jedem beschützen. Doch er wusste, dass er das nicht konnte. Diese Lektion hatte er von Julie gelernt. „Wie ist dein richtiger Name?“

Lächelnd drehte sie den Kopf, um noch einmal die Landschaft zu betrachten. Sie schien sie regelrecht einzuatmen. „Vielleicht verrate ich dir das eines Tages. Aber nicht jetzt.“

Das musste er akzeptieren. Er nahm ihre Hand. „Lass uns die Pferde satteln. Aber vorher musst du diese dünne Hose ausziehen.“ Das hatte er nicht anzüglich gemeint.

Lachend berührte Echo seinen Arm. „Ist schon gut, Rance. Ich weiß, was du meinst.“

Im Haus füllte Rance eine Schüssel mit Wasser und stellte sie auf den Boden, während Echo sich im Badezimmer umzog. Avalon schien damit zufrieden, im Haus zu bleiben. Sie legte sich auf ein sonniges Plätzchen auf dem Küchenboden.

Im Stall sattelte er Cassidys alte Stute Snowball und seinen gescheckten Wallach Comanche. Er wusste, dass Echo noch nie geritten war. Aber sie wollte es versuchen, was ihn beeindruckte. Er half ihr beim Aufsteigen, und sie machte es sich im Sattel bequem, offensichtlich nervös, aber auch voller Vorfreude.

Echo.

Das war ein hübscher Name. Aber wenn er genauer darüber nachdachte, passte er nicht zu ihr. Er klang hohl. Und diese Frau war alles andere als hohl.

Rance zeigte ihr, wie sie die Zügel halten musste. „Du darfst sie dir niemals um die Hände wickeln“, erklärte er. „Snowball ist vermutlich das freundlichste Pferd in ganz Arizona. Aber man kann jedes Pferd erschrecken. Falls sie dich abwerfen sollte, würdest du mitgeschleift werden.“

Echo schluckte. Wieder beeindruckte ihn ihr Mut. Nichts schätzte er mehr als Mut und Integrität.

„Und wenn sie losrennt?“, fragte Echo.

„Das wird sie nicht“, versprach Rance. „Wir reiten ganz langsam.“

Eindeutig erleichtert, atmete Echo hörbar aus. „Gut.“

Sie ritten die Auffahrt hinunter, über die Böschung und dann am Bach entlang. Da er praktisch auf einem Pferd geboren worden war wie alle McKettricks, hätte Rance Comanche normalerweise galoppieren lassen. Snowball wäre ihnen gefolgt. Er spürte den Wunsch der Stute zu laufen, sah es am Zucken ihrer Flanken. Muskelgedächtnis, dachte er. Cassidy war sie immer ungesattelt geritten, furchtlos wie eine Indianerin. Cass, dachte Rance voller Trauer. Ich vermisse dich, kleine Schwester.

Snowball vermisste sie auch, wie er mit einem Mal erkannte, und irgendetwas in ihm schien zu zerbrechen.

In den nächsten Stunden ritten sie gemeinsam über das Land, und es kam Rance vor wie ein Liebesspiel, das zärtlicher war als alles, was in einem Bett stattfinden konnte.

„Susan?", fragte er, als sie schließlich am Bachverlauf Pause machten. Sie hatten das Rumpelstilzchen-Spiel schon ziemlich lange gespielt.

„Nein", sagte Echo, einigermaßen erleichtert, wieder festen Grund unter den Füßen zu spüren.

„Allison?"

„Nö."

„Laurie?"

„Wieder falsch."

Er lachte, bückte sich und hob einen flachen Stein auf, den er über die sonnengefleckte Wasseroberfläche hüpfen ließ. „Sandy?"

„Gib auf, Rance. Du wirst meinen Namen in einer Million Jahre nicht erraten."

„Warum sagst du ihn mir dann nicht einfach?"

„Weil ich gern die geheimnisvolle Frau bleiben möchte."

Er machte einen Schritt auf sie zu und berührte sanft ihr Gesicht. „Die bist du, allerdings." Dann küsste er sie.

Es gab Küsse, und es gab Nahtoderfahrungen. Für Echo fühlte es sich wie das Letztere an. Benommen wie ein beinahe ertrunkener Schwimmer am Ufer presste sie die Hände gegen seine Brust und wandte sich ab.

„Was zum Teufel ...", murmelte er. Doch sie wusste, dass er damit nicht ihren plötzlichen Rückzug meinte, sondern den Kuss. Hatte er es also auch gespürt?

Womöglich würde er andere Worte dafür wählen, doch für sie schien das Universum selbst einen Riss bekommen zu haben, und dahinter wartete etwas vollkommen Neues und erschreckend Schönes auf sie.

„Wollen wir davor weglaufen?“, fragte Rance sehr leise. „Oder wollen wir lieber herausfinden, wo es uns hinführt?“

Zu erschrocken, um zu antworten, legte Echo eine Hand an ihren Hals. Sobald sie durch diesen Riss in Zeit und Raum trat, würde sie nie mehr dieselbe sein. Instinktiv begriff sie, dass der Ort auf der anderen Seite zwar wunderschön sein mochte, aber nicht sicher. Neue Gefahren würden dort auf sie warten. Empfindungen, die sie nie erlebt hatte und mit denen sie nicht umzugehen wusste.

Glück schien ihr sicher, aber auch Schmerz.

Sollte sie dieses Risiko eingehen?

Ihr Leben war einfach. Es war ihr vertraut. Sie kannte die Wege, die sie schon so oft beschritten hatte. Natürlich gab es gelegentlich Überraschungen, gute und schlechte, aber nicht viele.

Nicht viele.

„Echo?“, rief Rance sie, als sie nichts sagte.

Ihr Mund war trocken, am liebsten wäre sie auf die Knie gesunken und hätte ihren Durst am Wasser des Baches gestillt, so wie die Pferde es taten.

„Ich ... habe ... solche ... Angst“, brachte sie hervor.

„Ich auch“, gestand Rance. Seine Stimme war heiser. „Im Moment würde ich am liebsten wieder auf dieses Pferd steigen und so lange davonreiten, bis es irgendwo weit von hier unter mir zusammenbricht.“ Die Ehrlichkeit seiner Worte erschütterte Echo beinahe genauso wie der Kuss zuvor. „Ich schätze, das würdest du auch am liebsten tun. Aber die Wahrheit ist, wenn wir in entgegengesetzte Richtung davonlaufen, werden wir niemals herausfinden, was hätte geschehen können. Und ehrlich gesagt, ängstigt mich diese Vorstellung noch viel mehr, denn das Leben da draußen scheint mir recht trostlos.“

Ohne etwas zu sagen, nickte Echo. Alles hatte sich verändert. Vielleicht war es gar nicht mehr möglich, derselbe Mensch zu werden, der sie noch vor wenigen Minuten gewesen war.

Und dann begriff sie. Ihre Welt hatte sich nicht erst durch diesen Kuss vollkommen verändert, auch nicht durch das erste Zusammentreffen mit Rance McKettrick vor ein paar Tagen. Ihr Schicksal war bereits besiegelt gewesen, als sie beschlossen hatte, Chicago zu verlassen. Sie hatte ihr falsches Ich hinter sich gelassen, für immer. Und auch wenn sie sich von Rance angezogen fühlte – geradezu magnetisch angezogen fühlte –, so hatte diese Veränderung in ihr nichts mit ihm zu tun.

„Was sollen wir jetzt machen?“, fragte sie.

Jetzt grinste er, doch die Verwunderung schimmerte noch immer in seinen Augen. „Ich hätte da ein paar Ideen. Aber es ist deine Entscheidung, Echo. Ich werde dich zu nichts drängen.“

Ihr gelang ein zittriges Lächeln. „Könntest du mir wieder auf das Pferd helfen, bitte? Ich glaube, meine Beine versagen mir gerade den Dienst.“

Er setzte ihren Fuß in den Steigbügel, legte eine Hand unter ihren Po und schob sie hinauf. Seine Hände hätten genauso gut unter Strom stehen können. Unendliche Lust schoss durch ihren Körper, und sie hätte es widerstandslos hingenommen, wenn er sie wieder vom Pferd gezogen, ihr die Kleider vom Leib gerissen und sie hier und jetzt auf der steinigen Uferböschung geliebt hätte.

Gemächlich ritten sie zurück zum Ranchhaus. Das schwächte jedoch ihr Begehren nicht, wie sie vermutet hatte, sondern ließ es im Gegenteil von Minute zu Minute nur noch ansteigen. Die Sonne wanderte Richtung Westen, als sie den Stall erreichten. Doch es würde noch einige Stunden hell bleiben. Schweigend kümmerte Rance sich um die Pferde, untersuchte die Hufe nach Steinen, brachte sie in ihre Boxen und füllte die Tröge mit Heu.

Echo sah ihm aufmerksam dabei zu. Natürlich hätte sie jetzt Avalon aus der Küche holen, ins Auto steigen und ihre Seele retten können. Stattdessen saß sie auf einem umgedrehten Eimer und beobachtete Rance. Erst nachdem er die Pferde gefüttert hatte, wandte er sich zu ihr.

Und wieder überraschte er sie. „Vielleicht sollten wir ein wenig schwimmen. Das lockert die Muskeln“, sagte er. „Es war ein langer Ritt für einen Anfänger, und morgen wirst du auf jeden Fall Muskelkater haben.“

Vorhin hatte er ihr den kleinen, von hohen Bäumen gesäumten See schon gezeigt, ein wahrer Garten Eden. Das passte, dachte sie. So wie sie sich gerade fühlte, hätten sie die einzigen Menschen auf einer ganz neu erschaffenen Welt sein können.

„Ich habe keinen Badeanzug dabei“, erwiderte sie sachlich.

Er zog sie auf die Beine. „Den brauchst du nicht“, lächelte er.

Heiße Schauer jagten durch ihren Körper. Er hielt ihre Hand ganz fest, während er sie nicht etwa zu seinem Wagen, sondern zum Haus zog.

„Ich dachte, wir wollten schwimmen gehen“, sagte sie und erkannte ihre eigene Stimme nicht wieder. Es war, als hätte sie sich vollkommen einer ihr innewohnenden Fremden übergeben. Einer unbekümmerten Frau mit einer unbändigen Lust auf die verbotene Frucht.

„Werden wir“, sagte er. „Auf der anderen Seite des Hauses gibt es ein Schwimmbad.“

„Oh“, hauchte sie.

Sie durchquerten die Küche, wo Avalon nach wie vor in einen Hundetraum versunken schlief, der ihre Beine zucken ließ. Abgesehen von dem großen Badezimmer, war das der einzige Raum, den Echo bisher von dem Haus kannte. Jetzt betraten sie ein elegantes Esszimmer und dann das Wohnzimmer, in dem der größte Kamin aus Naturstein stand, den sie jemals gesehen hatte. Es gab viele Bücher in Regalen und bunte Teppiche, die wie Farbkleckse auf dem Schieferboden lagen. Schließlich gelangten sie ins Schlafzimmer mit einem wunderschönen Holzfußboden und einem Fresko mit rennenden Wildpferden an einer Wand. Das riesige Bett stand vor einer Fensterwand, die wie eine echte Fototapete mit Bäumen und Bergen und Himmel aussah. In diesem Bett zu liegen, dachte Echo, wäre wie im Freien zu schlafen, mitten in der Natur. Plötzlich kam sie sich wie ein Eindringling vor, und sie zuckte ein wenig zusammen.

Rance blieb stehen und sah ihr kopfschüttelnd in die Augen. Offenbar hatte er schon wieder ihre Gedanken gelesen – was sie an und für sich schon beunruhigte. Seit ihrer Kindheit fühlte Echo sich fast durchsichtig, wie ein Geist, der sich unbemerkt zwischen den Lebenden bewegte. Und so traurig sie das manchmal auch fand, hatte sie sich inzwischen doch daran gewöhnt. Aber dieser Mann *sah* sie, er gab ihr keine Möglichkeit, sich zu verstecken.

„Das war das Schlafzimmer meiner Eltern“, sagte Rance. „Meines ist oben.“

Hieß das, dass er niemals hier geschlafen hatte, auch nicht mit Julie?

Er führte sie durch eine breite Tür, und plötzlich lag ein kleiner, von halbtransparenten Glassteinwänden umgebener Pool vor ihnen. Als Rance einen Schalter drückte, öffnete sich ein Schiebedach unter dem hohen, weiten Himmel. Echo war so verzaubert, dass sie einen Moment vergaß, sich zu fürchten.

„Die Dusche ist da drüben." Rance deutete auf eine von tropischen Pflanzen gesäumte Holztür. Grinsend wartete er auf ihre Entscheidung. Sie konnte allein duschen oder mit ihm, das lag ganz an ihr.

Sie führte noch immer eine innere Diskussion, als er sagte: „Handtücher und einen Bademantel und was du sonst noch brauchst, findest du da drinnen. Ich werde uns in der Zwischenzeit etwas zu essen besorgen." Mit diesen Worten verschwand er.

Sehr lange stand Echo einfach nur da. Sie wusste, was geschehen würde, wenn Rance zurückkam. Sie beide wussten es. Auch wenn sie keine Jungfrau mehr war – sie hatte sich Justin freiwillig hingegeben und ein paar anderen Männern nicht ganz so freiwillig –, so war sie doch kein Freund von lockerem Sex. Als ob es mit Rance McKettrick so etwas wie *lockeren* Sex geben könnte.

Dem Kuss vorhin am Bach nach zu urteilen stand sie kurz davor, eine geradezu überirdische Erfahrung zu machen.

Wollte sie das?

Andere Männer hatten ihr Vergnügen bereitet, auf ruhige und schlichte Weise. Aber Rance würde ihr nicht einfach nur Vergnügen bereiten, mit ihm würde es anders sein. Die erste Erschütterung hatte sie bereits auf der Treppe in der Buchhandlung erlebt, als er sie allein durch seine Worte erregt hatte. Und dann, als er sie küsste. Jetzt schien schon die Luft zu zittern allein bei der Vorstellung, was er alles mit ihr anstellen würde.

Der Sex mit Justin war schön und verschmust gewesen. Mit Rance wäre er elementar, leidenschaftlich, eine fieberhafte Kollision, ein verzweifeltes Ringen um Befriedigung.

Wie in Trance ging Echo ins Badezimmer, zog sich aus, öffnete die Glastür der großen Duschkabine und drehte den Hahn auf. Das heiße Wasser beruhigte sie und wusch die letzten Bedenken fort. Als sie in ein Handtuch gehüllt zurück zum Schwimmbecken kam, war Rance bereits im Wasser. An seinem feuchten Haar sah sie, dass er woanders geduscht hatte. Ein Teller mit Sandwiches stand auf einem niedrigen Tisch zwischen zwei Stühlen. Mit einem Mal war Echo völlig ausgehungert. Gleichzeitig war ihr Hals wie zugeschnürt. Sie versuchte, so selbstverständlich wie möglich zu der kleinen Leiter zu gehen. Rance ließ sie nicht aus den Augen. Er war natürlich splitternackt, und Echo vermied es sorgsam, seinen Unterkörper anzusehen.

Mit verzweifelter Kühnheit ließ sie das Handtuch fallen, und Rances überraschter Gesichtsausdruck war so köstlich, dass ihr keine Zeit blieb, sich verlegen zu fühlen. Soll er nur hinschauen, sagte ihre innere Amazone, von der sie bisher überhaupt nichts gewusst hatte. Sie nahm sich sogar einen Moment Zeit, die Schönheit ihres eigenen Körpers zu genießen, während Rance hingerissen zu ihr aufsah, als wäre sie eine goldene Gestalt, die plötzlich aus dem Nichts aufgetaucht war. Dann bewegte er sich nach hinten, um ihr Platz zu machen.

Das Wasser war herrlich – es hatte genau die richtige Temperatur, nicht zu kalt und nicht zu warm. Echo schloss die Augen, hielt die Luft an und tauchte unter. Kurz darauf durchbrach sie mit einem lauten Lachen wie befreit die Wasseroberfläche. Rance lachte ebenfalls und spritzte sie nass, was sie begeistert erwiderte. Aber auf einmal standen sie direkt voreinander. An seinen langen Wimpern schimmerten Tropfen. Er streckte die Arme aus, legte die Hände an ihre Taille und zog sie zu sich. Echo umarmte ihn. Sie reckte sich auf die Zehenspitzen und küsste ihn, bevor er sie küssen konnte. Kaum berührten sich ihre Zungen, da war ein Feuer entfacht, das kein Wasser dieser Welt hätte löschen können. Instinktiv schlang Echo die Beine um seine Hüften. Der Kuss wurde immer leidenschaftlicher und tiefer. Zwischen ihren Schenkeln spürte sie seine Erregung, und sie hätte ihn am liebsten auf der Stelle in sich aufgenommen.

Doch Rance McKettrick hatte natürlich ganz andere Vorstellungen. Er küsste sie um ihren Verstand und liebkoste ihre Brüste, bis sie schließlich die Lippen von seinen löste und sich zurücklehnte. Sehnsüchtig bemächtigte er sich ihrer Brustwarzen, leckte und saugte, bis ihre Beine, die ihn umklammerten, taub wurden. Da hob er sie hoch und trug sie aus dem Wasser direkt in das Schlafzimmer mit den galoppierenden Pferden an der Wand. Nass, wie sie war, legte er sie auf das Bett, spreizte ihre Beine und kniete sich vor sie.

Echo keuchte auf, als sie seinen warmen Atem spürte, und als er die Lippen auf sie presste, entfuhr ihr ein erstickter Schrei. Er umklammerte ihre Fußknöchel mit den Händen, küsste, knabberte, saugte und leckte weiter, brachte sie bis kurz vor den Höhepunkt und ließ sie zitternd dort verweilen.

Sie seufzte klagend. Endlich streckte auch Rance sich auf dem Bett aus und zog sie hoch, bis sie über seinem Kopf kniete. Sie klammerte sich am Kopfbrett fest, als er ihre Hüften umschlang und sie hinab zu seinem Mund zog.

Echo ergab sich ihm vollkommen. Beim ersten Höhepunkt stöhnte sie laut auf und sank ein wenig zusammen. Jetzt würde er sie endlich nehmen.

Aber das tat er nicht.

Er ließ sie noch einmal kommen. Intensiver dieses Mal. Und er blieb bei ihr, während sie sich wand und aufbäumte und heisere, unverständliche Worte aus ihrem Mund drangen. Ihre Hände, mit denen sie noch immer das Kopfende umklammert hielt, waren schweißnass, genau wie ihr gesamter Körper. Er saugte, bis Echo tiefe Krämpfe der Lust schüttelten.

„Schlaf ... mit ... mir ... jetzt!“ Das war zugleich die Aufforderung der Amazone und das Flehen der Sklavin. Sie musste Rance in sich spüren, er sollte ein Teil von ihr werden, hart und kraftvoll, er sollte sie erobern und zugleich der heiligen Quelle in ihrem Innersten seine Ehrerbietung erweisen.

Er antwortete, indem er sie noch einmal zum Höhepunkt brachte, diesmal so heftig, dass er ihr durch Fleisch und Knochen drang bis ihn die tiefsten Tiefen ihrer Seele, um ein Mal darauf zu hinterlassen.

Und als er sie auf das Bett legte, um sie endlich zu nehmen, begriff Echo in dem kurzen Moment zwischen einem Höhepunkt und dem unvermeidlichen nächsten, dass sie, egal, was zwischen ihr und Rance geschah, dieses Mal für immer tragen würde.

9. KAPITEL

Aufgeschreckt von einem bereits halb vergessenen Albtraum, öffnete Rance die Augen. Das Zimmer leuchtete silbern im Schein des Vollmonds. Dass Echo verschwunden war, wusste er schon, bevor er sich nach ihr umschaute.

Einen merkwürdigen Moment lang stellte er sich vor, wie sie langsam verschwand, wie ein Geräusch, wie ihr Name in der Ferne immer undeutlicher wurde wie ein Echo.

Vermutlich war es besser so. Sie hatten sich so wild und hemmungslos geliebt, dass es schwer gewesen wäre, sich im Tageslicht in die Augen zu sehen.

Yes, Sir, er war erleichtert.

Erleichtert.

Warum fühlte er sich dann wie ein alter Eimer mit einem Loch?

Rance sah auf die Uhr neben dem Bett – kurz nach zwei Uhr. Wie lange war sie schon weg? Unmöglich zu sagen, er hatte geschlafen wie ein Toter, eine Zirkusparade hätte direkt an seinem Bett vorbeimarschieren können, mit Blechbläsern und Trommlern, er wäre nicht aufgewacht. Wenn also eine kleine Frau in ihre Kleider schlüpfte und aus dem Zimmer schlich, war das nicht lauter als ein Windhauch.

Weil er wusste, dass er nicht mehr schlafen konnte, stand er auf und spazierte nackt ins Badezimmer. Er musste daran denken, wie Echo in ein Badetuch gehüllt am Pool gestanden hatte. Sie hatte sehr wachsam gewirkt und zugleich unglaublich weiblich.

Nach dem Duschen zog er einen Bademantel über und ging in die Küche. Erst als er eintrat, erkannte er, wie sehr er gehofft hatte, Echo dort zu finden. Doch sie war wirklich gegangen. Sie hatte sich den Hund geschnappt, das Licht angelassen und ein Taxi gerufen.

Rance stellte seufzend die Kaffeemaschine an, ging in sein Schlafzimmer, zog die letzte saubere Jeans an und ein Hemd, das er bereits zweimal getragen hatte. Im Badezimmer putzte er sich die Zähne und kämmte sein Haar.

Er war kein besonders talentierter Hausmann, das musste er zugeben. Das war auch ein Grund gewesen, warum er Echo nicht mit nach oben in sein Schlafzimmer genommen hatte. Überall lagen Klamotten verstreut, und Staub gewischt hatte hier auch seit Monaten niemand mehr. Nun sammelte er einen Arm voll Schmutzwäsche und feuchter Handtücher auf, ging zurück ins Schafzimmer und betrachtete das Bett. Auch die Bettwäsche war schon eine Weile nicht gewechselt worden. Über allem lag eine Schicht Staub.

Er hatte dieses Schlafzimmer mit seiner Frau geteilt.

Hier war Rianna gezeugt worden – Maeve hingegen vermutlich auf dem Rücksitz eines Autos, nach einer Parade zum Vierten Juli in Flagstaff.

Dieses Zimmer strahlte so viel Vergangenheit aus. Hier hatten er und Julie sich nicht nur geliebt, sondern auch bis aufs Blut gestritten. Und eines Morgens war Julie aus dem Bett aufgestanden, hatte ihr elegantes englisches Reitdress angezogen und war zu einem Reitturnier in Scottsdale gefahren. Sie hatte Maeve und Rianna bei Cora gelassen, ohne zu ahnen, dass sie ihre Töchter nie mehr wiedersehen würde.

Rance presste die Augen zusammen, als die Erinnerungen ihn einholten. Währenddessen hatte er tief und fest in einem Hotelzimmer in Hongkong geschlafen, vollkommen erschöpft nach einem über vier Tage andauernden Meeting, als das Telefon ihn weckte.

Am anderen Ende waren Keegan und Jesse an einem Nebenanschluss.

„Ich muss dir etwas sagen", begann Keegan. Dann schluchzte er, und Rances Herz krampfte sich so zusammen, dass er glaubte, es würde nie mehr schlagen.

Rianna und Maeve, dachte er. Eine von ihnen ist verletzt, oder beide. Oder tot.

Das war seine schlimmste Angst.

Dann schaltete Jesse sich ein. „Julie ist tot, Rance", sagte er. „Sie ist heute Nachmittag bei einem Reitturnier vom Pferd gestürzt und hat sich das Genick gebrochen."

Einen Moment rührte sich Rance nicht. Dann brüllte er in seiner Trauer so laut auf, dass der Sicherheitsdienst des Hotels an seine Tür klopfte. Wenn er an diese Nacht dachte, fühlte er wieder diesen quälenden Schrei in sich.

Am nächsten Tag hatten sie ihn in einem gecharterten Jet abgeholt – Keegan, Jesse und sein Dad. Hatten den Scherbenhaufen eingesammelt und nach Hause gebracht. Er war in tausend Stücke zerbrochen, doch sie glaubten, ihn noch einmal zusammenkleben zu können. Und tatsächlich hatte es funktioniert. Stück für Stück hatte er sich mühsam wieder zusammengesetzt. Aber erst jetzt erkannte er, wie deutlich die Bruchstellen noch immer zu sehen waren.

Entschlossen stopfte er die Schmutzwäsche in einen Korb. Danach sammelte er noch mehr Kleider vom Boden auf, riss die Bettwäsche herunter und schickte sie hinterher.

Julies Gesicht lächelte ihm von einem Foto in einem Ebenholzrahmen zu. Er nahm es in beide Hände.

Obwohl er sich nicht mehr an den Albtraum von vorhin erinnern konnte, wusste er, dass er mit Julie zusammenhing. Vielleicht hatte der Ausritt mit Echo die Erinnerungen zurückgebracht – doch viel wahrscheinlicher hatte die Tatsache, dass sie miteinander geschlafen hatten, sie mit aller Macht heraufbeschworen.

Seit Julies Tod hatte er mit einigen Frauen geschlafen, wobei er immer sehr sorgfältig darauf geachtet hatte, dass sie sein Herz nicht berührten. Echo war die Erste, mit der er in seinem Haus geschlafen hatte, und ob es ihm passte oder nicht, sie war ihm wirklich unter die Haut gegangen.

Als er nun in Julies Augen sah, begannen seine eigenen zu brennen. Seit seinem zwölften Lebensjahr hatte er sie geliebt. Immerzu, durch die Highschoolzeit und das College hindurch. Und zwar so rückhaltlos, dass ihn fast der Schlag traf, als sie ihm sagte, dass sie sich trennen wollte. Dass sie mit den Mädchen erst mal bei Cora unterkommen würde, bis sie wüsste, wie es weitergehen sollte.

Er hatte es ihr ausgeredet – hatte versprochen, nicht mehr so viel zu reisen, hatte ihr Schmuck gekauft, ihr vorgeschlagen, dass sie wieder als Grafikdesignerin arbeiten könne, sobald die Mädchen ein wenig älter wären.

Einen Monat später war sie tot.

Jetzt konnte er ihr nicht mehr sagen, was für ein überheblicher Idiot er gewesen war und dass es ihm leidtat.

Er polierte das Glas mit dem Hemdsärmel und stellte das Foto auf seinen Platz zurück.

Was immer das zwischen ihm und Echo Wells war, mit Liebe

hatte es nichts zu tun. Denn es fühlte sich ganz anders an als das, was er für Julie empfunden hatte.

Plötzlich stieg ein Schuldgefühl in ihm auf, es schmeckte sauer auf seiner Zunge. Das war natürlich völlig irrational, aber bisher hatte er noch nie das Gefühl gehabt, seine Frau zu betrügen.

Rance ging aus dem Zimmer nach unten.

Der Kaffee war fertig, er schenkte sich eine Tasse ein, starrte aus dem Fenster und wünschte, die Sonne würde endlich aufgehen.

Denn dann wollte er Snowball aufzäumen und ohne Sattel mit ihr über die Berge reiten. Nicht zu schnell, da seit Cassidys Tod außer Maeve niemand mehr sehr weit mit ihr geritten war – von gestern einmal abgesehen.

Vielleicht konnten er und das alte Pferd gemeinsam alles hinter sich lassen, was sie verloren hatten.

Am nächsten Morgen kam Cora in den Buchladen, mit Maeve und Rianna im Schlepptau. Sie warf eine Zeitung auf den Ladentisch direkt vor Echos Nase.

„Du hast es auf die Titelseite der *Indian Rock Gazette* geschafft“, rief sie voller Stolz.

Echo, die nicht geschlafen hatte, seit sie kurz nach Mitternacht aus Rances Bett gestiegen war, musste sich schwer konzentrieren. Ein Foto vom Eröffnungstag, sie mit der großen Torte vor sich und Avalon, die an ihr hochsprang, prangte ihr entgegen.

Die Stadt begrüßt Echo Wells, lautete die Überschrift.

War es wirklich möglich, dass sie erst vor zwei Tagen ihren Laden eröffnet hatte?

„Ich habe meine Kamera gleich in die Zeitungsredaktion gebracht, und ein Redakteur hat das Foto auf seinen Computer geladen“, plauderte Cora weiter. „Hier gibt es keine Wochenendausgabe. Die meisten Leute lesen die *Republic* am Sonntag. Aber hier bist du nun am Montag, in deiner ganzen Pracht!“

Lächelnd überflog Echo den kurzen Artikel, in dem ihr Name, ihre Telefonnummer und die Adresse samt Öffnungszeiten genannt wurden. Dazu gab es einen recht witzigen Kommentar über Hunde, die Bücher lasen.

„Vielen Dank, Cora“, sagte sie gerührt.

„Ein bisschen Werbung kann nie schaden.“

„Was ist denn das?“, fragte Rianna. Sie war um die Theke gelaufen und hatte den Kasten mit den vielen kleinen Paketen entdeckt, die Echo in der Mittagspause zur Post bringen wollte.

Echo warf Cora einen Blick zu, die neugierig über die Theke spähte, dann wandte sie sich an Rianna. „Nur ein paar Pakete“, sagte sie. „Muster.“

„Muster?“, wiederholte Rianna verwirrt.

„Rianna McKettrick“, schimpfte Cora. „Hör auf, herumzuschnüffeln.“

„Wir bekommen manchmal Muster.“ Rianna blickte ernst zu Echo hinauf. „Waschmittel und so was. Aber ich habe noch nie ein Musterbuch gesehen.“

„Tja“, sagte Cora, die offenbar keinen Zusammenhang zwischen den Päckchen in dem Kasten und ihrer eigenen Lieferung herstellte. „Ich schätze, wir sollten uns besser auf den Weg zur Ranch machen und mal nachsehen, wie Rance mit seinem neuen Cowboyleben zurechtkommt.“

Echo spürte, wie ihr Gesicht heiß wurde. Wie in aller Welt sollte sie Rance jemals wieder gegenübertreten nach all den Dingen, die sie getan hatten?

„Geht es dir gut?“, fragte Cora. „Du siehst ein wenig blass aus. Ich hoffe, du brütest nichts aus.“

„Mir geht's gut“, behauptete Echo und zwang sich, die ältere Frau anzusehen. Ihr Lächeln war zittrig und ein wenig gereizt. Sicher, Cora spielte gern die Kupplerin, keine Frage, aber stundenlangen wilden Sex mit dem Mann ihrer verstorbenen Tochter hatte sie sich vermutlich nicht darunter vorgestellt. Vielleicht ein bisschen Händchenhalten. Das eine oder andere Abendessen in Anwesenheit der Mädchen oder etwas ähnlich Unschuldiges.

Zum Glück stellte Cora keine weiteren Fragen. Noch einmal betrachtete sie die Päckchen und verließ dann mit einem leichten Stirnrunzeln den Laden. Diese kleine Nebenbeschäftigung, über die Echo mit niemandem sprach, war nicht gerade ein schlimmes, dunkles Geheimnis. Wenn die Mädchen nicht dabei gewesen wären, hätte sie Cora davon erzählt.

Bis zum Mittag hatte sie alle Hände voll zu tun. In ihrer Pause schloss sie den Laden ab, verstaute Avalon und die Päckchen im Auto und fuhr zur Post. Der Frau am Schalter, die zu ihrer Eröffnung gekommen war und einen ganzen Stapel Liebesromane gekauft hatte, machte einen freundlichen Kommentar über die vielen Päckchen und schlug ihr eine günstigere Variante vor. Echo bedankte sich lächelnd.

Als sie mit Avalon wieder zum Laden kam, warteten bereits vier Kunden vor der Tür. Gegen zwei wurde es wieder ruhiger, und sie nutzte die Zeit, um nach oben zu laufen und schnell ein Thunfischsandwich hinunterzuschlingen. Als die Türglocke läutete, rannte sie noch kauend wieder die Treppe hinab.

Rance betrachtete einen Stapel mit Thrillern. Bei seinem Anblick erstickte Echo beinahe an ihrem Sandwich. Als sie sich im Laden umsah, bemerkte sie erleichtert und zugleich besorgt, dass sie allein waren. An seinem Gesicht oder seiner Haltung war nicht abzulesen, was er dachte. Aber ihn nur wiederzusehen, ließ ihr Herz rasen. Er legte einen Thriller auf die Theke und zog eine Geldklammer aus der Hemdtasche. Wollte er so tun, als ob nichts geschehen wäre?

Und war das ein gutes Zeichen oder ein schlechtes?

Sie zwang sich zu einem Lächeln und ging hinter die Kasse. „Hast du schon viel von diesem Autor gelesen?“, fragte sie. Genauso gut hätte Rance ein Tourist sein können, der kurz in der Stadt war, jemand, den sie noch nie gesehen hatte und nie wiedersehen würde.

„Nein“, antwortete Rance.

So viel zum Thema Small Talk, dachte Echo ein wenig verzweifelt. Mit rotem Gesicht schob sie ihm das Wechselgeld hin und packte das Buch in eine Tüte.

„Echo“, bat Rance. „Sieh mich an.“

Ihm zu gehorchen, war nicht leicht. Denn noch bevor er die Worte aussprach, kannte sie sie schon.

„Das zwischen uns geht viel zu schnell“, erklärte er.

Natürlich hatte er recht. Echo war ganz und gar seiner Meinung. Zugleich kam es ihr so vor, als ob sich der Boden unter ihren Füßen auftat und sie über einem schwarzen Abgrund hing und sich nur an der Theke festklammern konnte. Ihre Knöchel schmerzten, so krampfhaft hielt sie sich fest. „Ja.“

Rance sah gequält und sehr ernst aus. „Du sollst nur wissen, dass es nichts mit dir zu tun hat, Echo.“

Es hat nichts mit dir zu tun. Die klassische Ausrede.

Dasselbe hatte Justin gesagt, nachdem er sie vor dem Altar hatte stehen lassen. Allein in dieser fremden Stadt, in ihrem Hochzeitskleid und mit einem billigen Plastikblumenstrauß. Wie sollte das nichts mit ihr zu tun haben? Sie war doch keine Zuschauerin, die von den Umständen unberührt blieb – im Gegenteil.

„Klar", murmelte sie bitter. „Es geht immer nur um *dich*, nicht wahr, Rance?"

Unter seiner Bräune erblasste er. „Echo …", begann er.

Sie schob ihm die Plastiktüte mit dem Buch hin. „Raus", sagte sie.

„Echo … ich … hör mich doch an."

„Geh einfach. Bitte."

Zumindest habe ich in Avalon eine Freundin, dachte Echo. Dann kam ihr Cora in den Sinn. Gut, zwei Freundinnen, und beide vermutlich nur vorübergehend.

Ohne ein weiteres Wort verließ Rance den Laden. Keine fünf Minuten später erschien Cora. Diese Frau musste einen Radar haben.

„Was ist los?", wollte sie ohne lange Vorrede wissen.

Am liebsten hätte Echo geseufzt oder sogar geweint, doch sie riss sich zusammen und ordnete Bücher, die bereits geordnet waren. „Genau das, womit ich hätte rechnen müssen", antwortete sie, da es offenbar sowieso unmöglich war, vor Cora ein Geheimnis zu bewahren. Außerdem war sie die ganze Sache leid. „Rance ist der Meinung, dass das zwischen uns zu schnell geht. Und dass es natürlich nicht an mir liegt."

Nachdenklich runzelte Cora die Stirn. „Ich sollte von diesen Liebeszauber-Leuten mein Geld zurückverlangen."

Da öffnete Echo die Kasse, nahm zwanzig Dollar heraus und reichte sie Cora. Unter anderen Umständen wäre sie angesichts Coras Miene in lautes Gelächter ausgebrochen.

Cora starrte das Geld an. „Was …"

„Nimm es."

„Aber …"

„Ich habe dir den Liebeszauber verkauft, Cora. Das ist meine Website."

„Du bist …?"

„Das bin ich", bestätigte Echo. „Du hast doch vorhin die vielen kleinen Päckchen gesehen. Jedes davon steht für einen hoffnungsvollen Kunden."

Diese Neuigkeit zauberte ein Lächeln auf Coras Gesicht. „Verflixt und zugenäht", lachte sie. „Wenn das kein Zufall ist!"

„Ich bin eine Betrügerin", murmelte Echo grimmig. „Ich sollte jedem einzelnen Kunden sein Geld zurückzahlen. Das kann ich allerdings nicht tun, weil ich jeden Cent in die Buchhandlung gesteckt habe. Aber zumindest kann ich alle künftigen Bestellungen ablehnen – und die Website schließen."

„Moment mal! Auf der Seite steht doch ‚Bestellen auf eigene Gefahr'. Inwiefern solltest du da eine Betrügerin sein?", protestierte Cora heftig.

„Ich habe mich als eine Art Liebesexpertin verkauft." Echo lachte leise. „Was für ein Witz."

„Hast du die ganzen Empfehlungsschreiben nur erfunden? Die auf der Internetseite, meine ich? Mich hat vor allem das von E. Simmons aus Trenton, New Jersey, sehr berührt."

„Selbstverständlich nicht." Echo versuchte, sich daran zu erinnern, was E. Simmons geschrieben hatte. „Das wäre doch unehrlich!"

Cora kicherte und drehte sich zum Schaufenster. Lange starrte sie auf die leere Stelle, auf der gerade noch der riesige, hässliche Wagen von Rance gestanden hatte. Dann lächelte sie geheimnisvoll und schob Echo die zwanzig Dollar zurück. „Nun, hier kommt eine Empfehlung von C. Tellington aus Indian Rock, Arizona. Es ist nicht vorbei, bis es vorbei ist."

„Wovon redest du?", fragte Echo, obwohl sie befürchtete, die Antwort zu kennen. Sie hätte es von Anfang an wissen müssen, doch sie war viel zu sehr damit beschäftigt gewesen, sich um Avalon zu kümmern und den Laden zu renovieren, um darauf zu achten.

Cora schien durch sie hindurchzusehen. „Die Herzen der Menschen sind wie Tassen", sinnierte sie leise. „Sie werden von einem zum anderen gereicht, immer in der Hoffnung, gefüllt zu werden. Mit der Zeit bekommen sie Risse, und manchmal zerbrechen sie auch. Manche Leute werfen sie weg, weil sie glauben, dass der Schmerz dann aufhört. Diese armen Ahnungslosen. Niemand kann eine Tasse füllen, außer dem Herrgott höchstpersönlich. Niemand."

Dass Cora regelmäßig in die Kirche ging, wusste Echo zwar, doch sie selbst hatte überhaupt keinen Bezug zu Gott. Er kümmerte sich um seine Angelegenheiten und sie sich um ihre. „Du willst mir doch nicht etwa eine Predigt halten, oder?", vergewisserte sie sich.

Wieder lachte Cora. „Nein. Mir ist nur soeben eine kleine Erkenntnis gekommen, das ist alles. Aber du hast eine Tasse, Echo, und Rance auch. Wie jeder andere Mensch auf der Welt. Ich weiß zwar nicht, wie deine aussieht, aber die von Rance müsste dringend einmal repariert werden, so viel steht fest."

„Ich weiß nicht, was das mit mir …", warf Echo schwach ein.

„Natürlich nicht." Cora tätschelte zärtlich Echos Hand. „Aber denk mal drüber nach."

Als ob ihr überhaupt eine andere Wahl bliebe. „Okay", versprach Echo und steckte den Zwanzigdollarschein wieder in die Kasse.

Zehn Minuten später kam Cheyenne Bridges Mutter Ayanna in den Laden.

„Brauchen Sie Hilfe?", erkundigte sie sich.

„Allerdings", entgegnete Echo, wobei sie nicht die Arbeit im Buchladen meinte. Sie überlegte einen Moment. „Ich könnte wirklich eine Aushilfe brauchen. Aber ich kann nur wenig zahlen – und leider noch nicht versprechen, dass die Stelle sicher ist."

Ayanna strahlte. „Dann bin ich die perfekte Kandidatin. Dank meiner Tochter und meinem künftigen Schwiegersohn muss ich mir um Geld keine Gedanken machen. Früher habe ich unter anderem Regale im Supermarkt eingeräumt und Einkäufe in Tüten gepackt, aber irgendwann hat mein Rücken da nicht mehr mitgespielt. Doch ich vermisse es, das Haus zu verlassen und zur Arbeit zu gehen. Ich kann einfach nicht die Hände in den Schoß legen."

Trotz allem musste Echo lachen. „Ich auch nicht", gestand sie. „Haben Sie irgendwelche Erfahrungen im Buchhandel?"

Ayanna schüttelte den Kopf, ihre langen silbernen Ohrringe klimperten hübsch. „Nein", gestand sie ehrlich. Sie trug das grau melierte Haar zurückgebunden und außerordentlich farbenfrohe Kleidung. Bestimmt würde es Spaß machen, mit ihr zusammenzuarbeiten. Außerdem wirkte sie intelligent und kompetent. „Und Sie?"

Echo lachte. „Nein. Ich tue nur so, als ob." Ein Lieferwagen hielt vor der Tür und brachte neue Bücher. Jedes einzelne musste katalogisiert werden, außerdem musste sie endlich ein Geschäftskonto bei der Bank eröffnen und sich um ihre Buchführung kümmern.

„In jedem Fall kann ich gut mit einer Kasse umgehen." Ayanna streichelte Avalon, die um die Theke herumgelaufen war und ihren Kopf still an die Beine der Frau schmiegte. „Außerdem habe ich jahrelang als Bedienung gearbeitet. Sagen Sie mir einfach, was zu tun ist. Alles andere können wir später besprechen. Und wenn wir uns nicht einig werden, dann schütteln wir uns einfach die Hand und lassen es. Wie klingt das?"

Langsam fühlte Echo sich besser. Das Leben ging weiter. „Sie sind engagiert", verkündete sie.

Der Lieferant brachte Paketstapel in den Laden, die Echo und Ayanna bis zur Nasenspitze reichten. Kunden kamen in den Laden, kauften Bücher und verabschiedeten sich. Viele von ihnen erzählten von dem Zeitungsartikel.

Während einer kleinen Flaute am Nachmittag lief Echo schnell mit den Einkünften vom Samstag zur Bank. Als sie zurückkam, packte Ayanna gerade eine erstaunliche Anzahl Bücher für eine dickleibige Frau ein, die Echo ein Lächeln schenkte und den Laden verließ. Avalon folgte ihr bis zur Tür und presste wimmernd die Nase gegen das Glas. Überrascht wechselten Echo und Ayanna einen Blick. Vermutlich kannte Ayanna Avalons Geschichte nicht, andererseits war Indian Rock eine Kleinstadt.

„Was ist denn nur mit Avalon los?", wunderte sich Echo.

„Vermutlich fühlt sie sich einsam", sagte Ayanna. „Das gerade war Nell Jenson. Sie und ihr Mann Roy haben ein Anwesen außerhalb der Stadt und mindestens ein halbes Dutzend Hunde."

Vielleicht war es ein Fehler, Avalon in der Stadt zu halten, in ihrer winzigen Wohnung und dem Laden, dachte Echo. Vielleicht wäre sie auf einer Ranch glücklicher.

Es gab so viele „Vielleichts". Nichts schien mehr sicher.

„Ich habe sie gefunden, wissen Sie. Avalon meine ich. Vor einem Truckstop in der Nähe von Tuscon. Sie war offenbar schon eine Weile allein. Ich weiß nicht, ob sie ausgesetzt wurde oder weggelaufen ist."

Ayanna, die gerade dabei war, das Bargeld in der Kasse zu sortieren, sah erst Avalon und dann Echo an. „Es war richtig von Ihnen, sie mitzunehmen. Die meisten Leute hätten das nicht getan."

„Ich konnte sie nicht einfach zurücklassen", murmelte Echo und sah mit schwerem Herzen, wie Avalon sich traurig von der Tür abwandte, zur Treppe lief und sich mit einem schweren Seufzen davor niederließ. „Sie war so nass und hungrig."

Ihr kam Bud Willand in den Sinn, und sie erschauerte. Irgendwie war Rance diesen Mann losgeworden, aber sie war sich nicht sicher, ob sie ihn nicht doch wiedersehen würde.

Oder Rance.

Denk nicht an Rance McKettrick.

„Ich habe auf Internetseiten für vermisste Haustiere von Avalon erzählt und auch eine Antwort bekommen. Doch falls Avalon diesem Typen wirklich gehört haben sollte, dann hat er sie misshandelt. So sanftmütig sie auch ist, diesen Mann hätte sie am liebsten gebissen."

„Tiere können den Charakter eines Menschen gut einschätzen."

„Sie hätten nicht zufällig gern ein Hundebaby, oder?"

„Sie bekommt also Babys? Nein, ich will auf keinen Fall einen Hund, aber vielleicht Cheyenne und Jesse. Ich werde sie fragen. Wann ist es so weit?"

„Keine Ahnung", bekannte Echo. „Ich habe mir schon überlegt, mit ihr zum Tierarzt zu gehen, nur um sicherzugehen, dass sie in Ordnung ist. Gibt es einen guten in der Stadt?"

„Doc Swann." Ayanna ging zu Avalon und ließ sich vor ihr nieder, wobei ihr türkis, rosa und grün gestreifter Rock sich leicht bauschte. Vorsichtig hob sie ein Hundeohr an, dann das nächste. „Vielleicht hat sie ja einen Mikrochip. Sie wissen schon, diese Dinger, die implantiert werden mit all den wichtigen Informationen darauf."

Echo schlug sich mit der Hand gegen die Stirn. „Dass ich da nicht selbst drauf gekommen bin." Im Telefonbuch von Flagstaff und Indian Rock fand sie Dr. Swanns Nummer und rief ihn gleich an. Währenddessen streichelte Ayanna Avalons glänzendes Fell.

Für eine Frau, die keinen Hund haben wollte, wirkte sie ungewöhnlich hingerissen.

„Bringen Sie sie am besten gleich vorbei", sagte die Sprechstundenhilfe. „Im Moment ist nicht viel los."

Echo hielt den Hörer mit der Hand zu. „Es gäbe jetzt einen Termin, wenn Sie noch eine Weile bleiben können."

Ayanna nickte.

Als Echo die Leine aus einer Schublade nahm, stand Avalon bereits freudig neben ihr. Auch Echo freute sich immer über einen Spaziergang, und da Dr. Swanns Praxis nur ein paar Straßen weiter lag, brauchte sie nicht ihr Auto zu nehmen. Außerdem würde ihr ein wenig frische Luft gut tun.

Während sie die Straße überquerten, gratulierte sich Echo im Stillen. In den letzten zehn Minuten hatte sie nicht ein Mal an Rance McKettrick gedacht.

10. KAPITEL

Rance beobachtete, wie Jesse aus seinem dreckverspritzten Jeep ausstieg und auf ihn zuschlenderte. Es hatte seit Wochen nicht geregnet. Fuhr dieser Mann vielleicht absichtlich durch den Bach, nur damit sein Wagen so aussah?

Lässig wie immer schob Jesse seinen Hut in die Stirn und grinste sein typisches Mir-kann-keiner-Grinsen. „Du wolltest mit mir sprechen?", rief Jesse und breitete die Arme aus. „Hier bin ich. Leg los."

Nach dem katastrophalen Zusammentreffen mit Echo im Buchladen hatte Rance Jesse aus reiner Verzweiflung angerufen, mitten während eines Pokerspiels im Hinterzimmer vom *Lucky's*, wo sein Cousin wie immer am Gewinnen war.

Jetzt wünschte er, es nicht getan zu haben. Besser wäre gewesen, still vor sich hin zu leiden – darin hatte er schließlich eine Menge Übung.

Mit düsterem Gesicht nahm er seinen eigenen Hut ab und strich sich durchs Haar. „Und wenn ich meine Meinung geändert habe?"

Jesse lachte. „Dann müsste ich dir leider in den Hintern treten. Ich hatte zwei Asse, ein drittes war im *Flop*, und die Chancen für ein viertes standen gut."

Die meisten Amerikaner sprachen englisch. Jesse hingegen sprach *Texas Hold'Em*. Und zwar fließend.

„Meinst du, du bist Manns genug, um das zu wagen?"

„Was, dir in den Hintern zu treten? Darauf kannst du Gift nehmen!" Jesses Grinsen wurde noch breiter. „Könnte natürlich ein Problem werden, wenn du wieder aufstehst."

Als Kinder hatten Rance, Keegan und Jesse sich regelmäßig geprügelt, meist hinter den Ställen, um später darüber zu lachen.

Manchmal sehnte er sich nach diesen Zeiten zurück.

Aufmerksam wanderte Jesses Blick über das Haus und den Vorgarten. Vermutlich suchte er nach Rianna und Maeve, die normalerweise kreischend auf ihn zustürzten wie auf ein Kettenkarussell beim Jahrmarkt. Doch die beiden waren bei Cora. „Was ist los, Rance?", fragte er leise. Das Funkeln in seinen Augen deutete an, dass er die Antwort bereits kannte.

„Es ist etwas passiert", druckste Rance herum. Er steuerte auf die Terrasse zu, wo er erst vor ein paar Tagen für Echo und die Kinder Fisch gegrillt hatte. Warum fühlte sich das an, als hätte diesen Abend jemand anderes erlebt und nicht er?

„Sag bloß." Jesse zog sich einen Stuhl zurück, setzte sich und platzierte seinen ramponierten Hut auf der Tischplatte. „Sonst hättest du mich ja wohl kaum angerufen." Er lehnte sich zurück, legte die Fingerspitzen aneinander und betrachtete Rance nachdenklich. „Hast du ein kaltes Bier?"

Endlich entspannte Rance sich ein wenig. „Klar", lachte er erleichtert. Er konnte selbst gut ein Bier gebrauchen. Außerdem bekam er so die Möglichkeit, sich noch einmal genau zu überlegen, was er überhaupt sagen wollte.

Als Rance zurückkam, reichte er Jesse eine Flasche und sah ihm zu, wie er einen tiefen Schluck trank.

„Setz dich", forderte Jesse ihn anschließend auf. „Du machst mich ganz nervös, wenn du da so rumstehst, als würdest du jeden Moment damit rechnen, dass deine Klamotten Feuer fangen und du schon mal überlegst, wie du am schnellsten zum Bach kommst."

Rance setzte sich. Trank ebenfalls einen Schluck.

„Es ist also etwas passiert", hakte Jesse nach, als Rance nichts sagte.

„Du weißt verdammt gut, worum es geht", warf Rance ihm vor. „Du genießt es nur, wie ich mich winde."

Jesse lachte. „Das auch. Gut, ich vermute, du hast dich Hals über Kopf in Echo Wells verliebt. Du hast mit ihr geschlafen, stimmt's? Und schlimmer noch, es hat dir Spaß gemacht. Und jetzt reißt du dich selbst in Stücke für diese unverzeihliche Sünde."

„Ich habe sie benutzt, Jesse."

„Hast du?" Er kratzte mit dem Daumen an dem Aufkleber der Bierflasche. „Ich vermute, die Lady war recht empfänglich. Du hast sie ja wohl kaum niedergeschlagen und auf dein Bett gezerrt oder so was?"

„*Selbstverständlich* nicht", zischte Rance. „Was denkst du denn von mir?"

„Ich denke vor allem einmal, dass du dir vor Angst fast in die Hosen machst."

„Besten Dank, Dr. Phil", knurrte Rance.

Noch einmal lachte Jesse, trank ein paar Schluck Bier, drehte dann den Hut vor sich auf dem Tisch und betrachtete diesen Vorgang mit höchstem Interesse. Als er wieder aufsah, blickten seine Augen sehr ernst. „Rance, Julie ist tot. Du hast sie nicht betrogen, okay?"

„Ich habe Echo etwas genommen", murmelte Rance. „Ich wollte das nicht, aber so war es."

„War sie etwa noch Jungfrau?"

„Nein. Gott sei Dank nicht."

„Was ist dann dein Problem?"

„Es gibt keine Zukunft, Jesse. Ich kann sie nicht heiraten. So weit bin ich noch nicht."

Jesses Augen glitzerten amüsiert. „Hat sie dir einen Antrag gemacht?"

Rance, der gerade die Bierflasche zum Mund führen wollte, setzte sie wieder ab. „Nein!", polterte er.

„Ist das Thema Heirat überhaupt hochgekommen?"

„Nein", gab Rance zu. Etwas anderes allerdings war hochgekommen, sogar mehrfach. Dieser Teil seines Körpers fühlte sich noch immer ein wenig wund an.

„Wo liegt dann das Problem? Scheiße, Rance. Vielleicht wollte sie nur guten Sex haben, genauso wie du. Nur weil *du* altmodisch bist, heißt das noch lange nicht, dass sie es auch ist."

Rance seufzte. Was Jesse sagte, hörte sich ganz vernünftig an. Wieso fühlte er sich dann kein bisschen besser?

„Rance?", bohrte Jesse nach.

„Ist es altmodisch zu glauben, dass Sex, der so gut war, etwas bedeuten muss?", fragte Rance leise.

„Ja. Ist es. Es ist aber auch verdammt anständig. Old Angus wäre stolz auf dich."

„Ich habe ihr gesagt, dass ich nicht bereit für eine Beziehung bin. Wie ein totaler Idiot. Ich habe ihr sogar gesagt, es läge nicht an ihr, sondern an mir."

Da verdrehte Jesse die Augen. „Oh mein Gott", staunte er. „Das hast du nicht im Ernst gesagt!"

„Doch."

„Und, willst du?"

„Will ich was?"

„Willst du eine Beziehung mit Echo Wells?", fragte Jesse.

„Ich weiß es nicht."

„Willst du noch mehr heißen Sex?"

Rance grinste. „Himmel, ja." Sein Grinsen erlosch. „Aber sie hat mich rausgeworfen."

„Tja. Du hättest vermutlich sowieso nicht in dem Buchladen mit ihr schlafen können. Nicht dass das eine schlechte Idee wäre, wenn ich länger darüber nachdenke. Lad sie noch mal ein. Sag ihr die Wahrheit – dass du ihr nichts versprechen kannst und von ihr auch keine Versprechungen erwartest."

„Sie würde mich einen Kopf kürzer machen."

„Vielleicht. Aber vielleicht würde sie dich auch verstehen. Möglicherweise geht es ihr ja genau wie dir. Das wirst du nie erfahren, wenn du hier den Feigling machst."

„Ich bin kein Feigling."

„Na hör mal, was diese Frau betrifft auf jeden Fall. Ich habe dich noch nie so fertig gesehen. Selbst Julie hat dir nie so zu schaffen gemacht."

Rance brauchte einen Moment, um sich zu erholen. Manchmal schmerzte die Wahrheit so, dass man sie kaum ertrug.

„Was würdest du tun?" Obwohl er versuchte, beiläufig zu klingen, klang seine Stimme heiser wie ein rostiger Traktor, der zu lange im Freien gestanden hatte.

Jesse sah nicht überheblich aus. Nur außerordentlich zufrieden mit sich selbst – wie immer. Und auch glücklich – denn seit einiger Zeit gab es Cheyenne in seinem Leben. Die beiden lebten zusammen, und so unterschiedlich sie auch waren, offenbar hatten sie einen guten, gemeinsamen Weg gefunden. Jesse spielte noch immer häufig Poker, während Cheyenne ganz und gar in ihrem Job bei *McKettrickCo* aufging.

„Vermutlich dasselbe wie du", entgegnete Jesse, nachdem er lange über Rances Frage nachgedacht hatte. „Ich kann dir sagen, als ich Cheyenne wiedergetroffen habe, hätte ich mich am liebsten zweigeteilt und dafür gesorgt, dass beide Teile in verschiedene Richtungen davonrennen. Mir ging es zu dieser Zeit schließlich ziemlich gut. Ich hatte alles, was ich wollte – das Pokern, Geld, Pferde, mein eigenes Land –, zumindest glaubte ich, dass ich alles hatte. Cheyenne hat dann mit einem Mal alles auf den Kopf gestellt. Und mich dazu."

„Das ist nicht wie bei dir und Cheyenne“, warf Rance ein. „Ihr beide liebt euch. Hier geht es nur um Sex. Das ist ein riesengroßer Unterschied.“

„Ich schätze, du hast nur Angst davor herauszufinden, dass es um mehr als Sex geht. Du kannst eine Menge Leute hinters Licht führen, Rance, aber ich kenne dich zu gut. Es war schrecklich für dich, Julie zu verlieren. Sie war dir immer sehr wichtig. Aber hier geht es nicht nur ums Loslassen, oder?“

Betroffen senkte Rance den Kopf. „Julie wollte mich verlassen“, brach es dann endlich aus ihm heraus. „Sie wollte eine Zeit lang bei Cora unterkommen.“

„So etwas hatte ich mir schon gedacht“, murmelte Jesse.

„Es war nicht das erste Mal“, hörte Rance sich selbst sagen. So nah er seinen Cousins auch stand, noch nie hatte er sich einem von ihnen auf diese Weise anvertraut. Und noch immer war er nicht bereit, alle Karten auf den Tisch zu legen. „Ich war zu oft weg, und es gefiel ihr nicht, so weit entfernt von der Stadt zu leben. Sie wollte wieder arbeiten, und das wäre nur in Flagstaff oder Phoenix möglich gewesen.“

Jesse wartete still ab.

Doch mehr konnte er nicht sagen. So gern er Jesse auch davon erzählen wollte, es *irgendjemandem* erzählen wollte, er brachte es einfach nicht über sich.

Jesse musterte ihn. „Und jetzt?“

„Was meinst du mit ‚und jetzt‘?“

„Bleibst du, wer du bist, oder teilst du dich in zwei Teile und rennst davon?“

„Ich weiß es nicht.“

„Was *möchtest* du denn tun?“

„In einem Stück heil bleiben, schätze ich. Mich der Situation stellen und sehen, was geschieht.“

Jesse lachte, schob seinen Stuhl zurück und stand auf.

„Hiermit ist meine Arbeit erledigt. Cheyenne arbeitet heute länger, und ich habe versprochen, ihr einen Hamburger aus dem *Lucky's* mitzubringen.“

„War es das wert, Jesse?“, fragte Rance sehr leise. „War es das Risiko wert?“

„Das war der beste Einsatz meines Lebens. Ich dachte schon

vorher immer, dass ich ein Gewinner wäre. Aber erst seit ich mit Cheyenne zusammen bin, weiß ich, wie es sich anfühlt, *wirklich* zu gewinnen."

Rance sah seinem Cousin nachdenklich nach, der zu seinem Auto ging, ohne sich noch einmal umzudrehen.

Dr. Swann, ein attraktiver, weißhaariger Mann mit freundlichen Augen, nahm eine schnelle Untersuchung vor, wobei er sich besonders auf Avalons Bauch konzentrierte.

„Sie ist auf jeden Fall schwanger, aber sie hat noch ein paar Wochen vor sich."

„Und wie sieht es mit einem Mikrochip aus?", zwang Echo sich zu fragen, obwohl sie es eigentlich lieber gar nicht wissen wollte.

Der Tierarzt befühlte Avalons Ohren. „Ja", stellte er fest. „Hier ist einer."

Echo klammerte sich an dem Plastikstuhl fest, auf dem sie saß. Der Raum schien plötzlich ein wenig zu schwanken, und sie musste die Augen schließen.

„Wir können ihn natürlich herausnehmen. Aber wir müssen ihn in ein Labor nach Flagstaff schicken, um die Informationen zu lesen. Dafür haben wir nicht die entsprechenden Geräte."

Vollkommen steif nickte Echo. Auf diesem Mikrochip standen Name, Adresse und Telefonnummer von Avalons Besitzern. Aber wenn das nun keine netten Menschen waren? Wenn sie Avalon ausgesetzt hatten?

„Diesen Leuten muss ihr Hund wirklich wichtig sein, wenn sie ihm einen Chip haben implantieren lassen", bemerkte der Arzt sanft und reichte ihr ein Glas Wasser.

Als Echo trank, hatte sie einen Moment lang die Befürchtung, dass sie sich übergeben müsse. Doch dann sah sie wieder das Bild vor sich, als Avalon so verzweifelt an der Tür des Wohnwagens hochgesprungen war, und da wusste sie, dass der Arzt recht hatte.

Irgendwo da draußen gab es Menschen, die Avalon wirklich liebten. Die wahrscheinlich überall nach ihr gesucht hatten und darauf warteten, dass das Telefon klingelte. Vielleicht hatten sie aber auch schon jede Hoffnung aufgegeben und glaubten, dass ihr Hund tot war.

„Dann lassen Sie uns herausfinden, wem er gehört", entschied

Echo. Durch die Tränen hindurch sah sie Avalon nur noch als weißen Nebel mit einem rosa Fleck dazwischen – ihrer heraushängenden Zunge.

Der Arzt tätschelte Echos Schulter. „Ich kümmere mich darum. Warten Sie einfach vor der Tür. Und ich rufe Sie an, sobald ich Nachricht vom Labor habe.“ Voller Verständnis betrachtete er Echo, die schwankend aufstand. „Manchmal“, fuhr er fort, „sind die Chips kaputt. Es könnte sein, dass wir überhaupt nichts herausfinden.“

Als Doc Swann die Tür nach ein paar Minuten wieder öffnete und ihr die Leine hinhielt, trug Avalon einen kleinen weißen Verband an ihrem rechten Ohr. So schrecklich Echo die Vorstellung auch fand, Avalon zu verlieren – ihre rechtmäßigen Besitzer nicht zu finden, wäre noch schlimmer.

Schließlich ging es hier um ein unschuldiges, liebevolles Tier – nicht um sie.

„Ich wusste, du würdest zurückkommen“, triumphierte Keegan am Dienstagmorgen, als Rance in glänzend polierten Schuhen und dreiteiligem Anzug bei *McKettrickCo* auftauchte. „Allerdings hätte ich gedacht, es würde länger dauern.“

„Ich habe zwei Meetings in Taiwan“, erklärte Rance. „Und ich habe in San Antonio angerufen, der Firmenjet ist bereits unterwegs.“

Keegan riss die Augen auf und kniff sie dann zusammen. „Meetings in Taiwan“, wiederholte er nachdenklich. „Rance, was zum Teufel ist mit dir los? Was ist aus deinem Plan geworden, Rinder zu züchten? Was ist mit deinem Vorsatz, dass du künftig mehr Zeit für Rianna und Maeve haben willst? War das bloß viel Rauch um nichts?“

Rance knirschte mit den Zähnen. Wenn er so weitermachte, brauchte er ein künstliches Gebiss, bevor er vierzig war. „Weißt du was?“ Er beugte sich über Keegans Tisch. „Das ist nicht gerade die Reaktion, die ich von dir erwartet hätte. Du hast alles getan, um mir diesen Plan auszureden. Schon vergessen?“

„Ich erinnere mich sogar sehr gut“, erwiderte Keegan ungerührt. „Wovor läufst du davon?“ Er schob seinen Stuhl zurück und verschränkte die Finger vor der Brust. „Oder sollte ich besser fragen, vor wem? Als ob ich es nicht längst wüsste."

„Es geht hier nicht um Echo", rief Rance ein wenig zu eifrig. Wem wollte er eigentlich etwas vormachen? Natürlich ging es ausschließlich um die Lady in Rosa.

„Klar. Erspar mir diesen Blödsinn, okay?" Keegan runzelte die Stirn. „Taiwan. Wenn du schon wegläufst, dann spiel mir wenigstens kein Theater vor."

„Diese Reise könnte für den Erfolg der Firma immens wichtig sein", behauptete Rance, während er seine Krawatte glatt strich. Gott, er hasste Krawatten.

„Versuch es erst gar nicht", warnte Keegan ihn. „Dich interessiert der Erfolg der Firma überhaupt nicht. Auch das wurde sehr deutlich, als du von deinem neuen Leben gesprochen hast."

Rance gab auf. Er sah sich nach einem Stuhl um, zog ihn zum Tisch und ließ sich darauffallen. „Warum ist es schwerer, mit dir zu sprechen, als ohne Hammer einen Nagel in einen Stein zu treiben?"

Keegan lachte. „Hauptsächlich, weil du lügst, dass sich die Balken biegen."

„Ich werde eine Woche lang weg sein, Keeg. Nicht sechs Monate. Das kann ich bei den Mädchen wiedergutmachen, wenn ich zurückkomme."

„Das hast du über Julie auch immer gesagt", murmelte Keegan. Wie Jesse konnte er ein ziemlich harter Brocken sein, wenn es nötig war – auch das gehörte zur McKettrick-DNS. „Ständig musste sie ihre Pläne über den Haufen werfen, weil du mal wieder in letzter Sekunde zu einer Geschäftsreise aufgebrochen bist. Und wie wir alle wissen, kam irgendwann der Tag, wo du nichts mehr gutmachen konntest."

Rance stöhnte. „Mann, Keeg. Das war heftig."

„Das ist die Wahrheit meistens. Wenn du nach Taiwan gehen willst, damit die Firma noch erfolgreicher wird, bitte schön. Aber vergiss nicht, du weißt nie, wann es zu spät ist. Verdammt, Rance, das hättest du durch Julies Tod eigentlich lernen müssen."

Für einen Moment schloss Rance die Augen, und als er sie wieder öffnete, wagte er es nicht, Keegan anzusehen. „Bist du jetzt fertig?"

„Ja, das bin ich", bestätigte Keegan. „Kannst du diesen Jet wieder umdrehen lassen?"

„Wahrscheinlich nicht. Und die Leute in Taiwan wären auch nicht gerade begeistert, wenn ich jetzt absagen würde. Es war nicht leicht, das alles so schnell zu organisieren – wir haben die halbe Nacht telefoniert."

„Nun, ich schätze, dann sehe ich dich wohl in einer Woche wieder."

„Das schätze ich auch." Obwohl Rance das Büro auf seinen eigenen zwei Beinen verließ, fühlte es sich nicht so an. Er hatte vielmehr das Gefühl, auf Händen und Knien zu kriechen.

„Mein Daddy ist in Taiwan", verkündete Rianna mürrisch, als sie am Mittwochnachmittag zur Lesestunde in die Buchhandlung kam. Die Lesestunde war Ayannas Idee gewesen. Zu dieser ersten kamen eine ganze Menge Kinder, die sich zu Hause langweilten. Künftig wollten sie auch einen Lesezirkel für die Eltern organisieren.

Echo hatte Rances Abwesenheit bereits gespürt, obwohl ihr gegenüber bisher niemand etwas erwähnt hatte. Ein Teil von ihr hatte ständig darauf gewartet, etwas von ihm zu hören oder wenigstens einen Blick auf ihn zu erhaschen, so kurz er auch sein mochte.

Aber sie verzehrte sich nicht nach ihm. Der Laden hielt sie beschäftigt, außerdem erwartete sie täglich Dr. Swanns Anruf.

„Wo ist Maeve?" Am liebsten hätte sie Rianna in die Arme genommen, wagte es aber nicht. Sie konnte die Niedergeschlagenheit des Kindes gut nachempfinden. Trotz der offensichtlichen Unterschiede – Rianna hatte wenigstens einen Vater und außerdem eine Schwester und eine hingebungsvolle Großmutter – Einsamkeit blieb Einsamkeit. Erwachsene hatten zumindest meistens die Wahl. Doch Kinder mussten einfach akzeptieren, was sie bekamen, ob es ihnen gefiel oder nicht.

„Sie sagt, sie ist zu alt für die Lesestunde." Rianna sah über die Schulter zu den anderen Kindern, die sich im Kreis um Ayanna versammelt hatten. Avalon, die wie immer auf ihrem sonnigen Platz auf dem Boden lag, erhob sich, lief steifbeinig auf Rianna zu und stupste sie ein paarmal zärtlich mit der Nase an.

Kichernd tätschelte das Mädchen den Kopf der Hündin. Es ging doch nichts über eine Hundetherapie, wenn das Leben einem mal wieder hart mitspielte. Echos Herz schmerzte. Wann würden Avalons Besitzer wohl gefunden werden? Wann würde der Anruf kommen?

Als ob das Universum ihre Frage vernommen und beschlossen hätte, ausnahmsweise umgehend zu antworten, klingelte das Telefon.

„*Echo's Books and Gifts*", meldete sie sich in der Hoffnung, dass es sich um einen Kunden handelte, obwohl sie es besser wusste.

„Hier ist Cindy aus der Praxis von Dr. Swann", hörte sie eine fröhliche Stimme. „Wir haben Nachricht von dem Labor in Flagstaff bekommen. Haben Sie etwas zu schreiben zur Hand?"

Haben Sie etwas zu schreiben zur Hand?

Eine ganz normale und absolut logische Frage. In Echos Augen traten Tränen. „Ja", antwortete sie leise.

Rianna sah sie an.

„Mal sehen", sagte Cindy, ihre Worte wurden durch das leise Tippen auf einer Tastatur begleitet. „Das Tier heißt Snowball. Ihre Besitzer sind Herb und Marge Ademoye aus Santa Fe, New Mexico." Daraufhin nannte sie eine Telefonnummer.

Snowball, dachte Echo, merkwürdig angerührt. Snowball, wie das Pferd, auf dem sie vor ein paar Tagen geritten war.

Sie bedankte sich bei Cindy, legte auf und ging um den Tresen. Dann setzte sie sich vor Avalon hin und sah ihr in die Augen. „Hallo Snowball."

Snowball wimmerte leise und leckte ihr übers Gesicht.

„Ich dachte, sie heißt Avalon", bemerkte Rianna besorgt.

„Nein." Tapfer schluckte Echo die Tränen hinunter. „Snowball."

„Wir haben ein Pferd, das so heißt. Es hat meiner Tante Cassidy gehört."

Echo blinzelte. Rance hatte nie eine Schwester erwähnt, andererseits gab es eine Menge, was sie über ihn nicht wusste. Obwohl ihr Herz gerade dabei war zu brechen, fiel ihr auf, dass Rianna in einem zärtlichen Ton von ihrer Tante gesprochen hatte.

Natürlich hieß das nicht automatisch, dass Cassidy tot war. Manchmal verloren Leute auch einfach das Interesse an Pferden.

„Sie war erst siebzehn, als sie starb", fuhr Rianna fort. „Ich war noch nicht auf der Welt, also kenne ich sie gar nicht."

Mit einem Mal hatte Echo das Gefühl, das Leben nicht mehr

ertragen zu können. Am liebsten wäre sie nach oben in ihre Wohnung geflüchtet, um sich auf ihr Bett zu werfen und sich in den Schlaf zu weinen.

Sanft berührte sie Riannas Wange. „Du solltest dich besser beeilen. Sonst verpasst du den Anfang der Geschichte."

Rianna nickte, warf Snowball einen langen, nachdenklichen Blick zu und lief zu den anderen Kindern.

Echo richtete sich auf, ging hinter die Kasse und hob den Telefonhörer ab. Nachdem sie sich mit zitternden Fingern dreimal verwählt hatte, hörte sie schließlich das Freizeichen.

„Hallo", meldete sich eine weibliche Stimme auf einem Anrufbeantworter. „Das ist der Anschluss von Herb und Marge Ademoye. Im Moment sind wir nicht zu erreichen, hören unsere Nachrichten aber regelmäßig ab. Bitte hinterlassen Sie Ihren Namen und Ihre Telefonnummer, wir rufen so schnell wie möglich zurück. Danke."

Schon immer hatte Echo es unangenehm gefunden, auf einen Anrufbeantworter zu sprechen. Sie räusperte sich. „Mein Name ist Echo Wells, ich rufe aus Indian Rock in Arizona an. Ihr Hund Av... Snowball ist bei mir."

Snowballs Ohren richteten sich bei ihrem Namen auf. Echos Hals war so zugeschnürt, dass sie kaum in der Lage war, ihre Telefonnummer zu hinterlassen. Als sie auflegte, begann sie bereits, auf den Rückruf zu warten.

Darauf zu warten, dass Rance McKettrick aus Taiwan zurückkehrte.

Zu warten.

Damit kannte sie sich gut aus.

Als kleines Mädchen hatte sie darauf gewartet, dass ihre Eltern kommen und sie wieder mit nach Hause nehmen würden. Dann, als sie schließlich begriff, dass das nie geschehen würde, wartete sie darauf, dass ihr Onkel und ihre Tante sie lieben würden. Und schließlich, als auch das nicht funktionierte, wartete sie darauf, den richtigen Mann zu treffen.

Justin hatte sie getroffen und *geglaubt*, er wäre der Richtige. Leider war er anderer Ansicht gewesen.

Energisch schluckte sie den Kloß in ihrem Hals hinunter und hob das Kinn. Auf keinen Fall wollte sie in Selbstmitleid zerfließen. Jeder Mensch hatte seine Probleme, ob er es zeigte oder nicht. Und jeder Mensch fühlte sich dann und wann einsam.

Als Ayanna die Lesestunde beendete, sammelten dankbare Mütter ihre Kinder ein und kauften stapelweise Bücher. Mit stillem Stolz half Ayanna später, die Einnahmen des Tages zusammenzurechnen. Nach Ladenschluss fuhr Echo mit Snowball zum Supermarkt, wo sie Brathähnchen und Kartoffelsalat kaufte. Zurück im Laden teilten sie sich ihr Abendessen.

Sosehr sie ihre Wohnung auch mochte, zögerte sie heute, hinaufzugehen. Sie hätte genauso gut in einem Aquarium sitzen können. Doch irgendwie fand sie es tröstlich, dass jeder sie sehen konnte. So fühlte sie sich weniger allein.

„Ziemlich erbärmlich, oder?“, fragte sie Snowball, die gerade an einem großen Stück Hähnchenhaut kaute.

Das Telefon klingelte.

Das war es nun einmal, was Telefone taten, und zwar recht regelmäßig. Doch Echo erschrak dermaßen, dass sie beinahe die Gabel hätte fallen lassen.

„*Echo's Books and Gifts*“, meldete sie sich.

Stille.

„Hallo?“, rief Echo.

„Oh entschuldigen Sie“, erklang eine Frauenstimme. „Ich versuche, gleichzeitig zu fahren und zu telefonieren. Ich muss mir unbedingt eine Freisprechanlage zulegen, bevor ich noch in meinem Wagen Selbstmord begehe.“

Echo schwieg verblüfft.

Die Frau lachte. „Hier spricht Marge Ademoye. Ich rufe wegen Snowball an. W...wie geht es ihr?“

Echo hörte das Schwanken in ihrer Stimme, als sie nach ihrem Hund fragte.

„Snowball geht es sehr gut“, beruhigte sie die fremde Frau.

„Gott sei Dank. Herb und ich waren außer uns vor Angst.“

„Ihr geht es gut“, wiederholte Echo.

„Sie ist vor fast drei Monaten verschwunden, bei einer Rast am Highway 10“, erklärte Marge, und Echo hörte, dass die Frau weinte. „Wir haben überall gesucht und nach ihr gerufen, bis wir heiser waren. Aber sie war – verschwunden.“ Eine Pause entstand, dann sagte sie in gedämpftem Ton zu jemand anderem:

„Ich spreche gerade mit der Frau, die Snowball gefunden hat.“ Danach wandte sie sich wieder an Echo. „Herb macht gerade ein Nickerchen auf der Rückbank. Sie sagten, Sie wohnen in Indian Rock in Arizona?“

„Ja.“ Snowball beobachtete sie mit zur Seite geneigtem Kopf.

„Wir sind jetzt in – wo sind wir, Herb? South Dakota. Wir reisen viel, seit Herb sich zur Ruhe gesetzt hat. Er hatte zweiunddreißig Jahre lang eine Zahnarztpraxis.“

Obwohl ihre Augen brannten, lächelte Echo. „Snowball erwartet sie schon“, gelang es ihr zu sagen. „Ich passe gut auf sie auf, bis Sie kommen.“

„Ich danke Ihnen von Herzen.“

Sie verabschiedeten sich.

„Deine Leute kommen, um dich zu holen“, verkündete sie Snowball.

Dann blickte sie mit Tränen in den Augen auf und war überrascht, ihr eigenes Spiegelbild im Schaufenster zu entdecken. Aber sie war eben verdammt noch mal nicht unsichtbar, sondern aus Fleisch und Blut.

11. KAPITEL

Echo wusste, dass sie träumte.

Sie wusste, dass sie in Wahrheit in ihrem Bett über der Buchhandlung in Indian Rock, Arizona, lag und Snowball beziehungsweise Avalon neben ihr schnarchte.

Der Hund von jemand anderem.

Diese Erkenntnis meldete sich aus den Tiefen ihres schläfrigen Unterbewusstseins. Sie stieß einen leisen, klagenden Ton aus und schmiegte sich noch etwas fester an das warme Fell des Hundes, der *sie* gefunden hatte.

In ihrem Traum war sie sieben, und auch wenn sie wusste, dass sie träumte, konnte sie nicht entkommen. Wenn sie in einen Spiegel schauen würde, würde sie Riannas Gesicht sehen. Aber trotzdem war sie sie selbst, so wie es nur in Träumen möglich war.

Sie war mit ihrer Tante, ihrem Onkel und deren Kindern in einem großen Kaufhaus, es war beinahe Weihnachten. Beinahe, weil es Weihnachten für Echo nie wirklich gegeben hatte. Weihnachten existierte lediglich als Versprechen, das sich nur für Kinder erfüllte, die geliebt wurden.

Selbst mit sieben begriff sie, dass sie nicht zu dieser Kategorie gehörte.

Aber da war diese Puppe.

Diese wunderschöne Puppe, sie war fast genauso groß wie sie selbst. Sie trug ein langes, glitzernd blaues Kleid und hieß Margaret. Lächelnd sah sie zu Echo, aus ihrer hübschen Schachtel und durch das Zellophanfenster, in dem sich die Kugeln des großen Weihnachtsbaums am anderen Ende des Ganges spiegelten. Sie hatte dunkles, lockiges Haar, trug eine winzige Krone und einen Zauberstab mit einem funkelnden Stein in einer Hand. Ihre Schuhe sahen aus wie aus Glas, wie die Schuhe von Aschenputtel auf dem Ball, obwohl diese bestimmt aus Plastik waren.

Diese Puppe hatte ich vollkommen vergessen, meldete sich der wache Teil in ihr.

Hattest du, fragte das Universum freundlich zurück.

Im Traum schluckte die kleine Echo und starrte die Puppe ehrfürchtig an. Dann zupfte sie am Ärmel ihres Onkels. Der Bruder ihrer Mutter und seine schwermütige Frau hatten sie nie schlecht behandelt. Sie schienen sie nur überhaupt nicht *wahrzunehmen*. Wie bei der streunenden Katze, die ab und zu auf die Veranda sprang und auf etwas zu fressen hoffte, wurde auch von Echo erwartet, dass sie aß und dann wieder ging.

„Die wünsche ich mir zu Weihnachten", erklärte Echo ihrem Onkel sehr leise, obwohl niemand sie gefragt hatte. „Diese Puppe."

Ihr Cousin und ihre Cousine wollten Inlineskates, Fußbälle und Boxhandschuhe. Ihr Onkel sah zu ihr hinab und runzelte die Stirn. Ganz so, als überraschte es ihn, sie zu sehen, wie sie in ihrem alten Mantel neben ihm stand. Und doch spürte Echo Hoffnung in sich aufsteigen. Stumm schickte sie ein Gebet in den Himmel, damals nannte sie das Universum noch Gott. *Lieber Gott, bitte!*

Ein anderes Gebet kannte sie nicht.

Am Weihnachtsmorgen lagen die Inlineskates, Fußbälle und Boxhandschuhe vor dem Kamin, aber keine Puppe. Stattdessen bekam sie ein Malbuch und Buntstifte und eine Schmuckschachtel mit einer kleinen Ballerina darin, die auf einem Glasboden tanzte, wenn man den Schlüssel umdrehte. Sie fragte sich, unter welchem Weihnachtsbaum Margaret wohl lag, in was für einem Wohnzimmer. Jetzt gehörte die Puppe jemand anderem.

Echo wachte auf, das Gesicht nass von Tränen, die Snowball behutsam aufleckte.

Die Puppe gehörte jemand anderem.

Der Hund gehörte jemand anderem.

Und Rance, ob es ihr nun gefiel oder nicht, war der Mann einer anderen. Rianna und Maeve waren die Töchter einer anderen. Es spielte keine Rolle, dass Julie McKettrick schon lange tot war. Sie war zuerst da gewesen.

Julies Leben, so kurz es auch gewesen sein mochte, hatte einem Ruf geglichen.

Und ich bin nur das Echo.

Schluchzend nahm sie Snowball in die Arme.

Bud Willand studierte das Foto auf der Titelseite der Indian Rock Gazette, die er auf einem Tisch in einem Casinorestaurant in Phoenix entdeckt hatte. Er ging davon aus, dass es sich um ein

Zeichen handeln musste: Echo Wells und dieser Scheißköter mit einer Torte zwischen sich.

Die Kohle, die ihr reicher Freund ihm gegeben hatte, war weg. Den letzten Rest hatte er vor nicht mal einer Viertelstunde in einen Spielautomaten geworfen. Die waren alle manipuliert, diese verdammten Automaten. Reizten einen mit ihren blinkenden Lichtern und ihrer Musik, gaben einem das Gefühl, eine Chance zu haben, und zogen einem doch nur den letzten Penny aus der Tasche.

Innerlich kochte Bud.

Er hatte diesen Hund vor ein paar Monaten hinter seiner Mülltonne entdeckt, dürr und schmutzig. Zuerst wollte er ihn verscheuchen. Doch seine Frau meinte, dass es sich um einen Rassehund handelte, für den sie vielleicht Finderlohn bekommen würden. Also sperrten sie das Viech ein. Della trug ihm auf, die Anzeigen in der Zeitung durchzusehen, während sie dem Hund eine Schüssel Wasser und die Reste des Frühstücks brachte. Nachdem sie ihn mit einem Schlauch abgespritzt hatte, nannte sie ihn Whitey.

Die Tage vergingen jedoch, ohne dass er eine entsprechende Suchanzeige in der Zeitung entdeckte. Bud wollte das Flohbündel schon am Highway aussetzen, als sein Kumpel Clovis vorbeikam und meinte, sie könnten mit dem Hund Geld verdienen. Sie mussten Whitey nur von Clovis' ebenfalls weißem Labrador besteigen lassen. Danach könnten sie die Welpen teuer verkaufen.

Clovis hatte für seinen Hund tausend Dollar hingelegt und beinahe mit einer Scheidung dafür bezahlt, weil er zu dem Zeitpunkt arbeitslos war und die Miete nach dem Kauf des Hundes nicht mehr zahlen konnte. Frauen verstanden eben nichts von Geschäften – oder vom Wert eines wirklich guten Jagdhunds.

Also brachte Clovis Ranger mit, und dann brauchten sie nur noch zu warten. Sie schmiedeten Pläne, was sie mit dem Geld alles anstellen wollten. Die Kosten für das Futter, mit dem sie Whitey aufpäppelten, teilten sie sich. Schließlich sollten gesunde Welpen zur Welt kommen. Und dann, eines Tages, als niemand zu Hause war, schaffte Whitey es irgendwie sich loszureißen und über den Zaun zu springen.

Bud und Clovis hatten überall nach dem verdammten Hund gesucht. Als sie schon alle Hoffnung aufgegeben hatten, entdeckte

Clovis' Tochter, die sich mit Computern gut auskannte, eine Anzeige im Internet und zeigte ihnen ein Foto.

Es war Whitey, so sicher wie das Amen in der Kirche.

Diese Echo und ihr Freund hatten ihn einen Lügner geschimpft. Natürlich hatte er Clovis gegenüber das Geld nicht erwähnt, das er von dem Mann bekommen hatte, um nicht teilen zu müssen. Ab und zu verdiente nun mal jeder etwas Glück.

Als er jetzt in dem Casino saß, wieder mal vollkommen pleite, aber immerhin mit einem vollgetankten Wagen vor der Tür, dachte er noch einmal über die Situation nach.

Der Typ hatte ihn gewarnt, und er sah nicht aus wie ein Mann, der Scherze machte. Bud war zwar kein Feigling, aber auch kein Idiot. Dieser Mann aus Indian Rock war jünger, stärker und vermutlich wendiger. Außerdem besaß er diesen gewissen furchtlosen Blick.

Aber selbst er konnte nicht überall gleichzeitig sein, und der teure Anzug und die Tatsache, dass er einem völligen Fremden eben mal so tausend Dollar in die Hand gedrückt hatte, wiesen auf einen gut bezahlten Job hin. Was bedeutete, dass er nicht vierundzwanzig Stunden am Tag in Echo Wells' Buchhandlung herumhängen würde.

Träge blätterte Bud die Zeitung durch. Auf der dritten Seite entdeckte er ein Foto des Kerls auf einem Inserat von *McKettrickCo*.

Rance McKettrick.

Wie so ziemlich jeder in Arizona kannte auch Bud den Namen. Ein kleiner Schauer fuhr über seinen Rücken. Die McKettricks waren keine Leute, mit denen ein vernünftiger Mensch sich anlegte. Er zog sein Handy aus der Tasche und wählte die Telefonnummer des Inserats. Dabei hoffte er, die Prepaid-Karte noch nicht aufgebraucht zu haben wie sonst alles in seinem Leben.

„*McKettrickCo*", meldete sich eine fröhliche Frauenstimme.

Bud räusperte sich. „Hier spricht Ben Jackson von der University of Arizona", sagte er. „Ich würde gern mit Rance McKettrick sprechen. Es geht um das Arbeitsstudium-Programm."

Weil die Frau zögerte, rechnete er schon damit, aufgeflogen zu sein. Mit etwas Glück aber würde sie ihm die gewünschte Auskunft geben.

Nicht dass Bud in letzter Zeit viel Glück gehabt hätte. Della hatte fest mit dem Geld gerechnet – mit etwa achttausend Dollar, falls es ein großer Wurf wurde. Sie war entsprechend sauer, seit dieser lausige Hund sich davongemacht hatte. Ständig schimpfte sie über seine Faulheit, während sie selbst zehn Stunden am Tag irgendwelchen hochnäsigen Frauen die Nägel manikürte. Die tat ja gerade so, als ob er Hamburger braten sollte oder so was.

Er war *Schweißer*, verdammt noch mal. Und er hatte hart gearbeitet, um so weit zu kommen. Zuletzt war er sogar Vorarbeiter gewesen. Ein Mann hatte nun mal seine Prinzipien.

„Mr McKettrick ist bis zum Ende der Woche nicht im Land", meldete die Frau sich jetzt. „Aber ich stelle Sie gern zu Miss Bridges durch. Sie betreut dieses Programm."

Der Freund war also nicht nur nicht in der Stadt, sondern nicht einmal im Land. Ja, das war tatsächlich ein Zeichen.

Er bedankte sich höflich, sagte, dass er ein anderes Mal anrufen würde und legte auf. Am liebsten hätte er sofort Della angerufen, um ihr mitzuteilen, dass er eine Überraschung für sie hätte. Aber seine Karte war leer.

Am nächsten Morgen war in der Buchhandlung so viel los, dass Echo Ayanna anrufen und sie bitten musste, auszuhelfen. Keine dreißig Minuten später war Ayanna da. Doch sie benahm sich merkwürdig, fast schüchtern. Verwundert versuchte Echo, den Grund dafür herauszufinden, als ein Mädchen in den Laden stürmte. Ohne die Bücher und Geschenke eines Blickes zu würdigen, steuerte sie direkt auf die Kasse zu.

„Kann ich dir helfen?", fragte Echo.

„Ich brauche einen Liebeszauber", keuchte das Mädchen.

Echo erstarrte, als wäre sie gerade mitten in ein Schlangennest getreten.

„So etwas verkaufen Sie doch, oder nicht? Ich muss doch nicht über die Website bestellen? Ich habe es eilig. Ich brauche eine Verabredung für den Sommerball."

„Der Sommer …"

„Man erzählt sich in der ganzen Stadt, dass Sie solche Liebeszauber verkaufen", bestätigte Ayanna und machte einen großen Schritt über Snowball hinweg, die unter dem Tresen zu Echos Füßen lag. Seit Echos Tränenausbruch in der vergangenen Nacht war die Hündin nicht von ihrer Seite gewichen.

Das Mädchen, das ein paar Kilo zu viel auf den Rippen hatte und schlechte Haut, sah sie hoffnungsvoll an. „Sie verkaufen mir doch einen, oder?"

Bis gerade eben hatte Echo gedacht, dass außer Cora niemand in Indian Rock von ihrer kleinen Nebentätigkeit wusste. Hatte Cora ihr Geheimnis tatsächlich weitererzählt?

„Hör mal, also ...", begann sie.

„Jessica", sagte das Mädchen.

„Jessica. So ein Liebeszauber ... nun, das ist eher ein Spaß. Ein kleines Säckchen mit einem Stein und einer Feder und einem kleinen Gebet darin ..."

„19,95 plus Porto", bestätigte Jessica und legte einen Zwanzigdollarschein auf den Tresen. „Da Sie nichts verschicken müssen, reicht das doch, oder?"

„Das ist wirklich nicht ..."

Aber Jessica hörte gar nicht zu. „F. Finklestein aus Waycross in Georgia hatte innerhalb von zwölf Stunden eine Verabredung für den Schulball." Offenbar kannte sie die Empfehlungsschreiben. „Der Ball ist in einer Woche. Alle meine Freundinnen haben ein Date, und ich habe noch nicht mal ein Kleid. Sie müssen mir helfen."

Jessicas Augen füllten sich mit Tränen.

Ayanna beschäftigte sich mit irgendetwas im hinteren Teil des Ladens.

„Meine Schwester Alicia sagt, dass ich ein Wunder brauche für ein Date", gestand Jessica.

Echo seufzte innerlich. Dann beugte sie sich vor, nahm ein rotes Samtsäckchen unter der Theke hervor, und gab es Jessica zusammen mit dem Zwanzigdollarschein. „Das schenke ich dir", sagte sie sanft. „Viel Glück, Jessica."

Das Mädchen errötete. „Danke", sagte sie. Ihr gelang ein zittriges Lächeln, und sie presste das Säckchen fest an die Brust. „Vielleicht schreibt J. Borger aus Indian Rock, Arizona, bald eine Empfehlung, weil sie eine Verabredung für den Sommerball hat."

„Das hoffe ich sehr", entgegnete Echo.

Kaum hatte Jessica den Laden verlassen, eilte Echo zur Tür. „Ich bin gleich zurück", rief sie Ayanna zu.

Sie fand Cora nebenan in einem Stuhl, wo sie eine Kinozeitschrift durchblätterte und wartete, bis die Farbe bei ihrer Kundin lange genug eingewirkt war.

„Hast du jemanden von dem Liebeszauber erzählt?", überfiel Echo sie.

Überrascht ließ Cora die Kinozeitschrift sinken, die uralt sein musste, da auf dem Cover Jennifer Aniston und Brad Pitt miteinander schmusten. Ihre Lippen formten ein stummes Oh.

„Es könnte sein, dass ich es einem der Mädchen in der Post gegenüber erwähnt habe", gestand sie schuldbewusst und stand auf. „Es tut mir so leid ..."

Erst jetzt realisierte Echo, wie wütend sie aussehen musste, und sie korrigierte umgehend ihren Gesichtsausdruck. Wenn überhaupt noch etwas sicher war in ihrem Leben, dann die Freundschaft von Cora Tellington. „Schon gut", seufzte sie.

„Was ist passiert?"

Echo erzählte ihr von Jessicas Besuch und deren hohen Erwartungen.

Cora lächelte. „Arme Jessica. Sie war früher in meinem Twirling-Unterricht. Ich habe schon immer gesagt, dass sie mal ein sehr hübsches Mädchen sein wird, sobald sie ein paar Kilos verloren hat und ihre Haut besser wird."

„Ich will nicht, dass sie enttäuscht ist", murmelte Echo. Sie knabberte auf der Unterlippe, und dann überrollte sie plötzlich eine wahre Flut von Schuldgefühlen. Schließlich hatte sie schon über eintausend von diesen kleinen Säckchen an hoffnungsvolle Kunden in ganz Amerika und Kanada verkauft. Wie konnte sie nur so verantwortungslos sein? Es gab bestimmt eine Menge Jessicas da draußen, die darauf warteten, dass ein ganz spezieller Junge sich endlich mit ihr verabredete.

Was nicht geschehen würde.

Bestürzt schlug sie eine Hand vor den Mund und sank in einen der billigen Plastikstühle im Wartebereich.

Schnell lief Cora zu ihr. „Du meine Güte, Echo – was ist los?"

Tränen glitzerten in Echos Augen. „Was habe ich nur *getan*?", flüsterte sie. „Am Anfang war alles nur ein Spaß. Ich hätte nie gedacht ..."

Cora setzte sich neben sie. „Liebes, Liebes – nun reg dich doch nicht auf."

Im nächsten Moment bekam Echo keine Luft mehr.

Weil Cora sich mit Krisen bestens auskannte, legte sie eine Hand in Echos Nacken und zwang sie, den Kopf zwischen die Beine zu stecken. „Atme ganz langsam und tief. Ganz, ganz ruhig."

Aber Echo versuchte, sich wieder aufzurichten. „Was habe ich nur getan?", wiederholte sie.

Energisch drückte Cora sie wieder hinunter. „Atmen."

Echo konzentrierte sich. Als sie sich ein wenig besser fühlte, erlaubt Cora es ihr, sich aufzusetzen. Sofort dachte sie wieder an Jessica Borger und brach in Tränen aus. Sehr behutsam umfasste Cora Echos nasses Gesicht. „Hier geht es gar nicht um den Liebeszauber, oder?"

Echo dachte an ihren Traum.

Die Puppe gehörte jemand anderem.

Der Hund gehörte jemand anderem.

Der *Mann* gehörte jemand anderem.

„Doch." Sie schüttelte den Kopf.

„Das glaube ich nicht. Ich habe das Gefühl – rein intuitiv –, dass du verletzt bist, weil Rance nach Taiwan oder Singapur oder weiß der Himmel wohin abgehauen ist."

„Nein", protestierte sie.

„Wenn ich du wäre", fuhr Cora mit gesenkter Stimme fort, um nicht von der Kundin gehört zu werden, „würde ich mich freuen. Ich habe Rance McKettrick noch nie so panisch gesehen. Er würde jederzeit mit den bloßen Händen gegen einen Grizzly kämpfen. Aber du hast ganz offenbar seine Seele berührt. Und zwar so sehr, dass er um die halbe Welt fliegt, um kurz zu Atem zu kommen." Sie lachte, offenbar gefiel ihr die Vorstellung, dass Rance vor etwas davonlief. „Gut gemacht", fügte sie hinzu.

Sprachlos starrte Echo sie an. „Ich hätte nicht hierherkommen sollen", murmelte sie dann. „Ich hätte in Chicago bleiben sollen."

„Unsinn. Du gehörst hierher."

„Habe ich dir erzählt, dass ich Avalons – nein, Snowballs Besitzer gefunden habe?"

„Nein."

„Es bringt mich fast um, sie zurückgeben zu müssen", schniefte Echo. „Wenn ich in Chicago geblieben wäre, mit meinem vollkommen intakten Leben, hätte ich sie niemals gefunden und mich so an sie gewöhnt ..."

„Und was wäre dann aus dem armen Tier geworden? Sie wäre sicher verhungert oder überfahren worden. Nein, Echo. Du darfst es niemals bereuen, dass du diesen Hund liebst oder sonst jemanden."

„Das Problem mit der Liebe ist, dass man am Ende immer verliert", weinte Echo.

Cora nahm sie kurz in die Arme. „Ach, aber was man alles verpassen würde!"

Plötzlich fiel Echo wieder ein, dass sie die Besitzerin eines Ladens war. Sie stand auf und strich ihr weißrosa geblümtes Kleid glatt. Es war höchste Zeit, sich wieder wie eine Erwachsene zu benehmen.

„Vielen Dank, Cora."

„Ich hoffe, du verzeihst mir, dass ich bei der Post mal wieder den Mund nicht halten konnte. Und mach dir nicht so viele Gedanken. Diese Säckchen, die du verkaufst, die funktionieren sowieso nur wegen der Hoffnung."

In ihrem eigenen Laden warteten bereits sechs Frauen auf sie. Alle wollten einen Liebeszauber kaufen. Sie versuchte, die kleinen Säckchen zu verschenken. Aber die Kundinnen und auch die nächsten zehn wollten nichts davon hören. Jede einzelne schob einen Zwanzigdollarschein über die Theke und verschwand wieder, um irgendwelche ahnungslosen Männer mit einem Liebeszauber zu belegen.

Um fünf schloss Echo erleichtert die Tür ab. Um sechs hörte sie ein lautes Klopfen. Sie lief in Jeans und T-Shirt die Treppe hinunter und sah zur Tür. Draußen standen Jesse und Keegan McKettrick und grinsten sie durch das Schaufenster an. Sie öffnete.

„Falls Sie auch einen Liebeszauber wollen, nein", erklärte sie sofort.

Die beiden sahen einander an.

„Liebes…?", stammelte Jesse.

„…zauber?", beendete Keegan.

„Schon gut", murmelte Echo errötend.

Jesse lächelte. „Wir wollten Sie zum Abendessen einladen. Cheyenne hat einen Termin in Flagstaff, also bin ich heute allein. Und eine Art Anstandswauwau – denn Rance soll nicht glauben, dass Keegan sich an Sie ranmacht."

Daraufhin warf Keegan seinem Cousin einen Blick zu, der jeden anderen Menschen außer einem McKettrick vermutlich hätte zu Boden gehen lassen.

Die Röte auf Echos Wangen verstärkte sich um ein oder zehn Grad. Wussten die beiden, was zwischen ihr und Rance vorgefallen war?

„Ich bin nicht entsprechend angezogen", antwortete sie schließlich.

„Meiner Ansicht nach sehen Sie gut aus", stellte Keegan anerkennend fest. „Außerdem wollen wir sowieso nur ins *Roadhouse*. Hamburger und Bier."

Prüfend musterte Jesse zuerst den Laden und dann sie. „Sie sind doch keine Vegetarierin oder so was?"

Diese Frage brachte Echo, die bereits auf dem Weg in ihre Wohnung war, um nach Snowball zu sehen und ihre Tasche zu holen, ein wenig aus der Fassung. „Nein, warum fragen Sie?"

„Na ja, Sie haben hier einigen New-Age-Kram. Außerdem ist mir der Kristall aufgefallen, der am Rückspiegel Ihres Wagens hängt. Das erinnert mich an Sedona, und die meisten Leute dort essen kein Fleisch."

„So", murmelte Echo vollkommen verwirrt. Da sie ihr Leben lang in oder in der Nähe von Chicago gelebt hatte, wusste sie nichts über dieses geheimnisvolle Sedona, auch wenn sie den Namen in letzter Zeit öfter gehört hatte. Vielleicht sollte sie sich diesen Ort am Sonntag mal mit Snowball ansehen. Vorausgesetzt, Herb und Marge Ademoye hatten sie bis dahin noch nicht abgeholt. Der Gedanke schmerzte und nahm ihr ein wenig von der Vorfreude, mit diesen beiden fantastisch aussehenden Männern essen zu gehen. „Nein, ich bin keine Vegetarierin."

„Sehr gut." Jesse schaukelte auf den Absätzen seiner Cowboystiefel vor und zurück. „Weil Rance Rinder züchtet und all das."

„Ich … ich hole nur schnell meine Tasche", rief Echo und fragte sich, was die Viehherden von Rance mit ihren Ernährungsgewohnheiten zu tun haben sollten.

Oben angekommen, kauerte sie sich neben Snowball und erklärte ihr, dass sie für ein paar Stunden ausgehen würde. Dann füllte sie die Wasserschüssel auf, schnappte sich ihre Tasche und lief eilig wieder die Treppe hinunter.

Keegan betrachtete die Titel in der Sachbuchabteilung, während Jesse ein Tarotspiel unter die Lupe nahm.

„Fertig?“, fragte Keegan.

„Fertig.“

Ihr kleiner Volkswagen stand zwischen einem großen Pick-up und einem schlanken schwarzen Jaguar. Ganz automatisch stieg sie in ihren Wagen, während Jesse in seinen Pick-up kletterte. Keegan fuhr im Jaguar voraus zum *Roadhouse*, einem Truckstop am Rande der Stadt. Dort bekamen sie einen Ecktisch zugewiesen. Erst als Echo bereits die Speisekarte in den Händen hielt, kam ihr der Gedanke, dass es sich womöglich um mehr als eine nachbarschaftliche Einladung handelte. Immerhin waren Jesse und Keegan Rances Cousins. Vermutlich wollten sie ihr ordentlich auf den Zahn fühlen. Und so wie die beiden ihr gegenübersaßen, wirkten sie tatsächlich ziemlich einschüchternd.

Wie viel wussten sie? Eigentlich glaubte Echo nicht, dass Rance zu den Männern gehörte, die mit ihren Eroberungen prahlten. Aber Männer waren eine merkwürdige Spezies. Vielleicht hatte er ihnen sogar in den kleinsten Details von ihrem Zusammentreffen erzählt. Bei diesem Gedanken versteckte sie ihr Gesicht hinter der Speisekarte.

„Die Steaks hier sind gut“, erklärte Jesse. „Meeresfrüchte würde ich allerdings weniger empfehlen. Wir sind hier in Arizona meilenweit vom Meer entfernt.“

Endlich entspannte sie sich ein wenig.

Schließlich bestellte sie Grillhähnchen, es gab nichts Besseres als ein bisschen Fett, um die Nerven zu beruhigen. Jesse und Keegan entschieden sich für T-Bone-Steaks. Danach gab es keinen Grund mehr, die Speisekarte als Schutzschild zu benutzen, und sie fühlte sich merkwürdig entblößt.

„Haben Sie vor, länger in Indian Rock zu bleiben?“, fragte Jesse beiläufig, nachdem die Bedienung die Salate gebracht hatte.

Wollten sie ihr sagen, dass sie sich von Rance fernhalten sollte? Die Vorstellung ärgerte und amüsierte sie gleichzeitig.

„Das ist der Plan“, sagte sie fröhlich.

„Gut.“ Keegan lächelte.

Eine Weile beschäftigten sich alle drei mit ihren Salaten.

„Ich habe gehört, dass Sie vorher in Chicago gelebt haben", sagte Jesse.
„Das stimmt."
„Da muss Indian Rock eine ziemliche Umstellung sein", meinte Keegan.
„Ziemlich." Inzwischen amüsierte Echo sich prächtig. Wenn die beiden sie in die Zange nehmen wollten, dann mussten sie schon mit der Sprache herausrücken.
„Ziemlich drastisch sogar", sagte Keegan.
Die beiden sind McKettricks, dachte Echo. Vermutlich hatten sie längst in ihrer Vergangenheit herumgewühlt. Was sie wohl herauszufinden hofften? Glaubten Sie vielleicht, dass sie auf der Suche nach einem reichen Ehemann war? Sie schwieg eisern.
„Vor allem, weil Sie hier überhaupt niemanden kennen", fügte Jesse hinzu.
Innerlich verdrehte Echo die Augen. Wahrscheinlich würde das den ganzen Abend so weitergehen, wenn sie nichts unternahm. „Wollen Sie beide mich ins Kreuzverhör nehmen?", erkundigte sie sich lächelnd.
Jesses Grinsen, das sie so sehr an Rance erinnerte, erlosch. „Ist das so offensichtlich?"
„Und wie", rief Echo heiter.
„Rance hat eine Menge durchgemacht", wandte Keegan nun ein.
Echo nickte.
„Rianna und Maeve auch", ergänzte Jesse.
„Ja." Auf einmal klang Echos Stimme heiser. „Es muss für sie alle schrecklich gewesen sein, als Julie ums Leben kam. Cora hat mir ein wenig davon erzählt."
Das erleichterte die beiden Männer offenbar. Das Essen wurde serviert. Keegan betrachtete den runden Hintern der Bedienung, als sie vom Tisch wegtänzelte, doch Jesse ließ Echo nicht aus den Augen.
„Ich schätze, was wir wissen möchten", holte er aus, „ist, welche Absichten Sie bei Rance verfolgen."
Zum Glück hatte Echo noch nicht in ihr Hähnchen gebissen, denn sonst wäre sie jetzt vermutlich daran erstickt. „Welche Absichten?"

Prompt stieß Keegan Jesse mit dem Ellbogen an. „Das nenne ich subtil."

„An diesem Treffen ist überhaupt nichts subtil", erklärte Echo. „Aber ich finde es süß, dass Sie beide sich Sorgen um Rance machen. Ein bisschen altmodisch, aber süß."

„Ist es Ihnen ernst mit ihm?", fragte Keegan. Nachdem die Frage der Subtilität nun geklärt war, wollte er offenbar direkt zum Punkt kommen.

„Nein", antwortete Echo. „Wir haben ein paarmal zusammen zu Abend gegessen. Das ist alles."

Die beiden Männer wirkten enttäuscht, was Echo ein wenig stutzig machte, da sie eher mit Erleichterung gerechnet hatte.

„Sie waren nie verheiratet." Keegan runzelte die Stirn.

„Und ich bin auch nicht vorbestraft. Aber das wissen Sie bestimmt schon. Ich bin nicht auf der Suche nach einem Ehemann, egal ob reich oder nicht. Sie können also aufhören, sich Sorgen zu machen."

Jesse lachte.

„Rance wird uns umbringen", murrte Keegan düster.

„Ist ja nichts passiert." Munter säbelte Echo an ihrem Hähnchen herum. Sie fand es wirklich nett, dass Jesse und Keegan so auf ihren Cousin aufpassten, und fragte sich, wie es wohl wäre, auch so jemanden zu haben.

Wieder einmal fühlte sie sich sehr einsam.

„Hier auf dem Land", bemerkte Jesse, der beobachtete, wie sie mit Messer und Gabel kämpfte, „essen wir Brathähnchen mit den Händen."

Erleichtert nahm Echo einen Schenkel in die Hand. Ob sie auch herausgefunden hatten, dass Justin sie in einer billigen Hochzeitskapelle in Las Vegas hatte sitzen lassen?

„Möchten Sie jetzt noch erfahren, welche Partei ich wähle oder etwas in dieser Art?"

12. KAPITEL

Jesse und Keegan folgten Echo mit ihren Autos bis zur Buchhandlung und standen dann Ellbogen an Ellbogen auf dem Gehweg wie Secret-Service-Agenten, die die First Lady beschützten. In der Sekunde, in der sie die Tür aufschloss, wusste sie bereits, dass etwas nicht stimmte. Ein kühler Wind blies in ihr Gesicht. Sie trat ein, warf die Tasche auf den Boden und rief: „Avalon?“ Und dann, als es ihr wieder einfiel: „Snowball?“

Kein Bellen.

Ein Motor heulte auf, ein Auspuff knatterte.

„Mein Hund!“, schrie Echo und stürzte zum Lagerraum hinter der Treppe. „Er stiehlt meinen Hund!“ Er, das wusste sie einfach, war Bud Willand.

„Die Gasse“, hörte sie einen von den beiden McKettricks rufen.

„Snowball!“

Reifen quietschten, sie hörte, wie Kies aufspritzte. Die Hintertür mit dem Vorhängeschloss stand sperrangelweit offen. Echo rannte ins Freie, die Hände zu Fäusten geballt und bereit zum Kampf.

Ein alter Pick-up raste durch die enge Gasse hinter Echos Laden und wirbelte dabei so viel Staub auf, dass Echo kaum mehr als die Umrisse von Snowball erkannte, die aufrecht auf dem Rücksitz saß.

So schnell sie konnte, rannte Echo dem Wagen hinterher. Am Ende der Gasse kam ein zweiter Pick-up mit quietschenden Reifen zum Stehen, während Keegan mit seinem Jaguar die andere Seite blockierte. Er sprang heraus und überholte Echo, die selbst rannte, so schnell sie konnte. Doch bevor sie beide bei dem Wagen ankamen, hatte Jesse bereits die Tür aufgerissen und Bud Willand am Kragen herausgezerrt.

„Cool bleiben, Mann“, rief Willand. „Ich habe mir nur meinen Hund zurückgeholt!“

Jesse drückte Willand an die Seite seines Wagens. „An deiner Stelle würde ich die Klappe halten.“

Willand plumpste auf das Trittbrett und ließ den Kopf in die Hände sinken. Währenddessen zerrte Echo an der Heckklappe, um Snowball zu befreien. Keegan schob sie sanft zur Seite, öffnete den Riegel, nahm Snowball hoch und setzte sie auf die Erde. Echo fiel auf die Knie, warf die Arme um den Hund und drückte die Stirn in ihr Fell.

„Dieser verdammte Scheißköter hat mich gebissen“, beschwerte sich Willand.

„Das zeigt dann wohl, wie sehr sie sich gefreut hat, dich zu sehen“, erwiderte Jesse nur. „Außerdem sagte ich, du sollst die Klappe halten.“

Inzwischen hatte Keegan sein Handy aus der Tasche gezogen. „Wyatt?“, rief er. „Hier ist Keegan McKettrick. Wir haben einen Einbruch und Diebstahl in der Gasse hinter dem *Curl and Twirl*.“

„McKettricks“, knurrte Willand. „Wenn ich schon mal mit was Glück habe, dann mit *Un*glück.“

Mit zitternden Knien stand Echo auf. Erstens war sie es nicht gewöhnt zu rennen, außerdem hatte sie wirklich nicht die richtigen Schuhe an. „Danke“, sagte sie, als Keegan das Handy zuklappte.

Er nickte mit einem schiefen Grinsen im Gesicht. „Sind Sie in Ordnung?“

„Ja“, keuchte sie, obwohl sie das Gefühl hatte, jeden Moment ohnmächtig zu werden.

Der legendäre Wyatt Terp, den Echo bisher noch nie getroffen, von dem sie aber schon viel gehört hatte, tauchte in Rekordzeit und mit plärrender Sirene auf.

„Was ist hier los?“, fragte er.

„Dieser Mann“, erklärte Echo und deutete auf den noch immer auf dem Trittbrett kauernden Bud Willand, „ist in meinen Laden eingebrochen und hat meinen Hund gestohlen.“

„Also bitte!“, schnauzte Willand.

„Darf ich ihn schlagen?“, fragte Jesse.

„Nein“, entgegnete Wyatt mit offensichtlichem Bedauern. Dann ging er zu Echos Hintertür und untersuchte das Schloss. „Einbruch, keine Frage“, verkündete er, als er zurückkam. „Möchten Sie ihn anzeigen, Miss?“

„Ja“, sagte Echo fest.

„Zeigen Sie mal Ihren Ausweis, Kumpel“, wandte Wyatt sich an Willand.

Grummelnd fischte Willand seine Brieftasche heraus und zückte einen Führerschein.

„Abgelaufen“, bemerkte Wyatt.

„Ein Unglück kommt selten allein“, philosophierte Jesse.

Wyatt führt Willand in Handschellen zum Streifenwagen und verlas ihm seine Rechte. Echo, Jesse und Keegan lauschten den süßen Klängen der Worte.

„Uff“, stieß Echo hervor.

Jesse und Keegan begleiteten sie zurück in den Laden. Dabei lief Snowball fröhlich neben ihnen her, als ob eine Entführung und heldenhafte Rettung zu ihrem normalen Tagesablauf gehörten.

„Eigentlich gehört sie nicht wirklich mir“, gestand Echo.

Jesse und Keegan wechselten einen Blick.

„Sie gehört einer Familie namens Ademoye. Herb und Marge. Die beiden sind gerade auf dem Weg, um sie abzuholen.“ Tränen stiegen in ihre Augen, sie blinzelte heftig.

„Und was wollte dann dieser Redneck?“, fragte Jesse.

„Er hat schon einmal behauptet, Snowball würde ihm gehören“, erklärte Echo. „Er war wirklich ziemlich beängstigend. Rance hat dafür gesorgt, dass er verschwindet.“

Rance. Nur an ihn zu denken, öffnete eine Falltür in Echos Seele.

Mittlerweile untersuchte Keegan das Vorhängeschloss. „Teufel“, fluchte er. „Meine zehnjährige Tochter hätte das aufbrechen können.“

Snowball leckte Echo die Hand, dann lief sie die Treppe hinauf, zweifellos, um auf ihre Luftmatratze zu sinken.

Jesse ging zur Eingangstür. „Das Schloss hier ist auch nicht besser“, rief er Keegan zu, während Echo zwischen den beiden stand und hin und hersah wie bei einem Tennismatch.

„Eisenwarenladen“, entschied Keegan.

„Dringend“, stimmte Jesse zu.

„Ich sollte vermutlich zur Polizeistation gehen und meine Anzeige aufgeben“, sagte Echo, nur um sich auch an der Konversation zu beteiligen.

Jesse nickte.

„Du hältst hier die Stellung“, sagte Keegan über Echos Kopf hinweg zu seinem Cousin. „Ich besorge Schlösser und Werkzeug.“

Echo ging nach oben, erklärte Snowball, dass sie bei Jesse sicher sei, schüttete zwei Gläser Wasser hinunter und eilte zur Polizeistation.

Noch immer in Handschellen saß Bud Willand auf einem Stuhl, den Kopf mit dem fettigen Haar gesenkt.

„Sie werden mich doch nicht wirklich anzeigen, oder?“, flehte er Echo an.

„Und ob ich das tue.“

Er kniff die Augen zusammen.

Wyatt Terp, der das Gespräch vom Wasserspender aus mit anhörte, näherte sich lächelnd.

„Hören Sie“, versuchte Willand es erneut. „Ich bin kein Krimineller. Nur ein ganz normaler Typ, der versucht, zurechtzukommen.“

„Wissen Sie was?“, entgegnete Echo. „Genau das hat dieser Idiot auch gesagt, der mich eines Abends in Chicago ausrauben wollte, wobei ein Passant sich zufälliger- und glücklicherweise als Polizist herausstellte. Besagter Idiot sitzt jetzt für drei Jahre im Knast.“

„Ich schätze, das heißt, dass Sie mich anzeigen werden?“

Sie verdrehte die Augen. „Und ich dachte schon, Sie würden es nie begreifen.“

Wyatt legte ein bereits ausgefülltes Formular vor Echo, sie musste nur noch unterschreiben.

Willand stöhnte. Dann warf er ihr einen listigen Blick zu. „Die werden mich auf Kaution rauslassen. Vermutlich noch vor morgen früh.“

„Bedrohen Sie gerade eine Bürgerin meiner Stadt?“ Wyatt beugte sich vor.

„Wem wollen Sie was vormachen?“, zischte Willand, sank jedoch etwas in sich zusammen. „Das ist nicht Ihre Stadt, das ist die McKettrick-Stadt, das weiß doch jeder.“

Lächelnd winkte Wyatt einen Polizisten heran. „Mr Willand ist unserer Gesellschaft überdrüssig. Warum bringen Sie ihn nicht in eine hübsche ruhige Zelle?“

Wenige Sekunden später zog der Polizist Bud auf die Füße und schob ihn durch eine Tür, die sich mit einem zischenden Geräusch automatisch öffnete und wieder schloss.

Trotzdem sank Echos Mut ein wenig. „Glauben Sie, dass er

mich noch mal behelligen wird? Vermutlich hat er recht, wenn er sagt, dass er schon vor morgen früh auf Kaution rauskommt."

Aber Wyatt lächelte sie beruhigend an. „Er hat auch in anderer Hinsicht recht."

„Wie bitte?"

„Das hier ist tatsächlich die McKettrick-Stadt."

Noch auf der Straße fragte Echo sich, ob Wyatt sie mit diesem Kommentar etwa hatte beruhigen wollen.

Als Rance in einem Meeting saß, vibrierte plötzlich sein Handy in der Hemdtasche. Mit gerunzelter Stirn nahm er es heraus, sah aufs Display, erkannte Keegans Nummer und stand kurz vor einem Herzinfarkt.

Natürlich bekam er regelmäßig Anrufe aus Amerika, aber immer aus dem Hauptbüro in San Antonio, aus dem Büro in Indian Rock oder direkt von der Ranch. Sofort stellte er sich die verschiedensten Katastrophen vor, ihm brach kalter Schweiß aus. Mit den obligatorischen Verbeugungen entschuldigte er sich und eilte in den Korridor.

„Rance", bellte er in sein Handy und versuchte, sich innerlich zu stählen.

Maeve. Rianna.

Echo.

„Es geht allen gut", verkündete Keegan schnell.

Erleichtert sank Rance gegen die Wand. „Verdammt", zischte er und fuhr sich mit der freien Hand durchs Haar. „Bei euch muss es mitten in der Nacht sein, ich dachte schon …"

„Ich weiß, was du dachtest. Und es tut mir leid. Aber es ist nicht mitten in der Nacht, sondern erst elf. Deshalb dachte ich, du würdest gern erfahren, dass es vorhin in Echos Laden einen Zwischenfall gab."

Rances Magen zog sich zusammen. „Was für einen Zwischenfall?"

„Reg dich nicht auf", beruhigte Keegan ihn. „Jesse und ich haben uns mit ein wenig Hilfe von Wyatt darum gekümmert. Irgend so ein Mistkerl ist durch die Hintertür eingebrochen, während wir drei im *Roadhouse* zu Abend gegessen haben, und hat ihren Hund mitgenommen."

Rance spürte, wie ihm das Blut aus dem Gesicht wich. Aus seinem ganzen Körper, um genau zu sein. Es hätte ihn nicht gewundert, wenn sich eine rote Pfütze um seine Schuhe gesammelt hätte. „Ist sie in Ordnung?“, keuchte er.

„Ich sagte doch, wir haben uns darum gekümmert, oder etwa nicht?“

„Was ist mit dem Hund?“

Keegan lachte. „Nichts passiert.“

Rance rieb sich über das Gesicht. „Und Wyatt ist auch dabei gewesen?“

„Er hat ihn verhaftet. Der Typ sitzt im Gefängnis. Jesse und ich haben die Schlösser an beiden Türen ausgewechselt.“

Obwohl Rance vor allem erleichtert war, ärgerte er sich auch ein wenig darüber, dass seine Cousins und nicht er für Echo da gewesen waren, als es darauf ankam. „Danke“, sagte er tonlos.

Keegan lachte schon wieder. „Du hörst dich nicht besonders begeistert an.“

„Ihr drei habt also zusammen zu Abend gegessen.“

„Ja“, entgegnete Keegan, und das Lächeln in seiner Stimme war mindestens so groß wie ganz Triple M. „Und ich kann nur sagen, wenn du nicht an ihr interessiert wärst ...“

„Das reicht“, warnte Rance ihn.

Einige taiwanesische Geschäftsleute kamen aus dem Konferenzzimmer, warfen ihm höflich neugierige Blicke zu und verschwanden auf der Toilette. „Nach Aussage der lieblichen Ms Wells läuft zwischen euch beiden nichts“, fuhr Keegan fort.

Unwillkürlich dachte Rance daran, wie das Kopfende des Bettes gegen die Wand gekracht war, als er und Echo sich geliebt hatten.

„Du bist dermaßen bescheuert“, sagte Keegan.

„Hast du mich angerufen, um mir das zu sagen?“, blaffte Rance ihn an.

„Ich hatte gerade keine Postkarte zur Hand, um es dir zu schreiben. Also muss ich es dir via Satellit mitteilen.“ Dann schwieg Keegan einen Moment, wie immer, bevor er eine geistreiche Bemerkung machte. „Hör mal“, meinte er schließlich. „Wenn *sie* sagt, dass zwischen euch nichts läuft, und *du* sagst, dass zwischen euch nichts läuft, was sollte mich dann davon abhalten, mein Glück bei ihr zu versuchen?“

„Meine Faust", entgegnete Rance sehr ernst.

„Vielleicht sollten wir das mal wieder hinter den Ställen klären", gab Keegan milde zurück. Und dann legte er einfach auf und ließ Rance allein in dem fremden Korridor zurück, wo er sein Handy umklammerte und glaubte, Qualm aus seinen Nasenlöchern aufsteigen zu sehen.

Er verbeugte sich vor dem nächsten Geschäftsmann, der gerade den Konferenzraum verließ, dann wählte er sehr ruhig eine Nummer.

„*McKettrickCo*, San Antonio", meldete sich eine freundliche Stimme fast vom anderen Ende der Welt.

„Hier spricht Rance", sagte er. „Ich brauche den Firmenjet."

Das Telefon klingelte früh am nächsten Morgen, noch bevor Echo den Laden geöffnet hatte. Aus Angst, dass Bud Willand bereits wieder auf freiem Fuß war, hatte sie eine sehr unruhige Nacht hinter sich. Jetzt war sie so müde, dass ihre Stimme ein wenig schnippisch klang, als sie sagte: „Guten Morgen. *Echo's Books and Gifts.*"

Eine kurze Pause entstand.

„Hier spricht Marge Ademoye", sagte dann Snowballs wahre Besitzerin vorsichtig.

„Marge", seufzte Echo. „Hallo." Sie sah zu Snowball, die ihren Blick wie immer mit rückhaltlosem Vertrauen erwiderte. Echo schluckte, dann sagte sie noch einmal: „Hallo."

„Wie geht es Snowball?", fragte Marge.

„Gut", entgegnete Echo. Denn Snowball ging es gut, dank Jesse und Keegan. Es machte keinen Sinn, die Ademoyes mit der Geschichte von Bud Willand zu beunruhigen, solange sie noch unterwegs waren und sowieso nichts tun konnten.

„Wir sind bereits in Boise", erklärte Marge. „Doch Herb hat ein kleines Problem mit seinem Herzschrittmacher. Darum könnte es noch ein paar Tage dauern, bis wir zu Ihnen kommen. Ich könnte Ihnen etwas Geld schicken für Snowballs Futter ..."

„Das ist nicht nötig", unterbrach Echo sie sanft. Zugleich schämte sie sich ein wenig über die Erleichterung, die sie verspürte. Der arme Herb hatte ein Problem mit seinem Herzschrittmacher, und sie reagierte *erleichtert*? „Gar kein Problem."

„Sie haben sie sehr lieb gewonnen, oder?", fragte Marge mit einer Zärtlichkeit in der Stimme, die Echo überraschte. Immerhin handelte es sich bei der Frau um eine vollkommene Fremde, Hunderte von Meilen entfernt von ihr.

„Ja“, gab Echo zu.

„Wie könnte es auch anders sein“, sagte Marge. „Dieser Hund ist einfach wunderbar. Als Herb nach der Operation aus dem Krankenhaus nach Hause kam, ist sie eine Woche lang nicht von seiner Seite gewichen.“

Echo betrachtete Snowball, die mit aufgerichteten Ohren neben ihr stand, als ob sie Marges Stimme hören könnte. Vielleicht war das ja auch der Fall. Ja, dachte Echo, man muss diesen Hund einfach lieben – es sei denn, man hieß Bud Willand.

Sie schüttelte den Gedanken an diesen abscheulichen Mann ab und versuchte zu lächeln. „Würden Sie Snowball gern Hallo sagen?“

„Liebend gern.“ Marges Stimme klang erstickt.

„Einen Moment.“ Echo hielt Snowball das Telefon ans Ohr. Als Marge zu sprechen begann, bellte Snowball kurz auf und wedelte heftig mit dem Schwanz. Marge sprach noch immer, als Echo den Hörer wieder an ihr Ohr drückte. „Und wir freuen uns so darauf, unser kleines Schätzchen endlich wiederzusehen …“

Nach einem kurzen Moment sagte Echo. „Sie wartet auf Sie, Marge.“

„Danke.“ Dann brach Marge in Tränen aus. Gleich darauf entschuldigte sie sich. „Es liegt nur daran, dass wir uns solche Sorgen gemacht haben, und dann ist da noch Herbs Herzschrittmacher …“

„Lassen Sie sich Zeit“, bat Echo. „Snowball vermisst Sie, aber ihr geht es wirklich gut.“

„Wir kommen, so schnell es geht.“

Sie hörte ein Geräusch an der Tür; hastig blickte sie auf und befürchtete schon, Bud Willand zu entdecken. Doch es war Ayanna, die verwirrt den Schlüssel in Echos Hand betrachtete. Echo winkte ihr zu, dann verabschiedete sie sich von Marge und eilte zur Tür, um Ayanna hereinzulassen. Mit zwei Bechern Kaffee in der Hand trat die ältere Frau ein. „Ich weiß, dass ich heute Morgen gar nicht eingeteilt bin. Aber der Trubel um diese Liebeszauber-Geschichte wird immer hitziger, und ich dachte, Sie könnten etwas Hilfe brauchen.“

„Immer hitziger?“, wiederholte Echo mit gerunzelter Stirn. Nach den Ereignissen der letzen Nacht und dem Telefonat mit Marge hatte sie Mühe, mit den Ereignissen Schritt zu halten.

„Es könnte einen Tumult geben.“ Ayanna reichte ihr einen Becher.

Dankbar atmete Echo den Kaffeeduft ein und sagte tonlos: „Tumult?“

„Ich war vor zwanzig Minuten bei der Post.“ Wie ein Detektiv, der eine heiße Spur verfolgte, spähte Ayanna durch das Schaufenster. „Und ich habe mich fast nicht in den Coffeeshop getraut. Jessica Borgers Mutter war dort. Bei der Post, meine ich. Drei Jungs haben Jessica zum Sommerball eingeladen, noch bevor das Abendessen auf dem Tisch stand. *Drei.* Das Mädchen sitzt vermutlich gerade an ihrem Computer und formuliert ein Empfehlungsschreiben.“

Echo strahlte. „Aber das ist ja wunderbar!“ Doch ihr Lächeln verblasste, als ihr die möglichen Auswirkungen klar wurden. „Oder vielleicht doch nicht?“

„Wenn Sie für einen Ansturm gerüstet sind.“ Ayannas Blick huschte wieder zum Gehsteig. „Die halbe Highschool wird vermutlich hier auftauchen.“

Echo schlug die Hand vor den Mund.

„Ganz zu schweigen von alten Jungfern und geschiedenen Frauen“, fuhr Ayanna fort. „Und die schlafen *nicht* so lange wie Teenager.“

„Gütiger!“ Nur mit Not widerstand Echo dem Bedürfnis, sich vor die Tür zu werfen. „Was soll ich denn jetzt machen?“

„Ich wäre dafür, eine ganze Wagenladung von diesen kleinen Säckchen herzurichten“, meinte Ayanna nüchtern.

Bevor Echo etwas entgegnen konnte, stürzte Cora herein.

„Yippie!“, jubelte sie. „So etwas hat es in Indian Rock nicht mehr gegeben, seit in den Achtzigern mal aus Versehen eine Lieferung von *Cabbage Patch Kids* hier ankam, die eigentlich für den Wal-Mart in Flagstaff vorgesehen war!“

Echo konnte schon beinahe hören, wie die Herden auf sie zustürmten. Sie würde niedergetrampelt werden, und sobald diese Leute wieder bei Verstand waren, würde man sie mit Schimpf und Schande aus der Stadt jagen. Oder sie von Wyatt Terp ins Gefängnis stecken lassen. In die Zelle neben Bud Willand.

„Aber ich bekomme die Säckchen von einem Großhändler in Hoboken!“, rief sie entsetzt.

Snowball, die ein Desaster zu ahnen schien, jaulte. Vielleicht, dachte Echo, hörte sie aber auch mit ihren Hundeohren bereits das Stampfen von Füßen.

„Verschließt die Tür!“, schrie sie panisch.

Cora starrte sie an. „Hast du den Verstand verloren, Mädchen? Die würden sie eintreten. Davon abgesehen bist du Geschäftsfrau. Denk nur an den Gewinn!“

„Wir sollten besser beginnen, die Säckchen zu füllen“, sagte Ayanna.

Also zerrte Echo die Schachtel mit den Vorräten hinter der Kasse hervor. Dann fielen die drei Frauen auf die Knie und stopften Gebete, Steine und Federn in die Samttäschchen. Kurz darauf erschienen Rianna und Maeve und halfen ebenfalls mit. Der erste Ansturm begann eine Viertelstunde später.

„Ich frage mich, warum das so lange gedauert hat“, murrte Cora, als vierzehn Frauen wie ein Wirbelwind in den Laden fegten und mit Zwanzigdollarscheinen wedelten.

Ayanna stellte sich hinter die Kasse, während Cora, Echo, Maeve und Rianna weiterarbeiteten.

Kurz darauf hatten sie siebenundvierzig Liebeszauber verkauft, falls Ayanna sich nicht verzählt hatte.

„Zum Glück ist es vorbei“, seufzte Echo.

„Vorbei?“ Noch immer kniete Cora inmitten von kleinen Samtsäckchen voller Versprechungen, die nur eine gute Fee hätte erfüllen können. „Inzwischen haben sie all ihre Freundinnen angerufen oder angemailt. Vermutlich haben sich schon Leute aus Phoenix auf den Weg gemacht!“

„Oh nein“, wisperte sie.

Der erste Bus hielt um Viertel nach zwei vor ihrer Tür.

Um halb vier schlossen sie den Laden. „Wie konnte nur ein Bus …?“, begann Echo.

Cora schlug ihr anerkennend auf die Schulter, woraufhin sie beinahe mit dem Kopf voraus in die inzwischen fast leere Schachtel gekippt wäre. „Worüber beschwerst du dich? Du verdienst ein Vermögen!“

Völlig erschlagen hockte Echo sich auf den Boden. Sie hatte

nicht einmal Zeit gehabt, mit Snowball spazieren zu gehen oder im Gefängnis anzurufen, um zu erfahren, ob Bud Willand bereits wieder auf freiem Fuß war. „Und was passiert, wenn all die Leute erkennen, dass sie hintergangen worden sind, und ihr Geld zurückverlangen?"

„Werden sie nicht", behauptete Cora.

„Sie werden aber nicht alle noch vor dem Abendessen die Liebe ihres Lebens finden."

„Nein", gab Cora zu. „Aber es wäre ihnen zu peinlich, das Geld zurückzufordern."

Da Maeve und Rianna inzwischen oben in der Wohnung waren und mit Snowball fernsahen, gestattete Echo sich zu flüstern: „Cora Tellington, das ist zynisch."

„Geschäft ist Geschäft. Macht weiter, Ladys. Das war erst die erste Welle."

Der Firmenjet stand nicht zur Verfügung, weil Meg und ihre Mutter Eve damit in New York waren, um für die Firma etwas so Unerlässliches zu tun wie *Klamotten einzukaufen*.

Die erste Klasse war auf jeder Fluglinie ausgebucht. Also musste Rance sich mit der zweiten Klasse zufriedengeben. Eingeklemmt zwischen zwei Frauen, die sich ständig ein Kochbuch hin und her reichten. Er konnte seine Ellbogen nicht bewegen, und die alte Rodeoverletzung in seinem Knie meldete sich nach vielen Jahren zum ersten Mal wieder.

Er musste verrückt geworden sein, sich das anzutun.

Völlig bekloppt, wie der alte Angus es ausgedrückt hätte.

In zwei Tagen hätte er den Privatjet haben können. Und morgen hätte es Sitzplätze in der ersten Klasse gegeben.

Aber so lange konnte er nicht warten.

Oh nein.

Weil er einen an der Klatsche hatte.

Er rieb sich das Kinn, was gar nicht einfach war, da seine Nachbarinnen auf beiden Seiten weitaus mehr Platz in Anspruch nahmen, als ihnen eigentlich zustand. Er hatte noch geduscht und sich umgezogen, bevor er aus dem Hotel stürmte, doch sich zu rasieren war ihm gar nicht erst in den Sinn gekommen. Jetzt musste er über den ganzen Pazifik hinweg das Kratzen des Barts aushalten – genauso wie die Blicke, die die beiden Kochbuchfrauen ihm zuwarfen. Sie musterten ihn, als wäre er gerade erst aus der Sicherungsverwahrung entlassen worden.

Und das alles wegen Echo Wells.

Weil Keegan jetzt womöglich freie Bahn witterte.

Weil Bud Willand vielleicht auf Kaution freigekommen war.

Rance verlagerte sein Gewicht, bis er in der Lage war, sich etwas seitlich zu drehen und das Bordtelefon in der Rücklehne des Sitzes vor sich zu erreichen. Darauf folgte noch mehr Gezappel, weil er seine Kreditkarte brauchte und dafür die Geldbörse aus seiner Hosentasche fischen musste.

Die Kochbuchfrauen wurden immer übellauniger.

Er warf beiden einen gnadenlosen Killerblick zu.

Die Geldbörse steckte nicht in seiner Hosentasche. Also konnte sie nur in seinem Jackett sein, das er mit dem Handgepäck in das Fach über sich gestopft hatte. Garantiert würde die dickliche Dame neben ihm ihn nicht aufstehen lassen. Verzweifelt drückte er schließlich den Rufknopf. Als die Stewardess kam, bat er sie sehr höflich – von den zusammengebissenen Zähnen einmal abgesehen –, ihm das Jackett zu reichen. Dann nahm er den Hörer ab und folgte dem ewig langen Ablauf, sämtliche Angaben von seiner Hemdgröße bis zum Geburtstag seiner Urgroßtante einzutippen, bis er endlich ein Freizeichen hatte.

„*McKettrickCo*“, säuselte Myrna Terp.

„Ich möchte mit Keegan sprechen“, sagte er und versuchte, seinen angespannten Kiefer etwas zu lösen.

„Wer spricht da bitte?“

„Myrna“, entgegnete Rance, „Sie wissen verdammt gut, wer da spricht.“ Das brachte ihm noch mehr vorwurfsvolle Blicke von den Kochbuchfrauen ein. „Holen Sie Keegan ans Telefon, und zwar sofort.“

„Keegan McKettrick“, meldete sich Keegan wenige Sekunden später.

Rance widerstand dem Bedürfnis, sich mit seinen Ellbogen den ihm zustehenden Platz zu verschaffen. „Lass die Finger von Echo“, befahl er.

13. KAPITEL

Lautes Klopfen schreckte Echo aus tiefem Schlaf auf. Snowball knurrte leise.

Noch ein Bus, fragte Echo sich benommen, während leichte Panik in ihr aufstieg. Sie stützte sich auf die Ellbogen, zwinkerte ein paarmal, und das Klopfen wurde lauter.

Bud Willand. Wer sonst sollte es um diese Uhrzeit sein?

Sie blickte sich suchend nach ihrem Handy um, bis ihr einfiel, dass es hinter der Kasse in der Aufladestation steckte. Snowball bellte und sauste auf die Treppe zu. Sie hörte ihre Krallen auf dem Holzboden klicken und hatte keine andere Wahl, als ihr zu folgen. Auf der Mitte der Treppe bemerkte sie, dass Snowball nicht mehr bellte. War Bud Willand bereits irgendwie in den Laden eingedrungen und hatte ihr etwas angetan? Aber das konnte nicht sein, denn es pochte immer noch gegen die Tür.

Am Fuß der Treppe verharrte Echo einen Moment. Sie überlegte, das Licht einzuschalten, kam dann aber zu dem Schluss, es besser zu lassen, um nicht in Boxershorts und einem alten T-Shirt angestrahlt zu werden wie eine Schauspielerin im Rampenlicht.

Snowball hockte mit wedelndem Schwanz vor der Tür.

Vor der Tür erkannte sie den Umriss eines Mannes. Echo hielt erschrocken die Luft an und drückte sich an der Wand Richtung Telefon, bis sie den nächtlichen Besucher schließlich erkannte.

„Rance?"

Snowballs Schwanzwedeln nahm zu.

Rance.

Tatsächlich, Rance McKettrick stand grinsend auf dem Gehsteig. Sie musste eine Weile mit dem neuen Schloss hantieren, bis sie die Tür aufreißen konnte.

„Ist dir klar, wie spät es ist?", begrüßte sie ihn.

Er lehnte sich an den Türrahmen und betrachtete sie von Kopf bis Fuß, bevor er ihr lange in die Augen sah. Sein weißes Hemd war zerknittert, der Kragen stand offen, schwarzblaue Stoppeln bedeckten den unteren Teil seines Gesichts und die Augen waren blutunterlaufen.

„Bist du betrunken?", fragte Echo.

„Nein. Ich bin *geflogen*. Zweiter Klasse."

„Du Armer“, spottete sie, weil sie ihn nicht wissen lassen wollte, wie froh sie über seinen Anblick war. Zugleich hätte sie ihn erwürgen können.

„Kann ich reinkommen?“

Echo trat einen Schritt zurück, wobei sie beinahe über Snowball gestolpert wäre, die zur Seite wich und hechelnd stehen blieb. Mit einer abwesenden Geste kraulte Rance sie hinter den Ohren.

„Was machst du hier?“ Echo schloss die Tür und wünschte, es gäbe Rollläden in ihrem Laden, die sie herunterlassen könnte. Mit seinem lauten Klopfen hatte Rance vermutlich die halbe Nachbarschaft aufgeweckt.

„Ich weiß nicht genau“, gestand Rance mit gewinnender Ehrlichkeit und einem verlegenen Lächeln.

Echo beugte sich etwas vor und schnupperte. Kein Alkohol. Nur der schwache und durchaus verführerische Geruch von Wäschestärke, teurem Rasierwasser und purer Männlichkeit.

Ihr Gesichtsausdruck brachte ihn zum Lachen. „Ich brauche einen Kaffee“, sagte er. „Oder vielleicht auch Sex.“ Nachdenklich hielt er inne. „Sex wäre gut.“

Jeder Nerv in Echos Körper verwandelte sich in eine kleine Rakete und verließ die Abschussrampe. „Keine Chance“, entgegnete sie jedoch fest und trat sicherheitshalber einen Schritt zurück, weil sie sich am liebsten auf ihn gestürzt hätte. „Was machst du hier?“, fragte sie noch einmal.

Er legte die Hände um ihre Taille. „Offenbar bin ich hier, um dich zu sehen“, erwiderte er ein wenig ruppig.

„Du hättest noch ein paar Stunden warten können, es ist schon fast Morgen“, bemerkte sie.

„Wir müssen uns unterhalten.“

„Auch das können wir morgen tun.“ Dabei schmolz sie bei seiner Berührung fast dahin. Zitternd holte sie Luft. „Ich werde nicht mit dir schlafen, Rance. Nicht nach allem, was beim letzten Mal passiert ist.“

„Komisch“, sinnierte Rance. „Soweit ich mich erinnere, war das letzte Mal recht … explosiv.“

„Ich meine danach“, sagte Echo schnell. „Du sagtest, es würde viel zu schnell gehen …“

„Ich habe meine Meinung geändert.“

„Schön für dich. Zufällig habe ich meine Meinung aber nicht geändert."

Lügnerin.

„Okay", nickte Rance freundlich. „Kann ich heute Nacht hier bleiben?"

Angesichts dieser Dreistigkeit musste sie schlucken und war zugleich mehr als bereit, mit ihm ein Bett zu teilen. „Hier? Heute …"

„Nacht", beendete er ihren Satz.

„Ich sagte doch gerade ganz deutlich, dass ich nicht mit dir schlafen möchte."

Er runzelte die Stirn. „Ist da ein anderer, mit dem du schlafen möchtest?"

„Nein!", stieß Echo frustriert hervor.

„Gut." Er seufzte tief. Seine Finger strichen kreisend über ihre Hüften und weckten Gefühle in ihr, die bis vor fünf Minuten noch tief und fest geschlafen hatten.

„Rance", sagte Echo. „Geh nach Hause."

„Das kann ich nicht."

„Warum nicht?"

„Weil ich einen Jetlag habe. Stell dir nur vor, ich baue einen Unfall auf dem Weg nach Hause."

„Du kannst bei Cora bleiben. Oder in deinem Wagen schlafen. Nimm dir ein Hotelzimmer …"

Rance hob die Hände und streckte sie vor sich aus, als wolle er beweisen, dass er unbewaffnet war. „Ich verspreche, nicht mit dir zu schlafen. Lass mich einfach bei dir duschen und den Rest der Nacht neben dir verbringen. Mehr verlange ich gar nicht."

„Tolle Idee!", rief sie. „Und wenn ganz Indian Rock morgen früh aufwacht – falls sie nicht bereits alle wach sind, nachdem du versucht hast, meine Tür einzuschlagen –, steht dein Wagen vor meiner Tür …"

Zart legte er eine Hand unter ihr Kinn und strich ihr mit dem Daumen über die Wange. „Ich verschwinde, bevor die Sonne aufgeht."

„Was soll das alles?" Echo hatte Angst, er würde sie küssen, und befürchtete, vor Enttäuschung ohnmächtig zu werden, falls er es nicht tat. Die Luft war sehr dünn – im Grunde müssten jeden Moment gelbe Sauerstoffmasken von der Decke fallen.

„Ich wünschte, ich könnte dir darauf eine halbwegs intelligente Antwort geben. Aber alles, was ich sagen kann ist, dass ich von der anderen Seite der Welt hierher geflogen bin, um in deiner Nähe zu sein."

„Verdammt", sagte sie. „Du bist wirklich gut."

Da lächelte er, küsste sie kurz auf die Lippen, gähnte und wartete mit schläfrigen Augen ihre Antwort ab.

Echo wurde schwach. Aber sie hatte schließlich nie behauptet, aus Stein zu sein.

„Okay", willigte sie ein.

„Okay?" Erneutes Gähnen. Wie konnte es einem Mann gelingen, sein Gesicht dermaßen zu verziehen und dabei höllisch sexy auszusehen?

„Beeil dich, bevor ich es mir anders überlege", riet sie ihm.

„Ich hole nur schnell mein Rasierzeug."

Echo blickte auf den riesigen Geländewagen, der drohend wie Darth Vader vor dem Schaufenster aufragte. „Gib mir den Schlüssel. Ich hole es."

„Nicht nötig. Die Tasche steht direkt vor der Tür."

„Du wusstest, dass ich Ja sagen würde!"

Er lachte. „Nein. Aber ich bin eine Spielernatur wie mein Cousin Jesse. Ich gestehe, dass ich dazu neige, hoch zu pokern."

Ein paar Minuten später lag Echo steif auf einer Seite des Bettes, während Snowball friedlich auf ihrer Luftmatratze schlummerte und Rance unter der Dusche stand. Plötzlich knurrte Snowball wieder, tief und drohend.

„Still", zischte Echo.

Doch Snowball gab keine Ruhe.

Im Badezimmer rauschten die Wasserrohre. Echo lauschte angestrengt. Eine Autotür in der Gasse schlug leise zu. Mit gerunzelter Stirn rollte sie sich vom Bett, schlich zum Fenster und sah hinaus, konnte allerdings nur die vom Mond beschienene Garage des Nachbars überblicken.

Jetzt fletschte Snowball knurrend die Zähne. Sie hörte ein leises, metallenes Geräusch, dann ein Klicken. So viel zu den handwerklichen Fähigkeiten von Keegan und Jesse. Jemand hatte soeben die Hintertür aufgebrochen.

Echo huschte ins Badezimmer, wo sie erst mal durch eine Wand aus dickem Wasserdampf tauchen musste. Mit halb rasiertem Gesicht starrte Rance sie an, dann grinste er.

„Jemand ist durch die Hintertür eingebrochen", wisperte sie.

Er griff nach einem Handtuch und schlang es sich um die Hüften. Dann schob er sich an ihr vorbei. „Du bleibst hier", flüsterte er.

Das hätte Echo auch am liebsten getan. Doch ihre Beine bewegten sich bereits wie von selbst und trugen sie aus dem Badezimmer. Sie nahm Snowball beim Halsband, während Rance die Treppe hinunterschlich.

Sie beschloss, noch heute ein Telefon in ihrer Wohnung anzuschließen. Ihr Puls hämmerte in ihrem Hals. Dann hörte sie einen lauten Schlag, der durch das ganze Gebäude zu vibrieren schien.

Rance.

Ohne nachzudenken sprang Echo auf und ließ Snowball los, die sofort die Treppe hinunterstürzte.

„Rance!", schrie Echo.

„Ruf Wyatt an", rief Rance. „Sag ihm, wir brauchen einen Krankenwagen."

Panisch rannte sie nicht zum Telefon, sondern in den Lagerraum, aus dem der Lärm gekommen war. Das Licht war angeschaltet. Vor ihr stand Rance, offensichtlich unverletzt. Ihm war nicht einmal das Handtuch heruntergerutscht.

Bud Willand hockte auf dem Boden, den Kopf an die Wand gelehnt, Blut strömte aus seiner Nase.

„Was für eine Scheiße", murmelte er.

Echo betrachtete Rance erneut, um sicherzugehen, dass er keine sichtbare Schussverletzung oder Stichwunde hatte, dann drehte sie um und rannte zurück in den Laden.

Wyatt bremste nach weniger als zehn Minuten mit quietschenden Reifen vor der Buchhandlung, gefolgt von einem Krankenwagen.

„Hier entlang." Echo führte ihn in den Lagerraum, wo weder Rance noch Willand sich auch nur einen Zentimeter bewegt hatten. Aus den Augenwinkeln bemerkte sie, wie Wyatt das Handtuch um Rances Hüften musterte. Doch zum Glück wandte er seine Aufmerksamkeit dann dem Einbrecher zu. Er seufzte. „Bud, Sie sind wirklich ein bescheuerter Idiot, aber eines muss man Ihnen lassen. Sie sind hartnäckig."

„Ich wusste nicht, dass *er* hier sein würde", entgegnete Bud gereizt.

„Ganz offensichtlich nicht." Wyatt trat zur Seite, um die Sanitäter vorbeizulassen. „Rance, kannst du mir erklären, was hier passiert ist?"

Bis zu diesem Moment hatte Rance Willand nicht eine Sekunde aus den Augen gelassen, als wollte er den Mann mit seinem Blick an die Wand nageln. „Nicht viel."

Willand stöhnte auf, als ein Notarzt seine Nase untersuchte. „*Nicht viel?*" Klagend richtete er einen Finger auf Rance. „Er hat mir einen Schlag versetzt, dass ich von der Tür bis an die Wand geknallt bin. Das ist verdammt noch mal Körperverletzung. Ich könnte für mein Leben versehrt sein. Vielleicht sollte ich meinen Anwalt anrufen."

Da seufzte Wyatt tief. „Bist du in Ordnung, Rance?"

Rance nickte.

„Ist *er* in Ordnung?", jammerte Willand. „Sehen Sie nicht, was er mir angetan hat?"

„Mr Willand", sagte Wyatt geduldig. „Sie sind verhaftet. Sie haben das Recht zu schweigen, und falls Sie nicht noch dümmer sind, als ich sowieso schon annehme, dann sollten Sie von diesem Recht umfangreich Gebrauch machen."

Echo begann zu zittern. Inzwischen war der Lagerraum ziemlich überfüllt, und nachdem die unmittelbare Gefahr vorüber und Rance unverletzt war, stand ganz oben auf ihrer Liste, sich sofort zu übergeben. Sie rannte zur Toilette der Buchhandlung und tat genau das, und als sie wieder herauskam, warteten Rance und Snowball bereits auf sie.

Bud Willand wurde gerade in Handschellen auf einer Krankentrage nach draußen gebracht.

Rance breitete die Arme aus.

Echo stürzte sich hinein.

„Ihr könnt morgen eure Aussage machen", verkündete Wyatt. „Mike", wandte er sich dann an einen Polizisten, „Sie sichern die Hintertür, so gut es geht, und fahren dann zurück zum Revier. Ich werde inzwischen Mr Willands Hand in der Notaufnahme halten."

Echo brach in Tränen aus. Schon wieder war bei ihr eingebrochen worden. Sie war versehentlich zur großen Expertin in Sachen Liebeszauber avanciert. Und darüber hinaus hatte sie bestimmt einen schrecklich schlechten Atem. Snowball fiepte mitfühlend.

Und Rance hielt sie noch ein wenig fester und flüsterte in ihr Haar: „Du weißt natürlich, dass wir jetzt genauso gut nach oben gehen und miteinander schlafen können. Denn ganz Indian Rock weiß jetzt sowieso von uns – und unser Ruf ist dahin."

Da lachte Echo durch ihre Tränen hindurch und schlug ihm gegen die Brust. „Gibst du niemals auf?"

„Ich bin ein McKettrick", lautete seine Antwort. „Wir haben ein ganz eigenes Wörterbuch, und darin kommt *aufgeben* nicht vor."

Deputy Mike spazierte an ihnen vorbei und tat so, als bemerkte er weder das Handtuch um Rances Hüften noch, dass Echo in Boxershorts und T-Shirt vor ihm stand. „Ich habe einen Stuhl unter die Klinke gestellt. Ich schätzte, die Demokratie ist gerettet, zumindest für heute Nacht."

Rance brachte ihn zur Tür und schloss hinter ihm ab.

Echos Knie zitterten. „Und wenn du nicht hier gewesen wärst?"

Er hob sie hoch und trug sie zur Treppe, Rhett Butler mit einem Frotteehandtuch.

„Ich war aber da. Das ist die Hauptsache."

Sie lehnte den Kopf an seine Schulter. „Küss mich bloß nicht", bat sie.

Lachend stieg er die Treppe hinauf. Snowball folgte ihm. „Weshalb nicht?"

„Ich habe mich vorhin übergeben."

„Ich vermute, du besitzt eine Zahnbürste. Und vielleicht sogar eine Flasche Mundwasser."

„Sehr witzig."

Oben angekommen legte Snowball sich seufzend auf ihre Luftmatratze, während Echo ins Badezimmer stürzte und Zähne und Zunge putzte, bis ihr ganzer Mund brannte. Danach starrte sie reglos ihr Spiegelbild an und lauschte all den Gründen, warum sie *nicht* mit Rance McKettrick schlafen sollte.

Er war emotional gebunden.

Nach dem letzten Mal hatte er ihr den Laufpass gegeben und war nach Taiwan abgehauen.

Indian Rock war eine kleine Stadt, und sobald ihre Beziehung zu Ende war, vorausgesetzt, sie würde überhaupt je beginnen, könnten sie sich nicht aus dem Weg gehen. Sie war durchaus in der Lage, enthaltsam zu leben. Anderen Frauen war das auch schon gelungen. Mittelalterlichen Priesterinnen beispielsweise.

„Du würdest einen schlechten Anwalt abgeben“, flüsterte sie ihrem Spiegelbild zu.

Rance klopfte leise an die Badezimmertür. „Du übergibst dich doch nicht wieder, oder?“

Was für ein Romantiker.

Sie öffnete die Tür einen winzigen Spalt und spähte hindurch. „Ich bin nicht wirklich für Sex angezogen“, gestand sie.

„Ich wusste gar nicht, dass es dafür eine Uniform gibt. Aber wie auch immer, nackte Haut steht dir wunderbar.“

Ihre Stimme war noch immer leise. *Sehr* leise. „Du hast bestimmt keine Kondome mitgebracht. Und ich habe so etwas grundsätzlich nicht zur Hand.“

„Wieso flüsterst du? Hast du Angst, der Hund könnte dich hören?“, wisperte Rance zurück.

„Ich meine es *ernst*, Rance.“

„Ich auch. Sieh mal bei meinem Rasierzeug nach. Auf dem Waschbecken.“

Echo öffnete eine kleine schwarze Tasche. Ein Rasierer. Ein Deodorant. Eine Zahnbürste und Zahnpasta. Und Kondome. Dieser Mann verreiste mit Kondomen.

„Wie ist das?“, rief sie durch die halb geöffnete Tür. „Schläfst du jedes Mal mit einer Frau, wenn du dich rasierst?“

Als sie aufsah, bemerkte sie, dass er direkt hinter ihr stand. Echo starrte in den Spiegel, als er langsam ihr T-Shirt hochhob und ihre Brüste entblößte. Sie keuchte leise auf. Er liebkoste die Spitzen.

„Das ist nur das Adrenalin“, sagte Echo. „Wir … aaaaah … morgen früh werden wir wieder zur Vernunft kommen …“

Rance zog ihr das T-Shirt über den Kopf und warf es auf den Boden. Dann bedeckte er ihre Brüste mit den Händen, ließ das Kinn auf ihrem Kopf ruhen und drückte sie fester an sich. Wieder stöhnte sie. Eine ernst zu nehmende Erektion um zwölf Uhr. Oder um sechs Uhr?

„Du bist so schön“, sagte er.

„Ich wette … das sagst du … jeder …“

Lachend beugte er sich vor und knabberte an ihrem Ohrläppchen. Während er mit der linken Hand weiter ihre Brust streichelte, glitt seine rechte unter den Gummizug ihrer Boxershorts. Sie rang nach Luft, als er sein Ziel fand, legte den Kopf zurück und schloss die Augen.

Er sagte, sie solle sie wieder öffnen.

Sie gehorchte.

Rance reizte sie mit den Fingerspitzen. Echo wand sich vor Lust; Hitze breitete sich in ihrem ganzen Körper aus. Er verstärkte den Druck, brachte sie fast bis zum Gipfel, dann verlangsamte er seine Bewegungen. Sie biss sich auf die Unterlippe, um ihn nicht anzuflehen. Ganz kurz ließ er ihre Brust los, benetzte seine Finger und rieb dann ihre Brustwarze wieder, bis sie so hart war, dass sie es kaum mehr zu ertragen glaubte. Sie wollte sich in seinen Armen umdrehen und seine Lippen spüren.

Doch das ließ er nicht zu. Er spielte weiter zwischen ihren Beinen, sie drückte sich an ihn, ihr Atem ging kurz und stoßweise. „Oh ... Rance ... bitte ...“

Er zog sie ein wenig vom Waschbecken weg, gerade weit genug, dass er sich vor sie knien konnte, dann spreizte er ihre Beine und begann, sie mit seiner Zunge zu liebkosen. Ein Beben schüttelte ihren Körper.

„Rance“, flüsterte sie heiser. „*Rance.*“

Er saugte.

Echo starrte auf ihr Spiegelbild und sah, wie sie kam. Ihr Körper bewegte sich in seinem ureigenen Rhythmus, schwankte und wand sich, um endlich Erlösung zu finden. Danach glitt sie erschöpft zu Boden.

Längst hatte Rance sein Handtuch verloren. Er griff über ihre Schulter und wühlte in seiner Kulturtasche, während Echo begann, sich auf süßeste Art an ihm zu rächen. Scheppernd fiel die Tasche zu Boden. Hinterher fragte sie sich, was in sie gefahren war. Doch jetzt setzte sie sich einfach rittlings auf ihn und nahm ihn ganz in sich auf.

Er sagte ihren Namen und hätte sie vielleicht von sich geschoben, nur war es bereits zu spät. Unbarmherzig begann sie, sich zu bewegen, schneller und schneller, bis beide in tausend Stücke zersprangen.

„Ich kann nicht glauben, dass wir es auf dem Badezimmerboden getan haben“, murmelte Echo eine Stunde später, als sie flach auf dem Rücken im Bett lag, während Rances Kopf auf ihrem Bauch ruhte.

„Glaub es“, entgegnete er.

„Wirst du jetzt wieder nach Taiwan fliegen?“

Er platzierte einige Küsse um ihren Bauchnabel herum. „Nein. Du?“

Tatsächlich hätte sie am liebsten Snowball und ein paar Koffer in ihren Wagen gepackt, um mit unbekanntem Ziel zu verreisen.

„Ich fliege nicht gern“, erwiderte sie. „Gibt es da vielleicht eine Brücke?“ Sie versuchte, über ihren eigenen Witz zu lachen, aber es klang eher nach einem Schluchzen.

Rance richtete sich auf und nahm sie in die Arme. Er küsste ihre Schläfe. „Hey“, raunte er.

„Hey“, antwortete sie.

„Ich verschwinde nicht.“

„Ich auch nicht. Aber nicht, weil ich keine Angst hätte.“

Er stützte sich auf einen Ellbogen. „Es tut mir leid, Echo.“

Seine Worte ließen ihr das Blut in den Adern gefrieren. Was nicht leicht war, nachdem es noch vor wenigen Minuten gekocht hatte. „Es … tut dir leid?“

„Nicht, dass wir miteinander geschlafen haben.“

„Sondern?“

Er sah sie lange an, während er mit kreisenden Bewegungen über ihre Brustwarze streichelte. „Das mit Taiwan.“

Da setzte sie sich ruckartig auf. „Hast du etwas in Taiwan getan?“ *Darum* also die Kondome in seinem Kulturbeutel.

Lachend drückte er sie wieder zurück in die Kissen. „Nein. Aber es ist schön zu wissen, dass es dich gestört hätte.“

Sie kicherte, schniefte und weinte. Er küsste sie lange.

„Und jetzt?“, fragte sie, als sie wieder zu Atem kam.

„Das wollte ich dich auch gerade fragen.“

Am liebsten hätte sie sich die Nase geputzt. Die eine oder andere Träne war ja vielleicht romantisch, Rotz hingegen nicht. „Irgendwelche Vorschläge?“, fragte sie.

Er lächelte, streckte sich, nahm ein Taschentuch von ihrem Nachttisch und reichte es ihr. Echo dachte daran, wie sie sich vor einiger Zeit übergeben hatte. Würde war ihre Sache definitiv nicht. Trotzdem setzte sie sich dankbar auf und schnaubte los.

Rance betrachtete sie mit einer Mischung aus Zärtlichkeit und Belustigung. „Ich würde vorschlagen, dass wir zunächst einmal nicht in Panik ausbrechen. Wir werden einfach sehen, ob wir einen Weg finden. Was für einen auch immer.“

„Sind wir zusammen?“

Er lachte wieder. „Nachdem, was vorhin auf dem Badezimmerboden passiert ist, hoffe ich das doch.“

Plötzlich fiel ihr etwas ein, und sie schlug entsetzt eine Hand vor den Mund.

„Was ist?“, fragte Rance.

„Da haben wir … wir haben nicht … ich habe nicht …“

„Wie sieht es mit dem Zeitpunkt aus?“

„Dem Zeitpunkt?“

„Echo! Bitte kein Echo.“

Sie errötete. „Mein Zyklus? Ist es das, was du meinst?“

„Das ist es, was ich meine.“

„Der ist nicht besonders regelmäßig.“

„Dann schätze ich, müssen wir einfach mal abwarten.“

„Du bist nicht … sauer auf mich?“

Er nahm ihre Hand und küsste sie. „Sehe ich sauer aus?“

„Nein.“

„Jetzt bin ich dran, eine Frage zu stellen.“

Echo wartete. Was sie mit Rance verband, war viel zu gut, um anzudauern. Sie hatte es überlebt, vor dem Altar stehen gelassen zu werden, weil es sich um Justin gehandelt hatte und weil ein Teil von ihr sogar erleichtert gewesen war. Natürlich hatte sie viele Tränen vergossen, nachdem ihr klar geworden war, dass ihr Bräutigam nicht kommen würde. Natürlich war sie in ihr leeres Hotelzimmer zurückgekehrt und hatte die Kissen durch das Zimmer geschleudert, das Telefonbuch und alles, was sich in der Schublade des Schreibtisches befunden hatte. Und dann hatte sie einen Freudentanz aufgeführt und eine kleine Flasche Champagner aus der Minibar geköpft.

„Wie ist dein richtiger Name?“

„Ich bin noch nicht so weit, ihn dir zu sagen.“

„Warum nicht?“

„Weil ich nicht sie bin. Noch nicht."
„Wie kannst du nicht sie sein?"
„Es ist einfach so."
„Hortense", schlug Rance vor.
Echo lachte.
„Minerva?"
Sie schlug ihn mit einem Kissen.
„Wilhelmina?"
„Bitte."

„Bitte?" Er beugte sich über sie und drückte die Lippen auf ihre Brust. „Dein Name ist Bitte? Oder ist das ein weiteres anstößiges Angebot?"

Mehr als bereit, ihn noch einmal zu lieben, streckte sie sich einladend aus. „Rate mal."

Er rollte sich auf sie und spreizte sanft ihre Beine. „Ich schätze, es handelt sich eher um das anstößige Angebot."

„Mhm", schnurrte sie, griff nach einem Kondom und reichte es ihm. Dieses Mal liebten sie sich langsam und zärtlich, so sanft, dass Echo glaubte, ihr Herz müsse brechen.

14. KAPITEL

„Dad?“

„Hallo Rance“, antwortete sein Vater.

„Es gibt da eine Frau.“ Rance lehnte sich an den Herd, um die Kaffeemaschine im Auge zu behalten. Er hatte sein Wort gehalten und war noch vor Sonnenaufgang nach Hause gefahren. Vorher machte er im Polizeirevier Halt, um herauszufinden, ob Bud Willand sicher in einer Zelle saß. Nun war er allein in seinem Haus, Maeve und Rianna übernachteten bei Cora. Nach der Nacht mit Echo fühlte sich dieses Haus noch größer und leerer an als sonst.

„Halleluja!“, rief Wade McKettrick erleichtert. „Das wurde aber Zeit.“

„Du verstehst das nicht.“

„Probier’s einfach aus.“

„Wo bist du?“

„Das tut nichts zur Sache.“

„Dad.“

„Auf Tahiti, umgeben von wunderschönen Frauen in Baströckchen. Und wo bist du?“

Die Frage war nicht unbegründet, da Rance so viele Geschäftsreisen unternahm. „Auf der Ranch.“

„Wie geht es den Mädchen?“

„Gut.“

„Also, erzähl mir von der Frau.“

„Ich kenne ihren richtigen Namen nicht.“

„Ist sie Geheimagentin oder so etwas?“

„Nein. Sie ist so eine Art Waldnymphe.“ Rance lächelte. Ob Waldnymphen wohl Boxershorts und T-Shirts trugen? Er nahm einen Becher aus dem Regal und schenkte sich Kaffee ein. „Sie nennt sich Echo.“

„Und du schläfst mit ihr.“

„Ja.“

„Das ist eine ganz normale Sache, Rance. Warum also die Panik?“

„Ich bin nicht panisch.“

„Nein? Ich habe seit einem halben Jahr nichts mehr von dir gehört.“

„Entschuldige. Wobei du dich ja schließlich auch nicht gemeldet hast“, konterte Rance.

„Also, was ist los?“ Wade schwieg einen Moment, dann lachte er. „Als ob ich es nicht wüsste.“

„Was wüsstest? Du bist nicht gerade hilfreich, Dad.“

Wade seufzte. „Du hast Angst.“

„Habe ich nicht.“

„Nimm mich nicht auf den Arm, Junge. Ich kenne mich mit solchen Geschichten aus, und mit noch ein paar anderen mehr. Liebst du sie?“

„Nein“, erwiderte Rance sofort. „Ich empfinde etwas für sie, keine Frage. Aber Liebe? Zum Geier, ich bin nicht mal sicher, was das überhaupt sein soll.“

Sie schwiegen einen Moment.

„Sie ist nicht Julie“, sagte Wade schließlich.

„Das ist das Problem.“

„Nein. Das ist die Lösung.“

„Danke für diese weise Bemerkung.“

Wieder lachte sein Vater. „Denk mal drüber nach.“

„Ich kann überhaupt nicht *aufhören*, darüber nachzudenken.“

„Nun, das sollte dir doch schon mal eine Menge sagen. Weißt du, was dir im Weg steht, Rance? Dieser verdammte McKettrick-Stolz. Du hast Angst, dich zum Narren zu machen. Ich weiß sehr gut, wovon ich spreche. Ich bin diesen Weg auch viel zu oft gegangen. Und glaub mir, er endet immer in einer Sackgasse.“ Wieder entstand eine Pause. „Kommt deine Mutter zu Jesses Hochzeit nach Hause?“

„Keine Ahnung“, antwortete er. „Vermutlich.“

„Tu mir den Gefallen, und finde es heraus. Und vor allem erwähne nicht, dass ich vorhabe, auch zu kommen.“

Rance runzelte die Stirn. „Dad …“

„Wir sprechen ausführlicher, wenn ich zu Hause bin. Mach bis dahin keine Dummheiten.“

Obwohl sein Hals wie zugeschnürt war und seine Augen merkwürdig brannten, lachte Rance. „Zu spät“, murmelte er.

„Kümmerst du dich gut um Cassidys Pferd?“

Schnell trank Rance noch einen Schluck Kaffee. Sollte seine Stimme versagen, konnte er so tun, als hätte er sich verschluckt.

„Sobald ich die Rinder gefüttert habe, werde ich die alte Snowball satteln und mit ihr ausreiten."

„Gut." Auch Wades Stimme klang, als würde er gerade etwas herunterschlucken. „Was für Rinder?"

Erst jetzt erzählte Rance seinem Vater von seinem geplanten Ausstieg aus der Firma und den Rindern. Während seiner Abwesenheit hatte sich ein alter Nachbar um die Herde gekümmert, aber Rance hatte kein gutes Gefühl dabei. Es waren seine Rinder, er trug die Verantwortung. Der gedankliche Sprung zu Maeve und Rianna war nicht allzu groß. Sie waren *seine* Töchter. Sosehr Cora sie auch liebte, es war nicht ihre Aufgabe, sie großzuziehen.

Sein Vater reagierte begeistert. „Verdammt. Die McKettricks reiten wieder. Wie in den guten alten Tagen."

„Wie in den guten alten Tagen", bestätigte Rance und wünschte, es wäre die Wahrheit.

Jesse war immer er selbst geblieben und hatte sich nie verkauft. Aber er und Keegan? Sie hatten ihre Sattel gegen Sitze im Privatjet eingetauscht. Das Land brachliegen lassen. Und ihre Kinder anderen Menschen überlassen.

Wofür? Für Geld? Prestige? Macht?

„Ich werde dir ein Zimmer herrichten", erklärte er seinem Vater.

„Und deine Mutter anrufen?"

„Und meine Mutter anrufen. Gleich nachdem ich die Rinder gefüttert habe."

„Rance? Bitte ruf sie *sofort* an."

„Warum rufst du sie nicht an?"

„Wir haben doch eben erst vom McKettrick-Stolz gesprochen. Tu es für mich, Rance. Du weißt besser als jeder andere, wie schwer es ist, um etwas zu bitten."

„Ich melde mich gleich wieder bei dir."

„Danke, mein Junge, ich warte."

Eine Minute später rief Rance seine Mutter an. Sie antwortete beim ersten Klingeln. „Rance! Wie geht es dir? Ist alles in Ordnung?"

„Alles ist gut, Mom." Er rieb sich die Augen. „Ich wollte nur fragen, ob du zu Jesses Hochzeit nach Hause kommst."

„Die darf ich doch keinesfalls verpassen", erwiderte Katherine McKettrick.

„Ich freue mich darauf, dich zu sehen."

„Und ich freue mich auf dich, Liebling. Sag Cora, dass ich ihr ein paar Großmutteraufgaben abnehmen werde."

Rance lachte. „Mach ich."

Sie plauderten noch ein paar Minuten. Danach rief Rance umgehend seinen Vater zurück.

„Und?", fragte Wade.

„Sie kommt."

„Zum Teufel!", rief Wade und legte einfach auf.

Nachdem Rance die Rinder gefüttert hatte, zäumte er Snowball auf und ritt Jesses Berg hinauf, von wo aus man einen fantastischen Blick auf Triple M, das ausgedehnte Weideland, den Bach und die Bäume hatte. Die ganze Zeit über hatte er dabei das Gefühl, dass Cassidy bei ihm war und jetzt in diesem Augenblick direkt an seiner Seite stand.

„Ich vermisse dich, Cass", sagte er laut. „Himmel, wenn ich mir vorstelle, wie oft ich zu dir gesagt habe, du sollst abhauen."

Er glaubte, ihre Antwort zu hören, mit dem Herzen, nicht mit den Ohren.

Kümmere dich nur um Snowball, bat sie.

Rance wischte sich mit dem Ärmel übers Gesicht. Und als er den Arm senkte, musste er zwinkern, denn er hätte schwören können, fünf Reiter aus einer anderen Zeit zu sehen, die am Bachufer entlangritten. In der nächsten Sekunde waren sie verschwunden. Doch das Bild war in sein Gedächtnis gebrannt, als ob er mit ihnen geritten wäre.

Der alte Angus, gefolgt von seinem ältesten Sohn Holt und von Rafe, Kade und Jeb. Er dachte an die Worte seines Vaters.

Die McKettricks reiten wieder.

Rance lachte auf. Wenn er einen Hut getragen hätte, hätte er ihn hoch in die Luft geworfen.

„Ich brauche mehr Schlösser", erklärte Echo Eddie. Gerade war sie im Polizeirevier gewesen, um eine zweite Anzeige gegen Bud Willand zu erstatten, der in diesem Moment ins Gefängnis nach Flagstaff überführt wurde. „Größere Schlösser. Ganz, ganz viele Schlösser."

Ayanna, die Eddie in den Laden gelassen hatte, seufzte. „Jetzt gibt es also auch in Indian Rock Verbrechen. Hatten Sie Angst?"

Das war natürlich eine rhetorische Frage, aber weil Echo diese Frau sehr mochte, antwortete sie: „Ja."

„Wie gut, dass Rance da war", warf Eddie ein.

Echo errötete.

Lächelnd zwinkerte Ayanna ihr zu. „Die ganze Stadt weiß davon", flüsterte sie.

Zwar hatte Rance genau das vorausgesagt, doch Echo hatte sich trotzdem an die Hoffnung geklammert, dass die Gerüchteküche ausnahmsweise einmal nicht funktionieren würde.

Bevor ihr eine passende Antwort einfiel, stürmte Cora mit einem gelben Plakat in den Laden. „Das würde ich gern in dein Schaufenster hängen", verkündete sie strahlend. „Und es ist deine Bürgerpflicht, es mir zu gestatten."

Vermutlich wusste auch sie längst, dass ihr Schwiegersohn nur mit einem Handtuch bekleidet einen Einbrecher in der Buchhandlung niedergeschlagen hatte.

„Was ist das?", fragte sie verlegen.

„Der Sommerball", sagte Cora.

„Hast du schon einen Begleiter, Cora?", neckte Eddie sie. Er kniete vor der Tür zwischen seinem ausgebreiteten Werkzeug und packte verschiedene Schlösser aus.

Lächelnd klebte Cora das Poster ins Schaufenster. „Soll das eine Einladung sein, Eddie?"

Er wurde dunkelrot.

Cora verstaute das Klebeband in der Tasche ihrer Leinenweste, beugte sich nach unten und verwuschelte sein Haar. Dann tänzelte sie zur Kasse, griff in die Schachtel und zog sich ein Samtsäckchen heraus.

„Schreib's auf meine Rechnung", bat sie.

Echo lachte. „Das geht aufs Haus."

„Ich hätte auch nichts gegen eines anzuwenden", überlegte Ayanna laut.

„Bitte, bedienen Sie sich." Echo machte eine einladende Geste.

„Und was ist mit Ihnen?" Schon wieder zwinkerte sie ihr zu.

„Sie braucht keinen Liebeszauber", verkündete Cora fröhlich. Dann segelte sie wieder zur Tür hinaus, vermutlich, um weiter Poster in anderen Läden aufzuhängen.

Doc Swann höchstpersönlich öffnete die Tür seiner Praxis und ließ Cora herein. Sie spürte, wie ihr Herz plötzlich unruhig schlug. Er war seit drei Jahren Witwer, und angeblich besuchte er noch immer jeden Abend das Grab seiner verstorbenen Frau. Oft hatte sie in den frühen Morgenstunden noch Licht in seiner Praxis gesehen, wenn sie selbst ruhelos in ihrem Wagen durch die Stadt gefahren war. Doc hatte immer dunkle Ringe unter den Augen, und selbst wenn er lächelte, strahlte er eine gewisse Traurigkeit aus.

„Was ist das?", fragte er, nahm ein Plakat vom Stapel und las es. „Der Sommerball. Ist es schon wieder so weit?"

„Es ist *Juni*." Cora blickte sich um. Das Wartezimmer war leer. „Wo sind denn alle?"

„Ich habe Cindy nach Flagstaff geschickt, um ein Softwareprogramm zu besorgen, mit dem wir die Mikrochips von Tieren lesen können. Dann müssen wir sie nicht länger nach Flagstaff ins Labor schicken." Er betrachtete noch immer das Plakat. „Wird höchste Zeit, dass wir im 21. Jahrhundert ankommen."

„Ich werde einfach schnell das Plakat aufhängen und wieder verschwinden."

„Wie ich hörte, gab es letzte Nacht Probleme in der Buchhandlung", meinte Doc Swann und sah endlich auf.

„Rance hat sich darum gekümmert."

Der Tierarzt lachte. „Das habe ich auch gehört. Heute Morgen war ich im Roadhouse frühstücken – wie immer –, und die Geschichte wurde heißer gehandelt als die Bratkartoffeln. Es ist also nichts passiert?"

„Alles in Ordnung." Cora errötete ein wenig.

Auf einmal funkelten Docs müde blaue Augen. „Ich mag schöne Liebesgeschichten."

Ihr blieb beinahe die Luft weg. Sie kannte diesen Mann ein Leben lang, aber noch nie hatte sie ihn das L-Wort aussprechen hören. Trotzdem gelang es ihr zu nicken.

„Dann sind die beiden, Rance und Echo, jetzt sozusagen über den Berg?"

„Das steht noch nicht fest. Aber wenn sie zusammenbleiben, könnten sie es schaffen."

„Gut", sagte Doc zufrieden.

Endlich griff Cora in ihre Westentasche, um das Klebeband herauszuholen.

„Cora? Besitzt du ein Paar Tanzschuhe?"

Sie blinzelte. „Warum fragst du mich das?"

Nach einem umständlichen Räuspern sah er verlegen zur Seite. „Schon gut."

„Oh nein, Walter Swann", brach es aus Cora heraus. Sie tippte mit dem Klebeband gegen seine Brust. „Ich möchte wissen, wie du das meinst."

Erneut räusperte er sich und scharrte ein wenig mit den Füßen. „Ich dachte ... vielleicht ... es war nur so eine verrückte Idee ..."

„Walter", bohrte Cora.

„Ich wollte dich eigentlich zum Sommerball einladen."

„Und jetzt willst du es nicht mehr?"

„Was will ich nicht mehr?"

„Mich zum Sommerball einladen."

Er lächelte. „Hättest du Lust, Cora? Am Samstag mit mir auszugehen?"

Nun war es an Cora, sich zu räuspern.

„Und?", hakte Walter nach.

„Ja. Wenn du das wirklich ernst meinst."

„Ich meine es ernst."

„Gut", entgegnete sie nervös.

„Dann hole ich dich um sieben ab? Wir könnten im *Roadhouse* zu Abend essen. Uns etwas stärken, bevor wir das Tanzbein schwingen."

„Um sieben", stimmte Cora zu.

„Welche Farbe hat dein Kleid?"

„Das weiß ich nicht. Ich habe es noch nicht gekauft."

Da lachte er. „Ich habe selbst beobachtet, dass du mindestens sechs Monate lang nicht ein einziges Mal dasselbe getragen hast. Und jetzt willst du behaupten, du hättest kein Kleid?"

Sie lächelte. „Nein. Ich sage nur, dass ich *das* Kleid noch nicht habe." Mit diesen Worten ging sie.

Als Cora hinter dem Steuer ihres Wagens saß, nahm sie Echos Liebeszauber aus der Westentasche und betrachtete ihn lange voller Verwunderung.

Jesse wartete vor den Ställen, als Rance von seinem Ausritt zurückkam.

„Ich habe nicht mal ein Handy und weiß jetzt schon, wo du die letzte Nacht verbracht hast", feixte er, auf einem langen Grashalm kauend.

Rance schwang sich vom Sattel und tätschelte Snowballs Hals. „Ist das so?", entgegnete er frohgemut.

„Samstag hat sie Geburtstag", bemerkte Jesse.

Mitten in der Bewegung hielt Rance inne.

„Samstag", wiederholte Jesse. „Echos Geburtstag."

„Woher zum Geier weißt du das?"

„Keeg und ich haben ein wenig recherchiert." Er klopfte zuerst Rance auf die Schulter und streichelte dann Snowball.

„Ihr habt *was*?"

„Hey, sie ist einfach so aus dem Nichts hier aufgetaucht. Und du bist ein guter Fang. Wir haben nur in deinem Interesse gehandelt, Mann."

„Ich hoffe für euch, dass ihr ihren richtigen Namen nicht kennt", grollte Rance.

Das verblüffte Jesse. „Ihr amtlicher Name ist Echo. Wie sollte sie denn sonst heißen?"

Etwas zu hastig steuerte Rance auf den Stall zu. Jesse folgte ihm mit Snowball.

„Rance?"

„Vergiss es."

„Ich werde es nicht vergessen."

„Dann sag mir, was du über sie herausgefunden hast, wenn du schon hinter meinem Rücken Nachforschungen anstellst."

„Sie wird Samstag dreißig. Sie ist Einzelkind, hat früh beide Eltern verloren und ist bei ihrer Tante und ihrem Onkel aufgewachsen. Sie hat sich ihr Studium selbst finanziert und in einer Kunstgalerie gearbeitet, bevor sie hierherkam. Keine Ehe, keine Polizeiakte."

„Was bist du, ein FBI-Agent?"

Jesse führte Snowball in ihre Box, nahm ihr das Zaumzeug ab und streichelte sie. An Jesses Haltung erkannte Rance, dass sein Cousin an Cassidy dachte. Beide schwiegen lange.

„Schön, dass du sie wieder reitest", meinte Jesse schließlich und verließ die Box. „Ich glaube, das hätte Cassidy sich am meisten gewünscht."

Rance schluckte schwer. „Weißt du noch, wie ich ihr immer gesagt habe, dass sie abhauen soll?"

„Weiß ich noch", nickte Jesse, ohne ihn anzusehen.

Nachdem er Snowball eine Extraportion Heu gegeben hatte, folgte Rance Jesse nach draußen. „Am Samstag, ja?" Echo hatte ihren Geburtstag mit keiner Silbe erwähnt, aber andererseits waren sie bisher auch nicht viel zum Reden gekommen. Er wusste, was ihr im Bett gefiel, aber nicht viel mehr.

„Samstag", bestätigte Jesse, stieg in seinen Pick-up und startete den Motor.

„Ich möchte ihr nicht wehtun", hörte Rance sich sagen.

„Dann tu es nicht." Jesse legte den Gang ein und fuhr davon.

Riannas Gesicht leuchtete auf, als Rance das *Curl and Twirl* betrat. „Daddy", kreischte sie und flog in seine Arme. „Du bist aus Taiwan zurück!"

„Allerdings." Er hob sie in die Luft, drehte sich mit ihr im Kreis herum und gab ihr einen dicken Kuss. „Wie geht es meinem Mädchen?"

„Mir ist langweilig", verkündete Rianna. „Granny verteilt in der ganzen Stadt Plakate, und Maeve übernachtet bei ihrer Freundin Suzie. Die bestellen bestimmt Pizza und gucken die ganze Nacht DVDs."

„Deine Großmutter hängt Plakate auf?"

„Für den Ball", erläuterte Rianna.

„Was für ein Ball?"

„Der *Sommer*ball. Der ist am Samstag."

„Oh." Nachdem er nun die gewünschte Information bekommen hatte, wusste er nichts damit anzufangen. Er setzte Rianna wieder auf dem Boden ab.

„Wirst du Echo einladen?"

„Darüber habe ich noch nicht nachgedacht", gestand Rance. Das stimmte. Allerdings hatte er über eine Menge anderer Dinge nachgedacht.

„Magst du sie, Daddy?"

Drei Frauen mit Farbe auf den Köpfen spähten um die Stellwand, die den Wartebereich abtrennte.

Voller Unbehagen spürte Rance, wie Hitze seinen Nacken hinaufkroch. „Ja“, antwortete er. „Natürlich mag ich sie.“

„Dann laden Sie sie zum Sommerball ein“, sagte eine der Frauen.

Düster blickte er sie an.

Prompt zogen sich die drei Köpfe zurück, aber er wusste, dass sie noch immer da waren.

„Weißt du was, ich komme mit, wenn du Angst hast“, bot Rianna ihm an.

Liebevoll streichelte er ihre Wange. „Okay.“

Die Stellwand kicherte.

Rianna zog ihn durch die Tür auf den Gehweg. „Bereit?“, fragte sie.

Trotz allem musste er ein Lachen unterdrücken. „Ja. Hast du noch irgendwelche Tipps für mich?“

„Sag ihr, wie hübsch sie ist.“

„Kapiert.“

Mit erstaunlicher Kraft zerrte Rianna ihn in die Buchhandlung. Die kleine Türglocke klingelte. Echo, die gerade ein großes Paket mit Büchern auspackte, sah auf.

„Mein Daddy möchte dich zum Sommerball einladen“, verkündete Rianna strahlend.

„Danke, Coach“, entfuhr es Rance.

„Er hat sich selbst nicht getraut“, erklärte Rianna mit einem Bühnenflüstern.

Echo nahm in etwa die Farbe ihres Autos an. Dann lächelte sie.

Ayanna, die den ganzen Vorfall beobachtet hatte, steuerte auf Rianna zu. „Gerade ist eine Lieferung mit Pop-ups angekommen. Willst du sie sehen?“

Was immer „Pop-ups“ auch waren, Rianna wirkte begeistert. Gemeinsam verschwanden sie im Lagerraum.

„Ich würde es verstehen, wenn du Nein sagst“, meinte Rance, als sie nichts sagte.

Sie musterte ihn prüfend. „Okay.“

„Okay ja oder okay nein?“

Endlich grinste sie. „Okay ja.“

Ihre Antwort machte ihn geradezu lächerlich glücklich. Nur schien seine Zunge auf einmal an seinem Gaumen festzukleben. Weil er nichts sagen konnte, nickte er nur.

„Sonst noch etwas?“, fragte Echo.

„Jesse und Keegan haben ein paar Nachforschungen über dich angestellt“, gestand er, halb in der Annahme, dass sie mit einem Buch nach ihm werfen würde.

„Ich weiß.“

„Du weißt?“

„Rance. Kein Echo.“

Er lachte, und das fühlte sich fast so gut an, wie sie auf dem Badezimmerboden zu lieben.

„Sie haben es mir gesagt. Jesse und Keegan, meine ich“, erklärte sie ihm.

„Oh.“

Das Meiste, was er über Echo wusste, hatte er aus zweiter Hand erfahren, durch Cora oder seine Cousins. Es war erstaunlich, wie sehr ihn das störte. Mit einem Mal wollte er alles über sie wissen. Beispielsweise ob sie sich als Kind einsam gefühlt hatte und wie ihr Onkel und ihre Tante sie behandelt hatten.

Doch er mochte nicht fragen, weil ein Mensch so etwas, wenn überhaupt, nur freiwillig erzählte. Also stand er einfach da wie ein Idiot und fragte sich, was er als Nächstes tun sollte.

Sie versuchte, ihm zu helfen. „Dann sehen wir uns also am Samstag?“

„Samstag“, nickte er heiser. Dabei hatte er gehofft, sie viel früher wiederzusehen. Am besten noch heute Abend, und am Abend darauf und dem folgenden. Aber vermutlich war es besser, die Dinge langsam anzugehen.

„Sieht so aus, als ob du dich wieder um deine Ranch kümmern würdest“, fuhr sie mit einem Blick auf seine Stiefel, die Jeans und das Arbeitshemd fort.

Wieder nickte er. Seine Stiefel schienen mit einer Art Superkleister am Boden festgeklebt zu sein. Rianna rettete ihn, als sie mit einem Buch aus dem Lagerraum stürzte. Sie hielt es ihm hin, öffnete es mit einem „Ta-ta“ und lachte begeistert auf, als ein Papierpferd direkt vor seinen Augen emporschnellte.

„Kann ich das haben, Daddy? Kann ich? Bitte?“

Noch während Rance das Pferd fasziniert musterte, griff er bereits nach seiner Geldklammer.

„Ziemlich erstaunlich, wie?“ Während sie das sagte, stützte

Echo sich mit den Ellbogen auf den Tresen und beugte sich etwas vor. Diese Bewegung drückte ihre prallen Brüste unter dem dünnen Stoffkleid zusammen. Rance verlagerte sein Gewicht von einem Bein aufs andere, was endlich den Superkleister löste. „Ziemlich erstaunlich", echote er.

Ein verschmitztes Lächeln funkelte in ihren Augen. „Ich meinte das Pop-up-Buch."

„Das auch", antwortete er.

Sie lachte.

„Warte nur, bis Maeve das sieht!", schrie Rianna mit dem Triumph der kleineren Schwester. Im nächsten Moment schoss sie durch die Tür nach draußen.

„Ich sollte wohl dafür sorgen, dass sie jetzt nicht den ganzen Weg zu Suzie nach Hause rennt", bemerkte Rance, wandte sich ab und folgte seiner Tochter.

Noch einmal hörte er ihr Lachen.

Oder war es nur das Bimmeln der kleinen Türglocke?

Das Paket war unförmig, das Papier teilweise abgerissen, der Absender verschmiert. Die Handschrift kam ihr vage vertraut vor, doch sie wusste nicht, woher.

Vorsichtig stellte Echo es auf die Theke und trat einen Schritt zurück.

„Glauben Sie, es wird explodieren?", fragte Ayanna nur halb im Scherz.

Snowball sprang an der Theke hoch und schnüffelte.

„Nein", beschloss Echo, nachdem sie eine Weile an der Unterlippe geknabbert hatte. „Es sieht nur komisch aus, das ist alles."

„Sie bekommen doch ständig Pakete."

„Von Verlagen. Aber dieses hier sieht … persönlich aus."

Snowball verlor das Interesse an dem Paket und trollte sich.

„Nun", meinte Ayanna. „Der Bombenhund scheint nicht beunruhigt zu sein."

Auf dem Paket stand kein Name als Absender, sondern nur ein Postfach und die Postleitzahl von Chicago.

Das schloss eine Möglichkeit aus – nämlich dass Justin noch etwas von ihr in seiner Wohnung gefunden und ihr geschickt hatte. Schließlich lebte er immer noch in New York.

„Machen Sie es auf", drängte Ayanna.

Echos Hände zitterten, als sie das Päckchen aufriss.

Worum es sich auch handelte – es war in Geschenkpapier verpackt. Kleine Bären und Luftballons. Das Papier sah zwar ebenfalls sehr mitgenommen aus, aber irgendwie auch fröhlich. Oben lag eine Karte mit ihrem Namen.

Ein Geburtstagsgeschenk?

Sie bekam feuchte Handflächen.

Wie um sie zu beschützen, stellte Ayanna sich neben sie und stieß sie sanft mit dem Ellbogen an. Echo öffnete den Umschlag und zog eine billige Karte heraus. Eine von denen, die man im Zwanzigerpäckchen bekam. Mit Blumen auf der Vorderseite und einem allgemeinen „Happy Birthday".

Mit angehaltenem Atem schlug Echo die Karte auf.

„Tut mir leid, wenn sie ein bisschen gammelig aussieht", stand da. „Ich habe sie bei eBay gefunden. Hoffe, dir geht es gut. Onkel Joe." Darunter hatte er eine Telefonnummer gekritzelt.

Vorsichtig zog sie das Geschenkpapier ab. Da lag die Puppe, ein wenig müde und ramponiert von der langen Reise. Doch sie lächelte noch immer und hielt ihre Hand mit dem Zauberstab in die Höhe. Die Puppe, die sie sich wünschte, seit sie sieben war.

15. KAPITEL

Ohne sich zu rühren, starrte Echo sprachlos die Puppe an. Ayanna stieß sie sanft in die Seite. „Echo?"

„Wie ist es nur möglich, dass er sich noch daran erinnert?", wisperte sie.

„Wer?", fragte Ayanna. Als sie keine Antwort bekam, nahm sie die Karte in die Hand. „Ihr Onkel Joe?"

Echo nickte.

„Da steht eine Telefonnummer. Warum rufen Sie ihn nicht an?"

Wieder nickte Echo. Und blieb, wo sie war.

„Was für eine hübsche Puppe", bemerkte Ayanna, vermutlich, um das Gespräch wiederzubeleben.

„Ihr Name ist Margaret", erklärte Echo. Tränen brannten in ihren Augen.

„Vielleicht sollten Sie sich hinsetzen", schlug Ayanna freundlich vor.

„Mir geht es gut", log Echo.

Mit einer Hand ergriff Ayanna Echos Ellbogen, mit der anderen das unerwartete Geburtstagsgeschenk. Sie führte Echo zur Treppe. Dort sank Echo auf eine Stufe. Snowball kam zu ihr und beschnüffelte noch einmal die Schachtel.

„Was hat das zu bedeuten?", fragte Echo sehr leise.

„Ich habe nicht die geringste Ahnung. Und darum denke ich, dass Sie Ihren Onkel anrufen sollten."

„Ich weiß nicht, was ich sagen soll", gestand Echo. „Wir haben nicht mehr miteinander gesprochen, seit ich mit dem College fertig bin." Ein- oder zweimal hatte sie einen Freund gebeten, sie an dem Haus vorbeizufahren, wo sie aufgewachsen war. Später, als sie selbst ein Auto besaß, hatte sie diese Fahrt ein paarmal allein unternommen, an Thanksgiving und Weihnachten. Nie hatte sie angehalten, und beim letzten Mal hatte plötzlich ein fremder Mann in der Einfahrt gestanden und das Eis von den Scheiben seines Wagens gekratzt.

Ayanna setzte sich neben Echo und nahm sie in ihre Arme. „Hallo wäre für den Anfang nicht schlecht. Und dann vielleicht: Danke für die Puppe." Sie hielt inne. „Es sei denn, es handelt sich nicht um ein Geschenk."

Ganz instinktiv zog Echo die Knie an und ließ die Stirn darauf sinken. Sie atmete ein paarmal tief ein und aus. „Ich kann es nicht fassen, dass er sich daran erinnert", murmelte sie.

„Man erinnert sich an die merkwürdigsten Dinge", sagte Ayanna. „Erzählen Sie mir von der Puppe, Echo."

Und Echo hob den Kopf, seufzte und erklärte so gut sie konnte, wie sie nach dem Tod ihrer Eltern bei ihrem Onkel und ihrer Tante aufgewachsen war, wie sie die Puppe gesehen und all ihren Mut zusammengenommen hatte, um sie sich zu Weihnachten zu wünschen. Als sie hochsah, stellte sie fest, dass Ayanna weinte.

„Auf diese Weise will er sich entschuldigen, Echo. Ihr Onkel, meine ich."

„Meine Eltern hatten eine kleine Lebensversicherung abgeschlossen. Ein Anwalt hat mir den Scheck geschickt. Aus heiterem Himmel, kurz nachdem ich achtzehn geworden war. Als ich die Stadt verließ, um aufs College zu gehen, sagte mein Onkel, ich wäre undankbar. Und dass ich ihm das Geld geben sollte für all die Ausgaben, die sie hatten, um mich wie ihr eigenes Kind großzuziehen."

„Dafür muss doch die Sozialversicherung aufgekommen sein", warf Ayanna ein.

„Ja. Und sie haben mich ganz sicher nicht wie ihr eigenes Kind großgezogen. Trotzdem hatte ich ein schlechtes Gewissen, weil ich einfach in den Bus eingestiegen bin. Aber ich wusste, wenn ich es nicht täte, würde ich für immer in der Nähe bleiben."

Liebevoll tätschelte die ältere Frau ihre Hand. „Sie haben das Richtige getan, Liebes."

„Habe ich das?", fragte Echo leise. „Es war vielleicht kein tolles Zuhause, aber es war das einzige, was ich hatte."

„Sie sollten zu Hause anrufen", wiederholt Ayanna streng. „Ich sage Ihnen etwas. Ich gehe mit Snowball spazieren, und Sie schließen hinter uns ab, nehmen das Telefon und finden heraus, was los ist."

„Ich weiß nicht, ob ich in dieses Wespennest stechen möchte. Vielleicht ist zu diesem Zeitpunkt eine Beziehung …"

„Es handelt sich nicht um eine Beziehung, Echo, sondern um einen Anruf. Niemand sagt, dass Sie diese Leute mit offenen Armen empfangen müssen."

Echo nickte. „Sie haben recht."

Fünf Minuten später stand sie allein in ihrem Laden und tippte die Telefonnummer in ihr Handy ein.

„Hospiz …", meldete sich eine Frauenstimme nach dem vierten Klingeln.

Hospiz? Echos Herz setzte einen Moment aus. „Ich habe mich wohl verwählt", stammelte sie. „Entschuldigen Sie …"

„Wen möchten Sie denn sprechen?", unterbrach die Frau sie sanft, ganz so, als ob sie die Anrufe verwirrter Menschen gewöhnt wäre.

„Joe Wells." In dieser Sekunde wusste sie, dass sie sich nicht verwählt hatte. „Mein Name ist Echo Wells. Ich bin seine Nichte."

„Er hat gehofft, dass Sie anrufen", erwiderte die Frau.

Echo schloss die Augen. „Ist er …? Ich meine, wenn es sich um ein Hospiz handelt …"

„Das soll er Ihnen selbst erzählen. Ich kann nur sagen, dass er sehr auf Ihren Anruf gehofft hat. Warten Sie bitte einen Moment."

„Echo?" Die Stimme ihres Onkels klang genau wie früher. „Bist du das?"

„Ja, ich bin es, Onkel Joe. W…wie geht es dir?"

„Nicht so gut", antwortete er. „Ich habe gute und schlechte Tage. Heute ist ein guter Tag."

„Das freut mich."

„Hast du das Paket bekommen?"

Sie nickte, dann fiel ihr ein, dass er sie nicht sehen konnte, und sie stieß ein krächzendes „Ja" hervor. „Dass du dich daran erinnert hast!"

Joe Wells lachte, doch das Lachen klang traurig, aufgebraucht und gebrochen. „Die eine oder andere Hirnzelle arbeitet noch. Der Krebs hat aber eine Menge davon aufgefressen. Das ist nun einmal das, was Hirntumore für gewöhnlich tun." Er schwieg einen Moment. „Ich bin wegen der Puppe noch einmal zurück in den Laden, Honey. Doch es gab sie nicht mehr. Ausverkauft. Du warst so klein und hast noch immer an den Weihnachtsmann geglaubt. Also hielt ich es für besser, nichts dazu zu sagen. Ich habe erst wieder daran gedacht, als du aufs College gegangen bist. Von da an hat es mich nicht mehr losgelassen."

„Ist schon gut", flüsterte sie.

„Nein. Es ist nicht gut. Du bist die Tochter meiner kleinen Schwester. Sie wollte auch mal eine Puppe haben. Aber damals war unser Dad arbeitslos. Darum bekamen wir Weihnachten in diesem Jahr nur irgendwelche Almosen von der Kirche. Maureen ist nie so recht über diese Puppe hinweggekommen …"

Maureen. Wann hatte sie den Namen ihrer Mutter zum letzten Mal laut ausgesprochen gehört?

„Ich dachte, dass du vielleicht auch nie darüber hinweggekommen bist."

„Sie ist wunderschön, Onkel Joe. Danke. W…wie geht es den anderen?"

„Laura und ich haben uns schon vor Langem scheiden lassen", antwortete Joe Wells. Das Sprechen schien ihn anzustrengen. „Die Kinder waren auf ihrer Seite. Ich bekomme sie nicht besonders oft zu sehen."

„Das tut mir leid." Hirntumor. Der Mann starb an einem Hirntumor, und doch war es ihm gelungen, sowohl sie als auch die Puppe ausfindig zu machen „B…brauchst du irgendwas?"

„Keine Sorge. Ich bin gut versichert", beruhigte er sie. „Und du? Bist du verheiratet, Honey? Hast du Kinder?"

„Kein Mann, keine Kinder. Aber mir geht es sehr gut."

„Gut."

„Bist du sicher, dass ich nichts für dich tun kann?"

„Niemand kann etwas tun", entgegnete er ohne eine Spur von Selbstmitleid. „Ich habe keine Schmerzen, Echo. Ich werde einfach nur immer schwächer."

Längst war Echos Gesicht von Tränen überströmt. „Ich schätze, du bist müde."

„Müde ist nicht das richtige Wort. Ich wünschte, ich hätte dich besser behandelt, Honey. Das kleine Mädchen von meiner kleinen Schwester. Aber die traurige Wahrheit ist, dass ich damals alle Hände voll damit zu tun hatte, die Miete und das Essen zu bezahlen. Wenn du mir sagen könntest, dass du das verstehst – selbst wenn es nicht stimmt –, würde mir das sehr viel bedeuten."

„Ich verstehe das", schniefte Echo. „Wirklich."

„Das ist gut, Honey. Ich wünsche dir ein schönes Leben. Ich muss jetzt auflegen und ein wenig schlafen."

Ich wünsche dir ein schönes Leben.

„Auf Wiederhören, Onkel Joe."

„Auf Wiederhören, Honey."

Nach einem klickenden Geräusch ertönte das Freizeichen. Da legte Echo auf, nahm die Puppe und lief in ihre Wohnung. Dort ließ sie sich aufs Bett fallen und weinte zum Herzerweichen.

„Ich hätte nach einem Schlüssel fragen sollen", murmelte Ayanna, während sie Rance dabei beobachtete, wie er die Tür von Echos Laden öffnete. Snowball raste sofort die Treppe hinauf.

Als sie Echo weder durch Klopfen noch Rufen dazu hatte bringen können, die Tür zu öffnen, war Ayanna zu Cora gelaufen, die sofort Rance angerufen hatte. Mit Höchstgeschwindigkeit raste er von der Ranch in die Stadt und rief währenddessen Wyatt an, um herauszufinden, ob Willand noch immer in Untersuchungshaft saß. Danach gingen ihm andere mögliche Katastrophen durch den Kopf.

Vielleicht war sie gestürzt und hatte sich verletzt.

Vielleicht war sie krank.

Er nahm drei Stufen auf einmal.

Echo lag vollkommen angekleidet zusammengerollt in der Mitte ihres Bettes. Snowball, die bereits hinaufgesprungen war, leckte über ihr Gesicht.

„Hey", flüsterte Rance, als sie die Augen öffnete.

„Hey", antwortete sie.

Er setzte sich auf den Bettrand und widerstand dem Wunsch, sie in die Arme zu nehmen und festzuhalten, so wie er es bei Rianna oder Maeve getan hätte. Stattdessen strich er sanft ihr über die Stirn.

„Er hat mir die Puppe geschickt", sagte Echo. Davon abgesehen rührte sie sich nicht.

„Wer hat dir eine Puppe geschickt?", erkundigte sich Rance leise.

„Mein Onkel. Er hat einen Hirntumor und liegt im Sterben. Er sagte: ‚Ich wünsche dir ein schönes Leben.'"

Rance zog sie auf seinen Schoß. Immer noch weinend legte sie den Kopf an seine Schulter. Er spürte, wie ein kleiner Schauer durch ihren Körper fuhr.

„Hirntumor“, wiederholte er.
Sie nickte.
„Möchtest du darüber reden, oder soll ich dich einfach nur festhalten?“
Echo schmiegte sich fester an ihn. „Halt mich einfach nur fest.“ Und dann redete sie trotzdem. Sie erzählte ihm, wie sie nach dem Tod ihrer Eltern bei ihrem Onkel aufgewachsen war und sich so sehr die Puppe gewünscht hatte, dass sie fünf Weihnachtsfeste abwartete, bis sie die Hoffnung schließlich aufgab.
Ohne ein Wort zu sagen, lauschte Rance aufmerksam und nahm jedes ihrer Worte tief in sich auf.
Es wäre so leicht gewesen, Joe Wells zu verurteilen. Doch Rance kam nicht umhin, Parallelen zu seinem eigenen Leben zu ziehen. Natürlich gab er Maeve und Rianna alles – zumindest alles, was sich mit Geld bezahlen ließ. Aber welche geheimen Wünsche trugen sie wohl in ihren Herzen? Und würde er sich wohl wünschen, noch einmal die Chance zu haben, alles anders zu machen, wenn seine Zeit einmal gekommen war?
„Ich muss mich um meinen Laden kümmern“, sagte Echo.
„Ayanna ist da.“ Er zog ihr die Schuhe aus. Dann streckten er, Echo und Snowball sich nebeneinander auf dem Bett aus. Noch immer hielt er sie in den Armen und genoss es, wie ihr weiches Haar sein Kinn kitzelte. „Fährst du nach Chicago? Um deinen Onkel zu besuchen?“
Sie schüttelte den Kopf. „Nein, aber ich möchte zumindest die Leute im Hospiz anrufen. Er sagte zwar, dass er nichts braucht, aber … ich will zumindest nachfragen.“
„Ich kann dich hinbringen. Wenn du zu ihm möchtest, kann unser Jet in ein paar Stunden hier sein.“
Noch einmal schüttelte sie den Kopf. „Das ist vermutlich keine gute Idee.“ Sie wich so weit von ihm zurück, dass sie ihm ins Gesicht sehen konnte. „Es ist nur ein Gefühl, aber ich glaube, für ihn waren die Puppe und das Telefonat genug.“ Nach einigen weiteren Schniefern lächelte sie auf eine Weise, die Rance das Herz schwer werden ließ. „Was tust du überhaupt hier, Cowboy?“
„Ich dachte, ich könnte die Gerüchteküche noch ein wenig mehr anheizen, indem ich mich mitten am Tag mit dir ins Bett lege.“

Sie lachte ein wenig zittrig. „Mein Leben in Chicago hat mich nicht auf diese speziellen Probleme einer Kleinstadt vorbereitet."

Er küsste sie auf die Stirn. „Bist du sicher, dass du nicht doch mal mit meinem Privatjet fliegen willst, kleine Lady?", zog er sie auf.

Ihre rot geweinten und geschwollenen Augen waren so schön wie immer. „War das zweideutig gemeint?"

„Wenn du es so interpretieren möchtest, kann ich dich wohl nicht davon abhalten." Hätten sie allein im Bett gelegen, würde er ihr das Kleid über den Kopf ziehen und sie alles andere vergessen lassen, wenn auch nur für eine kurze Zeit. Aber Snowball wachte neben ihnen, und Rance brachte es nicht über das Herz, sie wegzuscheuchen. Davon abgesehen war Ayanna unten im Laden.

„Danke, Rance", flüsterte Echo und strich mit einem Finger über seine Lippen.

„Wofür?"

„Dass du hier bist. Dass du mich festhältst."

„Keine Ursache."

„Musst du nicht deine Rinder eintreiben oder so was?"

Er lachte. „Nein. Die Zäune sind ziemlich stabil, sie werden also mehr oder weniger dort sein, wo ich sie zurückgelassen habe."

Sie schloss seufzend die Augen und schlief kurz darauf ein.

Vorsichtig stand er auf und sah sehr lange auf sie herab. Dann schüttelte er den zusammengelegten Quilt aus, breitete ihn über sie und den Hund und ging.

Als Echo erwachte, war sie allein im Bett, abgesehen von Snowball. Draußen war es noch immer hell. Sie hatte das Gefühl zu verhungern, stand auf und tapste ins Bad. Dabei musste sie daran denken, wie zärtlich Rance ihr die Schuhe ausgezogen hatte.

Oder hatte sie das nur geträumt?

Nachdem sie sich kaltes Wasser ins Gesicht gespritzt hatte, eilte sie nach unten.

Ayanna schloss gerade die Tür ab. „Fühlen Sie sich besser?", fragte sie.

Echo nickte beschämt. „Tut mir leid, Ayanna, dass ich Sie allein im Laden gelassen habe und alles."

„Kein Problem." Ayanna musterte sie prüfend. „Kann ich irgendetwas für Sie tun, Echo? Soll ich Ihnen vielleicht eine Suppe kochen?"

„Das mache ich schon selbst."

„Ich möchte Sie nur ungern allein lassen. Kommt Rance später wieder?"

Kommt Rance später wieder?

Also war er wirklich da gewesen, sie hatte nicht nur geträumt.

„Ich denke nicht. Er war für mich da … als Freund."

„Daran ist doch nichts falsch."

In Chicago hatte Echo sich einmal eine schlimme Grippe eingefangen. Justin hatte sich ins Flugzeug gesetzt und ihr eine Wan-Tan-Suppe vom Chinesen mitgebracht. Sie war entzückt gewesen, bis sie herausfand, warum er tatsächlich gekommen war.

„Du bist doch nicht schwanger, oder?", erkundigte er sich nervös. „Dafür wäre ich nämlich wirklich noch nicht bereit."

„Echo?"

Sie kehrte wieder in die Gegenwart zurück. „Entschuldigen Sie, Ayanna. Ich war gerade in Gedanken woanders."

„Sie hatten einen anstrengenden Tag. Vielleicht hole ich uns einfach etwas zu essen und bleibe eine Weile hier."

„Mir geht es wirklich gut." Fast ihr ganzes Leben war sie allein gewesen und gut damit zurechtgekommen, auch in schweren Zeiten. Aber irgendetwas hatte sich verändert. Auf einmal war sie auf beängstigende Art und Weise verletzlich. Insgeheim wünschte sie, Ayanna würde wirklich bleiben – oder besser noch, Rance würde zurückkommen. „Bitte, Ayanna, gehen Sie nach Hause. Sie haben schon genug für mich getan."

Nach einem letzten prüfenden Blick auf Echo holte Ayanna ihre Handtasche. „Versprechen Sie mir wenigstens, dass Sie anrufen, wenn Sie etwas brauchen."

Echo nickte. Als Ayanna gegangen war, ging sie nach oben, zog Jeans und ein Tanktop an und nahm Snowball an die Leine. Nach einem langen Spaziergang teilten sie sich ein Sandwich mit Erdnussbutter und Marmelade und verfolgten den einzigen Sender, den Echos Fernseher empfing. Als sie die innere Unruhe nicht länger ertrug, stellte sie den Fernseher aus, durchwühlte ihre Kartons, bis sie das Telefon fand, und stöpselte es neben ihrem Bett ein.

Im Schneidersitz wählte sie die Telefonnummer des Hospizes und bat darum, Onkel Joes Krankenschwester sprechen zu dürfen.

„Sie sind Joes Nichte. Für die er die Puppe gekauft hat", begrüßte die fremde Frau sie.

„Stimmt", antwortete Echo, nachdem sie ein paarmal geschluckt hatte. Margaret lehnte noch immer in ihrer Originalverpackung am Nachttisch. Das Glitzern des blauen Kleides war im Laufe der Jahre verblasst, doch im Schein der Lampe blitzte es noch ein wenig auf.

„Er hat Tag und Nacht im Internet nach dieser Puppe gesucht", erklärte die Krankenschwester. „Wir alle haben geholfen, so gut es ging, wussten aber nicht, wonach er genau suchte. Als er die Puppe endlich entdeckte, war er überglücklich. Er bestellte sie sofort mit seiner Kreditkarte. Dann wusste er nicht, wohin er sie schicken sollte, und die Suche ging von vorn los." Ein Hauch von Missbilligung klang aus ihrer Stimme. „Es war nicht leicht, Sie ausfindig zu machen."

„Mein Onkel und ich haben uns nicht sehr nahe gestanden."

„Das dachte ich mir schon."

„Gibt es etwas, das ich für ihn tun kann? Er hat angedeutet, dass ich ihn lieber nicht besuchen soll."

„Er wäre einem Besuch nicht gewachsen." Die Krankenschwester klang traurig. Und Echo fragte sich, wie es wohl war, sich um Patienten zu kümmern, die nie mehr nach Hause zurückkehren würden. „Wenn Sie ihm eine Freude machen wollen, dann schicken Sie ihm ein paar Fotos von sich und vielleicht eine nette Karte."

Da sie keine aktuellen besaß, wollte Echo gleich am nächsten Morgen eine Karte und eine Einwegkamera kaufen. Vielleicht konnte sie ja auch den Zeitungsartikel mit dem Bild von ihr, Snowball und der Torte beifügen.

„Das werde ich", erwiderte sie leise. „Wenn … wenn irgendetwas geschieht, würden Sie mich dann bitte anrufen?"

„Natürlich. Aber es wird keine Beerdigung geben. Joe möchte kein großes Aufheben, und seine Familie hat sich bereits von ihm verabschiedet."

Wie traurig, dachte Echo. Wenn ein Mensch starb, sollte es dann nicht irgendeine Gedenkfeier geben? Sollten sich dann nicht Leute in einer Kapelle versammeln und traurig sein, dass er gegangen war?

Doch dann begriff sie, dass ihr Onkel nicht so ein Leben geführt hatte.

Er war geschieden und hatte offenbar kein zweites Mal geheiratet.

Und jetzt hatte er nur noch sie, seine Nichte, die ihm genauso fremd war wie er ihr.

Echo notierte sich die Adresse des Hospizes, bedankte sich und legte auf. Snowball beobachtete sie dabei. Bald würden Marge und Herb in ihrem Wohnmobil auftauchen und ihr den Hund wegnehmen. Sie biss sich heftig auf die Lippe.

Natürlich gab es noch Rance. Aber sie konnte von ihm nicht erwarten, dass er die leeren Stellen ihres Lebens ausfüllte. Er hatte seine Töchter, seine Schwiegermutter und zwei Cousins, denen er wichtig genug war, um Nachforschungen über seine mögliche Freundin anzustellen. Und er musste eine Ranch führen.

Gut, sie hatten zwei Nächte miteinander verbracht, und es war fantastisch gewesen. Außerdem hatte er sie vor Bud Willand gerettet und sie heute festgehalten, bis sie eingeschlafen war.

Doch wenn sie die Einsamkeit besiegen wollte, musste sie das schon selbst tun, indem sie neue Leute kennenlernte und Freundschaften schloss. Vielleicht sollte sie sich sogar einen neuen Hund zulegen, nachdem die Ademoyes Snowball abgeholt hatten. Bei Gott, es gab genug herrenlose Tiere auf der Welt, die ein Zuhause brauchten.

Und so ein Zuhause wollte sie schaffen – zuallererst einmal für sich selbst. Sie könnte ein kleines Häuschen mit einem Garten mieten, Blumen pflanzen, Leute zum Abendessen einladen. Echo sah sich in dem winzigen Apartment um, das sehr gemütlich war und vor allem finanziell betrachtet eine vernünftige Entscheidung. Schließlich hatte sie eben erst ein eigenes Geschäft eröffnet. Doch diese Wohnung würde niemals ein richtiges Zuhause werden.

Zum ersten Mal in ihrem Leben wollte sie eines, und zwar mit allem Drum und Dran.

Dieser Gedanke sorgte dafür, dass ihre Augen trocken blieben, bis sie tief und fest einschlief.

Rance sattelte Snowball und sein eigenes Pferd. Maeve stieg ohne seine Hilfe auf. Einen Moment sah sie genauso aus wie Cassidy in ihrem Alter. Er zog Rianna vor sich auf den Sattel. Maeve ritt voraus, so ungezwungen wie ein Jockey auf seinem Lieblingspferd.

„Lasst uns galoppieren!“, jubelte sie.

„Nein, keinen Galopp“, bestimmte Rance. „Snowball ist etwas außer Form.“

„Können wir zum Friedhof reiten?“, fragte Maeve.

Damit überrumpelte sie ihren Vater. „Das ist zu weit. In ein oder zwei Stunden wird es dunkel.“

„Und morgen?“

Prüfend betrachtete er seine Tochter und dachte an all die Dinge, die er nicht über sie wusste und nie wissen würde. „Woher das plötzliche Interesse?“

„Es ist nicht plötzlich“, widersprach Maeve. „Granny nimmt uns immer mit. Wir legen Blumen auf Moms Grab.“

Er versuchte sich daran zu erinnern, wann er zum letzten Mal etwas in dieser Art getan hatte. Es gelang ihm nicht.

„Morgen“, versprach er.

Sie ritten am Bach entlang, wie es die McKettricks seit Generationen getan hatten. „Gibt es irgendetwas, das ihr euch einmal zu Weihnachten gewünscht und nie bekommen habt?“, fragte Rance, nachdem er sich ergebnislos mindestens ein Dutzend Mal überlegt hatte, wie er diese Frage am besten anbringen sollte.

Beinahe empört drehte Rianna sich zu ihm um. „Daddy. Es ist *Juni.*“

Er lachte, doch dann sah er Maeves ernstes Gesicht. „Was ist mit dir, Maeve?“

„Dich“, erwiderte sie.

„Ich war zu jedem Weihnachtsfest da, Schätzchen.“

„Das habe ich mir nicht nur zu Weihnachten gewünscht. Sondern auch bei den Auftritten im *Curl and Twirl*. Onkel Jesse war immer da, aber das ist nicht dasselbe.“

Unter anderen Umständen hätte er über die Vorstellung gelacht, wie Jesse sich Stöcke schwingende Kinder in Ballettröckchen anschaute. Doch jetzt traute er seiner eigenen Stimme nicht, darum ritt er einfach nur neben Maeve, streckte einen Arm aus und zog sie kurz an seine Seite.

„Du arbeitest zu viel, Daddy“, erklärte ihm Rianna. „Dabei brauchen wir das Geld doch gar nicht, oder?“

Rance räusperte sich. „Nein, Kleines, wir brauchen es nicht.“

„Liegt es daran, dass wir Mädchen sind?“, fragte Maeve.

„Was zum Teu… – was ist das denn für eine Frage?“

„Wenn wir, Rianna und ich, Jungs wären, würdest du uns vielleicht lieber haben.“

Ein Satz – und Rance war völlig vor den Kopf gestoßen. Er zügelte sein Pferd, denn obwohl er schon reiten gelernt hatte, bevor er laufen konnte, war er jetzt nicht sicher, sich im Sattel halten zu können.

„Wie bitte?“, keuchte er.

Maeve richtete sich auf, ganz auf Art der McKettricks. „Wir können alles, was ein Junge kann.“

„Nur nicht im Stehen pinkeln“, warf Rianna ein.

Ihre große Schwester verdrehte die Augen. „Als ob *das* wichtig wäre.“

„Moment mal“, rief Rance. „Ich würde keine von euch gegen eine ganze Schiffsladung von Jungs eintauschen. Und ich mag euch nicht nur, ich *liebe* euch.“

Wann hatte er ihnen das wohl zum letzten Mal gesagt? Sie sagten es ihm ständig, das wusste er. Und nun fiel ihm mit Entsetzen auf, dass er immer mit „ist gut“ oder „geht mir genauso, Kleines“ antwortete.

„Wirklich?“, staunte Rianna.

„Echt?“, vergewisserte sich Maeve.

„*Selbstverständlich.*“

„Aber du bist nie da“, wandte Maeve ein.

„Sondern immer in Taiwan oder so“, fügte Rianna hinzu.

„Hey. Jetzt hört mir mal zu. Ich bin euer Vater. Und egal, ob ich auf Triple M oder in Timbuktu bin, nichts auf der Welt ist mir wichtiger als ihr zwei. Nichts und niemand.“

Rianna glaubte ihm offenbar. Maeve hingegen blieb misstrauisch. „Bis wieder ein wichtiger Termin kommt“, sagte sie. „Und dann heißt es: ‚See you later, alligator.‘“

Langsam wurden die Pferde ungeduldig.

„Es kann auch in Zukunft hin und wieder notwendig sein, dass ich wegfahre. Ihr seid alt genug, um das zu verstehen. Aber ich gebe zu, dass ich bisher die McKettrick-Gewohnheit nicht ablegen konnte, zu viel für die Firma zu arbeiten. Das tut mir aufrichtig leid, und ich werde es ändern. Ab sofort bin ich Rancher. Und Vater. Das verspreche ich euch."

„Wie willst du die Gewohnheit ablegen, ein McKettrick zu sein?", wunderte sich Rianna.

Rance lachte.

Maeve auch.

Und schließlich – aber vermutlich nur, weil sie gutmütig war, und nicht, weil sie es verstand – lachte Rianna auch.

„Man kann nicht aufhören, ein McKettrick zu sein, Dummerchen", erklärte Maeve ihrer Schwester, während sie umdrehten, um zurückzureiten. „Selbst wenn du heiratest, bleibst du noch immer eine."

„Ich werde nie heiraten", verkündete Rianna mit der Sicherheit einer Siebenjährigen. „Ich will wie Echo werden, wenn ich groß bin. Dann habe ich ein rosa Auto und einen weißen Hund und verkaufe Bilderbücher mit Pferden drin."

Rances Herz zog sich zusammen. Nur zu schnell wären seine Töchter erwachsen, Frauen und keine kleinen Mädchen mehr. Dann würden sie sich Hochzeitskleider aussuchen und in die Flitterwochen fahren. Und natürlich wären sie dann noch immer McKettricks. Doch wie Sierras ältere Schwester Meg würden sie Triple M verlassen und hin und wieder zu Besuch kommen, wenn ihre vollen Terminkalender es zuließen. Sie hätten Ehemänner und Kinder. Und auch wenn das alles richtig und nur natürlich war, machte es Rance in diesem Moment furchtbar traurig.

Die Zeit verging so schnell, sie rann einem durch die Finger wie Sand. Und er tat so, als würden Rianna und Maeve für immer klein bleiben: Ständig nahm er sich vor, nächste Woche oder nächsten Monat mehr Zeit mit ihnen zu verbringen. Doch er musste es sofort tun, jetzt, wo sie klein waren und den Tod ihrer Mutter vermutlich noch nicht wirklich verkraftet hatten.

Als er im Stall die Pferde absattelte, kamen ihm die Mädchen ständig in die Quere. Aber das störte ihn nicht. Hauptsache, sie waren da. Sie waren sieben und zehn. Und noch war er der wichtigste Mann in ihrem Leben.

Danach gingen sie ins Haus und aßen Müsli zu Abend, laut lachend, weil sie wussten, dass Cora einen Anfall bekommen würde, wenn sie davon erfuhr. Der Abend war wunderschön – nur etwas fehlte.

Echo.

16. KAPITEL

Am nächsten Morgen beobachtete Rance schweigend, wie seine Töchter feierlich am Grab ihrer Mutter standen. Sie hatten Blumen gepflückt, Pusteblumen und Glockenblumen und zarte rosa Gewächse, die er nicht identifizieren konnte.

Er selbst hatte keine Blumen dabei. Nichts konnte es mit den bunten Sträußchen aufnehmen, die von kleinen, schweißnassen Händen mit der unbefangenen Liebe, zu der nur Kinder fähig waren, vor den Grabstein gelegt wurden.

Nach ein paar Minuten veränderten sich die kleinen Gesichter. Kinder wussten nicht viel über den Tod. Dazu waren sie viel zu lebendig. Maeve und Rianna hüpften davon, um zwischen den Statuen und Grabsteinen anderer, längst vergangener McKettricks zu spielen.

Er blieb allein am Grab. Die Papiere, die er gefaltet in der Hemdtasche trug, schienen sich durch den Stoff in seine Haut zu brennen und noch tiefer bis in sein stolzes Herz hinein. Als die Mädchen gestern Nacht friedlich geschlafen hatten, hatte er endlich die bittere Pille geschluckt, Julies Computer angestellt und die Datei geöffnet, von der er wusste, dass es sie gab. Vielleicht hatte sie gewollt, dass er sie eines Tages fand. Oder sie hatte einfach geglaubt, genug Zeit zu haben, um sie irgendwann zu löschen.

Das spielte jetzt keine Rolle mehr.

Er legte eine Hand auf seine Brusttasche. „Es tut mir leid, Julie", flüsterte er heiser. Ein schneidender Schmerz fuhr durch seinen ganzen Körper und schnürte ihm die Kehle zu.

Er hörte Coras Wagen den gewundenen Weg hinaufrattern. Sah, wie sie ausstieg und auf ihn zukam. Doch er konnte nichts sagen. Konnte nicht einmal mit der kleinsten Bewegung zeigen, dass er ihre Gegenwart bemerkte.

Sie berührte seinen Arm. „Es ist schon gut, Rance", sagte sie sanft.

Stumm und mit Tränen in den Augen schüttelte er den Kopf.

Cora legte einen Strauß aus dem Supermarkt neben die Wildblumen der Mädchen. „Rianna hat angerufen und mir erzählt, dass ihr heute Morgen hier seid. Sie hat auch gesagt, dass du die ganze

Nacht in Julies Büro am Computer gesessen hast. Vielleicht irre ich mich ja, aber ich schätze, du hast die ganzen E-Mails gefunden."

Immer noch brachte Rance kein Wort heraus.

„Sie hat ihn nicht geliebt, Rance", fuhr Cora fort. „Sie hat nur versucht, deine Aufmerksamkeit zu bekommen. Darum hat sie die Dateien nicht gelöscht."

Endlich gelang es ihm, seine Stimme wiederzufinden. Aber sie klang brüchig, und er hätte sie beinahe selbst nicht erkannt. „Ich weiß", sagte er, und es stimmte auch. „Ich schätze, ich kann niemandem einen Vorwurf machen, außer mir selbst."

„Was Julie getan hat, war schlicht und ergreifend falsch, und das habe ich ihr damals auch gesagt. Sie hat dich nie wirklich betrogen, Rance, und ich hoffe, dasselbe gilt für dich. Trotzdem hätte sie diese Chaträume nicht besuchen und schon gar nicht eine so intime Freundschaft mit einem vollkommenen Fremden beginnen dürfen. Julie kann dich nicht mehr um Verzeihung bitten, darum tue ich es für sie. Du musst diese Dateien löschen, Rance."

„Schon geschehen." Er nahm die zerknitterten Ausdrucke aus der Tasche und reichte sie ihr. „Sie hat mir die ganze Sache ein paarmal an den Kopf geworfen, Cora", fuhr er fort. „Sie wollte, dass ich lese, was sie diesem Typen geschrieben hat und was er geantwortet hat. Aber bis gestern Nacht konnte ich es nicht."

Coras Hand ruhte auf seinem Rücken. „Dir ist klar, dass Julie in Wahrheit dir geschrieben hat und nicht diesem Mann in Kalifornien?"

Er nickte. „Das ist das Bittere daran. Zu wissen, dass es mein Fehler war. Sie hat so oft versucht, mir zu sagen, was sie fühlt. Ich dachte, sie sollte zufrieden sein mit unseren beiden wundervollen Kindern, einem großen Haus und dem vielen Geld, das sie mit vollen Händen ausgab. Ich habe ihr nicht *zugehört*, Cora."

„Er wollte sie treffen. Sie hat abgelehnt. Und weißt du weshalb, Rance?"

Er wartete.

„Weil sie dich geliebt hat. Nicht ihn. *Dich*."

Es gelang ihm, noch einmal zu nicken.

„Lass das alles hinter dir", flehte Cora leise. „Lass zu, dass es vorbei ist. Dir zuliebe und deinen Kinder zuliebe. Ich weiß nicht, was sich da zwischen dir und Echo entwickelt – ich erhoffe mir zwar einiges, aber es geht mich nichts an. Ich bitte dich nur, deinen verdammten Stolz zu überwinden und ihr eine Chance zu geben."

„Du bist eine erstaunliche Frau, Cora." Endlich konnte er ihr in die Augen sehen. Aus der Ferne hörte er die hellen Stimmen von Rianna und Maeve.

Auch Cora hatte Tränen in den Augen. „Manchmal finde ich mich sogar selbst erstaunlich. Ich habe eine Verabredung für den Sommerball. Stell dir mal vor! Eine alte Schrulle wie ich."

Da löste sich etwas in Rance. Er schlang einen Arm um ihre Taille und drückte sie einen Moment fest an sich. „Die Hälfte der Witwer in der Stadt ist hinter dir her", zog er sie auf. „Wusstest du das nicht?"

Eine neue Friedlichkeit schien Cora zu umgeben, als hätte sie ihren eigenen Rat befolgt und endlich losgelassen. „Lange Zeit habe ich mich selbst dafür gehasst, dass ich Julie überlebt habe. Es schien mir einfach nicht richtig", gab sie zu.

„Meinen Eltern geht es wohl genauso. Beide sind nie über den Verlust von Cassidy hinweggekommen. Ich bin ziemlich sicher, dass ihre Ehe daran gescheitert ist."

„Ist es nicht eigenartig", sagte Cora nachdenklich, „dass gerade das, was einen Mann und eine Frau verbinden sollte, sie voneinander trennen kann?"

Bevor Rance darauf antworten konnte, stürzten Rianna und Maeve jubelnd auf ihre Oma zu.

„Hast du etwas dagegen, wenn ich diese beiden Wirbelwinde mit nach Flagstaff nehme? Ich möchte mir ein neues Kleid für den Ball kaufen und könnte etwas moralische Unterstützung brauchen."

„Dürfen wir auch zu dem Ball?", fragte Rianna sofort.

„Bekommen wir auch neue Kleider?", wollte Maeve wissen.

Rance blickte in die eifrigen Gesichter seiner Töchter. „Ihr könnt mit nach Flagstaff. Und wenn ihr wollt, bekommt ihr auch neue Kleider. Aber was den Ball betrifft, da bin ich mir nicht sicher. Für meinen Geschmack werdet ihr noch früh genug tanzen gehen."

„Alle Kinder aus Indian Rock werden da sein, Rance", erklärte Cora sanft.

Drei schöne Frauen, ein Mann. Rance wusste, dass er keine Chance hatte. „Okay“, stimmte er zögernd zu.

Maeve und Rianna stießen hüpfend Freudenschreie aus wie Apachen, die um ein Lagerfeuer tanzen. Lachend scheuchte Cora sie zu ihrem Auto. Er sah ihnen nach, bis sie verschwunden waren. Erst dann verabschiedete er sich von Julie, indem er an seinen Hut tippte. Endlich konnte er seine verstorbene Frau in Frieden ruhen lassen. Rance ging zu Cassidys Grab. Heute war ein Tag, an dem er seinen Stolz überwinden und endlich aussprechen konnte, was ihm auf dem Herzen lag.

Die Frau trug alte Jeans und ein ausgewaschenes T-Shirt. Vorsichtig betrat sie den Laden, als ob sie jederzeit damit rechnete, hinausgeworfen zu werden. Das braune Haar trug sie im Stil der Achtzigerjahre. Auf ihrem rechten Arm war eine kleine Rose tätowiert. Ihre Haut war grau, ihre Augen blickten zugleich resigniert und trotzig.

Echo wusste sofort, wer sie war.

Aber sie konnte nur ahnen, was sie wollte.

Snowball krabbelte wimmernd hinter die Kasse.

„Hallo, Mrs Willand“, sagte Echo, froh darüber, dass kein Kunde im Laden war. Obwohl der Tag sonnig begonnen hatte, ballten sich jetzt im Westen dicke Wolken zusammen, und Echo konnte nicht umhin, gewisse Parallelen zu ihrem Leben zu ziehen.

„Della“, sagte die Frau. „Ich heiße Della.“

„Echo Wells.“ Echo stieg über Snowball hinweg und streckte ihre Hand aus.

Nach kurzem Zögern ergriff Della sie. „Sie wissen vermutlich, dass ich wegen Bud hier bin.“

Das hatte Echo nicht gewusst, jedenfalls nicht sicher. Doch sie sagte nichts, sondern wartete nur ab.

„Er hat etwas sehr Dummes getan.“ Della errötete ein wenig. „Hier einzubrechen, meine ich. Aber wenn er sich mal etwas in den Kopf gesetzt hat, braucht es schon eine Stange Dynamit, um es ihm wieder auszutreiben.“

„Was wollen Sie von mir, Mrs Willand?“

„Della.“

Echo unterdrückte ein Seufzen und den Wunsch, der Frau ein dringend nötiges Gesichtspeeling zu empfehlen. „Della also."

„Ich möchte Sie bitten, die Anzeige gegen Bud fallen zu lassen."

„Er ist in meinen Laden eingebrochen. In mein *Zuhause*."

Vielleicht war Della Willand eine gute Schauspielerin, doch der Kummer in ihrem Blick wirkte echt. „Bud ist schon eine Weile arbeitslos. Das muss irgendwie sein Hirn angegriffen haben. Gestern Abend hat sein Vorarbeiter Bob Walker angerufen. Er könnte am Montag wieder anfangen zu arbeiten, wenn er bis dahin wieder draußen ist." Sie zog einen alten Umschlag aus ihrer Hosentasche und schob ihn Echo hin. „Hier ist Bobs Nummer. Er kann Ihnen bestätigen, dass ich die Wahrheit sage."

„Woher soll ich wissen, dass das nicht ein Freund von Ihnen ist, der sich nur als Vorarbeiter ausgibt?"

Della zuckte müde die Schultern. „Ich schätze, gar nicht. Bud hat noch nie in Schwierigkeiten gesteckt, Miss Wells. Das können Sie sehr leicht nachprüfen. Irgendwie ist es meine Schuld, dass er so wild darauf war, den Hund zurückzubekommen. Wir haben sie von dem Hund eines Freundes decken lassen und die meisten Welpen sozusagen schon verkauft. Und das Geld hatten wir auch bereits verplant."

Einen Moment überlegte Echo. Auf der einen Seite besaß sie wirklich keine gute Menschenkenntnis. Sie hatte Justin und einigen anderen Menschen in ihrem Leben vertraut, die es nicht wert gewesen waren. Auf der anderen Seite glaubte sie Della Willand tatsächlich und wollte ihr eine zweite Chance geben.

„Ich muss darüber nachdenken", erklärte sie schließlich. „Ich weiß auch gar nicht, ob es in meiner Macht liegt, dass die Anzeige fallen gelassen wird, selbst wenn ich es wollte."

Della setzte zu einer Entgegnung an, hielt inne und schluckte ein paarmal. Dann nickte sie. „Danke. Es tut mir wirklich leid, was Bud getan hat."

Mit diesen Worten verließ sie den Laden. Echo sah der Frau nach, wie sie in einen ramponierten Wagen stieg und davonfuhr. Nachdenklich tippte sie sich mit dem Zeigefinger ans Kinn. Dann ging sie zurück hinter die Kasse, zog das Telefonbuch hervor und suchte nach der Telefonnummer des Polizeireviers.

Als sie Wyatt Terp am Apparat hatte, erzählte sie ihm von Della

Willands Besuch. Wyatt schwieg eine Weile. „Ich habe mittlerweile ein paar Nachforschungen über Bud angestellt. Er ist ein ziemlicher Versager, aber soweit ich herausgefunden habe, ist er bisher nie in Konflikt mit dem Gesetz geraten.“

„Wenn ich die Anzeige fallen lasse, wird er dann auf freien Fuß gesetzt?“

„Das hängt vom Staatsanwalt ab. Willands Vergehen ist ziemlich ernst, egal, wie man es betrachtet. Und wir können nicht sicher sein, dass er Sie nicht wieder belästigt.“

Echo betrachtete die Telefonnummer, die Della ihr gegeben hatte. „Laut seiner Frau hat er ein Jobangebot. Sie hat mir eine Telefonnummer dagelassen.“

„Das kann ich überprüfen, wenn Sie mögen. Und ich kann auch mit dem Staatsanwalt sprechen. Das könnte allerdings eine Weile dauern.“

„Das wäre sehr nett. Es ist nur so ein Gefühl, aber …“

Die Ladenglocke läutete, als Ayanna hereinkam.

„Ich weiß nicht, ob ich etwas erreichen kann. Aber ich werde mich schlaumachen und mich so schnell wie möglich wieder bei Ihnen melden.“

Nachdem sie sich bedankt hatte, legte Echo auf.

„Es ist verflixt noch mal nicht zu glauben“, rief Ayanna strahlend. Winzige Regentropfen glitzerten in ihrem schönen, von silbernen Strähnen durchzogenen Haar. „Ich habe zufällig Virgil Terp an der Tankstelle getroffen, und er hat mich zum Sommerball eingeladen.“

Von Cora wusste Echo, dass Virgil der Bruder von Morgan und Wyatt war. „Und, haben Sie Ja gesagt?“

„Natürlich. Ich mag Virgil. Er ist ziemlich schüchtern, aber sehr, sehr nett.“

Echo lächelte. „Sie kennen nicht zufällig ein hübsches Haus, das zur Vermietung angeboten wird?“

„Im Moment nicht. Wieso?“

„Ich hätte gern etwas mehr Platz. Und einen Garten, in dem ich Blumen anpflanzen kann.“

„Sie sollten Cora fragen“, meinte Ayanna. „Sie kennt schließlich jeden in Indian Rock. Oder rufen Sie Elaine im Maklerbüro an.“

Echo nickte.

„Schön zu wissen, dass Sie vorhaben zu bleiben, Echo." Ayanna kam hinter die Kasse, stellte ihre Tasche an den üblichen Platz und sah Echo verschmitzt an. „Hat das zufälligerweise irgendetwas mit Rance McKettrick zu tun?"

„Alles und nichts", entgegnete Echo.

„Ich weiß, was Sie meinen. Wo wir gerade von Häusern sprechen, jemand ist in das alte Lincoln-Haus eingezogen. Das ist dieses dreistöckige Backsteingebäude an der Ecke Maple und Red River Drive. Die einzige alte Villa in Indian Rock."

„Wundert mich, dass die nicht irgendeinem McKettrick gehört", rief Echo und hätte sich am liebsten dafür die Zunge abgebissen, da Ayannas Tochter selbst bald eine McKettrick sein würde. „Das meine ich nicht böse", fügte sie hastig hinzu.

Ayanna lachte. „Kein Problem. Und um genau zu sein, hat es der Familie tatsächlich einmal gehört. Doss McKettrick, ein Sohn von Holt, hat es um 1920 für seine Braut Hannah gebaut. Aber später sind sie wieder zurück auf die Ranch gezogen und haben die Villa für einen Haufen Geld an einen Bankier verkauft."

Beeindruckt schüttelte Echo den Kopf. „Ich beneide sie um ihre Geschichte. Die McKettricks, meine ich."

„Haben Sie denn keine Geschichte, Echo?", wunderte sich Ayanna.

Die Frage ließ Echo zusammenzucken. Mit dem Zeigefinger malte sie in unsichtbaren Buchstaben ihren wirklichen Namen auf den Verkaufstresen. „Nicht auf diese Weise."

„Aber die Puppe und Ihr Onkel Joe ..."

„Das zählt wohl kaum", entgegnete Echo leise und ohne Verbitterung.

„Dann ist es vielleicht an der Zeit, selbst eine Geschichte zu beginnen. Damit für Ihre Kinder einmal alles ganz anders wird."

Echo war sich nicht sicher, ob sie überhaupt jemals Kinder haben würde. Am Samstag war ihr dreißigster Geburtstag und eine Eheschließung nicht in Sicht. Natürlich entstand da etwas zwischen ihr und Rance, aber sie wagte es nicht, an mehr als an eine Affäre zu glauben.

Nein, sie wollte ihr Leben so gut es ging genießen, ein Haus mieten, einen wunderschönen Garten anlegen und ein oder zwei Hunde halten. Darüber hinaus wollte sie keine Pläne machen.

„Echo?“, hakte Ayanna nach.

Ein Bus hielt vor der Tür. „Showtime“, rief Echo mit einem gezwungenen Lächeln.

Maeve hatte nicht die Absicht gehabt, die E-Mails zu lesen. Doch als Granny sie zum Auto schickte, um ihre Handtasche zu holen, die sie vergessen hatte, kippte der Inhalt heraus. Schnell stopfte sie alles wieder hinein und drehte dabei aus Versehen ein paar zusammengefaltete Blätter um. Der Name ihrer Mutter fiel ihr ins Auge. Und dann, obwohl sie wusste, dass man nicht in den privaten Papieren anderer Leute herumschnüffelte, konnte sie sich nicht zurückhalten. Sie las nicht alles und verstand auch nicht sonderlich viel. Doch sie begriff sofort, dass es sich um ausgedruckte E-Mails handelte, die ihre Mutter irgendeinem Mann namens Steve geschrieben hatte und nicht etwa ihrem Dad. Und dass darin Liebeserklärungen vorkamen.

Nicht für ihren Dad.

Vorsichtig faltete sie die Seiten wieder zusammen und steckte sie mit zitternden Fingern in Grannys Handtasche.

Verzweifelt wünschte sie sich, mit jemandem darüber sprechen zu können, um zu hören, dass es sich nicht um das handelte, was sie glaubte. Dass die E-Mails vor der Hochzeit ihrer Eltern geschrieben worden waren. Doch wem sollte sie davon erzählen?

Granny?

Nein. Granny wusste bereits Bescheid, und natürlich hatte sie ihr nichts davon gesagt, weil Erwachsene Kindern sowieso nie etwas erzählten.

Ihrem Dad?

Nein und noch mal nein. Er würde ihre Mom vielleicht bis in alle Ewigkeit hassen, wenn er davon erfuhr. Maeve schloss die Augen und holte ein paarmal tief Luft. Sie musste sich zusammenreißen, sie war schließlich eine McKettrick. Das Dumme war nur, dass es mit zehn Jahren ziemlich schwer war, sich zusammenzureißen, McKettrick hin oder her.

„Maeve!“, brüllte Rianna von Grannys Veranda aus. „Beeil dich! Wir ziehen unsere neuen Kleider an und veranstalten eine Modenschau – du und ich und Granny.“

„Komme“, schrie Maeve zurück, nachdem sie ein paarmal geschluckt hatte. Onkel Jesse. Er war der Richtige. Ihm konnte sie davon erzählen, und er würde ihr bestimmt erklären, dass sie sich irrte.

Sie presste die Handtasche fest an ihre Brust und lief zum Haus. Dicke Regentropfen platschten auf ihren Kopf wie Tränen.

Am liebsten wäre Rance in der Buchhandlung vorbeigefahren, um wenigstens ein paar Minuten damit zu verbringen, Echo anzusehen. Doch als er die Stadt erreichte, braute sich ein Sturm zusammen. Er musste die Mädchen abholen und dann schnell wieder zur Ranch fahren, weil Rinder bei Unwetter oft in Panik ausbrachen. Mit dem Handy rief er zuerst Jesse und dann Keegan an. So wie es aussah, konnte er ein paar weitere helfende Hände gebrauchen.

Warmer Regen prasselte auf den Boden, als Maeve und Rianna aus dem Haus stürzten und in seinen Wagen sprangen. Rianna kicherte, während Maeve ungewöhnlich ernst aussah.

„Wir haben eine Modenschau gemacht", erklärte Rianna, nachdem sie auf die Rückbank geplumpst war.

Maeve sagte nichts. Sie hielt eine Einkaufstüte an sich gedrückt und schnallte erst ihre Schwester und dann sich selbst an. Die Luft roch nach Staub.

„Bist du okay, Maeve?", fragte Rance besorgt.

Sie schenkte ihm ein entschlossenes Lächeln. „Ja, bin ich."

„Ich muss die Rinder eintreiben, sobald wir wieder auf der Ranch sind. Wollt ihr vielleicht lieber bei eurer Granny bleiben?"

„Wir sind alt genug, um allein im Haus zu bleiben, Dad", sagte Maeve.

Rianna konnte ihre Begeisterung kaum im Zaum halten, trat ihrer Schwester sanft gegen das Schienbein und strich sich das nasse Haar glatt. „Vielleicht können wir zu Hause noch eine Modenschau machen?"

„Als ob ich dieses doofe Kleid noch mal anziehen würde", rief Maeve, schniefte kurz, drehte den Kopf zur Seite und starrte aus dem Fenster, als hätte sie Indian Rock noch nie zuvor gesehen.

„Du hast es aber nicht doof gefunden, als wir es gekauft haben", hob Rianna hervor.

„Ja, aber jetzt finde ich es doof." Maeve hielt den Blick fest aus dem Fenster gerichtet.

Rance fuhr los. Er war jetzt Viehzüchter, und er musste dafür sorgen, dass seine Rinder so friedlich wie möglich blieben. Als sie auf der Ranch ankamen, war Jesse bereits da und sattelte sein Pferd.

„Geht hinein und bleibt dort", befahl Rance seinen Töchtern.

Maeve warf Jesse einen merkwürdigen Blick zu, als sie ausstieg, dann packte sie Riannas Hand und rannte mit ihr zum Haus. Die Einkaufstüte blieb im Auto.

„Keeg ist auf dem Weg." Jesse grinste ihn strahlend an. „Das wird bestimmt lustig. Wie in den guten alten Tagen, als Triple M noch eine richtige Rinderfarm war."

„Lustig?", wiederholte Rance irritiert. Er machte sich Sorgen um Maeve. Aber die Rinder wirkten bereits sehr unruhig. Ein einziger Donner, und sie würden sich entweder gegenseitig zu Tode trampeln oder den Zaun niederreißen und davonrennen. „Wir können von Glück sagen, wenn keiner von uns vom Blitz getroffen wird."

„Ich habe immer Glück", erklärte Jesse mit einem übermütigen Grinsen. Dann schwang er sich in den Sattel und tippte gegen seine Hutkrempe.

Rance eilte in den Stall, um für sich und Keegan die Pferde zu satteln. Als er aus dem Stall ritt, fuhr Keegan gerade die Auffahrt hinauf. Offenbar war er noch nach Hause gefahren, um seinen Anzug gegen Jeans, Hemd und Stiefel auszutauschen. Sie alle würden binnen Minuten bis auf die Haut durchweicht sein, doch das war Rance egal. Er konnte nur an eines denken, nämlich daran, die zweihundert Rinder davon abzuhalten, sich gegenseitig umzubringen.

Jesse beugte sich vor, um das Tor zu öffnen, gab einen kurzen Schrei von sich und ritt auf die Herde zu. Rance und Keegan folgten ihm. Es war ein gutes Gefühl, wie sie alle drei nebeneinander ritten. Aber Rance hatte keine Zeit, es auszukosten. Ein Blitz zuckte über den Himmel, das folgende Donnergrollen war ohrenbetäubend. Jesses Pferd bäumte sich auf, woraufhin Jesse einen weiteren Schrei ausstieß und wie ein Idiot grinste.

Die drei waren ein gutes Team. Sie hatten die Rinder fast zusammengetrieben, als Keegan plötzlich einen schrillen Pfiff ausstieß und zum Haus deutete. Maeve kletterte gerade über den Zaun und lief direkt auf sie zu, als ob der Teufel hinter ihr her wäre. Mindestens zwanzig Rinder rasten in ihre Richtung. Rance und Keegan ritten so schnell sie konnten. Doch Jesse jagte wie ein Blitz auf sie zu, packte sie am Arm und zerrte sie zu sich in den Sattel, nur Sekunden, bevor die Rinder sie zu Tode getrampelt hätten.

Wie eine Statue saß er da, kontrollierte mit einer Hand sein Pferd und hielt Maeve mit dem anderen Arm fest an sich gepresst, während die Rinder an ihnen vorbeidonnerten. Rance starrte zum Zaun, um sicherzugehen, dass Rianna ihr nicht gefolgt war, dann lenkte er sein Pferd neben Jesse. Sofort kletterte Maeve in seine Arme und klammerte sich an ihn. Mit geschlossenen Augen drückte er sie so fest an sich, wie er es wagte. Schluchzend vergrub sie das Gesicht an seinem Hals. Er streichelte über ihren Rücken. Wartete. Später wollte er ihr eine Standpauke darüber halten, wie verdammt idiotisch sie sich verhalten hatte, doch im Augenblick war er einfach nur froh, dass sie lebte.

„Rianna!“, schrie das weinende Mädchen schließlich. „Ich habe ihr von den E-Mails erzählt. Ich musste es einfach jemandem erzählen. Und dann bin ich in mein Zimmer gerannt und habe geweint. Als ich z...zurückkam, war sie weg ... und ich kann ihr doofes r...rosa Auto nicht finden ...“

Rances Herz, das gerade erst wieder zu schlagen begonnen hatte, setzte erneut aus. Er sah zu Jesse und Keegan, die nah genug standen, um Maeves Worte gehört zu haben. Doch bei dem Donner und Getöse war er sich nicht sicher.

„Rianna ist mit ihrem Spielzeugauto weggefahren“, rief er.

„Verdammt!“, schrie Jesse.

„Los, suchen wir sie!“, brüllte Keegan.

Rance nickte. Sie ritten zurück zum Haus, wo Rance seine Tochter auf die Erde setzte und ihr den strikten Befehl erteilte, ins Haus zu gehen und sich nicht von der Stelle zu rühren. Die Rinder mussten nun allein zurechtkommen.

„Ich bin schuld“, weinte Maeve.

„Geh ins Haus!“, brüllte Rance.

Da drehte sie ab und flitzte durch den strömenden Regen zum Haus.

Echo fuhr langsam Richtung Triple M und spähte angestrengt durch die Windschutzscheibe. Snowball hechelte auf dem Beifahrersitz so heftig, dass die Scheiben beschlugen. Hin und wieder stieß sie ein aufgeregtes Kläffen aus.

Vor zwanzig Minuten hatte eine völlig aufgelöste Maeve sie angerufen und schluchzend irgendetwas von E-Mails und davon gebrabbelt, dass Rianna wahrscheinlich in ihrem kleinen Auto versuchen würde, in die Stadt zu fahren. Als Echo fragte, wo Rance wäre, sagte Maeve, er würde mit Jesse und Keegan die Rinder eintreiben.

In heller Panik überließ Echo Ayanna den Laden und lief mit Snowball zum Auto. Maeve glaubte also, dass Rianna mit ihrem Barbie-Auto unterwegs war. In diesem Fall konnte sie noch nicht weit gekommen sein, oder doch? Und was dachte Rance sich eigentlich dabei, seine Töchter allein in dem großen Haus zu lassen, während er Cowboy spielte? Plötzlich bellte Snowball laut, dann drehte sie sich um und versuchte, über die Rückenlehne zu klettern. Echo hielt auf dem Seitenstreifen an, während Snowball an der Tür kratzte und verzweifelt kläffte. Als Echo den Gurt löste und die Tür aufstieß, stürzte Snowball laut bellend in den Regen hinaus. Echo eilte ihr hinterher. Der Regen peitschte ihr ins Gesicht. Sie wischte sich das Wasser aus den Augen und sah, wie Snowball in die Richtung zurückrannte, aus der sie gekommen waren, und plötzlich verschwand. Echo zitterte vor Angst, denn nun sah sie weder Rianna noch Snowball. Hinter einer steilen Böschung ertönte ein Heulen. Laut betend schleuderte sie die Schuhe von den Füßen und rannte los. „Rianna! Snowball!!“ Sie schlitterte die Böschung hinunter. Unten floss der Bach, derselbe kleine Bach, an dem sie mit Rance entlanggeritten war. Durch das Unwetter hatte er sich in einem reißenden Fluss verwandelt.

„Rianna!“, schrie Echo. Sie stürzte, rappelte sich hoch, stürzte erneut. Snowball bellte.

„Echo!“ Die Stimme klang dünn und leise und sehr ängstlich. Es war Rianna. „Echo, hilf mir …“

Blind stolperte sie über Äste und Steine, und dann sah sie Rianna, die in den Bach gestürzt war und sich an einem Zweig festklammerte. Snowball hatte sich in ihrem T-Shirt verbissen und zerrte daran, während das tosende Wasser über das kleine Gesicht des Mädchens strömte.

Und Echo dachte nicht eine Sekunde nach.

Sie betete auch nicht.

Sie sprang direkt in den eiskalten Bach und griff wild um sich, bis sie Rianna erwischte. Dann zerrte sie sie ans Ufer, wo sie beide noch immer zitternd lagen, als Rance, Jesse und Keegan die Böschung herunterrutschten. Beide Arme fest um Rianna geschlungen, begann Echo vor Erleichterung zu weinen.

17. KAPITEL

Rance riss sich die Jeansjacke vom Leib, die außen klitschnass, innen aber noch relativ trocken war. Er fiel auf die Knie und schlang die Jacke um Riannas schmale Schultern. Ihre Zähne klapperten, ihre Lippen waren blau. Außerdem entdeckte er ein paar Schnitte und Schürfwunden, aber zumindest war sie bei Bewusstsein.

Echo lag auf der Seite im nassen Gras. Sie rollte sich auf den Rücken und starrte hinauf in den Himmel. Wegen des Prasselns des Regens und des Getöses vom Bach machte es keinen Sinn zu sprechen. Sie sah Rance an.

„Bist du verletzt?“, formte er mit den Lippen.

Stumm schüttelte sie den Kopf, stützte sich auf den Ellbogen und fiel prompt wieder auf den Rücken. Rance hätte sie am liebsten hochgehoben, doch er hielt bereits Rianna in den Armen. Keegan übernahm das für ihn. Und Jesse hob den Hund in die Arme. So stiegen sie hintereinander die Böschung hinauf. Als sie die Straße erreicht hatten, blieben sie kurz stehen.

„Es ist zu weit bis in die Stadt, vor allem bei diesem Wetter“, schrie Keegan über den Lärm des Regens hinweg. Er öffnete die Tür des VW Käfers und setzte Echo vorsichtig auf den Beifahrersitz. Rance gab ihr Rianna auf den Schoß und schnallte beide an, während Jesse den durchweichten Hund auf die Rückbank legte.

„Es wird alles wieder gut“, sagte Rance zu Echo, Rianna und dem Hund und betete zu Gott, dass er recht behielt. Echo nickte, während sie Rianna fest an sich presste.

„Wir kümmern uns um die Pferde“, erklärte Jesse, der wieder aufsaß und die Zügel von Rances Pferd in die Hand nahm. Keegan stieg ebenfalls in den Sattel, während Rance sich hinter das Lenkrad quetschte. Echo starrte durch die Windschutzscheibe. Rianna ließ ihren Kopf an ihre Brust sinken, schloss die Augen und stieß ein zitterndes Seufzen aus.

Auf der Ranch angekommen, parkte Rance so nah wie möglich an der Hintertür, ließ den Hund hinaus und lief dann um den Wagen, um Rianna auf den Arm zu nehmen. „Bleib, wo du bist, ich komme gleich zurück“, befahl er Echo.

Natürlich gehorchte sie nicht. Barfuß rannte sie durch den

Sturm auf die Küchentür zu, wo Maeve bereits auf sie wartete. Als sie die Küche betraten, sagte sie zu Rance: „Zieh ihr die nassen Klamotten aus."

Rance nickte. „Kann ich dich hier ein paar Minuten allein lassen?"

Echo nickte ebenfalls.

Mit Rianna auf dem Arm lief Rance nach oben.

„Ich hole dir einen Bademantel", bot Maeve an.

„Danke." Echo sank auf einen Küchenstuhl. Snowball legte sich in die kleine Pfütze zu ihren Füßen und seufzte.

Nachdem Rance seine Tochter ausgezogen und in eine Decke gehüllt hatte, fragte er: „Bist du verletzt, Liebling?"

Rianna weinte. „Nein. Ich dachte, ich würde ertrinken, Daddy. Und dann kam Snowball und hat in mein T-Shirt gebissen. Und dann Echo …"

Einen Moment drückte Rance sie ganz fest an sich. „Du ruhst dich jetzt aus. Und ich gehe nach unten, um nach Echo zu sehen und den Arzt zu rufen."

Aber Rianna klammerte sich mit beiden Armen an seinem Hals fest. „Nimm mich mit, Daddy", flehte sie.

Er blinzelte so lange, bis seine Augen wieder trocken waren, dann erst hob er sie vom Bett. „Kein Problem, Kleines."

Als sie wieder in die Küche kamen, waren Jesse und Keegan ebenfalls da. Jesse kniete vor Echo auf dem Boden und rieb ihre Hände, während Keegan ein Feuer in dem alten Ofen entfachte. Auch die Kaffeemaschine war bereits angestellt.

Maeve beobachtete die ganze Szene aus einiger Entfernung. Rance drückte auch sie an sich, bevor er Rianna in den alten Schaukelstuhl vor den Ofen setzte.

„Ich habe im Krankenhaus angerufen", sagte Jesse und stand auf. „Der Arzt meint, es wäre besser, wenn wir hierbleiben, solange alle bei Bewusstsein sind und niemand blutet. Er kommt so schnell wie möglich."

Keegan strich Rianna durchs Haar. „Jesse, wir sollten rausgehen und uns um die Rinder kümmern."

Eine Sekunde später hatten sie die Küche wieder verlassen.

„Ich hätte nie geglaubt, dass ich einmal mit einem rosa Auto fahre", sagte Rance, nur um irgendetwas zu sagen.

Echo lächelte, dann begann sie zu lachen. „Ich werde es niemandem verraten."

Er legte eine Hand zärtlich an ihre Wange. Obwohl er diese Frau erst so kurze Zeit kannte, hatte sie doch alles verändert. Als er sie vorhin am Ufer hatte liegen sehen, nass und schmutzig, weil sie gerade mithilfe ihres Hundes das Leben seiner Tochter gerettet hatte, begannen sich auf einmal jede Menge verrosteter Zahnräder in seinem Innern wieder zu drehen.

„Wie heißt du?", fragte er.

Sie winkte ihn zu sich, und er legte sein Ohr an ihre Lippen.

„Gefällt mir", verkündete er dann.

„Sag ihn uns auch", bettelte Rianna von ihrem Schaukelstuhl aus. Das Feuer tauchte die Küche in ein helles Licht.

Doch Echo legte lächelnd einen Finger an ihre Lippen. „Noch nicht", erklärte Rance seinen Töchtern.

Er schenkte Echo eine Tasse Kaffee ein und kochte für Rianna und Maeve Kakao. Rianna nahm ihre Tasse freudig entgegen und begann sofort zu schlürfen, während Maeve, die Snowball abtrocknete, ihn nicht einmal ansah. Da stellte Rance ihre Tasse auf dem Tisch ab und hockte sich neben sie auf den Boden.

„Maeve", bat er, „sprich mit mir."

„Ich bin schuld, dass Rianna und Echo und Snowball beinahe ertrunken wären", schluchzte sie.

Er drehte ihren Kopf zu sich, während Rianna vom Schaukelstuhl hüpfte und mit dem Kakaobecher in der Hand auf Echos Schoß kletterte. „Mommy hat Briefe an einen anderen Mann geschrieben", erzählte sie.

Echo wechselte einen Blick mit Rance, sagte aber nichts.

„Keine Briefe, E-Mails", verbesserte Maeve sie schniefend.

„Ich kenne die E-Mails", sagte Rance. „Es ist nicht so, wie ihr denkt."

Maeves Augen weiteten sich hoffnungsvoll. „Ich wollte sie nicht lesen. Sie sind einfach aus Grannys Tasche gefallen ..."

„Ist schon gut." Er nahm sie fest in seine Arme und küsste sie auf die Stirn.

„Wie kann das gut sein?", fragte Maeve.

„Es ist einfach so." Rance sah Echo an.

„War meine Mommy schlecht, so wie die Frauen manchmal im

Fernsehen?“, wollte Rianna wissen und sah dabei sehr besorgt aus.

„Nein“, antwortete Rance. „Eure Mommy war nicht schlecht. Aber manchmal etwas einsam.“

„Wenn ich es Rianna bloß nicht erzählt hätte. Sie ist doch nur ein kleines Kind“, weinte Maeve.

„Aber du musstest mit jemandem darüber sprechen, nicht wahr?“, fragte Rance sanft.

Stumm biss sie sich auf die Lippe, dann nickte sie.

Mit seiner Tochter auf dem Arm holte Rance eine große Dose Hühnersuppe aus der Speisekammer. Bis er sie aufgewärmt und jeder einen Teller gegessen hatte, war auch der Arzt da. Er untersuchte Rianna, gab ihr eine Spritze und schickte sie ins Bett. Sie schlief bereits, als Rance sie zudeckte. Auch Echo war unverletzt.

„Scheint, dass wir noch einen dritten Patienten haben“, sagte der Arzt und tastete Snowballs Bauch ab.

Echo versteifte sich. „Ist sie verletzt?“

„Nein. Aber sie wird jeden Moment ihre Welpen zur Welt bringen.“ Der ältere Mann sah Rance an. „Hätten Sie vielleicht eine Decke?“

Das erste Hundebaby wurde fünf Minuten später geboren. Nach dem vierten verkündete der Arzt, dass es nun vorüber sei. Die ganze Zeit über hatte Echo vor Snowball gekniet, sie gestreichelt und beruhigend auf sie eingeredet. Als sie nun zu Rance aufsah, glitzerten Tränen in ihren Augen.

„Sind sie nicht wunderschön?“, fragte sie.

Rance konnte ihrem Blick kaum standhalten. Bald musste sie diesen Hund wieder weggeben, zusammen mit den Welpen. In ihren Augen entdeckte er den Kummer darüber, zugleich aber auch unbändiges Glück.

„Sollten da nicht mehr als vier rauskommen?“, fragte Maeve mit gerunzelter Stirn. „Ich dachte, Hunde würden immer ganz viele Babys bekommen.“

„Nicht unbedingt“, antwortete der Arzt. Er erhob sich mit knackenden Knochen, ging zum Waschbecken und schrubbte sich die Hände.

Snowball begann, ihre Babys abzulecken und warf Echo einen dankbaren Blick zu, als sie ihr half, die Kleinen an die Zitzen zu legen. Rance konnte kaum hinsehen.

„Ich muss zurück ins Krankenhaus", sagte der Arzt.

„Die Straßen sind in einem ziemlich schlechten Zustand", warf Rance ein. „Vielleicht sollten Sie hier übernachten."

„Danke, aber das geht nicht. An Ihrer Stelle würde ich Cora anrufen, Rance. Wenn ihr jemand anderes von dem Vorfall erzählt, bekommen Sie große Schwierigkeiten."

Nachdem er den Arzt zu seinem Wagen gebracht hatte, rief Rance Cora an. Er musste lange auf sie einreden, um sie davon abzuhalten, umgehend zur Ranch zu fahren. Als er auflegte, war Maeve auf Echos Schoß eingeschlafen. Vorsichtig nahm er sie hoch, trug sie nach oben und legte sie ins Bett. Sie öffnete kurz die Augen, gähnte und sagte: „Es tut mir leid, Dad."

„Es ist alles gut, Maeve, mach dir keine Sorgen. Ich hab dich sehr lieb, mein Mädchen."

Echo sah den Welpen dabei zu, wie sie tranken. Rance füllte ihre Tasse mit frischem Kaffee und goss einen Schuss Southern Comfort dazu. Dann schob er einen Stuhl neben sie und setzte sich.

„Danke", sagte er.

„War doch ein Kinderspiel", scherzte sie.

„Ich hätte Rianna dieses verdammte Spielzeugauto niemals kaufen dürfen."

Echo drückte seine Hand.

„Wieso bist du genau in dem Moment die Straße entlanggefahren, als meine Tochter deine Hilfe brauchte?"

Sie wusste, dass sie seine Hand loslassen sollte, brachte es aber nicht fertig. „Maeve hat mich im Laden angerufen."

Er küsste ihre Hand und schloss für einen Moment die Augen.

„Nicht, Rance", flüsterte Echo. „Denk nicht darüber nach, was geschehen wäre, wenn wir sie nicht rechtzeitig gefunden hätten."

Überrascht starrte er sie an.

„Ich kann Gedanken lesen", lachte sie. Das stimmte zwar nicht, aber sie war eine Frau, und das reichte.

Als er sie auf seinen Schoß zog, schmiegte sie sich an ihn wie kurz zuvor die beiden Mädchen bei ihr.

„Ich schätze, es ist noch zu früh, dich zu bitten, bei uns einzuziehen", begann er nach einer langen Pause.

Echos Herz flatterte. Sie zupfte an seinem Kragen, dann küsste sie ihn aufs Kinn. „Viel zu früh“, erwiderte sie.

„Ich liebe dich.“

Fassungslos richtete sie sich auf.

„Ich weiß, ich weiß“, fuhr er fort, bevor sie etwas sagen konnte. „Auch dafür ist es zu früh. Aber ich liebe dich trotzdem.“

„Rance.“ Sie zwang sich, vernünftig zu bleiben. „Du bist einfach vollkommen erledigt. Es ist so viel passiert und …“

Er legte einen Finger auf ihre Lippen. „Nein. Es liegt nicht daran, was am Bach geschehen ist und auch nicht an der Geburt der Welpen. Ich *liebe* dich, Frau.“

Echos Herzschlag beschleunigte sich noch etwas mehr. „Versuchst du gerade, mich zu verführen?“

„Hatte ich nicht vor. Aber das ist gar keine schlechte Idee“, lachte er.

„Rance McKettrick, deine *Kinder* sind in diesem Haus.“

„Sie schlafen. Tief und fest.“

„Trotzdem.“ Echo schämte sich ein wenig dafür, wie sehr sie sich wünschte, mit Rance zu schlafen, während der Sturm um das Haus tobte.

„Liebst du mich?“

Sie schluckte schwer. „Natürlich“, erwiderte sie dann.

„Wirklich?“

„Ja.“

„Seit wann weißt du das?“

„Als du vorhin die Böschung herunterkamst, dachte ich nur: ‚Jetzt, wo Rance da ist, wird alles gut.‘“

„Falls du vorhast, mich bis zu unserer Hochzeit warten zu lassen, dann wird mir die Verlobungszeit sehr lang vorkommen.“

Bei diesem Satz riss sie die Augen auf. „Hochzeit?“

„Wenn ich eine Frau liebe“, sagte Rance noch immer lächelnd, „dann will ich sie auch heiraten.“

„Wie viele Frauen hast du denn geliebt?“

„Zwei.“

„Und du willst … *sofort* heiraten?“

„Nun, das hängt davon ab, ob du in der Zwischenzeit bereit bist, mit mir zu schlafen oder nicht.“

Ebenfalls lächelnd boxte sie ihn gegen die Brust, aber nicht sonderlich fest. Erst in diesem Moment bemerkte Echo, dass er noch immer seine nassen Kleider trug. Er war so damit beschäftigt gewesen, sich um Maeve und Rianna und sie selbst zu kümmern – von Snowball ganz zu schweigen –, dass er noch nicht dazu gekommen war, sich umzuziehen.

„Du wirst dir noch den Tod holen."

„Ich schätze, ich könnte wirklich eine Dusche brauchen." Er wackelte mit den Augenbrauen. „Die Dusche beim Pool. Der ist sehr weit entfernt von den Kinderzimmern. Sehr, sehr weit."

„Willst du etwa vorschlagen ...?"

„Dass du mir Gesellschaft leistest? Ja. Das will ich vorschlagen. Unter anderem."

„Jesse und Keegan werden vermutlich jede Sekunde zurückkommen", murmelte sie, während ein Schauer durch ihren Körper jagte.

„Die werden schon von selbst draufkommen."

„Genau das befürchte ich ja."

Rance lachte. Dann stand er auf und zog Echo in die Höhe. Zehn Minuten später, als sie sich unter der herrlich heißen Dusche liebten, fand Echo zurück zu ihrem richtigen Namen. Zu ihrem wahren Selbst.

Dort zu sein, war fremd und wundervoll zugleich.

Am Samstagmorgen weckte Echo das Quäken der kleinen Hunde. Lächelnd stand sie auf, streckte sich und beugte sich über die Luftmatratze.

„Ich bin dreißig", erklärte sie den Hunden.

Snowball betrachtete sie mit der üblichen Bewunderung im Blick. Echo streichelte einen Hund nach dem anderen, dann wusch sie sich in der Küche die Hände und setzte Kaffee auf. Solange der Kaffee durchlief, sah sie aus dem Fenster.

Auf den Straßen war es ruhig. Vermutlich schliefen die Bewohner von Indian Rock heute länger, um am Abend für den Sommerball in Form zu sein. Das Telefon klingelte. Falls noch einmal ein Liebeszauber bestellt werden sollte, würde sie ihn verschenken – ein letztes Mal, denn sie hatte ihre Website bereits abgemeldet. Sie arbeitete nicht mehr im Liebeszauber-Geschäft. Wie es aussah, war in Indian Rock irgendeine Art von Magie im Gange.

Aber sie selbst wollte nicht verantwortlich sein für so viele Herzen. Sie hatte genug mit ihrem eigenen zu tun.

„*Echos Books and Gifts*", meldete sie sich. „Was kann ich für Sie tun?"

Am anderen Ende lachte Rance leise. „Eine Menge. Es ist schließlich schon ein paar Tage her."

Nach dem Unfall hatte sie bei Rance übernachtet und am nächsten Morgen so getan, als ob es sich um das Normalste der Welt handelte. Rianna schien auch dieser Ansicht zu sein, während Maeve etwas nachdenklich wirkte. Daraufhin hatten sie beschlossen, ein paar Tage Ruhe einkehren zu lassen.

„Liebst du mich noch?", fragte Rance.

„Komischerweise. Und du?"

„Ich bin so weit, einen Ring zu kaufen und den Pfarrer zu bestellen. Jetzt aber möchte ich dich erst einmal zum Frühstücken abholen, also zieh dich lieber gleich an. Maeve und Rianna verbringen den Tag bei Cora, um sich auf den Sommerball vorzubereiten."

„Ich muss den Laden öffnen, und zwar in ..."

„Das kann doch warten, oder nicht?"

Sie lächelte. „Vermutlich."

„Gut."

Echo duschte schnell, zog sich an und trank eine Tasse Kaffee. Dann lief sie nach unten, um nachzusehen, ob bereits Kunden vor der Tür warteten. Gerade kam Ayanna herein.

„Ich gehe mit Rance frühstücken. Könnten Sie eine Stunde lang hier die Stellung halten?"

Ayanna strahlte. „Natürlich. Und wie geht es der frischgebackenen Mama?"

Snowball und ihre Welpen hatten es auf die Titelseite der *Indian Rock Gazette* geschafft, im Zusammenhang mit der Rettung von Rianna.

„Sie kommt so langsam wieder auf die Beine."

„Und Sie auch?", fragte Ayanna und meinte ganz offensichtlich ihren Sprung in den Bach.

„Könnte nicht besser sein", gab Echo zurück.

In diesem Augenblick hielt ein riesiges Wohnmobil vor dem Laden an. Noch bevor die Tür aufging und ein älterer Mann mit schütterem Haar herauskletterte, wusste Echo, dass die Ademoyes nun ihren Hund nach Hause holten. Tränen traten ihr in die Augen.

„Echo?“ Ayanna warf ihr einen besorgten Blick zu, dann entdeckte auch sie das Wohnmobil.

Der Mann eilte strahlend auf die Eingangstür zu, während Echo wie angewurzelt dastand und sich fragte, wie ein Mensch zur selben Zeit überglücklich und zu Tode betrübt sein konnte. Hinter Herb tauchte Marge auf, eine etwas pummelige Frau in Caprihose, Rüschenbluse und Espadrilles.

„Ist sie hier?“, fragte Marge atemlos.

Von oben erklang ein Kläffen.

„Snowball!“, rief Herb. Freudig bellend sauste Snowball die Treppe hinunter. Herb und Marge fielen auf die Knie und umarmten ihren Hund, der ihnen laut wimmernd die Gesichter ableckte. Hinter ihnen betrat Rance den Laden und sah besorgt zu Echo.

Sie nickte, weil sie nicht sprechen konnte. Bestimmt sah sie wie eine Verrückte aus, so wie sie lächelte, während Tränen über ihre Wangen strömten.

„Sie müssen Echo sein“, sagte Herb schließlich und stand auf. Marge kauerte noch immer auf der Erde, das Gesicht schluchzend in Snowballs Fell vergraben. „Wir können Ihnen gar nicht genug danken.“

„Es war mir ein Vergnügen.“ Und das stimmte. Snowball war genau in dem Moment aufgetaucht, in dem sie dringend einen Freund brauchte. Gemeinsam hatten sie eine Reise unternommen, die nicht viel mit den Kilometern zu tun hatte, die zwischen Tuscon und Indian Rock lagen. So schwer es ihr auch fiel, sich von dem Hund zu trennen, so sicher war sie auch, dass es das Richtige war.

Rance räusperte sich. „Hast du ihnen schon von den Babys erzählt?“

Marge, die sich gerade das Gesicht mit einem Taschentuch trocknete, begann zu strahlen.

„Babys?“, wiederholte sie.

„Vier, um genau zu sein“, erklärte Echo. „Sie alle sind gesund und wunderhübsch.“

Wie aufs Stichwort lief Snowball zur Treppe. Dort blieb sie kurz stehen und warf einen Blick zurück auf Marge und Herb.

„Ist schon in Ordnung", versicherte Echo ihnen. „Gehen Sie ruhig rauf. Snowball möchte Ihnen ihre Babys zeigen."

„Ich wünschte, ich hätte mein Bett gemacht", erschrak sie dann, als die beiden verschwunden waren.

Rance nahm sie in die Arme.

„Ich glaube, ich gehe mal schnell die Zeitung kaufen", sagte Ayanna, obwohl schon längst eine Ausgabe der *Gazette* geliefert worden war.

„Bist du okay?", fragte Rance besorgt.

„Ja." Sie drückte ihr Gesicht an seine Schulter. „Und nein."

Kurz darauf kamen Herb und Marge wieder die Treppe hinunter. Jeder von ihnen trug zwei winzige weiße Welpen auf dem Arm. Snowball folgte ihnen dicht auf den Fersen.

„Sie sollten die Luftmatratze mitnehmen", lächelte Echo. „Snowball liebt sie."

„Ich würde Ihnen so gern einen Welpen geben", murmelte Marge mit Tränen in den Augen. „Aber sie sind noch zu klein."

„Ich weiß." Echo streichelte ein weiches kleines Fellbündel nach dem anderen.

„Wir kommen im Frühjahr wieder durch Indian Rock." Herbs Stimme klang heiser. „Wenn Sie wollen, bringen wir Ihnen dann einen Hund mit."

„Das wäre sehr schön."

Snowball lief zur Tür, drehte sich um und lief zurück. Dann sah sie auf. Echo hätte schwören können, dass sie lächelte. Sie ging in die Hocke und kraulte ihr sanft die Ohren. „Auf Wiedersehen, mein süßer Hund. Und danke für alles."

Leise wimmernd leckte Snowball über Echos Gesicht.

„Du musst jetzt gehen, nicht wahr?"

Snowball wimmerte noch einmal und wandte sich dann zur Tür. Rance brachte die Luftmatratze herunter und verstaute sie im Wohnmobil. Snowball rannte begeistert hinaus, ohne noch einmal zurückzuschauen. Marge blieb noch eine Weile unschlüssig mit den beiden Welpen im Laden stehen. „Ich weiß, wie schwer das für sie ist", murmelte sie.

Echo nickte stumm.

„Wir würden Ihnen gern eine Art Finderlohn zahlen."

„Ein Welpe. Im Frühjahr", entschied Echo.

„Im Frühjahr." Zum Abschied gab sie Echo einen mütterlichen Kuss auf die Wange. „Wir haben zwei Töchter. Garantiert möchte jede einen Welpen haben. Einen behalten wir selbst, und den vierten bringen wir Ihnen vorbei. Das verspreche ich Ihnen."

„Danke."

Sie folgte Marge nach draußen und blickte dem Wohnmobil hinterher. Rance legte einen Arm um ihre Schulter. Beide winkten, und Marge hupte einmal. Und dann war das große Wohnmobil verschwunden.

„Magst du noch immer frühstücken gehen?"

„Ja", antwortete Echo mit einem kleinen Schluchzen. Schließlich ging das Leben weiter. Snowball lebte nun wieder bei ihrer Familie, wo sie hingehörte, und sie selbst war fast am Verhungern.

Nach einem Pancake-Special-Frühstück im *Roadhouse* brachte Rance sie wieder zur Buchhandlung und fuhr zurück auf die Ranch. Zum Glück gab es an diesem Tag viel zu tun, und doch spürte Echo eine schmerzlich leere Stelle in ihrem Herzen.

Als sie gegen achtzehn Uhr schließen und sich für den Sommerball umziehen wollte, hielt Rance mit quietschenden Reifen vor dem Laden an. Maeve und Rianna hüpften in ihren hübschen Kleidern heraus.

„Alles Gute zum Geburtstag!", quietschte Rianna und warf sich in ihre Arme.

Echo drückte das Mädchen an sich, und als sie aufsah, stand Rance mit einer ziemlich großen weißen Schachtel unter dem einen Arm und mit einem kleinen, sich windenden Hund unter dem anderen Arm vor ihr. Vor Überraschung schlug Echo eine Hand vor den Mund.

„Das ist ein hässliches kleines Vieh", erklärte Rance und betrachtete den grauen, kurzhaarigen Mischlingshund. „Aber im Tierheim sagte man mir, dass er dringend ein neues Zuhause braucht."

Echo lachte und weinte gleichzeitig.

„Du willst Scrappers doch haben, oder?", fragte Maeve besorgt.

„Natürlich."

Rance setzte den Hund ab, dann stellte er die Schachtel auf den Tresen. „Mach auf."

In der Schachtel war eine Torte. Sie sah Rance an, und sie liebte ihn mehr, als sie es jemals im Leben für möglich gehalten hätte. Währenddessen kratzte Scrappers an ihren Schuhen und leckte über ihre Knöchel. In der Torte steckten zwei Kerzen in Form einer 3 und einer 0. Doch es waren die Worte aus blauem Zuckerguss, die ihr den Atem raubten.

Happy Birthday, Emma.

„Emma“, lächelte sie mit Tränen in den Augen. „Mein Name ist Emma.“

Maeve und Rianna schienen froh, dass das Geheimnis nun endlich gelüftet war, wandten dann aber ihre Aufmerksamkeit schnell wieder Scrappers zu.

„Verflixt, ich habe die Teller vergessen“, rief Cora, die wie aus dem Nichts aufgetaucht war.

„Ich helfe dir“, meinte Ayanna. Die beiden rannten aus dem Laden.

Als hätte er nur darauf gewartet, nahm Rance ihre Hand. „Willst du mich heiraten, Emma Wells?“

Zu verzaubert, um zu sprechen, nickte sie. Er nahm die als 3 geformte Kerze herunter – und Emma entdeckte erst jetzt den Verlobungsring.

Rance steckte ihn ihr mitsamt blauem Zuckerguss an den Finger. „Wann immer du bereit bist.“ Er küsste sie.

Als sie sich wieder voneinander lösten, tupfte Emma ein wenig Zuckerguss auf seine Lippen und küsste ihn wieder weg. Manche Geschenke wie wundervolle weiße Hunde, die man an einer Raststätte im strömenden Regen fand, waren dafür bestimmt, wieder aufgegeben zu werden – und zwar mit so viel Würde wie nur irgend möglich. Andere hingegen, wie das Land, auf dem Triple M stand, und die Liebe eines Rance McKettrick waren für die Ewigkeit gemacht.

Wann immer du bereit bist, hatte Rance gesagt.

Nun, Emma war bereit. Sie war endlich bereit zu vertrauen. Bereit, zwei wunderbare Mädchen großzuziehen, die sie in diesem Augenblick mit glänzenden Augen ansahen.

„Du wirst unsere Stiefmama, ja?“, bat Rianna hoffnungsvoll.

„Wir versprechen auch, artig zu sein“, fügte Maeve hinzu.

Emma umarmte die beiden Mädchen. „Es würde mich stolz machen, euch beide als Stieftöchter zu haben.“ Dann sah sie Rance an. „Was hältst du davon, wenn wir nun selbst eine Familiengeschichte schreiben, Cowboy?"

Lachend reichte er ihr den Arm. „Müssen wir nicht irgendwo tanzen gehen?"

Auch sie lachte. „Allerdings. Aber vorher muss ich mich noch umziehen."

Die Sporthalle von Indian Rock war mit Papierschlangen und Ballons geschmückt, eine Band spielte. Emma glaubte, in der Zeit zurückzureisen und alle verpassten Schulbälle nun auf einmal zu erleben. Rance führte sie einfach in die Mitte der Tanzfläche, breitete die Arme aus, und Emma fiel strahlend hinein.

EPILOG

29. Juni

Jesses Berg

Auf der Lichtung des Berggipfels drängten sich die Hochzeitsgäste. Manche waren mit ihren Geländewagen heraufgefahren, andere in Kutschen, und einige waren sogar geritten.

Jesse und seine wunderschöne Braut Cheyenne kehrten ihren Gästen den Rücken zu und hörten dem Pfarrer zu, einem langjährigen Freund der McKettrick-Familie.

„Liebe Anwesenden“, begann der Pfarrer. „Wir haben uns hier versammelt …“

Stolz standen Rance und Keegan an Jesses linker Seite. Sie sahen atemberaubend gut in ihren Smokings aus. Rance zwinkerte Emma zu. Mit geröteten Wangen lächelte sie ihn an. An ihrer linken Hand blitzte ihr diamantener Verlobungsring auf, und sie gestattete es sich kurz, ihn zu bewundern. Eine leichte Brise fuhr durch die Blätter der uralten Kiefern, der Himmel strahlte herzzerreißend blau.

Von der Hochzeitszeremonie bekam Emma nur sehr wenig mit. Zu viele Gedanken gingen ihr durch den Kopf. Ihr Onkel war vor ein paar Tagen friedlich im Schlaf gestorben und ohne Gedenkfeier bestattet worden. Der Staatsanwalt hatte entschieden, Bud Willand noch eine letzte Chance zu geben. Inzwischen hatte Bud seine Stelle als Schweißer angetreten. Die Ademoyes riefen regelmäßig an, um sie über die Entwicklung der Welpen auf dem Laufenden zu halten. Scrappers Erziehung war eine ziemliche Herausforderung, doch er gehörte Emma. Niemand konnte kommen und ihn ihr wegnehmen. Die Buchhandlung florierte. Emma liebte Rance McKettrick, und er liebte sie.

Mehr konnte ein Mensch sich nicht wünschen.

„… hiermit erkläre ich Sie zu Mann und Frau“, sagte der Pfarrer. „Jesse, Sie dürfen die Braut jetzt küssen.“

Das tat Jesse, und danach stieß er einen Jubelschrei aus. Die Hochzeitsgäste applaudierten lachend, ihr Beifall hallte von den umliegenden Bergen wider, Berge, die unzählige Geburten von McKettricks, Hochzeiten und Todesfälle bezeugt hatten.

Einen Moment schloss Emma die Augen und atmete die süße Bergluft ein. Jesse und Cheyenne waren nun ein Teil der Familiengeschichte – und sie und Rance sehr bald auch.

Die Geschichte würde immer weitergehen und sich wie ein helles, starkes Band durch die Gegenwart in die Zukunft erstrecken.

– ENDE –

Linda Lael Miller

Keegan – Sturm über der Wüste

Roman

Aus dem Amerikanischen von
Tess Martin

MIRA®

1. KAPITEL

Molly Shields zwang sich, vor dem riesigen Backsteinhaus stehen zu bleiben. Sie holte tief Luft und atmete sehr langsam wieder aus. Sonst wäre sie wahrscheinlich über das Tor geklettert und so schnell wie nur irgend möglich über den Weg gehetzt.

Lucas.

Lucas lebte in diesem gewaltigen Gebäude.

Aber Psyche auch. Und zumindest nach Ansicht des Rests der Welt war Psyche Ryan Lucas' Mutter.

Alles in Molly sträubte sich gegen diese Tatsache.

Sie riss sich zusammen, Lucas war nicht ihr Kind, sondern das von Psyche. Die Träger des Rucksacks, den sie durch ganz Indian Rock geschleppt hatte, schnitten ihr in die Schultern.

Der kleine Junge war jetzt achtzehn Monate alt – achtzehn Monate, zwei Wochen und fünf Tage. Kurz nach seiner Geburt hatte sie ihn zum letzten Mal gesehen. Rosa und brüllend hielt sie ihn damals in den Armen, viel zu kurz, um ihn wegzugeben. Seitdem hatte Psyche ihr ab und zu ein paar Schnappschüsse geschickt. Aus Lucas war ein kräftiger, hübscher blonder Junge geworden, mit strahlend grünen Augen. Er sah seinem Vater ähnlicher als ihr.

In wenigen Minuten, vielleicht Sekunden, würde sie endlich das Kind sehen, das sie trotz allem als ihr eigenes betrachtete, zumindest in schwachen Momenten.

Vielleicht erlaubte Psyche ihr, Lucas auf den Arm zu nehmen. Nichts wünschte Molly sich mehr, als den Duft seiner Haut und Haare einzuatmen …

Vorsicht, warnte sie eine innere Stimme.

Es grenzte sowieso an ein Wunder, dass Psyche – eine völlig Fremde und, nicht zu vergessen, betrogene Ehefrau – Molly in diese kleine Stadt gebeten hatte. Sie durfte es nicht zu weit treiben. Wunder waren selten und zerbrechlich, sie mussten mit höchster Sorgfalt behandelt werden.

Molly hantierte an dem Riegel des glänzend schwarzen Eisentors. Ein dezentes kleines Schild am Zaun wies darauf hin, dass es sich bei dem Gebäude um eine historische Sehenswürdigkeit handelte.

Aus Psyches E-Mails wusste Molly, dass ihr Elternhaus an der Ecke Maple Street und Red River Drive beinahe zehn Jahre lang leer gestanden hatte. Doch jetzt war die ausgedehnte Rasenfläche davor perfekt gepflegt. Flieder und Rosen blühten, und die zahlreichen Fenster glänzten. Molly drosselte ihr Tempo und ging langsam auf die Veranda mit dem kleinen Tisch, zwei Stühlen und einer kleinen Schaukel zu. Unwillkürlich stellte sie sich vor, wie sie auf dieser Schaukel saß und Lucas an einem warmen Sommerabend in den Schlaf wiegte. Ihr Herz schlug schneller.

Psyches Kind, wiederholte sie stumm. Psyches Kind.

Sie hatte keine Ahnung, warum Psyche sie hergebeten hatte oder wie lange sie bleiben sollte. Die Frau hatte ihr ein Erste-Klasse-Ticket von Los Angeles nach Phoenix angeboten, wo ein Fahrer sie abholen sollte. Doch Molly hatte beschlossen, stattdessen den Bus zu nehmen. Vielleicht war das ihre Art von Buße.

Natürlich wäre es klüger gewesen, überhaupt nicht zu kommen. Aber sie konnte der Versuchung, Lucas wiederzusehen, einfach nicht widerstehen.

Die schwere Eingangstür schwang auf, als sie gerade die Treppe erreichte. Eine schwarze Frau mittleren Alters trat vor die Tür. Sie war dünn und groß und trug eine frisch gebügelte, weiße Uniform und Schuhe mit Kreppsohlen.

„Sind Sie's?“, fragte sie rundheraus.

Molly war also „Sie“ – in Ordnung. Lucas' biologische Mutter, die Frau, die mit Psyches Ehemann geschlafen hatte. Es spielte keine Rolle, dass Molly erst zu spät erfahren hatte, dass er verheiratet war. Das behaupteten schließlich alle, oder nicht? Sie war intelligent und besaß einen Studienabschluss und ein eigenes Unternehmen. Mochte Thayer ein noch so geschickter Lügner gewesen sein, sie hätte die Zeichen richtig deuten müssen.

Es gab immer Zeichen.

Molly schluckte und nickte verdrossen.

„Nun, dann kommen Sie mal rein“, sagte die Frau, wobei sie sich mit einer Hand Luft zufächelte. „Ich kann nicht den ganzen Tag bei offener Tür hier auf der Veranda herumstehen, wissen Sie. So 'ne Klimaanlage laufen zu lassen, kostet Geld.“

Molly unterdrückte ein Lächeln. In den letzten Wochen hatte Psyche ihre Haushälterin ab und zu erwähnt und geschrieben, dass es sich bei ihr um eine kratzbürstige, aber gutmütige Frau handele.

„Sie müssen Florence sein“, bemerkte Molly.

Florence nickte mit gerunzelter Stirn. „Ist dieser Rucksack Ihr ganzes Gepäck?“

„Nein, das war zu schwer zum Tragen.“ Wie einige andere, ganz persönliche Probleme auch, aber sie marschierte trotzdem immer weiter. Überwiegend deshalb, weil sie nicht wusste, was sie sonst tun sollte.

Mit einem leisen Schnauben schob Florence ihre Brille auf die Nase. Kein Wunder, dass sie Molly nicht mit einem Willkommensplakat empfing, nach allem, was Psyche ihr vermutlich erzählt hatte. Wovon fast alles unglücklicherweise der Wahrheit entsprach.

Nach einem kurzen Räuspern trat die Haushälterin zur Seite, um Molly Platz zu machen. „Wir fahren später mit meinem Auto zur Busstation, um den Rest zu holen. Im Moment ruht sich Miss Psyche zwar gerade oben aus, ich möchte aber trotzdem ein Auge auf sie haben.“ Hinter der dicken Brille wurden ihre schokoladenbraunen Augen glasig, und sie seufzte. „Mein armes Baby“, fügte sie hinzu, eher an die Sträucher als an Molly gewandt. „Sie ist völlig erschöpft von dem Umzug hierher. Wenn ich etwas zu sagen hätte, wären wir in Flagstaff geblieben, wo wir hingehören. Aber wenn dieses Mädchen sich einmal etwas in den Kopf gesetzt hat, ist nichts zu machen.“

Am liebsten hätte Molly nach Lucas gefragt. Doch sie musste sich vorsichtig verhalten, vor allem gegenüber dieser langjährigen Angestellten der Familie. Florence Washington war schon Psyches Kindermädchen gewesen. Als Psyche Thayer Ryan heiratete, blieb sie, um für das Ehepaar den Haushalt zu führen.

Molly spürte, wie ihr Magen sich verkrampfte.

Vor einem Jahr war Thayer mit siebenunddreißig Jahren an einem Herzinfarkt gestorben. Zwar hatte sie ihm nicht den Tod gewünscht, doch betrauern konnte sie ihn genauso wenig. Weder war sie zu seiner Beerdigung gegangen noch hatte sie Blumen oder eine Beileidskarte geschickt.

Was hätte sie auch schreiben sollen? Herzliches Beileid von der Geliebten Ihres verstorbenen Mannes?

Florence trottete durch die Eingangshalle an einer gewundenen Treppe vorbei, dann durch einen langen Korridor, den zu beiden Seiten große, abgedunkelte Räume säumten. Molly folgte ihr langsam in eine sonnendurchflutete Küche mit deckenhohen Fenstern. Hinter ihnen erstreckte sich eine weitere Veranda. Und dahinter lag ein großer Garten.

Stumm stellte Molly ihren Rucksack auf einen der Stühle.

„Sie können sich ebenso gut setzen", sagte Florence.

Sie können sich ebenso gut setzen, wiederholte Molly im Stillen. Sie war müde. Zwei Tage hatte sie mit dem Bus von Los Angeles nach Indian Rock gebraucht. Trotzdem wäre sie am liebsten in jedes einzelne Zimmer gestürmt, um Lucas endlich zu finden.

Ohne etwas zu sagen, zog sie einen der schweren Eichenstühle zurück und ließ sich daraufsinken.

„Kaffee?", fragte Florence. „Tee?"

„Wasser wäre gut", entgegnete Molly.

„Mit Kohlensäure oder still?"

„Still, bitte."

Florence stellte ein mit Eis gefülltes Glas und eine Flasche vor sie und lehnte sich mit verschränkten Armen an das Spülbecken.

„Was haben Sie hier zu suchen?", stieß sie hervor. Offenbar hatte sie die Frage so lange wie möglich zurückgehalten.

„Ich weiß es nicht", antwortete Molly wahrheitsgemäß. Vor einer Woche hatte Psyche angerufen und sie ohne weitere Erklärung gebeten zu kommen. „Wir müssen uns persönlich sprechen", hatte sie nur gesagt.

„Mir scheint, Sie haben schon genug angerichtet", fuhr Florence fort. „Auch ohne hier aufzutauchen. Ausgerechnet jetzt."

Molly schluckte. Mit ihren dreißig Jahren leitete sie eine der größten Literaturagenturen in Los Angeles. Sie verhandelte praktisch jeden Tag mit egomanischen, höchst erfolgreichen Autoren, mit Lektoren und Filmschaffenden. Und nun saß sie in Jeans, T-Shirt und Turnschuhen, die sie bereits seit achtundvierzig Stunden trug, in Psyche Ryans Küche und hatte das Gefühl, immer mehr zu schrumpfen.

„Mach ihr nicht das Leben schwer, Florence", erklang eine freundliche Stimme hinter ihr. „Ich habe sie gebeten zu kommen, und Molly war nett genug, ja zu sagen."

Sowohl Molly als auch Florence drehten sich um, wobei Molly

so hastig aufstand, dass sie beinahe ihren Stuhl umstieß.

In der Küchentür stand eine erschreckend dünne Frau in einem Seidenmorgenmantel und dazu passenden Slippers. Zwei Dinge fielen Molly sofort auf: Erstens, wie schön Psyche war, und zweitens, dass sie offenbar unter der kleinen Häkelmütze eine Glatze verbarg.

„Würdest du bitte nach Lucas sehen? Vor ein paar Minuten hat er noch geschlafen. Aber noch hat er sich nicht an dieses Haus gewöhnt. Ich möchte nicht, dass er allein aufwacht."

Einen Moment zögerte Florence, dann nickte sie steif, warf Molly einen letzten bösen Blick zu und ging aus der Küche.

„Setzen Sie sich", sagte Psyche.

Molly, die sonst Befehle erteilte, gehorchte umgehend.

Auch Psyche sank mit einem kleinen Seufzen auf einen Stuhl.

„Danke, dass Sie gekommen sind." Sie reichte Molly die Hand. „Ich bin Psyche Ryan."

Molly schüttelte die Hand, die so leicht war wie ein Blatt Pergamentpapier. „Molly Shields", entgegnete sie. Unwillkürlich wanderte ihr Blick zu Psyches Mütze und dann wieder zurück zu den riesigen lilafarbenen Augen.

Psyche lächelte. „Ja", nickte sie. „Ich habe Krebs."

„Tut mir leid", erwiderte Molly bestürzt. *Nicht nur das mit dem Krebs.* „Ist er …?"

„Unheilbar", bestätigte Psyche.

Tränen des Mitgefühls brannten in Mollys Augen. Doch sie schluckte sie entschlossen hinunter, und auf einmal dachte sie an Lucas.

Guter Gott, wenn Psyche starb, was würde dann aus ihm werden? Sie selbst hatte ihre Mutter mit fünfzehn verloren. Sie kannte die Leere und das ständige Gefühl des Verlusts.

Anscheinend konnte Psyche ihre Gedanken lesen, zumindest einige davon. Denn sie lächelte wieder, langte über den Tisch und drückte Mollys Hand. „Wie Sie wissen, lebt mein Mann nicht mehr. Keiner von uns hat Verwandte. Und da Sie Lucas' biologische Mutter sind, hoffe ich …"

Vor Aufregung machte Mollys Herz einen kleinen Satz, doch sie zügelte sich aus Furcht vor einer möglichen Enttäuschung.

„Ich hoffe, Sie kümmern sich um Lucas, wenn ich nicht mehr

da bin", sagte Psyche. „Seien Sie ihm eine Mutter, nicht nur auf dem Papier – sondern wirklich."

Molly öffnete den Mund und schloss ihn gleich wieder, zu erschüttert, um ihrer eigenen Stimme zu trauen.

Besorgt lehnte Psyche sich zurück, schmiegte sich in ihren pfirsichfarbenen Morgenmantel und studierte Mollys Gesichtsausdruck. „Vielleicht war es anmaßend, Sie einfach so herzubestellen", bemerkte sie leise. „Wenn Sie Lucas hätten aufziehen wollen, hätten Sie ihn nicht weggegeben."

Bei diesem Satz überfielen Molly Verzweiflung, Trauer und Hoffnung. Vermutlich würde sie diese Mischung von Gefühlen niemals voneinander trennen können. „Aber natürlich möchte ich ihm eine Mutter sein", stieß sie hervor.

Nach dieser Antwort wirkte Psyche erleichtert – und erschöpft. „Allerdings gibt es da ein paar Bedingungen", warnte sie.

Molly wartete stumm.

„Lucas muss in oder in der Nähe von Indian Rock aufwachsen", erklärte Psyche. „Am besten in diesem Haus. Ich bin hier aufgewachsen, und ich möchte, dass mein Sohn es auch tut."

Eine florierende Literaturagentur in Los Angeles, ein Haus in Pacific Palisades, Freunde, einen alternden Vater, ein Leben. Konnte sie das alles aufgeben, um in einer kleinen, entlegenen Stadt in Arizona zu leben?

„Lucas wird ein beachtliches Vermögen erben", fuhr Psyche fort. Sie musterte Mollys Kleidung und den abgenutzten Rucksack. „Ich weiß nicht, wie Ihre finanzielle Situation aussieht. Aber ich bin bereit, Sie großzügig zu unterstützen, bis Lucas volljährig ist. Wenn Sie wollen, können Sie aus diesem Haus auch eine Frühstückspension machen."

„Das wird nicht nötig sein", entgegnete Molly. „Dass Sie mich unterstützen, meine ich." Erstaunlich, wie schnell lebensverändernde Entscheidungen getroffen werden konnten, wenn der Einsatz hoch genug war. Die meisten ihrer Klienten würden ungehalten auf die Tatsache reagieren, dass sie künftig von Indian Rock aus ihren Geschäften nachging. Manche würden ihren Vertrag kündigen. Aber das spielte keine Rolle. Molly besaß – trotz ihres Lebensstils – ein pralles Bankkonto. Außerdem konnte sie mit fortdauernden Einnahmen von den Büchern rechnen, die sie bereits verkauft hatte.

„Gut“, sagte Psyche, zog ein Taschentuch aus dem Morgenmantel und wischte sich über die Augen.

Einen Moment saßen die beiden Frauen schweigend da.

„Warum haben Sie Lucas weggegeben?“, fragte Psyche schließlich. „Warum wollten Sie ihn nicht?“

Warum wollten Sie ihn nicht? Molly zuckte zusammen. Nichts hatte sie sich sehnlicher gewünscht, als Lucas zu behalten. Ihn aufzugeben war wohl ihre Art von Selbstbestrafung gewesen – genau wie statt des Flugzeugs den Bus zu nehmen. „Ich dachte, es wäre besser für ihn, mit Vater und Mutter aufzuwachsen“, antwortete sie. Das war nicht die ganze Wahrheit, doch im Moment hatte sie nicht mehr zu bieten.

„Ich hätte mich von Thayer scheiden lassen“, murmelte Psyche, „wenn es Lucas nicht gegeben hätte.“

„Ich wusste nicht ...“, begann Molly, doch ihre Stimme brach ab.

„Dass Thayer verheiratet war?“, beendete Psyche ihren Satz.

Molly nickte.

„Das glaube ich Ihnen. Haben Sie meinen Mann geliebt, Molly?“

„Das dachte ich zumindest.“ Sie hatte Thayer auf einer Party in Los Angeles kennengelernt. Sein gutes Aussehen, sein Charme und sein scharfer Verstand hatten sie einfach umgehauen. Die Schwangerschaft war ein Unfall gewesen. Doch einer, der sie überglücklich gemacht hatte – bis sie Thayer davon erzählte.

Nach all dieser Zeit schmerzte die Erinnerung an diesen Tag noch immer.

„Mein Anwalt hat bereits die Papiere vorbereitet“, meinte Psyche. Sie versuchte aufzustehen, war aber zu schwach dazu. „Bestimmt wollen Sie sie von Ihrem eigenen prüfen lassen.“

Molly nickte deutlich, erhob sich rasch und half Psyche beim Aufstehen.

Als ob sie einen Radar besäße, erschien Florence in der Küche, schob Molly zur Seite und schlang einen starken Arm um Psyches Taille. „Ich bringe Sie hinauf“, erklärte sie.

„Molly“, bat Psyche ein wenig atemlos, „kommen Sie mit. Es ist an der Zeit, dass Sie Lucas kennenlernen. Florence, zeigen Sie Molly bitte ihr Zimmer und helfen Sie ihr beim Auspacken.“

Florence warf Molly einen harten Blick zu. „Wie Sie wollen, Miss Psyche“, erwiderte sie.

In einem Fahrstuhl mit einer altmodischen Gittertür zuckelten sie nach oben in den zweiten Stock. Psyches Schlafzimmer, ein großer Raum mit einem gemauerten Kamin, war mit antiken Möbeln und eleganten, alten Teppichen eingerichtet. Bücher stapelten sich in jeder Ecke. Molly entdeckte die Namen einiger ihrer Autoren.

„Durch diese Tür", sagte Psyche.

Erneut musste Molly an sich halten, um nicht loszurennen. Zu Lucas, ihrem Sohn, ihrem Baby.

Im Kinderzimmer stand ein Schaukelstuhl vor einem großen Fenster. Die Regale waren vollgestopft mit Bilderbüchern und Spielzeug. Molly starrte auf das Kinderbett und den kleinen Jungen, der aufrecht stand und sich an den Gitterstäben festhielt. Er beäugte sie neugierig. Am liebsten hätte sie ihn an sich gerissen. Doch sie stand still vor ihm und wartete, bis er sie mit ernstem Blick gemustert hatte.

„Hi", begrüße sie ihn dann lächelnd. „Ich bin Molly."

Deine Mutter.

Keegan McKettrick stand ungeduldig neben seinem schwarzen Jaguar und wartete darauf, dass der Tank voll war. Dabei betrachtete er die Designerkoffer, die zwischen dem Zeitungsstand und den Propankanistern standen. Selbst aus dieser Entfernung erkannte er, dass es sich um keine billigen Imitate handelte. Wem immer sie gehörten, er war vermutlich mit dem Vier-Uhr-Bus aus Phoenix gekommen. Während er darüber nachdachte, bog ein Wagen vom Highway ab und fuhr auf die Tankstelle. Am Steuer saß Florence Washington.

Am liebsten hätte er sich in seinen Wagen gesetzt und wäre davongefahren. Doch das ging gegen seinen persönlichen Ehrenkodex. Er wusste, dass Psyche Ryan, geborene Lindsay, wieder in der Stadt war. Wusste, dass sie nach Haus gekommen war, um zu sterben. Ein paarmal hatte er überlegt, sie zu besuchen, wagte es jedoch nicht, weil er sie nicht stören wollte. Wenn sie so krank war, wie man erzählte, musste sie praktisch das Bett hüten.

Der Wagen hielt neben den Propankanistern und den Louis-Vuitton-Koffern. Keegan straffte die Schultern, als Florence unheilvoll in seine Richtung starrte. Energisch rief er sich in Erinnerung, dass er ein McKettrick und Angriff die beste Verteidigung war. Und mit einem Lächeln steuerte er auf sie zu.

Im nächsten Moment ging die Beifahrertür auf und eine schlanke Frau mit schulterlangem honigfarbenem Haar stieg aus. Keegan sah sie an, sah weg, begriff, wer sie war und sah wieder zu ihr. Er spürte, wie das Lächeln auf seinen Lippen erstarb und er vergaß, Florence zu fragen, ob Psyche Besuch empfangen könne.

Mit zusammengebissenen Zähnen umrundete er den Wagen und stellte sich vor Thayer Ryans Geliebte.

„Was zum Teufel haben Sie hier zu suchen?", knurrte er. An ihren Namen erinnerte er sich nicht. Sehr wohl jedoch daran, dass er ihr vor einiger Zeit in einem eleganten Restaurant in Flagstaff über den Weg gelaufen war. Sie hatte mit Ryan, diesem Mistkerl, an einem Tisch gesessen und ein enges, schwarzes Cocktailkleid und Diamanten getragen. Letztere waren zweifellos ein Geschenk ihres verheirateten Geliebten und sicherlich mit Psyches Geld bezahlt, da Ryan selbst keinen roten Heller besessen hatte.

Erschrocken wich die Frau zurück. Röte überzog ihre Wangen, und die grünen Augen flackerten schuldbewusst. Doch dann wurde ihr Blick ruhig und ein wenig trotzig.

„Keegan McKettrick", sagte sie und versuchte, an ihm vorbeizugehen.

Aber er versperrte ihr den Weg. „Sie haben ein gutes Namensgedächtnis", knurrte er. „Ihren habe ich hingegen vergessen."

Inzwischen hatte Florence den Kofferraum geöffnet, vermutlich, um das Gepäck einzuladen. „Muss ich das vielleicht allein tun?", fragte sie ihn spitz.

Endlich erinnerte er sich wieder an seine guten Manieren – zumindest teilweise. „Heute Abend geht noch ein Bus", sagte er zu der Frau, an deren Gesicht und Körper er sich verteufelt gut erinnerte.

„Molly Shields", erklärte sie mit erhobenem Kinn. „Und ich fahre nirgendwo hin. Wären Sie so nett, mir aus dem Weg zu gehen, Mr McKettrick?"

Keegan neigte sich ein wenig vor. Molly Shields war einen Kopf kleiner als er. Außerdem brachte er mindestens fünfzig Pfund mehr auf die Waage. Doch sie rührte sich nicht von der Stelle, was ihm einen gewissen Respekt abnötigte.

„Psyche ist krank“, sagte er scharf. „Das Letzte, was sie jetzt braucht, ist ein Besuch von der Geliebten ihres verstorbenen Mannes.“

Obwohl das Rot auf ihren Wangen sich noch vertiefte, musterten die grünen Augen ihn herablassend. „Treten Sie zur Seite.“

Im nächsten Moment stieß Florence ihm einen Finger in die Brust.

„Keegan McKettrick! Entweder machen Sie sich nützlich und laden die Koffer ein, oder Sie verschwinden. Und falls Ihr voller Terminkalender es erlaubt, sollten Sie bald einmal vorbeikommen und Psyche Hallo sagen. Sie würde sich freuen.“

Augenblicklich wurde Keegans Gesichtsausdruck weicher. „Wie geht es ihr?“

Molly nutzte die Gelegenheit, um sich an ihm vorbeizudrücken und einen ihrer Koffer zu schnappen.

„Sie ist sehr krank“, antwortete Florence mit Tränen in den Augen. „Sie hat Molly eingeladen. Darüber bin ich genauso wenig glücklich wie Sie, aber ich schätze, sie hat einen guten Grund. Und ich wüsste ein wenig Entgegenkommen von Ihrer Seite durchaus zu schätzen.“

Das irritierte und ärgerte Keegan zugleich. Er nickte Florence zu, nahm zwei der fünf Koffer an ihren schicken Griffen und warf sie ohne viel Federlesens in den Kofferraum. Bei alldem ignorierte er Molly Shields geflissentlich.

„Richten Sie Psyche bitte aus, dass ich vorbeikomme, sobald sie sich gut genug fühlt, um Besuch zu empfangen.“

„Meistens hält sie sich bis gegen zwei Uhr nachmittags ganz gut. Sie könnten morgen um die Mittagszeit vorbeikommen. Ich werde für Sie beide ein kleines Mittagessen auf der Sonnenveranda anrichten.“

Die Formulierung „für Sie beide“ registrierte Keegan durchaus und – wie er aus den Augenwinkeln bemerkte – Molly ebenfalls, die gerade mit dem größten ihrer Koffer kämpfte.

„Das klingt wunderbar.“ Damit riss er Molly den Koffer aus der Hand, um ihn zu den anderen zu werfen.

Wütend starrte sie ihn an.

Er ignorierte sie weiter.

„Wenn wir schon mal hier sind, nehme ich gleich etwas Brot

und Milch mit", erklärte Florence, diesmal in Mollys Richtung. Sie verschwand in der Tankstelle.

„Weiß Psyche, dass Sie mit ihrem Ehemann gevögelt haben?", legte Keegan wütend los, sobald sie allein waren.

Molly schnappte nach Luft.

„*Weiß sie es?*", wiederholte Keegan zornig.

Statt zu antworten, biss sie sich auf die Unterlippe. „Ja", entgegnete sie dann sehr leise, als er schon fast keine Antwort mehr erwartete.

„Wenn Sie tatsächlich also hier irgendein übles Ding drehen wollen ..."

Bei diesem Satz richtete Molly sich kerzengerade auf und sah ihn an, als würde sie ihm am liebsten eine Ohrfeige verpassen. „Sie haben doch gehört, was Mrs Washington gesagt hat. Psyche hat mich gebeten zu kommen."

„Vermutlich haben Sie sie auf irgendeine Art und Weise manipuliert", schnappte Keegan. „Was zum Teufel haben Sie vor?"

„Ich habe überhaupt nichts vor. Ich bin hier, weil Psyche ... meine Hilfe braucht."

„Psyche", begann Keegan und beugte sich so weit nach vorn, dass seine Nase fast die von Molly berührte, „braucht ihre *Freunde*. Sie braucht es, zu Hause zu sein, in dem Haus, in dem sie aufgewachsen ist. Was sie ganz und gar nicht braucht, sind Sie, Ms Shields. Was immer Sie vorhaben, am besten überlegen Sie es sich noch einmal. Wegen ihrer Krankheit ist Psyche zu schwach, um es mit Ihnen aufzunehmen, aber ich nicht, das kann ich Ihnen versichern."

„Wollen Sie mir drohen?" Molly kniff ihre wunderschönen Augen zusammen.

„Ja", erwiderte er scharf. „Und wie."

Florence kam zurück und verstaute ihre Einkäufe auf der Rückbank. „Wenn Sie beide genug gestritten haben, würde ich gern zu Psyche zurückfahren."

Keegan seufzte.

Nach einem letzten giftigen Blick in seine Richtung stieg Molly ein.

„Ich bin morgen um zwölf Uhr da. Soll ich etwas mitbringen?", wandte Keegan sich an Florence. Genug Fragen an Psyche hatte er in jedem Fall im Gepäck.

Zum ersten Mal lächelte Florence. „Nein, kommen Sie einfach nur. Mein Mädchen wird mächtig froh sein, diesen attraktiven Kerl mal wiederzusehen."

Wenn er nicht so sauer gewesen wäre, hätte Keegan gegrinst. „Bis morgen dann."

Er sah zu, wie Florence den Wagen startete, den Gang einlegte und auf die Straße schoss.

„Ich will verflucht sein", murrte er.

Fünf Minuten später, auf dem Weg zur Triple-M-Ranch, auf der die Mitglieder des McKettrick-Clans schon seit eineinhalb Jahrhunderten lebten, zog er sein Handy aus der Tasche und rief seinen Cousin Rance an. Fluchend lauschte er der Ansage auf der Mailbox. Seit er mit Emma Wells, der Inhaberin der örtlichen Buchhandlung, zusammen war, hatte Rance sich sehr verändert. Er hatte seinen hochdotierten Job bei *McKettrickCo* aufgegeben und angefangen, seine eigene Farm aufzubauen.

Es piepte.

„Diese Schlampe, mit der Thayer Ryan rumgemacht hat, ist in der Stadt", legte Keegan ohne Einleitung los. „Und rate mal, wo sie wohnt. Bei Psyche."

Damit legte er auf und wählte die Nummer von Jesse, seinem anderen Cousin. Der war aber in der Regel noch schwerer zu erreichen als Rance, weil er sich standhaft weigerte, ein Handy anzuschaffen. Jesse besaß nicht einmal einen Anrufbeantworter.

Gerade als Keegan beschloss, zurück in die Stadt fahren, weil er Jesse im Pokerzimmer in *Lucky's Bar and Grill* vermutete, fiel ihm ein, dass Jesse und seine frisch angetraute Ehefrau Cheyenne noch immer in den Flitterwochen waren.

Ein jähes Gefühl der Einsamkeit ergriff ihn. Jesse liebte Cheyenne, Rance liebte Emma.

Und er war allein.

Geschieden von einer Frau, mit der die Ehe nicht funktioniert hatte. Seine Tochter Devon lebte mit ihrer Mutter in Flagstaff und besuchte ihn nur ab und zu. Keegan hatte keine Lust, in sein leeres großes Haus auf der Farm zu fahren. Er hätte es aber auch nicht ertragen, zurück ins Büro zu gehen.

Einige Familienmitglieder wollten mit *McKettrickCo* an die Börse gehen, ganz im Gegensatz zu ihm. Leider stand er mit seiner Meinung ziemlich allein da. Innerlich spürte er geradezu, wie ihm das Unternehmen – das Einzige, das ihn davon abhielt, verrückt zu werden – aus den Fingern glitt.

Was sollte er anfangen, wenn es die Firma irgendwann nicht mehr gab?

Jesse, der sich von Anfang an nur für die Dividendenschecks interessiert hatte, war es egal. Rance, der früher bereitwillig achtzehn Stunden am Tag mit Keegan zusammengearbeitet hatte, zog es inzwischen vor, seine Zeit mit seinen Kindern, Emma oder seinen zweihundert Rindern zu verbringen. Seine Cousine Meg, die die Filiale in San Antonio leitete, hätte sich womöglich auf seine Seite geschlagen. Doch selbst sie war momentan keine große Hilfe. Immer, wenn sie nach Indian Rock kam, verkroch sie sich in dem alten Haus, das im 19. Jahrhundert einmal Holt und Lorelei McKettrick gehört hatte, und brütete über irgendetwas.

Er hätte mit Travis Reid sprechen können, seinem engsten Freund neben Jesse und Rance. Oder mit Sierra, noch einer Cousine und Travis' Frau. Allerdings waren Sierra und Travis momentan damit beschäftigt, ihr neues Haus in der Stadt zu beziehen. Da hätte er nur gestört. Zumal auch sie frisch verheiratet waren und natürlich etwas Zeit zu zweit brauchten.

Was bedeutete, dass er in Bezug auf Freundschaften im Moment nicht gerade als Glückspilz durchging.

2. KAPITEL

Mollys Zimmer mit dem angeschlossenen Bad lag auf der anderen Seite von Lucas' Kinderzimmer. Mit Florence zusammen wuchtete sie ihr Gepäck aus dem Aufzug.

„Der Junge sieht Ihnen ganz schön ähnlich." Florence deutete mit dem Kinn auf die Tür des Kinderzimmers. „Hab zwar eine Weile gebraucht, aber am Ende musste ich nur zwei und zwei zusammenzählen. Sie sind seine Mama, nicht wahr?"

Molly antwortete nicht. Es war Psyches Sache, was sie ihrer Haushälterin erzählte und was nicht.

„Thayer und Miss Psyche haben jahrelang versucht, ein Kind zu adoptieren", fuhr Florence fort. „Ein paarmal war es fast schon so weit, aber immer wieder ist irgendetwas schiefgelaufen. Entweder die biologische Mutter überlegte es sich noch anders oder ein Verwandter des Kindes tauchte plötzlich auf. Ich kann Ihnen gar nicht sagen, wie schwer es für mich war, Miss Psyche in dieser Zeit zu sehen. Sie setzte immer ein tapferes Lächeln auf und versuchte, nicht die Hoffnung zu verlieren. Und dann war auf einmal Lucas da. Ein perfektes, blauäugiges, blondes Baby. Ich hätte gleich wissen müssen, dass er das Produkt Ihrer Affäre mit Thayer ist."

Molly, die gerade anfing, ihre Koffer auszupacken, versteifte sich. Draußen knatterte ein Rasensprenger, der Duft nach frisch gemähtem Gras wehte durch das offene Fenster. „Lucas kann für all das nichts", erklärte sie.

Darauf lächelte Florence trocken. „Also haben Sie doch so etwas wie Gefühl", bemerkte sie. „Das werden Sie auch brauchen, wenn Sie länger bleiben. Ich gehe gleich nach unten, um mich um das Abendessen zu kümmern. Vorher möchte ich aber noch etwas loswerden. Ich weiß nicht, warum Sie hier sind, aber ich werde Sie im Auge behalten. Wenn Sie irgendetwas tun, was meinem kleinen Mädchen schadet, wird der Teufel höchstpersönlich wie ein Engel im Vergleich zu mir aussehen. Verstehen Sie, was ich damit sagen will, Miss Shields?"

Wie ein geprügelter Hund war Molly nach Indian Rock gekommen. Jetzt aber musste sie an Lucas denken. Es war Zeit, wie eine erwachsene Frau Verantwortung zu übernehmen. „Ich würde Sie lieber als Freundin betrachten", erwiderte sie. „Aber wenn Sie sich mit mir anlegen wollen, bitte schön."

Ein Hauch von Respekt blitzte in den Augen von Florence auf, verlosch aber schnell wieder. „Abendessen ist um sechs", verkündete sie und schloss die Tür hinter sich – und zwar leise. Obwohl Molly wusste, dass sie das nur aus Rücksicht auf Psyche tat, war sie ihr trotzdem dankbar dafür.

Sie sah sich in dem Zimmer um, das für unbestimmte Zeit ihr Zuhause sein würde – ein Kamin, ein schimmerndes Eisenbett, ein antiker Schreibtisch und eine Kommode, eine Chaiselongue und jede Menge Bücherregale. Alles wirkte ein wenig heruntergekommen.

Bei dem Gedanken an ihre ultramoderne Wohnung in Los Angeles lächelte sie kläglich. Dort standen neue Möbel, ohne Geschichte, ohne Erinnerungen, ohne Bedeutung. Welch ein Kontrast.

Ihr Lächeln erstarb, als sie an das Zusammentreffen mit Keegan McKettrick an der Tankstelle dachte. In seinem Blick hatte so viel Verachtung gelegen. Dabei hatte das Wiedersehen allein schon gereicht, um sie zu schockieren. Damals in dem Restaurant in Flagstaff hatte Thayer Molly als seine Geschäftspartnerin vorgestellt. Und schon damals hatte Keegan kein Wort geglaubt.

Im Nachhinein wusste sie, dass sie an diesem Abend Verdacht hätte schöpfen müssen. Wie klassisch: Der schuldbewusste Ehemann trifft zufällig einen Freund der Familie und versucht mit großem Getue, seine Geliebte als etwas anderes darzustellen. Warum war ihr das damals nur nicht aufgefallen?

Weil du blöd warst, dachte sie.

Aus dem zweiten Koffer zog Molly ein Sommerkleid und frische Unterwäsche. Nach einer kalten Dusche würde sie sich bestimmt besser fühlen. Wieder ein wenig wie sie selbst.

Was Mr McKettrick von ihr hielt, spielte überhaupt keine Rolle. Nur Lucas zählte. Und Psyche.

Keegan McKettrick war nicht mehr als eine Fußnote.

Ein Stich fuhr durch ihre Brust, ihr Hals wurde eng.

Warum tat es so weh, an den Ausdruck in seinen Augen zu denken?

Rance ritt auf einem gescheckten Pferd, das Keegan noch nie gesehen hatte, durch den Bach. Er hätte direkt aus dem 19. Jahrhundert kommen können – Stiefel, Jeans, Baumwollhemd und ein zerbeulter alter Hut aus seinen Tagen als Rodeoreiter.

„Hab deine Nachricht bekommen", sagte Rance, während er sich aus dem Sattel schwang.

Über den Bach hinweg sah Keegan auf das rustikale große Farmhaus, das seinem gegenüberlag und ihm sehr ähnelte.

Die beiden Gebäude stammten aus der Zeit, als der alte Angus McKettrick und seine vier Söhne noch über das weite Land von Triple M geritten waren. „Sind die Mädchen allein zu Hause?"

„Emma ist bei ihnen." Rance lächelte ein wenig albern. „Sie kocht gerade Abendessen. Du bist herzlich eingeladen, wenn du magst."

Keegan schwieg. Auf der einen Seite hätte er die Einladung gern angenommen und sich als Teil einer Familie gefühlt, wenn auch nur für eine oder zwei Stunden. Gleichzeitig wusste er, dass er den Kontrast zwischen seinem eigenem Leben und dem seines Cousins heute nicht ertragen könnte.

„Vielleicht", antwortete er, um höflich zu sein. Dabei wusste er, dass er nicht kommen würde, und Rance wusste es vermutlich auch.

Damit sein Pferd auf Keegans Rasen grasen konnte, der dringend gemäht werden musste, stieg Rance aus dem Sattel. „Was war das, von wegen Thayers Freundin wäre bei Psyche zu Besuch?", fragte er. „Im Übrigen wusste ich nicht einmal, dass Thayer überhaupt eine Freundin hatte."

Schon wieder wütend fuhr Keegan sich mit einer Hand durchs Haar. „Er hat Psyche vom ersten Tag an betrogen." Als Kinder hatten er und Psyche sich auf dem Spielplatz geschworen, eines Tages zu heiraten und eine große Familie zu gründen. Wenn sie nicht im Sterben läge, hätte er bei der Erinnerung daran gelächelt.

„Das wusste ich nicht", entgegnete Rance leise. Dafür kannte er den Schwur. Er und Jesse hatten Keegan deswegen damals gnadenlos aufgezogen. In Wahrheit aber waren sie genauso verliebt in Psyche gewesen wie er. „Sonst hätte ich dem Mistkerl ein blaues Auge verpasst."

Als Keegan an den Abend dachte, an dem Thayer und Molly

sich hinter Psyches Rücken miteinander vergnügt hatten, krampfte sich sein Magen zusammen. Natürlich aus Wut, aber darunter lag noch etwas anderes. Etwas, das er gar nicht genau ergründen wollte.

„Sie hat etwas vor", erklärte er tonlos.

„Wie zum Beispiel?"

„Ich weiß es nicht", gestand Keegan mit einem frustrierten Seufzen. „Laut Florence hat Psyche diese kleine Schlange sogar gebeten zu kommen. Aber ich denke, Molly muss sie auf irgendeine Art und Weise dazu gebracht haben."

Rance hob eine Augenbraue. „Kommt mir sehr merkwürdig vor. Ehefrauen und Geliebte verstehen sich normalerweise nicht besonders gut, noch weniger, wenn sie unter einem Dach leben." Er hielt einen Moment inne. „Molly?"

„Molly Shields", nickte Keegan.

Da hob sich Rances rechter Mundwinkel ein wenig, und ein nachdenkliches Lächeln blitzte in seinen Augen auf, doch er sagte nichts.

„Psyche ist eine reiche Frau. Also geht es bestimmt um Betrug."

„Könnte sein. Aber vielleicht versucht diese, wie heißt sie? Molly Shields? Vielleicht versucht sie nur, ihren Fehler wiedergutzumachen. Psyche liegt im Sterben. Ms Shields hat ein schlechtes Gewissen. Meinst du nicht, dass sie sich einfach nur mit ihr versöhnen will, bevor sie stirbt?"

Ein höhnisches Schnauben war die Antwort. „Die Liebe hat dir wohl das Hirn aufgeweicht."

Rance lachte. „Das ist dann aber auch alles, was weich ist."

„Du hast vielleicht ein Glück, du Mistkerl. Genau wie Jesse."

„Du kommst auch noch dran", antwortete Rance todernst.

„Ich hab das mit der Ehe hinter mir." Seine Ex-Frau Shelley hatte ihn von allen romantischen Anwandlungen kuriert, die er vielleicht einmal gehegt hatte. Jetzt suchte er nur noch nach regelmäßigem Sex ohne Verpflichtung.

„Das dachte ich auch."

„Reiner Glücksfall", behauptete Keegan.

„Iss mit uns zu Abend."

Doch Keegan schüttelte den Kopf. „Nicht heute Abend."

Auf einmal packte Rance ihn an der Schulter. „Ich weiß, wie

schwer es für dich ist. Dass Psyche wieder da ist und im Sterben liegt und alles. Aber sie ist nicht dumm, Keeg. Wenn sie diese Frau gebeten hat zu kommen, wird sie einen Grund dafür haben. Hast du sie schon besucht? Psyche, meine ich?"

Wieder schüttelte Keegan den Kopf, schluckte schwer und wich Rances Blick aus. „Ich treffe sie morgen zum Mittagessen."

„Richte ihr aus, dass ich später in der Woche auch vorbeikomme, wenn sie genug Zeit hatte, sich einzurichten."

„Mach ich."

Rance pfiff nach dem Pferd, ergriff die Zügel und setzte einen Fuß in den Steigbügel. Doch bevor er aufstieg, drehte er sich noch einmal um. „Keeg?"

Keegan wartete.

„Wenn es Probleme gibt und Psyche unsere Hilfe braucht, sind wir für sie da. Du und ich und Jesse. Aber in der Zwischenzeit solltest du dir darüber keine grauen Haare wachsen lassen."

Bis er Emma kennengelernt hatte, war Rance der Firma *McKettrickCo* mindestens genauso ergeben gewesen wie Keegan. Er hatte dreiteilige Anzüge getragen und war um die ganze Welt gereist, um harte Geschäftsverhandlungen zu führen, für die er berühmt und berüchtigt war.

Doch dann verliebte er sich, schnell und heftig – so wie Jesse vor ihm –, und seitdem war nichts mehr so wie früher. An diese Veränderung musste Keegan sich erst gewöhnen, und manchmal glaubte er, es würde ihm niemals gelingen.

Mit Mühe rang er sich ein Grinsen ab und nickte. „Mach's gut, Rance."

„Du auch."

Während Rance davonritt und Keegan ihm nachblickte, fühlte er sich einsamer denn je.

Durch das Schlafzimmerfenster sah Psyche, wie Keegan aus dem Auto stieg und sich wappnete, fast unmerklich und doch auf eine ihr leider inzwischen so vertraute Art und Weise.

Ich hätte ihn heiraten sollen, dachte sie mit einem wehmütigen Lächeln.

„Keegan ist da", erklärte sie Florence, die ihr in einen royalblauen Kaftan geholfen hatte. Sie überlegte kurz, ob sie eine Perücke aufsetzen sollte. Doch dann entschied sie sich für ein Tuch, weil es ihr irgendwie weniger mitleiderregend erschien.

„Ich gehe runter und mache ihm auf", sagte Florence. „Soll ich Sie anschließend holen?"

Mit gestrafften Schultern sah Psyche ihre alte Freundin an. „Nein." Sie legte ein Lächeln auf, mit dem sie Florence allerdings nicht eine Sekunde lang täuschen konnte. „Ich möchte meinen großen Auftritt haben."

Tapfer lächelte Florence zurück, aber auch in ihren Augen schimmerten Tränen. Sie nickte kurz und ging.

Aus dem Kinderzimmer erklang Mollys Stimme, die Lucas gerade eine Geschichte vorlas. Psyches Herz zog sich zusammen. Es fiel ihr unendlich schwer, sich von ihrem Sohn zurückzuziehen, damit er eine Bindung zu Molly aufbauen konnte. Aber es musste sein. Lange hatte sie mit aller Kraft gekämpft, alles getan, um am Leben zu bleiben. Doch es war ein verlorener Kampf, das wusste sie nun. Mit jedem Tag wurde sie schwächer. Mit jedem Tag erschien ihr die Welt etwas weniger wirklich, weniger solide. Als ob sie schon dabei wäre, sich langsam zu entfernen, sich aufzulösen wie Rauch.

Obwohl sie noch nicht tot war, wusste sie schon, wie es sich anfühlte, ein Geist zu sein.

Unten klingelte es.

Langsam und gegen die Wand des Flurs gestützt, bewegte Psyche sich auf den Aufzug zu. Als sich die Gittertür im Erdgeschoss öffnete, stand Keegan davor, bot ihr den Arm an und schenkte ihr ein warmes Lächeln. So sehr er seine Gefühle auch zu verstecken versuchte, seine blauen McKettrick-Augen verdunkelten sich vor Bedauern.

Psyches Mund wurde trocken, sie war nicht in der Lage, etwas zu sagen.

Eine Weile betrachtete Keegan den Kaftan und das Kopftuch. „Du bist so schön wie immer", sagte er.

Für diese Lüge und die Gelegenheit, ihre Fassung zurückzugewinnen, war Psyche ihm sehr dankbar. „Hör auf, du alter Schmeichler." Dann blinzelte sie ihm zu. „Aber nicht sofort."

Mit einem heiseren Lachen beugte Keegan sich vor, um sie auf die Stirn zu küssen. Er hielt noch immer ihren Arm, fest und sanft zugleich. Als sie ein wenig schwankte, hob er sie auf seine Arme und trug sie auf die Veranda, wo Florence den Tisch für sie gedeckt hatte.

In Psyches Augen brannten Tränen. Sie hatte beinahe vergessen, dass es so ritterliche Männer noch gab.

Florence arrangierte schneeweiße Pfingstrosen mit tellergroßen Blütenblättern in einer Vase. Als sie ihre Lieblingsblumen erblickte, rang Psyche nach Atem. Es war bereits der dritte Juli, und ihre Pfingstrosen waren schon vor Wochen verblüht. „Woher in aller Welt hast du die?“, fragte sie Florence und presste eine Hand auf ihr Herz.

„Keegan hat sie mitgebracht.“

Vorsichtig setzte Keegan Psyche in einen Stuhl. Sie reckte sich, um ihn auf die Wange zu küssen. „Ich hätte dich heiraten sollen, Keegan McKettrick.“

Er lächelte. „Das habe ich damals versucht, dir klarzumachen.“

„Setzen Sie sich, dann kann ich endlich das Essen bringen“, schimpfte Florence, die sich ihre Rührung nicht anmerken lassen wollte. „Ich habe schließlich den ganzen Morgen in der Küche geschuftet.“

Da lachte Keegan zum ersten Mal seit seiner Ankunft befreit, zog sich einen Stuhl heran und setzte sich neben Psyche an den Tisch. Florence servierte gekühlte Avocadosuppe mit Brot und einen köstlichen Salat. Keegan öffnete die Champagnerflasche, die in der Mitte des Tisches in einem Eiskübel stand.

„Ambrosia“, seufzte Psyche, nachdem sie einen Schluck getrunken hatte.

„Darfst du zu deinen Medikamenten überhaupt Alkohol trinken?“

Lachend prostete Psyche ihm zu, bevor sie das Glas erneut an die Lippen setzte und trank. Dann rief sie fröhlich: „Das Zeug könnte mich *umbringen*.“

Nun lächelte auch Keegan mit feuchten Augen. „Das ist nicht witzig, Psyche.“

Nur ganz kurz legte sie ihre Hand auf seine. Es war schon schlimm genug, dass ihre Jugendliebe sie überhaupt in diesem Zustand sah. Keegan sollte nicht auch noch ihren knochigen und zittrigen Griff spüren. „Doch, ist es. Und wage es nicht, mich zu bemitleiden, Keegan McKettrick. Das könnte ich nicht ertragen."

Das Essen beschäftigte sie eine Weile, obwohl Psyche vermutete, dass Keegan genauso wenig Appetit hatte wie sie. Aber keiner von ihnen wagte es, Florences Gefühle zu verletzen.

„Ich möchte dich um einen Gefallen bitten", sagte Psyche, als sie endlich aufgaben und die Teller von sich schoben.

Keegan wartete.

Wie gern hätte sie eine Hand an seine Wange gelegt und ihm gesagt, dass er nicht so traurig sein solle und dass alles in Ordnung käme. Stattdessen starrte sie die Pfingstrosen so lange an, bis deren Anblick vor ihren Augen verschwamm.

„Lucas wird ein beträchtliches Vermögen erben", begann sie schließlich, richtete sich ein wenig auf und betete, dass Keegan sie nicht unterbrechen würde. Es kostete sie alle Kraft zu sagen, was sie zu sagen hatte. „Von Florence einmal abgesehen, gibt es niemanden auf der Welt, dem ich so vertraue wie dir. Doch Florence wird auch älter, und wenn ich ... wenn ich tot bin, wird sie zu ihrer Schwester nach Seattle ziehen. Das musste sie mir versprechen. Molly ..." Aus den Augenwinkeln sah sie, wie er sich versteifte, und fuhr daher hastig fort: „Molly wird Lucas aufziehen. Aber ich möchte dich als meinen Nachlassverwalter einsetzen. Damit du dafür sorgst, dass das Erbe meines Sohnes erhalten bleibt."

„Psyche ..."

Sie hob eine Hand. „Nicht", bat sie. „Lass mich ausreden, bitte."

Er nickte.

„Bring Lucas das Reiten bei, Keegan. Bring ihm bei, keine Angst zu haben. Und Baseball zu spielen und ... nun, eben ein Junge zu sein."

„Ich könnte ihn aufziehen", schlug er vor, und sie wusste, dass er es ernst meinte.

„Er braucht eine Mutter."

„*Du* bist seine Mutter. Daran wird sich nichts ändern."

Psyche begann zu weinen. Sie griff nach ihrer Serviette und wischte sich über das feuchte Gesicht. „Molly wird ihn adoptieren, sobald ich tot bin. Ich habe bereits die Verträge aufsetzen lassen."

„Warum sie? Warum ausgerechnet sie, Psyche?"

Jetzt konnte Psyche ihn nicht länger ansehen. Die Serviette segelte zu Boden, sie faltete die Hände in ihrem Schoß. „Dann wusstest du es also? Das mit Thayer und Molly?“

„Ja, ich wusste es“, nickte Keegan leise.

„Aus dieser Affäre ist etwas Gutes entstanden, Keegan.“ Psyche wünschte inständig, er würde sie verstehen. Denn Lucas brauchte ihn in den kommenden Jahren. Ihr Junge brauchte einen Mann in seinem Leben, und Keegan McKettrick war der beste Mann, den sie kannte.

An seinem Blick sah sie, dass er zu begreifen begann.

„Mein Gott! Sie ist seine biologische Mutter“, stieß er hervor.

„Thayer gestand mir alles wenige Stunden nach Lucas' Geburt. Er flehte mich an, mich nicht scheiden zu lassen. Er sagte, wir könnten Lucas gemeinsam als unseren Sohn großziehen und dass Molly bereit wäre, ihn wegzugeben. Die schlichte Wahrheit ist: Ich sehnte mich so sehr nach einem Kind, dass ich zustimmte.“

„Du lieber Gott“, stöhnte Keegan.

„Ich habe Lucas von der ersten Sekunde an geliebt“, fuhr Psyche fort. „Und ich habe es nie bereut. Ich möchte, dass er ein gutes Leben bekommt, Keegan. Wir beide wissen, dass Geld allein nicht reicht. *Bitte* … versprich mir, dass du dich um ihn kümmerst …“

Keegan stand auf, ging neben Psyche in die Hocke, nahm ihre Hände und hielt sie so zärtlich fest, dass sie glaubte, ihr Herz müsse brechen.

„Ich gebe dir mein Wort, Psyche.“ Lange sah er sie einfach nur an.

Durch Tränen hindurch lächelte Psyche, befreite eine Hand und streichelte sein kastanienbraunes Haar. „McKettrick-Ehrenwort?“

„McKettrick-Ehrenwort“, versprach er.

Erleichtert und erschöpft sank sie in sich zusammen, legte den Kopf an seine Schulter und gestattete es sich zu weinen. „Ich hätte dich heiraten sollen“, wiederholte sie.

Er hielt sie fest. „Tun wir so, als hättest du es getan“, entgegnete er heiser. „Ich werde mich um deinen Jungen kümmern, Psyche, als ob er unser beider Sohn wäre.“

„Ich danke dir“, murmelte sie schluchzend.

In diesem Moment betrat Florence die Veranda. „Sie sind müde, Miss Psyche. Es ist an der Zeit, dass Sie sich etwas ausruhen.“

Als Psyche nickte, stand Keegan auf, hob sie wieder auf die Arme und trug sie die gewundene Treppe hinauf. Diese Treppe war sie vor langer Zeit hinabgeschritten, in ihrem Abschlussballkleid. Schüchtern hatte er an diesem Abend auf sie gewartet, in der Hand einen Strauß weißer Pfingstrosen.

Auch die zweite Treppe nahm Keegan, ohne außer Atem zu geraten. Florence folgte ihnen in einigem Abstand. Oben angekommen stand Molly vor ihnen und betrachtete sie mit riesigen, traurigen Augen.

Psyche spürte, wie Keegan sich versteifte.

Molly trat zur Seite, und Keegan trug Psyche in ihr Zimmer, legte sie behutsam auf das Bett und küsste sie auf die Stirn.

„Vergiss dein Versprechen nicht", murmelte Psyche.

„McKettrick-Ehrenwort." Er hob die Hand zum Schwur.

Lächelnd schloss sie die Augen und schlief ein.

Molly wartete vor Psyches Zimmer. Am liebsten wäre sie zwar weglaufen, doch gleichzeitig war sie zu eigensinnig, um das zu tun.

Nach ein paar Minuten kam Keegan wieder heraus und blieb wie angewurzelt stehen, als er sie sah. Er kniff die Augen zusammen.

„Ist sie … ist Psyche in Ordnung?", fragte sie.

Er zögerte, machte einen Schritt auf sie zu, zögerte erneut.

„Schlechte Nachrichten für Sie", sagte er dann in beißendem Ton. „Sie lebt noch."

Nach diesem Satz stieg eine unbändige Wut in ihr auf. Sie begann so heftig zu zittern, dass sie die Hände zu Fäusten ballte. Wären Lucas und Psyche nicht gewesen, hätte sie sich womöglich auf ihn gestürzt.

Psyches Tür wurde leise von innen geschlossen. Molly sah Keegan fest in sein wutverzerrtes Gesicht.

„Wie können Sie so etwas Schreckliches sagen?", flüsterte sie.

Ohne nachzudenken, packte Keegan sie am Ellbogen und zog sie von Psyches Tür weg. „Soll ich Ihnen sagen, was schrecklich ist, Lady? Schrecklich ist es, mit dem Mann einer anderen Frau zu schlafen und dann die Frechheit zu besitzen, in ihr Haus zu kommen und ihr den Sohn wegzunehmen!"

Er ist mein Sohn, hätte Molly am liebsten geschrien. Aber das tat sie natürlich nicht. Sie stand nur da, holte ein paarmal tief Luft, so lange, bis sie sicher war, dass sie mit diesem Mann sprechen konnte, ohne zu kreischen.

Aber Keegan machte alles nur noch schlimmer. Er stieß mit dem Zeigefinger in ihr Schlüsselbein und knurrte: „Bereiten Sie sich auf den schlimmsten Kampf Ihres Lebens vor, Ms Shields. Psyche glaubt, dass sie das Richtige tut, dass es ehrenwert ist, Ihnen Lucas zu überlassen, weil sie seine richtige Mutter sind. Aber da steckt ein Fehler in ihrer Logik. Ein Fehler, den sie nicht sehen kann, weil sie zu krank und zu verzweifelt ist. Wenn Sie das Kind wirklich gewollt hätten, hätten sie es niemals hergegeben."

Ein Schlag von seiner Hand hätte nicht schmerzhafter sein können. Molly schwankte ein wenig und musste sich an der Wand festhalten, um nicht umzufallen.

Unerbittlich fuhr Keegan fort. „Ich werde mich Ihnen in den Weg stellen, wo immer ich kann. Vielleicht kommen Sie mit dieser … *Adoption* … durch, aber ich bin der Nachlassverwalter von Psyches Vermögen. Sie werden nicht einen Penny davon in die Finger bekommen. Sollten Sie also einen Geliebten haben, der irgendwo in der Karibik darauf wartet, dass Sie mit dem Geld ankommen, blasen Sie die ganze Sache ab und nehmen Sie den nächsten Bus, der die Stadt verlässt."

Das reichte. Molly drückte sich von der Wand ab und hob die Hand, um ihn zu ohrfeigen, doch er umklammerte ihr Handgelenk.

Tränen der Wut traten in ihre Augen. „Sie … Sie verstehen gar nichts."

„Ich verstehe sehr wohl", zischte Keegan und ließ ihre Hand fallen. „Sie sind es, die nicht versteht, Schätzchen. Das hier ist eine Nummer zu groß für Sie. Suchen Sie sich ein anderes Spielfeld."

„Hören Sie, Sie verdammter Mistkerl!", würgte sie hervor. „Ich bin keine Betrügerin, und ich bin auch kein dummes kleines Mädchen, das Sie erschrecken können."

Finster starrte er sie an.

Sie starrte zurück.

Dann holten beide tief Luft.

„Es ist noch nicht vorbei", drohte er.

„Ganz sicher nicht", entgegnete sie.

Dann erst wandte Keegan sich ab und stürmte auf die Treppe zu.

Aus Furcht, dass ihre Beine unter ihr nachgeben würden, lehnte Molly sich wieder an die Wand. Als sie sich einigermaßen erholt hatte, ging sie zurück ins Kinderzimmer.

Eingerollt wie ein kleiner Hund lag Lucas in seinem Bettchen und nuckelte am Daumen. Obwohl die Fenster geschlossen waren, kräuselte ein leichter Windhauch sein weiches, goldenes Haar. Durch Mollys Kopf wirbelten die wildesten Gedanken. Sie könnte ihn einfach hochnehmen und mit ihm davonlaufen. Für immer verschwinden. Ihr Bankkonto plündern und irgendwo ganz von vorn anfangen. Sich einen neuen Namen zulegen, ihr Haar färben und das von Lucas auch. Ihn Tommy oder Johnny nennen …

Stopp, dachte sie.

Das konnte sie weder Lucas noch Psyche antun.

Und sich selbst auch nicht.

Ganz instinktiv lief sie zum Fenster und blickte auf die Straße. Dort entdeckte sie Keegan, der neben seinem Auto stand und zum Haus hinaufstarrte. Molly hätte schwören können, dass ihre Blicke sich trafen – sie spürte beinahe die Wucht –, aber natürlich war das unmöglich. Er konnte nicht wissen, in welchem Zimmer sie sich aufhielt.

„Na, dann mal los, Mr McKettrick“, sagte sie leise und verschränkte die Arme vor der Brust.

Fast unmittelbar danach stieg er in seinen Jaguar, knallte die Tür zu und fuhr davon.

Molly wartete noch einen Moment, dann schlüpfte sie aus Lucas' Zimmer in ihr eigenes. Auf dem Nachttisch lag ihr Handy.

„Wird auch Zeit, dass du dich meldest“, rief ihre Assistentin Joanie Barnes. „Wo steckst du?“

„In Indian Rock, Arizona“, erklärte Molly. Müde ließ sie sich aufs Bett sinken. Vor ihrer Abreise hatte sie Joanie erzählt, dass sie eine Besprechung mit einem Autor in Sedona hätte. Nur ein Mensch in Los Angeles kannte die Wahrheit – ihr Vater.

„Du hast kein Flugticket gebucht und auch kein Hotelzimmer“, sagte Joanie vorwurfsvoll. „Das weiß ich, weil ich es überprüft habe. Und Fred Ettington hat erzählt, dass er dich zur *Bushaltestelle* gefahren hat.“

Seufzend strich Molly sich das Haar aus dem Gesicht. Sie engagierte Fred immer als Fahrer, wenn wichtige Autoren oder Verleger sie in Los Angeles besuchten. Aus reiner Gewohnheit hatte sie ihn gebeten, sie zur Bushaltestelle zu bringen, ohne daran zu denken, dass er sich verplappern könnte.

Warum hatte sie nur kein Taxi genommen?

„Die Atmosphäre", erklärte sie fröhlich.

„Wie bitte?"

„Ich bin wegen der Atmosphäre mit dem Bus gefahren."

„Atmosphärisch betrachtet geht natürlich nichts über eine Busfahrt", bemerkte Joanie ironisch. „Und wovon zum Teufel sprichst du überhaupt?"

„Ich schreibe ein Buch", log Molly.

„Oh." Joanie tat nicht einmal so, als würde sie das glauben. „Klar."

„Wie läuft es in der Agentur? Irgendwelche Nachrichten?"

„Nur etwa eintausend. Godridge hat's nicht auf die Bestsellerliste geschafft, und er droht damit, zu einem New Yorker Agenten zu wechseln. Und Davis. Er hat ungefähr fünfzigmal angerufen, stinksauer, weil er immer nur deine Mailbox erreicht."

Molly schloss die Augen. Denby Godridge – kurz „God" genannt, zumindest unter ihren Mitarbeitern – war ein weißhaariger, alter Pulitzer-Preisträger mit großer Attitüde und sinkenden Buchverkäufen. Davis Jerritt war auch Autor, aber ein ganz anderes Thema. Seine Horrorromane fanden reißenden Absatz. Derzeit arbeitete er an einem Buch über einen psychotischen Stalker. Als ehemaliger Schauspieler versetzte er sich gern in die Psyche seiner Charaktere, und er hatte Molly dazu auserkoren, das Opfer seines Stalkers zu spielen.

„Sag ihm, ich sei tot."

„Wem, Davis oder God?"

Noch ein Seufzen. „Hör zu – ich kann das jetzt nicht genauer erklären. Aber ich habe noch ein paar Dinge zu erledigen und werde eine Weile nicht zu erreichen sein." Oder eher *für immer*. Sie schwieg, auf der Suche nach den richtigen Worten, dann entschied sie sich dafür, zumindest teilweise die Wahrheit zu sagen. „Ich glaube, ich brauche einen Anwalt."

3. KAPITEL

Bis zu dem Moment, als Keegan am nächsten Morgen in der Stadt den Jahrmarkt hinter dem Supermarkt entdeckte, hatte er erstens vergessen, dass heute Samstag und zweitens der vierte Juli war. Später würde es im Park ein großes Barbecue geben und bei Anbruch der Dunkelheit ein Feuerwerk.

Mit grimmigem Gesicht wählte er Shelleys Nummer in Flagstaff. Eigentlich hatte er versprochen, Devon gestern Abend anzurufen, um mit ihr Pläne für das Wochenende zu machen. Wegen der Begegnung mit Psyche und dieser Molly Shields hatte er es aber auf heute verschoben.

„Hi Dad", meldete Devon sich.

„Hi Babe." Keegan hielt vor *Echos Books and Gifts* und dem *Curl and Twirl* an, um sich auf das Gespräch mit seiner Tochter zu konzentrieren. „Hast du deine Tasche schon gepackt? Ich kann dich in einer Dreiviertelstunde abholen."

Eine kurze Pause entstand. „Mom meinte, du hättest mich vergessen. Darum hast du gestern nicht angerufen."

Keegan umklammerte das Lenkrad mit seiner freien Hand. „Das tut mir ehrlich leid, Devon. Aber du bist mein kleines Mädchen, und ich könnte dich *niemals* vergessen. Ich werde dir alles erklären, wenn ich dich abhole, okay?"

„Okay".

„Bin schon auf dem Weg."

„Ich warte auf dich", versprach Devon.

Und das tat sie. Sie saß, die langen Beine von sich gestreckt, auf der Veranda, neben sich eine Tasche und einen riesigen rosa Teddybär. Das hellbraune Haar fiel ihr bis auf den Rücken. Als sie Keegans Auto sah, sprang sie auf, schnappte sich Tasche und Bär und stürzte auf ihn zu.

Die Verandatür öffnete sich, und Shelley trat heraus. Sie war eine sehr schöne Frau. Eines Tages würde Devon genau wie sie aussehen. Als frühere Stewardess und Playboy-Model besaß Shelley einen perfekten Körper und ein perfektes Gesicht. Was man von ihrem Charakter leider nicht behaupten konnte.

Scheiße, dachte Keegan. Er hatte gehofft, seiner Exfrau aus dem

Weg gehen zu können. Womit er im Grunde schon eine Stunde nach der Eheschließung begonnen hatte. Während Devon ihre Sachen auf dem Rücksitz des Jaguars verstaute und dann vorn einstieg, stieg er aus und ging zu Shelley.

„Sie hat den ganzen Abend auf deinen Anruf gewartet." Shelley trug ein knappes Tank Top und ausgefranste Jeans – Designerklamotten, die aussehen sollten wie von der Stange.

„Ihr hättet auch mich anrufen können, oder?"

„Es ist nicht meine Aufgabe, mich um deine Termine zu kümmern."

Weil er wusste, dass Devon sie durch die Scheibe beobachtete, zügelte er seinen Ärger. „Ich hätte anrufen sollen", erwiderte er tonlos. „Ich habe es nicht getan. Erschieß mich."

„Oh, ich würde dich nur zu gern erschießen, Keegan. Gäbe es da nicht den unschönen Umstand einer drohenden Haftstrafe, würde ich es vermutlich auch tun."

Keegan zwang sich, seinen Kiefer zu entspannen. „Es ist bestimmt eine echte Tragödie, du zu sein", konterte er.

„Das hättest du wohl gern", zischte sie, ohne seine Ironie zu bemerken. „Aber dank deiner Unterhaltszahlungen und nicht zu vergessen dank Rory, macht es großen Spaß, ich zu sein."

„Das freut mich sehr für dich."

Sie grinste. „Tut es nicht."

„Gut beobachtet."

„Leck mich, Keegan!"

„Nein danke, das überlasse ich Rory."

Gekonnt verzog Shelley die Lippen zu einem Schmollen. „Rory und ich erwägen ernsthaft, nach Paris zu ziehen. Ich habe im Internet schon ein wundervolles Internat für Devon gefunden."

Es war nicht das erste Mal, dass Shelley einen Umzug nach Paris erwähnte, doch von einem Internat war bisher nie die Rede gewesen.

„Meinetwegen kannst du mit Rory auch nach Riad ziehen. Aber meine Tochter wird die Vereinigten Staaten nicht verlassen. Punkt."

„Sie ist nicht deine Tochter", erinnerte Shelley ihn kühl.

Obwohl Keegan nichts mehr für Shelley empfand, trafen ihn diese Worte wie ein Faustschlag in den Magen. Er warf einen Blick in Devons Richtung. Vermutlich verstand sie kein Wort, aber vielleicht konnte sie ja von den Lippen lesen.

„Wir waren zum Zeitpunkt von Devons Geburt verheiratet", sagte er leise. „Wenn du nicht gerade planst, im Fernsehen aufzutreten und irgendeinen Moderator das Ergebnis eines Vaterschaftstests verlesen zu lassen, hast du keine verdammte Chance in dieser Hinsicht."

Verärgert starrte sie ihn an.

„Rory könnte sie natürlich adoptieren", fuhr Keegan fort, der so etwas nur über seine Leiche zulassen würde. „Aber dann würde ich umgehend die Unterhaltszahlungen einstellen, und das weißt du nur zu gut, nicht wahr?"

„Ich hasse dich, Keegan McKettrick."

Er hob ihr Kinn an, weil er wusste, dass sie das nicht leiden konnte. „Geht mir genauso, Kindchen." Ein weiterer Blick auf seine Tochter verriet ihm, dass Devon langsam unruhig wurde. Er lächelte sie beruhigend an, winkte Shelley munter zu und wandte sich ab.

„Fick dich, Keegan", rief sie ihm hinterher.

Daraufhin sah er sie wieder an, lächelte herzlich wegen Devon, und murmelte: „Wenn es nur darum gegangen wäre, wären wir vielleicht noch verheiratet. Mit mir zu schlafen, meine ich. Aber da war ja auch noch ein Haufen Geld im Spiel, nicht wahr?"

„Als ob du so perfekt gewesen wärst", rief Shelley.

„War wie immer schön, mit dir zu reden." Damit öffnete Keegan die Fahrertür und setzte sich hinters Lenkrad. Shelley sah ihnen mit wütendem Gesicht hinterher, als sie davonfuhren.

„Ich will nicht nach Paris", verkündete Devon.

Erschrocken warf er ihr einen Seitenblick zu. Hatte sie das Gespräch mit Shelley doch verfolgt? Keegan betete, dass es nicht so war.

„Mach dir keine Gedanken darüber", entgegnete er.

Sie bogen auf eine kleine, ruhige Straße im besten Wohnbezirk von Flagstaff. Ohne ihn würde Shelley heute vermutlich in einem Wohnwagen hausen. Sie besaß das finanzielle Geschick eines Drogensüchtigen.

„Ich kann kein Französisch."

Er legte eine Hand auf ihre Schulter und stellte fest, wie angespannt seine Tochter war. „Du wirst nicht nach Frankreich gehen."

„Mom sagt, es wäre romantisch. Paris, meine ich. Sie kommt immer ins Schwärmen, wenn sie davon spricht. Sie und Rory wollen im Regen Händchen halten."

Keegan unterdrückte ein Seufzen. Rory arbeitete als Fitnesstrainer und Shelley tat gar nichts. Wenn sie und Rory heirateten, bekäme sie keine Alimente mehr. Sie müsste das schicke Haus verkaufen und den Erlös mit ihrem nervigen Exmann teilen. Das alles bedeutete nichts anderes, als dass sie in nächster Zukunft bestimmt nicht auf die Suche nach einem hübschen Ehering gehen würde.

„Ich habe nachgedacht, Dev", begann er vorsichtig. „Wie würde es dir gefallen, mit mir auf der Ranch zu leben? Für immer, meine ich?"

„Das würde Mom nicht erlauben." Er sah, wie sie das Kinn in das rosa Fell des Teddybärs drückte, den sie fest umklammerte. „Sie braucht die Unterhaltszahlungen."

Dieser schlichte Satz verursachte Keegan Magenschmerzen. „Das hat sie dir gesagt?"

„Ich habe gehört, wie sie mit Rory darüber gesprochen hat."

Im Stillen verfluchte Keegan seine Exfrau und ihren muskulösen, aber hirnlosen Freund. „Sie liebt dich, Sweetheart. Das weißt du doch."

„Vielleicht." Nach kurzem Schweigen fügte Devon hinzu: „Die beiden streiten viel."

„Wirklich?", fragte er vorsichtig. Freundlich. Doch innerlich kochte er.

Schon oft hatte er mit Travis Reid darüber gesprochen, ob er um das alleinige Sorgerecht für Devon kämpfen sollte. Travis befürchtete, dass in diesem Fall eine Menge schmutziger Wäsche gewaschen werden und Devon am meisten unter der Situation leiden würde.

„Über Geld", fuhr Devon fort, ohne zu ahnen, was in dem Mann, den sie für ihren Vater hielt, vorging. „Darüber streiten sie am meisten. Rory will heiraten, aber Mom sagt, dass sie dann kein Geld mehr hätten."

Keegans Stirnhöhlen brannten, genau wie seine Augen. Er holte tief Luft. „Magst du diesen Rory?"

„Er ist okay."

„Du wirst auf kein Internat in Paris gehen", erklärte Keegan. Das war zwar nur ein schwacher Trost, aber mehr konnte er ihr im Moment nicht bieten.

„Versprochen?", wollte sie wissen.

„Gott ist mein Zeuge", entgegnete Keegan.

Devon lachte. „Das sagt Scarlett O'Hara in *Vom Winde verweht.*"

„Okay. Aber ich habe den Film nie gesehen."

„Es gibt auch ein Buch, Dad", klärte sie ihn höflich auf.

„Das weiß ich, Winzling."

„Und hast du es gelesen?"

Er lachte. Gott, fühlte sich das gut an zu lachen.

„Willst du mich testen?"

Bevor sie antwortete, boxte Devon ihm freundschaftlich gegen den Arm. „Natürlich nicht, Mensch." Dann vollführte sie auf typisch weibliche Art eine Drehung um hundertachtzig Grad. Gerade hatte sie noch gelacht, jetzt füllten ihre Augen sich mit Tränen. „Warum magst du Mom nicht?"

Zum zweiten Mal an diesem Tag hielt Keegan am Straßenrand an. Er ließ beide Hände am Steuer, die Finger absichtlich weit gespreizt, um sie nicht zu Fäusten zu ballen. Jede Erwähnung von Shelley löste das bei ihm aus. Es war verdammt noch mal an der Zeit, endlich darüber hinwegzukommen. „Darüber haben wir doch schon gesprochen, Dev", sagte er. „Wenn Menschen sich scheiden lassen, sind sie oft eine Zeit lang sauer aufeinander."

„Du und Mom wart aber schon vor der Scheidung sauer aufeinander", widersprach Devon.

Natürlich hatte sie recht. Mit vierundzwanzig hatte Keegan geheiratet – weil er dumm und geil gewesen war –, und nicht mehr mit Psyche zusammen. Damals musste er sich etwas beweisen – der Herrgott allein wusste, was.

„Tut mir leid, Dev. Es tut mir wirklich leid, dass du so viel durchmachen musstest."

„Man sollte nicht heiraten, wenn man sich nicht mag."

Aus irgendeinem merkwürdigen Grund musste er plötzlich an Molly Shields denken. „Da hast du recht. Zuerst sollte man sich mögen und miteinander befreundet sein."

„Mochte Onkel Jesse Cheyenne?"
Keegan überlegte. „Ich glaube ja."
„Schon beim allerersten Treffen?"
„Am Anfang war es ein bisschen schwierig, aber ja, ich glaube, sie waren miteinander befreundet."
„Bevor sie sich ineinander verliebt haben?"
„Bevor sie sich ineinander verliebt haben."
„Onkel Rance und Emma auch?"
Ein trostloses Gefühl breitete sich in ihm aus. „Die beiden auch."
Auf einmal strahlte Devon. „Dann musst du nur eine Frau finden, die du magst. Ihr werdet Freunde, und dann kannst du sie heiraten."
„So einfach ist das nicht, Dev."
„Na klar", rief sie.
„Würde dir das gefallen? Wenn ich wieder heirate?"
„Wenn sie nett zu mir ist, so wie Emma zu Rianna und Maeve. Die beiden mögen Emma sehr. Sie dürfen ihr im Buchladen helfen, als wären sie schon erwachsen. Und sie dürfen auch ihre Schuhe anprobieren. Sie hat *ganz viele* Schuhe."
„Deine Mom auch", bemerkte er hilflos.
„Aber ich darf sie nicht anprobieren."
„Warum trägst du nicht einfach deine eigenen?", fragte Keegan verwirrt.
„Das macht nicht halb so viel Spaß", erklärte Devon. „Wie viele zehnjährige Mädchen mit hohen Absätzen kennst du?"
„Du bist zu jung für hohe Absätze."
Seine Tochter verdrehte die Augen. „Dad, du bist vielleicht langweilig."
Er grinste. „Stimmt. Und du wirst mich in nächster Zukunft auch nicht los, Kindchen. Dabei besitze ich nicht mal Schuhe mit hohen Absätzen."
Sie lachte.
Deutlich entspannter als noch vor ein paar Minuten, startete Keegan den Motor, sah in den Rückspiegel und fuhr zurück auf die Straße. „Hast du Hunger?"
„Ich verhungere fast. Mom ist eine schreckliche Köchin, und Rory isst nichts außer Studentenfutter."

„Ich schätze, ich habe dich gerade vor einem entsetzlichen Schicksal gerettet – jetzt gibt's Frühstück im Casa de Idiot."

Devon kicherte schon wieder, und Keegan fragte sich, warum seine Augen plötzlich feucht wurden.

Kurz darauf hielten sie an einem kleinen Restaurant und stopften sich mit frisch gebackenen Waffeln voll. Dabei hätte Keegan lieber ein unbeschwertes Gespräch geführt, doch Devon bestand darauf zu erfahren, warum er am Abend zuvor nicht angerufen hatte.

Also erzählte er ihr von Psyche. Dass sie seit ihrer Kindheit Freunde waren, dass Psyche schwer krank sei und er sie besucht hatte und danach so traurig gewesen war, dass er an nichts anderes mehr hatte denken können.

Mit traurigen Augen sah Devon ihn an. „Wird sie sterben?"

Keegan schluckte. „Ja."

Da sprang Devon von ihrem Stuhl, lief um den Tisch und quetschte sich auf die Bank neben Keegan. Sie drückte sich an ihn und murmelte: „Das tut mir leid, Dad."

Keegans Hals zog sich zusammen. Er musste ein paarmal blinzeln.

„Du würdest gern weinen, hm?", fragte Devon.

Aber Keegan wagte nicht zu antworten.

„Armer Daddy. Es ist schwer, ein Mann zu sein, oder?"

Stumm nickte er.

„Wünschst du dir, dass du Psyche geheiratet hättest?"

Diese Frage überraschte ihn so sehr, dass er den Kopf drehte und auf seine Tochter hinabstarrte – auf *seine* Tochter, bei Gott. „Nein. Das wünsche ich mir nicht."

„Warum nicht?"

Es gelang ihm zu lächeln. „Weil ich dich dann nicht hätte. Und das ist etwas, das ich mir nicht vorstellen kann."

„Weißt du was, Dad?"

„Was?"

„Ich hab dich lieb."

Nun drückte er sie ganz fest an sich und küsste sie auf die Stirn. „Ich hab dich auch lieb, Äffchen", krächzte er. So saßen sie eine Weile in dem Restaurant. „Hast du genug von den Waffeln?", fragte er schließlich.

Sie nickte. „Lass uns abhauen."
„Na dann los", lachte er.

Molly spähte in das Schaufenster der Buchhandlung, in dem die aktuellen Bestseller auslagen. Zwei ihrer Autoren entdeckte sie – aber nicht Denby Godridge. Sie fürchtete sich davor, den arroganten alten Tyrannen anzurufen. Ihn zu beruhigen, würde sehr anstrengend werden, aber sie musste es tun. Und zwar bald.

Lucas richtete sich in seiner Karre auf und legte eine Hand an die Scheibe. Gerade als Molly nach einem Taschentuch wühlte, um die klebrigen Fingerabdrücke abzuwischen, öffnete sich die Tür und eine Frau lächelte sie an. Sie war blond und ungefähr in Mollys Alter. Ihre Augen glänzten warm.

„Emma Wells", stellte die fremde Frau sich vor. „Ich habe gerade frischen Kaffee gemacht, und ich verspreche Ihnen, Sie müssen nichts kaufen!"

Dankbar lächelte Molly zurück. Seit ihrer Ankunft in Indian Rock hatte sie außer Lucas exakt drei Menschen getroffen: Psyche, Florence und Keegan McKettrick. Ihre Beziehung mit Thayer machte eine Freundschaft mit allen dreien unmöglich, egal, wie nett Psyche zu ihr war. Zu Hause hatte sie viele Freunde, und sie vermisste die Treffen, gemeinsamen Essen und Partys schon jetzt.

„Ich hätte gern einen Kaffee", erwiderte sie. „Und womöglich kaufe ich sogar ein Buch."

Emma trat lachend zurück, um sie vorbeizulassen. Der Laden war klein, gemütlich und hell erleuchtet. Zwei kleine dunkelhaarige Mädchen stolzierten im Kinderbereich in hohen Schuhen umher, die sie sich aus einem großen Haufen geangelt hatten.

Der Anblick löste etwas Seltsames in Molly aus. Er erfüllte sie mit einer namenlosen, bittersüßen Sehnsucht, die so stark war, dass sie sich an Lucas' Karre festhalten musste.

„Na, du Hübscher. Wie heißt du denn?", begrüßte Emma nun auch Lucas.

„Lucas", sagte Molly.

Auch die beiden Mädchen stöckelten herbei, um ihn sich anzusehen.

„Ich heiße Rianna", sagte die Kleinere. „Und das ist meine Schwester Maeve. Wir haben einen Hund, aber der ist gerade beim

Tierarzt. Er wird nämlich kastriert und muss bis Dienstag dableiben." Mit ernster Miene sah sie zu Molly. „Mag Lucas Hunde?"

„Das weiß ich nicht."

„Unser Hund heißt Scrappers, und er beißt gar nicht. Dad hat ihn aus dem Tierheim geholt, nachdem Snowball wieder zurück zu seinen richtigen Besitzern musste."

Scrappers. Snowball. Offenbar steckte eine Geschichte dahinter, doch Molly hatte keine Ahnung, welche.

Sie kannte sich mit Kindern nicht aus. Waren das Dinge, über die Kinder gern redeten? Hilfe suchend blickte sie zu Emma, die noch immer vornübergebeugt stand und Lucas bewunderte. Ihr rosa Rock bauschte sich um ihre schlanke Taille.

„Das ist wirklich nett", sagte sie darum nur.

Bevor Molly herausfand, was genau sie mit dieser Antwort eigentlich sagen wollte, nahm das Gespräch eine unangenehme Wendung.

„Warum wissen Sie nicht, ob Ihr kleiner Junge Angst vor Hunden hat?", fragte Rianna neugierig und offensichtlich sehr besorgt.

„Lucas und ich ... wir lernen uns gerade erst kennen", entgegnete Molly unbehaglich.

„Genug gefragt", bemerkte Emma freundlich und richtete sich wieder auf. Mit ernstem Gesicht blickte sie Molly an. „Wie steht's denn mit dem versprochenen Kaffee?"

Molly nickte erleichtert. „Danke."

„Nehmen Sie Zucker und Milch?"

„Nein, schwarz bitte."

Rianna und Maeve liefen zurück zu ihrem Schuhstapel. Lucas zappelte, er wollte aus dem Kinderwagen. Emma stieg eine Treppe empor, während Molly einfach nur dastand und darauf wartete, dass Emma mit dem Kaffee zurückkam: Hinter ihr knallte die Tür zu. Ein Mädchen stürmte mit wehendem nussbraunen Haar an ihr vorbei. „Schuhe!", kreischte es begeistert.

Molly lächelte – bis sie den Mann erblickte, der hinter dem kleinen Mädchen hereinkam.

Keegan.

McKettrick.

„Ich kann lesen, wissen Sie", verteidigte Molly sich umgehend.

Keegans Miene wurde hart, doch er sagte kein Wort. Wütend

über sich selbst, errötete Molly. Dies war ein freies Land, Himmel noch mal. Sie musste keine Erklärung abgeben, warum sie sich in einer Buchhandlung aufhielt.

Keegan neigte sich über die Karre, genau wie Emma kurz zuvor. „Hey, Kumpel“, begrüßte er Lucas.

„Hey, Kumpel“, wiederholte Lucas.

Als Keegan daraufhin lächelte, war Molly wie vom Donner gerührt. Der ganze Mann veränderte sich, sobald er sich nicht wie ein selbstgerechter Idiot benahm. Vielleicht versteckte sich irgendwo hinter dieser Fassade doch ein menschliches Wesen?

Als ob er ihren Blick gespürt hätte, sah er auf. Und sofort begann eine neue Eiszeit.

„Weiß Psyche, dass Sie hier sind?“, fragte er und richtete sich wieder zu seiner vollen Größe auf.

„Nein“, zischte sie so leise wie möglich, wegen Lucas und der drei kleinen Mädchen, die um Emmas Schuhe herumtanzten. „Ich habe vor, mit Lucas zu fliehen. Mein Plan ist, diesen Kinderwagen über Land zu schieben. Wir könnten uns bei Nacht fortbewegen und bei Tag schlafen.“

Zu ihrer Überraschung lachte er, und das war beinahe noch beunruhigender als sein Lächeln zuvor. Als Emma mit dem Kaffee zurückkam, war Molly noch immer dabei, sich davon zu erholen.

„Keegan!“, rief sie, stellte sich auf die Zehenspitzen und küsste ihn auf die Wange.

„Sag, dass du endlich Vernunft angenommen hast“, zog Keegan sie auf. „Du lässt Rance sausen und heiratest mich stattdessen.“

Molly fragte sich, wie es wohl wäre, diesen Keegan zu kennen.

Emma reichte ihr einen Becher mit dampfendem Kaffee. Dann sah sie lächelnd zu Keegan. „Du bist ein schamloser Schmeichler“, warf sie ihm vor.

Das Mädchen, das mit Keegan hereingekommen war, stöckelte auf Molly zu. „Mögen Sie Schuhe?“, fragte es.

„Ich habe einen ganzen Schrank voll“, antwortete sie verwirrt.

„Ich heiße Devon. Devon McKettrick. Und das ist mein Dad.“

Immerhin bekam Molly ein steifes Lächeln zustande. „Hallo Devon. Ich bin Molly Shields. Dein Dad und ich kennen uns schon.“

„Sie hat ganz viele Schuhe“, erklärte Devon ihrem Vater.

„Geh spielen“, entgegnete Keegan.

Doch Devon rührte sich nicht von der Stelle. Sie sah zu Lucas und dann wieder zu Molly. „Ist das Ihr Kind?"

Darauf hatte Molly keine Antwort parat.

„Geh spielen, Devon", wiederholte Keegan.

„Ich versuche nur herauszufinden, ob sie etwas für dich wäre", erklärte Devon ihm.

Emma lachte. Keegans Hals rötete sich.

Und Devon ließ nicht locker. „Sind Sie verheiratet?", bohrte sie weiter.

„Devon", warnte Keegan.

„Nein", antwortete Molly nervös. „Nein, ich bin nicht verheiratet."

„Aber Sie haben ein Kind?"

Neugierig wartete Keegan auf Mollys Antwort, doch Emma rettete die Situation und schob Devon zurück in den Kinderbereich.

„Was hat dieses Kind nur mit Schuhen?", fragte Molly, um dem sarkastischen Kommentar zuvorzukommen, der Keegan bestimmt schon auf der Zunge lag.

„Das ist eine Fixierung, hoffentlich eine vorübergehende", erklärte Keegan. „Wie geht es Psyche?"

Traurig sah sie ihn an. „Sie ist sehr schwach, hofft aber am Barbecue teilnehmen zu können und bis zum Feuerwerk durchzuhalten."

In Keegans Augen schimmerte Schmerz. Er schien etwas sagen zu wollen, hielt aber inne.

Obwohl es vermutlich besser gewesen wäre zu schweigen, sprach Molly weiter. „Florence und ich finden, dass sie sich ausruhen sollte. Aber Psyche hat es sich in den Kopf gesetzt, bei der Feier dabei zu sein. Also werden wir sie hinbringen."

Keegan brütete vor sich hin.

Molly schob Lucas zur Kasse und stellte den Kaffeebecher ab. „Ich glaube, Lucas und ich sollten besser zurückgehen." Sie warf Emma ein Lächeln zu. „Vielen Dank."

„Kommen Sie bald mal wieder." Emma wirkte etwas verdutzt.

Noch eine Überraschung: Keegan hielt ihr die Tür auf. War er höflich oder wollte er sie einfach nur so schnell wie möglich loswerden? Er folgte ihr nach draußen.

„Molly?"

Mit gerunzelter Stirn drehte sie sich zu ihm um.

„Ich könnte Sie und den Jungen zurück zu Psyche fahren", schlug er vor.

„Haben Sie denn einen Kindersitz?", hörte sie sich fragen. Als ob sie tatsächlich mit Keegan McKettrick in ein und dasselbe Auto steigen würde, nach allem, was er ihr vorgeworfen hatte.

Er schüttelte den Kopf.

„Dann gehe ich zu Fuß", erklärte Molly.

Sie verspürte eine gewisse Genugtuung, als sie über die Straße marschierte, ohne noch einmal zurückzusehen.

Aber nicht viel.

Psyche saß vor dem Haus im Schaukelstuhl, als Molly mit Lucas zurückkam. Lucas war in seiner Karre eingeschlafen.

„Die beiden entwickeln eine Bindung", sagte sie zu Florence, die ihr gerade ein leichtes Mittagessen servierte und grummelnd Limonade in eisgekühlte Gläser füllte. Ein Glas für Psyche, eines für Molly und eines für sie selbst.

„Gib ihr eine Chance, Florence", bat Psyche sanft.

„Sie ist vermutlich eine Betrügerin", wisperte Florence. „Das denkt Keegan auch."

„Was für ein Unsinn. Ich habe Mollys Vergangenheit überprüfen lassen. Oder glaubst du wirklich, ich würde mein Baby einer Wildfremden überlassen?"

„Ich habe keine Ahnung, was Sie alles tun würden", schimpfte Florence.

„Schon gut", murmelte Psyche besänftigend.

Vor der Verandatreppe blieb Molly stehen, schnallte Lucas los und hob ihn auf die Arme. Sofort schmiegte er den Kopf an ihre Schulter. Sie trug ihn langsam mit einer Leichtigkeit die Stufen hinauf, um die Psyche sie insgeheim beneidete.

Es gab so viele einfache Dinge, die sie nicht mehr tun konnte.

„Geben Sie ihn mir." Florence streckte die Arme nach Lucas aus. „Ich bringe den kleinen Kerl in sein Zimmer. Er kann später essen."

„Überlass das doch einfach Molly, Florence", sagte Psyche.

Molly drückte Lucas noch etwas fester an sich und ging zur Tür.

Erst im allerletzten Moment trat Florence beiseite.

„Sie ist eine Fremde“, rief sie, nachdem Molly im Haus verschwunden war. „Auch wenn Sie irgendeinem Detektiv einen Haufen Geld bezahlt haben.“

„Unsinn.“ Psyche setzte sich an den Tisch und griff mit unsicherer Hand nach ihrem Limonadenglas. „Sie ist Lucas’ Mutter.“

„*Sie* sind Lucas’ Mutter!“

Traurig schüttelte Psyche den Kopf. „Ich bin ein Geist“, murmelte sie gedankenverloren. Die Limonade war eiskalt, und sie genoss den süßsauren Geschmack. Obwohl sie wusste, dass ihr später schlecht werden würde. Das ging ihr inzwischen fast ständig so, trotz Beendigung der Chemotherapie.

„Reden Sie nicht so!“ Florence drohte ihr mit dem Finger – wie früher, als Psyche ein kleines Mädchen gewesen war.

„Wieso nicht?“ Psyche biss in ein Sandwich mit geräuchertem Lachs und Frischkäse. „Es ist schließlich die Wahrheit.“

„Ich habe noch nie so etwas Dummes gehört! Sie sind so lebendig wie ich. So lebendig wie jeder andere Mensch.“

„Nein, das bin ich nicht. Es ist seltsam, Florence, aber das Gras scheint mir grüner zu sein als jemals zuvor, und der Himmel blauer. Ich kann jede einzelne Vogelstimme hören, jedes Insekt, das gerade im Blumenbeet seine Flügel aneinander reibt. Und trotzdem wirkt alles so … fern. Als ob ich … langsam in eine andere Welt verschwinde.“

Florence, die gerade selbst nach einem Sandwich griff, senkte den Kopf und begann, leise zu schluchzen. „Ich ertrage das nicht. Warum kann ich nicht diejenige sein, die stirbt? Ich habe mein Leben gelebt …“

„Psst.“ Psyche stand auf, legte einen Arm um Florence und küsste sie auf den Kopf. „Ist schon gut.“

„Es ist *nicht* gut!“, rief Florence aufgebracht. „Es ist verdammt ungerecht, das ist es. Es ist einfach nicht fair!“

„Du hast doch immer gesagt, dass das Leben nicht fair ist“, besänftigte Psyche sie. „Weißt du noch?“

Florence sah auf, ihr geliebtes Gesicht verzerrt von Trauer. „Sie sind wie mein eigenes Kind, mein eigenes kleines Mädchen …“

„Ich weiß“, sagte Psyche und ihr Herz wollte zerreißen. „Ich weiß.“

„Ach, sehen Sie mich nur an!“, rief Florence laut, streckte den Rücken durch, schnappte sich eine Serviette und tupfte sich die Augen ab. „Ich sollte um Ihretwillen doch wirklich stark sein und jetzt falle ich in mich zusammen wie ein altes Gemäuer.“

„Ist schon gut“, sagte Psyche noch einmal.

Die Tür ging auf, aber Molly blieb auf der Schwelle stehen. Sie schien nicht zu wissen, ob sie sich zu Psyche und Florence gesellen sollte oder nicht.

„Kommen Sie, setzen Sie sich, Molly“, sagte Psyche. „Erzählen Sie mir von Ihrem Ausflug mit Lucas.“

4. KAPITEL

Independence Day

Was für eine Ironie, dachte Molly, als sie sich zu Psyche auf die Veranda setzte. Sie stand kurz davor, für ihren kleinen Jungen ihre Freiheit aufzugeben, ihr Leben in Los Angeles und ihre Karriere. Nach dem Unterzeichnen der verschiedenen Dokumente würde sie eine Gefangene sein, die emotionale Geisel eines Kindes.

Lucas' Schicksal wäre für immer mit dem ihren verbunden.

War es das wert?

Obwohl Molly nicht eine Sekunde daran zweifelte, machte sie sich keine Illusionen darüber, wie schwierig und schmerzhaft dieser Prozess werden konnte. Glück war ihrer Erfahrung nach der siamesische Zwilling von Schmerz.

Sie zog einen Stuhl zurück. „Ich habe Keegan getroffen. Er hat nach Ihnen gefragt."

„Keegan", murmelte Psyche lächelnd und ein wenig wehmütig, als ob sie ihn allein durch seinen Namen heraufbeschwören könnte.

Florence floh mit tränenüberströmtem Gesicht ins Haus, murrte dabei etwas vor sich hin und wischte sich die Augen mit einem Taschentuch ab.

„Lieben Sie ihn?", fragte Molly, dann zuckte sie erschrocken zusammen, weil sie diese Frage nicht hatte stellen wollen. Schließlich war sie weder ein neugieriger Mensch noch ein impulsiver. Genau genommen war sie stolz auf ihre vernünftige und praktische Veranlagung – die Affäre mit Thayer bildete die einzige unrühmliche Ausnahme. Trotzdem wartete sie beinahe furchtsam auf Psyches Antwort.

Nach einem langen Schweigen schüttelte Psyche den Kopf. „Nein", antwortete sie.

Und Molly wunderte sich, wie sehr sie diese Antwort erleichterte.

„Keegan und ich ... das war eine Sandkastenliebe." Sie seufzte. „Was für ein altmodischer Ausdruck, finden Sie nicht? Sandkastenliebe."

Am liebsten hätte Molly ihren Blick gemieden, sie zwang sich aber, Psyche anzusehen. „Ich glaube, Keegan liebt Sie."

Warum interessierte es sie überhaupt, ob er Psyche liebte oder nicht?

Oder viel wichtiger, wie konnte sie aufhören, sich dafür zu interessieren?

„Er liebt mich auf gewisse Weise", stimmte Psyche zu. „Und er ist wild entschlossen, alle Menschen, die ihm wichtig sind, zu beschützen. So wie alle McKettricks."

In Mollys Hals bildete sich ein Kloß, der immer dicker wurde. Sie schluckte angestrengt. Mit einem merkwürdigen Ausdruck in den Augen sah Psyche sie an und berührte Mollys Hand.

„Keegan und ich sind Freunde", fuhr sie sanft fort. „Mehr nicht."

„Das meinte ich nicht. Psyche, ich …"

„Was?"

„Es tut mir so leid – was zwischen Thayer und mir passiert ist, meine ich."

„Schnee von gestern. Als Thayer starb, war ich irgendwie erleichtert. Es ist schrecklich, so etwas zu sagen, und vielleicht werde ich jetzt dafür bestraft. Vielleicht ist das der Grund, warum ich gehen und Lucas alleinlassen muss."

„Nein", protestierte Molly schwach. So sehr sie sich auch wünschte, Lucas als ihren Sohn aufzuziehen, der Preis dafür war viel zu hoch.

Psyche lächelte mit feuchten Augen, ihr Kinn zitterte ein wenig. „Ist es nicht erstaunlich, Molly? Dass Sie hier sind? Ich glaube wirklich, dass wir unter anderen Umständen gute Freundinnen hätten sein können."

„Was würde ich dafür geben, wenn ich die Zeit zurückdrehen und alles anders machen könnte", erwiderte Molly mit belegter Stimme.

„Wirklich? Aber dann gäbe es Lucas nicht."

Molly konnte nichts sagen.

„Sie haben mit meinem Mann geschlafen und sein Kind geboren. Der Konvention nach müsste ich Sie dafür hassen, aber das kann ich nicht. Sie haben Lucas das Leben geschenkt, Molly. Ich kann nichts anderes empfinden als Dankbarkeit."

Tränen brannten in Mollys Augen. „Sie sind der erstaunlichste Mensch, den ich je kennengelernt habe, Psyche Ryan." Beinahe erstickte sie an ihren Worten. „Zehnmal mehr wert als ich, und *hundertmal* mehr wert als Thayer. Er hatte sie nicht verdient."

„Nun, was Thayer betrifft, stimme ich Ihnen zu. Der Mann war nicht gut genug, mir die Füße zu küssen. Aber Sie, Molly Shields, Sie sind ein ganz anderer Fall. Sie sind ein viel besserer Mensch, als Sie denken."

Unglücklich schüttelte Molly den Kopf. „Ich war so blind ..."

„Hören Sie auf", unterbrach Psyche sie. „Ja, Sie haben einen Fehler gemacht. Aber daraus ist etwas sehr, sehr Schönes entstanden. Und nun werde ich sterben." Psyche rang um Fassung. „Ich habe keine Zeit, Fehler zu bedauern, weder Ihre noch meine. Also hören Sie auf damit. In dem Moment, in dem ich Lucas das erste Mal in den Armen hielt, habe ich Ihnen alles verziehen. Ich war Ihnen *dankbar*. Jetzt müssen Sie sich selbst vergeben, um Lucas' willen. Meinen Sie, dass könnte Ihnen gelingen?"

Lange dachte Molly über diese Frage nach, dann nickte sie. „Ja. Aber es wird nicht leicht."

„Niemand hat behauptet, dass es leicht wird. Lucas wird sich die Knie aufschlagen, Fieber bekommen und und und. Mit Keegan auszukommen, ist auch nicht gerade ein Spaziergang. Aber ich vermute, das haben Sie bereits selbst herausgefunden. Ich habe Keegan gebeten, die Nachlassverwaltung zu übernehmen. Er wollte Lucas selbst adoptieren und Sie ganz und gar raushalten. Aber damit bin ich nicht einverstanden, weil ich glaube, dass ein Kind seine Mutter braucht."

„Wie ..." Wieder verschluckte Molly sich fast, räusperte sich und versuchte es noch einmal. „Wie können Sie mir vertrauen, nach allem, was geschehen ist?"

Psyche lächelte. „Das war kein spontaner Entschluss, Molly. Ich überlasse Ihnen Lucas nicht nur, weil Sie seine Mutter sind. Ich habe Sie von den besten Privatdetektiven in Los Angeles überprüfen lassen."

„Aber Sie haben behauptet, nichts über meine finanzielle Situation zu wissen."

„Ich habe gelogen", entgegnete Psyche freundlich.

Da begann Molly schallend zu lachen. Erschrocken schlug sie die Hand vor den Mund.

Aber auch Psyches müde Augen funkelten fröhlich. „Vielleicht können wir doch noch Freundinnen werden, auch jetzt noch. Was meinen Sie?"

„Es wäre mir eine Ehre, Ihre Freundin zu sein."

„Wissen Sie was? Thayer war auch nicht gut genug, *Ihnen* die Füße zu küssen."

Wieder lachte Molly.

Sie lachte so heftig, bis sie schließlich den Kopf auf ihre verschränkten Hände legte und sich die Seele aus dem Leib weinte.

Keegan betrachtete das Riesenrad in Indian Rocks kleinem Park und versuchte, sich in eine feierliche Stimmung zu versetzen. Doch das gelang ihm nicht.

Psyche lag im Sterben.

McKettrickCo stand kurz davor, auseinandergerissen zu werden.

Shelley wollte mit Devon ans andere Ende der Welt ziehen und sie in einem Internat unterbringen, damit sie mit ihrem Freund Händchen haltend im Regen durch die Straßen von Paris spazieren konnte.

„Dad?"

Er sah zur Seite. Devon, Rianna und Maeve saßen neben ihm. Rance und Emma wollten später dazustoßen. In der Zwischenzeit stopften sich die drei Mädchen mit rosa Zuckerwatte voll. Vermutlich müssten sie sich in nicht allzu ferner Zukunft gemeinsam übergeben.

„Dürfen wir Ponyreiten, Onkel Keegan?", fragte Rianna.

„Das ist ein Esel, Doofi", korrigierte Maeve sie.

„Und es gibt nur einen Esel", verkündete Devon. „Also müssen wir uns hintereinander anstellen."

„Klar", seufzte Keegan.

Die Mädchen schossen über den Rasen davon, er folgte ihnen. In seinem weißen Hemd, der Bundfaltenhose und der grauen Seidenweste kam er sich ziemlich fehl am Platze vor. Alle anderen Männer trugen Jeans oder Khakihosen.

Ein kleiner Esel mit stumpfem Fell trottete endlos im Kreis und drehte dabei den Kopf zu ihm, um ihn aus matten dunklen Augen anzusehen. Als er stolperte, schlug ihm ein kleiner Mann mit einem Stock in die Flanke und brummte: „Aufwachen!"

Keegan, der Devon und seinen Nichten gerade Geld geben wollte, hielt mitten in der Bewegung inne. Den Blick auf Keegans Geldbörse gerichtet, verharrte der Mann einen Moment gebannt. Dann sah er in Keegans Gesicht. Als der Esel wieder stolperte, hob der Mann den Stock.

Bevor Keegan wusste, was er tat, stürzte er sich auf den Mann und riss ihm den Stock aus den Händen. Vermutlich hätte er ihn über den Rasen geschleudert, wenn nicht so viele Kinder um ihn herumgestanden hätten. Stattdessen ließ er ihn einfach auf den Boden fallen.

„Haben Sie ein Problem, Mister?", fragte der Mann. Er trug fleckige Jeans und ein schmutzig-weißes Unterhemd. Auf seinen Oberarmen prangte ein Tattoo: zwei ineinander gewundene Schlangen, die sich gegenseitig auffraßen. Ein Namensschild an seinem Unterhemd wies ihn als „Happy" aus.

„Nein", entgegnete Keegan tonlos. „Ich habe kein Problem. Aber Sie werden eines bekommen, wenn Sie diesen Stock noch einmal berühren."

Happy spuckte aus. „Old Spud gehört mir", brummte er. „Und ich kann mit ihm anstellen, was ich will."

„Ach, tatsächlich?" Noch immer hielt Keegan das Portemonnaie in der Hand. „Reisen Sie mit diesem Jahrmarkt? Er kommt zweimal im Jahr hierher, seit ich denken kann, aber Sie habe ich noch nie zuvor gesehen."

Ein Strahl Tabaksaft schoss zwischen den Lippen des Mannes hervor und verpasste nur knapp Keegans Schuhe. „Ich bin freier Reisender. Nicht, dass Sie das etwas anginge."

„Haben Sie noch mehr Esel?"

„Nein, nur Old Spud. Aber allmählich ist er keinen Penny mehr wert. Ich muss ihm ab und zu eins überziehen, damit er weiterläuft."

„Dad?" Devon zupfte an seinem Ellbogen. „Kaufen wir jetzt Karten? Die Schlange ist schon richtig lang."

Keegan betrachtete die ungeduldigen Kinder.

„Für einen angemessenen Preis würde ich ihn verkaufen", schlug Happy vor.

„Das kann ich mir vorstellen“, murmelte Keegan.

„Dad?“

Ohne Happy aus den Augen zulassen, reichte Keegan seiner Tochter einen Geldschein. „Vergiss den Esel. Fahr lieber mit dem Riesenrad.“

„Aber Dad, wir wollen ...“

„Das Riesenrad, Devon.“

Devon seufzte dramatisch, gehorchte aber. Gemeinsam mit Rianna und Maeve steuerte sie auf die Kasse zu.

„Wie viel?“, fragte Keegan.

Wie erwartet nannte Happy einen astronomischen Preis. Ohne mit der Wimper zu zucken, zählte Keegan das Geld ab, behielt es aber in der Hand. „Ich brauche eine Quittung“, sagte er. Dann ging er zu dem Esel, hob einen kleinen Reiter von seinem Rücken und drehte sich zu den wartenden Kindern. „Spud ist soeben in Rente gegangen“, erklärte er ihnen.

Das hatte einige enttäuschte Rufe zur Folge, doch die meisten Kinder applaudierten.

Keegan befreite den Esel von der Longe und streichelte sein struppiges Fell, während Happy ihm eine Quittung auf einem Fetzen Papier ausstellte. Spud, der Keegan kaum bis zum Bauch reichte, schmiegte sich an Keegans Arm.

„Sie haben nicht viel Geld für Futter verschwendet, nicht wahr, Happy?“ Voller Missfallen musterte Keegan Spuds hervorstehende Rippen.

„Sie haben eben ein schlechtes Geschäft gemacht.“ Happy steckte die Scheine in einen abgegriffenen Geldbeutel. „Das Vieh ist dumm und faul. Zu nichts zu gebrauchen. Aber jetzt ist er Ihr Problem, nicht meins.“

Ohne darauf zu reagieren, nahm Keegan Spud den Sattel ab und warf ihn auf den Boden. Nun trug der Esel nur noch Zaumzeug. Als Keegan die Zügel ergriff, folgte das Tier ihm bereitwillig.

Rance, der gerade mit Emma angekommen war, entdeckte Keegan mit seinem vierbeinigen Gefährten. Grinsend kam er auf ihn zu.

„Wenn es dich nach einem Reittier gelüstet, hätte ich dir eins von unseren Pferden leihen können“, feixte er mit einem Blick auf Spud.

„Weißt du, Rance“, entgegnete Keegan knapp, „manchmal bist du so wahnsinnig komisch, dass es kaum zum Aushalten ist.“

Rances Grinsen wuchs. „Was zur Hölle willst du mit einem Esel, Keeg?“

„Wenn ich das nur wüsste. Aber jetzt habe ich einen.“

„Und wie willst du ihn zur Ranch bringen?“

Jetzt war Keegan an der Reihe zu grinsen. „Da du ja einen Pferdeanhänger besitzt, gehe ich davon aus, dass du das für mich erledigst.“

Rance lachte. Dann betrachtete er Spud genauer. „Der arme Kerl ist ja halb verhungert. Und es ist ein Wunder, dass er mit diesen Hufen überhaupt noch laufen kann.“

„Exakt das dachte ich mir auch.“

Fachmännisch hob Rance nacheinander Spuds Beine. „Ich fahre zurück nach Triple M und hol den Anhänger.“ Er wischte sich die Hände ab. „Für den Fall, dass du nun auch Farmer werden willst, Keeg, legst du einen ziemlich kläglichen Start hin.“

„Soll ich mit dir fahren?“

„In diesen Hosen?“ Rance schüttelte den Kopf. „Besitzt du überhaupt Jeans und anständige Stiefel?“

„Kümmere dich nicht um meine Garderobe.“ Vor ein paar Wochen hatte Rance selbst noch maßgeschneiderte Anzüge getragen.

Schnell warf Rance einen Blick zu dem großen Grill, wo die Gäste gerade begannen, Fleisch und Würstchen auf ihren Tellern zu stapeln, und dann auf den Bierstand. „Sorg du nur dafür, dass noch Bier übrig ist, wenn ich zurückkomme“, rief er.

Keegan lachte. Zwar hatte er nun zusätzlich zu seinen anderen Problemen auch noch einen Esel am Hals, doch seine Laune war beträchtlich gestiegen.

Na so was, dachte er.

Emma stöckelte in rosafarbenen Schuhen, die perfekt zu ihrem rosa Kleid passten, auf ihn zu, wobei sie bei jedem Schritt im Gras stecken blieb. Als sie endlich bei Keegan ankam, tätschelte sie sanft Spuds Nase und strahlte Keegan an. Gegen so ein Lächeln musste jedes Feuerwerk verblassen.

„Molly ist hier“, sagte sie.

Als Keegan sich daraufhin umsah, entdeckte er Molly Shields an einem der Tische. Sie trug ein Kleid aus fließendem blauem Stoff und einen Strohhut und sah einfach fantastisch aus. Auch Psyche war da, sie saß in einem bequemen Stuhl, mit einer Decke über den Beinen. Und natürlich fehlte auch Florence in ihrer üblichen gestärkten Uniform nicht. Sie hob gerade Lucas aus der Karre.

Als ob sie seinen Blick gespürt hätte, sah Molly in seine Richtung.

Sie lächelte, vermutlich wegen des Esels.

Auf einmal war Keegan sehr heiß. Er steckte einen Finger unter den Hemdkragen, um ihn ein wenig zu lockern.

Emma zupfte an seinem Ärmel. „Keegan, du starrst sie an", flüsterte sie.

Molly sprach kurz mit Psyche, dann spazierte sie auf ihn zu.

„Ich schätze, man kann nie früh genug damit anfangen, für das Krippenspiel zu proben", sagte sie, während sie mit warmen Augen den armen, schmutzigen Spud betrachtete. „Spielen Sie dieses Jahr Josef?"

„Ich mache mich mal lieber auf die Suche nach den Mädchen, um zu verhindern, dass sie zu viel Zuckerwatte essen", erklärte Emma, bevor Keegan etwas entgegnen konnte, und verschwand.

Aber er konnte ohnehin nichts sagen, sondern schluckte nur.

Während Molly noch immer lächelte, vermutlich genoss sie sein Unbehagen. Dann streichelte sie, genau wie Emma zuvor, Spuds Nase und anschließend seine Ohren. Spud hob den Kopf und schrie „Iah."

Mollys grüne Augen schimmerten amüsiert. Die blaue Stoffblume auf ihrem Strohhut wackelte ein wenig. „Wir sollten höflich miteinander umgehen, Keegan", murmelte sie leise. „Wegen Lucas."

Innerlich stöhnte er und wünschte, sie würde ihn genauso freundlich betrachten wie den Esel. „Ich kann durchaus höflich sein", erklärte er ohne eine Spur von Höflichkeit. „Aber Sie tragen einen wirklich albernen Hut. Spritzt aus dieser Blume vielleicht auch Wasser?"

Sie lachte. „Das wäre schön. Denn ich würde im Moment nichts lieber tun, als sie vollzuspritzen."

Gegen seinen Willen musste er grinsen. Er lockerte seinen Griff um Spuds Zügel ein wenig, damit der Esel den Kopf senken und etwas Gras fressen konnte. Psyche, die aufrecht in ihrem Stuhl saß, winkte ihm lächelnd zu.

Keegans Grinsen erlosch. „Das ist einfach nicht richtig“, sagte er.

Molly, die noch immer den Esel tätschelte, folgte seinem Blick. „Verderben Sie Ihr bitte nicht den Abend mit Ihrer Traurigkeit“, bat sie.

Nur mit Mühe brachte er wieder ein Lächeln zustande und winkte zurück. „Besser?“, fragte er.

„Viel besser.“

Barfuß und nur mit einer Windel bekleidet, stolperte Lucas auf sie zu.

Molly wusste vermutlich genauso gut wie er, dass Spud für ihn die große Attraktion war, niemand sonst. Und doch schnürte es ihm das Herz zusammen, den Kleinen über das Gras laufen zu sehen.

Immer noch lächelnd reichte Keegan Molly die Zügel, ging Lucas entgegen und hob ihn hoch.

„Reiten!“, juchzte Lucas. „Reiten!“

„Nicht heute, Kumpel.“ Keegan setzte sich Lucas auf die Hüfte. Spud wackelte ein paarmal mit seinem dürren Schwanz.

„Reiten!“, kreischte Lucas.

„Ein anderes Mal.“

„Warum nicht?“ Molly streckte tröstend die Arme nach Lucas aus.

„Spud ist misshandelt worden“, erklärte er. „Vermutlich ist er sehr gehorsam, aber bevor ich es nicht genau weiß, möchte ich Psyches Kind nicht auf seinen Rücken setzen.“

Auf einmal wurden Mollys Lippen dünn, vermutlich, weil er *Psyches Kind* gesagt hatte. Die Blume an ihrem Hut ruckelte ein wenig, als sie Lukas auf ihrer Hüfte schaukelte und ihm beruhigend ins Ohr flüsterte. Der Junge protestierte leise gegen das Reitverbot, schmiegte dann aber den Kopf an ihre Schulter.

Keegan bemerkte, dass er Spuds Zügel wieder hielt.

„Sie haben Lucas vielleicht zur Welt gebracht“, erklärte er eisig, während er mit steifem Lächeln oder Nicken einige Bekannte begrüßte, „aber *Psyche* ist seine Mutter. Sie hat auf ihn aufgepasst, sich um ihn gekümmert und ihn *geliebt*.“

„Glauben Sie wirklich, dass ich ausgerechnet Sie brauche, um mir das zu sagen, Sie aufgeblasener Idiot?“, schoss Molly zurück, während sie ebenfalls lächelte und nickte. Damit machte sie auf dem Absatz kehrt und marschierte mit Lucas davon. Der Junge wehrte sich und streckte die Arme aus, aber nicht nach Keegan, sondern nach dem Esel.

So viel zum Thema Höflichkeit.

Devon kam mit einem Teller voll Grillhähnchen, Kartoffel- und Krautsalat zurück. „Was essen Esel?“ Sie sah aus, als wollte sie Spud jeden Moment ihren eigenen Teller anbieten.

„Dasselbe wie Pferde“, antwortete Keegan und riss seinen Blick von Molly los. „Gras. Heu. Hafer.“

„Warum darf niemand mehr auf ihm reiten?“

„Seine Jahrmarktkarriere ist vorbei. Er kommt mit uns nach Hause.“

Devons Gesicht leuchtete. „Echt? Wir behalten ihn?“

„Ja“, entgegnete Keegan in dem Moment, in dem ein Dröhnen die Luft erfüllte. Ein schlanker Jet mit dem *McKettrickCo*-Logo flog über ihre Köpfe.

„Sie sind zurück!“, schrie Devon. „Jesse und Cheyenne sind aus den Flitterwochen zurück.“

„Kann sein.“

„Was meinst du mit ‚kann sein‘? Wer sollte denn sonst darin sitzen?“

Zum Beispiel berühmte Countrysänger oder eine texanische Abordnung von *McKettrickCo*, die partout die Firma verkaufen wollte, dachte Keegan. Insofern hoffte er inständig, dass es sich tatsächlich um Jesse handelte.

„Dad?“, hakte Devon besorgt nach.

„Lass uns einen Platz suchen, wo wir Spud lassen können.“ Er versuchte, zu lächeln. „Ich hätte gern ein kaltes Bier und etwas zu essen.“

„Gute Idee.“ Devon klang erleichtert.

Am liebsten hätte er sich zu Psyche gesetzt. Doch dort würde er schon wieder auf Molly treffen, und von der hatte er genug für einen Abend. Oder für ein ganzes Leben, um genau zu sein.

Sie stellten Spud im Kirchhof auf der anderen Straßenseite ab. Als der Esel umgehend begann, die Petunien zu verspeisen, nahm Keegan sich vor, dem Pastor am nächsten Tag einen Scheck zu schicken.

Statt mit Psyche aß er in Gesellschaft einiger Frauen, darunter Emma und Cora Tellington, Rances frühere Schwiegermutter. Sie hatte sich nach dem Tod seiner Frau vor fünf Jahren aufopferungsvoll um ihre beiden Enkelinnen Rianna und Maeve gekümmert.

„Du siehst ziemlich geknickt aus“, bemerkte Cora, während sie ihn liebevoll mit dem Ellbogen anrempelte.

„Mir geht's gut.“ In Wahrheit hatte er sich vor seinem Zusammentreffen mit Molly ein wenig selbst bedauert. Und Devon auch. Maeve und Rianna hatten in Cora eine wunderbare Großmutter. Außerdem gab es noch Rances Eltern, die ihre beiden Enkelinnen geradezu anbeteten. Keegans Eltern hingegen waren bei einem Flugzeugabsturz ums Leben gekommen, als er selbst noch zur Schule ging. Und obwohl sich seine Verwandten rührend um ihn gekümmert hatten, war ein Teil von ihm damals zusammen mit seiner Mom und seinem Dad in den Flammen umgekommen. Als er Shelley kennenlernte, glaubte er, mit ihr die leere Stelle in seinem Herzen füllen zu können. Shelley war zu diesem Zeitpunkt bereits schwanger gewesen. Aber womöglich hätte er das nie erfahren, wenn Devon nicht direkt nach der Geburt eine Bluttransfusion gebraucht hätte. Im Labor des Krankenhauses erfuhr Keegan, dass Devon eine seltene Blutgruppe hatte. Der Arzt erklärte ihm zwar nicht wortwörtlich, dass er nicht der biologische Vater sein konnte, doch er begriff sofort. Später gestand Shelley ihm unter Tränen, dass sie ihn während der Verlobungszeit betrogen hatte. Mit wem, hatte Keegan nie erfahren.

Bei der Erinnerung daran schloss er die Augen. Als er eine Bewegung unter den Gästen spürte, öffnete er sie wieder.

Jesse und Cheyenne waren tatsächlich zurück. Vor Begeisterung kreischten Devon, Rianna und Maeve auf, rannten los und rissen Jesse beinahe von den Füßen.

Jesse konnte gut mit Frauen umgehen, keine Frage. Mit großen, mit kleinen, mit alten und jungen und was es sonst noch alles gab. Alle Frauen *beteten* ihn an.

Keegan entschuldigte sich bei Cora, stand auf, begrüßte Cheyenne mit einem Kuss auf die Wange und Jesse mit einer kumpelhaften Umarmung.

„Ich habe von Psyche gehört“, sagte Jesse leise. „Tut mir leid, Keegan.“

„Wer hat dir davon erzählt?"

„Myrna."

Myrna Terp war die Büroleiterin der Indian-Rock-Filiale von *McKettrickCo*, und sie wusste mehr über andere Leute als ein durchschnittlicher CIA-Agent.

Kurz darauf fuhr Rance mit seinem Truck vor. Er sprang heraus und schlug Jesse auf die Schulter. „Wie waren die Flitterwochen?"

Jesse grinste nur. Dieses Grinsen sagte alles. Lachend verpasste Rance ihm einen weiteren Schlag. „Wo ist der verdammte Esel?", erkundigte er sich dann.

„Im Kirchhof. Da verspeist er gerade die Petunien", antwortete Keegan.

„Was für ein Esel?", fragte Jesse verwirrt.

„Keegan will eine Zucht starten. Er wird bestimmt sehr erfolgreich im Hängeohren-Geschäft."

Kopfschüttelnd marschierte Keegan auf die Kirche zu.

„Ich helfe dir." Jesse folgt ihm.

„Du bist doch gerade erst aus den Flitterwochen zurück." Keegan ging etwas schneller. „Solltest du nicht bei der frischgebackenen Braut bleiben?"

Aber Jesse ließ sich nicht abschütteln. „Wie lange kann es dauern, einen Esel in einen Pferdanhänger zu laden?"

Spud wieherte einen Willkommensgruß, dann trottete er mit baumelnden Zügeln auf die beiden zu.

Genau wie Rance zuvor überprüfte Jesse seine Hufe und rieb mit einer Hand über die hervorstehenden Rippen. „Er wurde völlig vernachlässigt und misshandelt, so wie es aussieht."

Während sie gemeinsam die Straße überquerten, erzählte Keegan Jesse kurz, wie er Spud gekauft hatte. Als Keegan den Esel in den Anhänger führte, stellte er dankbar fest, dass Rance für frisches Heu und Wasser gesorgt hatte.

„Später gibt es ein Feuerwerk, also jede Menge Lärm", überlegte Jesse. „Vielleicht sollten wir den alten Knaben sofort nach Triple M in den Stall bringen."

„Ich kann mir nicht vorstellen, dass er besonders zimperlich ist", entgegnete Keegan. „Nicht, nachdem er wer weiß, wie viele Jahre er kreischende Kinder herumgetragen hat."

„Keeg", sagte Jesse.

Aber Keegan sah ihn nicht an. Er antwortete auch nicht, sondern schwieg beharrlich.

„Du nimmst es ziemlich schwer – dass Psyche so krank ist, meine ich."

Keegan spürte, wie er sich versteifte. „Ich vermute, das hat dir ebenfalls Myrna erzählt."

„Das muss mir niemand erzählen, Keeg."

Rance, Jesse und er waren zusammen aufgewachsen. Sie hatten nicht viele Geheimnisse voreinander.

„Wird schon wieder." Keegan sprang vom Anhänger und schloss die Tür. „Sobald ich den ersten Schock verwunden habe."

Er würde wieder in Ordnung kommen, das wusste er. Aber Psyche nicht. Und Lucas vielleicht auch nicht.

Jesse betrachtete ihn schweigend. Jahrmarktmusik erklang, das Riesenrad drehte sich, kleine Kinder kreischten vor Vergnügen im Kettenkarussell.

„Wird schon wieder", wiederholte Keegan.

Jesse legte ihm eine Hand auf die Schulter. „Ich weiß. Aber es wird nicht leicht."

Stumm nickte Keegan.

„Wir sind für dich da. Rance und ich."

Das wusste Keegan, auch wenn er es nicht sagen konnte.

„Wir McKettricks halten zusammen", sagte Jesse. Das war einer der Sätze, die ihnen von Kindesbeinen an eingebläut worden waren.

„Stimmt. Wir McKettricks halten zusammen", bestätigte Keegan.

5. KAPITEL

Psyche saß allein unter einem Baum, Lucas döste auf einer Decke neben ihr. Als sie Keegan und Jesse erblickte, winkte sie ihnen zu.

Keegans Herz wurde schwer. Sie war so tapfer. Im Vergleich zu ihr war er nichts als ein wehleidiger Jammerlappen.

Jesse küsste Psyche auf die Wange. „Hallo Schönheit", begrüßte er sie. „Willkommen daheim."

Sie lächelte. „Wie ich höre, kann man dir gratulieren. Den ewigen Junggesellen Jesse McKettrick hat's nun auch erwischt."

„Und wie", strahlte Jesse.

„Ich würde deine Frau gern kennenlernen: Ich verspreche auch, ihr nicht zu erzählen, was für ein Herumtreiber du warst."

Dafür erntete sie von Jesse sein berüchtigtes Grinsen. „Ich vermute, das ahnt sie bereits. Warte, ich gehe sie suchen." Er hieb Keegan auf die Schulter und verschwand.

„Setz dich, Keegan", bat Psyche.

Im Schneidersitz hockte er sich in das duftende Gras.

„Du und Molly, ihr gebt ein schönes Paar ab", bemerkte Psyche.

Da er Psyche sein ganzes Leben kannte, wusste er sofort, worauf sie hinauswollte. „Keine Chance. Vergiss es", knurrte er.

„Was soll ich vergessen?", fragte sie unschuldig.

„Du weißt verdammt gut, was."

Sie lachte. „Okay, ich finde die Idee einfach schön, dass ihr euch ineinander verliebt und heiratet. Lucas hätte dann eine richtige Familie – und er wäre ein McKettrick. Ich kann mir richtig gut vorstellen, wie ihr alle zusammen von einer Weihnachtskarte strahlt … *wir wünschen frohe Festtage*."

„Lucas kann auch ohne sie ein McKettrick werden. Du musst mich ihn nur adoptieren lassen und nicht Molly."

„Aber es wäre viel einfacher, wenn du Molly heiraten würdest und ihr ihn dann zusammen adoptiert."

„Ich hatte schon einmal eine Frau, die mich hintergangen hat. Ich brauche keine zweite."

Psyche reichte ihm eine Hand. Nach kurzem Zögern, das ihn maßlos ärgerte, weil er sich gegenüber einer todkranken Frau wie ein Idiot aufführte, ergriff er sie.

„Ich fand schon immer, dass Shelley ein echtes Miststück ist", meinte sie. „Ehrlich, ich habe mich oft gefragt, was du ihn ihr siehst."

„Das Gleiche habe ich mich gefragt, wenn ich an dich und Thayer gedacht habe", entgegnete Keegan mit einem bitteren Lachen.

Sie drückte seine Hand und ließ sie dann los – etwas völlig Normales. Und doch empfand Keegan diese Geste wie eine Vorankündigung ihres langsamen Verschwindens.

„Die beiden hatten eine Affäre, wusstest du das?", fragte Psyche. „Thayer und Shelley. Als sie auf dem College waren. Ich glaube, es war eine ziemlich leidenschaftliche Geschichte."

Keegan wusste davon. Nicht zuletzt wegen dieser Affäre hatte er Psyches Mann nie leiden können. „Ja. Ich weiß. Und es hätte uns beiden eine Menge Ärger erspart, wenn sie geheiratet und uns in Ruhe gelassen hätten."

„Aber so war es nicht." Ihr Blick fiel auf Lucas. „Ich habe heute Travis angerufen, wegen der Dokumente – die Adoption und die Nachlassverwaltung. Er meinte, bis Montag sei alles fertig."

„Du hast noch immer Zeit, deine Meinung zu ändern", sagte Keegan.

„Aber ich werde meine Meinung nicht ändern, Keegan. Also hör auf, darauf herumzureiten. Ich habe viel darüber nachgedacht und ich will, dass alles geregelt ist, bevor … nun, bevor eben. Und dafür brauche ich deine Unterstützung, verdammt noch mal."

Genau in diesem Augenblick kam Jesse mit Cheyenne zurück.

Keegan stand auf. Jesse stellte die beiden Frauen einander vor.

Das Eheleben stand Cheyenne gut, dachte Keegan. Andererseits stand ihr überhaupt alles gut. Sie war eine Schönheit – dunkelhaarig, schlank und verdammt klug.

Nachdem sie und Psyche ein paar Höflichkeiten ausgetauscht hatten und Jesse mit Psyche plauderte, als ob alles ganz normal wäre, zog Cheyenne Keegan zur Seite. „Bist du bereit für die Konferenz am Montagmorgen?", fragte sie.

„Was für eine Konferenz?" Er hatte sein Handy im Auto gelassen und heute noch nicht im Büro angerufen.

„Eve und Meg kommen aus San Antonio", murmelte Cheyenne. Eve McKettrick war die Mutter von Meg und Sierra und außerdem Präsidentin und Geschäftsführerin von *McKettrickCo*. „Außerdem kommt der gesamte Vorstand. Das war's dann, Keegan. Es soll eine endgültige Abstimmung über den Börsengang geben."

Natürlich. Eve war nach dem Unfall seiner Eltern wie eine Mutter für ihn gewesen, doch wenn es um Geschäftliches ging, kannte sie kein Erbarmen.

Keegan fluchte leise. „Was wird dann aus deiner Stelle?", fragte er.

„Mach dir keine Gedanken um mich. Vielleicht behalte ich sie ja sogar, oder ich mache mich selbstständig. Sorgen mache ich mir eher um dich."

„Hat Jesse gesagt, wofür er stimmen will?"

„Darüber musst du selbst mit ihm sprechen."

Alarmiert starrte er sie an, sah dann in Jesses Richtung, und im selben Moment wusste er Bescheid. „Verdammt", keuchte er.

Cheyennes Stimme wurde sanft. „Er ist dieser ganzen Kämpferei überdrüssig."

Keegan machte einen Schritt auf Jesse zu, der ihn jetzt ansah, blieb dann aber stehen. Das war nicht der richtige Zeitpunkt für ein Gespräch. Trotzdem fühlte Keegan sich hintergangen. Vorhin, als sie Spud in den Anhänger brachten, hätte Jesse genug Zeit zum Reden gehabt. Stattdessen hatte er versprochen, dass Rance und er für ihn da sein würden, wenn er seine engste Freundin verlor.

„Verdammt", wiederholte Keegan, diesmal richtig wütend.

„Stimmt etwas nicht?", fragte Psyche.

„Alles in Ordnung." Während er antwortete, starrte Keegan Jesse böse an.

„Kommst du am Montag, um die Papiere zu unterschreiben?", unterbrach Psyche sein Starren.

„Natürlich", versprach Keegan. Dann drehte er sich um und ging ohne ein weiteres Wort davon.

Molly stand mit dem Rücken an einem Baum und hielt einen Finger ins Ohr. Sie telefonierte – was bei all dem Trubel um sie herum nicht leicht war.

„Denby, hören Sie …"

„Ich will einen neuen Agenten!“, schrie Denby Godridge. Es quälte ihn maßlos, dass sein letzter Roman es nicht auf die Bestsellerliste geschafft hatte. Molly hatte das Manuskript für eine Menge Geld und vor allem wegen des in den 70er-Jahren gewonnenen Pulitzerpreises an einen Verlag verkauft. Dieser war genauso enttäuscht über den ausbleibenden Erfolg wie der Autor. „Es ist schon so alles schlimm genug“, schimpfte Denby. „Und jetzt soll ich auch noch mit einer Agentin in *Indian Rock, Arizona*, zusammenarbeiten?“

„Denby, bitte …“

„Sie sind gefeuert, Molly!“ Denby hängte ein.

Molly kämpfte gegen die Tränen.

„Ist Ihr Liebhaber es leid, auf seine Kohle zu warten?“ Diese Stimme kannte sie leider nur allzu gut.

Vor ihr stand Keegan, die Hände in den Hosentaschen vergraben, das Haar zerzaust, als ob er es sich gerauft hätte. Hinter ihm blinkten die rosa, grünen und blauen Lichter des Riesenrads.

Sie steckte das Handy in die Tasche, ging zu ihm, zog ihren Lieblingsstrohhut vom Kopf und schlug ihm damit gegen den Bauch. „Wissen Sie was, Mr Klugscheißer Keegan McKettrick? Ich habe genug von Ihren höhnischen Bemerkungen und schmutzigen Unterstellungen!“

Als ihn ihr Hut traf, riss er die Augen auf. Es waren die erstaunlichsten blauen Augen, die Molly je gesehen hatte. Blau wie seine Jeans.

Und dann begann er überraschenderweise zu lachen.

„Sind Sie betrunken?“, fragte sie.

„Nein. Aber ich wünschte, ich wäre es.“ Er schwieg einen Moment. „Wer hat Sie zum Weinen gebracht, Molly Shields?“

Die Frage ließ sie zurückweichen. Dabei sah sie, dass die Blume von ihrem Hut gefallen war, und bückte sich nach ihr. Leider tat Keegan genau das Gleiche, und ihre Köpfe knallten zusammen.

„Au!“, beschwerte sich Keegan und drückte eine Hand an den Kopf, während er sich aufrichtete. Das klang so sehr nach einem kleinen Jungen, dass Molly, deren Kopf ebenfalls ziemlich schmerzte, laut auflachte.

„Wer hat Sie zum Weinen gebracht?“, fragte er erneut.

Seufzend versuchte sie, die Blume wieder an ihrem Hut zu

befestigen. „Das war nichts. Ich hatte nur in letzter Zeit einige Hochs und Tiefs."

„Geht uns das nicht allen so?", murmelte Keegan.

„Vor allem Psyche." Sie gab auf und verstaute die Blume in den Untiefen ihrer Handtasche, wo zuvor schon bereits das Handy verschwunden war. Eine kleine Brise ließ sie erschauern.

„Kalt?", fragte Keegan.

„Mir geht's gut."

„Sie sehen aus wie jemand, der einen guten Witz vertragen könnte."

Sie sah ihn an. „Und?"

„Psyche findet, Sie und ich sollten heiraten und Lucas gemeinsam adoptieren. Ist das nicht verrückt?"

„Ziemlich verrückt", entgegnete Molly schnell. Warum tat es dann so weh, dass er die Vorstellung, sie zu heiraten, so wahnsinnig witzig fand?

Auf einmal sah er sie todernst an. Molly fragte sich, ob ihr Mund mit Grillsoße verschmiert war. Während sie noch darüber nachdachte, überraschte Keegan sie mit einem Kuss.

Ein Schauer fuhr durch ihren Körper.

Einen Moment verharrten seine Lippen auf ihren.

Dann trat Molly fassungslos zurück.

„Tut mir leid", keuchte Keegan.

„Sie haben wirklich ein Talent, das Falsche zu sagen, wissen Sie das?"

Er schnitt eine Grimasse. „Das höre ich nicht zum ersten Mal."

Wieder zitterte Molly. Falls er es bemerken sollte, würde sie es einfach auf die kühle Abendluft schieben. „Tun wir einfach so, als wäre das nicht passiert", schlug sie leichthin vor.

„Das können Sie ja ganz gut, nicht wahr?"

Vor fünf Sekunden erst hatte dieser Mann sie geküsst. Sanft. Zärtlich. Und jetzt hackte er schon wieder auf ihr herum.

„*Was* kann ich ganz gut?"

„So tun, als ob nichts passiert wäre. Wie bei Ihrer Affäre mit Thayer Ryan zum Beispiel."

„Ich tue nicht so, als ob ich keine Affäre mit Thayer Ryan gehabt hätte!"

„Das tun Sie allerdings. Entweder das oder Sie haben überhaupt kein Gewissen. Molly, wie können Sie nur? Wie können Sie in das Haus der anderen Frau kommen und ihr Kind aufziehen, als ob nichts geschehen wäre?“

Bei seinen Worten stockte ihr der Atem.

„Nun?“, drängte Keegan. Jetzt blickten die blauen Augen gnadenlos und kälter als ein Januarwind.

Molly schluckte, fest entschlossen, nicht die Beherrschung zu verlieren. Indian Rock war eine Kleinstadt. Hier wollte sie mit Lucas leben, da war es nicht sinnvoll, vor allen Leuten einen lautstarken Streit mit Keegan McKettrick auszutragen. „Nun hören Sie mal gut zu, Sie hohlköpfiger, arroganter Mistkerl“, sagte sie mit süßlicher Stimme. „Ich erkläre es Ihnen ein letztes Mal. Ich bin gekommen, weil Psyche mich darum gebeten hat. Weil …“ *Weil Lucas mein Sohn ist und ich ihn so sehr vermisst habe, dass ich mich wie ein Baby auf dem Boden zusammengerollt und mir die Augen aus dem Kopf geheult habe.*

Keegan sagte nichts.

Über ihnen zerplatzte das erste Feuerwerk, formte sich vor dem Nachthimmel zu einer großen blauen Blume und ergoss sich anmutig wie Engelstränen wieder auf die Erde. Keegan sah hinauf. Molly betrachtete sein Profil – die ausgeprägte Linie des Kiefers, den konservativen Haarschnitt, der ihm nicht wirklich gut stand, die gerade Nase. Vermutlich war er der unangenehmste Mann, den sie je getroffen hatte, und doch rührte etwas an ihm sie ganz tief in ihrem Innern.

Vielleicht spürte sie aber auch nur Reste der scharfen Grillsoße.

„Ich sehe mal besser nach meiner Tochter“, sagte Keegan.

„Und ich möchte mir das Feuerwerk zusammen mit meinem Sohn ansehen“, entgegnete sie schroff.

Sie entfernten sich in verschiedene Richtungen.

Es war schon nach Mitternacht, als Molly Lucas seinen Schlafanzug anzog und ihn ins Bett brachte.

„Ist er nicht schön?“ Unbemerkt von den beiden hatte Psyche das Zimmer betreten.

„Das ist er“, wisperte Molly zurück.

Psyche durchquerte das Zimmer und berührte Lucas’ verschwitzte Locken mit einer zitternden Hand. Ihre Augen schimmerten in dem dämmrigen Licht. „Mein Gott", murmelte sie. „Was würde ich dafür geben, ihn aufwachsen zu sehen."

Am liebsten hätte Molly tröstend einen Arm um sie gelegt. Doch schließlich war Psyche die Ehefrau, die Molly hintergangen hatte.

„Lassen Sie uns hinuntergehen", bat Psyche sehr leise, während sie Lucas zudeckte. „Ich könnte wirklich ein Glas Wein vertragen."

„Ich auch."

Schweigend fuhren sie mit dem Aufzug nach unten. Die Küche war dunkel und auffällig leer ohne Florence, die hier sonst Kartoffeln schälte, Milch für Lucas aufwärmte oder vor sich hin murrte, während sie ihren Lieblingssendungen im Radio lauschte.

Psyche nahm eine Flasche Rotwein und zwei Gläser aus dem Schrank. Dann sank sie erschöpft auf einen Stuhl. Molly öffnete die Flasche und schenkte den Wein ein.

„Es ist schwer zu sterben", sagte Psyche.

„Ich vermute, Sie haben alle Behandlungsmöglichkeiten ausprobiert", erwiderte Molly, nachdem sie einmal schwer geschluckt hatte. Das tat sie ziemlich oft, seit sie in Indian Rock war.

Müde hob Psyche ihr Glas. „Alle. Und glauben Sie mir, die Behandlungen sind schlimmer als die Krankheit selbst."

Beide tranken einen Schluck Wein. Dann bemerkte Psyche wie aus heiterem Himmel: „Keegan ist ein guter Mann, Molly."

„Er ist ein … ach, es spielt keine Rolle, was er ist."

„Ich kenne ihn seit dem Kindergarten. Er hat mich immer beschützt. Das ist eines seiner Probleme, wissen Sie. In gewisser Weise ist er ein Mann aus dem Wilden Westen, gefangen in der heutigen Zeit."

„Ich habe seinen Jaguar gesehen", widersprach Molly ruhig. „Er trägt sehr teure Klamotten. Ich kann da keinen Zusammenhang zum Wilden Westen herstellen."

Psyche seufzte. „Warten Sie, bis Sie ihn auf einem Pferd sehen."

Den Anblick konnte Molly sich lebhaft vorstellen. Und wieder verspürte sie einen kleinen Stich.

„Das werden Sie", fuhr Psyche fort. „Ihn auf einem Pferd sehen, meine ich. Denn ich möchte, dass Lucas reiten lernt, und niemand könnte es ihm besser beibringen."

Mit Sorge dachte Molly an ihre Zukunft in Indian Rock: Tage, Wochen und Monate angefüllt mit Keegan McKettrick und seiner unerbittlichen Abneigung gegen sie.

„Sie könnten ihn heiraten", schlug Psyche ganz unvermittelt vor.

Molly verschluckte sich beinahe an ihrem Wein. Sie rang noch immer nach Luft, als Psyche unbeirrt sagte: „Ich wette, der Sex mit ihm ist gigantisch."

Sex mit Keegan McKettrick.

Denk gar nicht erst darüber nach.

„Wohlgemerkt, ich kann nur raten. Keegan und ich haben nie miteinander geschlafen. Zu schade."

Bitte, flehte Molly stumm, bitte frag mich nicht, wie es mit mir und Thayer im Bett war.

„Ehrlich gesagt", gestand Psyche „fand ich Thayer nicht gerade großartig im Bett."

Da füllte Molly ihren Mund so voller Wein, dass ihre Wangen sich ausbeulten. In der nächsten Sekunde rannte sie zum Spülbecken und spuckte den Wein aus, so sehr musste sie lachen.

Lachen.

Sie hielt sich am Spülbecken fest, den Rücken Psyche zugewandt, und ihre Schultern bebten.

„Was ist mit Ihnen, Molly?"

Molly drehte sich zu der Frau um, mit deren Mann sie – wie Keegan es ausdrückte – gevögelt hatte. Ihre Wangen brannten, ihre Augen tränten.

„Guter Gott", rief Psyche. „Weinen Sie?"

„Nein", stieß Molly hervor „Ich lache.

„Wieso?"

„Weil dieses Gespräch so bizarr ist und weil Sie so recht haben."

„Was Thayer betrifft?"

Molly nickte.

Da brach auch Psyche in schallendes Gelächter aus. Sie hielt sich die Seite und prustete, bis Florence in einem rosafarbenen Chenillemorgenmantel und mit finsterem Blick in die Küche trat.

„Wissen Sie beide eigentlich, wie spät es ist?" Ihr klebte eines dieser blauen kleinen Pflaster auf der Nase, was die allgemeine Heiterkeit nur erhöhte.

„Es ist höchste Zeit, zu lachen", sagte Psyche, nachdem sie sich ein wenig erholt hatte.

Das Gesicht von Florence sah etwas freundlicher aus.

„Und zu lachen, zu lachen, zu lachen", fügte Psyche hinzu. Plötzlich lag ein leicht panischer Klang in ihrer Stimme. Und dann begann sie zu weinen.

In Windeseile lief Florence zu ihr, zog sich einen Stuhl heran und nahm sie in die Arme. „Schon gut, Baby." Sie wiegte sie sanft. „Lassen Sie nur alle Tränen raus. Gott weiß, Sie haben das Recht dazu."

Molly rührte sich nicht von der Stelle. Über Psyches Kopf hinweg fing sie Florences Blick auf, und was sie darin entdeckte, ließ Keegan McKettricks Verachtung für sie geradezu verblassen.

„Ich denke, ich gehe ins Bett", sagte sie. Als ob es irgendjemanden kümmern würde, ob sie ins Bett ging oder sich aus dem Fenster stürzte.

„Tun Sie das", sagte Florence.

„Ich könnte Psyche hinaufhelfen ..."

„*Ich* kümmere mich um Psyche", unterbrach Florence sie.

Und Molly floh aus der Küche, rannte die Treppe hinauf, sah nach Lucas und ging dann in ihr Zimmer. Nachdem sie geduscht hatte, schaltete sie ihren Laptop an und las ihre E-Mails.

Was ein großer Fehler war. Denn im Augenblick war sie in New York und Los Angeles nicht besonders gefragt.

Unruhig wie ein Tiger im Käfig lief Molly im Zimmer auf und ab, bis sie hörte, wie der Aufzug nach oben ratterte. Als sie den Kopf aus der Tür steckte, überraschte es sie, Florence allein zu sehen.

„Sie ist in einem schlechten Zustand und hat schreckliche Schmerzen. Sie müssen sie in die Klinik bringen. Ich habe ihren Arzt schon angerufen, er wird Sie dort treffen."

Molly zögerte keine Sekunde. Sie stürzte zum Kleiderschrank, streifte Jeans und ein Tank Top über, schlüpfte in ein Paar Sandalen und schnappte sich ihre Handtasche.

„Sehen Sie nach Lucas?", fragte sie, als sie wieder in den Flur kam.

„Selbstverständlich", entgegnete Florence eisig. „Sie können meinen Wagen nehmen. Und rufen Sie an, sobald Sie etwas wissen. Umgehend."

„Das werde ich“, versprach Molly. Nach einem letzten Blick auf Lucas rannte sie zum Fahrstuhl und hätte Florence, die mitfahren wollte, beinahe die Tür vor der Nase zugeknallt.

Psyche saß zusammengekauert und stöhnend in der Küche. Erst jetzt fiel Molly ein, dass sie nicht wusste, wo das Krankenhaus war. Florence erklärte ihr den Weg, dann führten sie Psyche gemeinsam in die Garage. Hätte Florence nicht das Tor geöffnet, wäre Molly vermutlich einfach mit dem Wagen hindurchgedonnert.

„Es tut so weh“, ächzte Psyche. „Oh, mein Gott, es tut so weh ...“

Mollys Herz zog sich zusammen. „Halten Sie durch“, rief sie, als sie rückwärts auf die Straße schoss.

„Was, wenn es das ist?“, stammelte Psyche. „Ich konnte mich nicht einmal von Lucas verabschieden.“

„Das dürfen Sie nicht einmal denken“, erklärte Molly bestimmt, während sie das Lenkrad herumriss. „Gibt es in diesem beschissenen Kaff eigentlich keinen Rettungswagen?“

Trotz der Schmerzen lachte Psyche. „Der müsste aus Flagstaff kommen.“ Dann beugte sie sich wieder vor. Ihr Schrei ließ Molly das Blut in den Adern gefrieren.

Als sie mit quietschenden Reifen vor dem Krankenhaus anhielt, wurden sie bereits von zwei Krankenschwestern und einem uralten Arzt erwartet.

Der Arzt hatte graues Haar, sein Gesicht wirkte freundlich. Mit überraschender Kraft hob er Psyche allein langsam aus dem Wagen und legte sie behutsam auf die bereitgestellte Trage.

„Ganz ruhig, Liebes“, murmelte er. „Weißt du noch, wie du mit dreizehn eine Blinddarmentzündung hattest? Damals habe ich mich um dich gekümmert, nicht wahr? Und ich kümmere mich auch heute um dich. Das verspreche ich dir.“

Molly erstarrte und blieb wie angewurzelt vor dem Krankenhaus stehen. Sie konnte sich mit einem Mal nicht mehr rühren. So stand sie auch noch Minuten später, als ein schwarzer Jaguar an ihr vorbeiraste, nah genug, um ihr fast die Zehen abzufahren.

Keegan sprang heraus. „Was ist passiert?“, fragte er in einem Ton, als ob sie Psyche Gift unter das Essen gemischt hätte.

Florence musste ihn angerufen haben.

„Sie ist ... Psyche hat starke Schmerzen. *Sehr* starke Schmerzen.“

„Und Sie stehen hier draußen rum, weil?"

Eine unbändige und tobende Wut ergriff sie, gemischt mit etwas anderem, einem Gefühl, das sie nicht genau benennen, geschweige denn analysieren wollte. „Nun, weil das heute eine so schöne Nacht ist!", schrie sie und breitete die Arme aus.

„Ach, halten Sie die Klappe." Keegan lief auf den Eingang zu.

Nur mit Mühe konnte Molly mit ihm Schritt halten. „Wenn sie nun stirbt?", fragte sie mit zitternder Stimme.

Hinter der verglasten Doppeltür blieb Keegan stehen und starrte sie mit gerunzelter Stirn an. „Spielen Sie kein Theater. Psyche ist unheilbar krank. Es dürfte für Sie nicht überraschend kommen."

„Warum müssen Sie nur so ein Arsch sein?", flüsterte Molly, die nicht einmal mehr versuchte, die Tränen zurückzuhalten.

Irgendwo im Gebäude hörte man Psyche schreien.

Keegan stürzte in die Richtung, aus der die Schreie kamen. Molly lief auf und ab. Ihr Telefon klingelte. Sie zerrte es aus der Handtasche, klappte es auf und meldete sich.

„Sie sind gefeuert", sagte Denby. Dass er sturzbetrunken war, hörte man bereits an diesen drei Worten.

„Denby?", rief Molly. „Verpissen Sie sich."

Nach dieser professionellen und eindeutigen Bemerkung klappte sie ihr Handy wieder zu. Die Frau am Empfang sah sie missbilligend an. Trotzdem eilte Molly auf sie zu. „Bitte sagen Sie mir, wie es Psyche geht."

„Sie hat Krebs im Endstadium", entgegnete die Frau. Sie war um die dreißig, ein wenig übergewichtig und eindeutig eine Einheimische.

„Vielen Dank für diese Neuigkeit. Ich habe sie gerade schreien gehört. Ich möchte verdammt noch mal wissen, was dahinten vor sich geht."

„Gehören Sie zur Familie?"

„Nein, ich bin … eine Freundin."

„Dann kann ich Ihnen ohne die Genehmigung von Mrs Ryan keine Auskunft geben."

„Keegan McKettrick ist bei ihr. Wie kommt es, dass *er* keine Genehmigung braucht?"

„Weil er Keegan McKettrick ist."

Molly holte tief Luft, atmete langsam aus und dann wieder ein.

„Gut, lassen Sie uns noch mal von vorn beginnen, ja?“

„Schön“, entgegnete die Frau gelassen.

„Da wartet eine Frau in Psyches Haus darauf zu erfahren, wie es ihr geht. Ich muss ihr wenigstens *irgendetwas* sagen.“

„Handelt es sich dabei um Florence?“

„Richtig.“

„Ich werde sehen, was ich herausfinden kann.“

„Das wäre fantastisch.“

Die Frau verschwand in den hinteren Räumen. Einige Minuten später eilte ein gut aussehender blonder Mann ins Krankenhaus. Er sah genauso verschlafen aus wie Keegan zuvor.

Die Rezeptionistin kam zurück. „Der Doktor hat den Notarztwagen gerufen“, erklärte sie Molly und dem blonden Mann. „Sie wird nach Flagstaff gebracht.“

„Himmel“, murmelte der blonde Mann.

Und dann lief *er* in dieselbe Richtung wie Keegan.

„Ich vermute, er ist auch ein McKettrick.“ Molly angelte ihr Handy aus der Tasche.

„Da vermuten Sie richtig.“

Sie wählte Psyches Nummer. Florence antwortete beim ersten Klingeln.

„Sagen Sie mir, wie es meinem Baby geht“, rief sie angsterfüllt.

„Sie wird nach Flagstaff gebracht.“

„Gütiger Herr im Himmel“, stöhnte Florence.

Keegan stürmte in die Halle. Der blonde Mann folgte ihm. Dann stürzten beide hintereinander ins Freie.

„Verdammt“, schimpfte die Rezeptionistin. „Wenn die beiden anfangen, sich zu prügeln, werden wir mindestens eine Woche brauchen, um sie wieder zusammenzuflicken.“

Molly rannte auf die Tür zu. Im Licht der Straßenlampen sah sie, wie Keegan dem blonden Mann einen Stoß versetzte. Der Blonde stieß ihn zurück.

„Molly?“, hörte sie Florence Stimme.

„Ich halte Sie auf dem Laufenden.“ Damit legte sie auf.

Die Rezeptionistin lief an ihr vorbei. „Keegan!“, schrie sie. „Jesse! Benehmt euch, oder ich rufe Wyatt Terp, das schwöre ich! Dann landet ihr beide im Kittchen!“

6. KAPITEL

Jesse, dessen Brust sich heftig unter seinem weißen T-Shirt hob und senkte, warf Keegan ein Grinsen zu und lehnte sich gegen seinen Truck auf dem Krankenhausparkplatz. „Sie tut's wirklich, weißt du?", rief er warnend. Er deutete mit dem Daumen auf Carrie Johnson, die Rezeptionistin vom Krankenhaus.

Keegan wusste, dass Jesse recht hatte. Carrie war eine Frau, die Wort hielt. Darüber hinaus wäre Terp trotz seiner Freundschaft zur Familie nach einer Doppelschicht am Independence Day auch nicht gerade bester Laune.

„Da hat er verdammt recht, ich tue es", schwor Carrie. „Was ist überhaupt los mit euch beiden? Wir haben hier eine wirklich kranke Frau, und euch fällt nichts Besseres ein, als euch zu streiten wie früher auf der High School?"

Keegan errötete. Zumal er erst jetzt realisierte, dass Molly Shields die ganze Zeit im Hintergrund gestanden und zugesehen hatte, wie er einen Narren aus sich machte. Er schämte sich zutiefst – und hatte trotz allem noch immer Lust auf eine saftige Prügelei.

Dafür übernahm Jesse nun die Rolle des Diplomaten. Er hob beide Hände in einer beschwichtigenden Geste. „Sieh mal", erklärte er Carrie, „Keegan ist einfach ein bisschen gestresst, das ist alles. Wir sind vernünftig, versprochen."

„Wer's glaubt, wird selig", entgegnete Carrie, die vor vielen Jahren einmal mit Jesse ausgegangen war und darum allen Grund hatte, an seinem Wort zu zweifeln. Aber sie wirkte nicht mehr ganz so verärgert. Das war der Zauber von Jesse McKettrick. Wenn er seinen Charme einsetzte, war niemand davor gefeit.

„Weißt du, ich war nie gut genug für dich", behauptete er nun mit großen und ernsthaften Augen.

Keegan musste sich ein Lachen verkneifen. Zwar ärgerte er sich noch immer über Jesse, weil er sich auf die Seite der texanischen McKettricks geschlagen und ihm nichts davon gesagt hatte, doch gleichzeitig musste er diesen Mistkerl für seine Frechheit bewundern.

„Du bist so ein Spinner", erwiderte Carrie liebevoll. „Wenn

ich euretwegen noch einmal hier rauskommen muss, werdet ihr es bereuen.“ Mit diesen Worten drehte sie sich um und spazierte wieder hinein.

Molly zögerte einen Moment, dann straffte sie die Schultern und marschierte auf die beiden Männer zu. In sicherer Entfernung blieb sie stehen und schwieg.

Keegan versuchte, nicht auf sie zu achten. „Wer hat dich angerufen?“, fragte er Jesse.

„Devon. Nachdem du sie bei Rance abgeliefert hast und ins Krankenhaus gerast bist, bekam sie es mit der Angst zu tun. Sie befürchtete, du könntest einen Unfall bauen.“

Nach wie vor war Keegan sich Mollys Gegenwart überdeutlich bewusst. Er hoffte, sie würde endlich verschwinden und wünschte zugleich, dass sie blieb, wo sie war. „Du kannst jetzt wieder nach Hause fahren“, erklärte er Jesse.

„Ich fahre nirgendwohin, bevor ich nicht weiß, wie es Psyche geht.“ Jesse lehnte sich wieder an seinen Truck, die Arme vor der Brust verschränkt.

„Sie stirbt“, sagte Keegan tonlos. „Bald, verstehst du?“

Jesse biss die Zähne zusammen. Wartete.

„Ich frage mich …“, begann Molly, brach aber gleich wieder ab.

„*Was* fragen Sie sich, Ms Shields?“, zischte Keegan.

Jesse richtete sich ein wenig auf, er war schließlich ein Gentleman, aber gleichzeitig auch klug genug, um sich nicht einzumischen.

Molly reckte das Kinn. „Ich … ich frage mich, ob Sie mit Psyche nach Flagstaff fahren. Sie sollte jetzt nicht allein sein, aber Lucas und Florence sind zu Hause und ich sollte zu ihnen.“

Da stieß Jesse sich von seinem Auto ab. Nachdem er Keegan mit einem Blick zum Schweigen gebracht hatte, wandte er sich an Molly. „Gehen Sie nur. Florence und der Junge brauchen Sie vielleicht. Keegan und ich werden hinter dem Notarztwagen herfahren. Wenn irgendetwas geschieht, lassen wir Sie es sofort wissen.“

Beschämt bemerkte Keegan, dass Mollys Augen sich mit Tränen füllten. „Danke“, sagte sie zu Jesse.

Am liebsten hätte er Jesse erneut gestoßen. Und zwar hart.

Bevor sie ging, warf sie Keegan einen Blick zu, den er nicht deuten konnte, dann stieg sie in Florences alten Wagen und fuhr davon.

„Du bist wirklich ein mieser Kerl, weißt du das?", fuhr Jesse ihn an, während er Molly hinterhersah.

Keegan hätte gern dasselbe getan, war aber zu stolz. Wie gern er sie angesehen hätte, seinen Blick mit Molly Shields angefüllt hätte, sein Herz und die einsamen, ausgehungerten Stellen seiner Seele.

Tolle Idee.

Stattdessen blickte er finster drein. Er hätte Jesse sein Leben anvertraut – zumindest bis zu dem Moment, in dem Cheyenne ihm erzählt hatte, dass Jesse sich mit dem texanischen Haufen verbündet hatte. Dass er allen Ernstes dafür stimmen wollte, dass *McKettrickCo* verkauft wurde.

Jesse ließ nicht locker. „Was zum Teufel ist mit dir los, Keeg? Das ist doch sonst nicht deine Art, eine Frau zu behandeln. Ein Wunder, dass der alte Angus nicht von den Toten auferstanden ist, um dich in einen Haufen Pferdemist zu drücken."

„Ach, und was bist du, ein Experte für gute Manieren?", schnaubte Keegan. „Vielleicht solltest du einen Ratgeber schreiben." Er brauchte eine Ablenkung von Psyches Krankheit, wenn auch nur für ein paar Minuten. Dafür hätte er sich auch von Jesse verprügeln lassen, Hauptsache, er konnte eine Zeit lang an etwas anderes denken.

Ein Notarztwagen fuhr auf den Parkplatz.

„Himmel", stöhnte Keegan.

Jesse legte eine Hand auf seine Schulter. „Du musst jetzt durchhalten, Keeg", sagte er leise.

„Heirate sie."

Keegan, der die Nacht in einem Stuhl neben Psyches Bett verbracht hatte, setzte sich gerade auf und blinzelte.

Psyche betrachtete ihn, sie war so weiß wie die Bettwäsche. Die Beatmungsmaschine machte merkwürdige Geräusche, verschiedene Monitore piepten.

Er rang sich ein Lächeln ab. „Ich hätte schwören können, dass du gesagt hast …"

„Heirate sie", wiederholte Psyche.

„Nein“, stieß Keegan hervor, nachdem er eine Weile vergeblich nach einem höflicheren Wort gesucht hatte.

„Nicht einmal, wenn es mein letzter Wunsch ist?“

„Komm schon, Psyche, das ist nicht fair.“

„Warum sollte ich fair sein? Ich liege im Sterben.“ Sie ergriff seine Hand und drückte sie überraschend fest. „Ich bin nicht mehr lange da, Keeg“, flüsterte sie. „Es geht um die Zukunft meines Sohnes. Lucas braucht eine Mutter *und* einen Vater.“

„Ich liebe sie nicht“, behauptete Keegan, überzeugt, das Thema damit zu beenden. Er hätte es besser wissen müssen. Schließlich sprach er mit einer ganz besonderen Spezies. Mit einer Frau.

„Ich habe dich noch nie zuvor so aufgewühlt erlebt.“ Psyche schwieg, dann lächelte sie wehmütig. „Wenn es um Molly geht, weißt du nicht, ob du wegrennen oder sie um den Verstand küssen sollst.“

Genau in diesem Moment trat Jesse mit einem Pappbecher Kaffee ein. Er sah in etwa so schlecht aus, wie Keegan sich fühlte. „So ungern ich dieses faszinierende Gespräch auch unterbreche“, verkündete er leichthin, „aber Florence und Molly sind hier. Sie haben Lucas mitgebracht.“

Psyches Gesicht erhellte sich, sie warf Keegan einen flehenden Blick zu.

Sekunden später trat Molly ein, mit Lucas auf dem Arm. Florence folgte ihr.

„Mein Baby“, wisperte Psyche und streckte die Arme nach Lucas aus. Keegan musste den Blick abwenden.

„Besorgen wir dir auch einen Kaffee“, meinte Jesse und dirigierte ihn hinaus auf den Flur Richtung Aufzug.

„Ich will verdammt noch mal keinen Kaffee“, beschwerte Keegan sich.

Jesses Gesicht war fahl. „Tja“, erwiderte er, „ich hab schon nachgefragt, aber hier gibt es keinen Whisky. Also wirst du dich mit Kaffee zufriedengeben müssen.“

Sie stiegen in den Aufzug und fuhren schweigend nach unten.

Neben der Apotheke gab es ein Café. Keegan bestellte einen Becher Kaffee, dann setzten sie sich in die Sonne vor einen kleinen Springbrunnen. Keegan atmete die frische Luft tief ein, konnte die friedliche Atmosphäre aber nicht genießen. Abgesehen von einem runzeligen alten Mann in einem Rollstuhl, der eine gefaltete Zeitung umklammerte und mit einem unsichtbaren Begleiter sprach, waren sie allein.

„Rede mit mir, Keeg", forderte Jesse Keegan nach langem Schweigen auf.

„Wenn du es unbedingt willst. Cheyenne hat mir gesagt, wie du dich morgen bei der Konferenz entscheiden willst. Du wirst für den Verkauf stimmen. Besten Dank auch."

„Jetzt weiß ich wenigstens, was in dich gefahren ist." Jesse nippte an seinem Kaffee.

„Du hättest es wenigstens erwähnen können."

„Ich fand nicht, dass die Feier zum Independence Day der richtige Ort für so ein Gespräch ist." Jesse betrachtete ihn nachdenklich. „Aber zumindest kapiere ich jetzt, warum du dich gestern Nacht mit mir prügeln wolltest."

„Was hast du denn gedacht, worum es geht?"

Jesse hob eine Schulter. „Um Psyche", sagte er.

Keegan fiel ein wenig in sich zusammen. „Um Psyche?"

Ohne ein weiteres Wort trank Jesse seinen Kaffee aus und warf den Becher in einen Mülleimer. „Ich fahre zurück zur Ranch. Kommst du mit? Ich kann dich zu deinem Wagen bringen. Aber bestimmt nehmen dich auch Molly und Florence mit, wenn du noch länger bleiben möchtest."

„Einen Teufel werde ich tun", brummte Keegan. Devon war noch immer bei Rance und suchte die Straße nach seinem Auto ab. Er musste zurück.

„Warum hasst du sie so sehr?"

„Das habe ich dir bereits erklärt."

Die Zeitung rutschte vom Schoß des alten Mannes. Jesse hob sie auf und reichte sie ihm.

„Rance hast du es erklärt", widersprach Jesse. „Und Rance hat mir davon erzählt."

„Na, damit ist deine Frage beantwortet. Und ich *hasse* sie nicht. Aber ich traue ihr auch nicht."

Lässig schaukelte Jesse auf den abgelaufenen Absätzen seiner Cowboystiefel. „Hm. Scheint, als ob die Geschichte mit Shelley dir ganz schön zugesetzt hätte."

„Na prima, wunderbar – noch mehr wundersame Cowboy-Psychologie, bitte."

„Stets zu Diensten. Hier meine Diagnose: Du benimmst dich wie ein selbstgerechtes Arschloch, Keeg. Psyche hat recht, du weißt nicht, ob du mit Molly ins Bett gehen oder so schnell wie möglich abhauen sollst." Er grinste. „Das Gefühl kenne ich."

Wütend warf Keegan den Rest seines Kaffees samt Becher in den Müll. „Das ist nicht wie bei dir und Cheyenne", beteuerte er.

„Da wäre ich mir an deiner Stelle nicht so sicher." Wieder rutschte die Zeitung auf den Boden, und wieder hob Jesse sie auf. „Niemand hat mich jemals dermaßen wütend gemacht wie Cheyenne. Stell dir meine Überraschung vor, als ich festgestellt habe, dass es sich einfach um pure Leidenschaft handelte."

„Na so was", entgegnete Keegan trocken.

Eine Schwester kam und rollte den alten Mann zurück ins Krankenhaus.

„Ich hole den Truck", sagte Jesse. „Wenn du mit mir fahren willst, solltest du dich von Psyche verabschieden."

„Nein", verkündete Molly rundheraus, aber so leise, dass Florence sie im Badezimmer nicht hören konnte. Lucas lag an Psyche geschmiegt im Bett und nuckelte an seinem Daumen. Molly zerriss es fast das Herz zu sehen, wie er sich an seiner Adoptivmutter festhielt – fast als wüsste er, dass sie nicht mehr lange da sein würde. „Ich werde Keegan McKettrick *nicht* heiraten."

Psyche streichelte zärtlich über Lucas' Kopf. „Ich könnte das zur Bedingung für eine Adoption machen", erwiderte sie. Molly gefror das Blut in den Adern.

„Selbst wenn ich diesen jähzornigen Mr McKettrick zum Mann haben wollte", entgegnete Molly hastig, weil sie die Spülung aus dem Badezimmer hörte, „was nicht der Fall ist – nur damit wir uns richtig verstehen –, würde er vermutlich lieber vom Blitz getroffen werden."

„Stimmt ungefähr", bemerkte Keegan von der Tür aus.

Sprachlos starrte Molly ihn an. In diesem Moment trat Florence aus dem Badezimmer. Keegan kam zu Psyches Bett und strich ihr und Lucas kurz über die Wange. „Ich muss zurück nach Triple M.

Devon wartet auf mich." Über Molly hinweg sah er zu Florence. „Rufen Sie mich an, wenn sich etwas verändert?"

„Geh nur", beruhigte ihn Psyche. „Noch sterbe ich nicht. Du hast gehört, was die Ärzte heute Morgen gesagt haben. Meine Medikamente müssen nur neu eingestellt werden. Wahrscheinlich kann ich morgen schon wieder nach Hause."

Molly sah den Schmerz in Keegans Gesicht und verspürte das verrückte Bedürfnis, eine Hand an seine Wange zu legen oder ihn an der Schulter zu berühren. Ganz egal was, wenn es ihn nur irgendwie tröstete. Sie wollte den Schmerz darüber lindern, dass er die Frau, die er so offensichtlich liebte, bald verlieren würde.

Sie war auf Psyches Bitte nach Arizona gekommen, und zwar nicht in der Absicht, sich für ihre Affäre mit Thayer zu entschuldigen. Nein, sie hatte einfach nur verzweifelt gehofft, Lucas wenigstens einmal sehen zu können. Nun war Psyche sterbenskrank und wollte ihr den Jungen zurückgeben, den sie erst achtzehn Monate zuvor adoptiert hatte. Zwar wünschte Molly sich nichts mehr, als Lucas großzuziehen, aber warum musste Psyche sterben? Warum?

Bedrückt ging sie zum Fenster und legte die Stirn an die Fensterscheibe. Tiefe Trauer um eine Frau, die sie kaum kannte, erfasste sie. Als sie eine Hand auf der Schulter spürte, versteifte sie sich, weil sie glaubte, dass es Keegan war. Sofort drehte sie sich um, um ihm etwas an den Kopf zu schleudern. Seltsamerweise enttäuschte es sie, an seiner Stelle Florence zu sehen.

„Bringen Sie Lucas nach unten?", bat die Haushälterin. „Psyche ist völlig am Ende. Sie muss sich ausruhen."

Keegan war gegangen. Das hätte Molly erleichtern sollen, doch stattdessen fühlte es sich so an, als wäre der Raum mit einem Mal noch dunkler geworden. Sie nickte und nahm Lucas vorsichtig aus Psyches Armen. Als er leise seufzend den Kopf an ihre Schulter drückte, schnürte sich ihr Hals zusammen. Er war so jung. War es möglich, dass er trotzdem das große Loch spürte, das in seinem Leben bald entstehen würde?

„Mama", sagte er.

Molly stürzte aus dem Zimmer, bis ins Mark erschüttert. Sie schaffte es bis zum Aufzug und drückte auf den Knopf. Auf dem Weg ins Krankenhaus war ihr ein kleiner Innenhof mit Blumen und einem Springbrunnen aufgefallen. Eine Oase und Zufluchtsstätte. Dort wollte sie auf Florence warten.

Doch kaum hatte sie sich auf eine Bank in den Schatten gesetzt, da tauchte Keegan auf. Sein Gesichtsausdruck verriet mehr als deutlich, dass er nicht damit gerechnet hatte, sie hier zu finden.

„Ich bin auf der Suche nach Jesse“, erklärte er.

„Er ist nicht hier“, entgegnete sie knapp.

Wenn er auch nur einen Rest von Anstand besaß, würde er sie allein lassen. Aber nein.

„Morgen unterschreibe ich die Dokumente.“ Aufmerksam beobachtete er ihre Reaktion. Vielleicht rechnete er damit, dass sie die Fassung verlor, weil er ihre – wie er glaubte – betrügerischen Pläne durchkreuzte. Warum war er nur so misstrauisch? Es konnte nicht allein daran liegen, dass er sie einmal zusammen mit Thayer gesehen hatte. Es musste mehr dahinterstecken.

„Wenn ich einen Schnurrbart hätte“, antwortete sie beißend, „würde ich jetzt dessen Spitzen zwirbeln, wie diese Bösewichte in den Comics es immer tun.“

Dann versetzte er ihr einen Schock, indem er lächelte, statt eine weitere Spitze gegen sie abzufeuern. Erdplatten schienen sich zu verschieben, wodurch tiefe Risse entstanden, die Dampf und Feuer spuckten.

„Psyche ist noch immer auf diesem Hochzeits-Trip“, sagte er. „Vielleicht liegt das ja an den Medikamenten.“

Sein Lachen war schön, erotisch und verwirrend. Sie sah sich nackt mit diesem Mann im Bett, verschwitzt und glühend vor Leidenschaft, und stellte sich vor, wie ihr Körper sich ihm entgegenbäumte, um ihn in sich aufzunehmen.

Meine Güte, dachte sie. Was war nur mit ihr los? Schon zum zweiten Mal überfielen sie solche Fantasien, nur weil Keegan in ihrer Nähe war.

Diese Gedanken beschäftigten Molly so, dass sie nicht hörte, was er als Nächstes sagte. Nur für den Fall, dass es sich um etwas gehandelt hatte, worauf sie gewohnt heftig reagieren musste, fragte sie: „Verzeihung, was sagten Sie?“

„Ich sagte, er sieht ihnen ähnlich.“ Keegan deutete mit dem Kinn auf Lucas.

Molly fühlte sich durch diese Bemerkung eigentümlich angerührt. Sie drückte ihren Sohn ein wenig fester an sich. „Dafür sollte ich mich wohl bedanken. Müssen Sie nicht los?“

„Ich warte auf Jesse. Entweder ist er ohne mich gefahren oder er hat seinen Truck am anderen Ende der Stadt geparkt.“

„Sie waren die ganze Nacht hier“, stellte Molly fest – unsicher, wie sie das finden sollte. Einerseits freute sie sich für Psyche. Darunter mischte sich aber auch so etwas wie Neid. Denn in ihrem Leben gab es niemanden, der so etwas für sie tun würde. Der in einem Stuhl neben ihrem Krankenbett schlafen würde, um auf sie aufzupassen.

Früher hätte ihr Dad das getan. Doch jetzt, wo er wieder trank, wohl eher nicht mehr.

„Das stimmt.“

„Jesse auch?“

„Jesse auch.“

Vor dem Krankenhaus hupte jemand.

„Jesse?“, fragte Molly.

„Jesse“, antwortete Keegan.

Er wandte sich zum Gehen, drehte sich aber noch einmal um.

„Molly?“

„Ja?“

„Vielleicht haben Sie recht. Dass wir miteinander auskommen müssen, meine ich – wegen Lucas.“

Und wieder spürte sie dieses inzwischen vertraute Prickeln hinter den Ohren. Ihr Hals zog sich zusammen.

„In Ordnung“, krächzte sie.

Erneutes Hupen, diesmal klang es drängender.

„Sie sollten besser gehen.“

Keegan nickte.

Kurz darauf hörte Molly eine Autotür zuknallen.

Ihr Telefon klingelte irgendwo tief in ihrer Tasche. Lucas erwachte, rappelte sich auf und rutschte von ihrem Schoß, um den Petunien in einem großen Blumenkübel die Köpfe abzureißen. Bis Molly ihn wieder eingesammelt hatte, hörte ihr Handy auf zu klingeln. Sie nahm es trotzdem aus der Tasche, um nachzusehen, wer angerufen hatte. Denby Godridge oder sonst ein Verrückter aus ihrem alten Leben müsste einfach warten. Doch es war ihr Vater gewesen. Molly zögerte. So früh am Morgen war er vielleicht noch nicht betrunken. Vielleicht saß er aber auch in einem Streifenwagen – unterwegs in die Ausnüchterungszelle oder das nächste Krankenhaus. Nach einem kurzen Zögern hörte Molly ihre Mailbox ab.

„Hey, Sweetheart, hier ist Dad." Er klang nüchtern. „Ruf mich bitte an, okay? Ich warte schon die ganze Zeit darauf zu hören, wie es in Arizona läuft."

Ich warte schon die ganze Zeit darauf zu hören, wie es in Arizona läuft.

Seit ihrer Ankunft hatte sie ihn zweimal angerufen und ihm von Lucas und Psyche erzählt. Dass sie zwar noch einmal nach Los Angeles kommen würde, um ihre Sachen zu holen, ansonsten aber plane, auf unbestimmte Zeit in Indian Rock zu bleiben.

Zum Beispiel bis Lucas aufs College ging.

Offenbar konnte er sich nicht nur nicht mehr daran erinnern, was sie ihm erzählt hatte, sondern auch nicht daran, dass sie überhaupt angerufen hatte. Obwohl sie inzwischen daran gewöhnt war, versetzte es ihr dennoch jedes Mal einen Stich.

Sie wählte seine Nummer. Das Haus in Los Feliz hatte er schon lange aufgeben müssen. Inzwischen lebte er in einer kleinen Wohnung in Santa Monica, die Molly für ihn gekauft hatte.

„Molly?", meldete er sich sofort. Im Geist sah sie ihn vor sich, wie er mit zusammengekniffenen Augen auf das Display starrte, um die Nummer lesen zu können. Ihr Vater brauchte eine Brille, war aber zu eitel, sie zu tragen.

„Hallo Dad. Gehst du noch zu den Treffen der Anonymen Alkoholiker?"

Augenblicklich fühlte er sich angegriffen. „Klinge ich vielleicht betrunken?"

„Nein." Sie sah zu Lucas, der mit dem Schlüssel ihres Thunderbird Cabriolets spielte. Auf einmal vermisste sie ihr Auto schrecklich. Sie vermisste sogar ihren Dad, so anstrengend er auch sein mochte.

„Wo hast du gesteckt?", fragte er. „Ich habe mir Sorgen gemacht, weil du nichts von dir hören lässt."

Molly biss sich auf die Lippe, beschloss aber, ihre früheren Anrufe nicht zu erwähnen. „Ich hatte zu tun."

„Was hast du am vierten Juli gemacht?"

„Ich war auf einem Fest. Es gab ein Feuerwerk." Sie dachte kurz daran, wie sie mit Keegan zusammen in den Himmel gestarrt hatte.

„Wann kommst du nach Hause?"

„Ich komme nicht nach Hause, Dad. Jedenfalls nicht für lange." Schnell erzählte sie ihm noch einmal von Psyches Krankheit, von Lucas und ihrem Versprechen, in Indian Rock zu bleiben.

„Das ist albern", rief er. „Du hast eine Agentur hier in Kalifornien. Du hast ein Haus. Du hast einen ..."

„Vater", unterbrach Molly ihn. „Ich weiß das alles, Dad, glaub mir. Aber ich habe den Vertrag gesehen, den Psyche aufgesetzt hat. Da ist nichts zu machen. Wenn ich nicht verspreche, mit Lucas in ihrem Haus zu bleiben, kann ich ihn nicht adoptieren."

„Diese Frau wird bald sterben", argumentierte Luke Shields. „Sie wird es nie erfahren. Du kannst mit dem Jungen ins Flugzeug steigen und nach Hause kommen, sobald sie tot ist."

Für einen Moment schloss Molly die Augen. Wer war dieser Mann, der in den Körper ihres Vaters fuhr, sobald er getrunken hatte? Der *echte* Luke Shields war ein ehrlicher, aufrechter Mensch. Er sorgte sich um andere Leute, nicht nur um sich selbst. „Das kann ich nicht tun, Dad. Ein Versprechen geben und es dann brechen. Ich habe eine zweite Chance mit Lucas geschenkt bekommen – deinem *Enkel* – und die werde ich nicht verpatzen."

„Was ist mit mir? Erwartest du, dass ich nach Indigo Rock – oder wie das heißt – ziehe?"

Ein Schauer fuhr durch ihren Körper. Sie liebte ihren Vater, aber sie wollte ihn nicht in der Nähe ihres Sohnes wissen, solange er trank.

„Indian Rock", korrigierte sie ihn und versuchte, fröhlich zu klingen. „Nein, hier würde es dir nicht gefallen. Es ist eine kleine, abgelegene Stadt. Aber mach dir keine Sorgen. Lucas und ich kommen dich besuchen, sobald er sich umgestellt hat ..."

„Und was soll ich bis dahin tun?"

„Dad, hier geht es nicht um dich. Es geht um Lucas."

„Das stimmt nicht. Es geht um dich. Du machst mit einem verheirateten Kerl rum, wirst schwanger und tust das einzig Vernünftige, nämlich das Kind abgeben. Und plötzlich tanzt du nach der Pfeife der betrogenen Ehefrau."

„Dad." Molly war kurz davor, die Geduld zu verlieren. „Psyche liegt im Sterben."

„Ist das dein Problem?"

Eine Träne rollte über ihre Wange, sie wischte sie hastig mit einer Hand weg. Lucas stand auf und ließ kichernd die Autoschlüssel unter ihrer Nase klimpern.

„Fahren!", rief er. „Fahren!"

Sie lächelte ihren Sohn an. „Fahren", wiederholte sie.

„Was?", blaffte Luke sie an.

„Ich habe mit Lucas gesprochen", erklärte Molly sanft.

Ihr Vater räusperte sich. Das war gleichzeitig ein gutes und ein schlechtes Zeichen. Denn nun würde er zwar das eine Thema fallen lassen, dafür aber ein anderes zur Sprache bringen. „Hör mal, Liebling, ich bin gerade etwas knapp bei Kasse. Du weißt ja, wie das ist ..."

Natürlich wusste sie, wie es war. Nur zu gut. Als ehemaliger Polizist bekam Luke eine anständige, wenn auch nicht aberwitzig hohe Rente. Er musste kein Haus abbezahlen, hatte minimale Lebenshaltungskosten und war trotzdem ständig pleite.

„Darüber haben wir schon gesprochen. Du, ich und dein Betreuer bei den Anonymen Alkoholikern – weißt du noch? Wenn ich dir Geld gebe, unterstütze ich damit nur deine Sucht."

„Hör mal, Molly, fang jetzt nicht mit diesem Scheißzwölfstufensystem an, ja? Mein Auto ist kaputt und ..."

„Du trinkst wieder."

„Nein", rief er wütend. „Du weißt doch, dass man in Los Angeles ohne Auto nicht zurechtkommt."

Das stimmte. Vielleicht sagte er ja die Wahrheit.

„Fax die Reparaturrechnung an Joanie in mein Büro. Dann schicke ich dir einen Scheck."

„Sweetheart, es lohnt sich nicht, diese Blechschüssel reparieren zu lassen. Aber ich habe da einen Truck gesehen ..."

„Gut, dann fax mir eine Kopie deines Führerscheins. Joanie kann dann beim *Department of Motor Vehicles* anrufen. Falls er also nicht eingezogen wurde", sie biss sich auf die Lippe, um nicht „mal wieder" zu sagen, „sehen wir weiter."

„Was bist du, ein Bulle oder was?", schimpfte Luke.

„Nein, Dad. *Du* bist ein Bulle."

Er knallte den Hörer so heftig auf, dass sie zusammenzuckte. Florence stand neben dem Springbrunnen und betrachtete sie mit neugieriger Besorgnis.

Unsicher lächelte Molly ihr zu. „Ist Psyche jetzt wieder in der Lage, Lucas zu sehen?"

Florence schüttelte den Kopf. „Sie schläft. Und verflixt noch mal, sie hat vorhin nicht die Wahrheit gesagt. Ich war dabei, als der Doktor mit ihr sprach. Er hat gesagt, dass er nicht viel für sie tun könne. Ich habe hier die Telefonnummer einer Firma, bei der man Krankenhausbetten mieten und nach Hause liefern lassen kann."

„Sie soll entlassen werden?", fragte Molly ungläubig.

„Sie möchte zu Hause sterben und das Bett auf der geschlossenen Veranda hinter der Küche aufstellen lassen, damit sie den Garten sehen kann."

„Ach, Florence", murmelte Molly.

Erschöpft und zutiefst bekümmert sank Florence auf die Bank und streckte die Arme nach Lucas aus. Er stolperte auf sie zu. „Ich bleibe bei dem Jungen", sagte die alte Frau mit müder Stimme. „Sie würden mir einen großen Gefallen tun, wenn Sie das Auto holen könnten."

Molly nickte, rührte sich aber nicht von der Stelle, weil sie spürte, dass Florence noch etwas sagen wollte. Etwas Wichtiges.

„Sind Sie in Ordnung?", fragte sie.

Florence sah sie nicht an. „Es geht schon. Zumindest solange Sie Ihr Versprechen halten und den Jungen nicht nach Kalifornien bringen. Ich habe gehört, was sie gerade am Telefon gesagt haben, nämlich, dass sie nach Psyches Tod jemanden besuchen wollen."

Bis sie die Tatsache verdaut hatte, dass Florence ihr Gespräch oder zumindest Teile davon mit angehört hatte, brauchte Molly einen Augenblick. Hastig überlegte sie, was Florence sonst noch hatte missverstehen können.

„Lucas wird in Indian Rock aufwachsen, Florence", versprach sie schließlich.

„Ich hoffe es. Nachdem meine arme Psyche tot und begraben ist, werde ich zu meiner Schwester nach Seattle ziehen. Aber Keegan McKettrick wird nach dem Rechten sehen. Darauf können Sie wetten. Falls Sie versuchen, uns reinzulegen und Ihr Wort brechen, wird er sie schnappen, bevor Sie die Stadtgrenze erreicht haben."

Wie ein feuchter Nebel umhüllte Molly eine neue Traurigkeit und drang ihr in Mark und Bein. Einen Moment lang hatte sie wirklich gehofft, dass sie und Florence eine Art Waffenstillstand schließen könnten.

Aber nach wie vor hielt die alte Frau sie für eine Betrügerin.

Und daran würde sich auch nichts ändern.

„Warten Sie hier", sagte sie leise. „Ich hole den Wagen."

7. KAPITEL

Zufrieden stand der Esel in der Box, die für ein etwa dreimal so großes Tier gebaut worden war, und mampfte seine Alfalfa-Sprossen. Offenbar gefiel es Spud auf Triple M, zumindest bis jetzt.

Devon hockte auf einem umgedrehten Eimer vor der Box und seufzte. „Er pupst ziemlich viel."

Keegan lachte. „Stimmt. Wir sollten besser die Mistgabel und eine Schubkarre holen."

„Du siehst echt müde aus, Dad", sagte Devon ernsthaft. „Leg dich doch eine Weile hin. Das macht mir nichts aus."

Aber Keegan war viel zu müde zum Schlafen. Und vielleicht auch zu feige. In der Nacht war er kurz im Stuhl neben Psyches Bett eingenickt und schweißgebadet aufgefahren. Atemlos erwacht aus einem Albtraum, den er schon seit Jahren nicht mehr gehabt hatte. Ein Flugzeug stürzte mit dem Cockpit voran vom Himmel. Er wusste, dass seine Eltern an Bord waren. Er hörte die brüllende Explosion, sah den Feuerball vor dem blauen Himmel aufsteigen, spürte die sengende Hitze an seiner Haut. Er versuchte, zu ihnen zu gelangen, obwohl er wusste, dass es keine Hoffnung gab. Er konnte seine Mom und seinen Dad nicht retten.

„Dad?"

„Deine Mom kommt in ein paar Stunden, um dich abzuholen. Ich kann später noch schlafen."

Mit hängenden Schultern sah Devon ihn an. „Ich würde gern bei dir bleiben. Für immer. Ich könnte im Haushalt helfen wie Rianna und Maeve. Ich würde Spud füttern und seinen Stall ausmisten."

Tröstend legte Keegan eine Hand in Devons Nacken. Die Sonntagnachmittage waren immer besonders bittersüß. Er genoss jede Minute mit ihr, und doch war er sich ständig bewusst, dass ihre gemeinsame Zeit dem Ende zuging. Dass seine Tochter offenbar glaubte, sich ihren Unterhalt bei ihm verdienen zu müssen, machte die Sache nicht gerade vergnüglicher.

„Dev, es tut mir leid, dass ich diesmal so viel weg war." Eigentlich wollte er viel mehr sagen, fand aber die richtigen Worte nicht.

Sie sprang auf, stellte sich neben ihn und lehnte ihren Kopf an seinen Arm. „Du kannst ja nichts dafür. Deine Freundin ist krank."

Bevor Keegan etwas entgegnen konnte, hörte er einen Wagen die Auffahrt hinauffahren. Dann knallte eine Tür zu. Mit gerunzelter Stirn sah er auf die Uhr.

Devon drückte sich noch etwas fester an ihn. „Es ist noch zu früh für Mom", protestierte sie.

„Könnte auch jemand anders sein", behauptete er, wusste aber genauso gut wie seine Tochter, dass sie gleich Shelleys Lexus vor dem Stall entdecken würden. Der Klang des Motors war unverkennbar.

„Tun wir so, als wären wir nicht da", flüsterte Devon. „Vielleicht geht sie dann wieder."

Keegan zerzauste das Haar seiner Tochter, um sich dann sanft von ihr zu lösen. „Nichts da, Kindchen." Er ging aus dem Stall. Draußen stakste Shelley auf hohen Absätzen über den gepflasterten Hof. Sie hatte das Haar aufgesteckt und trug einen grauen, maßgeschneiderten Hosenanzug. Nicht gerade ihre übliche Uniform für einen Besuch auf Triple M.

Als sie ihn sah, schenkte sie ihm ein gewinnendes Lächeln.

Zum hundertsten Mal fragte Keegan sich, was er je in ihr gesehen hatte. Warum war ihm nicht sofort aufgefallen, wie herzlos und berechnend sie war? Sex wäre eine einfache Erklärung gewesen. Doch um der Wahrheit die Ehre zu geben, war selbst der nicht besonders überzeugend gewesen.

„Du bist früh dran", warf Keegan ihr vor.

Shelley strahlte ihn an und hob entschuldigend die Hände.

Was zum Teufel hatte sie im Sinn?

Keegan wartete.

Dann entdeckte Shelley Devon, die versuchte, sich hinter ihrem Vater zu verstecken. „Sag Rory Hallo, Sweetheart", rief sie. „Ich muss ein paar Minuten mit deinem Dad reden."

„Ich will aber nicht mit Rory sprechen."

„Schon gut, Dev", sagte Keegan. Rory saß am Steuer des Lexus, völlig in sich zusammengesunken. Offenbar hoffte er, möglichst wenig aufzufallen. Zögernd überquerte Devon den Hof.

Nachdem Shelley beobachtet hatte, wie Devon im Wagen verschwand, wandte sie sich wieder Keegan zu und knipste ihr strahlendes Lächeln an wie ein Flutlicht.

Misstrauisch verschränkte Keegan abwehrend die Arme vor der Brust und wartete ab.

„Rory hat mich mit Flugtickets nach Paris überrascht. Zu meinem Geburtstag", erzählte sie.

„Na, was für eine Überraschung", entgegnete Keegan.

Shelley ignorierte seinen spöttischen Ton. „Erste Klasse. Seine Schwester arbeitet für ein Reisebüro."

„Und außerdem gibt es ja auch noch meine American-Express-Karte für lästige kleine Nebensächlichkeiten wie ein Hotelzimmer." Er sprach mit ruhiger Stimme, doch sein Herz raste. Adrenalin jagte durch seinen Körper.

„Nun, es ist schließlich mein Geburtstag. Natürlich habe ich nicht damit gerechnet, dass du daran denkst."

„Wir haben das bereits diskutiert, Shelley", erinnerte er sie. „Du wirst Devon nicht außerhalb des Landes bringen."

Plötzlich senkte Shelley die Stimme zu einem ernsten, fast verzweifelten Flüstern. „Darüber will ich ja mit dir sprechen. Rory konnte nur zwei Tickets bekommen ..."

Daher also wehte der Wind. Sie wollte ihn fragen, ob Devon so lange bei ihm bleiben könne. Keegan freute sich unbändig, zeigte es allerdings nicht. Er wollte Shelley noch eine Weile zappeln lassen.

„Ich hoffe, Devon kann hierbleiben, bis wir zurückkommen. Hier bei dir."

„Und bis wann?"

„Ich ... ich bin nicht sicher." Er wusste, dass sie ihn am liebsten angefahren hätte, es sich aber nicht erlauben konnte, schnippisch zu sein. Das gefiel ihm ausnehmend gut.

„Du bist nicht sicher?"

„Die Tickets sind unbefristet. Rory und ich wollen uns ein paar Wohnungen ansehen. Devon hat gerade Ferien, also ..."

„Okay", sagte Keegan.

„Okay?" Ihr scheinwerferartiges Lächeln erlosch, in ihrem Blick las Keegan gewaltsam unterdrückte Wut. Jeden Moment würde sie die Fassung verlieren. „Was genau meinst du damit?"

„Devon kann bei mir bleiben."

Jetzt zeigte sich die wahre Shelley. Sie kniff die Augen zusammen und stemmte die Hände in die Hüften. „Du genießt das, nicht wahr? Mich zappeln zu lassen?"

„Und wie."
„Bastard!"
Er lächelte. „Nun, damit kann ich gut leben."
„Du musst trotzdem Unterhalt zahlen."
„Kein Problem."
„Und du solltest auch besser nicht die Kreditkarte sperren lassen."
„Ich käme niemals auf so eine Idee."
„Von wegen. Ich tue dir einen großen Gefallen, Keegan, indem ich Devon bei dir lasse. Ich hätte sie auch zu meiner Mutter bringen können, verstehst du?"
„Deine Mutter lebt in Boise. Und vermutlich wollt ihr den Abendflieger nach Paris nehmen. Du hast gar nicht die Zeit, Devon zu deiner Mutter zu bringen."
Inzwischen schäumte Shelley vor Wut. „Warum kannst du es uns nicht einfach mal leicht machen?"
„Weil du leicht genug für uns beide bist, Shelley. Dieses Wort würde tatsächlich perfekt als Tattoo auf deinen Hintern passen."
„Das muss ich mir von dir nicht anhören, Keegan!"
„Nein. Musst du nicht. Du kannst genauso gut ins Auto steigen und mit deinem Loverboy das Land verlassen."
„Und ich bin nicht *leicht*", widersprach Shelley ein paar Sekunden zu spät – wie immer. „Rory und ich lieben uns. Nicht, dass du so etwas jemals verstehen würdest."
Theatralisch presste Keegan eine Hand ans Herz. „Und es ist so wunderschön, das zu sehen."
„Fick dich, Keegan!"
„Das hast du bereits getan – mithilfe deiner Anwälte."
Vermutlich erzählte Rory Devon gerade von der Reise nach Paris, denn sie sprang vor Begeisterung auf und ab. Der Muskelmann stieg aus dem Wagen, wobei er sorgsam darauf achtete, nicht in Keegans Richtung zu schauen, öffnete den Kofferraum, nahm zwei kleine Koffer heraus und stellte sie auf den Boden.

Nach einem letzten bitterbösen Blick in Keegans Richtung machte Shelley auf dem Absatz kehrt und wackelte auf Devon zu. Mutter und Tochter umarmten sich zum Abschied. Rory saß schon wieder im Wagen, der Motor lief noch immer.

Einen Moment lang stellte Keegan sich vor, wie er Rory hinter dem Lenkrad vorziehen und sich mit ihm prügeln würde. Natürlich würde er so etwas niemals tun. Allein schon deshalb, weil Devon dabei war und er diesem Hohlkopf ganz tief in seinem Innerem sogar dankbar war, dass er seinen Job als Trainer ein wenig übertrieben hatte.

Als Keegan Rory und Shelley dabei erwischte, wie sie es im Fitnessstudio seines Hauses in Flagstaff miteinander trieben, hatte er mit einem Wutanfall gerechnet. Doch stattdessen überkam ihn ein großes Glücksgefühl. Ihm wurde fast schwindlig vor Erleichterung.

Shelley umarmte Devon ein letztes Mal, dann stieg sie in den Lexus. Sie und Rory preschten davon und ließen das glückliche Kind in einer riesigen Staubwolke zurück. Grinsend ging Keegan zu seiner Tochter. Er nahm jeweils einen Koffer in die Hand und marschierte Richtung Haus.

Devon hüpfte hinter ihm her. „Darf ich über den Bach und Rianna und Maeve erzählen, dass ich hierbleibe?", legte sie los. „Können wir heute Abend Hot Dogs essen? Und wenn ich Spud jeden Tag füttere und seinen Stall ausmiste, bekomme ich dann mehr Taschengeld?"

Keegan lachte. „Ja, was die Hot Dogs betrifft und das Taschengeld. Was die Überquerung des Baches betrifft, solltest du vorher besser anrufen."

Mit einem Jubelschrei stürzte Devon ins Haus zum Telefon.

Müde bis auf die Knochen sah Keegan ihr hinterher. Er konnte kaum die Augen offen halten, war aber glücklicher, als er es sich in den letzten Tagen je hätte vorstellen können. Natürlich, Psyche lag noch immer im Sterben. Auch *McKettrickCo* ging noch weiter den Bach runter, aber Devon blieb bei ihm, zumindest für eine Weile. Es geschahen doch noch Wunder.

Devon plapperte eine Weile ins Telefon, lauschte, dann reichte sie Keegan den Hörer und raste nach oben.

„Hey", meldete sich Emma.

„Hey", antwortete er.

„Das sind ja gute Neuigkeiten, was Devon betrifft."

„Die besten."

„Cheyenne hat mir erzählt, dass du mit Jesse die ganze Nacht im Krankenhaus bei Psyche Ryan warst."

Er gähnte. „Ja."

„Morgen ist das große Treffen bei *McKettrickCo.*"

Der Gedanke an das Meeting ärgerte ihn, aber das war ja nicht Emmas Schuld. „Gibt es einen Grund für dieses Gespräch?", fragte er.

Sie lachte. „Ja, und zwar folgenden: Devon wird bei uns übernachten. Und du versuchst mal, richtig zu schlafen."

„Emma?"

„Was?"

„Du bist ein Engel."

Da lachte sie noch einmal. „Sag das bitte Rance, ja? Seit drei Tagen streiten wir darüber, in welcher Farbe wir die Küche streichen sollen. Ich glaube, inzwischen denkt er darüber nach, mich im Bach zu ersäufen."

„Ich werde es ihm sagen", versprach Keegan.

„Das kannst du gleich erledigen. Er kommt gerade über die Brücke zu dir, während wir sprechen."

In diesem Moment kam Devon wieder die Treppe heruntergestürzt. Im Arm hielt sie ihren Teddybär, einen Pyjama und eine Zahnbürste. Keegan verabschiedete sich von Emma.

„Er ist da!", schrie Devon und stürmte zur Hintertür. „Auf einem *Pferd*!"

Keegan folgte seiner Tochter nach draußen. Tatsächlich entdeckte er Rance auf einem seiner Pferde. Als er Keegan entdeckte, tippte er gegen die Krempe seines Huts, nahm einen Fuß aus dem Steigbügel, damit Devon ihren hineinstecken konnte, beugte sich vor und zog sie hinter sich, mitsamt Teddybär und Pyjama.

Gegen seinen Willen sprach Keegan Rance auf die morgige Abstimmung an. „Und? Wirst du morgen wie Jesse stimmen?"

Rance schob seinen Hut zurück und verlagerte sein Gewicht im Sattel. Devon schlang beide Arme um ihn. Sie zappelte ein wenig, weil sie endlich losreiten wollte.

„Ich werde so abstimmen, wie ich verdammt noch mal will", entgegnete Rance freundlich. „Und du gönnst dir jetzt eine Mütze Schlaf. Es könnte morgen einen Riesentumult geben, wenn so viele McKettricks in einem Zimmer zusammengepfercht sind."

Damit wollte er losreiten.

„Rance!", hielt Keegan ihn zurück.

Sein Cousin sah über die Schulter zurück. „Was ist?"

„Lass Emma die Küche streichen, in welcher Farbe sie auch immer will."

Lachend schüttelte Rance den Kopf. „Eine rosa Küche? Lieber erschieße ich mich."

„Rosa, wirklich?"

„Rosa. Diese Frau ist von Rosa besessen."

„Ein Mann muss auch mal Grenzen setzen", entschied Keegan.

Rance nickte. „Und diese Grenze liegt jenseits von Rosa."

Devon winkte. Dafür, dass sie so unbedingt bei ihrem Vater hatte bleiben wollen, hatte sie es auf einmal sehr eilig.

Keegan winkte zurück. „Brav sein", rief er ihr nach.

Etwas an seinem Tonfall ließ Rance zögern.

„Ich bin in Ordnung", sagte Keegan.

Trotzdem wartete Rance noch einen Moment. Dann steuerte er mit Devon auf die Brücke zu, hinter der die Sonne glutrot unterging. Mit einem Kloß im Hals sah Keegan den beiden hinterher, ging schließlich zurück zu seinem Haus und verharrte einen Moment auf der Türschwelle. Er dachte an den alten Angus McKettrick, der dieses Haus mit seinen eigenen Händen gebaut hatte. Hier in diesen Räumen hatte er seine vier Söhne und seine Tochter großgezogen. Auf dem alten Holzofen im Wohnzimmer, der heute nur noch dazu diente, an kalten Wintertagen eine heimelige Wärme zu verbreiten, hatten sie ihre Mahlzeiten zubereitet. Als Kind hatte Keegan manchmal die Ofentüren scheppern hören, obwohl er wusste, dass niemand unten war. Oder er hatte dem Klappern von Pferdehufen auf dem Hof gelauscht. Sein Vater erklärte ihm damals, dass es der alte Angus war, der mit seinen Söhnen um die Wette ritt.

„Du machst ihm Angst", hatte seine Mutter protestiert.

Aber Keegan hatte niemals Angst gehabt. Ihm gefiel die Vorstellung, dieses schöne alte Haus mit denen zu teilen, die es erbaut und erhalten hatten.

Auch auf der Suche nach etwas Essbarem vor dem Kühlschrank ließen ihn die Erinnerungen nicht los. Im Sommer hatte seine Mutter zusammen mit Jesses und Rances Mutter immer Früchte eingekocht. Pfirsiche und Birnen aus dem kleinen Garten weiter unten am Bach, der inzwischen vollkommen verwildert war. Jesse,

Rance und er rannten ständig ins Haus hinein und wieder hinaus und knallten dabei mächtig mit den Türen.

„Knallt die Tür nicht so zu!", schrie dann regelmäßig eine von den Müttern.

Mit einem Bier in der Hand richtete Keegan sich auf. Was hätte er jetzt nicht dafür gegeben, genau diese Tür knallen zu hören. Aber niemand füllte mehr eingekochte Früchte in schimmernde Gläser. Niemand stand plaudernd und lachend in der Küche und versorgte aufgeschürfte Knie, sonnenverbrannte Haut und Moskitostiche.

Keegan öffnete das Bier und trank einen Schluck. Verdammt, dachte er. Langsam wurde er sentimental.

Als hinter ihm eine Tür klapperte, verschluckte Keegan sich fast an seinem Bier. Er wirbelte herum. Was für ein Unsinn, ärgerte er sich. Natürlich war niemand da. Das Zufallen der Küchentür ließ ihn erneut zusammenfahren.

„Hast du noch ein Bier für mich?", fragte Rance leise. Er hängte seinen Hut an einen Haken neben der Tür – so wie Generationen von McKettricks vor ihm.

Und Keegan, der sich gerade noch nach Gesellschaft gesehnt hatte, sah ihn misstrauisch an. Erst hatte Jesse ihn gestern nicht eine Sekunde im Krankenhaus aus den Augen gelassen, und jetzt kam Rance über den Bach zurückgeritten.

„Stehe ich unter Beobachtung, oder so etwas?", fragte Keegan unfreundlich.

Grinsend ging Rance zum Kühlschrank, nahm sich selbst eine Flasche heraus und trank einen Schluck, bevor er antwortete. „Blödsinn", sagte er, „dafür bist du nicht annähernd interessant genug."

„Was hast du dann hier zu suchen?"

„Ich dachte einfach, ich komme mal vorbei und nerve dich ein bisschen." Er trank noch einen Schluck. „Das scheint mir gelungen zu sein."

Keegan ging zu dem langen Tisch und setzte sich auf die Bank. „Mission erfüllt. Du kannst wieder gehen."

Aber Rance dachte gar nicht daran. Er zog den Stuhl zurück, der einmal Angus gehört hatte, drehte ihn um und hockte sich rittlings darauf. „Ich gehe, wenn ich verdammt noch mal bereit dazu bin."

„Devon bleibt eine Weile bei mir“, bemerkte Keegan.

Rance nickte. „Ich weiß.“ In diesem Moment klingelte seine Hemdtasche. So viel zu seinem neuen Cowboy-Image. Er verzog das Gesicht, meldete sich mit einem barschen Hallo und ließ Keegan nicht aus den Augen, während er zuhörte.

Derweil trank Keegan schweigend sein Bier.

„Ja“, sagte Rance dann. „Er ist hier.“ Dann hörte er weiter zu.

„Sieht beschissen aus, wenn du es genau wissen willst.“ Rance grinste, als er Keegans wütenden Blick sah. „Ich schätze, er hat vor, sich hoffnungslos zu betrinken.“

Da hielt Keegan es nicht länger aus. „Wenn du schon über mich sprichst, dann stell wenigstens auf Lautsprecher, damit ich mich verteidigen kann.“

Darauf zuckte Rance nur mit den Schultern, drückte den entsprechenden Knopf und legte das Handy auf den Tisch. „Du sprichst jetzt mit dem ganzen Raum“, erklärte er dem Anrufer.

„Ich freue mich immer über Publikum“, witzelte Jesse.

„Ihr zwei könnt aufhören, die Babysitter für mich zu spielen.“

Aber sein Cousin verschränkte nur die Finger auf der verkratzten alten Tischplatte und betrachtete Keegan feierlich. „Du solltest besser herkommen“, sagte er dann zu Jesse. „Wir müssen über die Abstimmung sprechen. Von Angesicht zu Angesicht.“

„Gib mir zwanzig Minuten“, sagte Jesse. „Seid ihr bei Keegan?“

„Hört mal, es gibt überhaupt keinen Grund …“, warf Keegan ein.

„Genau, sind wir“, antwortete Rance über Keegans Kopf hinweg.

Jesse legte auf.

Daraufhin stand Rance auf und holte zwei weitere Flaschen Bier aus dem Kühlschrank.

„Glaub nicht, dass ich nicht weiß, was hier vor sich geht.“ Wütend starrte Keegan ihn an. „Ihr beide werdet mir die zehn wichtigsten Gründe nennen, warum ihr *McKettrickCo* verscherbeln wollt. Und ich will sie nicht hören.“

Rance setzte sich wieder auf den Stuhl. „Wie geht's Psyche?“

„Sie liegt noch immer im Sterben.“

„Hat sie starke Schmerzen?“

„Sie lässt sich nichts anmerken.“

„Genauso wenig wie du."

„Sie hat das einfach nicht verdient."

„Niemand hat das verdient, Keegan."

„Tu mir einen Gefallen, Rance. Ruf Jesse an und sag ihm, dass er nicht kommen soll. Ich kann das jetzt einfach nicht."

„Er wird schon losgefahren sein, und du weißt, dass er kein Handy hat. Wir müssen ein paar Dinge klären, Keeg, und zwar vor dem Meeting morgen."

„Was gibt es da groß zu klären? Jesse hat sich entschieden und du auch. Ich bin überstimmt und werde darüber hinwegkommen."

„Wirst du?"

„Klar."

Obwohl er sein Bier noch nicht ausgetrunken hatte, ging Rance schon wieder zum Kühlschrank. Er kramte darin herum und drehte sich schließlich mit einem Karton Eier, Käse und ein paar schlaffen Zwiebeln in der Hand um.

„Fühl dich ganz wie zu Hause", murmelte Keegan.

Völlig unbekümmert von Keegans Grummeligkeit wusch Rance sich lachend die Hände im Spülbecken. „Du bist ungefähr so gesellig wie ein alter Bär, dem ein Stab im Hintern steckt."

„Was machst du da?"

„Ein Omelette." Er zog eine alte Pfanne hervor, stellte sie auf den Herd und gab ein Stück Butter hinein. „Im Gegensatz zu anderen Leuten hier arbeite ich den ganzen Tag und habe Hunger."

Keegan gab sich geschlagen. Mit störrischem Schweigen sah er Rance beim Braten des Omelettes zu. Er stellte nicht einmal klar, dass er schließlich auch jeden Tag arbeitete. Wenn Devon nicht da war, lebte er praktisch in seinem Büro.

Jesse kam gerade rechtzeitig zum Essen. Er setzte sich Keegan gegenüber an den Tisch, salzte sein Omelette und stürzte sich darauf.

„Diese Firma bringt dich noch um, Keeg", sagte er zwischen zwei Bissen. „Wann hast du zum Beispiel das letzte Mal auf einem Pferd gesessen?"

Keegan war zwar wütend, aber auch hungrig. Und wie sich herausstellte, war Rance inzwischen gar kein schlechter Koch. Das verdankte er allein Emma. Um nicht sofort antworten zu müssen, stopfte er sich eine Gabel in den Mund.

„Vielleicht braucht er ja das Geld“, meinte Rance.

„Klar“, rief Jesse. „Es ist schon hart, wenn man bei seinen letzten zwanzig oder dreißig Millionen angekommen ist.“

„Sieh es doch mal so, Keeg.“ Rance grinste. „Dein Kapital wird sich vermutlich verdoppeln, wenn *McKettrickCo* an die Börse geht. Du kannst Shelley doppelt so viel Unterhalt zahlen. Dann wird sie so mit Klamotten kaufen beschäftigt sein, dass sie dich nicht mehr nervt.“

„Das hilft mir nicht gerade weiter“, blaffte Keegan.

„Im Moment gibt es wohl nichts, was dir helfen könnte“, bemerkte Jesse.

„Jedenfalls nicht, *McKettrickCo* zu verscherbeln“, zischte Keegan.

Jesse seufzte. Dann warf er Rance einen Blick zu. Ganz eindeutig teilten sie etwas Unausgesprochenes miteinander. Etwas, von dem Keegan nichts wusste, was ihn aber wurmte.

„Okay“, sagte Rance entschieden.

„Okay was?“

„Okay, wir stimmen wie du“, erklärte Jesse.

„Gegen unsere Überzeugung“, fügte Rance hinzu.

Jesse nickte nachdenklich. „Und ohne Garantie, dass wir gewinnen.“

Völlig perplex sah Keegan von einem zum anderen. „Und warum solltet ihr das tun?“

„Weil wir weich geworden sind“, entgegnete Rance.

„Du vielleicht.“ Jesse fixierte Keegan. „Dein Problem ist, das du viel zu viel nachdenkst. Das ist nicht gesund.“

„Danke, Jungs.“ In diesem Moment erkannte Keegan, dass er seinen Cousins weniger für ihr Versprechen dankte, in seinem Sinne zu stimmen, sondern dafür, dass sie da waren.

Gemeinsam verspeisten sie das Monsteromelette. Dann stellten Jesse und Rance das Geschirr in die Spüle und rieten Keegan dringend, sich schlafen zu lagen.

Diesem Rat gehorchte er gern und umgehend.

8. KAPITEL

Molly setzte sich blinzelnd auf. Zwei Stockwerke tiefer klingelte jemand Sturm.

Neben ihr bewegte sich Lucas, öffnete die Augen und sah sie erstaunt an. Da er sehr unruhig geschlafen hatte, hatte sie ihn zu sich ins Bett geholt. Schlaftrunken tastete sie nach der kleinen Uhr auf dem Nachttisch und starrte auf das Ziffernblatt.

Acht Uhr fünfunddreißig.

Nicht gut. Normalerweise stand sie spätestens um sechs Uhr auf. Aber heute fühlte sie sich so erschöpft, dass sie am liebsten noch eine Weile geschlafen hätte.

Es läutete noch immer. „Wir haben verschlafen, Kumpel", murmelte sie, setzte sich auf und griff nach ihrem Morgenmantel. „Und zwar gehörig."

Lucas kicherte und krabbelte auf allen vieren ans Ende des Bettes. Wie alle kleinen Kinder verhielt er sich vollkommen gleichgültig gegenüber der Schwerkraft. Molly packte ihn, bevor er herunterfiel, und küsste ihn in den Nacken. Seine Windel war vollkommen durchnässt.

Wer auch immer unten läutete, musste eben warten. Aber wo steckte Florence?

Mit einem Mal beunruhigt, drückte Molly Lucas fester an sich, schnappte sich eine frische Windel und eilte zum Fahrstuhl. Unten angekommen, öffnete sie die Tür.

Ein Lieferant stand auf der Veranda und wollte gerade wieder gehen.

„Ich habe hier ein Krankenbett", erklärte er.

„Ich zeige Ihnen, wo es hin soll. Bitte kommen Sie herein."

Nachdem sie dem Mann gezeigt hatte, wo Psyche ihre letzten Tage verbringen wollte, ging er zurück zu seinem Lastwagen. Die weißen Pfingstrosen, die Keegan mitgebracht hatte, standen noch immer auf dem Tisch. Molly schluckte, wechselte auf der Chaiselongue schnell Lucas' Windel und trug ihn in die Küche.

Dort stand Florence in ihrem Morgenmantel am Herd. „Ich weiß nicht, was heute mit mir los ist", schimpfte sie. „Normalerweise stehe ich schon bei Tagesanbruch auf, aber letzte Nacht habe ich wie eine Tote geschlafen." Ihre Wortwahl ließ sie zusammenzucken.

Molly sagte nichts dazu. Stattdessen stellte sie Lucas in seinen Laufstall und reichte ihm ein Spielzeug. Dann wusch sie sich am Spülbecken die Hände. Aus den Augenwinkeln sah sie, wie Florence mit der Kaffeekanne hantierte.

Der Lieferant kam mit einem weiteren Mann zurück. Gemeinsam rollten sie das gemietete Bett über den teuren Holzfußboden. Lucas zog sich an den Gitterstäben hoch.

„Da ist so ein Verrückter draußen", bemerkte der Lieferant.

Irritiert sah Molly ihn an. „Wie bitte?"

„Ein alter Kerl. Sagt, er wäre hier, um seine Agentin zu feuern. Als ob er ein Hollywoodschauspieler wäre oder so was."

„So ein Mist!", murrte Molly.

„Ich rufe Wyatt an." Florence griff nach dem Hörer.

„Er ist harmlos", sagte Molly. „Bitte passen Sie kurz auf Lucas auf. Ich kümmere mich um den Verrückten."

Tatsächlich stand Denby Godrige vor der Tür, gekleidet in schwarze Hosen und einen schwarzen Rollkragenpullover. Sein weißes Haar stand wild von seinem Kopf ab, sein Bauch war seit dem letzten Mal noch dicker geworden und seine riesige Nase noch röter.

„Ich bin gekommen, um Sie zu feuern", rief er dramatisch.

„Kommen Sie rein, bevor die Nachbarn Sie sehen", flüsterte Molly.

Denbys blutunterlaufene Augen weiteten sich. „Sie sind gefeuert."

„Ja." Entschieden nahm sie ihn am Arm und zerrte ihn hinein. „Ich hab's kapiert, Denby. Ich bin draußen. Rausgeworfen. Entlassen. Erledigt. Geschichte. Möchten Sie noch etwas hinzufügen?

Einen Moment sah Denby sie verblüfft an. Dann richtete er sich wichtigtuerisch auf. „Nein."

„Bitte sagen Sie mir, dass Sie in Ihrem Zustand nicht Auto gefahren sind."

„In meinem Zustand?"

„Sie sind offensichtlich betrunken, Denby. Sternhagelvoll …"

„Ersparen Sie mir diese Umgangssprache, wenn es Ihnen nichts ausmacht", bat Denby hochmütig. „Immerhin habe ich den Pulitzerpreis gewonnen, wissen Sie."

„Dann benehmen Sie sich auch entsprechend“, konterte Molly leise. „Zeigen Sie ein wenig Stil.“

„Ich bin mit einem Privatjet gekommen. Am Flughafen hat eine *Limousine* auf mich gewartet. Wie es sich für meine Situation geziemt.“

Zumindest stellte Denby also für die anderen Verkehrsteilnehmer keine Gefahr dar.

Der Lieferant tauchte wieder auf, machte einen großen Bogen um Denby und verschwand. Offenbar hatte Florence den Auftrag bereits unterschrieben.

„Folgen Sie mir“, sagte Molly streng. Sie führte Denby in die Küche, wo Florence ihn entgeistert anstarrte.

„Haben Sie noch nie zuvor einen Pulitzerpreis-Gewinner gesehen?“, fuhr er sie an.

„Benehmen Sie sich“, zischte Molly. „Oder ich bringe Sie zum Schweigen.“

„Wer ist dieser Spinner?“, wollte Florence wissen.

Molly schenkte frischen Kaffee ein und befahl Denby, sich an den Tisch zu setzen. Was er überraschenderweise tat.

„Denby Godridge“, erklärte sie der Haushälterin. „Und das ist Florence Washington.“

„Hoch erfreut“, sagte Denby.

„Was auch immer“, antwortete Florence mit einem leisen Schnauben.

Zum Glück läutete in diesem Moment das Telefon und erforderte Florences Aufmerksamkeit.

Denby schlürfte seinen Kaffee wie ein Mann, der sich von Schwachköpfen umgeben fühlte, aber geschworen hatte, Haltung zu bewahren. Molly überlegte, wie sie ihn am besten loswurde. Vielleicht mit einem Flammenwerfer? Oder vielleicht mit einer großen Bombe, vorzugsweise einer Atombombe.

„Na gut“, sprach Florence in den Hörer. „Dann bis später, Keegan.“

Molly erstarrte. Natürlich! Keegan würde vorbeikommen. Die Papiere mussten unterzeichnet werden.

„Er lässt Psyche mit einem Hubschrauber in Flagstaff abholen“, sagte Florence in die Runde.

Psyche gegenüber benahm er sich nicht wie ein Vollidiot, dachte

Molly. Kein Wunder, schließlich *liebte* er Psyche. Eine dunkle Wolke braute sich über ihrem Kopf zusammen.

„Jemand wird von einem Hubschrauber geholt?", fragte Denby mit erhobenen Augenbrauen. Er liebte menschliche Dramen. Vermutlich überlegte er bereits, ob er das Ereignis in seinem nächsten Roman verarbeiten konnte.

„Ja", sagte Molly. „Sehen Sie, Denby, es gibt Menschen auf der Welt, die größere Probleme haben, als es nicht auf die Bestseller-Liste zu schaffen."

„Sie sind meine Agentin. Sie sollten entsprechendes Mitgefühl zeigen."

„Ich bin nicht Ihre Agentin. Sie haben mich mindestens schon dreimal gefeuert."

„Ich bin am Boden zerstört wegen dieser Niederlage."

„Nun, finden Sie sich damit ab." Ungerührt schüttete Molly Müsli und Milch in eine Schüssel. Denby hatte eine ergebene – und zurechnungsfähige – Ehefrau, die ihn über alles liebte. Er war reich. Ihm gehörte eine wunderschöne Villa in Seattle. „Fahren Sie nach Hause und schreiben Sie."

In diesem Moment betrat ein schwarzer Mann mit Chauffeurmütze die Küche. Er sah aus wie eine ältere Version von Denzel Washington, gemixt mit etwas Morgan Freeman.

„Entschuldigen Sie." Er nahm die Mütze ab. „Ich möchte nicht stören ..."

„Kommen Sie herein und trinken Sie einen Kaffee", forderte Molly ihn auf. Dann beugte sie sich über den Laufstall und steckte Lucas einen Löffel Müsli in den weit geöffneten Mund. Ihr Sohn sah aus wie ein kleiner Vogel, der auf einen Wurm wartete.

Der Chauffeur nickte Florence freundlich und ein wenig schüchtern zu. Die Haushälterin glättete mit einer Hand ihr Haar, mit der anderen strich sie über den Bademantel. Molly erlaubte sich ein kleines Grinsen.

„Wilkins", begrüßte Denby seinen Fahrer. „Ich bin hier nicht erwünscht."

Wilkins bedankte sich bei Florence für den Kaffee, den sie ihm eingeschenkt hatte, und setzte sich an den Tisch. „Mir erscheint dieses Haus sehr gastfreundlich."

„Darum sind Sie auch Chauffeur und kein Bestsellerautor", bemerkte Denby.

„Denby", mischte Molly sich ein. *„Halten Sie die Klappe."*

Wilkins lachte. „Irgendwie gefällt es mir hier." Dabei sah er Florence an, nicht Denby. „Vielleicht sollte ich eine Weile in der Gegend bleiben."

Florence entschuldigte sich und eilte aus der Küche. Denby trank seinen Kaffee. Lucas aß sein Müsli auf.

Als Florence zurückkam, trug sie ein mit Blumen bedrucktes Kleid, ihr Haar war frisch frisiert und Molly glaubte, einen Hauch von Parfüm zu riechen.

Wilkins musterte die Haushälterin anerkennend. „Kommen Sie zufällig manchmal nach Seattle?", fragte er lächelnd.

„Ich ziehe demnächst dorthin, zu meiner Schwester", entgegnete Florence.

Wie bei einer Halluzination schüttelte Molly den Kopf. Florence Washington hatte nicht gerade mit den Wimpern geklimpert – oder doch?

Für das Klimpern schenkte Wilkins ihr ein blitzendes Denzel-Washington-Lächeln und zog eine Karte aus der Tasche. „Nun denn. Zufälligerweise lebe ich in Seattle. Ich fahre Mr Godridge und noch ein paar weitere, ausgewählte Klienten schon seit Jahren. Wenn Sie jemals einen Fahrer brauchen, rufen Sie mich an."

Florence nahm ihm die Karte aus der Hand, ging zur Küchentheke und steckte sie unter ein Marmeladenglas.

„Was geht hier vor?", fragte Denby staunend.

„Gute alte schwarze Magie." Wilkins strahlte.

Florence schenkte ihm Kaffee nach, und Molly hätte schwören können, dass sie errötete. Was bei ihrer schönen mahagonifarbenen Haut aber nicht leicht zu erkennen war.

„Es geschehen noch Wunder", flüsterte Molly ihrem Sohn ins Ohr. Da stellte er sich auf die Zehenspitzen. „Kuss", rief er und spitzte die Lippen.

Unter Tränen beugte Molly sich vor.

Das Konferenzzimmer war gerade groß genug für die vielen McKettricks. McKettricks aus Texas. McKettricks aus New York.

Aus San Francisco und Chicago. Einige waren sogar aus Europa gekommen.

Der alte Angus wäre erstaunt zu sehen, was für eine Riesenfamilie aus seinen vier Söhnen und seiner Tochter entstanden war.

Jesse stand rechts von Keegan, Rance links, ihre Schultern berührten einander. Meg, die neben Sierra saß, fing Keegans Blick auf.

Dann trat Eve McKettrick nach vorn. Sie war eine schöne Frau mit roten Haaren und grünen Augen. Kurz ordnete sie ein paar Notizen, die sie für ihre Ansprache jedoch gar nicht brauchte. Ihr gutes Gedächtnis war fast ebenso legendär wie ihr Geschäftssinn. „Wir haben lange genug über dieses Thema diskutiert", erklärte sie. „Jeder von uns hat sich längst eine feste Meinung gebildet. Nun ist es an der Zeit für die Abstimmung, um ein für alle Mal eine Entscheidung zu treffen."

Das darauffolgende Schweigen erinnerte Keegan an die berüchtigte Ruhe vor dem Sturm.

„Jeder, der gegen einen Börsengang ist, hebe jetzt bitte die Hand." Es war ungewöhnlich, zuerst die Neinstimmen abzufragen, aber typisch für Eve.

Zuerst hob Keegan die Hand, gefolgt von Jesse und Rance. Sierra und Meg folgten ihnen. Außerdem noch ungefähr sechs weitere Familienmitglieder. Keegans Magen zog sich zusammen. Das reichte nicht.

„Und wer ist dafür?", fragte Eve, ohne Keegan aus den Augen zu lassen.

Etliche Hände schossen in die Höhe.

McKettrickCo würde an die Börse gehen und sie alle geradezu lächerlich reich machen.

„Somit ist entschieden." Eve ließ ihre eigene Hand sehr langsam sinken.

Ganz fest drückten Jesse und Rance ihre Schultern gegen Keegan. Seine Ohren dröhnten, der Boden unter seinen Füßen schien nachzugeben. Die vielen Abkömmlinge von Angus McKettrick verließen nach und nach das Konferenzzimmer. Meg und Sierra blieben steif auf ihren Stühlen sitzen. Eve kam zu Keegan und sah ihn lange an. „Es tut mir leid, Keegan."

Irgendwie gelang es ihm zu nicken. Es gab vieles, was er gern gesagt hätte, doch sein Hals war wie zugeschnürt. Mit kühlen, leichten Fingern berührte Eve seine Wange. Nach dem Tod seiner Eltern hatte sie ihn zu sich nach San Antonio geholt. Etwas später hatte er beschlossen, wieder auf der Farm zu leben, abwechselnd bei Jesses und Rances Eltern, bis er alt genug war, um aufs College zu gehen.

„Es ist zu unserem Besten", sagte sie. Dann verließ sie ohne ein weiteres Wort den Raum.

Auf ein Zeichen von Jesse standen Meg und Sierra ebenfalls auf. Nachdem Sierra die Tür leise hinter sich geschlossen hatte, murmelte Keegan: „Wir haben verloren." Er erkannte seine eigene Stimme nicht.

„Das kommt dir jetzt nur so vor", entgegnete Rance.

Von wegen. Jesse hatte Cheyenne und seine Leidenschaft fürs Pokern. Letztere hatte ihm sogar jüngst den Weltmeistertitel eingebracht. Rance hatte Emma und zwei Kinder, die unter seinem Dach lebten und nicht ständig zwischen Mutter und Vater hin- und hergerissen wurden wie Devon. Außerdem widmete er sich seit Kurzem mit Hingabe der Viehzucht.

Und er war Teilzeitvater und auf einmal arbeitslos. Was sollte er ohne *McKettrickCo* anfangen? Was gab es für einen Grund, morgens aufzustehen, wenn Devon wieder bei Shelley war?

„Denk an Devon", tröstete Jesse ihn. „Ab sofort bist du nicht mehr zu beschäftigt, um ihr ein Vater zu sein."

Rance zog eine silberne Flasche aus seiner Anzugjacke. Doch Keegan schüttelte den Kopf.

„Wir satteln bei Sonnenuntergang die Pferde und reiten alle zusammen auf Jesses Berg. Die Frauen kommen mit und noch ein paar Verwandte. Devon möchte auch mit, und sie würde sich riesig freuen, wenn du dabei bist. Bist du das, Keeg?", fragte Rance.

Keegan dachte an Psyche und die Papiere, die er nachmittags unterzeichnen sollte. Zwangsläufig wanderten seine Gedanken zu Molly.

„Ich habe zu tun", erklärte er hölzern.

Rance legte eine Hand auf seine Schulter. „Ich weiß. Travis hat es erwähnt. Aber das ist eine Sache von höchstens ein paar Stunden." Er hielt inne. „Ein Ausritt würde dir guttun, Keeg. Das zeigt dir wieder, wer du in Wahrheit bist. Und zwar ein geborener McKettrick."

Keegans Augen brannten. „Bin ich das?“

„Ja“, nickte Jesse. „Das bist du. Du hast nur so lange auf einem Bürostuhl statt auf einem Pferd gesessen, dass du es schon nicht mehr weißt. Du gehörst mal wieder auf einen Sattel, Keeg. Du solltest am Lagerfeuer sitzen und Gitarre spielen. Unter den Sternen schlafen. Und deine Tochter braucht das sogar noch mehr als du.“

Wegen Devon beschloss er, diesen bescheuerten Ausritt mitzumachen. Außerdem würde er verrückt werden, wenn er diese Nacht allein in seinem Haus verbringen müsste.

Also nickte er steif.

„Wie wär's mit einem Bier bei *Lucky's*?“, fragte Jesse.

Keegan schüttelte den Kopf. Wenn er jetzt anfing zu trinken, würde er vielleicht nie mehr aufhören.

Zögernd ließen Rance und Jesse ihn allein. Und Keegan saß in dem leeren Raum und begann loszulassen.

Psyche.

McKettrickCo und damit auch seine eigene Identität.

Zumindest blieb ihm Devon. Und Lucas. Er würde die Zähne zusammenbeißen und irgendwie weitermachen. Schließlich war er ein McKettrick.

Was immer zur Hölle das auch heißen mochte.

Als Psyche nach Hause kam, hatte Wilkins Denby bereits wieder in die Limousine verfrachtet und ihn nach Phoenix gefahren, von wo aus er zurück nach Seattle flog. Und Molly hatte geduscht, etwas Make-up aufgelegt und einen todschicken schwarzen Anzug und Pumps mit hohen Absätzen angezogen. Immerhin würde sie gleich wichtige Papiere unterschreiben. Mit dem Anzug wollte sie demonstrieren, dass sie die Vereinbarung ernst nahm. Vorher hatte sie Lucas gebadet und ihm blaue Shorts und ein passendes T-Shirt mit einer Ente darauf übergestreift.

Psyche, die in einem Rollstuhl hereingeschoben wurde, sah zerbrechlich und blass aus. Doch ihr Gesicht erhellte sich, als sie Lucas sah. Die Sanitäter legten sie in das Krankenbett auf der Veranda hinter der Küche und verabschiedeten sich. Sofort setzte Molly Lucas neben Psyche und wartete in einigem Abstand, falls einer der beiden sie brauchte.

„Haben Sie Hunger?“, fragte Florence, die verzweifelt nach etwas suchte, womit sie helfen konnte. „Ich habe die Hühnersuppe gekocht, die Sie so gern mögen."

Aber Psyche schüttelte nur den Kopf und liebkoste Lucas' weiche Locken. „Ich möchte nur mein Baby festhalten", sagte sie sehr leise.

Mollys Augen füllten sich mit Tränen.

„Heute Morgen war hier vielleicht was los, kann ich Ihnen sagen." Florence zog das Betttuch glatt und tätschelte Psyches Fuß. „Irgend so ein Schriftsteller tauchte plötzlich auf und faselte etwas von wegen Pulitzerpreis." Inzwischen hatte Molly Florence von ihrem Beruf erzählt. „Ich dachte, ich müsste Wyatt rufen, um ihn aus unserem Haus zu entfernen, aber Mr Wilkins ist selbst mit ihm fertig geworden."

Fragend sah Psyche Molly an, ein leichtes Lächeln umspielte ihre Lippen.

„Einer meiner ehemaligen Autoren", erklärte Molly. „Er wird nicht noch einmal hier auftauchen."

„Wer war es?" Psyche griff nach der kleinen Ampulle, die an ihrem Infusionsschlauch befestigt war, und drückte den roten Knopf.

„Denby Godridge." Insgeheim fragte Molly sich, wie schlimm Psyches Schmerzen wohl waren und ob die Medikamente ausreichten, um sie zu lindern.

„Ich liebe seine Bücher", erklärte Psyche.

Eigentlich wollte Molly kichern, doch heraus kam nur ein Schluchzen. Lucas begann, auf dem Bett zu wippen. Psyche zuckte schmerzhaft zusammen. Schweigend nahm Florence den Jungen vom Bett und trug ihn ungeachtet seiner Protestschreie in die Küche.

„Sie weinen. Versuchen Sie bitte nicht, es zu leugnen."

„Es ist schwer, Sie so zu sehen."

Psyches Lächeln war schwach und ein wenig ironisch. „Ich finde es auch nicht so toll."

Eindringlich musterte Molly die Infusionsflasche. „Ich schätze, die Schmerzen sind ziemlich schlimm."

„Ehrlich gesagt bin ich vollkommen zugedröhnt."

Trotz ihres Kummers musste Molly lächeln. „Dann sind Sie eine ziemlich gute Schauspielerin. Sie lallen nicht einmal."

„Nehmen Sie sich einen Stuhl, Molly. Es gibt ein paar Dinge zu sagen."

Mit einem Mal bekam Molly furchtbare Angst. Sie wusste instinktiv, was jetzt kommen würde. Psyche hatte beschlossen, ihr Lucas doch nicht zur Adoption zu überlassen, sondern Keegan.

Sie wartete angespannt ab. So verzweifelt sie auch war, sie wollte Psyche nicht drängen. Nicht jetzt.

„Ich war nicht sicher, ob ich es noch einmal nach Hause schaffen würde. Und ich habe noch einmal sehr ernsthaft nachgedacht und Travis Reid heute Morgen angerufen." Psyche zögerte und betrachtete Molly eine Weile nachdenklich. „Ich habe ihn gefragt, ob er und Sierra bereit wären, Lucas zu adoptieren. Natürlich war er ein wenig überrascht und musste erst Sierra fragen. Doch am Ende sagten beide ja."

Molly wartete darauf, dass der Boden sich unter ihr auftat und sie verschluckte. „Warum?", krächzte sie.

„Ich möchte, dass mein Sohn eine richtige Familie hat, Molly. Eine Mutter, einen Vater, Geschwister."

„Aber Sie ..."

„Ich weiß. Ich habe es versprochen. Und es tut mir wirklich leid, aber ich werde mein Versprechen brechen."

Molly konnte nicht mehr atmen. Konnte sich nicht rühren. Konnte nicht einmal sprechen. Sie hörte Lucas in der Küche plappern.

„Travis und Sierra haben bereits einen kleinen Jungen", fuhr Psyche fort. „Liam. Er wäre ein toller Bruder für Lucas."

Aus Furcht, nach vorn zu kippen, wenn sie sich nicht mit aller Kraft festhielt, umklammerte Molly die Armlehnen.

Das war sie also. Psyches Rache. Sie hatte Molly glauben lassen, dass sie noch eine zweite Chance mit Lucas bekäme und zog ihr dann einfach den Boden unter den Füßen weg.

Das haben Sie davon, wenn Sie mit dem Mann einer anderen Frau schlafen!

Sie hörte Schritte.

„Wo ist sie?", ertönte eine vertraute Stimme in der Küche.

„Auf der Veranda", antwortete Florence.

Keegan stürmte durch die Tür.

„Was zum Teufel geht hier vor sich?", fragte er Psyche. „Travis hat mir gerade gesagt ..."

Psyche lächelte. „Was hat Travis dir gesagt?"
„Dass er und Sierra Lucas adoptieren sollen."
Psyche nickte. „Ich habe es Molly gerade erklärt. Ich möchte, dass Lucas eine Familie bekommt, ein richtiges Heim, nicht nur eine Mutter und einen Nachlassverwalter."
Ebenfalls unfähig, etwas zu sagen, öffnete Keegan zwar den Mund, schloss ihn aber gleich wieder. Mit beiden Händen hielt er sich am Türrahmen fest, bis seine Fingerknöchel weiß wurden. Seine Tochter stand mit riesigen braunen Augen hinter ihm.
„Wir machen einen Ausritt", erzählte sie. „Es gibt ein Lagerfeuer und wir schlafen auf dem Boden."
Schweigen.
Vollkommen erschüttert kämpfte Molly dagegen an, sich nicht zu übergeben.
Psyche sah das Mädchen an. „Devon?"
Devon nickte, schlüpfte an ihrem reglosen Vater vorbei und trat an Psyches Bett. „Es tut mir leid, dass du so krank bist. Sonst könntest du mit uns ausreiten. Wir sind ganz viele."
„Das würde ich sehr gerne tun", sagte Psyche wehmütig und streichelte Devons Haar. Ihr trauriger Blick fiel auf Keegans Gesicht. „Wie hübsch sie ist, Keegan."
Keegan räusperte sich. „Devon", sagte er endlich. „Bitte geh in die Küche. Hilf Mrs Washington ein bisschen."
Das Mädchen zögerte, gehorchte dann aber.
„Könntest du Lucas mitnehmen?", fragte Psyche, die ihre Hände in das Bettlaken verkrallte. „Auf den Ausritt meine ich."
„Psyche", antwortete Keegan ruhig. „Er ist noch ein Baby."
„Wie alt warst du, als du zum ersten Mal auf einem Pferd gesessen hast?"
Molly sah Keegan an. Er wirkte anders als sonst – zumindest anders, als sie ihn kannte. Er schien völlig am Boden zerstört, beinahe gebrochen. Und doch erkannte sie unter allem eine ungeheure Kraft.
„Mein Dad hat mich vor sich auf den Sattel genommen, sobald ich sitzen konnte", gab Keegan zu.
„Lucas kann schon ziemlich lange sitzen. Ich möchte nicht, dass er ein ängstlicher kleiner Junge wird, Keegan. Je schneller er reiten lernt, desto besser."

„Psyche, dieses ganze Gespräch ist verrückt. Es geht doch um etwas ganz anderes. Wir sprachen gerade darüber …"

„Dass Lucas eine Familie braucht. Eine Mutter. Einen Vater. Einen Bruder." Schweigend sah sie von Keegan zu Molly und wieder zurück. Aus der Küche erklang Devons Stimme. Sie erzählte Florence von dem bevorstehenden Ausflug. „Oder vielleicht eine Schwester."

Ein schmerzhafter Ruck ging durch Mollys Körper.

„Verdammt, Psyche", stöhnte Keegan. „Travis ist ein toller Mensch, aber du kennst ihn nicht annähernd so gut wie mich. Und Sierra ist eine vollkommen Fremde für dich." Dann warf er Molly einen Blick zu, als wollte er noch etwas hinzufügen.

„Mach diesen Ausritt", beschwor Psyche ihn. „Nimm Lucas mit – und Molly natürlich auch. Denk in Ruhe über diese Situation nach. Du hast gesagt, du würdest Lucas gern adoptieren. Nun, hier ist deine Chance. Du musst nur seine Mutter heiraten."

9. KAPITEL

Denk in Ruhe über diese Situation nach. Du hast gesagt, du würdest Lucas gern adoptieren. Nun, hier ist deine Chance. Du musst nur seine Mutter heiraten.

Mit einer heftigen Handbewegung lockerte Keegan seine Krawatte. „Das ist Erpressung", stieß er hervor. „Ich liebe Molly nicht, und sie liebt mich nicht. Was für ein Heim hätten wir Lucas in Anbetracht dieses unbedeutenden Details wohl zu bieten? Außerdem wolltest du doch, dass er in deinem Haus aufwächst. Travis und Sierra haben gerade selbst eins gebaut. Sie werden mit Sicherheit nicht hier einziehen."

Schon wieder hantierte Psyche an der Ampulle herum, die an dem Schlauch hing. Die Venen unter ihrer Haut zeichneten sich deutlich ab. Keegan fiel auf, wie sehr ihre Wangen in den letzten vierundzwanzig Stunden eingefallen waren.

„Ich möchte, dass Lucas in Indian Rock aufwächst, aber nicht unbedingt in diesem Haus. Und was die Tatsache betrifft, dass ihr beide euch nicht liebt – nun, ihr müsstet eben lernen, miteinander auszukommen."

„Psyche, das ist vollkommen unvernünftig."

„Keegan, ich sterbe. Ich muss nicht vernünftig sein."

Trotz des Schocks empfand Molly heftiges Mitgefühl für diese Frau, die sich verzweifelt darum bemühte, ihren Sohn nach ihrem Tod in einer Familie aufwachsen zu lassen.

„Und nun lasst mich bitte allein. Ich möchte weinen, und das würde ich gern in Ruhe tun."

Zunächst rührte Keegan sich nicht, doch dann reichte er Molly seine Hand und zog sie rasch auf die Beine. Ohne ein Wort zu sagen, zerrte er sie durch die Küche – Devon, Lucas und Florence starrten ihnen mit offenem Mund hinterher –, durch das riesige Esszimmer in ein kleines Arbeitszimmer. Dass Molly sich nicht wehrte, fand er beunruhigend. Er drückte sie in einen Ledersessel und setzte sich ihr gegenüber. Ihre Knie berührten sich fast.

„Wagen Sie es bloß nicht zu behaupten, ich hätte Psyche diese Idee eingeredet", schrie Molly mit einem Mal. Ihr Gesicht war so weiß, der Ausdruck in ihren Augen so verzweifelt, dass Keegan ihr glaubte.

„Brauchen Sie ein Glas Wasser oder so was?"

Sie schüttelte den Kopf und klopfte sich mit den Handrücken gegen die Wangen. Falls sie ihm etwas vorspielte, machte sie ihre Sache wirklich gut. Keegan legte die Hände auf seine Oberschenkel und versuchte, ein paarmal ruhig durchzuatmen. Doch das half auch nicht.

„Das macht sie, weil ich eine Affäre mit ihrem Mann hatte", murmelte Molly gequält. „Das ist ihre Art von Rache."

„Nein. So ist Psyche nicht."

„Ach nein?" Ihre Augen füllten sich mit Tränen, sie atmete schwer.

Keegan unterdrückte den Wunsch, sie auf seinen Schoß zu ziehen und festzuhalten, bis es ihr wieder besser ging. „Nein."

Doch Molly hörte ihm gar nicht richtig zu. „Ich hätte wissen müssen, dass sie mir eine Falle stellt. Ich hätte wissen müssen, dass sie mir Lucas niemals überlassen wird."

„Psyche ist nicht so", wiederholte Keegan tonlos.

„Ich wusste nicht, dass Thayer verheiratet war", sagte sie.

„Sie hätten es wissen müssen."

Sie nickte schwach. „Da haben Sie recht. Und, macht Sie das glücklich, Keegan? Sind Sie jetzt zufrieden? Oder soll ich bis an mein Lebensende einen scharlachroten Buchstaben auf meinem T-Shirt tragen?"

Die Vorstellung fand Keegan sehr ansprechend. Insbesondere, wenn er sich ein nasses T-Shirt ausmalte. Sofort schämte er sich für diesen Gedanken.

„Wir alle machen Fehler", behauptete er, wenn auch nicht sehr überzeugend.

„Selbst Sie?" Molly zog eine Handvoll Taschentücher aus einer kleinen Schachtel auf dem Tisch.

„Selbst ich", sagte Keegan.

Sie trocknete sich die Augen, die Wimperntusche hinterließ traurige Streifen auf ihrer Wange. Dann putzte sie sich laut die Nase. Keegan unterdrückte ein Lächeln.

„Was soll ich nur tun?", fragte sie.

„Was *Sie* tun sollen? Wie mir scheint, betrifft dieses Problem uns beide."

„Wieso das denn? Wenn ich richtig verstanden habe, leben dieser Anwalt und seine Frau in Indian Rock. Sie können Lucas also sehen, wann immer Sie wollen. Ich hingegen – verzeihen Sie bitte meine Sprache – habe die Arschkarte gezogen."

Komischerweise dachte Keegan daran, wie er sie am vierten Juli geküsst hatte, und unbegreiflicherweise wollte er dasselbe jetzt wieder tun. Doch der Zeitpunkt war ganz offensichtlich schlecht gewählt.

„Keegan?"

Er schüttelte sich ein wenig. „Mir ist Lucas auch wichtig. Es ist fast so, als ob …"

„Als ob er Ihr und Psyches Kind wäre?"

„Etwas in der Art."

„Sie lieben sie, nicht wahr?"

„Ja, ich liebe sie wirklich."

„Und darum lieben Sie auch Lucas."

„So ist es", antwortete er, ein wenig irritiert von dem merkwürdig verletzten Ausdruck in ihren Augen.

Nickend und schniefend warf sie die Taschentücher in den Papierkorb. „Es wäre natürlich vollkommen albern, wenn wir heirateten. Sie und ich."

Keegan dachte an sein großes Haus, das so leer war, wenn Devon ihn nicht besuchte. An das Bett, in dem er so ungern allein lag. Meistens schlief er auf der Wohnzimmercouch oder in seinem Büro. Selbst eine Bank im Park wäre ihm lieber gewesen. Er könnte sich auch einen Schlafsack besorgen und bei Spud im Stall schlafen.

„Richtig albern", bestätigte er.

Wieder begann sie zu weinen.

Und Keegan? Er tat genau das, was er noch kurz zuvor beschlossen hatte, *nicht* zu tun – er ergriff ihre Hand und zog sie auf seinen Schoß. Einen Moment versteifte Molly sich, dann ließ sie sich von ihm festhalten.

Es beunruhigte ihn, wie gut sich das anfühlte.

„Was soll ich nur tun?", fragte sie noch einmal.

„Sie werden ein paar Sachen für sich und Lucas packen und einen Ausritt machen", antwortete er.

„Wie bitte?"

Er grinste. „Was ist los, Stadtmädchen? Sind Sie ein Angsthase? Fürchten Sie sich vor Schlangen und Bären und Insekten?"

Sie lächelte unter Tränen. „Nein. Ich bin *kein* Angsthase."
„Sind Sie jemals geritten?"
„Einmal, mit neun. Auf einem Pony am Santa Monica Beach."
„Tja, dann sind Sie ja Expertin." Wie gut er sich fühlte, obwohl gerade sein ganzes Leben zusammenbrach, verwirrte Keegan vollends.
„Was nicht heißen soll, dass mir der Hintern nicht wehtun wird", bemerkte sie besorgt.
„Das wird mir genauso gehen", gestand er auf Kosten seines Stolzes. Er war ein McKettrick. Pferde sollten sein Leben sein – und Frauen.
„Sind Sie denn kein guter Reiter? Psyche will doch, dass Sie Lucas beibringen ..."
„Das habe ich nicht gesagt. Es ist nur ziemlich lange her, das ist alles." Er stellte Molly auf die Beine. „Packen Sie Ihre Sachen. Dann fahren wir alle zusammen nach Triple M."
Darüber dachte Molly eine Weile nach, und schließlich nickte sie.
Eine halbe Stunde später war es so weit und sie machten sich auf den Weg.

In ihren alten Jeans und einem – wenn auch leider vollkommen trockenen – T-Shirt sah Molly bezaubernd aus. Ihre Turnschuhe eigneten sich allerdings nicht für einen Ausritt. Aber in seinem Schrank auf der Ranch türmten sich Reitstiefel in sämtlichen Größen.
„Kommen Travis und Sierra Reid auch mit?", fragte Molly, als sie aus der Stadt fuhren.
„Travis heißt Reid", erklärte er ihr. „Sierra trägt aber nach wie vor den Namen McKettrick. Und ja, vermutlich kommen die beiden auch mit. Und ein paar von außerhalb auch."
„Von außerhalb?"
„Weitere McKettricks. Heute gab es ein großes Meeting in der Firma, und vermutlich sind noch eine Menge meiner Verwandten hier." Er wartete auf den vertrauten Schmerz, der ihn heute schon den ganzen Tag bei dem Gedanken überkam, dass seine Karriere am Ende war. Es sei denn, er wollte für Fremde arbeiten, was nicht in seiner Absicht lag.
Merkwürdigerweise tat überhaupt nichts weh.

Molly sah ihn ernst an. „Ich möchte sie kennenlernen. Sierra und Travis, meine ich."

Im Rückspiegel sah Keegan, wie Devon Lucas gerade ein Spielzeug unter die Nase hielt. Der Kleine kicherte. Vor seiner Tochter wollte Keegan nicht über die bevorstehende Adoption sprechen. Molly, die seinen Blick bemerkt hatte, verstand seine Sorge offenbar. Denn sie drehte sich um und lächelte Devon an. „Ich wette, du kannst sehr gut reiten."

Keegan wurde ganz warm ums Herz.

„Nicht so gut wie Maeve", entgegnete Devon. „Aber es geht ganz gut."

„Wer ist Maeve?", fragte Molly.

„Meine Cousine. Aber ziemlich entfernt. Wie Dad und Onkel Jesse und Onkel Rance. Die sagen auch immer, sie wären Cousins, aber in Wahrheit sind sie einfach nur McKettricks."

„Oh." Verwirrt runzelte Molly die Stirn. „Und was soll das heißen: einfach nur McKettricks?"

Wie alle Kinder der McKettricks kannte auch Devon sich gut mit der Familiengeschichte aus. „Vor langer, langer Zeit hat ein Mann namens Angus McKettrick sich auf einem Stück Land niedergelassen, das jetzt Triple M heißt. Dort wohnen wir ..."

Bei dem Wort „wir" zog sich Keegans Herz schmerzhaft zusammen. Eines Tages würde er Devon sagen müssen, dass sie keine echte McKettrick war.

„Jedenfalls", fuhr sie mit anrührendem Stolz fort, „hatte er vier Söhne: Holt, Rafe, Kade und Jeb. Sierra und Meg sind mit Holt verwandt. Rance ist ein Nachkomme von Rafe. Onkel Jesse stammt von Jeb ab und Dad ... also, Kade war sein Urur... – ich weiß nicht genau, wie viele Urs – Großvater. Jeder der vier Söhne hatte natürlich sein eigenes Haus. Und das Coole ist, dass auch heute jeder noch in demselben Haus wohnt."

Keegan warf Molly einen Seitenblick zu. „Alles klar?"

Mit einem für Keegans Geschmack viel zu traurigen Lächeln sagte sie: „Vollkommen klar."

Als sie an Holts Haus vorbeifuhren, wies Devon Molly darauf hin. Etwas später sagte sie: „Onkel Jesse wohnt da oben. Unser Haus ist nah am Bach, aber keine Angst. Ich passe auf, dass Lucas nicht ins Wasser fällt."

„Das freut mich. Vielen Dank, Devon“, sagte Molly.

„Maeve und Rianna wohnen auf der anderen Seite des Bachs“, führte Devon weiter aus. „Aber *unser* Haus ist das älteste. Angus hat es selbst gebaut.“

„Es gab auch eine Tochter.“ Keegan fand es angenehm tröstlich, über seinen Familienstammbaum zu sprechen. „Katie McKettrick, sie war Angus’ Jüngste und hat einen Senator geheiratet. Die Frauen in unserer Familie behalten ihren Namen, wenn sie heiraten. Katie hat diese Tradition begonnen.“

„Wow“, murmelte Molly. „Sie muss eine besondere Frau gewesen sein.“

Keegan lachte. „Laut Familienlegende war sie ein echter Teufelsbraten. Sie hat sich sogar gegen vier Brüder durchgesetzt, die bei ihrer Geburt alle bereits erwachsen waren.“

„Und wie ist das mit Ihrer Familie, Molly?“, fragte Devon neugierig.

Molly seufzte. „Meine Mutter starb, als ich fünfzehn war. Und mein Dad ist ehemaliger Polizist.“

„Haben Sie Geschwister?“, hakte Devon nach.

„Dev“, schimpfte Keegan.

„Ist schon gut“, sagte Molly. „Nein. Ich bin Einzelkind.“

„Ich auch.“ Das klang wehmütig. „Und Dad auch.“

Keegan biss sich auf die Unterlippe.

Devon fuhr mit ihrem Verhör fort. „Haben Sie sich mal gewünscht, Geschwister zu haben?“

„Immer.“

„Ich auch. Und du, Dad? Wolltest du auch immer Teil einer großen Familie sein?“

Er sah seine Tochter durch den Rückspiegel an. „Ich habe doch Rance und Jesse. Die beiden sind wie Brüder für mich. Genau genommen stehen sich alle McKettricks recht nahe.“

„Sie haben Glück“, sagte Molly.

„Ich weiß.“ In letzter Zeit hatte er das allerdings sehr oft vergessen. Er hatte eine Tochter, ein Zuhause, viele Verwandte und eine lange, lange Familientradition, die hier auf diesem Stück Land begonnen hatte.

Sie fuhren über die Holzbrücke des Bachs, die ein fleißiger McKettrick in den 1940er-Jahren gebaut hatte und die noch immer stabil war. Genau wie die Häuser und Ställe und die sie umgebenden Berge.

Auf einmal wirkte sein eigenes Haus merkwürdig fremd auf ihn.

„Früher", setzte Devon ihre Geschichte fort, „mussten alle mit den Pferden an einer seichten Stelle durch den Bach reiten."

Auch wenn Devon biologisch gesehen nicht seine Tochter war, war sie trotzdem durch und durch eine McKettrick.

„Du kennst dich wirklich gut in deiner Familiengeschichte aus", bemerkte Molly, und echte Bewunderung sprach aus ihrer Stimme. Währenddessen betrachtete sie das Farmhaus. Keegan fragte sich, was sie von dem zweistöckigen, lang gestreckten Gebäude mit den vielen Fenstern und den verwitterten Holzwänden wohl hielt.

Es störte ihn ein wenig, dass ihre Meinung ihm wichtig war.

„Da drüben lebt Onkel Rance." Devon streckte einen Arm aus. „Willst du unseren Esel sehen? Er heißt Spud und steht im Stall."

Kaum hatte Keegan den Wagen geparkt, als Devon schon heraussprang und zum Stall flitzte.

Keegan lachte. „Sie beruhigt sich irgendwann schon wieder."

„Hoffentlich nicht. Ich finde sie entzückend." Molly stieg aus dem Jaguar und schnallte Lucas ab, der schon ungeduldig in seinem Kindersitz zappelte. Den Sitz hatten sie vor der Abfahrt einfach aus Florences Wagen aus- und in Keegans Jaguar eingebaut.

Währenddessen stand Keegan hinter Molly und bewunderte ihr hübsches Hinterteil.

„Wir sollten wohl besser den Esel begrüßen." Molly richtete sich wieder auf und drehte sich mit Lucas auf dem Arm herum. Die Sonne tauchte Mutter und Kind in strahlend goldenes Licht.

„Denke ich auch", krächzte Keegan.

Devon hockte bereits rittlings auf der Tür der Stallbox, als sie eintraten. Wie die meisten Kinder kletterte sie lieber darüber, als die Tür zu öffnen.

„Da hängt eine Notiz von Doc Swann." Sie wedelte mit einem gelben Stück Papier. „Er hat Spud gegen Tierräude geimpft und sich um seine Hufe gekümmert." Sie kicherte. „Um die von Spud, meine ich, nicht um seine."

Auch Molly lachte, doch Keegan spürte dahinter ihre Trauer. Sie stand kurz davor, ihr Kind wieder zu verlieren. Obwohl er ihr noch immer misstraute, tat sie ihm tatsächlich ein wenig leid.

„Es ist gut, dass Onkel Rance und Onkel Jesse so viele Pferde haben“, rief Devon, die inzwischen in Spuds Box gehüpft war. „Das hier ist nämlich ein total beschissener Stall mit nur einem Esel drin.“

„Devon, achte auf deine Sprache“, ermahnte Keegan sie.

„Du sagst ständig beschissen“, entgegnete sie.

Wieder lachte Molly.

„Ich sage eine Menge Dinge, die ich von dir nicht hören will“, erklärte Keegan seiner Tochter.

Nachdem sie alle Spud eine Weile bewundert hatten, entschied Devon, dass sie nun ins Haus gehen sollten. Sie musste noch einige Vorbereitungen für den Ausritt treffen, wie sie sich ausdrückte. Keegan fragte sich, ob sie den rosa Teddybär mitschleppen wollte. Molly, Lucas und Keegan gingen in die Küche, während Devon die Treppe hinaufstürmte.

Molly setzte Lucas auf den Boden und betrachtete den alten Herd.

„Benutzen Sie den noch?“, fragte sie.

„Manchmal. Wenn es schneit, gibt es nichts Schöneres als ein anständiges Feuer.“

„Er ist wunderschön.“

Unwillkürlich musste Keegan an Shelley denken. Nach der Hochzeit hatte sie so wenig Zeit wie möglich auf der Ranch verbracht. Als sie den Herd zum ersten Mal sah, hatte sie nur den Kopf geschüttelt und gefragt, warum er ihn nicht längst auf den Müll geworfen hätte.

„Das ist ein stilles Haus“, sagte Molly.

Mit einem Mal wollte Keegan ihr jedes einzelne Zimmer im Haus zeigen. Und eines ganz besonders.

„Danke“, stieß er hervor. „Mir gefällt es.“

Von oben schleuderte Devon Jeans, T-Shirts und Stiefel die Treppe hinunter. Keegan schüttelte den Kopf.

„Wie alt ist sie?“, fragte Molly lächelnd.

„Fast elf.“ Sein Blick wanderte über Mollys schlanken Körper zu ihren Füßen. „Diese Schuhe reichen wirklich nicht“, meinte er. „Sie brauchen Stiefel.“

Sie nickte. „Wer füttert Spud, wenn wir weg sind?“

Schon auf dem Weg durch den langen Flur zum Schrank mit den Stiefeln blieb Keegan stehen. Nicht wegen Mollys Frage, sondern wegen der Nervosität in ihrer Stimme.

Verdammt. Sie war mit neun zum letzten Mal geritten. Vermutlich hatte sie Angst. Er forderte sie auf, ihm zu folgen. Sie hob Lucas hoch, setzte ihn sich auf die Hüfte und sah aus, als hätte sie schon ihr Leben lang Kinder durch die Gegend geschleppt.

„Rance hat ein paar Cowboys, die für ihn arbeiten", sagte er. „Die sorgen dafür, dass Spud immer frisches Wasser und Futter hat."

Nachdem Keegan die Schranktür geöffnet hatte, betrachtete er den Berg Stiefel und warf einen nach dem anderen heraus – ähnlich wie Devon zuvor. Schließlich entdeckte er ein Paar schwarze Stiefel mit blauer Naht. Er glaubte sich zu erinnern, dass Meg diese Stiefel früher getragen hatte, als sie mit zwölf ein Jahr auf Triple M verbracht hatte. Meg war schon sehr früh sehr groß gewesen.

„Probleme zu Hause", hatte seine Mutter ihm erklärt, als er fragte, warum Meg nicht zurück nach San Antonio ging. Inzwischen wusste er natürlich, was damals geschehen war. Eve, die beinahe bei einem Autounfall ums Leben gekommen wäre, kämpfte zu dieser Zeit gegen ihre Abhängigkeit von Schmerzmitteln und Alkohol. Zu allem Überfluss hatte ihr Ex-Mann ihre gemeinsame Tochter Sierra entführt und außer Landes gebracht.

„Probieren Sie mal die." Er hielt Molly die Stiefel hin. „Die sehen aus, als könnten sie passen."

Die anderen Stiefel schleuderte er zurück in den Schrank, während Molly in die Küche ging, Lucas auf den Boden setzte, ihre Turnschuhe auszog und die Stiefel überstreifte. Keegan hockte sich wie ein Schuhverkäufer vor sie und drückte prüfend ihre Zehen. Plötzlich musste er laut lachen.

„Was ist?" Verunsichert zog Molly ihr Bein zurück.

„Ich habe gerade über eine neue berufliche Laufbahn nachgedacht."

Dann erzählte er ihr zu seiner eigenen Überraschung, dass *McKettrickCo* an die Börse gehen würde und was das für ihn bedeutete.

„Ich weiß, was Sie meinen." Traurig betrachtete sie ihren Sohn, der zu ihren Füßen auf dem Boden spielte.

„Ich hätte meine Arbeit auch vermisst – die Herausforderungen und die Aufregungen“, fuhr sie fort. „Wenn Psyche es sich mit der Adoption nicht anders überlegt hätte, versteht sich.“ Sie schluckte. „Aber nichts wäre schöner gewesen, als Lucas aufzuziehen. Ich habe sogar begonnen, mich in Indian Rock wohlzufühlen.“

Keegan setzte sich neben sie auf die Bank und legte einen Arm um ihre Schulter. Warum empfand er Mitgefühl für sie? Er sollte froh sein, dass sie die Stadt verließ. Sierra und Travis würden Lucas wie einen eigenen Sohn lieben, das wusste er.

„Tun Sie sich selbst einen Gefallen, Molly“, forderte er sie auf. „Denken Sie jetzt nicht darüber nach. Genießen Sie einfach unseren Ausflug.“

„Wie könnte ich nicht daran denken“, wisperte sie. „Ich habe Lucas doch gerade erst wiedergefunden – und jetzt werde ich ihn noch einmal verlieren.“

„Psyche könnte ihre Meinung ändern.“

„Sie wissen so gut wie ich, dass sie das nicht tun wird.“

„Sie manipuliert uns. Sie will, dass wir tun, was sie für richtig hält“, sagte Keegan. „Wenn sie begreift, dass es nicht funktioniert, gibt sie vielleicht nach.“

Aber Molly schüttelte den Kopf. „Sie stirbt, Keegan. Die Menschen spielen keine Spielchen, wenn sie praktisch schon mit einem Bein im Grab stehen. Und schon gar nicht, wenn es um das Wohl eines Kindes geht.“ Sie biss sich auf die Unterlippe. „Was würden Sie tun, Keegan? Wenn Sie im Sterben liegen würden – und Devon verlassen müssten?“

„Sie würde bei ihrer Mutter leben“, antwortete Keegan. „So wie jetzt auch.“

„Und wenn das keine Alternative wäre? Wenn Sie in genau derselben Situation wären wie Psyche? Was würden Sie tun?“

„Ich würde mir wünschen, dass sie Mutter und Vater hätte. Ich tue mein Bestes und Shelley ebenso. Aber trotzdem ist es für Devon verdammt schwer.“

Molly nickte. „Ich weiß, wie es ist, mit nur einem Elternteil aufzuwachsen. Aber mein Dad und ich waren trotzdem eine Familie, auch ohne meine Mom. Millionen Menschen ziehen ihre Kinder allein auf und machen es richtig gut.“

„Keine Frage. Aber ideal ist es nicht.“

Eine Weile dachte sie darüber nach, nickte erneut, aber mit wenig Überzeugung. „Ich weiß, dass Psyche überwiegend von Florence aufgezogen wurde. Wie waren ihre Eltern?"

„Reich. Gebildet. Ihr Dad schrieb Bücher über griechische und römische Mythologie – daher auch ihr Name – und hat überall auf der Welt Vorlesungen gehalten. Ihre Mutter ist mit ihm gereist und hat sich überwiegend darum gekümmert, dass sie immer frische Cocktails hatte."

„Alkoholiker", sagte Molly grimmig.

Keegan nickte.

„Sie versucht Lucas das zu geben, was sie selbst nie hatte", sagte Molly nachdenklich.

„Bingo."

„Mein Dad …", begann Molly. Doch bevor sie den Satz beenden konnte, stürzte Devon die Treppe hinunter.

„Alle sind schon bei Onkel Rance!", rief sie. „Ich habe ganz viele Autos und Pferde von meinem Fenster aus gesehen. Worauf warten wir? *Los!*"

10. KAPITEL

Molly versuchte, Keegans Rat zu befolgen und nur an den bevorstehenden Ausflug zu denken, doch das war nicht leicht. Als sie über die kleine Brücke fuhren, fiel ihr ein, was Psyche einmal zu ihr gesagt hatte.

Warten Sie, bis Sie ihn auf einem Pferd sehen.

Prompt schlug ihr Herz höher. Unsinn, ermahnte sie sich. Keegan blieb Keegan, egal ob in Anzug oder Jeans und Stiefeln. Egal, ob er vor ihr stand oder in einem Sattel saß.

Er parkte den Jaguar vor dem Haus, was einige Zeit dauerte, weil überall Trucks, Pferdeanhänger und Autos herumstanden. Devon sprang vom Rücksitz und rannte auf die beiden Mädchen zu, die Molly schon im Buchladen und auf der Feier zum vierten Juli gesehen hatte. Sie stieg sehr langsam aus und ließ sich Zeit, als sie Lucas aus seinem Kindersitz befreite. Währenddessen räumte Keegan das Gepäck in einen Pickup.

Jesse McKettrick kam grinsend auf sie zu. Er hielt ein wunderschönes Pferd am Zügel. Ihn erkannte sie natürlich auch wieder. Er lächelte sie strahlend an, dann wandte er sich an Keegan.

„Mal sehen, ob du noch weißt, wie man reitet, alter Knabe."

Ebenfalls grinsend umfasste Keegan den Sattelknauf, steckte einen Fuß in den Steigbügel und schwang sich so anmutig auf das Pferd, dass Molly der Atem stockte.

Keegan auf einem Pferd. All ihre Fantasien wurden diesem Anblick nicht gerecht.

„Zufrieden?", fragte er Jesse.

„Kann sein. Aber wir haben einen langen Weg vor uns. Am Ende wirst du dich vielleicht nach einer heißen Badewanne sehnen."

Keegan lachte, beugte sich zu Molly hinab und streckte die Arme nach Lucas aus. Dieser jauchzte begeistert, als Keegan ihn vor sich auf den Sattel setzte, und ruderte mit den Armen. Aufmunternd lächelte Keegan Molly an. „Ihm jedenfalls wird der Hintern nicht wehtun. Er ist bestens gepolstert."

Aber Molly war voll und ganz damit beschäftigt, sich den Anblick von Keegan und Lucas auf einem Pferd für alle Ewigkeit in ihre Erinnerung einzubrennen. Wenn sie in Los Angeles wieder ihr altes Leben führte, wollte sie daran denken. Es würde sie schmerzen und gleichzeitig merkwürdigerweise auch trösten.

Jesse tauchte mit einem weiteren Pferd auf. Es war braun und erheblich kleiner als Keegans. Molly betrachtete es zweifelnd. Dass Keegan sie beobachtete, war ihr sehr wohl bewusst.

„Ich weiß nicht, wie ich da raufkommen soll“, gestand sie.

„Ich helfe Ihnen“, versprach Jesse.

Als sie im Sattel saß, zeigte Keegan ihr, wie sie die Zügel halten musste. Devon ritt gemächlich auf sie zu und schenkte ihr ein ermutigendes Grinsen. „Sieht doch prima aus.“ Sie hob eine Hand zum Abklatschen. Zögernd löste Molly eine Hand von den Zügeln und schlug ein.

Um sie herum entstand ein großes Durcheinander, als nun einer nach dem anderen aufsaß. Unterdessen beobachtete Keegan sie schweigend. Fast glaubte sie, so etwas wie Bewunderung in seinen Augen zu sehen, verwarf den Gedanken aber schnell wieder. Und dann begann die ganze Horde sich in einer großen Staubwolke zu bewegen. Alle Reiter schienen einander zu kennen. Molly versuchte, es sich im Sattel so bequem wie möglich zu machen. Keegan blieb an ihrer Seite, die Pferde trotteten in angenehm langsamem Tempo los. Nach und nach gelang es ihr, sich zu entspannen.

Vor sich entdeckte Molly Emma, die Besitzerin der Buchhandlung, die neben einem dunkelhaarigen, muskulösen Mann ritt. Zweifellos handelte es sich dabei um Rance. Auch Jesse ritt neben seiner Frau. Die beiden wirkten, als hätten sie ihr Leben lang nichts anderes getan, als zu reiten. Ein junger Mann um die zwanzig saß strahlend neben ihnen auf einem Pferd, seine dünnen Beine baumelten nutzlos an den Seiten herab.

Offenbar hatte Keegan ihren Blick bemerkt – mein Gott, hatte sie den Jungen etwa angestarrt? –, denn er lehnte sich zu ihr hinüber und sagte: „Das ist Mitch. Cheyennes jüngerer Bruder.“

Molly schämte sich über ihre eigene Verzagtheit. Wenn Mitch mit seinen gelähmten Beinen reiten konnte, musste sie das auch hinbekommen. „Er sieht ziemlich fröhlich aus“, erwiderte sie.

Keegan nickte.

„Und wenn er stürzt?“

„Das wird Jesse nicht zulassen. Sehen Sie, wie er immer in seiner Nähe bleibt, aber so unauffällig, dass Mitch nichts davon bemerkt?“

Molly sah genauer hin. Jesse führte ein lebhaftes Gespräch mit Cheyenne. Aber tatsächlich zeigte sich eine Art Alarmbereitschaft in der Weise, wie er seine Schultern hielt und wie seine rechte Hand auf seiner Hüfte ruhte.

„Was ist mit Mitch geschehen?“ Als Antwort erwartete sie zu hören, dass sie das nichts anginge.

„Vor ein paar Jahren hatte er einen Unfall. Seit knapp anderthalb Jahren arbeitet er bei *McKettrickCo* in einem Trainingsprogramm, das Cheyenne auf die Beine gestellt hat. Wenn das Unternehmen jetzt an die Börse geht, wird er vielleicht seinen Job verlieren – wie viele andere Mitarbeiter auch.“

„Aber die neuen Chefs werden auch Mitarbeiter brauchen, oder?“

Keegan nickte grimmig.

„Sie finden das wirklich schrecklich, nicht wahr?“ Sofort wünschte sie, diese Frage nicht gestellt zu haben. Keegans Gesicht verdüsterte sich noch mehr, und in seinen Augen flackerte die ihr so vertraute Härte auf.

„Die Firma zu verkaufen? Ja, das finde ich schrecklich.“

„Aber Sie könnten bleiben?“

Seine blauen Augen blitzten wütend. „Nein.“

„Warum nicht?“ *Verdammt! Konnte sie es nicht einfach lassen?*

„Es wäre nicht dasselbe“, stieß Keegan hervor.

„Und das ist zwangsläufig etwas Schlechtes?“ *Halt die Klappe, Molly. Halt um Himmels willen die Klappe.*

„Sie klingen genau wie Jesse und Rance“, murrte Keegan.

Vor ihnen tänzelte Mitchs Pferd ein wenig – umgehend griff Jesse nach dem Zaumzeug. Bestimmt wäre er fast genauso schnell hinter Mitch auf den Sattel gesprungen, um ihn festzuhalten.

Molly fragte sich, wie es sich anfühlen musste, so beschützt zu werden. Ein Mitglied dieses Familienclans zu sein, mit einer langen, bunten Geschichte und dieser tief verwurzelten Zuversicht, die sie alle zu teilen schienen – sogar Devon und die anderen Kinder.

Wenn Psyche ihren Willen durchsetzte, würde es Lucas ebenso ergehen. Er würde wie Keegan und Jesse und Rance werden – souverän, selbstbewusst und höllisch großspurig.

Um das sehnsüchtige Gefühl zu unterdrücken, das in ihr Herz schnitt, biss Molly sich energisch auf die Lippe.

„Sind Sierra und Travis auch hier?“, fragte sie nach langem Schweigen.

„Da drüben.“ Keegan deutete auf einen blonden Mann und eine große Frau mit kurzem kastanienbraunem Haar. Zwischen ihnen ritt ein kleiner Junge auf einem gedrungenen Pony.

Molly musterte den Jungen. Liam. Würde er Lucas ein guter Bruder sein?

Als die Tränen kamen, verschwamm Liam vor ihren Augen. Sie erschrak, als Keegan ihr eine Hand auf die Schulter legte.

Immer weiter ritten sie, über gewundene Wege, zwischen Pappeln hindurch, sie durchquerten einen weiteren Bach und ritten noch weiter hinauf, bis sie schließlich den Bergrücken erreichten. Oben erwarteten sie weitere Familienmitglieder, die mit ihren Autos heraufgefahren waren und bereits ein kleines Zeltlager aufgebaut hatten. Der Duft von frischem, brennendem Holz und Essen stieg Molly in die Nase.

Sie verbot es sich, darüber nachzudenken, wo sie wohl schlafen würde. Ihr Herz flatterte, als wolle es Flügel ausbreiten und zu Psyche fliegen, um dieses wunderschöne Erlebnis mit ihr zu teilen. Ohne Hilfe stieg Molly aus dem Sattel, und vermutlich wäre sie gestolpert, wenn feste Hände sie nicht gehalten hätten.

Dankbar drehte sie sich um und blickte direkt in die lächelnden Augen von Sierra McKettrick. Liam, ein kleiner stiller Junge mit Brille, stand neben ihr.

„Sie müssen Psyches Freundin Molly sein“, sagte Sierra, nachdem sie Keegan einen verstohlenen Blick zugeworfen hatte. Als Molly nickte, stellte sie sich vor.

Diese Frau wird also meinen Sohn großziehen, dachte Molly.

Sie hatte erwartet, dass sie diese Frau von ganzem Herzen hassen würde, aber das geschah nicht. Sierras Augen leuchteten genauso blau wie die von Keegan, sie wirkte selbstbewusst und ehrlich. Lucas würde es bei ihr gut haben.

Nun stieg auch Keegan von seinem Pferd und überreichte Molly Lucas. „Seine Windel ist voll“, erklärte er.

Sierra liebkoste Lucas mit ihrem Blick. „Männer“, seufzte sie.

„Ich hole die Windeln und den anderen Kram“, rief Keegan und verschwand.

Gemeinsam folgten die beiden Frauen ihm. Ganz offensichtlich hätte Sierra Lucas gern auf den Arm genommen. Aber Molly wollte ihn nicht loslassen, nicht jetzt, nicht, solange sie es noch nicht musste. Schließlich würde Sierra ihn künftig in den Schlaf wiegen, ihm Geschichten erzählen und Pflaster auf seine aufgeschlagenen Knie kleben.

Sie presste ihren Sohn so fest an sich, dass er zu zappeln begann. Erschrocken küsste sie ihn auf den Kopf und lockerte den Griff ein wenig.

Als sie Keegan erreichten, hatte er die Windeln bereits gefunden und außerdem feuchte Tücher und eine Tube Creme. Molly hätte über seinen Anblick gelacht, wenn ihr Herz nicht so schwer gewesen wäre.

Keegan breitete eine Decke auf dem warmen Boden aus, Molly kniete sich hin, legte Lucas auf den Rücken und wechselte seine Windel. Danach reichte Keegan ihr eine Flasche mit Milch.

Lucas nahm die Flasche gierig in beide Hände und begann zu trinken. In diesem Moment vergaß Molly alles um sich herum: Sierra, Liam und sogar Keegan – zumindest, bis er sich neben sie setzte.

„Sie lieben ihn wirklich“, flüsterte er.

„Natürlich liebe ich ihn“, wisperte sie, den Tränen nahe. Die Zeit mit ihrem Sohn war so kostbar. Und so kurz. „Er ist mein Sohn.“

Erst jetzt fiel ihr auf, dass Sierra und Liam zu den anderen gegangen waren. Sie und Keegan saßen etwas abseits von den anderen. Molly hörte das Gelächter, sah die müden Pferde, die aus dem Bach tranken oder grasten und das Lagerfeuer. Alles schien ihr seltsam entfernt.

Kurz darauf stand Keegan auf, um nach Devon zu sehen. Er ging direkt in diese andere Dimension hinein, so nah und zugleich so weit weg.

Lucas ließ die Flasche fallen und schloss die Augen. Molly legte sich neben ihn. In Sekundenschnelle war sie eingeschlafen.

Devon und einige andere Kinder wateten durch den Bach. Abends würden sie von Moskitostichen übersät sein und hundemüde ihre Marshmallows ins Feuer halten. Lächelnd dachte Keegan an seine eigene Kindheit zurück, als Rance, Jesse und er durch dieses Land gestreift waren – so frei wie die wilden Tiere, die hier lebten.

Aus dem Pickup holte er eine weitere Decke, die er über Lucas und Molly breitete, sorgsam darauf bedacht, sie nicht zu wecken. Als er sich umdrehte, prallte er mit Meg zusammen. Sie legte einen Finger an die Lippen, hakte ihn unter und zog ihn weg.

Im Schatten einer Pappel spielten Jesse, Travis, Rance und ein paar McKettricks aus Texas Poker. Cheyenne, Emma und Sierra deckten plaudernd die langen Tische. Meg hockte sich auf einen großen flachen Stein, von dem aus man das Tal überblicken konnte. Keegan machte es sich neben ihr bequem.

„Du siehst aus, als hättest du heute Morgen bei dem Meeting einen Schlag in den Magen bekommen." Sie zog die Beine an und umschlang ihre Knie. Ihr blondes Haar war so kunstvoll geschnitten, dass es immer zerzaust aussah.

„Ich wusste, dass es so ausgehen würde. Aber vermutlich habe ich bis zum Schluss gehofft, mich zu irren."

Meg musterte ihn. „Mom sagt, die neue Geschäftsführung wird dir ein sehr attraktives Angebot machen." Mit einem freundschaftlichen Lachen stieß sie ihn in die Rippen. „Wo wir gerade von attraktiv sprechen … Die Dame, die du gerade zugedeckt hast, ist ebenfalls sehr attraktiv. Wie heißt sie?"

„Molly Shields", entgegnete Keegan nüchtern. „Als ob du das nicht längst wüsstest."

Ihre Augen funkelten vergnügt und wirkten doch so geheimnisvoll wie immer. „Rance und Jesse haben gewettet, dass sie diejenige ist."

„Diejenige?", fragte Keegan unwirsch.

Wieder stieß sie ihn mit ihrem Ellbogen an. „Na *diejenige* eben."

„Nun, dann hoffe ich nur, dass du kein Geld gesetzt hast."

„Es tut mir leid wegen Psyche, Keeg. Scheint, dass du momentan wirklich eine Menge um die Ohren hast."

Er nickte. „Zu allem Überfluss ist Shelley in Paris auf der Suche nach einer Wohnung. Sie will mit ihrem Freund dort leben und Devon auf ein Internat schicken."

„Aber das wirst du nicht zulassen, oder? Dass sie Devon mit nach Frankreich nimmt?"

„Ich weiß nicht, wie ich es verhindern soll", entgegnete Keegan, nachdem er lange geschwiegen hatte. „Schließlich ist sie Devons Mutter."

„Und du bist ihr Vater."

Um sicherzugehen, dass Devon nicht in Hörweite war, sah Keegan sich einmal in alle Richtungen um. „So weit es mich betrifft, ja. Ich bin Devons Vater. Aber Shelley führt irgendwas im Schilde, Meg. Sie hat bereits ein paarmal versucht, an Devons Treuhandvermögen ranzukommen. Wenn bekannt wird, dass *McKettrickCo* an die Börse geht, wird sie ihren Anteil wollen. Selbst wenn sie dafür ihre eigene Tochter vorschieben muss."

„Hast du schon mit Travis darüber gesprochen?"

„Nicht direkt. Wir hatten überlegt, um das alleinige Sorgerecht zu kämpfen. Aber du kannst dir sicher vorstellen, was dann passiert. Shelley würde ein Riesentheater veranstalten, und Devon wäre diejenige, die am meisten darunter zu leiden hätte. Außerdem gibt es keine Garantie dafür, dass ich gewinnen würde."

„Du kannst Shelley jederzeit das anbieten, was ihr am Wichtigsten ist", schlug Meg vor und rieb Daumen und Zeigefinger aneinander, um anzudeuten, was sie meinte.

„Dad!", hörte er Devon plötzlich aufgeregt rufen. „Mr Terp ist hier. Er ist extra aus der Stadt hergefahren, um … um …" Atemlos blieb sie stehen.

Keegan sprang von dem Stein und packte Devon an den Schultern. „Wegen Psyche?", fragte er erschrocken.

Devon nickte. „Aber es ist nicht … was du … denkst!" Sie rang nach Luft. „Ein Mann ist in ihr Haus eingebrochen und hat Mrs Washington so erschreckt, dass sie ins Krankenhaus musste, um ihr Herz untersuchen zu lassen. Er ist jetzt im Gefängnis, der Mann, meine ich, und er sagt, er kennt Molly. Mrs Terp ist jetzt bei Psyche, aber sie kann nicht bleiben …"

In Windeseile rannte Keegan zum Wagen des örtlichen Polizisten. Molly saß bereits auf dem Beifahrersitz in Wyatt Terps Auto, Lucas zappelte auf ihrem Schoß. Wyatt stand etwas abseits und sprach mit Rance und Jesse. Als er Keegan entdeckte, kam er zu ihm und sagte: „Tut mir leid, euren Familienausflug zu stören. Aber ich wusste nicht, was ich sonst tun sollte."

„Ist schon gut, Wyatt." Keegan sah, dass Devon und Meg ihm gefolgt waren. „Möchtest du hierbleiben, Dev, oder mit mir zurück in die Stadt fahren?"

Devon wirkte hin- und hergerissen. Natürlich wollte sie lieber bleiben, sie war noch ein Kind, und hier gab es Pferde und andere Kinder und Marshmallows. Aber wenn er es wünschte, war sie bereit, auf all das zu verzichten.

„Ich kann auf Devon aufpassen", versprach Meg.

Keegan küsste seine Tochter auf die Stirn. „Nun sag schon, Winzling."

„Ich würde lieber bleiben."

Da küsste er sie noch einmal. „Kein Problem."

Wyatt fuhr sie zu Keegans Jaguar. Dort stiegen sie um und folgten ihm in die Stadt. Molly sagte die ganze Zeit über kein Wort. Keegan rief im Krankenhaus an und erfuhr, dass Florence wieder nach Hause geschickt worden war. Allerdings stand sie noch unter Schock und musste sich ausruhen. Auf keinen Fall konnte sie sich in diesem Zustand um Psyche kümmern.

„Wollen Sie mir vielleicht verraten, wer der Kerl ist?", fragte Keegan schließlich. Obwohl er innerlich kochte, versuchte er, ruhig zu sprechen. Molly hatte tatsächlich angefangen, ihm leidzutun. Und einen Moment hatte er sogar geglaubt, dass sie es ehrlich meinte.

„Nein", verkündete sie. „Will ich nicht. Jetzt jedenfalls nicht."

Von da an sagte auch Keegan kein Wort mehr. Als sie ankamen, nahm er Lucas vom Rücksitz und stürmte durch die Tür. Psyche lag in ihrem Bett auf der Veranda. Als sie Keegan sah, streckte sie ihm die Arme entgegen. „Gott sei Dank bist du hier."

Er hielt sie fest, bis sie sich etwas beruhigt hatte und zurück in ihre Kissen sank.

„Wo ist Florence?", fragte Molly.

„Auf ihrem Zimmer. Sie ruht sich aus. Sie hat sich fürchterlich aufgeregt."

„Was genau ist geschehen?", fragte Keegan.

„Florence hat oben im zweiten Stock gesaugt. Plötzlich hörte sie ein Geräusch aus Mollys Zimmer. Also ging sie hinein."

Psyche hielt inne, legte eine Hand auf die Brust und holte ein paarmal zitternd Luft. „Da war dieser Mann, er war vermummt und durchwühlte die Schubladen. Florence begann zu schreien und rannte die Treppe hinunter zu mir. Nachdem sie mir alles erzählt hat, ist sie zusammengebrochen. Zum Glück hatte ich kurz vorher telefoniert. Darum stand das Telefon immer noch bei mir.

Ich dachte, Wyatt würde niemals kommen. Florence lag stöhnend auf dem Boden, und dieser schreckliche Mann war noch irgendwo im Haus …"

Keegan schenkte ihr Wasser ein und hielt ihr den Becher an die Lippen.

„Der Einbrecher hat der Polizei gesagt, dass Molly alles erklären könne."

Wutentbrannt starrte Keegan Molly an. Sie errötete.

„Molly?", drängte Psyche. Sie sah verängstigt und verwirrt aus.

„Sein Name ist Davis Jerritt", sagte Molly. „Und er ist ein berühmter Schriftsteller."

„Dave", rief Molly einige Stunden später, als sie vor der Gefängniszelle stand, „dieses Mal haben Sie es wirklich zu weit getrieben."

Fasziniert starrte Keegan den Mann an. Er war groß und dünn, sein rotes Haar stand ihm in alle Himmelsrichtungen vom Kopf ab. Hinter den Gittern lief Dave auf und ab. Er war ganz offensichtlich wahnsinnig. „Ich habe einen ganz neuen Charakter entworfen", schwärmte er. „Und jetzt, wo ich im Kittchen sitze …"

„Dave", unterbrach Molly ihn. „Sie sitzen nicht im *Kittchen*. Sie befinden sich in der Justizvollzugsanstalt von Indian Rock, Arizona. Und das sollte auch besser so bleiben. Sie wurden festgenommen. Hier geht es nicht einfach nur um eine Szene in Ihrem Buch. Das ist die *Realität*, Dave. Sie sind in ein Haus eingebrochen, und glauben Sie mir, Sie stecken in ganz schönen Schwierigkeiten."

Der berühmte Schriftsteller drückte seine wenig beeindruckenden Schultern durch. Dann nahm er endlich auch Notiz von Keegan, der unheilvoll wie eine Gewitterwolke neben Molly verharrte.

Weil es Florence inzwischen wieder einigermaßen gut ging, hatte er darauf bestanden, mit ihr ins Gefängnis zu fahren.

„Wer ist das?", fragte Dave interessiert.

„Keegan McKettrick", antwortete Molly ungeduldig.

„Ein Fan, wie ich vermute", sagte Dave erfreut.

„Nicht direkt. Wenn es hier keine Gitterstäbe gäbe, würde er Ihnen vermutlich an die Gurgel springen."

„So was geschieht im Knast öfter", verkündete Dave mit wissendem Blick.

Molly verdrehte die Augen. „Wann haben Sie zum letzten Mal Ihre Medikamente genommen?"

„Es gibt nicht genug Drogen auf diesem Planeten, um diesen Typen wieder auf die Erde zurückzuholen", brummte Keegan.

„Dienstag", beantwortete Dave Mollys Frage. Er warf Keegan einen flehenden Blick zu. „Ich habe recherchiert. Für mein neues Buch. Mein Held ist ein wahnsinniger Stalker, und ich muss einfach wissen, was er empfindet."

„Heilige Scheiße", wunderte Keegan sich.

Molly machte auf dem Absatz kehrt und lief in das angrenzende Büro auf der Suche nach Wyatt. Sie entdeckte ihn am Wasserspender, wo er in seinen Becher starrte.

„Dave muss in ein Krankenhaus gebracht werden", erklärte sie. „Umgehend."

„Krankenhaus?", fragte Wyatt perplex.

„Er hat schizophrene Schübe und seine Medikamente seit Dienstag nicht mehr genommen. Seit *welchem* Dienstag kann ich nur raten."

„Mit so was verdienen Sie Ihr Geld?", fragte Keegan entgeistert.

„Es ist kompliziert. Sollten Sie nicht zurück zu Psyche fahren?"

„Sie ist in Ordnung. Florence kümmert sich um sie. Ich kann nicht glauben, dass Sie so etwas für zehn Prozent von welcher Summe auch immer machen."

„Fünfzehn Prozent", berichtigte Molly ihn. „Ich bekomme fünfzehn Prozent, und fünfzehn Prozent von Davis Jerrits Vorschuss ist eine *Menge*."

„Ich rufe den Krankenwagen", murmelte Wyatt.

„Danke." Molly sah auf die Uhr. „Sagen Sie denen, sie sollen eine Zwangsjacke mitbringen."

„Fahren Sie mit ihm nach Flagstaff?", fragte Wyatt.

„Nein", entgegnete Molly. „Er ist so was von gefeuert." Mit diesen Worten stürmte sie durch die Tür in die Nacht hinaus.

Keegan rannte hinter ihr her. „Und ich dachte, mein Job wäre verrückt."

„Die meisten meiner Klienten sind vollkommen normale Autoren", versetzte sie kühl.

„Klar. Florence hat mir von dem alten Kerl erzählt, der nach Indian Rock kam, um Sie zum ungefähr zehnten Mal zu feuern. Ich glaube, sie hat sich in den Chauffeur verknallt."

Da musste Molly fürchterlich lachen.

„Kommen Sie." Keegan schob sie zu seinem Jaguar. „Ich bringe Sie nach Hause."

„Wo sollte das sein?"

Sanft drückte er sie auf den Beifahrersitz, beugte sich über sie und schnallte sie an. „Da Los Angeles gerade nicht zur Diskussion steht, bringe ich Sie wohl besser zurück zu Psyche."

Erstaunlich, dachte Molly, dass ein Mensch in der einen Sekunde lachen und in der nächsten weinen konnte.

„Okay", seufzte Keegan.

„Okay? Was soll das bedeuten?"

Er ging um den Wagen und setzte sich hinters Steuer. „Ich meine, es ist okay. Und versuchen Sie nicht so zu tun, als ob Sie nicht weinen würden."

Sie schniefte. „Ich weine nicht."

„Blödsinn."

Zu ihrer Überraschung fuhr er nicht direkt zu Psyche, sondern nahm auf dem Highway eine andere Ausfahrt. Nach einigen Minuten hielt er vor einem Restaurant namens *Roadhouse*.

„Lucas ..."

„Lucas ist versorgt."

Als sie das Lokal betraten, legte Keegan eine Hand auf ihren Rücken.

„Tut mir leid, Keegan", murmelte Molly, obwohl sie nicht vorgehabt hatte, sich zu entschuldigen. Die Bedienung führte sie an einen Ecktisch. Keegan nahm seine Hand von ihrem Rücken.

„Wegen Dave", fuhr sie fort. „Florence hat sich fürchterlich erschrocken und Psyche auch. Und Sie verpassen den Familienausflug."

Keegan studierte eingehend die Speisekarte, als ob er sich nicht längst für einen doppelten Cheeseburger Deluxe entschieden hätte.

Irgendwann ertrug Molly sein Schweigen nicht mehr.

„Sagen Sie etwas!", forderte sie ihn auf.

„Sie sollten sich wirklich nach einer beruflichen Alternative umsehen."

„Ich dachte, das hätte ich bereits, indem ich meinem Sohn eine Mutter bin."

Keegan klappte die Speisekarte zu.

Als die Bedienung zurückkam, bestellte er für beide, ohne den Blick von Molly zu wenden.

„Ich werde heute in Psyches Haus übernachten", verkündete er anschließend. „Nur für den Fall, dass noch ein weiterer Klient von Ihnen auf die Idee kommt zu recherchieren."

11. KAPITEL

Psyche, Lucas und Florence schliefen tief und fest auf der Veranda, als Keegan und Molly zurückkamen. Psyche in ihrem Krankenhausbett, Florence auf einem Stuhl daneben und Lucas in seinem Laufstall. Der Anblick hatte einen merkwürdigen Effekt auf Keegan. Drei tapfere Menschen, verloren in einer fremden und ungewissen Welt, die sich gegenseitig Sicherheit schenkten.

Molly ging auf Lucas zu, vermutlich, um ihn nach oben in sein Bett zu bringen. Doch Keegan hielt sie an der Schulter fest. Als sie ihm einen fragenden Blick zuwarf, schüttelte er den Kopf. Dann ging er zurück in die Küche. Molly folgte ihm. Er schloss so leise wie möglich die Tür hinter ihr.

„Setzen Sie sich", forderte er sie auf.

Anfangs sträubte sie sich, zog dann aber doch einen Stuhl heran.

„Was?", flüsterte sie gereizt. Offenbar ließ die heilsame Wirkung des doppelten Cheeseburgers bereits nach.

Keegan setzte sich ihr gegenüber. „Das wird jetzt vermutlich reichlich verrückt klingen", begann er zögernd.

Mit gerunzelter Stirn lehnte Molly sich ein wenig vor.

„Es wird nicht nur verrückt klingen. Es *ist* verrückt."

Da schenkte sie ihm ein schnelles und völlig unerwartetes Lächeln. „Es kann kaum verrückter sein als das, was Dave getan hat."

Dessen war sich Keegan nicht so sicher. Er holte tief Luft und sagte: „Wir könnten heiraten."

Augenblicklich verblasste ihr Lächeln. „Wenn das ein Scherz sein soll, dann ist er nicht lustig."

„Das ist kein Scherz. Es sollte vielleicht besser einer sein, ist es aber nicht."

„Sie?" Molly zeigte mit dem Finger auf ihn. „Und ich?"

„Ist sonst noch jemand in diesem Raum? Ja. Sie und ich."

„Aber …"

Er sah, wie sie langsam begriff. Als Kind war sie bestimmt sehr niedlich gewesen. Als Frau war sie wunderschön – selbst mit den vom vielen Weinen geschwollenen Augen.

„Das ist es, was Psyche sich wünscht", erklärte er. „Und wir könnten Lucas großziehen. Gemeinsam." Mit einem Mal fühlte er sich schrecklich unbehaglich. „Natürlich hätten wir keinen Sex oder etwas in dieser Art."

Molly setzte sich wieder zurück und verschränkte die Arme vor der Brust. „Natürlich nicht." Sie musterte ihn skeptisch. „Was springt für Sie dabei raus?"

„Lucas", entgegnete er nur.

„Sie und ich, wir beide verstehen uns nicht sonderlich gut", rief sie ihm in Erinnerung.

Als ob er das vergessen könnte. „Kein Problem", behauptete er trotzdem.

„*Kein Problem?* Wie kommen Sie denn darauf? Psyche wünscht sich eine Familie für Lucas. Ich denke, sie stellt sich vor, dass wir uns unsterblich ineinander verlieben und bis an unser Lebensende glücklich sind. Aber wir wissen beide, dass das nicht geschehen wird."

„Wir werden unter demselben Dach leben. Sie gehen Ihren Weg und ich meinen. Wir lieben einander nicht, aber wir lieben Lucas."

„Aber was für ein Zuhause wäre das für ihn? Und vielleicht stört es Sie nicht, den Rest Ihres Lebens auf Sex zu verzichten. Aber ich bin noch nicht so weit. Zumal ich noch mehr Kinder möchte – eines Tages."

„Okay", entgegnete Keegan großzügig. „Wenn Sie Sex wollen, werde ich Ihnen entgegenkommen."

Molly riss die Augen auf. „Na besten Dank."

„Sie verstehen mich absichtlich falsch."

„Ich verstehe Sie nur zu gut. Und was geschieht, wenn einer von uns sich eines Tages in jemand anders verliebt? Dann werden wir uns scheiden lassen. Das ist aber ganz und gar nicht das, was Psyche sich für Lucas wünscht. Und ich auch nicht."

„Vertrauen Sie mir. Ich werde mich nicht verlieben. Das habe ich bereits hinter mir."

„Dafür war ich aber noch nie richtig verliebt ..." Sie verstummte.

„Nicht einmal in Thayer?", fragte Keegan leise. Er wusste, dass er sich auf gefährlichem Terrain bewegte und vorsichtig sein musste.

„Das war keine Liebe. Nicht einmal Leidenschaft."

„Was war es dann?"

„Dummheit."

„Wenn Sex Ihnen so wichtig ist, könnten wir doch einen Probelauf starten."

Mollys Mund klappte auf. Sie schloss ihn wieder und atmete ein paarmal tief durch. „Einen Probelauf? Ich habe wirklich schon eine Menge Idioten in meinem Leben getroffen, aber Sie schlagen alle um Längen, Keegan McKettrick."

„Woher wollen Sie wissen, dass es Ihnen nicht gefallen wird?" Er hatte sich schon so weit hinausgewagt, dass er jetzt einfach weitergehen musste.

„Sie eingebildeter ..."

Abwehrend hob er eine Hand. „Molly, ich biete Ihnen nur die Möglichkeit zu wählen. Entweder Sie nehmen den Bus zurück nach Los Angeles oder Sie bleiben in Indian Rock und ziehen Ihren Sohn auf. Denken Sie darüber nach. Baseballturniere. Schulfotos. Ausritte. Alles, was Psyche sich für Lucas wünscht."

„Falls ... falls ich zustimme, wo würden wir wohnen?"

„Auf jeden Fall auf Triple M. Dieses Mausoleum ist nicht der richtige Ort für ein Kind."

„Glauben Sie, dass Psyche damit einverstanden wäre? Das ist ihr Elternhaus, und sie wollte immer, dass Lucas hier aufwächst." Molly schluckte. Unter ihrem dünnen T-Shirt richteten sich ihre Brustwarzen sichtbar auf. Wobei Keegan ihre Brüste natürlich gar nicht beachtete. Nun, zumindest nicht sehr. „Davon abgesehen würde sie sofort ahnen, dass es sich um keine echte Hochzeit handelt."

„Sie ist davon überzeugt, dass wir uns früher oder später ineinander verlieben werden. Außerdem, was sie nicht weiß, macht sie nicht heiß."

Molly nagte an der Unterlippe. „Aber wir könnten Lucas verletzen."

„Nicht wenn wir uns wie zivilisierte Erwachsene benehmen."

„Das ist eine wirklich kranke Idee, Keegan. Hat Dave Jerrit sie vorgeschlagen?"

Darauf ging Keegan nicht ein. „Es ist ein Angebot, Molly. Nehmen Sie es an oder nicht. Psyche hat ihre Bedingungen ziemlich klar gemacht."

Sie wollte annehmen, das sah er. Genauso wie er ihre Brustwarzen sah, die sich immer deutlicher unter dem Stoff ihres T-Shirts abzeichneten.

„Sie vertrauen mir nicht“, überlegte sie. „Warum wollen Sie mich dann *heiraten*?“

„Das will ich gar nicht. Ich will Lucas großziehen. Und Sie wollen das auch. Zählen Sie einfach eins und eins zusammen.“

„Das wäre ein großes Risiko …“

„Alles im Leben ist riskant“, unterbrach er sie.

Völlig unerwartet stand sie auf, durchquerte den Raum, öffnete die Schiebetür und warf einen Blick auf Lucas. Offenbar schlief er noch immer tief und fest, denn sie schob die Tür sehr leise wieder zu und drehte sich zu ihm um.

„Ich möchte einen Probelauf.“

Das verblüffte Keegan so, dass er nichts erwidern konnte.

Sie lächelte. „Was ist los, Mr McKettrick? Sind Sie ein Angsthase?“

„Molly, wir können nicht einfach …“

„Wieso nicht? Wir können doch auch einfach heiraten. Wir können einfach beschließen, zusammen ein Kind großzuziehen. Ich will erst wissen, ob Sie es auch bringen, Cowboy.“

Glühende Hitze jagte durch seinen Körper, eine Mischung aus Wut und Glück. „Nehmen Sie die Pille?“

Sie schüttelte den Kopf. „Dafür gibt es keinen Grund. Im Moment bin ich mit niemandem zusammen.“

Was meinte sie mit „im Moment“? Gab es in Los Angeles vielleicht noch einen verheirateten Mann?

„Ich habe keine …“

„Offenbar können Sie den Satz nicht beenden“, bemerkte sie, sichtlich erfreut, dass sie den Spieß umgedreht hatte. „Falls Sie sagen wollten, dass Sie keine Kondome dabeihaben – kein Problem. Ich möchte nicht, dass Sie ein Kondom benutzen.“

„Warum …“ Er schluckte schwer. „Warum nicht?“

„Weil ich nichts dagegen hätte, schwanger zu werden. Ich weiß, ich kann Lucas niemals ersetzen, egal, wie viele Kinder ich noch bekommen werde. Aber wenn diese ganze Geschichte schiefläuft und Psyche entscheidet, dass Travis und Sierra Lucas adoptieren, würde ich vielleicht mit mehr als nur einem gebrochenen Herzen nach Kalifornien zurückkehren.“

„Da steckt ein kleiner Fehler in Ihrer Logik", rief Keegan empört. „Wenn wir miteinander schlafen und Sie schwanger werden, wäre es genauso mein Kind wie Ihres. Und auf gar keinen Fall würde ich Sie einfach mit meinem Kind zurück ins *LaLa-Land* fahren lassen."

„Dazu müssten Sie zuerst einmal herausfinden, dass ich schwanger bin."

„Ich würde es herausfinden." An ihrem Blick konnte er ablesen, dass sie ihm glaubte.

Sie reckte das Kinn ein wenig vor. „Na schön."

Als sie durch die Küche ins Wohnzimmer ging, folgte Keegan ihr. Er überlegte, was er sich da gerade einbrockte. Oder vielmehr, was er Devon und Lucas einbrockte. In der riesigen Eingangshalle angekommen, drückte Molly den Fahrstuhlknopf. Ihre Augen funkelten herausfordernd. Vermutlich ging sie davon aus, dass er einen Rückzieher machen würde.

Fehlanzeige! Das würde er nicht.

Im Aufzug standen sie so weit wie möglich voneinander entfernt. Als Keegan oben die Tür öffnete, starrte sie ihn aus weit aufgerissenen Augen an. Sie schien zu begreifen, dass er sie beim Wort nehmen wollte. Natürlich konnte sie es sich noch anders überlegen. Niemals würde Keegan sie zu etwas drängen. Doch er hätte jede Wette gehalten, dass ihr Stolz das nicht zuließ. Einen Moment blieb sie starr im Fahrstuhl stehen, dann ging sie an ihm vorbei durch den Flur zu ihrem Zimmer und stieß die Tür auf. Vielleicht würde sie ihm die Tür vor der Nase zuknallen. Keegan wartete fasziniert und – das konnte er nicht leugnen – erregt bis zu den Haarspitzen ab.

Molly ließ die Tür offen. Lächelnd verharrte er auf der Türschwelle und wartete auf ein Zeichen von ihr.

Sie zog sich das T-Shirt über den Kopf und warf es achtlos auf den Boden. Darunter trug sie einen rosafarbenen, hauchdünnen Spitzen-BH. Im Zimmer war es ziemlich dunkel, darum konnte er nur mutmaßen, dass es sich um einen dieser BHs mit dem Verschluss vorn handelte. Eine Bewegung seines Daumens würde reichen, um ihre Brüste zu entblößen. Er trat ins Zimmer, schloss die Tür hinter sich und zog sein Hemd aus.

Vollkommen unbeweglich stand Molly einen Moment da, dann schleuderte sie die Stiefel von den Füßen. Keegan ließ seine folgen. Sie schlängelte sich aus ihrer Jeans. Der Mond tauchte ihre schmalen Schenkel in silbernes Licht. Ihr Slip hatte dieselbe Farbe wie der BH.

Mittlerweile war Keegan so erregt, dass es wehtat. Er öffnete seinen Gürtel, dann die Jeans und genoss die Überraschung auf ihrem Gesicht, als sie erkannte, dass er nichts darunter trug.

Er war nackt.

Sie trug noch immer Unterwäsche.

Nun war sie an der Reihe. Als sie ihren Slip abstreifte, trat er zu ihr, weil er einfach nicht länger warten konnte.

Keegans Kuss versengte Mollys Lippen. Sie bekam weiche Knie und hätte womöglich das Gleichgewicht verloren. Doch er hielt sie mit starken Händen fest, ohne den Kuss zu unterbrechen. Sie hatte ihn herausgefordert, unten in der Küche und später, als er auf der Türschwelle stehen geblieben war. Bis zuletzt war sie davon ausgegangen, dass er einen Rückzieher machen würde.

Er trat einen Schritt zurück und öffnete ihren BH mit einer Geschicklichkeit, die sie zugleich ärgerte und erregte. Sanft hielt er ihre Brüste in Händen, verführerisch strich er mit den Daumen über die bereits harten Spitzen.

Molly, die seit ihrer Affäre mit Thayer mit keinem Mann mehr geschlafen hatte, ließ stöhnend den Kopf zurückfallen. Sie hätte sich einreden können, dass jeder beliebige Mann ihr so viel Lust bescheren würde, aber das stimmte nicht.

Denn ob es ihr passte oder nicht, Keegan McKettrick war der einzige Mann, den sie begehrte. Als er nun eine Brustwarze in den Mund nahm, rang Molly nach Atem, vergrub die Finger in seinem Haar und presste ihn fester an sich. Bis es so weit war, dass sie diese Nacht bitter bereute, wollte sie sich ganz und gar ihren Empfindungen hingeben.

Dass Keegan sie auf das Bett drückte, sich neben ihr ausstreckte und sich dann auf sie legte, erleichterte Molly. Jetzt würde er gleich mit ihr schlafen. Und in Kürze wäre sie wieder vollkommen bei Verstand.

Er hielt ihre Handgelenke sanft fest, hob sie über Mollys Kopf und drückte sie ins Kissen. Dann küsste er sie wieder, sanft und so zärtlich, dass ihr schwindlig wurde.

Nimm mich, flehte sie stumm, zu stolz, um die Worte laut auszusprechen.

Doch Keegan küsste stattdessen zuerst ihren Hals und dann ihre Brüste. Molly keuchte laut auf.

Er lachte leise, liebkoste sie weiter, und nach einer Ewigkeit, wie es schien, drückte er ihre Hände an die Messingstäbe des Kopfendes.

„Du solltest dich besser festhalten, Molly“, murmelte er.

Über die Arroganz seiner Worte würde sie später nachdenken. Über seine Dreistigkeit …

Oh, Gott.

Nun küsste er ihren Bauch, spreizte ihre Schenkel mit seinem Knie.

Er wollte sie – er wollte doch nicht etwa – er wollte.

Ohne zu zögern, drückte er die Lippen in ihren Schoß. Sie bog sich ihm entgegen, und er liebkoste sie mit seiner Zunge, bis sie unzusammenhängende Worte hervorstieß. Einerseits wollte sie ihn in sich spüren und andererseits wünschte sie sich, dass er mit dem, was er gerade tat, nie mehr aufhörte.

Er brachte sie an den Rand des Orgasmus. Alles in ihr schrie nach Erlösung, doch er ließ sie warten, hielt inne, reizte sie wieder, bis sie erbebte, zog sich erneut zurück und küsste plötzlich nur noch ganz leicht ihre Schenkel.

„Oh, Keegan“, wimmerte Molly.

„Was?“

„Tu es. *Bitte*, tue es.“

„Was soll ich tun?“

„Lass mich … kommen.“

„Hm“, murmelte er beinahe nachdenklich. Dann versenkte er wieder die Lippen in ihrem Schoß. Molly ließ die Messingstäbe los und krallte sich in seinem Haar fest. Diesmal durfte er nicht wieder aufhören.

Der Orgasmus erfasste sie mit ganzer Wucht, schleuderte sie in unbekannte Höhen, erschütterte sie bis ins Mark, wieder und wieder. Als sie schließlich die Hüften senkte, spürte sie seine ungeheure Erregung. Er hatte sie ganz und gar befriedigt, wie sie glaubte, jetzt war er an der Reihe. Und sie wollte mitspielen. Wenn nötig ein bisschen so tun als ob.

Als er in sie eindrang, wusste sie, dass sie ihn nicht täuschen musste. Schon sein erstes Vordringen weckte ihre Lust von Neuem. Sie schlang die Beine um seine Schenkel, hob die Hüften, um ihn ganz in sich aufzunehmen. Und Keegan stützte sich auf die Ellbogen und versank tiefer und tiefer in ihr.

Sie kamen gleichzeitig, mit einem lauten Schrei, den einer von ihnen oder sie gemeinsam ausgestoßen hatten. Keegan warf den Kopf zurück, und Molly vergrub schluchzend die Finger in seinem Rücken – aus Furcht, er könnte sich zu schnell aus ihr zurückziehen.

Langsam kam sie wieder zu sich, sanfte Schauer ließen sie erbeben, so süß und köstlich, dass sie jedes Mal leise aufstöhnte. Keegan blieb in ihr.

Erst nach einer ganzen Weile rollte er sich neben sie auf den Rücken, hob sie sanft auf sich, zog die Bettdecke über sie und hielt sie fest.

Es dauerte lange, bis einer von ihnen sprach. Molly war nicht sicher, ob sie nicht sogar zwischendurch eingeschlafen waren. Sie hatte jegliches Zeitgefühl verloren.

Er streichelte ihren Rücken, drückte sanft ihren Hintern, hob ihren Kopf und gab ihr kleine Küsse. Sie spürte, wie er an ihrem Bauch wieder hart wurde.

„Keegan", flüsterte sie, „ich glaube nicht, dass ich noch einmal …"

Doch er setzte sie rittlings auf sich. Danach hörte sie auf, zu zählen – seine Bewegungen *und* die Orgasmen.

Keegan hielt Molly fest, bis sie eingeschlafen war. Dann stand er lächelnd auf, zog seine Jeans an und verließ ihr Zimmer. Draußen dämmerte es bereits. Er wollte Lucas nach oben in sein Bett bringen, damit Molly sich nicht sofort um ihn kümmern musste, wenn sie aufwachte.

Doch Lucas war bereits wach und angekleidet. Er spielte in seinem Laufstall in der Küche. Florence rührte in einem Topf. Sie warf Keegan einen belustigten Seitenblick zu.

„Na so was", sagte sie. „Sehen Sie sich an, Mr Keegan McKettrick. Um diese Uhrzeit schon fast ordentlich gekleidet."

Hätte er gewusst, dass Florence bereits wach war, wäre er na-

türlich niemals mit bloßem Oberkörper in die Küche gekommen.
„Wie geht es Psyche?“, fragte er schnell.
„Sie schläft noch.“
Lucas stellte sich auf die Zehenspitzen und reckte die Arme. Als Keegan den Jungen aus dem Laufstall hob, geschah etwas mit seinem Herzen. Ohne ein weiteres Wort eilte er aus der Küche hinauf in den zweiten Stock.
Molly saß aufrecht mit geröteten Wangen im Bett. Ein wenig unbehaglich reichte er ihr Lucas. Dann hob er sein Hemd, Stiefel und Socken auf.
„Die Dusche ist dort.“ Molly deutete auf eine Tür. Ihr Gesichtsausdruck verriet nichts von ihren Gedanken, doch ihre schönen Augen glänzten.
Der Probelauf war ein voller Erfolg gewesen.
Die Frage war nur, wie es nun weitergehen sollte.
Zwanzig Minuten später trat Keegan aus dem Badezimmer und war zugleich erleichtert und enttäuscht darüber, dass Molly das Zimmer verlassen hatte. Auch das Kinderzimmer war leer. Er zog die Stiefel an.
Molly saß plaudernd mit Florence in der Küche, fütterte Lucas und trank dabei einen Kaffee. Keegan blieb auf der Türschwelle stehen.
Sie trug weiße Leinenshorts und ein grünes Top, ihr honigfarbenes Haar war mit einer Spange am Hinterkopf zusammengefasst. Er hätte sie vorwarnen sollen: Florence hatte mit Sicherheit erraten, dass sie die Nacht miteinander verbracht hatten. Molly sah strahlend und ausgeruht aus und schien innerlich geradezu zu glühen.
Als würde sie seine Anwesenheit spüren, drehte sie sich um. Der Löffel, mit dem sie Lucas fütterte, verharrte in der Luft.
Verdammt, dachte Keegan, sie bereut es bereits.
„Wie geht es Psyche?“, fragte er Florence bereits zum zweiten Mal an diesem Morgen.
Molly zog die Stirn in Falten und fuhr fort, Lucas zu füttern.
„Sehen Sie doch selbst nach ihr“, schlug Florence vor.
„Soll ich es ihr sagen?“, wandte Keegan sich an Molly.
Daraufhin wurde sie knallrot.
„Das mit der Hochzeit“, erläuterte er ein wenig verärgert. Als

ob er auf die Veranda marschieren und Psyche erzählen würden, wie sie die vergangene Nacht verbracht hatten!

Molly nickte und hörte auf, Lucas zu füttern. Inzwischen hatte ihr Sohn sowieso das Interesse am Essen verloren und ließ den Löffel klirrend in die Schale fallen.

Unsinnigerweise fragte Keegan sich, wo sie geduscht hatte. Wenn sie zu ihm in die Dusche gestiegen wäre, hätte er das wohl gemerkt. Um genau zu sein, stünden sie dann noch immer dort.

Immer noch stumm folgte Molly Keegan aus der Küche auf die Veranda. Psyche sah aus, als hätte eine wundersame Heilung stattgefunden. Ihre Augen blickten klar, ihre Wangen waren sanft gerötet, und sie saß mit einem Buch in der Hand aufrecht im Bett.

„Guten Morgen", sagte sie lächelnd.

Während Molly eine Erwiderung zustande brachte, schwieg Keegan.

Psyche hob eine Augenbraue. „Ihr habt euch entschieden", stellte sie fest.

„Ja", sagte Keegan.

Ungeduldig stieß Molly ihm mit dem Ellbogen in die Seite. „Nun sag ihr schon, *wie* wir uns entschieden haben."

Keegan konnte nicht umhin, sie ein wenig zu ärgern. „Du meinst letzte Nacht?"

Sie kniff die Augen zusammen.

„Molly und ich werden heiraten", verkündete er.

Florence musste gelauscht haben. Denn irgendetwas, vermutlich eine Pfanne, knallte zu Boden.

„Wann?", fragte Psyche.

„Sobald Sie uns erlauben, Lucas zu uns zu nehmen", antwortete Molly.

Psyche strahlte triumphierend. „Ihr müsstet natürlich zusammenleben."

„Natürlich", erklärte Keegan ernsthaft. Vermutlich würden er und Molly sowieso vierundzwanzig Stunden am Tag im Bett verbringen.

„Dann ist ja alles klar. Die Hochzeit findet hier im Haus statt. In drei Tagen. So lange dauert es doch, eine Heiratserlaubnis zu bekommen, oder?"

Mit geschlossenen Augen zwang Keegan sich, geduldig zu bleiben. Er rief sich in Erinnerung, dass Psyche sterbenskrank war und nur versuchte, das Beste für ihr Kind zu tun, das sie zurückließ. „Psyche …“

„Na ja, ich muss sicher sein, dass ihr wirklich heiratet. Ich kann euch nicht einfach nur beim Wort nehmen.“

„Warum nicht?“

„Weil noch zu viel schieflaufen könnte. Nicht dass ich eure Aufrichtigkeit infrage stelle …“

„Wie würdest du das denn verdammt noch mal sonst nennen?“, knurrte Keegan.

Aber Psyche lächelte nur.

„Wir werden auf Triple M leben“, fuhr er fort. „Nicht hier.“

„Schön. Dann sind wir uns also einig. Molly?“

Mollys Gesicht hatte inzwischen die Farbe der Unterwäsche angenommen, die sie letzte Nacht getragen hatte. Ihre grünen Augen glänzten fiebrig. „Ja“, stammelte sie.

„Falls ihr Gäste zu der Hochzeit einladen wollt, solltet ihr euch beeilen. Und vergesst die Heiratserlaubnis nicht.“

„Vielleicht würden Sie gern mein Hochzeitskleid aussuchen“, murmelte Molly.

„Hauptsache, es ist nicht weiß, meine Liebe“, entgegnete Psyche mit einem weiteren fröhlichen Lächeln. Dann nahm sie das Buch von ihrem Schoß und begann zu lesen.

Molly stürmte hinaus. Als Keegan sich nicht rührte, fragte Psyche mit Unschuldsmiene: „Gibt es noch etwas?“

„Ja, da ist noch etwas.“

„Was denn?“

„Ruf Travis und Sierra an und sag ihnen, dass sie Lucas nun doch nicht adoptieren werden. Sie dürften ziemlich enttäuscht sein.“

Da sah Psyche ihn sehr zärtlich an. „Nun, das wären sie vielleicht, wenn ich sie tatsächlich gebeten hätte, Lucas zu adoptieren. Aber ich habe die beiden nur gebeten mitzuspielen, weil ich gehofft habe, dass ihr noch Vernunft annehmt. Und das habt ihr ja.“ Sie schwieg einen Moment. „Geh ruhig in die Küche und erzähl Molly die Wahrheit, Keegan. Noch kannst du alles abblasen.“

Ungläubig starrte er sie an.

Sie tätschelte seine Wange. „Aber das wirst du nicht tun, nicht wahr?“

„Wie kommst du darauf?“, fragte Keegan wütend.

„Ich weiß, dass du es nicht tun wirst.“

„Ach ja?“

„Allerdings“, entgegnete Psyche mit Entschiedenheit. „Ihr beide habt letzte Nacht miteinander geschlafen. Ich müsste blind sein, wenn ich das nicht sehen würde. Molly strahlt geradezu, und du siehst …“

Keegan spürte, wie sein Nacken heiß wurde. „Verdammt, Psyche, von allen hinterhältigen, miesen, heimtückischen …“

Sie küsste ihn sanft auf den Mund. „Du hältst mich vom Lesen ab, mein Lieber.“

„Wolltest du dich an Molly rächen, weil sie …“

„Mit meinem Mann geschlafen hat? Selbstverständlich nicht. Allerdings lag vielleicht ein klein wenig Ironie in meiner Bemerkung zu ihrem Hochzeitskleid. Ich mag Molly, Keegan. Sonst würde ich ihr mein Kind niemals überlassen.“

Jetzt musste er nur in die Küche gehen und Molly die Wahrheit sagen – dass Psyche ihr Lucas zur Adoption überlassen würde, ob sie ihn nun heiratete oder nicht. Sie könnten den Probelauf einfach als unvergessliche Nacht abschreiben und mit ihrem Leben weitermachen.

Doch dann würde er aller Wahrscheinlichkeit nach Lucas verlieren. Und Molly auch.

12. KAPITEL

Keegan musste nachdenken.

Am liebsten hätte er Molly die Kleider vom Leib gerissen und sie gegen die nächstbeste Wand gedrückt. Aber er brauchte ein wenig Distanz, um die letzten Stunden in einem nüchternen Licht zu betrachten. Sie fuhren gemeinsam zum Rathaus, um die Heiratserlaubnis zu beantragen. Danach trennten sich ihre Wege. Molly fuhr zurück zu Psyche und Lucas, und Keegan machte sich auf den Weg nach Triple M.

Dort angekommen, zog er sich um, steckte ein Sandwich in die Mikrowelle, dessen Haltbarkeitsdatum nur zwei Tage überschritten war, und lief zum Stall. Obwohl Spud genug zu fressen und zu trinken hatte, begrüßte er Keegan mit einem freudigen Schrei.

„Hey, Kumpel." Keegan schnappte sich Hufkratzer und Bürste, öffnete die Stalltür und hob Spuds hinteres Bein an. „Ich werde heiraten."

Gänzlich ungerührt von dieser Nachricht knabberte Spud an seiner Schulter.

„Sie heißt Molly." Keegan säuberte vorsichtig Spuds Hufe. „Sie ist irrsinnig sexy, aber mindestens genauso dickköpfig wie ein … nun, wie ein Esel. Nimm's nicht persönlich, alter Knabe." Weil er dem gleichmäßigen Geräusch des Hufkratzers lauschte, überhörte Keegan den Wagen, der vor dem Stall hielt. Darum zuckte er erschrocken zusammen, als Devons Kopf über der Tür auftauchte. Ihr Gesicht war braun gebrannt, auf ihrem Kinn blühte ein dicker Moskitostich, aber ansonsten sah sie so aus, als hätte sie das Zeltlager und den Ritt zurück gut überstanden.

„Cheyenne hat mich hergefahren", sagte sie.

Keegan war froh, sie zu sehen. „Hast du Spaß gehabt?"

„Und wie. Wir haben Marshmallows geröstet, und Onkel Jesse hat Geistergeschichten erzählt. MA und RI sind *total* lange wach geblieben. Liam hat zu viele Hot Dogs gegessen und sich übergeben, SI musste ihn im Bach abwaschen."

„Das ist normal", bemerkte Keegan fröhlich. Als Junge war er selbst einige Male in den Bach getaucht worden.

„Bekomme ich ein Pony?"

„Einverstanden. Aber nicht sofort."

Devon warf Spud ein Grinsen zu. „Oh, er bekommt eine Maniküre. Wenn er kein Männchen wäre, würde ich ihn mit Nagellack bemalen."

„Los, geh baden", lachte Keegan.

„Erst muss ich Spuds Stall ausmisten. Der sieht furchtbar aus."

„Stimmt, das solltest du tun, *bevor* du badest."

Devon flitzte davon und kam mit Schubkarre und Mistgabel zurück. Sie begann, den Stall auszumisten, aber da sie ihm dabei ständig Seitenblicke zuwarf, ahnte Keegan, dass sie etwas spürte. Devon war ein sehr intuitives Mädchen.

Er richtete sich auf, legte einen Arm auf Spuds Rücken und räusperte sich. Und Devon stützte sich auf die Mistgabel und wartete.

„Ich werde in ein paar Tagen heiraten, Winzling."

Ihr Schweigen schien eine Ewigkeit zu dauern. „Molly?"

Er nickte.

„Wird sie hier bei uns wohnen, wenn Psyche gestorben ist? Mit Lucas?"

Wieder nickte Keegan. Die Anspannung brachte ihn fast um. Er wusste nicht, ob Devon sich über die Hochzeit freuen oder ob sie sich bedroht fühlen würde. Für sie kam das alles ja noch unendlich viel schneller und überraschender als für ihn. Und erst jetzt wurde ihm klar, wie wichtig ihm ihre Meinung war.

„Heißt das, dass Lucas mein Bruder wird?"

„Ja. Wie würdest du das finden?"

„Ich glaube, du wolltest sowieso immer einen Sohn haben."

„An eine Tochter kommt niemand ran. Aber es macht mir nichts aus, auch einen Sohn zu haben."

„Wird er dann ein McKettrick? So wie ich?"

„Er wird ein McKettrick", bestätigte Keegan. „Wie du."

Devons Unterlippe begann zu beben. „Aber er darf dann immer hier wohnen und ich nicht. Und vielleicht magst du ihn eines Tages lieber als mich, weil du ihn jeden Tag siehst."

Auf erstaunlich wackeligen Beinen ging Keegan zu seiner Tochter und nahm sie in den Arm. „McKettrick-Ehrenwort, Dev", sagte er ruhig. „Ich werde Lucas niemals mehr lieben als dich."

Sie überlegte einen Moment mit herzzerreißend ernstem Gesicht. „Versprochen?"

„Versprochen."

„Aber du solltest Lucas genauso mögen wie mich. Das wäre nur fair.“

Er drückte sie fest an sich und küsste sie auf den Kopf. „Ich werde es versuchen.“

„Und was ist mit Molly? Liebst du sie auch?“

Mit dieser Frage hatte er gerechnet und sie zugleich gefürchtet. Was Devon betraf, lebte er bereits mit einer Lüge. Auf keinen Fall wollte er eine weitere hinzufügen, auch wenn es für alle Beteiligten leichter gewesen wäre.

„Nein“, antwortete er.

Devon machte sich von ihm los, die Mistgabel fiel zu Boden. „Dad!“, protestierte sie.

„Die Leute heiraten überall auf der Welt aus den unterschiedlichsten Gründen, die oft nicht viel mit Liebe zu tun haben“, erklärte er hastig.

„Du hast Mom nicht geliebt“, rief sie streng. „Und sieh dir an, was passiert ist. Ihr habt gestritten und geschrien, und dann bist du ausgezogen. Ihr habt euch scheiden lassen, und ich stecke mittendrin!“

„Das weiß ich, Dev. Und es tut mir leid. Ich werde alles tun, um das wiedergutzumachen.“

Sie bückte sich, um die Mistgabel aufzuheben. „Dann sag Mom, dass ich hier wohnen will, für immer, mit dir und Molly und Lucas.“

Der flehende Blick in ihren Augen zerriss Keegan das Herz. „Das werde ich ihr sagen. Aber wir wissen beide, was sie darauf antworten wird. Und egal, welche Probleme Shelley und ich miteinander haben, sie ist deine Mutter, Dev.“

„Aber sie will gar nicht meine Mutter sein. Sie benutzt mich nur, um sich an dir zu rächen.“

Das war die traurige Wahrheit. Kinder wurden immerzu unterschätzt – auch von ihm. Dabei merkten sie es, wenn sie ausgenutzt wurden. Sie wussten, ob sie geliebt wurden oder nicht. Und sie wussten todsicher, wer sie wirklich wollte und wer nicht.

Er wollte sie.

Shelley nicht.

So einfach war das … und so kompliziert.

„Dev …“ Mehr bekam er nicht heraus. Sie straffte die Schultern, umklammerte die Mistgabel fester und mistete den Stall weiter aus. Eine Träne lief über ihre braunen Wangen, Keegan wischte sie mit dem Daumen weg.

„Für Geld macht sie's", murmelte Devon. „Für ganz, ganz viel Geld wird sie mich bei dir lassen."

Ein scharfer Schmerz schnitt durch seine Brust. Offenbar hatte Devon schon vor langer Zeit erkannt, dass ihre Mutter bereit war, sie zu verkaufen. Das erschütterte Keegan und machte ihn zugleich fuchsteufelswild. Wie gern hätte er Devon vom Gegenteil überzeugt, aber das brachte er erst recht nicht übers Herz. Er wusste, wie schwer es ihr gefallen war, diese Dinge überhaupt auszusprechen.

„Dev, du weißt doch, dass es an deiner Mutter liegt und nicht an dir. Oder?"

Sie nickte.

Keegan zerzauste ihr das Haar. „Ich habe nichts zu essen im Haus. Lass uns nach Indian Rock fahren und was einkaufen."

„Wirst du mit Mom sprechen", fragte sie, ohne ihn anzusehen.

„Ich werde mit ihr sprechen."

Nachdem sie geduscht und Lucas angezogen hatte, rief Molly ihren Vater an. Sie saß auf dem breiten Fenstersims in ihrem Zimmer, starrte auf das zerwühlte Bett und versuchte, so etwas wie Scham zu empfinden.

Was nicht funktionierte. Noch nie zuvor hatte ein Mensch sie so wütend gemacht. Und noch nie zuvor hatte ein Mann sie auf diese Weise geliebt. Bisher hatte sie geglaubt, dass multiple Orgasmen eine Erfindung von Zeitschriften wie *Cosmopolitan* waren.

Von wegen, dachte sie, während sie dem Freizeichen lauschte. Schließlich meldete sich seine Mailbox. Vermutlich wollte er nicht mit ihr sprechen, denn Joanie hatte beim *Department of Motor Vehicles* angerufen und herausgefunden, dass sein Führerschein wieder einmal eingezogen worden war. Darum hatte sie ihm den Truck nicht gekauft. Und obwohl sie bisher nicht persönlich mit ihm darüber gesprochen hatte, wusste sie, wie sehr ihn das ärgerte.

„Das ist der Anrufbeantworter von Luke", ertönte seine genervte Stimme. „Hinterlassen Sie eine Nachricht."

Tränen füllten Mollys Augen. Verdammt, sie war es leid, so

viel zu weinen. Das sah ihr überhaupt nicht ähnlich. Bisher war sie immer so stark gewesen und hatte alles im Griff gehabt. Bis Thayer Ryan ihr Leben zerstörte und ihr gleichzeitig das größte Geschenk ihres Lebens machte – ein Kind.

In einem schwachen Moment, als sie von Schuldgefühlen zerfressen gewesen war, hatte er ihr Lucas weggenommen. Und wie durch ein Wunder sollte sie ihren Sohn jetzt zurückbekommen – wenn auch zu einem schrecklich hohen Preis.

„Dad, hier ist Molly", erzählte sie dem Computer irgendeiner Telefongesellschaft. „Ich werde in ein paar Tagen heiraten, und ich dachte, du würdest vielleicht gern zur Hochzeit kommen. Ruf mich an, okay? Bitte!"

Danach wählte sie Joanies Nummer. Früher oder später – und besser früher – musste sie nach Los Angeles fliegen, ihre Sachen zusammenpacken und die Agentur entweder schließen oder mit dem Büro nach Indian Rock ziehen. Sie musste ihr Haus verkaufen und hundert andere Dinge erledigen. Wann sie das alles tun sollte, blieb allerdings ein streng gehütetes Geheimnis des Universums.

„Shields Literary Agency", flötete Joanie in den Hörer. „Kann ich Ihnen helfen?"

„Ich wünschte, das könntest du."

Behutsam senkte Joanie die Stimme. „Dave war heute Morgen hier, Molly. Er sagte etwas von einem Zusammenbruch in Indian Rock. Dass er festgenommen wurde. Hast du ihn wirklich in die Psychiatrie einliefern lassen? Nicht, dass ich das nicht verstünde, er ist total übergeschnappt."

Molly stöhnte. Es gab durchaus einiges, was sie nicht vermissen würde, wenn sie die Agentur aufgab, unter anderem Dave. Andererseits verdankte sie ihm ein ziemlich dickes Bankkonto. „Ich habe ihn nicht in die *Psychiatrie* einliefern lassen, sondern in ein ganz normales Krankenhaus. Dort haben sie ihm vermutlich seine Medikamente gegeben und ihn gleich wieder entlassen."

„Er sagt, er will sich nicht länger von dir vertreten lassen."

„Um genau zu sein, habe ich ihn rausgeworfen."

Eine lange Pause entstand. „Könnte *ich* dann vielleicht seine Agentin werden?", fragte Joanie vorsichtig. So verrückt Dave auch sein mochte, er war ein ziemlich dicker Fisch. Als Molly selbst noch in einer Literaturagentur angestellt gewesen war, hatte sie einen Ähnlichen an Land gezogen und sich daraufhin umgehend selbstständig gemacht.

„Joanie, wenn du damit zurechtkommst, dass er dich verfolgen und permanent Dramen veranstalten wird, bitte sehr. Du kannst meinetwegen auch Denby anrufen. Er sucht ebenfalls nach einer neuen Agentin."

„Meinst du das ernst?", fragte Joanie atemlos. Sie war alleinerziehende Mutter von zwei Teenagern. Obwohl Molly ihr ein gutes Gehalt zahlte, kam sie gerade so über die Runden.

Molly lächelte. „Das meine ich ernst. Aber ich rufe aus einem anderen Grund an." Auf der Suche nach den passenden Worten schwieg sie einen Moment. Schließlich platzte sie mit der Wahrheit heraus: „Ich werde in zwei Tagen heiraten, Joanie. Und ich würde mich freuen, wenn du dabei wärst. Das ist eine ganz persönliche Einladung – keine berufliche."

„Du *heiratest*?"

„Ja."

„Dürfte ich fragen, wen?"

„Sein Name ist Keegan McKettrick."

„McKettrick. Den Namen kenne ich."

„Vielleicht habe ich ihn mal erwähnt. Und vermutlich hast du von seiner Firma gehört. *McKettrickCo.*"

„*McKettrickCo?* Ich fass es nicht, Molly. Der muss mächtig reich sein!"

„Das ist völlig unerheblich, Joanie. Reich bin ich selbst."

„Du hast dich verliebt und mir nichts davon erzählt?" Joanie klang gleichermaßen überrascht und verletzt.

„Ich habe mich *nicht* verliebt. Aber ich muss ihn heiraten, wenn ich Lucas adoptieren will."

„Molly, das ist doch verrückt. Du kannst nicht …"

„Da stimme ich dir vollkommen zu. Es ist verrückt. Aber wenn ich meinen Sohn zurückhaben will, muss und werde ich es tun."

„Du Ärmste! Ich schätze, er ist irgend so ein alter Knabe mit Bauch und einem Rezept für Viagra."

Als sie an die vergangene Nacht dachte, lachte Molly, und ein Schauer fuhr durch ihre Glieder. „Nicht direkt."

„Nun, dann ist es beschlossene Sache. Ich komme morgen Abend. Das muss ich mit eigenen Augen sehen."

„Würdest du meine Brautjungfer werden?"

„Kein Taft? Keine Rüschen? Keine Puffärmel?"

„Ich schwöre."

„Und was trägst du?"

Molly erinnerte sich an Psyches Kommentar zu dem Hochzeitskleid. Vermutlich hatte sie ihn verdient, aber trotzdem schmerzte er ein wenig. „Jedenfalls kein Weiß."

„Warte auf mich", bat Joanie liebevoll. „Verstärkung ist auf dem Weg. Wenn du die Signalhörner hörst, reite ich an der Spitze der Kavallerie in die Stadt ein."

„Flieg nach Phoenix, und leih dir dort einen Wagen. Fahr Richtung Norden auf den Highway 17 – nach etwa einer Stunde kommen die ersten Hinweisschilder nach Indian Rock. Und ruf mich umgehend an, wenn du in der Stadt bist."

„Alles klar."

Molly hörte, dass Joanie bereits fieberhaft auf der Tastatur herumtippte. „Ach, eins noch, Molly. Kommt dein Dad auch?"

„Wahrscheinlich nicht." Molly schloss die Augen.

„Das ist vielleicht gar nicht schlecht", entgegnete Joanie sanft. „Bis morgen Abend. Und Kopf hoch!"

„Ich warte auf die Signalhörner."

Nach dem Gespräch entschied Molly, dass es an der Zeit war, etwas Sinnvolles zu tun. Sie machte das Bett und polierte die Gitterstäbe am Kopfende, wo noch die Fingerabdrücke von der Nacht prangten, in der Keegan McKettrick die Glaubwürdigkeit von Frauenzeitschriften bewiesen hatte.

Devon schob den Einkaufswagen durch den Supermarkt. Sie wirkte viel fröhlicher als zuvor im Stall. Aber vielleicht spielte sie Keegan auch nur etwas vor. Sie luden frisches Gemüse, Fleisch und nicht allzu viel Fertigkost in den Wagen. Als sie in den letzten Gang bogen, prallten sie beinahe mit Molly zusammen.

Lucas saß in ihrem Einkaufswagen. Sein kompletter Kopf war unter einer Baseballkappe verschwunden, an der noch das Preisschild baumelte. Bei Keegans Anblick errötete Molly. Schnell wandte sie sich an Devon und lächelte sie an.

Und Devon schien sich in diesem Lächeln zu sonnen, sich ihm

entgegenzurecken wie eine Blume, die zu lange im Schatten gestanden hatte.

„Hallo Devon."

Keegan hingegen fühlte sich, als ob ihm etwas im Hals stecken geblieben wäre.

„Du und Dad, ihr heiratet", sagte Devon.

„Ja, das stimmt."

„Kann ich deine Brautjungfer sein?" Wie immer hielt sie sich nicht mit langen Vorreden auf. Kein Wunder – sie war eine McKettrick.

Molly strahlte. „Das wäre schön. Meine Freundin Joanie kommt morgen Abend, und übermorgen wollen wir zusammen mein Kleid aussuchen. Möchtest du mitkommen?" Plötzlich veränderte sich ihr Gesichtsausdruck, ihr Lächeln wurde zittrig und unsicher.

Begeistert sah Devon zu Keegan. „Darf ich, Dad? Bitte?"

Er verwuschelte ihr Haar, das noch feucht vom Duschen war. „Na klar."

Auf einmal sah Molly unendlich erleichtert aus und – wie er zugeben musste – ehrlich erfreut. Außerdem wunderschön in den Shorts und dem engen Top. „Dann also abgemacht."

„Abgemacht", sagte Keegan. „Ruf mich einfach an, dann bringe ich Devon vorbei."

„Molly könnte auch einfach jetzt gleich mit uns nach Hause kommen. Mit Lucas. Dann könnt ihr schon mal zusammenwohnen üben."

Schon wieder errötete Molly, was Keegan ungeheures Vergnügen bereitete. „Wir ziehen sowieso bald ein, schätze ich", wiegelte sie schnell ab.

„Gleich nach der Hochzeit", bestätigte Keegan.

Devon, der plötzlich einfiel, dass sie ihre Lieblingscornflakes vergessen hatte, stürzte davon.

„Angst?", fragte Keegan spöttisch.

Bevor sie antwortete, schob Molly Lucas die Baseballkappe aus dem Gesicht. Vielleicht, um Keegan daran zu erinnern, dass sie in Gesellschaft eines Kindes waren. „Ehrlich gesagt", murmelte sie, „glaube ich, dass Florence heute Hacksteak zum Abendessen macht."

Keegan beugte sich vor, gab ihr einen kleinen Kuss auf den Mund und knabberte an ihrem Ohr. „Ich kann es kaum erwarten, dass du nach Triple M kommst“, flüsterte er und genoss es, wie sie am ganzen Körper erschauerte. „Ich werde dich lieben, Molly. Zuerst in meinem Bett. Unter der Dusche. Und dann bringe ich dich nach draußen, dahin, wo das Gras weich und keine Menschenseele in der Nähe ist. Dort werde ich noch einmal *richtig* mit dir schlafen.“

Sie erbebte. Keegan sah, wie ihre Brustwarzen sich gegen den Stoff ihres Oberteils drückten.

„Keegan McKettrick“, rief sie gleichermaßen brüskiert und erregt. „Wir stehen in einem Supermarkt. Jeder kann uns sehen.“

Er grinste.

Devon kehrte mit den Armen voller Cornflakesschachteln zurück, warf sie in den Wagen und steuerte auf die Kasse zu. „Lass uns gehen, Dad“, rief sie. „Du hast versprochen, Spaghetti zu machen, und ich bin am Verhungern.“

Keegan sah Molly tief in die Augen. „Ich auch.“

„Vergessen Sie eines nicht, Mr McKettrick. Ich werde es Ihnen mit gleicher Münze zurückzahlen.“ Ohne ein weiteres Wort lief Molly den Gang hinunter, und Keegan hätte schwören können, dass sie absichtlich ein wenig mit dem Hintern wackelte.

Als sie vom Supermarkt nach Hause kamen, kochte Keegan wie versprochen Spaghetti. Danach räumten sie gemeinsam die Spülmaschine ein und sprachen darüber, endlich ein paar Pferde für die leeren Boxen im Stall zu kaufen. Das Telefon klingelte.

Das Läuten zerrte an Keegans Nerven. Es erschien ihm schriller als sonst. Zumal er am doppelten Klingeln erkannte, dass es sich um einen Auslandsanruf handelte.

Shelley, dachte er.

Devon glaubte das offenbar auch und wurde ein wenig blass unter ihrer Bräune. Trotzdem eilte sie zum Telefon. Keegan lehnte sich an das Spülbecken, atmete tief durch, hörte, wie Devon sich meldete und sagte, sie übernähme die Gesprächskosten.

Erst dann drehte er sich um.

Devon nickte ihm zu. „Es ist Mom.“

Sein Hals schnürte sich zusammen. Natürlich wollte er mit

Shelley sprechen, aber nicht am Telefon. Und nicht, solange Devon jedes einzelne Wort mit anhören konnte.

„Dad wird heirateten", verkündete Devon gerade.

Keegan verdrehte die Augen.

„Mom will mit dir sprechen." Beunruhigt reichte sie ihm den Hörer.

„Du willst heiraten?", fragte Shelley.

„Ja."

„Liebst du sie?"

In diesem Fall fiel es ihm nicht schwer, die Wahrheit ein wenig zu verbiegen. „Ja."

Shelley schwieg.

„Bist du noch dran?", fragte Keegan schließlich. Und dann glaubte er, seinen Ohren nicht zu trauen. Shelley begann tatsächlich zu schluchzen.

„Shelley", sagte Keegan ruhig und freundlicher, als er es sich jemals hätte vorstellen können. „Reiß dich zusammen."

„Ich dachte immer ... vielleicht ..."

„Shelley", unterbrach er sie. „Lass mich mit Rory sprechen, ja?"

„D...das geht nicht! Wir haben gestritten. Er ist weg!"

Scheiße, dachte Keegan. Er versuchte, Devon mit einer Handbewegung aus der Küche zu scheuchen. Doch an ihrem störrischen Blick konnte er ablesen, dass sie nicht bereit war zu gehorchen.

Aus Shelleys Schluchzen wurde ein Heulen.

„Shelley", wiederholte Keegan, diesmal mit Nachdruck. *„Reiß dich zusammen!"*

„Ich ... ich sitze hier fest. Er hat mein Geld mitgenommen und meine Kreditkarten – sogar die Flugtickets ..."

Keegan wühlte nach Stift und Papier. „Sag mir den Namen des Hotels. Und natürlich auch die Telefonnummer."

„D...du willst mir helfen? Nach allem, was war?"

„Natürlich werde ich dir helfen. Du bist Devons Mutter."

In diesem Moment fiel der Groschen. Shelley war betrunken – oder gab vor, betrunken zu sein. Wahrscheinlich wollte sie ihn einfach übers Ohr hauen. Aber das änderte auch nichts.

„D...danke, Keegan." Sie nannte ihm den Namen eines todschicken Hotels mit Blick auf die Seine. Keegan kannte es gut.

„Ich d…darf nicht mal zurück in mein Zimmer“, stammelte sie.

„Vergiss nicht zu atmen. Bist du gerade in der Lobby?“ Wohl eher an der Bar, meldete sich eine kleine Stimme in seinem Kopf.

„G…genau.“ Sie schniefte.

„Bleib, wo du bist. Ich kümmere mich darum, dass du wieder in dein Zimmer kannst. Außerdem besorge ich dir ein Rückflugticket. Und ich lasse dir Geld anweisen, für Taxifahrten und Ähnliches.“

„Ich will aber nicht nach Hause. Ich habe festgestellt, dass Paris meine wahre Heimat ist.“

„Okay, was auch immer.“

„Ich brauche das Zimmer nur für eine Nacht, Keegan“, rief sie mit einem Mal. „Und Geld, weil ich diese fantastische Wohnung gefunden habe …“

„Shelley, hast du vollkommen den Verstand verloren?“

„Ich … ich bin nur ein bisschen sentimental geworden, als Devon sagte, dass du wieder heiratest. Das ist alles. Ich dachte, ich wäre die Erste … dass Rory mir einen …“

„Hör zu“, unterbrach er sie. „Ich überweise dir den Unterhalt für den nächsten Monat. Ich bezahle deine Hotelrechnung. Aber wir beide müssen uns unterhalten, über Devon. Und nicht am Telefon.“

Sie schwieg einen Moment. „Dann wirst du wohl nach Paris kommen müssen.“

„Auf gar keinen Fall.“

„Unterhalt für zwei Monate“, begann sie zu verhandeln. „Und außerdem Devons Unterhalt. Das dürfte erst mal für eine Anzahlung der Wohnung reichen.“

Keegan schloss die Augen. „Gut. Unterhalt für zwei Monate.“

„Und den Unterhalt für Devon.“

Devon, die inzwischen am Küchentisch saß, vergrub den Kopf in den Armen.

„Wer ist die Glückliche, Keeg?“

„Sie heißt Molly. Ruf mich an, sobald du wieder auf deinem Zimmer bist.“

Ohne sich zu verabschieden, legte Keegan auf, wählte umgehend die Nummer des Pariser Hotels und sorgte dafür, dass Shelleys Ausgaben beglichen wurden. Danach rief er seine Bank an und überwies Shelley doppelt so viel Geld, wie sie verlangt hatte.

Nicht weil er so großzügig war, sondern weil er hoffte, sich Shelley so noch eine Weile vom Hals zu halten.

„Dad“, sagte Devon geduldig, nachdem er aufgelegt hatte. „Rory sitzt bestimmt gerade neben ihr. Die beiden wollten einfach mehr Geld, darum hat Mom diese Show abgezogen.“

„Vielleicht. Aber ich kann nicht riskieren, dass sie da wirklich ohne Geld festsitzt, Winzling.“

Verblüfft sah Devon ihn an. „Weil Mom deine Frau war?“

„Nein, weil sie deine Mutter ist.“

„Ist das auch so ein McKettrick-Ding?“

Er lachte. „Eher so ein *Keegan*-Ding.“

„Du hast zu ihr gesagt, dass du mit ihr über mich sprechen willst“, begann sie vorsichtig. „Wirst du sie fragen, ob ich bei dir bleiben darf?“

„Ja. Aber nicht am Telefon.“

„Sie hatte auch kein Problem, dich am Telefon übers Ohr zu hauen.“

„Lass es gut sein, Dev.“

Das schrille Klingeln ertönte aufs Neue.

„Hallo“, zischte Keegan in den Hörer.

„Hallo“, sagte Shelley. „Wir … ich bin wieder auf meinem Zimmer. Und der Concierge hat gesagt, dass ich morgen das Geld abholen kann, das du angewiesen hast.“

„Dann ist ja alles gut.“ Mit einem Mal fühlte Keegan sich sehr müde.

„Keegan?“

Er stählte sich innerlich. Und wartete.

„Ich weiß, dass du das alleinige Sorgerecht für Devon möchtest.“

Zu antworten war nicht nötig. Shelley wusste, dass er ihr ganz genau zuhörte.

„Zehn Millionen Dollar“, sagte sie fröhlich. „Und sie gehört dir ganz allein.“

13. KAPITEL

Zehn Millionen Dollar. Und sie gehört dir ganz allein.

„Devon." Keegan wunderte sich, dass der Telefonhörer nicht zersplitterte, so heftig, wie er ihn umklammert hielt. „Geh nach oben. Und zwar *sofort*."

Am liebsten hätte sie protestiert, das sah er. Aber sie war die hoch dekorierte Veteranin eines Scheidungskrieges. Also stampfte sie die Treppe hinauf. Keegan sprach kein Wort, bis er oben die Tür knallen hörte.

„Du Miststück", rief er dann in den Hörer.

Shelley lachte. Er glaubte zu hören, wie zwei Weingläser aneinanderstießen. Oder vermutlich eher Champagnergläser. Schließlich hatten Shelley und Rory einen Sieg zu feiern.

„Komm schon, Keeg", schnurrte sie. „Du bist ein sehr reicher Mann, und wenn *McKettrickCo* erst einmal an die Börse geht, wirst du sogar noch reicher. Du kannst locker auf zehn Millionen Dollar verzichten."

„Es geht nicht ums Geld", sagte Keegan tonlos und so leise wie möglich, weil er befürchtete, dass Devon heimlich ihre Tür wieder geöffnet haben könnte, um zurück zur Treppe zu schleichen. Oder, dass sie einfach oben am Telefon mithörte. „Verdammt, Shelley, du weißt, dass es nicht ums Geld geht. Wie kannst du nur ..."

„Ich kann Devon jederzeit nach Paris holen, wenn dir das lieber ist", bemerkte Shelley milde. „Sie ins Internat stecken. Dich finanziell aussaugen, bis du ins Grab steigst, und sogar noch darüber hinaus. Oder wir regeln die Angelegenheit jetzt sofort. Immerhin ist Devon nicht deine ..."

„Shelley", unterbrach Keegan sie. „Nicht. Sag jetzt nicht, dass Devon nicht meine Tochter ist."

„Dann kann ich davon ausgehen, bald von Travis Reid zu hören?"

„Davon kannst du ausgehen", antwortete er kalt. Plötzlich hörte er ein merkwürdiges, hohles Geräusch und wusste, dass Devon das Gespräch mithörte.

„Gut", lachte Shelley. Wieder Gläserklirren. „Oh, und gratuliere, Keeg. Zur Hochzeit. Ich meine, ich hoffe, du wirst mit dieser – Molly, nicht wahr? – glücklicher als mit mir."

„Ich würde mit *jeder* Frau glücklicher werden als mit dir."

„Lass Travis die Dokumente per Eilboten schicken, ja? Ich bin wirklich scharf auf dieses Apartment."

Weil Keegan es nicht länger ertrug, legte er einfach auf, um Shelley endlich zum Schweigen zu bringen. Und dann stand er einfach da, ihm war speiübel.

Devon schlich die Treppe hinunter und sah ihn schuldbewusst an. „Ich habe dir doch gesagt, dass sie mich für genug Geld verkaufen würde. Überschreib ihr doch einfach mein Treuhandvermögen."

„Ich werde dein Treuhandvermögen nicht überschreiben. Und wenn du jemals wieder eines meiner Telefongespräche belauschst, Herzchen, bekommst du erstmals in deinem Leben eine Tracht Prügel."

„Du bluffst doch nur."

„Probier's ruhig aus."

„Reg dich nicht auf, Dad. Du bist doch nur sauer auf Mom. Aber vergiss nicht – ich hab dir gleich gesagt, dass so was passieren würde."

Dem konnte er schlecht widersprechen. Andererseits wunderte er sich, dass sie kein Problem damit zu haben schien, wie ein Rassepferd verkauft zu werden. Sie brauchte professionelle Hilfe, um mit allem zurechtzukommen – und er wahrscheinlich auch.

„Wenn du bei mir bleibst, gibt es gewissen Regeln, die du einhalten musst. Erstens werden meine Telefonate nicht belauscht. Verstanden?"

Devon errötete. „Verstanden."

„Gut."

„Aber auf dieser Ranch wurden seit ungefähr hundert Milliarden Jahren keine Kinder mehr verprügelt."

„Es gibt immer ein erstes Mal, Kleine."

„Onkel Jesse und Onkel Rance würden dir das Fell über die Ohren ziehen."

„Mit Jesse und Rance werde ich schon fertig. Verschwinde, solange du noch kannst."

Stattdessen warf sie sich auf einen Stuhl, zog die Knie an und schlang die Arme um ihre dünnen Beine. Wenn man einmal von der DNS absah, gehörte der Blick in ihren Augen wahrlich einer echten McKettrick.

„Bin ich dir denn zehn Millionen Dollar wert?“, fragte sie nach langem Schweigen.

Keegan schenkte sich eine Tasse lauwarmen Kaffee ein und setzte sich neben sie. „Ich würde für dich sterben, Dev. Wie viel ist das wert?“

„Zum Beispiel bei einem Feuer: Würdest du dich da auf jeden Fall in die Flammen stürzen, um mich zu retten, egal, wie gefährlich es ist?“

„Auf jeden Fall.“

„Und wenn ein Axtmörder käme und ...“

„Dev? Noch eine Regel. Keine Horrorfilme mehr.“

Sie grinste. „Können wir morgen nach Flagstaff fahren und meine Klamotten und Bücher und all das holen?“

„Nach der Hochzeit“, bestimmte Keegan. Er wünschte, Molly wäre hier, weil er glaubte, keine weitere Nacht allein in seinem Bett zu ertragen. Devon schien sich aus Shelleys Verhalten nicht allzu viel zu machen, er hingegen schon. Mit dieser Frau war er einmal verheiratet gewesen, Himmel noch mal! Was sagte das wohl über ihn aus?

Dass er ein verdammter Idiot gewesen war.

Und es gab keinen Grund anzunehmen, dass sich daran etwas geändert hatte.

Den nächsten Morgen verbrachte Keegan im Büro. Alle um ihn herum arbeiteten, als ob nichts geschehen wäre. Und im Grunde stimmte das für die Angestellten auch. Der künftige Vorstandschef hatte angekündigt, dass es keinen Personalabbau geben würde. Genauso wenig wollte er das von Cheyenne ins Leben gerufene Trainingsprogramm abschaffen. In Anbetracht der Tatsache, wie viel Zeit seines Lebens er hier verbracht hatte, wunderte es Keegan, wie wenig er einzupacken hatte. Als Travis in der Tür erschien, verstaute er gerade seine letzten Sachen in einem Karton.

„Genau dich wollte ich sprechen“, sagte Keegan.

Travis nickte, betrat das Büro und schloss die Tür hinter sich. „Bist du sicher, dass du das durchziehen willst?“

Keegan wusste, dass Travis damit die Absprache mit Psyche meinte. Sofort bekam er ein schlechtes Gewissen. Denn er hatte

Molly noch immer nicht verraten, dass sie ihn nicht heiraten musste, um Lucas zu adoptieren.

„Ja. Bin ich. Setz dich, Travis."

Mit einem klatschenden Geräusch warf Travis einen Aktenordner auf Keegans Schreibtisch. „Du bist verrückt, Keeg. Du hast schon eine miserable Ehe hinter dir – warum zur Hölle willst du dasselbe nochmal versuchen?"

„Molly ist anders als Shelley." Wie defensiv er klang, überraschte ihn selbst.

„Und das weißt du woher genau?"

Keegan lehnte sich zurück und verschränkte die Arme hinter dem Kopf. „Ich weiß, was ich tue, Trav. Und jetzt möchte ich mit dir über Shelley sprechen."

„Shelley", wiederholte Travis.

„Sie will zehn Millionen Dollar."

Bei der Summe atmete Travis lautstark aus. „Klar, will sie die. Typisch Shelley."

„Und ich will, dass du einen Vertrag aufsetzt. Ich bekomme das alleinige Sorgerecht für Devon, Shelley bekommt zehn Millionen Dollar. Keine Besuche, es sei denn, Devon besteht darauf. Keine Unterhaltszahlungen mehr."

„Ist das dein Ernst?"

„Mein voller Ernst. Bitte mach die Papiere schnell fertig, Trav. Ich will nicht, dass Shelley es sich doch noch anders überlegt."

„Zehn *Millionen* Dollar." Travis pfiff leise durch die Zähne. „Und ich dachte, Jesse sei aufs Kreuz gelegt worden."

Keegan kannte die Höhe der Abfindung, die Jesse seiner ersten Frau Brandi gezahlt hatte. Doch die beiden waren nur eine Woche verheiratet gewesen und es gab keine Kinder.

„Ich möchte meine Tochter bei mir haben", sagte er.

Bevor er weitersprach, sah Travis zur Tür, wahrscheinlich um sicher zu gehen, dass sie auch wirklich geschlossen war. „Da gibt es nur ein Problem, Keeg. Devon ist nicht deine Tochter, nicht biologisch. Angenommen, Shelley nimmt die zehn Millionen Dollar und lässt danach plötzlich die Katze aus dem Sack? Himmel, es könnte sogar der leibliche Vater plötzlich auftauchen."

„Devons Vater ist tot", antwortete Keegan.

„Ich dachte, du weißt nicht, wer der Vater ist?"

„Inzwischen bin ich dahintergekommen." In der letzten schlaflosen Nacht in seinem leeren und kalten Bett hatte Keegan eine ganze Menge begriffen. Und mit Sicherheit musste ihn niemand davor warnen, dass Shelley es jederzeit erneut versuchen würde, ihn über den Tisch zu ziehen. „Thayer Ryan."

„Thayer – *Psyches* Thayer? Wie kommst du denn darauf? Ich weiß, du stehst in letzter Zeit ziemlich unter Druck, aber ..."

„Mit dem Vertrag soll sie ihre Zustimmung zur Adoption geben."

„Trotzdem könnte sie ihre Meinung ändern."

„Das wird sie nicht. Sie bekommt eine Million bei Unterzeichnung der Papiere und den Rest, sobald die Adoption erfolgt ist. Sie ist ganz wild darauf, eine Wohnung in Paris zu kaufen. Also wird sie unterschreiben."

„Du musst Devon die Wahrheit sagen, Keeg. Sonst wird Shelley das übernehmen – aus reiner Boshaftigkeit."

„Ich weiß."

„Vorher solltest du hundertprozentig sicher sein, dass deine Theorie über Thayer Ryan zutrifft. Denn wenn plötzlich der wirkliche Vater aus irgendeinem Loch kriecht, stehst du erneut vor Gericht."

„Ich habe bereits Devons Kinderarzt in Flagstaff angerufen. Die brauchen nicht einmal Blut für einen Test – Speichel reicht vollkommen aus. Wenn Devon und Lucas Halbgeschwister sind, würde das jedem Richter der Welt als Beweis ausreichen."

Travis wurde blass. „Dafür brauchst du Psyches Erlaubnis."

„Nicht nachdem Molly und ich geheiratet haben und ich Lucas' rechtmäßiger Vater bin."

„Das ist ziemlich skrupellos, Keeg. Tritt einfach mal einen Schritt zurück und betrachte ..."

„Ich bin oft genug einen Schritt zurückgetreten. Du bist einer meiner besten Freunde, Trav, aber nicht der einzige Anwalt auf der Welt."

„Hallo, Keegan? Ich bin's, dein alter Freund Travis. Bitte, hör mir zu ..."

Ohne Travis auch nur anzusehen, griff Keegan nach dem Aktenordner, schlug ihn auf und begann, die Bedingungen des Vertrags zwischen ihm, Molly und Psyche aufmerksam zu lesen.

Hochzeit.

Leben unter einem Dach für mindestens ein Jahr.

Im Falle einer Scheidung sollte Keegan das alleinige Sorgerecht für Lucas bekommen.

Schwungvoll unterschrieb er mit seinem Namen und schob Travis den Ordner wieder hin. „Damit ist das Gespräch beendet."

Fluchend nahm Travis den Ordner an sich und stand auf. „Wo ist Devon?"

„Bei Emma in der Buchhandlung", antwortete Keegan.

„Oh, und ich dachte, du hättest sie vielleicht längst in irgendein Labor verfrachten lassen", zischte Travis. Damit knallte er laut die Tür hinter sich zu. Keegan wusste genau, dass ihre Auseinandersetzung noch nicht beendet war.

Eine halbe Stunde später stürmte Jesse ins Zimmer. Rance folgte ihm auf den Fersen.

„Zehn Millionen Dollar?", schrie Rance.

„Hast du deinen verdammten Verstand verloren?", fragte Jesse im selben Moment.

„So viel zum Thema Anwaltsgeheimnis."

„Keegan", stieß Jesse hervor. „Das ist total *bescheuert*."

„Warum? Du hast Brandi eine Million gezahlt, um sie loszuwerden."

„Sie wird es nicht dabei belassen", knurrte Rance. „Sie will die zehn Millionen Dollar und *Devon*, und es ist ihr egal, wenn sie dem Mädchen dabei das Herz bricht."

„Und was soll dieser Mist von wegen DNA-Analyse von Lucas und Devon?", wollte Jesse wissen.

Keegan erklärte ihnen seine Theorie.

„Du bist wirklich total durchgeknallt", erklärte Jesse am Schluss. „Warte, bis Shelley zurückkommt. Dann sprich mit ihr. Mein Gott, Keeg, gib dir selbst etwas Zeit zum Nachdenken."

„Entweder ihr seid für oder gegen mich", entgegnete Keegan ruhig, obwohl sein Puls raste. „Eure Wahl."

Da hieb Jesse die Faust so heftig auf den Schreibtisch, dass der Karton in die Luft hüpfte. „Denk an Devon, verdammt noch einmal!"

„Glaub mir, genau das tue ich."

„Shelley wird ihr sagen, dass sie nicht deine Tochter ist", warnte Rance.

„Nicht, wenn ich es ihr zuerst sage.“ Zwar hätte er lieber Scherben geschluckt, aber ihm blieb keine andere Wahl. „Die Wahrheit ist immer am besten, richtig?“

„Keegan!“, rief Jesse. „Das wird sie umbringen.“

In seinen Augen brannten Tränen. „Ich weiß.“

Rance starrte ihn an. „Warte wenigstens, bis Psyche …“

„Tot ist?“, zischte Keegan.

Jesse und Rance wechselten einen Blick.

„Sieh mal“, sagte Jesse dann betont ruhig. „Ich weiß, dass es dir momentan nicht besonders gut geht. Und dass du nicht mehr klar denken kannst. Aber bitte, warte doch, bis sich alles etwas beruhigt hat, bevor du in ein weiteres Wespennest stichst.“

„Das kann ich nicht.“

„Wir könnten ihn festbinden“, schlug Rance vor – nur halb im Spaß. „Irgendwo in einem Stall, und zwar so lange, bis er wieder bei Verstand ist.“

„Keine schlechte Idee“, meinte Jesse.

„Nur los, versucht es ruhig. Im Moment käme mir nichts gelegener als eine schöne Prügelei. Ich würde euch beide gern Knochen für Knochen zerlegen.“

„Schön“, stieß Jesse durch die Zähne. Er zog Keegans Schreibtischuhr aus dem Karton, weil er selbst niemals eine Uhr trug. „Hinter dem Stall. In einer Stunde. Rance und ich werden eine Münze werfen, wer von uns beiden dir zuerst die Nase einschlagen darf.“

„Ich bin dabei“, verkündete Keegan und rollte grinsend die Ärmel hoch.

Molly fütterte gerade Lucas, als das Telefon klingelte. Florence, die gerade Grießklößchen in die auf dem Herd köchelnde Hühnersuppe gab, griff mit der freien Hand nach dem Hörer und grummelte ein Hallo.

Dann bekam sie immer größere Augen.

Besorgt legte Molly den Löffel in die Schale und wischte Lucas den Mund mit einer Serviette ab.

„Ich sag’s ihr.“ Florence warf Molly einen Blick zu. „Aber ich weiß nicht, was sie da tun könnte. Ja. Danke, Myrna.“ Damit hängte sie ein.

„Was ist los?“ Molly spürte, dass sie zitterte.

„Ihr künftiger Ehemann steht kurz davor, sich mit seinen Cousins hinter dem Stall zu prügeln. Myrna – das ist Wyatts Mutter – sagt, dass sie gerade ihren Sohn angerufen hat. Aber der meinte, das ginge nur die McKettricks etwas an und er würde sich da nicht einmischen.“

„Sie wollen doch nicht etwa sagen, dass sie sich ernsthaft schlagen wollen?“ Doch dann erinnerte Molly sich an die Nacht im Krankenhaus. Ohne die Rezeptionistin hätte es garantiert eine ordentliche Prügelei gegeben.

Florence nickte grimmig. „Wenn Sie wollen, dass Ihr künftiger Mann halbwegs anständig auf dem Hochzeitsfoto aussieht, sollten Sie besser zur Ranch fahren. Und zwar umgehend.“

Molly stand auf. Setzte sich wieder. „Tun die so etwas oft? Die McKettricks, meine ich?“

„Wenn sie in der entsprechenden Stimmung sind. Insgesamt ist das schon eine raufiustige Familie.“ Sie warf Molly ihren Autoschlüssel zu. „Los. Ich kümmere mich um den Kleinen.“

„Ich habe noch nie in meinem Leben versucht, eine Schlägerei zu verhindern.“ Molly küsste Lucas auf die Stirn und schnappte sich ihre Handtasche. „Was soll ich denn überhaupt machen, wenn ich dort ankomme? Und welcher Stall? Auf Triple M gibt es mindestens vier …“

„Stellen Sie sich einfach zwischen sie. Kein McKettrick hat jemals eine Frau geschlagen, soweit ich weiß. Es wird der Stall des alten Angus sein, der auf Keegans Grundstück.“

„Wie kommen Sie darauf?“, wunderte sich Molly.

„Familientradition. Seit Generationen schon tragen die McKettricks ihre Streits hinter diesem Stall aus.

„Bitte rufen Sie Emma und Cheyenne an.“

„Das hat Myrna bestimmt schon erledigt“, wiegelte Florence ab.

Da verdrehte Molly die Augen, murmelte „Halleluja“ und machte sich auf den Weg.

Sie musste vollkommen verrückt geworden sein.

Wenn die McKettricks sich die Nasen blutig schlagen wollten, ging sie das überhaupt nichts an. Trotzdem fuhr sie Richtung Triple M und trat unmittelbar hinter der Stadtgrenze das Gaspedal voll durch. Als sie um eine Kurve schoss, entdeckte sie einen rosafarbenen Volkswagen vor sich. An der Abfahrt zu Jesses Haus reihte sich ein Escalade hinter Molly ein. Hintereinander rasten sie die gewundene Straße hinauf und fuhren ratternd über die Brücke. Vor Keegans Haus parkten zwei Trucks in einem merkwürdigen Winkel. Dazwischen stand Keegans schwarzer Jaguar.

Der Volkswagen hielt mit quietschenden Reifen. Emma sprang heraus und rannte auf den Stall zu. Dabei kickte sie ihre hochhackigen Pumps von den Füßen. Der Escalade prallte beinahe gegen Mollys Kofferraum, dann flitzte Cheyenne mit wehendem Haar an ihr vorbei.

Molly jagte den beiden hinterher.

Als Cheyenne hinter dem Stall ankam, warf Jesse gerade eine Münze. Rance und Keegan waren ebenfalls dort, und keiner der drei Männer trug ein Hemd.

„Kopf", rief Rance.

„Tut mir leid." Jesse steckte die Münze wieder in die Hosentasche. „Zahl."

„Warte mal 'ne Sekunde", protestierte Rance. „Woher weiß ich, dass du die Wahrheit sagst?"

Cheyenne warf sich an Jesses Brust, bevor er Rance antworten konnte. „Aufhören, und zwar sofort!", schrie sie.

Jesse schob sie sanft zur Seite.

Und Rance tat dasselbe, als Emma auf ihn zulief.

Als Molly Keegan einen Blick zuwarf, sank ihr Mut. Breitbeinig und mit geballten Fäusten stand er vor ihr. Er hatte beschlossen, sich zu prügeln, und keine Macht der Welt konnte ihn davon abhalten.

Verzweifelt drehte sie sich zu Rance und Jesse um. Wollten sie etwa zu zweit auf Keegan losgehen? Kapierten sie denn nicht, dass es hier nur um Psyche ging. Darum, dass sie sterben würde und Keegan nichts tun konnte, um sie zu retten?

Stellen Sie sich einfach zwischen sie. Kein McKettrick hat jemals eine Frau geschlagen, soweit ich weiß.

Molly schluckte und trat einen Schritt vor. Keegan sah sie nicht einmal an, streckte aber wie Jesse und Rance zuvor den Arm aus, um sie zur Seite zu schieben.

„Keegan", sagte sie. „Bitte …"

„Nicht jetzt, Molly."

Jemand ergriff ihren Arm. Als sie sich umdrehte, sah sie, dass es Cheyenne war. „Wenn sie sich wie Idioten aufführen wollen, sollen sie doch", beschwichtigte sie Molly.

Noch nie zuvor war Molly Zeuge einer Prügelei geworden, und daran sollte sich am besten auch nichts ändern.

Nun winkte Keegan Jesse mit beiden Händen zu sich. „Na los, du Ass. Schlag zu."

Rance versetzte Jesse einen Stoß. „Genau", zog er ihn auf. „Schlag zu."

Mit verzerrtem Gesicht stürzte Jesse sich auf Rance. Der duckte sich in letzter Sekunde, und Jesses Faust landete mitten in Keegans Gesicht.

Molly schrie auf, wollte sich nach vorn stürzen, doch Cheyenne und Emma rissen sie zurück.

Keegan schwankte ein wenig, dann rammte er seinen gesenkten Kopf in Jesses Solarplexus und schleuderte ihn gegen Rance. Zu dritt stürzten sie zu Boden.

„Die bringen sich noch um", presste Molly hervor.

„Schön wär's", murmelte Cheyenne, doch in ihren Augen standen Tränen.

Dazwischen hörte man schmerzhaftes Stöhnen aus dem sich am Boden windenden Knäuel.

Molly hielt es nicht mehr aus und stieß Keegan mit dem Schuh an. „Aufhören!", schrie sie. „Und zwar sofort!"

Verdutzt sah Keegan zu ihr hoch und bekam prompt einen weiteren Schlag ab, diesmal gegen das Kinn.

„Du wirst auf den Hochzeitsfotos absolut schrecklich aussehen!", rief Molly.

Da begann Keegan mit einem Mal zu lachen. Er kniete im Dreck, mit aufgeplatzter Unterlippe und blutend, hockte sich auf die Fersen und lachte.

Rance stützte sich auf die Ellbogen und sah sich verblüfft und ein wenig misstrauisch um, als befürchtete er, in eine Falle gelockt zu werden. Jesse hingegen warf den Kopf in den Nacken und stimmte in das schallende Gelächter ein.

Als er aufstehen wollte, stellte Cheyenne einen Fuß auf seine Brust und drückte ihn wieder zu Boden. Daraufhin sah er seine

Frau so konsterniert an, dass Keegan und Rance vor Entzücken brüllten.

Cheyenne allerdings wirkte nicht sonderlich belustigt. „Du kannst hier liegen bleiben, du verdammter Idiot. Und zwar so lange, bis die Hölle zufriert!“

Sie machte auf dem Absatz kehrt und stürmte davon.

Jesse rappelte sich auf. „Cheyenne, warte …“

„Jetzt hat er ein Problem“, rief Rance mit süffisantem Grinsen.

„Als ob du keines hättest“, rief Emma wütend. „Ich fahre jetzt zurück in meinen Laden, Rance McKettrick, wo deine Töchter auf mich warten. Wenn du noch einen Funken Verstand besitzt, hältst du dich so lange von mir fern, bis dir eine überzeugende Entschuldigung eingefallen ist!“

Sein Grinsen erlosch. „Emma …“

Doch Emma wandte sich ohne ein weiteres Wort ab.

Eine Autotür knallte. Ein Motor heulte. Molly lief um den Stall und sah, wie Cheyenne in ihrem Escalade davonbrauste. Jesse starrte ihr hinterher. Emma schüttelte Rances Hand ab, als er versuchte, sie am Einsteigen zu hindern, kletterte in ihren rosa VW und fuhr ihn beinahe um.

Rance stieß einen lauten Fluch aus. Er und Jesse berieten sich kurz, dann stieg jeder in seinen Truck und fuhr davon.

Und Molly lief zu Keegan zurück, der noch immer nach Luft rang. Mit dem Handrücken berührte er seine aufgeschlitzte Lippe, dann betrachtete er stirnrunzelnd das Blut auf seinen Knöcheln. Sein linkes Auge schwoll allmählich zu, und aus einem kleinen Schnitt auf der Stirn tropfte Blut.

„Du wirst tatsächlich schrecklich auf den Hochzeitsfotos aussehen. Lass uns reingehen und dich verarzten.“

„Ich komm gut allein zurecht.“

„Oh, ja, das habe ich gesehen.“ Sie hakte ihn unter und zog ihn zum Haus. „Du solltest dich schämen. Ein erwachsener Mann, Himmel noch mal. Stell dir vor, Devon hätte gesehen, wie du dich prügelst.“

Keegan warf ihr ein schiefes und eindeutig viel zu einnehmendes Grinsen zu. „Das war keine Prügelei. Wir haben nur ein bisschen gerauft. Einmal haben wir uns außerhalb vom *Roadhouse* über eine Stunde lang geprügelt. Erst die Polizei hat uns auseinanderbekommen."

„Eine *Stunde*. Na toll, da kannst du ja richtig stolz auf dich sein."

Auf einmal blieb er wie angewurzelt stehen. Molly zerrte an seinem Arm. „Du brauchst einen Eisbeutel für deine Lippe. Wahrscheinlich muss sie nicht genäht werden."

Im Haus drückte sie ihn auf einen Stuhl, tränkte einige Papiertücher mit Wasser und reichte sie ihm.

„Drück dir das gegen die Lippe, Blödmann", sagte sie. „Ich hole Eis."

„Hast du mich gerade Blödmann genannt?"

Statt zu antworten, zog Molly eine Schublade der Truhe nach der anderen auf, bis sie eine Rolle mit Plastikbeuteln fand. „Himmel, werd endlich erwachsen."

Keegan öffnete den Mund, schloss ihn aber gleich wieder.

Nur Sekunden später presste Molly einen mit Eiswürfeln gefüllten Plastikbeutel an Keegans Mund. Er zuckte zusammen.

„Tut das etwa weh?", fragte Molly mit süßlicher Stimme.

„Ja", nuschelte er.

„Gut." Sie begann, mit einem feuchten Tuch energisch sein Gesicht zu säubern.

„Ich muss dir etwas sagen", begann Keegan.

„Ich bin nicht in der Stimmung, mich mit dir im Stall im Stroh zu wälzen, falls es darum geht."

„Es geht um unsere Hochzeit."

Sie trat einen Schritt zurück, und ihr Herz raste. „Machst du einen Rückzieher?"

„Nein. Aber du vielleicht, sobald du gehört hast, was ich zu sagen habe."

„Ich möchte Lucas aufziehen. Dafür muss ich dich heiraten. Du könntest jetzt gestehen, dass du ein Bankräuber bist, selbst das würde nichts ändern."

Mit traurigen Augen lächelte er sie an. „Psyche hat uns reingelegt, Molly. Sie hat Sierra und Travis niemals gebeten, Lucas zu adoptieren."

„Sie würde mir Lucas einfach so überlassen?"

Keegan musterte sie. Die Haut um sein rechtes Auge verfärbte sich langsam grün und lila. „Ja. Ich soll mich nach wie vor um den Nachlass kümmern. Du wirst mich also nicht ganz los."

„Aber dann könntest du Lucas nicht adoptieren und ihn zu einem McKettrick machen."

Er nickte.

Kraftlos sank Molly auf die Bank. „Wann hast du das herausgefunden?"

„Gestern."

„Und du erzählst es mir erst jetzt?"

„Ich hätte es beinahe nicht getan. Ich möchte Lucas fast genauso gern adoptieren wie du."

Über diesen Satz dachte sie eine Weile nach.

Keegan nahm ihre Hand. „Wofür entscheidest du dich, Molly? Machst du jetzt einen Rückzieher? Oder möchtest du, dass Lucas mich als Vater bekommt?"

14. KAPITEL

Machst du jetzt einen Rückzieher? Oder möchtest du, dass Lucas mich als Vater bekommt?

Bis zu der Nacht mit Keegan hätte Molly diese Frage ohne nachzudenken beantworten können. Natürlich hätte sie einen Rückzieher gemacht. Und nein, auf keinen Fall hätte sie sich Keegan McKettrick als Vater ihres Sohnes gewünscht. So einfach wäre es gewesen.

Doch jetzt traf sie die Erkenntnis mit voller Wucht: Sie liebte diesen unmöglichen Mann.

Das setzte ihr so zu, dass ihr furchtbar übel wurde.

„Molly?" Keegan malte mit dem Daumen Kreise auf ihre Handfläche. Die Berührung durchzuckte ihren ganzen Körper und ihre Seele. „Geht es dir nicht gut?"

„Nein", rief sie bitter. „Mir geht es nicht gut."

„Gibt es etwas, das ich tun kann?"

Als sie aufstand, zitterten ihre Beine, und schon wieder kamen ihr die Tränen, diese *verdammten* Tränen. „Oh, du hast schon genug getan. Besten Dank."

Verstört und wachsam sah er sie an. „Wirst du mich nun heiraten oder nicht?"

Molly biss sich fest auf die Unterlippe. „Ja", sagte sie nach einer Weile. „Aber nur wegen Lucas."

Obwohl er lächelte, lag noch immer ein verwirrter Ausdruck in Keegans Augen. „Was für einen Grund sollte es außer Lucas noch geben?"

„Keinen", entgegnete Molly steif. „Überhaupt keinen." Sie riss ihm die blutbefleckten Tücher aus der Hand, ging zum Mülleimer und schleuderte sie hinein. Anschließend suchte sie ihre Handtasche, bis ihr einfiel, dass sie sie im Auto gelassen hatte.

„Willst du gehen?", fragte Keegan erstaunt.

Blitzmerker. Natürlich wollte sie gehen. Joanie war bereits in Phoenix gelandet und in einem Mietwagen auf dem Weg nach Indian Rock. Wenn sie noch länger auf Triple M bliebe, könnte sie ihre Freundin nicht begrüßen. Denn dann würde sie mit Keegan im Bett landen. Und womöglich etwas sehr Dummes sagen, zum Beispiel: *Ich liebe dich*.

„Ja, ich gehe“, sagte sie knapp. „Ich habe noch einiges in der Stadt zu erledigen.“

Keegan seufzte. „Ich auch. Devon ist in der Buchhandlung, ich muss sie abholen.“

„Sie wird ziemlich erschrecken, wenn sie dich so sieht. Ehrlich, Keegan, dein Gesicht ...“

„Das wird schon. Nimmst du sie trotzdem morgen mit zum Einkaufen? Devon, meine ich?“

„Ja.“ Mit einem Mal wäre Molly lieber geblieben. Nicht nur, um mit ihm zu schlafen. Etwas anderes beschäftigte sie – etwas, das Devon betraf. Doch sie konnte dieses Gefühl nicht genau benennen. „Keegan, ist mit Devon alles in Ordnung?“

Er schüttelte den Kopf. Da hätte sie am liebsten den Raum durchquert, um ihn in die Arme zu nehmen.

„Nein. Aber das ist eine lange, verfahrene Geschichte. Und außerdem muss ich zuerst mit ihr sprechen.“

Molly stand auf der Türschwelle, sie konnte nicht gehen, aber auch nicht bleiben. „Klingt kompliziert.“

„Es ist kompliziert“, entgegnete er gequält.

„Bist du sicher, dass du es mir nicht erzählen willst?“

„Das will ich. Aber ich kann nicht, noch nicht. Das wäre Devon gegenüber nicht fair.“

„Okay. Aber wenn es etwas ist, das auch Lucas betrifft ...“

„Nein“, unterbrach Keegan sie.

Noch immer zögerte Molly. „Hör mal, vielleicht sollte ich Devon in der Buchhandlung abholen. Sie kann die Nacht bei Psyche verbringen, zusammen mit Lucas, Joanie und mir. Dann fahren wir morgen früh gleich alle zusammen nach Flagstaff. Außerdem wäre das eine gute Gelegenheit, um sie besser kennenzulernen.“

Keegan überlegte einen Moment und nickte. „Dann spreche ich mit ihr, wenn sie wieder da ist. Oder vielleicht sogar erst nach der Hochzeit.“

Endlich gelang es Molly, sich von der Stelle zu rühren. Allerdings ging sie nicht wie geplant aus der Tür, sondern zurück zu Keegan, beugte sich vor und küsste ihn zart auf den Mund. Sie wusste, dass er sie in die Arme nehmen wollte und es nur mit Mühe unterließ. „Du solltest besser gehen. Bevor ich auf die gute alte McKettrick-Art über dich herfalle.“

Sie lachte und küsste ihn noch einmal, diesmal auf die Stirn. „Devon braucht ein paar Sachen – Schlafanzug, Zahnbürste."

Während er nach oben ging, sah Molly sich in der großen alten Küche um. Sie stellte sich vor, wie sie hier für ihre Familie das Frühstück zubereite, sich Devons Hausaufgaben ansah und Jahre später die von Lucas. Alles Dinge, die sie in Los Angeles für unmöglich gehalten hätte.

Molly Shields, die Superagentin, stand kurz davor, sich in Molly McKettrick zu verwandeln, die Frau eines Farmers. Niemanden hätte diese Tatsache mehr überraschen können als sie selbst. Keegan kam mit einem kleinen Koffer zurück, der in seiner großen Hand so unpassend mädchenhaft wirkte, dass sie ein Kichern unterdrückte.

Er begleitete sie zu ihrem Wagen, legte den Koffer auf den Rücksitz und wartete, bis Molly hinter dem Steuer saß.

„Molly?"

Als er ihren Namen aussprach – mit dunkler und heiserer Stimme –, wand sie sich auf ihrem Sitz und wünschte erneut, sie könnte bleiben. Bleiben und mit ihm zurück ins Haus gehen, wo er sie ausziehen und aufs Bett drücken würde, das Bett, das sie bald jede Nacht miteinander teilen sollten.

Aber wieso? Wieso hatte sie sich ausgerechnet in Keegan McKettrick verliebt?

„Was ist?"

„Danke. Danke, dass du hergekommen bist, um die Prügelei zu beenden. Danke, dass du Devon abholst. Und danke, dass du mich heiratest."

Für ihn war diese Hochzeit nur ein Geschäft, die einzige Möglichkeit, Lucas ein Vater zu sein. Doch für sie bedeutete es so viel mehr.

„Keine Ursache", erwiderte sie schwach.

Ich liebe dich, Keegan McKettrick.

Gott helfe mir, aber ich liebe dich.

Im Rückspielgel sah sie, wie er ihr hinterherblickte, als sie losfuhr. Zwei Meilen weiter hielt sie auf dem Seitenstreifen und weinte so lange, bis sie sich ganz leer fühlte.

Joanie sah erschöpft aus. Ihr roter, möglicherweise eine Nummer zu kleiner Leinenoverall war zerknittert und ihr gefärbtes Haar stand in braunen Stacheln von ihrem runden Kopf ab.

„Oh Molly", rief sie, als sie Lucas an sich drückte. „Er ist *bezaubernd*."

„Reiten", sagte Lucas.

Joanie lachte gerührt mit Tränen in den Augen. Dann entdeckte sie Devon, die direkt hinter Molly stand. „Und wer ist diese hübsche junge Frau?"

„Devon McKettrick", stellte Molly sie vor. „Devon, das ist meine Freundin Joanie Barnes."

„Molly wird meine Stiefmama", erklärte das Mädchen förmlich und reichte Joanie die Hand.

„Was für ein Glück sie hat", entgegnete Joanie. „Und du auch."

Devon lächelte. „Sie sagt, sie hat ganz viele Schuhe." Für Devon galt das offenbar als Voraussetzung, um in die Familie aufgenommen zu werden.

Molly dachte an Keegans kryptische Andeutungen. Obwohl sie dieses Kind kaum kannte, verspürte sie schon jetzt das Bedürfnis, es zu beschützen.

„Molly hat ganze Schränke voller Schuhe. Ich muss es wissen. Bevor ich losgeflogen bin, habe ich ungefähr fünfzehn Kartons losgeschickt – zusammen mit einigen Kleidern und Kosmetikartikeln versteht sich", grinste Joanie.

Bei dieser Aussicht strahlte Devon.

Und Molly sah Joanie dankbar an. „Du bist ein Engel." Es gab einige Kleidungsstücke, die sie inzwischen wirklich vermisste, überwiegend sportliche Sachen, aber auch das eine oder andere Kostüm. Denn auch als künftige Frau eines Farmers wollte sie weiterhin ungefähr ein Dutzend Autoren betreuen. Alle, die nicht abgesprungen waren.

Zumindest ab und zu auch noch diese andere Molly zu sein, fand sie wichtig. Die erfolgreiche Frau in den strengen Geschäftskostümen.

„Wir müssen über deinen Dad sprechen", sagte Joanie.

„Toll." Molly lächelte angestrengt.

Devon nahm Joanies kleinen Koffer. „Den bringe ich auf Ihr Zimmer", erklärte sie, als ob sie schon ihr Leben lang in Psyches Haus wohnen würde. „Es liegt direkt neben meinem, wir teilen uns ein Badezimmer."

„Was für niedliche Kinder", seufzte Joanie, als Devon weg war.

Sie übergab Lucas wieder seiner Mutter.

Gemeinsam gingen sie in die Küche. Florence wisperte am Telefon. Molly setzte Lucas in seinen Laufstall und öffnete die Tür zur Veranda. Psyche, die gerade ihre Blumen im Garten betrachtete, drehte sich um.

Sie war höflich und freundlich, aber auch distanziert. Es erschien Molly, als ob Psyche sich noch schneller vom Leben zurückzog, seit der Hochzeitstermin feststand. Selbst von Lucas hatte sie sich entfernt. Außerdem aß sie fast nichts mehr.

Sie wartet, dachte Molly traurig. Sie wartet auf die Hochzeit. Und dann ...

Psyche riss Molly aus ihren Überlegungen. „Würden Sie mir einen Gefallen tun, Molly? Bitte werfen Sie Keegans Pfingstrosen weg."

Zunächst überraschte Molly diese Bitte. Doch dann betrachtete sie die verwelkten Blüten. „Natürlich." Insgeheim war sie dankbar für die Gelegenheit, die Veranda wieder zu verlassen.

„Es war schön, Sie kennenzulernen", sagte Joanie.

Psyche nickte nur und richtete ihre Aufmerksamkeit wieder auf den Garten. In der Küche warf Molly die Pfingstrosen weg und wusch die Vase aus. Florence schenkte ihnen Eistee ein, während sie zu Devon sagte: „Ich gehe in den Garten und schneide Miss Psyche ein paar frische Blumen ab. Lucas und du, ihr könntet mir helfen."

Devon nickte eifrig.

Als die drei nach draußen gingen, setzte Molly sich zu Joanie an den Tisch, nahm sich ein Glas Eistee und zerdrückte das darin schwimmende Pfefferminzblatt mit einem langen Löffel.

„Dein Dad ist wieder in einer Klinik", berichtete Joanie leise. „Er hat sich selbst eingewiesen. Er darf achtundzwanzig Tage lang nicht telefonieren."

Darauf konnte Molly eine Weile nichts erwidern. Einerseits erleichterte sie die Nachricht, andererseits hatte sie ganz tief im Herzen gehofft, dass ihr Vater bei der Hochzeit dabei sein würde, nüchtern und liebevoll.

„Jemand aus der Klinik hat in der Agentur angerufen", fuhr Joanie fort. „Es handelt sich um eine Privatklinik, und sie ist ziemlich teuer."

Molly räusperte sich. „Schick einen Scheck, wenn du wieder in Los Angeles bist."

„Tut mir leid, Molly. Ich meine, es ist natürlich gut, dass Luke sich helfen lässt. Das hat er bitter nötig. Und vielleicht geschieht dieses Mal ja ein Wunder. Aber du heiratest, und auch wenn es nicht gerade eine Liebeshochzeit ist, wäre es trotzdem schön gewesen ..."

Molly weinte schon wieder. Still und hoffnungslos.

„Ach, Molly." Joanie drückte ihre Hand.

Schniefend trank Molly einen Schluck Eistee. Reiß dich zusammen, verdammt noch mal, ermahnte sie sich dabei stumm.

„Wie wäre es, wenn du mir mein Zimmer zeigst? Du könntest mir beim Auspacken helfen."

Dankbar für dieses Angebot sprang Molly sofort auf und eilte auf den Aufzug zu.

Kaum waren sie weit genug von der Veranda und von Psyche entfernt, sagte Joanie: „Du willst diesen Typ nicht heiraten, stimmt's? Molly, es muss eine andere Möglichkeit geben, um das Sorgerecht zu bekommen."

Aber Molly schüttelte nur den Kopf, drückte den Knopf des Aufzugs, stellte fest, dass er schon da war und schob die Gittertür zur Seite.

„Keegan liebt eine andere", gestand sie, als sie nach oben ruckelten.

„Wie bitte?"

„Psyche. Er liebt Psyche."

„Aber sie ..."

„Sie wird sterben."

„Oh, mein Gott", stöhnte Joanie.

„Es wird noch schlimmer", beichtete Molly.

„Wie könnte es noch schlimmer werden?"

Sie erreichten den zweiten Stock.

„Ich liebe Keegan", flüsterte Molly, obwohl sie wusste, dass sie hier niemand hörte.

„Das kann nicht sein", protestierte Joanie. „Dafür kennst du ihn gar nicht lange genug."

In Joanies Zimmer stieß Molly die Fensterläden auf und sah, wie Lucas im Garten mit Devon Fangen spielte und immer wieder lachend ins Gras plumpste. Florence beobachtete die beiden Kinder mit einem Lächeln im Gesicht.

Vor Schmerz zog sich ihr Herz zusammen.

„Molly", rief Joanie. „Sprich mit mir.

Da drehte sie sich vom Fenster weg, holte tief Luft und straffte die Schultern. „Ich liebe Keegan McKettrick", wiederholte sie.

Joanie hockte sich auf die Bettkante, wo sie ein wenig auf und ab wippte. „Vielleicht ist das ja gut. Jedenfalls wird es dir so leichter fallen, mit ihm zu leben."

„Meinst du? Psyche wird bald sterben, Joanie. Sehr bald. Keegan weiß, dass es keine Hoffnung mehr gibt. Trotzdem wird er vollkommen am Boden zerstört sein, wenn es so weit ist. Mein Gott, du hast ja keine Ahnung, wie viel ihm diese Frau bedeutet ..."

Einladend wies Joanie auf einen Schaukelstuhl neben dem Bett. „Setz dich."

Molly gehorchte, konnte aber nicht still sitzen. Sie schaukelte so heftig, dass die Rückenlehne gegen die Wand knallte.

„Molly", sagte Joanie streng.

„Und Devon. Irgendetwas stimmt nicht mit ihr. Aber Keegan will es mir nicht verraten, weil er zuerst mit ihr sprechen will."

„Das ist doch nur vernünftig, Molly."

„Ich heirate in eine Familie hinein, mit der ich vielleicht überhaupt nicht zurechtkomme." Molly sprach mehr mit sich selbst als mit Joanie. „Ich war immer so selbstbewusst. Durchgedrehte Autoren? Kein Problem. Strenge Lektoren? Immer her damit. Bis zu dem Tag, an dem ich Lucas weggegeben habe ..."

„Still jetzt", rief Joanie aufgeregt. „Du bist Molly Shields. „Du hast immer für dich selbst gesorgt und für deinen Dad dazu. Du hast eine Agentur aufgebaut, auf die jeder stolz sein würde. Lucas hast du nur weggegeben, weil du dachtest, dass es das Beste für ihn wäre. Du hast dir eine richtige Familie für ihn gewünscht."

„Ich wusste doch, dass Thayer ein Lügner und Betrüger war, Joanie. Wie bin ich nur auf die Idee gekommen, dass er ein guter Vater sein könnte, wo er doch so ein mieser Ehemann war?"

„Ganz einfach. Du konntest nicht klar denken. Die Trennung von Thayer war bitter, und dann hast du die ganze Schwangerschaft allein durchgestanden. Sei nicht so hart zu dir."

„Ich habe diese Schwierigkeiten verdient“, behauptete Molly. „Aber Psyche nicht, verstehst du, Joanie? Psyche hat das alles nicht verdient.“

„Du hast eine zweite Chance mit deinem Sohn verdient. Kannst du das nicht einsehen?“

„Doch“, entgegnete Molly mürrisch. „Aber ich habe Psyche verletzt.“

„Thayer hat sie verletzt. Du hast dich in der Sekunde von ihm getrennt, in der er dir gestanden hat, dass er verheiratet ist, oder vielleicht nicht?“

An dem Tag hatte sie frische Blumen in die Vasen gestellt, sanfte Musik aufgelegt, einen seidenen Kaftan angezogen und Thayer erzählt, dass sie schwanger war. Er hatte ihr so oft gesagt, wie sehr er sich Kinder wünschte. Sie war überzeugt, dass er sich freuen und ihr womöglich sogar einen Heiratsantrag machen würde. Stattdessen gestand er ihr, dass er bereits verheiratet war, gefolgt von den üblichen Ausreden: Psyche würde ihn nicht verstehen. Psyche hätte kein Interesse an Sex. Psyche tat dies nicht, Psyche mochte das nicht.

An allem war Psyche schuld.

Und dann bat er Molly, das Baby abzutreiben. Bevor sie ihn hinauswarf, erklärte sie ihm, dass sie das niemals im Leben tun würde. Danach rief er ununterbrochen an. Er und Psyche besuchten eine Paartherapie. Sie versuchten, die Scherben ihrer Ehe wieder zu kitten. Molly stürzte sich in ihre Arbeit. Tagsüber war sie nach wie vor die erfolgreiche Agentin, das Wunderkind der Buchbranche. Abends saß sie allein zu Hause und fühlte sich deprimiert, schwach und verängstigt. Sie lief in ihrer Wohnung auf und ab, konnte nicht schlafen, saß auf ihrer Terrasse und wartete, bis die Sonne aufging und sie wieder ins Büro gehen konnte. Es gelang ihr, so ziemlich alle Leute um sie herum zu täuschen. Außer ihren Vater und Joanie.

Die Geburt verlief unkompliziert. Mollys Frauenarzt meinte, ihr Köper sei wie geschaffen, um Kinder zu bekommen. Doch noch bevor sie aus dem Kreißsaal geschoben wurde, überwältigte sie eine postnatale Depression.

„Behalte das Kind“, flehte ihr Dad, und Joanie versprach, ihr zu helfen. Zwar hörte sie die Worte ihrer besten Freundin und ihres Vaters, doch sie lösten kein Gefühl in ihr aus. Zumindest gelang es ihr, die Verzweiflung für einen Moment zu überwinden und ihren Sohn nach ihrem wundervollen und unvollkommenen Vater Lucas zu nennen. Wenige Stunden nach der Geburt betrat Thayer ihr Krankenzimmer, zeigte ihr Fotos von sich und Psyche, die sie auf einer Kreuzfahrt geschossen hatten. Alles laufe wieder wunderbar zwischen ihnen, erzählte er. Und da stimmte sie einer Adoption zu.

Danach hatte sie nicht einmal die Kraft, um diesen Schritt zu bedauern. Sie kämpfte mit der langen Phase der Depression, und als es ihr endlich wieder gut ging, war es zu spät.

Joanie riss sie aus ihren Erinnerungen und reichte ihr einen feuchten Waschlappen. „Leg ihn dir in den Nacken. Du bist bleich wie ein Geist und siehst aus, als würdest du jeden Moment ohnmächtig werden." Sie setzte sich wieder aufs Bett. „Du brauchst etwas Starkes zu trinken. Einen Brandy oder so."

Doch Molly schüttelte vehement den Kopf.

„Warum nicht?"

„Erstens ist mein Vater Alkoholiker, und ich möchte nicht in seine Fußstapfen treten. Zweitens habe ich mit Keegan geschlafen und könnte schwanger sein."

„Du wirst niemals Alkoholikerin werden", entgegnete Joanie überzeugt. „Und es ist ziemlich unwahrscheinlich, dass du nach gerade mal einer gemeinsamen Nacht schwanger bist."

„Ich möchte nichts trinken."

Geschlagen hob Joanie die Hände. „Na schön."

„Außerdem bin ich auch in der einen Nacht mit Thayer, in der ich nicht verhütet habe, schwanger geworden. Ungefähr zur selben Zeit meines Zyklus."

Joanie riss die Augen auf. „Du fruchtbares Früchtchen, du", lächelte sie liebevoll.

Und Molly musste lachen. Das fühlte sich so gut an, dass sie weinen musste.

Endlich war Morgen.

Keegan saß mit einer dringend benötigten Tasse Kaffee am Küchentisch und las sich den Adoptionsvertrag, den Travis aufgesetzt hatte, mit seinem nicht zugeschwollenen Auge durch.

Währenddessen stand Travis mit dem Rücken zu ihm am Fenster.

„Erhöhe die Anfangszahlung auf zwei Millionen“, forderte Keegan, nachdem er die Dokumente ein zweites Mal gelesen hatte.

Mit seinem blonden Haar und der Sonne im Rücken sah Travis Jesse sehr ähnlich, was Keegan einen kleinen Stich versetzte. Er fand es schrecklich, mit Jesse und Rance zerstritten zu sein. Vor der Prügelei hatte er den beiden von seiner Hochzeit erzählt, doch vermutlich würden sie nicht kommen. Auf Meg konnte er zählen, auf Sierra auch. Und vielleicht auf Cheyenne und Emma. Aber wie konnte er ohne Jesse und Rance heiraten?

„Na gut, dann zwei Millionen“, sagte Travis resigniert.

„Es wird mich nicht gerade ruinieren.“

„Das ist nicht der Punkt. Ich mache mir schon seit Langem Sorgen um dich. Und jetzt auch noch um Devon. Du willst einer Zehnjährigen ganz schön viel zumuten. Eine DNA-Analyse, Himmel noch mal! Von Shelley will ich gar nicht erst anfangen.“

„Shelley ist eine eiskalte Hexe, Travis. Sie verkauft ihr eigenes Kind. Tiefer kann ein Mensch nicht sinken. Wenn man das einmal kapiert hat, ist es leichter.“

Na klar.

„Hast du schon mit Devon gesprochen?“

Seufzend hob Keegan den Kaffeebecher, dann stellte er ihn wieder ab, ohne getrunken zu haben. „Nein. Sie fährt heute mit Molly und einer Freundin nach Flagstaff, um ein Kleid für die Hochzeit zu kaufen. Die zufälligerweise bereits morgen Nachmittag stattfindet.“ Er schwieg einen Moment. „Du kommst doch, oder?“

„Himmel, natürlich, Keeg. Ich bin auch Psyches Anwalt, schon vergessen? Und ich wäre sowieso gekommen. Denn auch wenn ich diese Hochzeit für eine Dummheit halte, sind wir immer noch Freunde.“

„Danke.“ Keegans Stimme klang rau.

Travis schlug ihm auf den Rücken. „Dann ändere ich den Vertrag und rufe Shelleys Anwalt in Flagstaff an. Vermutlich wartet er schon längst auf meinen Anruf.“

Als er wieder allein war, trank Keegan den Kaffee und ging in den Stall, um Spud zu füttern. Kurz darauf hörte er, wie ein Fahrzeug hupend vor dem Stall hielt.

Jesse?

Kopfschüttelnd verließ Keegan den Stall. Und tatsächlich stieg Jesse gerade grinsend aus seinem Truck. Er hatte ein blaues Auge, doch davon abgesehen sah er aus wie immer.

Mit dem Kopf deutete er auf den Anhänger, der an seinem Truck befestigt war. „Ich hab dir ein Hochzeitsgeschenk mitgebracht, Keegan."

Schon wieder bekam Keegan kaum noch Luft. Das passierte ihm in letzter Zeit ständig.

Jesse verschwand im Anhänger und kam mit einem Hengst die Rampe herunter.

„Der gehört dir", verkündete Jesse, reichte Keegan die Zügel und verschwand erneut im Innern. Kurz darauf tauchte er mit einem etwas kleineren, schwarzweißen Schecken wieder auf. „Für Molly. Er ist wirklich zahm."

Keegan versuchte, etwas zu sagen. Doch kein Wort kam über seine Lippen. Und nun kletterte Jesse zum dritten Mal in den Anhänger und kam mit einem dicken kleinen Pony mit weißem Hinterteil zurück. „Für Devon. Ich dachte, sie und Lucas könnten ihn sich eine Zeit lang teilen."

„Verdammt, Jesse", würgte Keegan hervor.

„Ohne Pferde kann man keine Ranch führen." Jesse schlug ihm auf die Schulter. Dann kniff er die Augen zusammen. „Mann", rief er anerkennend. „Du wirst auf den Hochzeitsfotos wirklich katastrophal aussehen."

15. KAPITEL

Molly stand in Joanies Zimmer am Fenster, umklammerte das Fensterbrett und starrte hinunter in den Garten, wo Keegan auf sie wartete. Der Mann, den sie besser nicht heiraten sollte. Der Mann, den sie nicht lieben sollte.

Neben ihm standen Florence und Lucas. Psyche saß in einem Rollstuhl im Schatten der großen Eiche, die Hände im Schoß gefaltet. Devon trug stolz ihr neues, leuchtend gelbes Kleid und plauderte abwechselnd mit Jesse, Rance, Cheyenne oder Emma, vor allem aber mit Keegan.

Die Liebe, die Keegan und seine Tochter verband, war nicht zu übersehen, was Molly zugleich rührte und ein wenig neidisch machte. Sie vermisste ihren Vater an diesem besonderen Tag furchtbar und wünschte, sie wäre ihm nur halb so wichtig wie Devon Keegan.

„Du siehst fantastisch aus“, sagte Joanie sanft.

Da sah Molly an ihrem hellgelben Kleid hinab, bis zu den hochhackigen Riemchensandalen. Joanie hatte ihr das Haar hochgesteckt und einen kleinen Kranz aus gelben Rosen mit Nadeln auf dem Kopf befestigt.

„Warum nur wünsche ich mir diese Hochzeit so sehr? Obwohl ich doch weiß, dass es mir das Herz brechen wird?“

„Wegen Lucas.“ Joanie drückte ihre Hand. „Und weil du Keegan liebst.“

Molly kaute auf der Lippe.

„Du ruinierst deinen Lippenstift“, warnte Joanie sie.

Als Molly lachte, fing sie ausnahmsweise einmal nicht an zu weinen. Vielleicht hatte sie alle ihre Tränen bereits vergossen. Und vielleicht würde doch noch ein Wunder geschehen.

„Lass uns gehen“, bat sie.

Joanie nickte.

Schweigend fuhren sie mit dem Fahrstuhl nach unten.

„Showtime“, rief Joanie, als sie auf die Veranda traten.

Der Pfarrer wartete bereits unter einer Laube aus rosafarbenen, gelben und weißen Kletterrosen. Alles wirkt tatsächlich wie eine ganz normale Hochzeit, dachte Molly. Keegan stand direkt vor dem Pfarrer. In seinem maßgeschneiderten grauen Anzug sah er atemberaubend aus, trotz des geschwollenen und verschrammten Gesichts. Auch Jesse und Rance waren piekfein gekleidet.

„Bereit?“, fragte Joanie.

Molly holte tief Luft. „Ja.“

Nein. Vielleicht. Oh, Gott, was tue ich da nur?

Auf dem Tisch lag ein zu ihrem Kleid passender Brautstrauß. Dahinter ragte Psyches Krankenbett auf – wie eine traurige und schmerzliche Mahnung daran, dass es sich eben doch nicht um eine normale Hochzeit handelte. Sondern vielmehr darum, einer im Sterben liegenden Frau ihren letzten Wunsch zu erfüllen.

Joanie drückte ihr den Brautstrauß in die Hand, küsste sie auf die Wange und lief in den Garten.

Es gab keine Musik. Darum blieb Molly auf der Treppe stehen, bis Joanie ihr zuwinkte. Mit erhobenem Kopf ging sie in den Garten und stellte sich neben Keegan.

Der Pfarrer räusperte sich. „Liebe Anwesenden“, begann er. „Wir haben uns heute hier vor Gottes Angesicht versammelt …“

Von der Trauzeremonie hörte Molly kein weiteres Wort, bis Keegan sie mit einem Grinsen anstieß. „Er fragt, ob du mich zum Mann willst“, wisperte er.

„Ja“, antwortete sie ihm, nicht dem Pfarrer.

Schweigen.

„Ich meine, ja, ich will“, sagte sie etwas lauter.

„Wollen Sie, Keegan McKettrick, die hier anwesende Molly Shields zu Ihrer rechtmäßigen Ehefrau nehmen, dann antworten Sie mit Ja.“

„Ja, ich will“, antwortete Keegan mit ruhiger, tiefer Stimme. Für einen Mann, der praktisch zur Ehe gezwungen wurde, klang er erstaunlich gelassen. Oder hatte er einfach nur resigniert?

„Dann erkläre ich Sie kraft meines Amtes zu Mann und Frau. Keegan, Sie dürfen die Braut nun küssen.“

Sanft drehte Keegan Mollys Gesicht zu sich, legte eine Hand unter ihr Kinn und beugte sich vor. In Anbetracht seiner geschwollenen Lippen leistete er erstaunlich gute Arbeit.

„Ladies und Gentlemen“, verkündete der Pfarrer. „Darf ich Ihnen Mr und Mrs Keegan McKettrick vorstellen?“

Nicht länger in der Lage, ihre Begeisterung zu unterdrücken, begann Devon, auf und ab zu hüpfen. Dass sie Molly einfach so als Frau ihres Vaters akzeptierte, war nicht selbstverständlich. Dankbar lächelte Molly ihr zu.

Nachdem Keegan sich zögernd von ihr gelöst hatte, traten Jesse und Rance vor und küssten sie auf die Wange. Beide lachten sie mit ihren arg mitgenommenen Gesichtern an. Emma, Cheyenne und Joanie umarmten sie.

Molly bedankte sich für die Glückwünsche, dann lief sie zu Psyche, die schmal, zerbrechlich und tapfer in ihrem Rollstuhl unter den schützenden Ästen der Eiche saß.

„Passen Sie gut auf ihn auf", bat Psyche feierlich. In ihren Augen mischten sich Freude und Schmerz.

„Ich werde Lucas eine gute Mutter sein."

„Ich weiß." Psyche sah sie lange an. „Ich spreche von Keegan. Es gibt bestimmt eine Menge, was Sie noch nicht von ihm wissen, Molly. Wie seine Eltern gestorben sind beispielsweise oder wie furchtbar seine erste Ehe war. Bitte geben Sie ihm die Chance, einen Weg zu Ihnen zu finden."

Behutsam legte Molly ihren Brautstrauß in Psyches Schoß. „Ich danke Ihnen, Psyche. Danke, dass Sie mir verziehen haben. Danke, dass Sie mir Lucas überlassen und ..."

„Keegan?", fragte Psyche lächelnd, hob den Strauß und atmete den Duft der Blüten ein. „Es ist nicht leicht, mit ihm auszukommen, aber es ist leicht, ihn zu lieben, nicht wahr?"

Molly schluckte und blickte über ihre Schulter. Keegan stand mit Jesse, Rance und Travis zusammen. Als sie sich wieder zu Psyche umdrehte, flüsterte sie: „Ja. Ja, das ist es."

Tränen schimmerten in Psyches Augen. „Lieben Sie ihn, Molly. Lieben Sie Keegan, nicht nur für sich selbst, sondern auch für mich." Psyche gab ihr den Strauß zurück. „Er gehört Ihnen", sagte sie. „Genauso wie Keegan. Und Lucas war schon immer Ihr Sohn. Ich habe ihn mir nur für eine Weile ausgeborgt."

Vor Mollys Augen verschwamm Psyches Gesicht, und als sie die Tränen weggeblinzelt hatte, stand mit einem Mal Florence hinter dem Rollstuhl und schob Psyche zurück ins Haus.

Mit tränenverschleiertem Blick sah Molly, wie Keegan sich aus der Gruppe löste, Florence sanft zur Seite schob, sich über Psyche beugte und ihr etwas ins Ohr flüsterte.

„Hier will Ihnen jemand gratulieren." Als Molly sich umdrehte, stand Emma mit Lucas auf dem Arm neben ihr. Er reckte sich ihr entgegen. Als sie ihn auf den Arm nahm, griff er umgehend nach dem kleinen Kranz auf ihrem Kopf. Sie löste die Nadeln und gab ihrem Sohn, was er begehrte.

„Willkommen in der Familie, Molly", sagte Cheyenne herzlich. „Jetzt sind Sie eine richtige McKettrick."

Molly hatte beschlossen, Keegans Namen anzunehmen. Sie redete sich ein, dass sie es Lucas zuliebe tat. Er sollte diesen stolzen Namen tragen.

„Danke", presste Molly hervor, während ihr Blick zur Veranda glitt. Verlassen stand Psyches Rollstuhl am Fuß der Treppe. Keegan musste Psyche in ihr Bett getragen haben.

Sanft berührte Cheyenne ihre Schulter. „Molly?"

Sie sah Cheyenne an.

„Wir sind für Sie da. Emma und ich. Wir … nun, das sollen Sie nur wissen."

Emma nickte zustimmend.

Das Zuschlagen der Tür lenkte ihre Aufmerksamkeit wieder zur Veranda und auf Keegan. Er kam zurück in den Garten, sein armes zerschundenes Gesicht glich einer ausdruckslosen Maske.

Cheyenne nahm Lucas auf den Arm, während Emma Molly einen kleinen Stoß in Keegans Richtung versetzte. „Gehen Sie zu ihm", flüsterte sie.

Anfangs schien Keegan sie kaum wahrzunehmen, zumindest nicht gleich. Molly zwang sich, ihm direkt in die Augen zu sehen. Keiner von ihnen sprach ein Wort.

Dann küsste Keegan sie auf die Stirn. „Alles wird gut."

Molly fragte sich, wen er überzeugen wollte – sie oder sich selbst.

Er war verheiratet.

Verheiratet.

Keegan legte das Kinn auf Mollys Kopf und sah in den Himmel. Es war ein schöner Tag gewesen, doch jetzt nahm der Wind zu, dunkle Wolken rollten von Westen heran und verdunkelten die Sonne.

Unwillkürlich drückte er Molly etwas fester an sich.

Bald wird es regnen, dachte er.

Molly rückte ein wenig von ihm ab und lächelte ihn zaghaft an. „Ich schätze, wir sollten die Feier besser nach drinnen verlegen."

Für Flitterwochen reichte die Zeit nicht. Travis hatte eine Vereinbarung an Shelleys Anwalt gefaxt, und jede Sekunde konnte die Hölle über ihn hereinbrechen. Außerdem konnte Psyche jeden Moment sterben.

Die erste Nacht wollte Keegan mit Molly allein in seinem Haus verbringen. Devon übernachtete bei Jesse und Cheyenne, Lucas blieb bei Florence und Psyche. Die Tage, Stunden oder gar Minuten mit ihm wurden für Psyche immer wertvoller.

Keegan beobachtete seine Braut. Molly verdiente mehr, als er ihr bieten konnte. So viel mehr. Er nahm ihre Hand und zog sie zum Haus. Die restlichen Gäste flüchteten lachend aus dem Regen. Sie schnitten die Hochzeitstorte an und posierten für die obligatorischen Fotos, er wollte alles so schnell wie möglich über die Bühne bringen. Und endlich mit Molly allein sein.

Mit seiner Frau.

Weitere Gäste kamen. Wyatt und seine Mutter Myrna. Cora Tellington und Doc Swann. Rianna und Maeve. Waren Rances Töchter nicht bei der Hochzeitszeremonie gewesen? Keegan wusste es nicht. An die letzte Stunde hatte er nur eine verschwommene Erinnerung.

Jemand zupfte an seinem Ärmel. Devon lächelte zu ihm hoch. „Molly hat gesagt, dass du im Stall gestolpert bist und dich verletzt hast." Sie hielt stirnrunzelnd inne. „Sind Onkel Jesse und Rance auch gestolpert?"

Sein Lachen löste endlich ein wenig von der Anspannung, die ihn plagte, seit … seit wann? Seit Molly in sein Leben gekommen war? Seit er herausgefunden hatte, dass Psyche krank war und es keine Rettung für sie gab? Seit er vom Verkauf von *McKettrickCo* erfahren hatte? Seit Shelley ihr eigenes Kind als Handelsobjekt einsetzte?

Seit dem Tag, als Jesses Vater ihm gesagt hatte, dass seine Eltern tot waren.

„Nein, Winzling", flüsterte er mit heiserer Stimme. „Molly

wollte dich bloß schonen. Deine Onkel und ich haben uns vorgestern hinter dem Stall geprügelt."

Devons Augen weiteten sich. „Wieso?"

„Wieso wir uns geprügelt haben?"

„Ja."

„Weil wir manchmal ziemlich bescheuert sind. Und weil wir McKettricks sind."

In diesem Moment winkte Travis, der gerade in sein Mobiltelefon sprach, Keegan zu sich. Dieser küsste seine Tochter auf den Kopf. „Hol dir ein Stück Kuchen. Ich muss kurz mit Travis sprechen."

Travis schob Keegan in das Büro von Psyches Vater und schloss die Tür.

„Shelley ist mit der Adoptionsvereinbarung nicht einverstanden."

Keegans Herz setzte aus.

„Sie will fünf Millionen bei Vertragsabschluss und den Rest nach der Adoption. Dann ist sie bereit zu unterschreiben."

„Wirklich?"

„Keegan, wir reden hier über *fünf Millionen Dollar*. Das Ganze könnte ein Trick sein."

„Nein, wir reden nicht über fünf Millionen Dollar. Wir reden über Devon."

„Ich will doch nur sagen, dass du ein sehr hohes Risiko eingehst. Es geht nicht nur um dein Seelenheil, sondern auch um das von Devon."

„Was würdest du an meiner Stelle tun, Travis? Und ich will jetzt kein Anwaltsgequatsche hören. Sag mir die Wahrheit."

Seufzend fuhr sein Freund sich mit einer Hand durchs Haar. „Ich würde Shelley das Geld geben und beten, dass sie die zweite Rate dringend genug will, um sich an die Vereinbarung zu halten."

„Sag Shelleys Anwalt, dass wir das Geld überweisen, sobald sie ihre Unterschrift notariell hat beglaubigen lassen."

„Bist du sicher?"

„Ich bin sicher."

„Und wann willst du Devon davon erzählen?"

„Morgen", antwortete Keegan. „Wenn sie nach Hause kommt."

Travis nickte. „Je eher, desto besser, Kumpel." Er schlug Keegan auf die Schulter und grinste. „Eines noch: Gratuliere. Du hast heute geheiratet, erinnerst du dich?“

„Das tue ich.“

„Dann schnapp dir deine Braut und bring sie nach Hause.“

Bring sie nach Hause.

Würde Triple M für Molly jemals ein richtiges Zuhause sein? Oder würde sie nach Los Angeles zurückkehren, sobald das Jahr vorüber war? In Los Angeles besaß sie schließlich ein eigenes Leben, Freunde und ihre Agentur.

Keegan wurde übel bei dem Gedanken. Obwohl er immer so große Töne spuckte – letztlich gäbe es nichts, womit er sie aufhalten könnte.

„Keeg?“ Travis tippte ihm mit einem Finger auf die Stirn. „Hör auf, so viel Zeit in deinem Kopf zu verbringen.“ Er legte eine Hand auf Keegans Herz. „Und denk ab und zu damit.“

„Was zum Teufel soll das nun wieder bedeuten?“

„Denk mal darüber nach.“

Damit verschwand Travis.

Als Molly und Keegan die Ranch erreichten, regnete es in Strömen. Keegan parkte den Jaguar so nah wie möglich am Haus, nahm Molly auf den Arm und rannte los. Trotzdem wurden sie pitschnass.

Schweratmend stellte er Molly im Haus auf die Beine. Regentropfen glitzerten in seinem Haar und an seinen Wimpern. Mollys Herz wollte vor Glück und Schmerz zerspringen.

Ich liebe dich, hätte sie am liebsten gesagt. Doch das wagte sie nicht. Sie könnte es nicht ertragen, Mitleid oder Bedauern in seinen Augen zu sehen.

„Du solltest dir besser etwas Trockenes anziehen“, sagte er.

Vor ein paar Stunden hatte Rance ihre Koffer in das gemeinsame Schlafzimmer gebracht.

„Am besten Jeans“, fügte Keegan hinzu, als Molly nicht gleich antwortete.

So viel zu ihrem Plan, das hauchdünne Negligé überzustreifen, das Joanie ihr zur Hochzeit geschenkt hatte.

„Jeans?“

„Und ein Flanellhemd, falls du so etwas besitzt.“ Keegan steu-

erte auf die Tür zu. Er hatte sich bereits bei Psyche umgezogen.
„Wohin gehst du?“
„In den Stall.“ Offenbar überraschte ihn ihre Frage. „Ich muss Spud und die Pferde füttern.“
„Gut“, murmelte Molly verwirrt und zutiefst enttäuscht.
Dies war immerhin ihr Hochzeitstag. Auch wenn Keegan sie nicht liebte, hatte sie doch erwartet, dass sie ihm wichtiger war als sein Vieh.
Einen Moment lang blieb Molly unschlüssig stehen, dann lief sie hinauf und öffnete verschiedene Türen, bis sie das Schlafzimmer fand. Dort tauschte sie ihr elegantes Kleid, die Strumpfhose und die hochhackigen Schuhe gegen Jeans, dicke Socken und ein Hemd von Keegan. Zuletzt schlüpfte sie in bequeme Turnschuhe.
Die ganze Zeit über vermied sie es, einen Blick auf das Bett zu werfen, stattdessen starrte sie in den Spiegel.
Wer war diese Frau?
Molly McKettrick.
Farmersfrau.
Lucas' Mutter und Devons Stiefmutter.
Besitzerin unzähliger Schuhe.
Tränen brannten in ihren Augen, doch sie war es leid zu weinen. Entschlossen marschierte sie die Treppe hinunter. Als Keegan aus dem Stall zurückkam, prasselte ein Feuer in dem alten Holzofen.
In den nassen Kleidern blieb er auf der Schwelle stehen.
„Sind die Pferde in Ordnung?“, fragte Molly, nur um das Schweigen zu brechen.
Ohne ein Wort trat er ein. Schloss die Tür und starrte sie an. Als wäre sie eine Fremde, die es sich in seiner Küche gemütlich gemacht hatte.
„Keegan“, murmelte Molly.
„Was?“, brachte er hervor.
„Stell dich neben den Ofen, während ich dir etwas Trockenes zum Anziehen hole. Du bist ja nass bis auf die Knochen.“
Tropfend durchquerte er den Raum. „Du hast ein Feuer gemacht“, bemerkte er verblüfft.
„Also bitte.“ Molly lächelte tapfer. „So schwer ist das nun auch wieder nicht. Ein bisschen Zeitungspapier, Anmachholz, ein Streichholz und – voilà – schon hat man ein hübsches, knis-

terndes Feuer. Das habe ich mindestens tausendmal im Fernsehen gesehen."

Sein Blick wurde weich.

„Bleib, wo du bist." Molly sauste aus der Küche. Wenige Minuten später kam sie mit einem großen Handtuch, Jeans und einem Sweatshirt zurück.

Inzwischen hatte Keegan eine Kanne Kaffee aufgesetzt und dabei überall auf dem Küchenboden Schlammspuren hinterlassen.

Molly tupfte ihm vorsichtig mit dem Handtuch sein Gesicht ab. Danach rubbelte sie ihm energisch das Haar trocken, bis es ihm in allen Richtungen vom Kopf abstand. Beide mussten lachen.

Gerade als er eine Hand an ihre Hüfte legte und sie an sich ziehen wollte, klingelte das Telefon. Das zweite Klingeln wirkte noch beharrlicher als das Erste.

Stöhnend ließ Keegan Molly los, wappnete sich sichtlich und griff nach dem Hörer.

Molly musterte sein Gesicht, während er zuhörte. Sie trat einen Schritt auf ihn zu, blieb aber wie angewurzelt stehen, als sie den abwehrenden Blick in seinen Augen sah.

„Nein", sagte er ins Telefon. „Du solltest jetzt nicht allein sein, Florence."

Da schloss Molly die Augen.

„In Ordnung", fuhr Keegan fort. „Gut, wenn du dir sicher bist. Ja. Ich komme gleich morgen früh. Bis dahin ..." Er brach ab, nickte. „Ist gut. Danke." Sehr langsam legte er den Hörer auf.

„Psyche?", fragte Molly, als sie es nicht länger aushielt.

„Ja." Keegan sah sie nicht an. „Vor einer halben Stunde."

Die ganze Zeit hatte Molly erwartet, dass Keegan zusammenbrechen würde, wenn es so weit war. Doch er rührte sich nicht. Sie schlug die Hand vor den Mund und weinte. Einen Moment wirkte Keegan unsicher, ob er sie in den Arm nehmen sollte. Stattdessen wandte er sich ab, öffnete die Tür und starrte in den Regen hinaus.

Mehrmals flüsterte Molly seinen Namen. Doch falls er sie hörte, reagierte er nicht darauf, sondern lief in den strömenden Regen. Molly zögerte, dann folgte sie ihm. Zu ihrer Überraschung steuerte er nicht auf den Stall zu, wo er bei den Tieren womöglich einen gewissen Trost gefunden hätte, sondern lief auf die Brücke. Wollte er zu Rance?

Inzwischen rannte sie hinter ihm her. „Keegan!“ Beinahe rutschte sie aus.

Endlich. Endlich drehte er sich um. Obwohl es fast dunkel war, erkannte sie sein Gesicht klar, sah die Schatten von Trauer und Leid.

„Keegan“, wiederholte sie.

Er rührte sich nicht. Da spürte sie Kälte in sich hochkriechen, eine Kälte, die nichts mit dem Wetter zu tun hatte. Sie streckte eine Hand nach ihm aus.

Keegan zögerte. Dann ergriff er ihre Hand, verschränkte seine Finger mit ihren und verstärkte den Druck. Hinterher wusste Molly nicht mehr, wer wen geführt hatte. Gemeinsam liefen sie zurück ins Haus und stellten sich vollkommen durchweicht neben den Ofen.

Allerdings wusste sie noch, dass sie diejenige war, die sein Hemd aufknöpfte und es ihm von den Schultern streifte. Sie erinnerte sich daran, wie sie versucht hatte, ihn mit dem Handtuch abzutrocknen und er ihr Handgelenk umklammerte. Wie er sie anstarrte und schließlich küsste – nicht zärtlich, sondern fordernd und grausam. Molly spürte, dass dieser Kuss nichts mit ihr und alles mit Psyche Ryan zu tun hatte. Wie sie ins Schlafzimmer kamen, wusste sie hingegen nicht mehr. Dort streifte er ihre Kleider ab, nicht grob, aber auch nicht zärtlich.

Sie sehnte sich nach seiner Berührung, auch wenn er sie nicht meinte. Er benutzte sie nur. Doch sie war bereit, sich benutzen zu lassen. Sie erwartete, keine Lust zu empfinden, sondern nur unermessliche Trauer. Aber als er ihren Hals und ihre Schultern küsste, begann sie zu zittern. Er hob sie hoch, und sie musste ihre nackten Beine um ihn schlingen, um nicht das Gleichgewicht zu verlieren. Keegan senkte den Kopf, küsste ihre Brüste, saugte, und nicht einmal der kalte nasse Stoff seiner Jeans an ihren Schenkeln kühlte das heiße Lodern in ihrem Schoß ab.

„Keegan“, flehte sie ihn an.

Gemeinsam fielen sie aufs Bett. Keegan löste sich von ihr und zerrte seine Jeans herunter. Wie ein Wilder kam er ihr vor, als er auf sie hinunterstarrte und ihren Namen ausstieß.

Ihren Namen. Zu ihrer großen Erleichterung hatte er sie nicht Psyche genannt.

Einladend reckte Molly ihm die Arme entgegen.
Dieses Mal würde es kein Vorspiel geben, das wusste sie. Er wollte sie nehmen. Und sie wollte ihm alles geben.
Keegan legte sich auf sie, stützte sich mit den Ellbogen ab und sah ihr lange in die Augen. Sein Körper war hart und kalt. Sie zog die Bettdecke über ihn und seufzte klagend, als er noch einmal kurz ihre Brüste küsste. Dann spreizte er ihre Schenkel. Sie nickte. Keegan drang in sie ein, verharrte. Sie stöhnte seinen Namen. Erst da stieß er tief in sie. Molly schrie auf vor Lust.
Abrupt hielt er inne. „Molly?"
Weinend nahm sie sein geschwollenes, zerschlagenes Gesicht in beide Hände und küsste ihn mit all der Liebe, die sie für ihn empfand. Als er sich atemlos von ihren Lippen löste, sah er ihr tief in die Augen. Molly war sicher, dass er in dieser Sekunde ihre Seele sehen konnte und all ihre Geheimnisse entdeckte.
Sie schliefen miteinander.
Hart.
Schnell.
Lustvoll bäumte Molly sich auf, als der Orgasmus sie erfasste. Sie vergrub die Finger in seinem nassen Haar, suchte nach seinen Lippen, stieß die Hüfte nach oben, um ihn noch tiefer in sich aufzunehmen. Keegan kam nach ihr, sie spürte, wie er sich warm in ihr verströmte und hielt ihn fest, als er zitternd auf sie sank. Innig drückte sie ihn an sich, streichelte seinen Rücken, sein Haar – so lange, bis das Zittern verebbte. In Gedanken konnte sie sagen, was sie nicht auszusprechen wagte.
Ich liebe dich, Keegan McKettrick.

16. KAPITEL

Molly stand auf der Treppe der Kirche, in der in vier Wochen Rance und Emma heiraten wollten. Es sollte eine rauschende Hochzeit werden – weiße Spitze, Rosenblätter auf dem Boden, Gäste in bunter, fröhlicher Kleidung, ein triumphaler Marsch, gespielt auf der Kirchenorgel.

Heute aber war keine Freude zu spüren, obwohl die Sonne schien. Denn heute wurde Psyche Ryan beerdigt. Die Gäste trugen Schwarz oder Dunkelblau. Florence saß steif in der ersten Bank, Lucas zappelte auf ihrem Schoß. Ausdruckslos starrte die alte Frau auf Psyches glänzenden, mit Pfingstrosen geschmückten Sarg und schien niemanden um sich herum wahrzunehmen.

Seit Psyches Tod verhielt Keegan sich Molly gegenüber kühl und distanziert. Er stürzte sich in körperliche Arbeit, fütterte und striegelte die Pferde, schlug Nägel in Zäune, nahm Geräte im Schuppen auseinander und baute sie wieder zusammen. Nachts schlief er mit Molly und verschaffte ihrem Körper Lust, berührte dabei aber niemals ihr Herz.

Durch die offene Kirchentür drangen die sanften Klänge von „Amazing Grace". Molly richtete sich auf. Sie konnte nicht einfach weglaufen. Sie war jetzt Molly McKettrick, Lucas' Mutter, Keegans Frau. Und Psyche … war ihre Freundin gewesen.

Tränen trübten ihren Blick. Sie spürte eine Berührung am Ellbogen.

„Es ist Zeit", sagte Jesse leise. Keegan braucht dich, schien sein Blick zu sagen. Bereitwillig ließ sie sich von ihm in die überfüllte Kirche zu ihrem Platz neben Keegan führen, der so unbewegt dasaß wie die Marmorstatuen hinter den Gräbern auf dem Friedhof.

Wie sehr sehnte sie sich danach, seine Hand zu nehmen oder wenigstens seine Schulter zu berühren. Aber sie wagte es nicht. Zu seiner Linken saß Devon. Das Mädchen betrachtete die Trauergäste, ernst und doch zugleich geschützt durch ihre Jugend und Unschuld. Devon hatte Psyche kaum gekannt, und wenn sie traurig war, dann vor allem über den Schmerz ihres Vaters.

Die Gedenkfeier begann.

Als der 23. Psalm verlesen wurde, befreite Lucas sich aus Florences Umarmung, krabbelte von ihrem Schoß und tapste auf

Molly zu. Er hob die Arme, seine Unterlippe bebte. Molly fühlte sich so von Liebe überwältigt, dass sie einen Moment nicht atmen konnte. Dann drückte sie ihren Sohn fest an sich.

Keegans Augen waren trocken, aber rot gerändert. Jesse, der in der Bank hinter ihnen saß, tat nun, was sie nicht gewagt hatte. Er legte eine Hand auf Keegans Schulter. Sofort wich dieser zur Seite. Außer nachts, wenn er sich in Molly vergrub, ertrug er es nicht, angefasst zu werden.

Schließlich lud der Pfarrer jeden, der etwas sagen wollte, ein, nach vorn zu kommen. Molly erhob sich und wartete mit Lucas auf dem Arm im Kirchengang, bis Keegan nach kurzem Zögern aufstand. Mit geradem Rücken ging er zum Altar.

Zitternd setzte Molly sich wieder. Devon rutschte zu ihr und legte einen Kopf auf ihre Schulter. Sanft nahm sie das Mädchen in den Arm. Lucas wurde immer ungeduldiger. Als er einen verärgerten Schrei ausstieß, nahm Jesse ihn Molly ab und trug ihn hinaus.

Keegan, der inzwischen hinter der Kanzel stand, schluckte sichtbar. „Kürzlich sagte ein guter Freund zu mir …“, er brach ab, um sich zu räuspern, „dass die Menschen weniger mit dem Kopf und viel mehr mit dem Herzen denken sollten. Das hat Psyche ihr Leben lang getan. Sie war immer bereit zu verzeihen und jedem eine zweite Chance zu geben.“ Sein Blick ruhte auf Mollys Gesicht. „Sie starb genauso, wie sie gelebt hat – großzügig. Sie hatte schreckliche Schmerzen und Angst, doch es gelang ihr, all das zu überwinden. Sie hat dafür gesorgt, dass ihr Sohn ein Heim und eine Familie bekommt.“ Wieder hielt er inne, auf der Suche nach den richtigen Worten. „Psyche war eine der mutigsten Frauen, die ich je kennengelernt habe, und ich werde sie niemals vergessen.“

Damit verließ Keegan die Kanzel und legte kurz eine Hand auf Psyche Sarg.

Ich werde sie niemals vergessen.

Der Satz hallte in Mollys Herz nach. Sie und Devon rutschten zur Seite, damit Keegan sich wieder setzen konnte. Neben Jesse, Rance, Travis, Wyatt und dessen Bruder war er einer der Sargträger.

Psyche hatte ihre Rache bekommen, wenn auch unbeabsichtigt. Einen Teil von Keegan hatte sie mit auf ihre Reise in die Ewigkeit genommen. Wie betäubt verfolgte Molly Florences tapfere, tränenreiche Ansprache, ohne ein einziges Wort zu verstehen. Jesse kam zurück in die Kirche und legte den schlafenden Lucas in Cheyennes Arme.

Auf ein Zeichen des Pfarrers versammelten sich die Sargträger. Jeder ergriff einen der schimmernden Messinggriffe.

Psyche hatte nicht gewollt, dass die Trauergäste mit zu ihrem Grab gingen. Darum schlossen sich die Türen als endgültiger Abschied hinter dem Sarg.

Nach dem Gottesdienst aßen die Gäste Kuchen, tranken Kaffee oder Punch und tauschten Erinnerungen an die jüngere Psyche aus, die Psyche, die sie am besten gekannt hatten.

Inzwischen hatte Lucas sich ganz gut auf Triple M eingelebt, und doch lief er auf der Suche nach Psyche oft von Zimmer zu Zimmer. „Mama?", rief er dann immer wieder verwirrt. „Mama?"

Auch jetzt suchte er die Menschenmenge nach dem einen Menschen ab, den er niemals mehr finden würde.

Zögernd ging Molly auf Keegan zu. Heute Nacht würde er ein anderer sein, allein mit ihr im Schlafzimmer. Mit jeder Faser ihres Körpers sehnte sie sich nach diesen Nächten. Gleichzeitig fürchtete sie sich vor ihnen. Es graute ihr, sich ihm so hinzugeben und doch immer zu wissen, dass sie nur der Ersatz für eine andere Frau war – nicht für die schwache, zerbrechliche Psyche, die sie kannte, sondern für die lebhafte, schöne Psyche, die Keegan nicht vergessen konnte.

„Lucas ist müde", sagte sie leise. „Ich bringe ihn nach Hause."

Keegan sah sie an wie eine entfernte Bekannte, die er irgendwo kennengelernt und umgehend wieder vergessen hatte. Hätte sie es nicht besser gewusst, hätte sie geschworen, dass er versuchte, sich an ihren Namen zu erinnern.

„Nach Hause", wiederholte er.

„Auf die Ranch", stellte sie klar. Wohin sonst sollte sie gehen? Psyches großes Haus stand zum Verkauf. Florence hatte ihre Sachen gepackt und würde gleich nach der Beerdigung zu ihrer Schwester nach Seattle ziehen.

„Ich hole den Wagen", verkündete Keegan zu ihrer Überraschung. Was sie von ihm erwartet hatte, wusste Molly selbst nicht genau – diese Reaktion jedenfalls nicht. „Wo ist Devon?", fragte er dann.

„Draußen mit Rianna und Maeve."

Nun lächelte er sogar ein wenig, zerzauste Lucas das Haar. Doch als er sie ansah, war sein Blick wieder distanziert.

Trotz aller Probleme mit Psyches Haushälterin fiel Molly der nun folgende Abschied von Florence schwer. „Ich werde Ihnen Fotos schicken. Und Sie können Lucas jederzeit besuchen", versprach sie.

Tränen schimmerten in den Augen der älteren Frau, als sie sich vorbeugte, um dem Jungen übers Haar zu streichen. „Vielen Dank, Molly." Sie lächelte. „Es hat Psyche getröstet zu wissen, dass Sie sich um Lucas kümmern und ihn so lieben, wie sie es getan hat. Das hat ihr Kraft gegeben."

Nicht in der Lage zu sprechen, nickte Molly nur.

„Bitte vergessen Sie nicht, mir die versprochenen Fotos zu schicken. Ich werde Ihnen aus Seattle schreiben, damit sie meine Adresse haben." An Molly vorbei sah Florence durch die geöffnete Tür. „Gehen Sie jetzt und kümmern Sie sich um Ihren Mann. Es wird anfangs sicher nicht leicht, aber ich glaube, mit der Zeit wird alles gut."

„Sind Sie in Ordnung?", fragte Molly, als sie endlich ihre Stimme wiedergefunden hatte.

„Es geht schon", entgegnete Florence. „Ich werde noch lange um mein kleines Mädchen trauern. Aber ich habe meine Schwester und jede Menge schöne Erinnerungen an Psyche, um weiterzuleben."

„Ich danke Ihnen, Florence." Tränenüberströmt ging Molly durch die Tür. Keegan wartete mit Devon neben dem Wagen. Als er Molly erblickte, nahm er ihr Lucas ab und setzte ihn in den Kindersitz, Devon setzte sich fürsorglich neben ihn. Während der Fahrt nach Triple M sprach niemand ein Wort.

Zu Hause angekommen wechselte Molly Lucas' Windel, fütterte ihn und legte ihn in seinen Laufstall in der Küche. Keegan kam in Jeans, Stiefeln und Arbeitshemd die Treppe herunter. Molly ließ Lucas einen Moment in Devons Obhut und ging ebenfalls nach oben, um ihr schwarzes Kleid auszuziehen. Als sie in Jeans, einem zerknitterten weißen Oberteil und Sandalen wieder in die Küche kam, war Keegan verschwunden. Devon saß im Schaukelstuhl und sah Lucas beim Schlafen zu. Ihr unglücklicher Gesichtsausdruck beunruhigte Molly. Zwar hatte das Mädchen gerade erst eine Beerdigung erlebt, aber Molly vermutete, dass es einen anderen Grund für ihre Stimmung gab. Vielleicht hatten die beiden über die Probleme gesprochen, die Keegan erwähnt hatte.

„Möchtest du etwas essen, Liebes?“, fragte Molly.

Devon schüttelte den Kopf. „Mein Dad ist ganz schön traurig.“

„Er hat eine gute Freundin verloren“, erwiderte Molly sehr leise. „Das ist hart.“

„Er hat gesagt, wir müssten uns mal unterhalten, er und ich. Wahrscheinlich will er mir sagen, dass Mom mich doch nach Paris holt. Dass ich nicht bei ihm bleiben kann.“

Molly verstand kein Wort. Sie wusste nichts über das Verhältnis zwischen Keegan und seiner Ex-Frau und wollte auf keinen Fall etwas Falsches sagen. Andererseits konnte sie Devons Sorgen auch nicht einfach ignorieren. „Ist es das, was du möchtest? Hier mit deinem Dad leben?“

„Und mit dir und Lucas.“

Dieser Satz traf sie mit voller Wucht. Wenn ihre Ehe mit Keegan nicht funktionierte, müssten auch noch andere Menschen darunter leiden. Lucas natürlich, aber auch Devon.

„Das wäre sehr schön“, entgegnete Molly. Sie hätte so viel mehr dazu sagen wollen, dem Mädchen so viel mehr versprechen wollen, aber noch war es zu früh dafür.

„Kann ich ein paar von deinen Schuhen anprobieren?“

Vor Erleichterung, dass das Gespräch so eine Wendung genommen hatte, lachte Molly. „Ja. Aber die meisten sind noch immer verpackt.“

„Schon gut. Ich packe sie für dich aus.“

„Gute Idee.“

Devon flitzte aus der Küche.

Als Keegan zurückkam und sich suchend nach Devon umsah, verrührte Molly gerade Tunfisch, Mayonnaise, Zwiebeln und Mixed Pickles.

„Oben“, erklärte sie. „Sie packt meine Schuhe aus.“

Durch die Decke erklang ein klapperndes Geräusch.

„Ich warte darauf, dass das Leben leichter wird“, sagte er.

„Das wird es“, murmelte sie. „Leichter, meine ich.“

Aber er sah nicht überzeugt aus. Wortlos wandte er sich ab und ging zur Treppe.

„Dev?“

Sie hatte einen von Mollys Kartons umgekippt. Überall auf dem Boden lagen Schuhe verstreut. Das Paar, das sie trug, war schwarz mit rosa Punkten und sehr hohen Absätzen.

„Molly hat es mir erlaubt“, verkündete sie schuldbewusst.

Er trat in das Zimmer. „Ich weiß, Liebling.“ Er setzte sich in einen Schaukelstuhl. In diesem Stuhl hatte Angus' zweite Frau Georgia ihre drei Söhne Rafe, Kade und Jeb gestillt. Er selbst hatte als Kind in diesem Stuhl geschaukelt – wie so viele Generationen von McKettricks zuvor.

Vollkommen reglos stand Devon da, die schmalen Schultern gestrafft, als ahnte sie, dass bald eine unerträgliche Last auf ihnen ruhen würde. „Ich muss nach Paris, stimmt's?“

„Nein.“

„Was ist es dann?“

„Setz dich, Dev.“

Zögernd sank sie auf das ordentlich gemachte Bett und faltete die Hände im Schoß.

„Deine Mom und ich haben in den letzten Tagen … einige Gespräche geführt. Sie hat zugestimmt, dass du für immer bei mir bleiben kannst.“

Einen Moment leuchteten Devons Augen, dann wurden sie wieder dunkel. „Das ist doch toll, oder? Aber vielleicht ist jetzt wegen Molly und Lucas hier nicht mehr genug Platz für …“

„Dev“, unterbrach Keegan sie. „Selbst wenn das Haus nur halb so groß wäre, hätten wir immer noch genug Platz für dich. Darum geht es nicht.“

„Worum dann?“

Für einen langen Moment schloss Keegan die Augen. Wenn er nun einen Fehler machte? Vielleicht gab es gar keinen Grund, Devon zu sagen, dass sie nicht seine leibliche Tochter war. Womöglich war Shelley mit dem Geld zufrieden und viel zu beschäftigt in Paris, um in Amerika Ärger zu machen.

Von wegen. Shelley liebte es, Ärger zu machen, und es kümmerte sie einen feuchten Kehricht, wer dabei verletzt wurde. Zumal sie ganz genau wusste, dass sie Keegan nur auf eine Weise wirklich traf – indem sie Devon wehtat.

„Ich möchte, dass du eines nie vergisst“, begann er gequält.

„Und zwar, dass ich dich liebe. Und nichts auf der Welt wird daran etwas ändern."

„Du bist doch nicht krank, so wie Psyche, oder?"

Die Furcht in ihrer Stimme schnitt ihm tief ins Herz. „Nein. Das ist es auch nicht."

Er musste es sagen. Jetzt.

„Ich ... ich bin nicht dein Vater", würgte er hervor. „Zumindest nicht dein biologischer."

Wusste sie überhaupt, was „biologisch" bedeutete? Sie war ja noch nicht einmal elf.

Devon wurde bleich. Die ganze Zeit hatte sie mit den Füßen gewippt, die Schuhe baumelten an ihren Zehen. Doch jetzt rührte sie sich nicht mehr. Ihre Stimme war so schwach, dass Keegan sie kaum verstand.

„Ich bin keine McKettrick?"

„Doch, du bist eine McKettrick, Dev."

„Aber wenn du nicht mein Dad bist."

„Ich *bin* dein Dad. Weil ich es sein will."

„War Mom mit einem anderen Mann zusammen?"

Keegan unterdrückte einen Fluch. Er fand es schrecklich, dass ein so junges Mädchen bereits den Vorgang des Betrugs kannte – vom Sex einmal ganz abgesehen. „Ja", presste er hervor.

Einer der Schuhe fiel mit einem dumpfen Geräusch zu Boden. „Wenn du nicht mein Dad bist, wer ist es dann?"

„Das weiß ich nicht", sagte Keegan. Noch war er nicht so weit, ihr von Thayer Ryan zu erzählen, und sie war noch nicht bereit, es zu hören. Bis vor ein paar Tagen hatte er nur einen Verdacht gehegt, der auf seinem Bauchgefühl basierte und der Tatsache, dass Thayer und Shelley einmal ein Paar gewesen waren.

Aber dann hatte er mit Psyche gesprochen. Denn die Vereinbarung über Devons Verbleib war aus Versehen zwischen die Dokumente über Psyches Hausverkauf und Lucas' Adoption gerutscht. Und Psyche hatte ihn gefragt, warum er Devon ebenfalls adoptieren wollte.

Ein paar Minuten nach der Trauung hatte er ihr alles erzählt. Dabei fiel ihm auf, dass Psyche nicht besonders überrascht wirkte. Sie lächelte leicht und sah zu Lucas. Es sei schon eine komische Gesichte, sagte sie dann. Lucas und Devon hätten denselben Vater und würden nun tatsächlich zusammen aufwachsen. So wie es sein sollte.

Während eines Streits hatte ihr Mann ihr die Wahrheit ins Gesicht geschleudert. *Du findest also, du hättest Keegan McKettrick heiraten sollen*, hatte er gebrüllt. *Nun, dann will ich dir mal ein kleines Geheimnis verraten …*

Dieses kleine Geheimnis war Devon gewesen.

Als Keegan Devon jetzt betrachtete, wie sie auf der Bettkante kauerte, brach sein Herz entzwei. Niemals würde er zulassen, dass sie unter den Fehlern der Erwachsenen leiden musste.

„Ich habe dich sehr, sehr lieb, Dev", sagte er.

Da stand sie auf und krabbelte auf seinen Schoß so wie früher, als sie noch klein gewesen war. „Dann wird alles gut, oder?", fragte sie ganz leise.

Zum ersten Mal seit dem Unfall seiner Eltern ließ Keegan seinen Tränen freien Lauf und tat damit genau das, was Travis ihm geraten hatte.

Nur hatte ihn niemand davor gewarnt, wie weh es tun würde.

„Ja", versprach er heiser. „Alles wird gut."

Molly machte Tunfischsandwiches. Kunstvoll schichtete sie die Dreiecke auf einen blauen Teller, den sie im Schrank gefunden hatte, und wartete, dass jemand kam, um sie zu essen.

Kurz darauf erschien Keegan in der Küche. Allein.

Er blieb neben dem Laufstall stehen, um den schlafenden Lucas zu betrachten. Molly wischte sich die feuchten Hände an ihren Jeans ab.

„Meine Eltern", begann Keegan, „kamen bei einem Flugzeugabsturz ums Leben, als ich sechzehn war."

Sie hatte das Gefühl, jetzt weder etwas sagen noch sich bewegen zu dürfen.

„Meine erste Ehe lief nicht gut", fuhr er fort. „Shelley sagte mir, dass sie schwanger war. Darum habe ich sie geheiratet. Aber wie sich herausstellte, war das Kind nicht von mir."

Guter Gott, dachte sie. Er hat Devon gerade erzählt, dass sie nicht seine Tochter ist. Kein Wunder, dass er die ganze Zeit so angespannt war, dazu noch Psyches Tod …

„Du bist dran." Er stupste sie an.

„Ich bin dran?“

„Ich weiß überhaupt nichts von dir, Molly.“ Wieder betrachtete Keegan Lucas, sie sah, wie sein Kiefer zuckte. „Von dieser Tatsache einmal abgesehen.“

Molly errötete. Sie wusste nur zu gut, wie er das meinte. „Ich mag Schokoladeneis mit Marshmallows. Das ist mein geheimes Laster.“

„Das reicht nicht“, warf Keegan ein.

„Mein Dad ist Alkoholiker. Er ist gerade in einer Klinik – zum x-ten Mal. Darum konnte er nicht zu meiner Hochzeit kommen.“

Etwas flackerte in Keegans Augen auf – Mitgefühl vielleicht. Hoffentlich kein Mitleid.

Devon kam die Treppe herunter. Sie trug Mollys rote, flache Satinschuhe mit den Kristallschnallen. Sie hatten ein Vermögen gekostet, aber wenn es nach ihr ginge, könnte das Mädchen sie sogar im Stall tragen.

„Ich bin am Verhungern“, sagte Devon. Tränenstreifen durchzogen ihr Gesicht, ihre Augen waren geschwollen, doch sie lächelte.

„Na, dann hau rein.“ Molly deutete auf den Teller mit den Sandwiches.

„Du hast etwas zu essen gemacht?“, staunte Devon. „Meine Mom sagt, das machen nur Frauen, die nichts Besseres zu tun haben.“

Keegan ließ Molly nicht aus den Augen. „Sie muss es ja wissen. Und wasch dir erst die Hände, Dev.“

Zum ersten Mal setzten sie sich alle zusammen an einen Tisch. Molly hätte schwören können, dass ein Deckel des Holzofens klapperte. Sie blickte über die Schulter. Als sie sich wieder umdrehte, sah sie, dass Keegan sie mit einem leisen, nachdenklichen Lächeln beobachtete.

Devon schlang ihr Essen hinunter und rannte nach oben, um sich für den Stall umzuziehen. Stolz verkündete sie, dass es ihre Aufgabe sei, Spuds Box auszumisten.

Als die Tür sich hinter ihr schloss, sagte Molly. „Das mit deinen Eltern tut mir leid, Keegan.“

Er machte eine Bewegung, als wollte er ihre Hand ergreifen, nahm aber stattdessen ein weiteres Sandwich. „Und mir tut es leid, dass dein Vater ein Alkoholproblem hat."

„Mir auch. Normalerweise ist er ein feiner Kerl. Du würdest ihn wahrscheinlich mögen, wenn ..." Sie brach ab und errötete.

„Wenn was?"

„Nun, wenn wir uns in einer Situation befänden, in der es wichtig wäre, meinen Dad zu mögen."

„Und in was für einer Situation befinden wir uns, Molly?"

„Das weißt du verdammt gut." Weil Keegan sie mit seinen Blicken auszuziehen schien, wand sie sich etwas auf ihrem Stuhl. Wenn er sich auch nur eine Sekunde einbildete, dass sie mitten am Tag mit ihm nach oben gehen würde ...

„Ich weiß, dass der Sex verdammt gut ist", erwiderte er. „Ich frage mich nur, wann dir das Leben auf einer Farm langweilig wird und du wieder nach Los Angeles verschwindest.

Mit offenem Mund sah Molly ihn an. „Langweilig? Wie könnte es mir langweilig werden? Hier ist immer was los. Du prügelst dich mit Jesse und Rance hinter dem Stall, Pferde tauchen auf wundersame Art und Weise auf. Es gibt Ausritte in die Berge ..."

Er lachte. Gott, es tat so gut, ihn lachen zu hören. Ihre Augen begannen zu brennen.

„Bist du in Ordnung?", fragte Keegan.

Und wie, dachte sie. Ich liebe einen Mann, der eine andere Frau liebt. Aber hey, der Sex ist gut.

„Molly?"

Eine Träne rann über ihre Wange. Keegan wischte sie mit dem Daumen weg. „Du bist nicht in Ordnung."

„Gut erkannt, Sherlock." Sie wollte aufstehen, doch Keegan fasste sie am Handgelenk und zwang sie, sitzen zu bleiben. „Warum weinst du so viel?"

Sie konnte nicht sagen, *weil ich verdammt noch mal in dich verliebt bin.* „Ich bin einfach sehr emotional momentan. Alles passiert so schnell, Keegan. Wir haben geheiratet, dann ist Psyche ..."

Er zog sie auf seinen Schoß und schob eine Hand unter ihren BH. Molly rang nach Luft.

„Keegan, es ist mitten am Tag ..."

Grinsend streichelte er ihre Brustwarzen. „Willkommen auf Triple M, Mrs McKettrick", murmelte er.

„Devon kann jeden Moment hereinkommen ..."

„Sie braucht mindestens eine Dreiviertelstunde für den Stall. Und Lucas schläft tief und fest." Er entblößte ihre Brust und fuhr mit der Zunge darüber. „Als ich all die Orte aufgezählt habe, an denen ich mit dir schlafen will", murmelte er, „habe ich da die Wand erwähnt?"

Zumindest Molly hatte noch nicht komplett den Verstand verloren. Nur beinahe. „Wir werden es *nicht* an der Küchenwand machen."

„Wer spricht denn von der Küchenwand?"

Er zog sie durch den langen Flur in einen kleinen Alkoven und drückte sie gegen die Wand. Nun, sie musste ja nicht jedes Mal einen Orgasmus bekommen.

Doch sie täuschte sich, sie kam dreimal und vergrub ihr Gesicht an Keegans Schulter, um Lucas mit ihren Schreien nicht zu wecken.

Danach sank Molly beinahe zu Boden. Lachend brachte Keegan zuerst ihre Kleider in Ordnung und dann seine. Exakt nach einer Dreiviertelstunde kam Devon aus dem Stall zurück. Sie wirkt ein wenig geknickt, dachte Molly, aber nicht traumatisiert, so wie man es hätte befürchten können.

„Ihr zwei seht ganz schön glücklich aus." Das klang überrascht.

Molly, die gerade einen Kuchenteig anrührte, sah errötend weg. Indessen saß Keegan lesend am Küchentisch, mit Lucas im Arm. Er warf Molly einen verschwörerischen Blick zu.

„Tatsächlich?", fragte er sanft.

17. KAPITEL

Ein Monat später ...

Den Telefonhörer unters Ohr geklemmt, starrte Molly mit zusammengekniffenen Augen auf den Kalender.

„Beeil dich, Dev", hörte sie Keegan oben rufen. „Die Hochzeit beginnt in weniger als einer Stunde!"

„Molly", sagte Joanie gerade am Telefon. „Keine Panik. Es könnte auch Fehlalarm sein."

„Ich bin *überfällig*", wisperte Molly und warf noch einen Blick auf den Kalender. „Und ich bin *nie* überfällig!"

„Das solltest du Keegan sagen und nicht mir", riet Joanie. Seit sie nach Kalifornien zurückgekehrt war, führte sie die Agentur mehr oder weniger allein. Molly verblüffte der geschäftliche Scharfsinn ihrer ehemaligen Assistentin immer wieder, und sie begnügte sich damit, die neuen Manuskripte nach Triple M schicken zu lassen, um sie zu begutachten.

„Das kann ich nicht." Molly warf einen ängstlichen Blick zur Treppe. Sie und Lucas waren bereits für die Hochzeit angekleidet, und Keegan würde jeden Moment herunterkommen.

„Du kannst mit diesem Mann schlafen, ihm aber nicht sagen, dass du vermutlich schwanger bist?", fragte Joanie nüchtern. „Findest du das nicht merkwürdig?"

„Er wird glauben, dass ich es darauf angelegt habe."

„Hast du das nicht?"

„Ja, schon", gab Molly zu. „Aber nicht, um ihn damit unter Druck zu setzen."

„Darf ich darauf hinweisen, dass selbst wenn es so wäre, er durchaus mitgemacht hat?"

„Mitmachen ist kaum der richtige Ausdruck." Molly lächelte. Keegan machte niemals einfach mit. Er überrollte einen. Übernahm die Führung. Und hatte in Molly McKettrick seine Meisterin gefunden.

„Ist dir jemals in den Sinn gekommen, dass Keegan sich vielleicht sogar freuen würde?"

Genau in diesem Moment tauchte Keegan oben an der Treppe auf. Er sah umwerfend in dem Smoking aus. Inzwischen trug er sein kastanienbraunes Haar etwas länger, sodass es sich am Kragen kringelte.

„Ich rufe später noch mal an, Dad", verabschiedete Molly sich hastig. Sie hörte Joanie noch lachen, bevor sie auflegte.

„Du siehst fantastisch aus." Anerkennend wanderte Keegans Blick über ihr rosa Satinkleid. Für ein Brautjungfernkleid war es tatsächlich gar nicht so schlecht.

„Du auch", entgegnete Molly.

Sag es ihm, drängte ihre innere Stimme.

Nein, antwortete sie stumm. *Er liebt mich nicht. Und außerdem ist jetzt nicht der richtige Zeitpunkt.*

„Dev! Jetzt mach schon – wir sind spät dran!", rief Keegan nach oben.

„Ja, gleich!", brüllte Devon zurück.

„Erst zehn Jahre", bemerkte er trocken, „und führt sich schon wie ein Teenager auf."

Molly lachte, dann lief sie zu ihm und richtete seinen Kragen. Er roch schwach nach Seife, und als sie ihn berührte, musste sie daran denken, wie sie vorhin zusammen geduscht hatten. „Warte ab. Das ist noch gar nichts."

„Wie tröstlich." Er neigte den Kopf und knabberte an ihrem Ohr. Unter anderen Umständen wäre mehr daraus geworden. Keegan besaß die erstaunliche Fähigkeit, innerhalb von Sekunden schier endlose Lust in Molly zu wecken.

Devon trampelte die Treppe hinunter. „Na, dann lasst uns endlich gehen. Falls ihr mal für eine Zeit lang aufhören könnt zu knutschen."

Keegan verdrehte die Augen.

Molly schüttelte lachend den Kopf. Männer verstanden einfach nichts von kleinen Mädchen. Devon rebellierte aus nur einem Grund: Weil sie sich Keegans Liebe vollkommen sicher war. Sie wusste, dass sie bei ihm bleiben durfte.

Lucas hüpfte in seinem Laufstall mit erhobenen Armen auf und ab. „Gehen!", jubelte er. „Gehen!"

Keegan hob ihn heraus. Lucas liebte nichts mehr, als auf Keegans Schultern zu reiten. Inzwischen hatte er auch gelernt, in einem Sattel zu sitzen. Manchmal, wenn Keegan über den Bach ritt, um Rance mit seiner Rinderherde zu helfen, nahm er Devon und

Lucas mit. Lucas saß dann vor ihm auf dem Pferd, und Devon ritt ihr eigenes kleines Pony. Molly war noch immer vorsichtig, was Pferde betraf, doch mit Keegans geduldiger Hilfe würde sie eines Tages schon den richtigen Dreh finden.

Lucas gluckste in Keegans Armen.

Mit einem ungeduldigen Ächzen öffnete Devon die Tür. „Können wir jetzt *bitte* gehen?"

Spud und die drei Pferde sahen ihnen nach, als sie in den Jaguar stiegen. Keegan hatte die Tiere schon vor Tagesanbruch gefüttert, dann war er zurück ins Bett gekommen, um Molly zu wecken. Noch bevor sie die Augen öffnete, hatte sie ein süßer, schläfriger Höhepunkt überwältigt.

Bei diesem Gedanken errötete sie leicht. Als ob er ihre Gedanken gelesen hätte, grinste Keegan ihr zu und streichelte sanft ihren Schenkel.

Als sie ankamen, platzte die kleine Kirche schon fast aus allen Nähten.

Rance, der Bräutigam, stand nervös im Kirchhof und ließ es über sich ergehen, dass Cheyenne an seiner Fliege herumfummelte. Keegan parkte den Wagen und beugte sich über Molly, um die Tür zu öffnen, wobei seine Schulter ihre Brust streifte. Sofort loderte ein Feuer in ihr auf. Obwohl sie alles tat, um ihre Reaktion zu verbergen, lachte er zufrieden.

Devon sprang vom Rücksitz und sauste auf Rianna und Maeve zu.

„Gehen!", meckerte Lucas. „Gehen!"

Keegan sah Molly tief in die Augen. „Hättest du dir auch eine große, traditionelle Hochzeit wie diese gewünscht?", fragte er.

Es gelang ihm doch immer wieder, sie zu überraschen.

„Nein", antwortete sie. *Aber ich wünschte, du würdest mich lieben.*

Er öffnete das Handschuhfach. „Das wollte ich dir eigentlich später geben. Doch jetzt scheint der richtige Augenblick zu sein."

Verwirrt und zugleich voller Hoffnung blinzelte Molly. Keegan nahm eine schwarze Schmuckschachtel aus dem Fach und hielt sie ihr hin.

„Gehen!", schrie Lucas.

Molly ergriff die Schachtel, brachte es aber nicht über sich, sie zu öffnen. Keegan hatte ihr zur Hochzeit einen breiten, mit Diamanten besetzten Ring geschenkt, was also konnte sich wohl in der Schachtel befinden? Und was bedeutete *jetzt scheint der richtige Augenblick zu sein*?

Als Molly sich weiterhin nicht rührte, hob Keegan den Deckel ab.

Ein goldenes, herzförmiges Medaillon glitzerte auf blauem Samt. Molly schnappte nach Luft.

„G-e-h-e-n!", verlangte Lucas.

„Psst", zischte Keegan.

Überraschenderweise gehorchte Lucas.

„Molly?", drängte Keegan.

„Es ... es ist wunderschön", wisperte Molly.

Keegan lächelte über die Verwirrung in ihren Augen.

„Was hat es zu bedeuten?", hörte sie sich fragen.

Mit einer Bewegung des Daumens öffnete er das Medaillon. Darin steckten zwei Fotos: Devon und Lucas auf der einen Seite, er und Molly auf der anderen. Beide waren bei der Hochzeit gemacht worden, Keegan hatte ein blaues Auge und eine dicke Lippe.

„Das bedeutet, dass ich dich von Herzen liebe, Molly", sagte er nur.

Ihre Augen füllten sich mit Tränen. Er schenkte ihr sein Herz, sein starkes, störrisches McKettrick-Herz. Und in diesem Herzen war sie, zusammen mit Devon und Lucas.

„Jetzt solltest du eigentlich sagen: *Ich liebe dich auch, Keegan*", zog er sie auf.

„Das tue ich", sagte sie. „Oh, Keegan, das tue ich ..."

Er küsste sie.

„Gehen?", versuchte Lucas es erneut.

Aus der Kirche erklang Orgelmusik.

Keegan nahm das Medaillon aus der Schachtel und legte die Kette um Mollys Hals. „Wir sollten besser reingehen."

Aber Molly hielt seine Hand fest. „Erst muss ich dir noch etwas sagen. Ich glaube ... ich glaube, ich habe auch etwas für dich."

„Was?" Er runzelte leicht die Stirn.

„Ein Baby", antwortete sie.

Da erhellte ein strahlendes Lächeln sein Gesicht, doch bevor er etwas sagen konnte, tauchte Jesse neben ihrem Wagen auf.

„Hey.“ Grinsend öffnete er die Hintertür und befreite Lucas aus dem Kindersitz. „Die Hochzeit geht gleich los, aber es fehlen noch eine Brautjungfer und ein Trauzeuge.“

In der Kirche drückte Molly ihren Sohn Cora Tellington in die Arme. Doc Swann, der örtliche Tierarzt und Coras Verlobter, saß neben ihr auf der Kirchenbank. Sie hielten sich an den Händen.

Jesse und Keegan setzten sich lautlos ganz nach vorn neben Rance.

Molly eilte zurück zu Cheyenne, Rianna und Maeve, die alle rosa Kleider trugen. Zwischen ihnen stand Emma in einer Woge aus weißer Spitze. Ihre Augen hinter dem Schleier strahlten. Der gut aussehende Mann neben ihr, der sie gleich ihrem künftigen Mann übergeben würde, war Rances Vater.

Der Empfang nach der Trauung war lebhaft. Aufgeregte Kinder flitzten durch die Gegend, es gab Kuchen, ständig machte jemand Fotos. Und immer wenn Keegan Mollys Blick auffing, berührte sie das Medaillon an ihrem Hals und wunderte sich. *Er liebt mich. Keegan McKettrick liebt mich.*

„Molly?“, hörte sie eine Stimme hinter sich. Eine Stimme, nach der sie sich so lange gesehnt hatte. Aber es konnte doch nicht sein …

Sie wirbelte herum. Ihr Vater trug seinen besten Anzug – er passte nicht sonderlich gut und roch leicht nach Mottenkugeln – und lächelte sie zaghaft an. Er sah gesund aus, ausgeruht und … nüchtern.

„Dad“, flüsterte Molly, als hätte sie Angst, er könnte verschwinden, wenn sie lauter sprach.

„Ich hoffe, es ist in Ordnung, dass ich einfach so auf dieser Feier auftauche“, sagte Luke Shields.

Molly warf die Arme um seinen Hals und küsste ihn auf beide Wangen.

Er lachte. „Soll das heißen, du freust dich, mich zu sehen?“

„Ja. Komm, ich möchte dir die neuen Männer in meinem Leben vorstellen.“ Keegan, der mit Lucas auf dem Arm etwas entfernt bei Jesse und einigen Freunden von Rance stand, sah ihnen entgegen.

„Dad, das ist Keegan, mein Mann.“ Mein *Mann*. „Und das ist Lucas.“

Luke streckte seine Hand aus. „Hallo Keegan. Danke fürs Abholen."

Danke fürs Abholen?

Keegan nickte kurz und schüttelte die Hand seines Schwiegervaters. „Schön, Sie kennenzulernen." Dann drückte er Lucas in die Arme seines Großvaters.

Plötzlich schimmerten Lukes Augen verdächtig. „Nun ja", sagte er mit heiserer Stimme zu Lucas. „Hallo du."

„Gehen", erklärte Lucas feierlich.

„Er ist der geborene Tramper", bemerkte Keegan trocken.

Luke lachte.

Wann hatte sie ihren Vater zum letzten Mal auf diese Weise lachen hören? Molly wusste es nicht. Nach einem Blick auf Keegan zupfte sie Luke am Ärmel.

Die beiden setzten sich auf eine Bank.

„Bist du glücklich, Molly?", fragte Luke nach langem Schweigen.

„Ich bin glücklich. Und du?"

Voller Zärtlichkeit betrachtete Luke Lucas, der zu seinen Füßen im Gras spielte. „Ich glaube, diesmal werde ich es packen." Er musterte sie mit forschendem Blick. „Es tut mir leid, dass ich bei *deiner* Hochzeit nicht dabei sein konnte, Liebling."

„Jetzt bist du ja da, Dad. Und nur das zählt."

„Ich kann nicht lange bleiben", erklärte Luke. „Neunzig Meetings in neunzig Tagen, so lautet die Regel."

Molly drückte seine Hand. Dann legte sie einen Moment den Kopf an seine Schulter. „Wie bist du hergekommen?", fragte sie leise.

„Keegan hat den Firmenjet geschickt." Luke grinste. „Ich bin also ziemlich stilvoll gereist."

Danke fürs Abholen.

„Du hast einen tollen Mann geheiratet, Molly. Er hat mich gestern Nachmittag angerufen und gefragt, ob ich zur Hochzeit kommen wolle. Ich habe ihm von den Meetings der Anonymen Alkoholiker erzählt, die ich als Teil der Therapie täglich besuchen muss. Da meinte er, er könnte mich innerhalb weniger Stunden abholen und wieder nach Los Angeles zurückbringen lassen. Hat er dir nichts davon gesagt?"

„Nein, hat er nicht. Aber ich bin so froh, dass du gekommen bist."

„Ich auch. Ich war mir nicht sicher, wie du reagieren würdest, nach allem, was geschehen ist. Und ich habe Keegan erklärt, dass ich Angst habe. Darauf meinte er, ich solle mir keine Gedanken machen, er wüsste mit dir umzugehen."

Molly lächelte. „Oh, das hat er gesagt, ja?"

Ihr Vater lächelte zurück. „Und, das weiß er, oder?"

„Ja", gab Molly zu.

„Das ist gut. Und weißt du mit ihm umzugehen?"

„Auch das."

„Ich würde gern wiederkommen", murmelte Luke. „Sobald ich alle neunzig Meetings hinter mir habe."

„Das wäre schön, Dad."

Als ein Wagen sich ihnen näherte, nickte Luke, dann lehnte er sich zu Molly und küsste sie auf die Wange.

„Ich habe noch eine Frage, mein Mädchen. Liebst du diesen Mann? Ich weiß zumindest, dass er dich liebt."

„Ich liebe ihn", antwortete Molly leise.

„Gut." Er blickte zu dem wartenden Auto und dann wieder zu Molly. „Und ich liebe dich *so sehr.*" Dabei breitete er die Arme aus wie früher, als sie noch ein kleines Mädchen gewesen war.

„Ich dich auch", entgegnete Molly wie aufs Stichwort.

Danach stand Luke auf, betrachtete seinen Enkel einen Moment lang bewundernd, bevor er ihm das Haar zerzauste, dann winkte er Molly zu und ging zum Auto.

Als Keegan sich neben sie auf die Bank setzte, sah sie immer noch dem Wagen hinterher.

„Danke", sagte sie.

Er legte einen Arm um ihre Schultern. „Da ich nur so wenig über euch beide wusste, war ich mir nicht sicher, ob ich dir damit einen Gefallen tue."

„Ich liebe dich, Keegan McKettrick", sagte Molly. Denn jetzt durfte sie das sagen. Sie durfte es jederzeit und so laut sie wollte sagen.

„Seit wann weißt du das?", fragte er.

„Seit dem Moment, als du mir gesagt hast, dass ich dich nicht heiraten müsse – dass Psyche mir Lucas auch so überlassen würde."

Sie musterte ihn eindringlich. „Und seit wann weißt du es?"

Keegan grinste. „Seit du versucht hast, die Prügelei hinter dem Stall zu verhindern."

„Können wir jetzt nach Hause gehen?"

Er küsste sie. „Fantastische Idee, Mrs McKettrick. Devon verbringt die Nacht bei Cora, zusammen mit Maeve und Rianna."

Molly sah hinunter zu ihrem Sohn, ihrem gemeinsamen Sohn. Lucas McKettrick.

Danke, Psyche, dachte sie.

„Es macht mir ein bisschen Angst, so glücklich zu sein", gestand sie zögernd.

„Gewöhn dich besser daran." Er nahm ihre Hand, hob sie an seine Lippen und küsste sanft ihre Fingerknöchel.

Sie sahen, wie Emma und Rance gemeinsam aus dem Festsaal neben der Kirche kamen. Die beiden strahlten vor Glück. Emma machte sich bereit, um den Brautstrauß in die entzückte Gästeschar zu werfen.

„Willst du versuchen, ihn zu fangen?", fragte Keegan.

„Nein. Ich habe meinen McKettrick-Mann schon. Ich brauche keinen Brautstrauß mehr."

Von ihrer Bank aus beobachteten sie, wie der Strauß in die Luft flog und in Meg McKettricks Händen landete.

Hinter Emma und Rance tauchten Jesse und Cheyenne auf.

Keegan sah Molly an. „Jesse ist bekannt dafür, ein Glückspilz zu sein. Die beiden zusammen zu sehen, ist der Beweis dafür."

Gerührt ruhte Mollys Blick auf Rance und seiner strahlenden Braut. „Und wofür ist Rance bekannt?"

„Für seinen Stolz, der ihm lange im Weg stand. Aber er kam Gott sei Dank noch rechtzeitig zu Sinnen."

Molly sah ihn lange an. „Und du? Wofür bist *du* bekannt, Keegan?"

Seufzend spielte er mit ihrem Medaillon. „Dafür, dass ich ein Kopfmensch bin. Und mein Herz fest verschlossen halte wie einen alten Laden mit einem rostigen Schloss an der Tür. Zumindest, bis du kamst."

„Und jetzt hat der Laden geöffnet?"

„Jetzt hat er geöffnet. Die Feier ist vorbei, Mrs McKettrick. Lass uns nach Hause gehen."

„Lass uns gehen."

Zu Hause angekommen, wechselte Molly Lucas' Windel und trug ihn anschließend wieder nach unten, um ihn zu füttern.

Keegan, der zwischenzeitlich Kaffee gekocht hatte, küsste sie. „Ich muss jetzt Spud und die Pferde von der Koppel holen und in den Stall bringen."

Molly nickte nur, denn in ihrem Hals steckte ein großer Kloß, der sie am Sprechen hinderte.

Nachdem sie Lucas gefüttert hatte, wusch sie ihm Gesicht und Hände und trug ihn wieder nach oben. Noch während sie ihm den Schlafanzug anzog, schlief er ein. Sie legte ihn in sein Bett neben den Stoffesel, den Devon ihm geschenkt hatte, und deckte ihn zu. Noch lange stand sie da und betrachtete staunend ihren Sohn.

Als sie hörte, wie die Küchentür ins Schloss fiel, ging sie ins Schlafzimmer. Dort zog sie das Kleid aus, um Jeans und T-Shirt überzustreifen und nach unten zu gehen, um etwas zu Abend zu kochen. Doch als sie aufsah, stand Keegan in der Tür. Sein Blick wanderte über ihre nackte Haut. Hinter ihr ging flammend die Sonne unter. Rotgoldenes Licht flutete in das Fenster und hüllte sie in seinen Glanz. Ein merkwürdiges Gefühl von mystischer Schönheit legte sich um ihr Herz und ließ auch die letzten Mauern einstürzen.

Keegan trat ins Zimmer und legte die Hände auf ihre Brüste. Molly keuchte auf, als er sie sehr langsam, fast ehrfürchtig streichelte. Zitternd wartete sie ab.

Er senkte den Kopf, küsste sie auf die Schulter. Gleichzeitig wanderten seine Hände zwischen ihre Schenkel. Sie biss sich fest auf die Unterlippe, um ein sehnsuchtsvolles Aufstöhnen zu ersticken. Keegan richtete sich auf und sah ihr lange in die Augen. Er kannte sie so gut – er wusste, wann sie sanft geliebt werden wollte und wann sie etwas anderes brauchte.

Er legte sie aufs Bett, kniete sich vor sie und hob ihre Beine auf seine Schultern. Dann küsste er sie zwischen die Schenkel. Bebend vergrub sie die Fingernägel im Bettlaken.

„Keegan", rief Molly flehend.

Er schob eine Hand unter sie, hob ihre Hüften an und fuhr fort, sie zu verwöhnen. Der erste Höhepunkt ließ sie erschauern, ihm folgte ein weiterer und noch ein weiterer. Danach stand er gemächlich auf und zog sich ebenfalls aus. Matt streckte sich Molly der Länge nach aus. Keegan legte sich neben sie. Am Funkeln in seinen Augen erkannte sie, dass er sie ein paar Minuten ausruhen lassen wollte, um sie dann hart und leidenschaftlich zu lieben. Molly verzehrte sich danach, ihn endlich in sich zu spüren. Aber vorher hatte sie eigene Pläne. Sie drehte ihn auf den Rücken und küsste ihn, bis er zu stöhnen begann. Lächelnd hob sie den Kopf, nahm seine Hände und führt sie zu den Stäben am Kopfende des Betts.

Natürlich hätte er sich wehren können. Doch das tat er nicht.

Molly knabberte an seinem Ohrläppchen.

„Halt dich gut fest, Cowboy", schnurrte sie. „Ein wilder Ritt liegt vor dir."

Nun war es Keegan, der vor Lust zu zittern begann. Er keuchte auf, als Molly seine Schultern küsste, seine Brust, seinen Bauch und ihre Lippen immer weiter nach unten wanderten. Mit heiserer Stimme stieß er ihren Namen aus.

In den langen Minuten, die folgten, zahlte Molly ihm die vielen Male zurück, in denen er sie sanft gequält hatte, in denen er sie bis kurz vor den Höhepunkt gebracht hatte und dann warten ließ.

Und als endlich ein kraftvoller Lustschrei das Zimmer erfüllte, war es sein Schrei.

Schlafend lag sie da, die kleine Hexe. Ein kleines Lächeln umspielte ihre Lippen. Ihr Haar glänzte in dem schwachen Mondlicht.

Während Keegan sie betrachtete, wunderte er sich über die Gefühle, die in seinem Inneren tobten. Er legte eine Hand auf ihren Bauch, ganz sanft, um sie nicht zu wecken.

Sie bewegte sich, seufzte leise im Schlaf. Das Medaillon fing einen Mondstrahl ein und schien ihn direkt in Keegans Herz zu schicken. In das Herz, das Molly erobert hatte. Sie hatte alle Barrieren überwunden, die er jahrelang so sorgfältig aufgebaut hatte.

Anfangs war es schmerzhaft gewesen. Nichts hatte er sich mehr gewünscht, als sie wieder aus seinem Herz zu vertreiben. So viele Wunden brannten dort noch: der Tod seiner Eltern, seine gescheiterte Ehe mit Shelley und der ständige Schmerz, die meiste Zeit von Devon getrennt zu sein. Dazu kam der Verlust seines Jobs. Und natürlich Psyche.

All die Jahre hatte Keegan geglaubt, Psyche zu lieben. Er hatte es wirklich geglaubt und schon Jahre vor ihrem Tod um sie getrauert. Jetzt begriff er, dass er erst seit Molly wusste, was Liebe war – seit dem Moment, als Jesse, Rance und er hinter dem Schuppen begonnen hatten, sich zu prügeln.

Du wirst auf den Hochzeitsfotos absolut schrecklich aussehen!

Bei der Erinnerung musste er lächeln.

Aus Lucas' Zimmer ertönte ein leises Jammern. Keegan stand auf, zog seine Jeans an und ging ins Kinderzimmer.

Lucas stand in seinem Bettchen, schluchzend umklammerte er die Gitterstäbe.

„Hey, Kumpel." Keegan hob seinen Sohn heraus, nahm sich eine frische Windel und trug ihn zum Wickeltisch. „Hast du schlecht geträumt?"

Dann setzte Keegan sich in den alten Schaukelstuhl, hielt Lucas fest an sich gedrückt und dachte nach. Biologisch betrachtet war Lucas der Halbbruder von Devon. Doch Molly und er hatten beschlossen, dieses Wissen für sich zu behalten, zumindest, bis die Kinder älter waren.

„Alles wird gut, kleiner Cowboy", murmelte er.

Und Lucas schmiegte sich an seine Brust und steckte den kleinen Daumen in den Mund. Keegan begann zu schaukeln. Er dachte an all die McKettricks, die bereits gegangen waren, und an alle, die noch kommen würden. Er verspürte eine tiefe Zufriedenheit über seinen Platz in dieser langen Linie glücklicher, stolzer und leidenschaftlich liebender Männer und Frauen.

Im Schlafzimmer setzte Molly sich schläfrig auf. „Keegan?"

„Schlaf weiter", sagte er sanft.

Seufzend sank sie zurück in die Kissen.

Im Haus war es vollkommen still. Es kam ihm vor, als ob das alte Gemäuer nicht länger den Atem anhielt und darauf wartete, dass er endlich anfing, in diesen robusten Wänden zu leben, statt nur zu existieren. Er und Molly würden dieses Haus mit Kindern füllen. Der Anfang war bereits gemacht. Leise schaukelte der Stuhl auf dem alten Holzboden.

Und unten in der leeren Küche klapperte eine Ofentür.

– ENDE –

MIRA IST ONLINE FÜR SIE!

www.mira-taschenbuch.de

Immer aktuell:
News und **Neuerscheinungen**
direkt auf der Startseite!

Das gesamte
Taschenbuchprogramm
übersichtlich nach Kategorien!

MIRA TASCHENBUCH

Deutsche Erstveröffentlichung

Linda Lael Miller
Die McKettricks aus Texas –
Über alle Grenzen

Band-Nr. 25605
8,99 € (D)
ISBN: 978-3-86278-339-7
eBook: 978-3-86278-434-9
336 Seiten

Deutsche Erstveröffentlichung

Linda Lael Miller
Die McKettricks aus Texas –
Weil du es bist

Band-Nr. 25581
8,99 € (D)
ISBN: 978-3-86278-302-1
eBook: 978-3-86278-388-5
368 Seiten

Deutsche Erstveröffentlichung

Linda Lael Miller
Die McKettricks aus Texas –
So nah und so fern

Band-Nr. 25574
8,99 € (D)
ISBN: 978-3-89941-981-8
eBook: 978-3-86278-152-2
368 Seiten

Tess Gerritsen
Nah am Herzen

Band-Nr. 95033
12,99 € (D)
ISBN: 978-3-86278-322-9
720 Seiten

Verrat in Paris
Beryl Travistock muss es wissen: Wie sind ihre Eltern, französische Geheimagenten, damals in Paris wirklich ums Leben gekommen? Richard Wolf hilft ihr nicht nur bei ihren Nachforschungen …

Die Meisterdiebin
Clea Rice kann es nicht fassen: Sie ist nicht die einzige Einbrecherin in dem Herrenhaus! Bevor sie jedoch fliehen kann, findet sie sich in den Armen des Fremden wieder … Wer ist dieser faszinierende Mann?

Das Geheimlabor
Brisantes Material über illegale Forschungen bringt Cathy Weaver in Lebensgefahr – nur durch seine Schuld. In Dr. Victor Holland erwacht der Beschützerinstinkt für die Frau, die er liebt …

Tödliche Spritzen
Dr. Kate Chesne wird wegen eines tödlichen Kunstfehlers angeklagt – doch ist sie wirklich schuldig? Als eine weitere Frau stirbt, wächst in Anwalt David Ransom die Sorge, dass die schöne Kate selbst in Gefahr ist …